Alain Pelosato
Pierre Dagon

La Trame des Mondes

Les Fantastiques aventures de Jean Calmet

Œuvres complètes

sfm éditions

1

Table des matières

© Alain Pelosato 2018
ISBN 9782915512199
2-915512-19-1
Dépôt légal juillet 2018

Photos Alain Pelosato
Autres illustrations de la
Rédaction
Image de couverture
© Alain Pelosato

Alain Pelosato

ruines

Effondrement des tours des Minguettes à Vénisseux

La Maison...

Dans ce siècle, une nouvelle scène s'offre à nos yeux depuis environ soixante ans dans la Hongrie, la Moravie, la Silésie, la Pologne : on voit, dit-on, des hommes morts depuis plusieurs mois, revenir, parler, marcher, infester les villages, maltraiter les hommes et les animaux, sucer le sang de leurs proches, les rendre malades, et enfin, leur causer la mort; en sorte qu'on ne peut se délivrer de leurs dangereuses visites et de leurs infestations, qu'en les exhumant, les empalant, leur coupant la tête, leur arrachant le cœur, ou les brûlant. On donne à ces Revenants le nom d'Oupires ou Vampires...

R. P. Dom Calmet
Abbé de Sénomes.
Traité sur les apparitions des esprits et sur les vampires... En l'an 1751 des mondes extérieurs.

Les ophrys sont les plus remarquables des orchidées. Leurs fleurs ressemblent à des insectes. Ainsi plusieurs espèces de guêpes essaient de s'accoupler avec Ophrys insectifera.

On a constaté que des mâles préféraient « s'accoupler » avec les fleurs de cet ophrys plutôt qu'avec les femelles de leur espèce...

Traité de botanique des mondes extérieurs.

1.
Louis.

Un sombre jour d'octobre. Le ciel gris métallique roulait de gros nuages noirs très bas. Sous l'effet, semblait-il, de la même déprime, les passants marchaient tête baissée. La peur que le ciel ne leur tombe sur la tête ?

Le vent violent sûrement...

Les essuie-glaces de la voiture rythmaient la chanson des Stones que crachait le lecteur de cassettes. Il pleuvait peu et le caoutchouc grinçait sur le pare-brise au rythme de la musique de « Sympathy for the devil ». Jean Calmet avait arrêté la radio qui parlait encore des massacres épouvantables du Rwanda, en enfonçant la cassette « Beggars Banquet ».

Le docteur Maville, éminent psychiatre et amateur de littérature fantastique, l'avait invité à passer une heure avec lui pour lui raconter une histoire qu'il avait qualifiée d'histoire extraordinaire.

Le détective avait attendu avec impatience le moment du rendez-vous. Il connaissait bien le docteur qui n'ignorait rien de son goût presque maladif pour tout ce qui sort de l'ordinaire. Essayer d'imaginer à l'avance ce qu'il allait apprendre excitait furieusement sa curiosité.

Voulait-il lui faire partager l'attrait d'un livre passionnant ? Un vieux manuscrit découvert dans quelque ancien grenier campagnard constituait-il le centre de son nouvel intérêt ? Possédait-il le fabuleux Necronomicon ?

Après un voyage qui parut bien long — la circulation était dense — il se présenta à la clinique.

Une charmante réceptionniste, assise derrière la banque, le buste très moulé dans sa blouse blanche, l'accueillit avec un air sévère (avait-il trop lorgné ses formes appétissantes ?).

« J'ai rendez-vous avec le docteur Maville. » Dit-il d'un air distrait, regardant ailleurs, alors que ses yeux étaient attirés comme des aimants !

En jetant de la limaille de fer entre elle et lui, on aurait formé comme un pont métallique traçant le champ magnétique qui l'attirait.

« Oui, il vous attend. »

Et elle appela une infirmière qui passait : « Emma, conduisez monsieur auprès du docteur Maville. »

En se retournant, il lui sembla entendre le bruit soyeux de la limaille tombant sur le sol telle une pluie argentée...

Il suivit Emma, déçu de ne pas avoir vu le bas du buste magnifique dépassant le bureau de l'accueil... Après tout, cela valait mieux, le bas n'était peut-être pas à la hauteur du haut !

Après avoir traversé plusieurs couloirs silencieux à la suite d'Emma, qu'il n'avait pas vraiment vue, tout à ses réflexions, ils s'arrêtèrent devant une porte close, elle frappa à une porte et il entendit la voix grave et rauque de son ami répondre : « Entrez ! »

Elle ouvrit, tenant le battant dans sa main : « C'est votre rendez-vous, docteur : monsieur Jean Calmet !

— Qu'il entre ! Qu'il entre ! »

Elle tourna vers le visiteur son visage ingrat, et sa bouche aux lèvres très minces articula : « Allez-y, monsieur, le docteur vous attend. »

Dans un coin de ce bureau ultramoderne, un matériel audiovisuel perfectionné entourait plusieurs fauteuils et une table basse. Derrière sa table de travail, le docteur se levait pour l'accueillir en tendant les mains. Les murs étaient recouverts de livres.

« Bonjour Jean ! Très heureux de te voir. Cela fait si longtemps, mais tu sais le travail que j'ai... ce qui fait que je ne consacre plus une minute à mes amis.

— Salut Louis ! Je vois que tu es toujours en pleine forme !

— Toi aussi, tu n'as pas changé.

Et Maville s'étant approché le regarda en le tenant par les épaules à bout de bras. Gêné par ce regard direct et perçant, Jean détourna la tête et répondit maladroitement :

— Eh oui ! Mais ne détourne pas la conversation, je vois un écran télé allumé, ainsi qu'un magnétoscope. Te connaissant, je suis sûr que tu ne m'as pas fait venir pour rien. Je me consume littéralement de curiosité, à tel point que je n'ai même pas eu l'idée de draguer la jolie infirmière de l'accueil.

Une ombre passa sur visage de Louis, et il ricana d'un rire sautillant et gêné.

— Viens donc par ici ; c'est vrai, je veux te montrer un film vidéo très court que j'ai tourné moi-même. Mais avant, veux-tu boire quelque chose ?

— Un petit blanc si tu en as.

— Oui, Côte Rôtie blanc, ça te va ?

— Formidable ! »

Il servit à boire pendant que Jean s'installait devant le poste de télévision allumé.

« Mais, avant le film, regarde ces coupures de presse. Leur lecture m'a mené à une enquête bien plus poussée, mais tu verras cela plus tard. »

Le nez plongé dans son verre, le détective goûtait le grand plaisir du parfum de ce vin magnifique. Il vit entrer dans son champ de vision un mince dossier rouge, tendu sans pitié pour son plaisir gâché.

Légèrement de mauvaise humeur, il posa son verre lentement, laissant ainsi Louis rester le bras tendu, néanmoins imperturbable devant l'agacement manifesté par son ami, sa bouche et ses yeux plissés dans un sourire ironique !

Jean saisit le dossier et l'ouvrit en souriant :

« Quel crime de perturber la dégustation d'un si bon vin ! »

Décidément, ici, il se perdait dans divers désirs : une curiosité à satisfaire, une fille qui l'attirait, un vin rare. Il ne savait plus où donner de la tête.

Mais, après tout, il était venu pour écouter le docteur Maville.

Le dossier ouvert sur les genoux, il prit connaissance de la première coupure de presse. Elle datait d'un mois environ ; elle annonçait l'arrestation d'un dénommé Anatole Krim. Le journal publiait la photo de cet individu : un homme jeune, la trentaine passée, visage allongé, nez régulier et très fin tombant légèrement sur la lèvre supérieure. Lèvres minces serrées dans une expression très dure, yeux marron foncé d'un regard agressif. Quand on prenait le temps de regarder ces yeux, on pouvait y déceler une grande détresse. Anatole avait été appréhendé après un assaut mouvementé des unités spécialisées de la police. Il s'était enfermé, armé, dans une vieille maison bourguignonne. Lorsque les forces de l'ordre l'arrêtèrent, elles ne retrouvèrent jamais son arme dont la disparition resta un mystère.

Après avoir tourné cette page, il lut la deuxième coupure. Elle titrait : « Neuf morts et treize blessés après l'émeute », sur huit colonnes, photos à l'appui.

Le journal était daté du 15 août 1994. On y voyait la cité de la Colline, la police en action pendant la nuit, un corps allongé le long du trottoir dans une mare de sang. Plusieurs clichés montraient un appartement aux murs ensanglantés et percés de balles, d'autres des armes avec une étiquette accrochée... Le journaliste évoquait un mystère : l'absence de balles, justement, dans certains impacts contre les murs et dans les blessures de plusieurs victimes... Le papier suivant, plus ancien, traitait de la découverte, toujours dans la cité de la Colline, des cadavres décomposés d'une femme et d'un homme dans un immeuble resté longtemps muré et ensuite réhabilité. L'autopsie des corps avait montré que le décès des deux personnes remontait à août 1993... Lorsque les ouvriers entrèrent après avoir brisé les moellons à coups de masse, ils trouvèrent tous les signes d'une longue squatterisation des lieux : restes de nourritures, objets divers, bouteilles vides, vieux vêtements et dans le hall, au quatrième étage, les restes macabres. Un appel à témoins fut lancé pour découvrir l'identité de la morte.

« A-t-on découvert, depuis, qui était la femme ?

— Oui, Anatole prétend qu'elle se prénommait Juliette et qu'elle était payée pour le tuer.

La dernière coupure évoquait la mort de la vieille

propriétaire de la maison dans laquelle Anatole s'était réfugié.

Elle avait été assassinée chez elle...

— Ces articles racontent une bien sombre histoire ! Anatole Krim est-il le dénominateur commun de tout cela ?

— Oui, mon cher. Sa présence lors de l'émeute du quartier de la Colline a conduit à son arrestation. Mais le plus étrange, c'est l'explication qu'il m'a donnée de tous ses crimes. Il semble victime d'un dédoublement de la personnalité... Regardons plutôt ce court enregistrement vidéo. Je l'ai filmé ici avec son accord... »

Il se leva et appuya sur un bouton du magnétoscope. Le dur visage de cet Anatole apparut sur l'écran. D'une voix ferme, il déclara :

« Je m'appelle Anatole Krim. Je viens d'un autre monde qui m'a tout appris de la violence et de la mort. Je veux y retourner. C'est la maison qui en est le passage obligé. Mais il ne fonctionne plus. Je veux sortir d'ici pour trouver un autre passage... »

Ensuite, la caméra s'éloigna. On vit alors Anatole assis sur un des fauteuils du bureau du docteur. Il baissait la tête et l'on n'entendit plus qu'un marmonnement incompréhensible.

Soudain, il se leva et se mit à crier, les bras au ciel :

« Laissez-moi partir ! Le passage, le passage ! »

Et il se précipita vers la caméra, les yeux fous. Au moment où deux infirmiers entraient dans le champ, l'image fut coupée...

Étonné de la banalité des images qu'il venait de voir, Jean Calmet murmura ironiquement :

« Ouf ! Très impressionnant ! Mais qu'y a-t-il d'exceptionnel pour toi ? Tu suis ce type depuis longtemps ?

— Oui, depuis des années. Bien avant ces événements. Aujourd'hui, déstructuré, ce patient est devenu incohérent. Mais juste après son arrestation, lorsqu'on me l'a ramené, il m'a raconté son aventure. Elle est incroyable, mais pourtant si vraisemblable entendue de sa bouche ! Par ailleurs, comme je te l'ai dit, j'ai mené une enquête approfondie sur les évènements qui lui sont liés et je dispose du rapport de police. Je te prête cette cassette vidéo qui contient le résultat de tout ce travail. J'aimerais connaître ton opinion de détective ! »

Jean Calmet était bien d'accord, mais une seule chose le gênait : Louis Maville n'avait pas parlé d'honoraires, et ami ou pas, un détective ne pouvait se permettre de travailler gratuitement. Il fallait bien vivre. Il hésita donc un moment, réfléchissant à la manière, qu'il aurait voulue polie et amicale, avec laquelle il allait aborder cette question. Mais Louis Maville avait tout prévu :

« Pour tes honoraires, j'ai prévu un premier versement de la main à la main. Cela te va ? Ce n'est qu'une avance, je connais tes prix. »

Et il tendit une enveloppe assez épaisse. Jean la prit en remerciant. Puis, Louis lui tendit la cassette vidéo. Le téléphone sonna au moment où Jean écarquillait les yeux et ouvrait la bouche pour répondre. Son ami se retourna immédiatement vers l'appareil et ne vit donc pas sa surprise à laquelle il ne se sentit pas obligé de répondre.

Dos tourné, il conclut l'entrevue :

« Regarde-la et rappelle-moi pour en parler ; au revoir et à très bientôt. »

Il décrocha de telle manière que son interlocuteur se sentît obligé de se lever, encore tout étourdi. Le détective sortit en faisant un signe de la main rendu par un clignement de l'œil. Bien que tourné de nouveau vers son ami, Louis était très attentif à ce que lui disait son correspondant dans l'écouteur.

Lorsque Jean Calmet passa devant le magnifique buste de l'infirmière de l'accueil, il n'y prêta même plus attention....

Sur le chemin du retour, la conduite de sa voiture ne l'empêcha pas de songer à A.K. et à son aventure.

Arrivé chez lui, il alluma son poste de télévision et son magnétoscope avec une certaine fébrilité, y enfila la cassette et s'installa dans un fauteuil confortable. Avant que l'image n'apparût, il se demanda quelle raison avait amené le docteur à transgresser le secret professionnel, même avec un ami.

L'image de Louis Maville apparut à l'écran...

12

2.
Anatole.

Louis avait réalisé un habile montage vidéo. Son film le montrait en entretien avec son malade, mais c'est sa voix off qui racontait. Parfois A.K., en gros plan, témoignait directement. Tout cela faisait un très bon film !
Petit à petit des scènes réelles s'intercalèrent, comme pour illustrer le sujet, comme dans les reportages de télévision. Ces scènes tournées en décor naturel prirent le pas sur les commentaires. Et bientôt, il vit les aventures de cet A.K. en direct ! Le film des aventures d'Anatole Krim avait remplacé le récit de Maville à l'écran.
Hallucination ? Il cligna des yeux plusieurs fois, éteignit le poste de télévision, le ralluma. Mais rien n'y fit. Le phénomène se poursuivit inexorablement.
Il ne prit pas la peine d'appeler Maville, car, au fond, il était bien fébrile de connaître la suite.

Quand toute cette histoire a commencé, Anatole Krim ne faisait vraiment pas ses 32 ans. Le 10 août 1993, un jour de canicule — le goudron du trottoir chauffait comme de la braise — il revenait d'une réunion qui, après tant d'autres, traitait du sort des immeubles abandonnés du quartier de la Colline.
Pour une raison qu'il ressentait inconsciemment, mais qu'il ne pouvait formuler, cette décision était primordiale pour lui. A cette réunion, il avait dépensé toute son énergie pour combattre les arguments en faveur de la démolition.
Pourquoi ? Allez savoir...
Ce fut difficile. Le maire ne voulait pas démolir. La société HLM propriétaire non plus. Mais aucune solution ne semblait fiable, au vu de l'expérience non concluante des

deux seuls bâtiments réhabilités. Quant au reste de la cité, un endroit abandonné aussi longtemps effraie les gens qui en cherchent la raison. Serait-il maudit ? Le coût des travaux de réhabilitation représentait-il un investissement socialement intéressant ? Sinon démolir ! Mais pour reconstruire quoi ?

Bref, une de ces réunions d'où l'on sort sans décision précise, où l'hésitation domine !

A.K. rentrait chez lui. Il habitait seul. Cette solitude lui pesait. Si son travail l'intéressait — contribuer à aménager une ville est passionnant — le reste de sa vie ne valait pas grand-chose.

Maville le psychiatre ne voulut pas exposer trop de détails techniques concernant la névrose dont souffrait son patient. Il suffit de savoir qu'il souffrait d'une peur irraisonnée des femmes. Il refusait de l'admettre et plus les années passaient, plus ce refus enfouissait le problème dans son inconscient. Alors, la névrose se développait.

Anatole profita de cette chaude soirée d'été pour flâner un peu le long des rues. Il s'approcha du quartier de la Colline.

Dans la petite ville, la vie bruissait de mille sources : moteurs de voitures, cris d'enfants, éclats de voix, chants d'oiseaux, cris des hirondelles, aboiements de chiens... Quelques enfants jouaient devant les immeubles. Au bas des tours, les inévitables jeunes arabes poussaient comme des arbres plantés là par l'inactivité du désespoir.

La cité abandonnée se cachait derrière.

A.K. s'avança et monta quelques marches pour passer derrière les immeubles habités.

Aussitôt, le silence le saisit, l'angoisse lui serrant la poitrine. Pourquoi ?

Il leva les yeux sur le ciel bleu, étincelant.

Et son regard croisa celui de l'immeuble : l'orbite vide de la fenêtre, l'éclat du verre cassé. Les paupières fermées des autres fenêtres formaient un éternel clin d'œil menaçant, mais fascinant. Une dizaine d'immeubles en béton, très proches les uns des autres, entouraient une dalle de parking et des abords embroussaillés. Une grande lassitude entourait cet endroit. Un vrai silence de mort.

Pourquoi étaient-ils partis ? Cet endroit hanté les avait-il chassés ?

On pouvait le croire en constatant l'absence de cris d'enfants, d'éclats de voix et de chants d'oiseaux. L'air résigné des fenêtres obstruées par leurs volets en plastique faisait pitié. L'étincelle haineuse des yeux aux vitres cassées agressait les rares passants. Les ouvertures des deux premiers niveaux, murées, refoulaient définitivement toute velléité d'entrer.

Il repartit lentement, comme l'enfant effrayé de tourner le dos à la cave, endroit d'épouvante plein d'ombres, où son père s'obstinait à l'envoyer chercher une bouteille de vin et qu'il quittait, le flacon à la main, en se retenant de courir.

Sortir de la cité abandonnée le soulagea, comme de passer de l'ombre à la lumière.

C'était vendredi soir. Sa semaine finie, demain, il partirait en vacances à la campagne. Il avait loué une chambre dans le Charolais. L'idée de passer quelques jours au vert, au milieu des blancs bovins le séduisait déjà.

Il rentra chez lui, rasséréné.

Le petit appartement qu'il habitait sentait fortement le tabac froid et le moisi : la flemme de faire le ménage et de vider les cendriers.

Le lendemain il se réveilla après avoir fait un cauchemar. Il ne se souvenait de rien en ouvrant les yeux à la lueur de l'aube.

Il monta dans sa 205 GTI après y avoir jeté sa valise et démarra en trombe. France-info annonçait quelques actions guerrières en Ex-Yougoslavie. Le ciel était bleu, le soleil brillait. Après tout, la vie était belle. Et les affaires des Yougoslaves ne l'intéressaient guère...

Quelques heures plus tard, en passant sur la route, il leva les yeux et vit, au loin, la maison au milieu des arbres.

Elle était magnifique.

Sur le devant, elle montrait trois tours. Un seul étage et les fenêtres mansardées lui donnaient une agréable proportion. Seules les tours possédaient un troisième niveau situé à la hauteur du toit principal.

Deux grandes tours rondes encadraient celle du milieu, carrée. Au pied de celle-ci, sous une porte-fenêtre du premier étage, un balcon en pierre surplombait l'entrée principale à laquelle on accédait par quelques marches. Le toit en ardoises des tours se tenait plus haut que celui du bâtiment principal, également en ardoises. Les deux fenêtres mansardées de chaque côté de la tour carrée s'alignaient au troisième niveau avec les petites ouvertures percées dans le mur des tours. Au centre, elles étaient deux à se serrer l'une contre l'autre, accolées au-dessus de la porte-fenêtre donnant sur le balcon. Cette partie centrale comportait, encore au-dessus, une fenêtre mansardée. Au premier, l'ouverture des tours cylindriques et le balcon central encadraient une fenêtre de la façade qui copiait sa semblable du rez-de-chaussée. Deux énormes cheminées s'élevaient à chaque extrémité de cette façade principale qui se prolongeait de chaque côté par un vaste appentis.

L'encadrement des fenêtres ainsi que l'angle des murs étaient sculptés en pierre rouge sombre, friable, mais si belle.

Cette couleur suggéra le noir rougeoiement de la braise sur laquelle on peut encore souffler pour faire repartir le feu sous la cendre... En regardant cette sinistre construction il pensa à une chauve-souris avec le toit central pour la tête et les deux pointes des tours pour l'angle supérieur des ailes en train de se déployer.

Il fallut y aller.

Il prit un chemin forestier.

Après quelques pas, le malaise le saisit : le silence régnait dans ce bosquet sinistre. L'ombre également.

Au loin, la clairière dans laquelle on peut apercevoir l'arrière de la maison apparut comme un but lumineux.

Il espéra y arriver vite.

Hélas, l'angoisse ne passa pas lorsqu'il l'atteignit.

Un vieil homme se tenait debout au coin le plus éloigné de la maison. Une canne l'aidait à marcher.

« Êtes-vous le propriétaire de cette belle maison ? »

Un éclair ironique a scintillé dans les yeux du vieillard édenté : « Si j'avais été propriétaire de cette belle demeure, cela ferait longtemps qu'elle serait vendue. »

Et de lui expliquer que la propriétaire, une comtesse âgée, n'y habitait plus, mais ne voulait pas vendre.

« Pourquoi ? »

Silence.

Un grand tilleul pousse dans la cour. Derrière la maison, on peut admirer plusieurs constructions formant un bel ensemble : le puits, avec son armature en fer forgé et entouré de grillage, l'écurie, le jardin potager. Au fond du jardin, un petit abri pour les outils.

Il fit le tour de la maison pour chercher le vieillard tout bonnement disparu. La fascination exercée par cette construction lui fit vite oublier ce phénomène étrange.

Des morceaux de pierre tombent des corniches. Une ardoise manque ici ou là donnant au toit l'aspect lépreux des constructions abandonnées.

Arrivé près de la porte d'entrée, le visage approché tout contre la vitre, les yeux protégés sur le côté par les mains, son regard ne put rencontrer que des murs moisis et des toiles d'araignée.

Mais, en écho dans son crâne, la maison gémit en protestant. « Mêle-toi de ce qui te regarde !... Fiche le camp ! » En reculant précipitamment de terreur, il faillit trébucher dans les escaliers.

Fascination-répulsion. Pourtant, un lien fut tissé.

« Qui t'a abandonnée ? » S'entendit-il interroger. « Dans quel but t'a-t-on laissée pourrir petit à petit ? »

Bien sûr, la maison ne répondit pas. La réalité s'imposa : la pierre, le silence, l'herbe et les arbres.

Il fallut repartir...

Sa chambre l'attendait à l'auberge et il se faisait très tard. Il lui fallut un quart d'heure de route seulement. Lorsqu'il arriva, la nuit tombait.

En s'installant dans la salle de restaurant, il remarqua la serveuse : une belle fille ! Lorsqu'elle se penchait devant lui pour le servir, il voyait la naissance de ses seins fermes qui se tenaient très bien sans soutien-gorge.

En se redressant brusquement, impitoyable, elle surprit son regard et lui fit un clin d'œil. Dans un premier temps très bref, cela lui fit plaisir. Il plaisait. Mais ensuite, les conséquences de cette oeillade le bloquèrent complètement, comme à chaque fois qu'une fille lui faisait des avances. La pâleur envahit son visage. La castration lui serra le cœur. L'angoisse fit perler de nombreuses gouttes de transpiration sur son front.

Une fois de plus il se sentait perdu...

Il mangea son repas tête baissée, la nuque raide. La jolie fille, sans doute vexée comme tant d'autres par son apparente indifférence, ne le regardait plus. Il en profita pour la reluquer du coin de l'œil. Comme l'appareil photo impressionne la pellicule, il imprima le joli corps dans sa mémoire. Visage ovale aux grands yeux de biche marron et aux lèvres pleines, cheveux foncés ondulés, épaules élégamment féminines, seins rebondis enchâssés dans un joli corsage décolleté, jambes fuselées qui imprimaient un mouvement évocateur à ses hanches galbées. Une fille croustillante... Tout cela fut engrangé pour consommation ultérieure... par l'imagination. Il se préparait déjà, grâce au jeu débordant de son cerveau, à dégrafer le corsage, embrasser les seins, y enfouir son visage et remonter doucement jusqu'aux lèvres.

Elle arriva pour lui demander s'il voulait un café.

Avait-il les yeux avides ? Sûrement à voir le sourire ironique sur la bouche sensuelle de la fille !

Il refusa le café...

La nourriture avalée, les escaliers montés quatre à quatre, il s'enferma dans sa chambre pour dormir après s'être masturbé en pensant à la fille. Il y prit un grand plaisir, son imagination autorisant tous ses fantasmes à s'exprimer...

À peine endormi, il se retrouva, en rêve, devant la maison. Il entra par la porte d'entrée grande ouverte...

Un petit vestibule, une tapisserie défraîchie et moisie, un escalier à droite, un escalier à gauche ; il prit celui de gauche ; il entendit vaguement une musique. Lorsqu'il arriva au palier, la musique devint plus forte. Au travers des deux battants de portes vitrées, il aperçut un homme de dos qui regardait la télévision. L'écran montrait son propre visage en gros plan, la bouche grande ouverte dans un cri, les yeux terrifiés...

Une présence maléfique se fit sentir derrière lui. Il se retourna... pour se retrouver face à lui-même ! Son double leva les bras, entreprit de lui arranger son col de chemise et les montants de sa veste. Il recula, horrifié, et s'enfuit en criant. Il pensa alors qu'il devait avoir le même visage que sur l'écran de télévision aperçu en arrivant...

Un long couloir se présenta en enfilade ; de chaque côté, sur le mur, de nombreux miroirs se faisaient face. À l'autre bout du couloir, un homme s'avançait : son double ! Et non pas son reflet, puisque l'autre marchait vers lui en souriant et en lui tendant les bras. Il se retourna pour fuir et tomba face à un soldat dans un uniforme inconnu qui lui cria à la figure : « Tu combattras les monstres ; ils sont foncièrement mauvais. Si tu ne veux pas que l'espèce humaine disparaisse, il faudra combattre les monstres. »

Le militaire le secoua brutalement par les épaules en hurlant encore plus fort : « Anatole, tu combattras les monstres ! Il le faut, c'est très important. »

Craignant que son double ne fût arrivé derrière lui, il tourna la tête. Son regard plongea dans un miroir. Mais le reflet était différent du décor où il se trouvait. Des morts-vivants décharnés défilaient en gémissant vers une sombre église qui lançait vers le ciel une seule flèche, comme un phare dans un océan de tempête...

Sa fuite éperdue vers la grande salle de la maison ne lui épargna pas une nouvelle angoisse. Le bal y battait son rythme au son métallique de la musique électronique. Le néozon désarticulé dansait sur le ring de la scène centrale. Tout autour, des centaines de gens, les yeux hallucinés rythmaient la danse du mort-vivant. Une fille, les yeux exorbités, s'approcha de lui, une seringue à la main :

« Une petite dose chéri ? »

La tension trop forte le réveilla... il se trouva dans un autre monde.

Le petit village dans lequel il dormait avait changé. Des immeubles en briques rouges remplaçaient les jolies maisons. Des graffitis criaient sur les murs : « Vive l'Empire ! »

Là-bas, les robots « Vérité » étaient programmés pour torturer lentement, sans pitié. La machine travaillait seule en silence. Elle faisait souffrir en maintenant l'homme paralysé, mais lucide. Tous les appareils vocaux de l'être humain continuaient à fonctionner et il pouvait donc crier.

Mais cela n'impressionnait pas Vérité, le robot qui soumettait les rebelles à la Question.

« Qui t'envoie ? »

En même temps que la question, la machine lui injecta un produit qui produisit des crampes intenses dans plusieurs de ses muscles.

« Personne... » Et il cria de douleur.

« Qui t'envoie ?

— Je ne sais pas comment j'ai atterri ici ! »

La souffrance atteignit d'autres muscles et d'autres organes...

La machine tenait l'homme dans un cocon paralysant, un cercueil de verre, de plastique et d'acier qui lui fournissait air, eau et nourriture. Dans le local très confortable, à air conditionné, dans lequel elle était installée, on n'entendait rien, à part le léger bourdonnement des appareils. Les cris ne traversaient pas le sarcophage.

Après des heures de tortures, Vérité répéta :

« Tu viens des espaces extérieurs ; nous voulons savoir où se tient la porte ; décris-nous où tu as débouché dans notre monde et tu auras la paix...

— C'est un immeuble en béton ; dans une cité...

— Il y en a des milliers ; dis-moi laquelle. »

L'appareil s'exprimait d'une douce voix féminine, car il torturait un homme. Cette torture durait depuis plusieurs jours et l'homme ne pouvait y échapper, car il ne connaissait pas les réponses qu'on voulait entendre.

Lors de la phase suivante, la machine lui injecta diverses drogues. Cela lui délia la langue. Il parla beaucoup de son monde à lui, de sa vie, de ses problèmes.

Mais la machine, toujours insatisfaite, continuait. Lorsque le supplicié fut mort après des semaines de souffrances, le robot Vérité ouvrit le sarcophage et son corps fut jeté aux ordures.

Il attendit patiemment le « client » suivant.

Et le sommeil rattrapa Anatole. Ses rêves cessèrent.

Au lever du jour, il sauta de son lit, de très mauvaise humeur. Il tremblait encore sous l'effet des émotions de cette nuit peuplée de fantômes. Tous ces rêves le bouleversaient. Une très grande anxiété lui serrait la poitrine.

Lorsqu'il se rasa, il trouva son reflet inquiétant ; il craignait de le voir tout à coup prendre son indépendance.

Au petit déjeuner, à peine fut-il installé dans la salle de restaurant que la serveuse se précipita vers lui. Tout ce qu'il avait vécu avec elle en imagination la veille au soir occupait encore largement son esprit. Il ressentit de nouveau le désir monter de ses entrailles, très bas... La censure semblait reculer.

« Monsieur désire (quel mot !) du café, du thé ou du chocolat ?

— Du thé, merci !

— Avez-vous remarqué la belle maison dans la forêt ? »

S'il s'attendait à cette question !

« Oui, bien sûr, un bâtiment magnifique. Répondit-il sans hésiter, à son grand étonnement.

— Cette maison est abandonnée depuis des années. Sa propriétaire ne veut pas la vendre. Elle n'y habite plus. Une si grande maison pour une femme seule.

— Je sais, le vieil homme m'a expliqué.

— Le vieil homme, quel vieil homme ?

— Lorsque j'y suis allé, un vieil homme se trouvait là...

— Ah ? Je termine à quinze heures. Si vous voulez, je pourrais vous la faire visiter. Je connais un passage que j'utilisais toujours quand j'étais petite. »

Cette proposition étonnante l'attirait et le repoussait à la fois. Il réfléchit quelques secondes pendant lesquelles la fille le regardait avec bienveillance... et insistance. Ses cauchemars se disloquaient très vite dans sa mémoire, mais ses rêves érotiques restaient très présents.

Sa réponse, il l'entendit comme articulée par quelqu'un d'autre :

« Oui, d'accord, avec plaisir.

— À tout à l'heure donc... »

Elle repartit en roulant ses hanches moulées dans une légère robe d'été. Cette vision d'extase lui fit lever les yeux au ciel.

Un dur combat l'attendait. Il lui fallait, une fois de plus, vaincre sa castration. Y parviendrait-il ?

Ne pas se chercher des excuses, ne pas s'inventer des obstacles, ne pas se constituer de nobles motifs de fuite.

Penser à autre chose. Il devait prendre son inhibition par surprise. Résolu, il alla faire une promenade.

Provisoirement, ses pas le dirigèrent à l'opposé du lieu de rendez-vous...

À quinze heures quinze, la fille l'avait rejoint à l'entrée du bosquet. Il y régnait une ambiance toujours aussi sinistre...

En arrivant derrière la maison, elle lui prit la main... par surprise sans rien dire. Elle était bien plus jeune que lui. Dans le domaine de l'amour, « la valeur n'attend pas le nombre des années ».

Elle marchait à ses côtés en tenue de promenade : chemisier en toile et pantalons en velours, ses longs cheveux châtains noués au-dessus de sa nuque. « Viens, nous passerons par le soupirail de la cave, sous la porte d'entrée. »

Voilà qu'elle le tutoyait déjà. Son front s'en couvrit de sueur !

Elle ouvrit à l'aide d'une clé la petite porte sous la plate-forme d'entrée. Ils se faufilèrent dans la cave voûtée en briques rouges, évidemment humide, et sentant la vinasse. Quelques fûts trônaient debout dans un coin.

La fille s'appelait Véronique. En le tirant par la main, elle l'entraîna aux étages supérieurs.

L'escalier de la cave donnait sur le palier d'entrée. Son rêve évaporé, il ne reconnut pas les lieux. Ils prirent la montée de droite. À l'étage, une chambre restée meublée se tenait prête à l'emploi.

Ils entrèrent.

Anatole tremblait comme une feuille. Véronique sut bien s'y prendre.

Quand elle sentit son sexe dans son ventre, et se remplit de plaisir, lui nageait dans un bonheur suprême.

Un grand moment, une grande victoire sur lui-même, sur son enfance. Il avait, grâce à Véronique, surmonté son inhibition.

Véronique, dans sa maison, jouait le rôle du labelle dans ces magnifiques fleurs que sont les ophrys, de la famille des orchidées. Ce pétale a la forme d'un insecte femelle et émet même son odeur. Le mâle, irrésistiblement attiré, se pose sur le labelle, et par ses mouvements, pollinise la fleur. Ni le botaniste ni l'entomologiste n'ont décrit l'intense déception de ce pauvre mâle ! Ce qui ne fut pas le cas d'Anatole, même si, presque de la même manière, lui et Véronique fécondèrent en quelque sorte le passage...

Juste après l'orgasme, le long couloir aux miroirs surgit brutalement dans sa mémoire. Lorsqu'il ouvrit les yeux, il se retrouva seul sur le lit. Où était passée Véronique ?

Rhabillé, il descendit jusqu'au palier, face à l'escalier de gauche. Ses jambes le portèrent jusqu'à l'étage sans qu'il le voulût vraiment.

La maison exhalait un silence pesant, épais, non pas celui du repos compensateur, mais plutôt celui du repos éternel. Même les planchers ne craquaient pas sous les pas du jeune homme. Il ne pensa pas à rechercher la sortie qu'il aurait d'ailleurs eu beaucoup de mal à trouver. Un couloir plein de miroirs, voilà le but qui s'imposait dans son esprit apaisé par l'amour — cette petite mort — et excité par de nouvelles perspectives, très confuses, mais réelles.

Porté par un sûr instinct, Anatole atteignit rapidement le couloir, Il s'arrêta un moment et regarda, effrayé... et fasciné !

Personne... Il s'avança, les jambes flageolantes et s'arrêta devant le premier miroir. Son premier reflet le regardait, anxieux. Au deuxième miroir, il décela comme une ombre de maturité, un regard plus étincelant. Au troisième, un homme mûr, le regard ferme, le regarda droit dans les yeux. Au quatrième, son image montrait un visage qui avait certainement connu bien des combats et des défaites ; des victoires aussi ; volontaire et sûr de lui... mais les yeux éteints. Ce dernier visage le fit frissonner de terreur. Le dernier miroir montra un autre visage que le sien, blanc verdâtre, aux lèvres noires, dont les yeux ténébreux au regard profond semblaient, au-delà de l'horreur exprimée, lui confier comme un secret...

Il arriva au bout du couloir devant une porte. Sa main se tendit vers la poignée...

3.
Alice

A.K. tenait la poignée de la porte, légèrement penché en avant, le cerveau en feu du combat entre le désir d'ouvrir et celui de rebrousser chemin ; le faire c'était retrouver le couloir aux miroirs, et il en avait peur ; ouvrir c'était affronter l'inconnu.

Il tourna la poignée...

Au-delà, l'obscurité régnait. Il avança d'un pas et crut discerner un couloir sombre. Une odeur familière de cuisine et de renfermé lui chatouilla les narines. Il referma la porte. Derrière lui, les fantômes reprirent possession de la maison. Ici, la lumière de l'allée s'alluma sur un palier de HLM. Trois portes d'entrée l'entouraient : une derrière lui, une à droite et une à gauche. Il se retourna sur celle d'où il venait et essaya d'ouvrir. Elle était fermée à clé alors qu'il venait juste de l'utiliser.

En s'avançant sur le palier, il découvrit l'escalier qu'il emprunta pour descendre. En comptant les étages, il garda en mémoire qu'il se trouvait au quatrième.

Au rez-de-chaussée, il longea une rangée de boîtes aux lettres défoncées et marcha sur un sol de béton jonché de vieux journaux et détritus. La porte de l'immeuble, arrachée, pendait sur un gond. En débouchant en plein soleil, il cligna des yeux avant de se découvrir dans la cité de la Colline !

Plusieurs enfants jouaient en criant autour des immeubles en béton. L'un d'eux s'interrompit et s'approcha de lui.

« Bonjour m'sieur, vous auriez pas une pièce ?

— Oui ! »

Il fouilla dans sa poche et lui tendit une pièce de dix francs.

« Eh ! C'est quoi cette pièce ? On ne peut rien acheter

avec ça ! Eh, les gars venez voir, un étranger, il a une pièce des espaces extérieurs, attrapez-le, on va le dénoncer aux Aumôniers ! »

Les autres enfants s'approchèrent d'un air décidé et menaçant. Certains sortirent de leur poche un lance-pierres et des billes en acier.

La panique le saisit ; il prit ses jambes à son cou et repartit dans l'autre sens, en contournant l'immeuble, pour se protéger derrière ses murs. Deux pierres ou boulons sifflèrent à son oreille...

Une fois la pente descendue en longeant le premier immeuble, il atteignit le second et le contourna avant que la bande n'eût débouché à l'angle du premier. Le dédale des rues et jardins le sauva de cette agression subite et inattendue.

Il reconnut tout de même sa petite ville de banlieue, bien que très dégradée, et décida de se rendre chez lui par le moyen le plus rapide : le métro. Il aperçut la première bouche au loin après avoir marché un peu. Quelques personnes en haillons semblaient l'attendre devant les escaliers. Cela l'inquiéta...

Lorsqu'il arriva à leur hauteur, l'un d'entre eux l'interpella vulgairement :

« Hé ! L'obole pour les Lumps !

- Je n'ai pas d'argent. »

L'incident avec les enfants, encore trop frais dans sa mémoire, le rendait prudent.

« Sans argent, pas d'obole pour les Lumps, pas d'entrée dans le métro ! »

Et le groupe de jeunes hommes hirsutes, crasseux, barbus se regroupa.

Menaçants, ils sortirent des matraques. Décidément, il était difficile de progresser dans ce nouveau monde !

Tout en reculant, il réfléchit. Avec son argent étranger, il ne peut pas acheter de ticket. Même s'il en possédait de chez lui, ils ne seraient sûrement pas utilisables. En essayant de passer en force, il affronterait d'autres problèmes ; à pied, il lui faudrait des heures de marche.

C'est drôle : il avait comme un vague souvenir d'habiter dans une petite ville, et là il s'agissait d'une grande banlieue. Lors d'un si long chemin, il devrait sûrement affronter des tas d'obstacles, bien plus durs à surmonter.

En essayant la ruse...

« D'accord, je paie. »

Et il prit un billet de cent francs dans sa poche et le tendit. Le gars le regarda... Satisfait, il le mit dans sa poche en sifflant d'admiration, et s'écarta en faisant la révérence.

« Cent francs des mondes extérieurs. Pour un Lump, j'en demandais pas tant ! »

Les autres s'approchaient avides... A.K. fonça dans les escaliers.

Des tas de miséreux couchaient à même le sol. Très difficile de les enjamber. Après en avoir piétiné un ou deux qui criaient de douleur, Anatole trébucha.

La horde sauvage le rattrapa. Des mains crasseuses le dépouillèrent de ses billets.

Après leur départ, le chef lui dit : « Fais gaffe de pas te faire dénoncer aux Aumôniers. Le passage dans Vérité est horrible et... mortel. »

Son long manteau couleur sable, bien que tout effiloché, donnait une certaine noblesse à son allure.

Dessous, il portait juste un jean auquel il manquait une jambière...

Il rajouta avant de partir : « Salut gars ! Et bon vent ! »

Anatole se releva et continua son chemin.

Arrivé sur les quais, après que le chemin eut été dégagé, il s'aperçut avec plaisir que les rames roulaient. Le ticket n'était pas demandé.

Il changea deux fois, traversa certains couloirs éclairés seulement par les bougies des nombreux clochards qui semblaient résider là, et finit par arriver à la bonne station.

Pas très loin de là, avant qu'Anatole ne fût sorti de la bouche de métro, la bande avait poursuivi l'enfant Robert jusqu'au pied de l'escalier menant au château. Ils n'avaient pas osé aller plus loin. Et pour cause...

Pour se venger, du haut du grand mur de soutènement, il sortit sa fronde (confectionnée avec de la bonne chambre à air d'auto) et leur lança de violents projectiles constitués des pierres bien rondes et calibrées récoltées avec soin.

Tout à coup, une contrariété survint.

« Viens vite à la maison ! » Sa mère l'appelait de manière impérative.

Il fallait abandonner la bataille...

Arrivé chez lui, la contrariété devint catastrophe :

« Va m'acheter des œufs ! »

Afin de lui épargner un tourment qui se serait ajouté à toutes les misères auxquelles elle devait faire face, il ne voulut pas expliquer à sa mère la véritable guerre qu'il vivait. En serrant les dents, il s'élança dans l'escalier...

Arrivé dans la rue, il ne vit personne.

Presque soulagé, au moment où il s'élança, il entendit crier derrière lui : « A l'attaque ! » Et les cailloux sifflèrent à ses oreilles...

Terrorisé, il se réfugia dans le jardin du bas de la côte. En refermant la porte sur lui il espéra y être à l'abri. Son pari fut gagné.

Pour peu de temps. Dans la nuit sombre, la porte de la maison s'ouvrit en laissant sortir une violente lumière et une voix d'homme : « Qui est là ? Ah ! C'est toi ! Que fais-tu là ? »

Que dire ? Il serra les dents et sortit en trombe de ce maudit jardinet pour entrer essoufflé, mais heureux, dans le magasin.

Le commerçant servait des œufs à une charmante dame.

Il les posait sur un support qui éclaire l'œuf pour, par transparence, voir s'il n'était pas gâté. Autant de répit de gagné sur l'adversité.

Quand l'homme lui demanda : « Qu'est-ce que je te sers petit ? »

Son cœur se remit à battre.

L'épicier le servit et il le paya. Mon Dieu, que tout cela passait vite ! Vint pour lui le temps de ressortir...

Dehors, dans la nuit, il vit, en haut de la côte, une masse sombre : la bande du bidonville.

Que faire ?

Son orgueil combattit farouchement sa trouille. Il traversa la route et commença à monter. La bande s'ébranla... Elle commença à dévaler la pente.

Cette masse noire frénétique d'enfants agressifs courait vers lui. Pour lui faire du mal... Mais cela ne lui fit pas peur.

Au contraire !

C'est son orgueil qui l'emporta et le décida à contre-attaquer. Sa rage lui fit oublier les dangers encourus. Il s'élança en levant les bras et en criant : « A l'attaque ! ! ! »

Les enfants du bidonville, sûrs de leur victoire grâce à l'écrasant rapport de forces en leur faveur, ralentirent néanmoins un peu leur allure sous l'effet de la surprise. Le chef, interloqué par l'agressivité de leur future victime, s'arrêta pour voir, imité par le groupe. L'autre, tout seul en face, continuait à foncer vers eux en criant.

Le temps sembla soudain s'arrêter...

Le coup de bluff marcha !

L'attitude suicidaire de l'enfant n'apparut pas comme telle à la horde. Au contraire. Elle y vit une puissance cachée, un extraordinaire atout prêt à déployer toute sa force. Aussi, le groupe fit demi-tour et... fuit.

La crainte du maître ?

Robert, quant à lui, poursuivit son chemin, monta l'escalier quatre à quatre et tendit les commissions à sa mère qui ne s'était doutée de rien.

C'est à ce moment qu'Anatole arriva à proximité du lieu où il croyait retrouver son domicile. La nuit était tombée très vite. Au loin, dans la rue très mal éclairée, il avait entendu des cris d'enfants et vu une masse sombre, une bande de gosses, traverser en criant.

Cela l'avait incité à une grande prudence. En se cachant dans un porche, il s'était préparé à attendre que le calme soit revenu.

Après un long moment d'immobilité, il sortit de sa tanière avec l'espoir de retrouver son appartement.

Arrivé en haut de la rue, il ne reconnut pas les lieux.

Devant lui s'étendait à perte de vue un sombre bidonville de tôles et de planches pourries, hérissé d'une forêt d'antennes. Une grande cabine en métal brillant portait une inscription :

AUMONIER N°3218793

SECTEUR BV372

Il s'abrita dans son ombre...

La proximité des Aumôniers était particulièrement surveillée par les Anges du Salut. L'un d'entre eux, le N° ASSTATES9473 avait déjà repéré les mouvements suspects de A.K. Le satellite envoya un signal à la Police Politique. Une patrouille s'élança vers l'Aumônier N°3218793.

Le bidonville qui s'étalait au pied d'un haut mur de soutènement était vraiment délabré.

Mais finalement, Anatole pensa, dans une bonne intuition, qu'il lui assurerait une certaine sécurité. En levant la tête, il vit, dans la lumière des lampadaires, que ce mur soutenait une rue et, au-dessus, un autre mur soutenait le terrain sur lequel était construite une grande maison.

La même maison qui lui permit de passer dans ce monde...

Cette vision l'ébranla. Une fois de plus, il hésita devant une difficile alternative : s'enfoncer dans le bidonville, ou chercher le moyen d'atteindre la maison, et qui sait, le retour dans son monde qu'il commençait à regretter vraiment. Des évènements extérieurs lui imposèrent un choix : en cherchant du regard le début de la côte qui devait mener à la grande maison, il vit arriver le véhicule de la police.

Cela le décida à courir vers les baraquements infâmes.

Une fois dans le bidonville, il se retourna pour s'assurer que les flics ne le suivaient pas.

La voiture de police s'arrêta d'abord, tous feux allumés puis rebroussa chemin. Néanmoins, A.K. repéré serait fiché comme suspect pouvant venir des mondes extérieurs.

À présent, il marchait sur un chemin semé d'embûches. Il trébuchait souvent dans des trous ou sur des bourrelets d'un ancien revêtement de bitume. Des pans de murs en ruines servaient d'appui à des constructions plus que précaires.

Il pouvait voir tout cela grâce à un éclairage public

miteux, mais qui avait le mérite d'exister.

Dans cette chaude soirée d'été, la rue était très animée.

De grands tas d'ordures dégageaient une odeur pestilentielle. Beaucoup de paroles hautement exprimées venaient à ses oreilles, sans qu'il en comprenne vraiment le sens. Il entendait parler français, mais aussi plusieurs langues étrangères inconnues.

Quelques rues plus loin, un adolescent venait de rentrer chez lui dans une misérable baraque qui allait avoir une importance primordiale pour Anatole.

À l'arrivée du jeune garçon, son père lui cria aux oreilles :

« D'où viens-tu ?

— Je suis allé faire un tour pour chercher un petit travail. J'ai gagné ceci. »

Il montra les dollars que le Maître du château venait de lui donner.

« Tu les as gagnés en faisant quoi ? »

Le garçon souffrit de devoir mentir. Il se retint de tourner son regard vers sa mère.

« J'ai été embauché pour nettoyer les voitures des Élus »

Il dit cela en baissant les yeux.

Sa mère vint à son secours :

« Arthur, viens m'aider à plier quelques draps. »

Le père, à moitié convaincu, sentit qu'il ne fallait pas insister s'il ne voulait pas aggraver son malheur.

Arthur, soulagé, fila vers sa mère.

« Laisse donc ce garçon tranquille. Tu lui fais peur avec tes questions.

— Il est trop mignon. J'ai peur pour lui. Quand il ramène de l'argent....

— Sans cet argent, comment pourrions-nous vivre ? Tu ne travailles pas, tu passes ta vie en réunions, tu veux changer le monde, et nous, en attendant nous avons faim.

— Justement, ce monde n'est plus supportable, c'est pour cela qu'il faut le changer. »

Il pensa à tous ces gens qui vivaient d'expédients et à tous ces enfants qui se prostituaient... Mais il refoula immédiatement cette idée. Il était au chômage. Depuis des années. Comme tout le monde ici. C'est pas pour rien qu'ils habitaient le bidonville.

« Comment changer la situation de tous ces malheureux dont nous sommes ? D'abord, il faut savoir lire et écrire. Arthur, viens ! il faut continuer à apprendre à lire, écrire et compter. »

Il s'approcha d'une vieille table de camping rafistolée qui croulait presque sous les livres et en prit un au-dessus du tas.

Il répéta : « Si tu veux travailler dans une belle usine plus tard, tu dois apprendre à lire, écrire et compter. »

Les gens qui travaillaient dans les usines des Élus survivaient bien. Ils vivaient dans des immeubles en dur et mangeaient à leur faim. Leurs enfants allaient à l'école...

Hélas, bien peu des gosses des bidonvilles et des Lumps pouvaient accéder à ce bonheur. Seule la prostitution permettait à quelques rares chanceux d'y parvenir. Si on peut appeler ça la prostitution...

Jacques Pim était un rebelle. Cette société lui sortait par les yeux. Il bénéficiait d'un minimum d'éducation que lui avait donnée un ami de son père. Il voulait en faire profiter son fils.

Au moment où il ouvrit le vieux livre de classe, il entendit frapper à la porte.

Sa femme alla ouvrir.

« Ah ! Salut Jo ! Quel bon vent ?

— Regarde qui j'amène ! Répondit son interlocuteur, resté dans l'ombre de la rue.

- Mais entrez donc !... »

Jo entra, suivi d'un jeune homme bien habillé, très propre et qui avait l'air très fatigué.

Quand Anatole, épuisé, entra dans la baraque à la suite de Jo, il jouit de la même impression de soulagement que ressent le marin qui rentre au port après la tempête.

Ce gars l'avait intercepté, attrapé par le bras et faillit le faire tomber alors qu'il courait, affolé.

« Pas si vite mec ! Tu vas te casser la gueule. De quoi t'as peur ? C'est la popol qui te poursuit ?

— Heu !... Ben...

— Ça va, j'ai compris ; viens avec moi, je sais où

t'emmener. »

Dans la baraque, l'air était poisseux. Un adolescent de quinze ou seize ans pliait des draps rapiécés avec la femme à l'air fatigué qui leur avait ouvert la porte.

Un homme, mal rasé et crasseux, portant de petites lunettes rondes et tenant un livre d'école en main les accueillit avec un air interrogateur, les sourcils froncés.

« Qui tu nous amènes Jo ?

— Un gars bien habillé qui est poursuivi par la popol. Il a l'air d'être à l'aise dans la vie. Peut-être qu'on pourra en tirer quelque chose. »

Anatole eut l'impression que le plafond s'écroula sur sa tête quand le type sortit un couteau de sa chemise et le menaça.

« Assieds-toi là et réponds à nos questions. Tu viens d'où ? »

Anatole terrorisé ne savait quoi dire.

« Réponds, ou on te dénonce. À ce moment-là ce seront les robots Vérité qui s'occuperont de toi. On n'en sort pas vivant. »

Il surmonta son angoisse paralysante et se décida à répondre :

« Pour venir, je suis passé par la maison là-haut. »

Jacques sentit un frisson lui dresser les poils sur les bras. Le château ! Ce gars disait qu'il était venu en passant par le château.

« Et tu en es sorti vivant ?

— Oui, j'en suis sorti par des immeubles très loin d'ici. »

Un gars qui venait des espaces extérieurs. Il en avait entendu parler, mais n'en avait jamais vu.

Il réfléchit quelques minutes. Ce type le mettait dans l'embarras. Cet imbécile de Jo l'avait amené ici. S'il le dénonçait, la popol lui demanderait pourquoi ce gars se trouvait chez Pim. S'il ne le dénonçait pas, des gens l'ayant vu passer signaleraient le fait à un Aumônier.

Quelle poisse !

Une idée qu'il trouva géniale traversa son cerveau :

« Arthur, viens ici.

— Oui, p'pa.

— Tu vois ce gars, demain tu l'accompagneras chez le

33

Maître du château. Tu diras que c'est ton père qui l'envoie et tu réclameras une récompense.

— Et s'il ne veut pas me suivre ? »

Le père se retourna vers Anatole.

« Tu vas aller avec mon fils dans la maison d'où tu es venu, sinon Jo te dénoncera aux Aumôniers. »

Anatole réfléchissait également. Au fond, il n'était pas mécontent de retrouver un éventuel passage pour retourner chez lui !

« Oui, juré ! »

Jacques sortit une clé de sa poche et la tendit à son fils.

« Tiens, emmène-le dans la cave. Il y passera la nuit avec ton frère. Vous partirez demain matin. »

Arthur souleva une trappe, alluma une bougie et fit signe à Anatole de le suivre.

Par un escalier de bois, ils descendirent dans un trou noir glacé.

« Vous êtes bien habillé, vous n'aurez pas froid. »

Au pied de l'escalier, il entendit un bruit provenant d'une cage installée sous l'escalier : quelqu'un ou quelque chose bougeait là. Un bruit de chaîne se fit également entendre.

« C'est mon frère, il n'est pas comme nous. Mon père a voulu le garder. Dans d'autres familles ils s'en sont débarrassés. »

Quelque chose fit penser à Anatole que la nuit allait être terrifiante à côté de ce monstre en cage.

Arthur lui indiqua une paillasse contre un mur.

« Vous pouvez lui parler, il parle très bien. D'ailleurs il écrit son journal. Le problème c'est qu'il a toujours faim. Je vous laisse la bougie et à boire. »

Il repartit. Le silence régnait de nouveau lorsqu'il eut refermé la trappe derrière lui.

Alors, le monstre parla...

Tout là-haut, dans la maison, Alice s'ennuyait. Elle n'avait que dix-huit ans, mais connaissait déjà tout des hommes. Plus rien ne l'amusait. Elle avait perdu sa mère, morte lors d'une précédente épidémie. Son père, le Maître du château, la comblait de tous les biens que sa fortune pouvait lui procurer, mais elle s'ennuyait, enfermée dans son château, isolée du monde.

Son petit frère jouait dans la galerie des glaces, la galerie du passage vers les mondes extérieurs.

Dans les logements des domestiques, au sous-sol, Robert, l'enfant des Catelon, s'ennuyait également. Il était méprisé comme domestique par les maîtres du château, et aussi par les gens du bidonville, qui voyaient en sa famille des traîtres privilégiés.

Dès qu'il sortait, la bande l'attaquait. Quand il devait se rendre dans la rue, l'angoisse lui martelait le ventre. Ses parents ignoraient cela. D'ailleurs, ils ignoraient beaucoup de choses de lui ; ils étaient bien trop occupés à servir les maîtres. Il fallait survivre...

Ce matin-là, ses parents étant, comme toujours, de service, assis devant la porte, il regardait ce maudit bidonville blotti au pied des murs du château. Un amas de ruines, de pans de vieux bétons desquels sortaient encore des ferrailles rouillées. Entre ces ruines, des cabanes de tôles, de planches et de cartons constituaient une casbah autour d'une vieille église restée debout et depuis longtemps inutilisée.

Cette sinistre grande bâtisse surplombait le reste du quartier. Entourée d'un glacis de vieux murs, elle ne comportait qu'un seul clocher au toit très aigu. Une vieille grille en fer forgé rouillé entourait l'espace d'herbes folles au milieu duquel trônait l'édifice.

Cette église n'émettait plus aucun son de cloche. Elle exerçait une fascination exceptionnelle sur lui quand Robert la regardait. Depuis quelques années déjà, il s'était juré d'y pénétrer. Mais il fallait traverser le bidonville et ses bandes d'enfants pirates...

Quelqu'un le secoua à l'épaule et il émergea de ses songes.

« Salut Robert. J'amène quelqu'un qui pourra intéresser le maître. Peux-tu m'annoncer ? »

Robert réintégra le monde réel et vit devant lui le jeune Arthur accompagné d'un homme.

Anatole émergeait également de rêves une fois de plus

oubliés. Il lui restait le vague souvenir d'une cave, de quelqu'un qui lui racontait une histoire surprenante et tout à coup le voilà devant la maison qu'il connaissait si bien, mais dans un autre cadre.

Au lieu d'être dans un paysage de champs et de forêt, elle trônait au sommet d'une colline, au milieu d'un site urbain très dégradé. En face, comme en symétrie, une sinistre église faisait un signe immobile de son long clocher, comme un bras levé...

Arthur venait de parler à un jeune garçon assis sur les escaliers de la maison. Ce dernier se leva et dit : « Suis-moi ! »

Ils entrèrent dans la maison et prirent, dans le vestibule, l'escalier de droite...

À l'étage, l'enfant frappa à la porte et attendit.

Après une attente qui parut très longue à Anatole, elle s'ouvrit sur un homme en tenue de domestique du dix-huitième siècle.

« Papa, voici Arthur qui amène quelqu'un qui pourrait intéresser le Maître. »

Cet homme porta sur Anatole des yeux résignés. Une étincelle d'intérêt y apparut lorsqu'ils parcoururent le corps du jeune homme de haut en bas.

« Entrez ! » Dit-il, et sa bouche esquissa un sourire sinistre.

«Le Maître est absent, mais Mademoiselle Alice va vous recevoir. »

Alors que Robert repartait, ils suivirent son père jusqu'à une vaste pièce, aux deux portes grandes ouvertes. Une voix féminine, très basse, mais dont il lui semblait reconnaître les intonations, questionna le domestique :

« Qui est-ce ?

— Mademoiselle, voici une personne qui va vivement vous intéresser et qui nous est amenée par Arthur. »

Le domestique, resté dans l'encadrement de la porte, empêchait Anatole de voir la personne qui parlait à l'intérieur.

« C'est bien, tu peux partir. » Dit-elle.

Lorsque l'homme se retira, Anatole fut stupéfait de reconnaître la jeune fille !

Alice regarda ce beau jeune homme, habillé, cela ne semblait faire aucun doute, comme quelqu'un des mondes extérieurs. La trame faisait, une fois de plus, parfaitement son travail. Elle ne fut que très légèrement étonnée de la surprise intense qu'elle lut dans son regard lorsqu'il s'écria :

« Véronique !

— Non, vous faites erreur, mon nom est Alice.

— Oh ! Pourtant... Quelle ressemblance !

— Venez et dites-moi plutôt ce que vous faites ici et quel est votre but.

— Je veux me rendre dans un long couloir avec de nombreux miroirs accrochés aux murs. Au bout de ce couloir se trouve une porte qui attend certainement que je l'ouvre pour retourner chez moi.

— Je sais ; patientez, ce moment arrivera plus tôt que vous ne le souhaiterez bientôt... En attendant, nous allons passer quelques jours ensemble. »

Arthur, qui voyait le moment arriver où Alice allait complètement l'oublier, se rappela à son souvenir :

« Mademoiselle, puis-je me retirer ? Et mon travail mérite-t-il une récompense ?

— Mais oui jeune homme. »

Elle fit signe au domestique, resté tout près derrière la porte, de donner une bonne récompense au petit. Ensuite, elle lui ordonna de conduire Anatole à sa chambre.

Il suivit le serviteur qui le fit entrer dans la même pièce que celle qu'il avait découverte avec Véronique.

Dès qu'il se retrouva seul, il ouvrit la porte lentement et, avec beaucoup de précautions, jeta un coup d'œil par l'interstice. Il vit le couloir désert et silencieux. Sur la pointe des pieds, il s'y aventura, redescendit l'escalier, se retrouva dans le palier d'entrée. Dans cette maison, il fallait passer une porte pour accéder aux escaliers qui l'emmèneraient jusqu'au couloir des miroirs. Il l'ouvrit et se retrouva devant une cabine dans laquelle il vit un siège fixé au sol devant un écran de télé, petite fenêtre mystérieuse de la pièce exiguë. Par curiosité, il entra. Aussitôt, la porte se referma et la télé s'alluma. Une femme, très jolie, mais aux traits un peu trop réguliers, lui parla.

« Que désirez-vous ? »

Il se méfiait et ne répondit pas, attendant la suite.

« Voulez-vous répondre s'il vous plaît.

—...

— Je dois donc vous rappeler que lorsqu'on pénètre dans un Aumônier c'est pour y chercher un secours ; ne rien dire équivaut à être suspecté de subversion. Répondez. »

La caméra de l'Aumônier personnel du maître transmit l'image d'Anatole à l'ordinateur central qui retrouva sa trace en une fraction de seconde : la sortie des HLM, la panique devant la bande des gosses, le racket des Lumps devant la bouche de métro et la fuite dans le bidonville.

Sa fiche indiquait également que lorsque la popol fut prévenue de l'existence d'Anatole, elle perquisitionna dans l'immeuble où il apparut, mais ne trouva rien !

L'ordinateur demanda alors aux services centraux de la popol si l'Aumônier devait livrer Anatole aux robots Vérité. Celle-ci demanda le numéro de l'Aumônier en question.

Lorsqu'elle prit connaissance du lieu où il se trouvait, elle ordonna à l'ordinateur d'en rester là. On ne se mêle pas impunément des affaires d'un Maître !

Durant les quelques secondes que prit ce processus policier, Anatole avait réfléchi.

« Je cherche le couloir aux miroirs, dit-il à l'écran.

— Celui-ci n'est accessible qu'avec l'accord du Maître des lieux.

— Comment puis-je le rencontrer ?

— C'est impossible sans qu'il le désire vraiment lui-même !

— Mais comment ?...

— L'entretien est terminé ! »

Après une séance d'images extraordinaires, mais incompréhensibles, la porte s'ouvrit, la lumière s'éteignit et l'écran aussi. Anatole se leva et chercha l'éventuel mécanisme d'une porte secrète. Peine perdue, il ne trouva rien. La forte déception lui fit perler les larmes aux yeux. Lorsqu'il se retourna, il vit Alice qui souriait ironiquement, l'épaule appuyée sur l'encadrement de la porte.

« Je vous avais dit de patienter. Chaque chose en son

temps. Vous verrez à quel point vous regretterez les quelques jours que vous allez passer ici. Venez, nous allons déjeuner ; je vais vous présenter mon petit frère. »

Il la suivit, encore imprégné de sa déception, mais néanmoins attiré par le merveilleux corps de la jeune fille, le même corps que celui de Véronique.

Son jeune frère ne prononçait pratiquement aucun mot. Elle installa Anatole seul à une table et le quitta en lui souhaitant bon appétit. Le père du petit Robert le servit. Il ne répondit à aucune des questions posées par Anatole.

Le repas terminé (un repas succulent), Alice réapparut immédiatement.

« Venez, allons nous promener dans le potager. »

En guise de légumes, le jardinier faisait pousser diverses variétés de plantes étranges et quelques champignons.

« Ces plantes sont réservées uniquement à notre droguiste. Actuellement, nous récoltons les baies de belladonna, jusquiame noire et dans quelque temps, nous ferons sécher le champignon amanite tue-mouches. »

Un jardin effrayant.

« Mais que faites-vous de toutes ces plantes toxiques ? »

Elle éclata de rire.

« Toxiques ? Comment ça toxiques ? »

Les champignons poussaient à l'ombre de grands arbres. Un jardin surprenant, car le même grand tilleul trônait non loin du même puits que dans l'autre maison.

A.K. passa quelques jours merveilleux dans cet endroit étrange. Il rassembla, auprès des Catelon, beaucoup d'informations sur ce monde. Lorsque Robert lui fit comprendre la terreur qu'il éprouvait en sortant dans la rue, il se souvint de la soirée de son arrivée à l'entrée du bidonville et commença à entrevoir cette société construite sur la haine...

Il rencontra également Arthur Pim. L'adolescent, un peu tendu, répondit à ses questions : pourquoi les enfants du bidonville haïssaient Robert, ses parents travaillaient-ils, et lui, Arthur, que faisait-il ?

Lorsqu'il lui demanda s'il avait des frères et sœurs, son regard s'assombrit, il baissa la tête et tourna les talons...

Quelque temps plus tard, du haut des murailles de la Maison, il avait vu des hélicoptères, très loin, au-dessus du bidonville. À première vue, ils tiraient sur des gens...
À ce moment, Alice l'attrapa par-derrière et l'entraîna à l'intérieur. Ce n'est que le jour de son départ, et parce qu'il n'avait pas revu Arthur, qu'elle consentit à lui raconter les faits bruts. Pour les détails, Anatole apprit bien plus tard, lors de son deuxième voyage, par la bouche même d'Arthur, les circonstances de ce drame.

Le jour de l'attaque des hélicoptères, Jacques Pim se rendait à sa réunion. Il traversait le bidonville en se dirigeant vers le sud. La pluie avait cessé et laissé des mares pourrissantes si nombreuses que ses pas avaient du mal à éviter d'y plonger ses pieds. De grosses bulles de méthane et d'hydrogène sulfuré puant montaient à la surface de l'eau noirâtre. Ses pieds mouillés finirent par dégager également cette odeur d'œufs pourris.
Il remarqua qu'il s'approchait de la réunion, car de nombreux hommes préoccupés convergeaient vers le même point que lui. Ombres furtives cherchant à ne pas se faire voir du ciel...
Sur la place encore silencieuse, une foule commençait à se rassembler. Sombre et décidée, cette masse restait encore éparpillée autour de l'espace central. L' orateur arriva en courant, entouré de gardes du corps armés de simples serpettes. Les satellites avaient déjà repéré l'attroupement et le signalèrent à la popol. L'officier de service, en maudissant sa malchance d'être dérangé dans sa somnolence, avisa ses supérieurs.
Tout ce temps gagné permit à l'orateur de commencer à convaincre le peuple des bidonvilles de prendre les armes pour vaincre la misère et l'exploitation. Tout en continuant à développer partout cet effort de conviction, les dirigeants réfléchissaient sur une autre stratégie de lutte. Dans certaines réunions, ils commençaient à suggérer, mais suggérer seulement de libérer les monstres de leurs

caves humides. Il fallait beaucoup de prudence, car ceux-ci étaient haïs par leurs géniteurs. Cette haine commença à être entretenue par les Aumôniers, lorsque les autorités découvrirent que de nombreuses familles cachaient des monstres. Mais, elle n'aboutit pas au résultat espéré. Les parents ne livrèrent pas leurs enfants-monstres à la popol par crainte de l'inévitable répression qui suivrait.

Lorsque l'orateur commença à aborder cette question délicate des monstres, la foule silencieuse entendit au loin la musique et le ronronnement saccadé des hélicoptères. Aussitôt, les hommes présents se dispersèrent ; l'orateur, suivi de ses gardes du corps, souleva ce qui ressemble chez nous à une plaque d'égout et se réfugia sous terre dans cet abri creusé ici à cet effet.

Le premier hélico surgit au-dessus des ruines du quartier dans un hurlement musical à arracher les tympans. Ses mitrailleuses semaient la mort. Les balles explosives faisaient éclater les corps. Après la pluie des nuages vint la pluie de feu et d'acier, de larmes et de sang.

Jacques fuyait déjà quand les premiers hélicoptères arrivèrent sur la place du meeting. Mais son groupe fut repéré par un pilote qui aimait la chasse au lapin.

L'appareil les suivit donc longtemps, eux courant, les tripes serrées par la peur et animés par l'espoir de rester vivants, leurs jambes, leur corps tout entier fonctionnant comme une mécanique en ayant atteint le deuxième souffle qui permet de se dépasser. L'hélico hurlait sa musique guerrière. Le copilote tirait sur les fuyards avec son fusil d'assaut. Lorsque Jacques resta seul à courir sur le chemin boueux, l'insecte de métal le suivit longtemps. Les soldats voulaient voir combien de temps il pourrait tenir. Lorsque l'homme s'engouffra dans une bâtisse en ruines, l'hélicoptère en fit lentement le tour ; le pilote arrêta la musique et son haut-parleur cria : « Sortez de là et vous aurez la vie sauve ! » Il mentait pour s'amuser, mais aussi pour étudier la réaction de ceux que les élus considéraient comme des rats : les habitants des bidonvilles crasseux.

De réaction, il n'y en eut pas, car Jacques resta à l'intérieur. Couché sur le dos, la bouche grande ouverte, il cherchait son souffle en râlant. Son cœur était sur le point de lâcher quand la roquette pulvérisa la bâtisse et lui avec elle.

Anatole fut horrifié d'entendre une histoire pareille !
Il le dit à Alice qui lui répondit : « Ah bon ? Ce n'est rien du tout, cela arrive souvent et ces gens n'ont aucune importance ! Pas plus qu'une mouche ou une fourmi... D'ailleurs ces salauds ont réussi à abattre un appareil avec les deux policiers du bord. Tu te rends compte, ils sont même armés ! »
Il n'insista pas, la voyant tellement convaincue, et après tout, à ce moment-là, il avait d'autres chats à fouetter !
Lorsque Jacques mourut, Anatole faisait l'amour avec Alice.
Elle avait un corps magique. Tantôt, telle une liane elle s'enroulait autour de lui et cette magnifique jeune fille qui plongeait son regard noir envoûtant dans ses yeux émerveillés semblait prolonger le sexe de l'homme. Tantôt, ses hanches s'élargissaient, ses seins se gonflaient, sa vulve enflait et alors Anatole plongeait son sexe dans un océan tiède et maternel.
Avec Alice, simultanément suceuse de vitalité et sein gonflé allaitant son petit, sous la servitude de sa violence érotique, on connaissait à la fois la brève jouissance de l'orgasme et la lenteur infinie de la tendresse.
L'amour avec elle, telle une drogue, enchaînait désormais Anatole dans ses filets souples, mais solides de la passion.
Plus tard, éveillé, il se trouva dans une extrême faiblesse. Car lorsqu'il fut endormi après l'amour, épuisé, sans force et sans rêve, elle prit un peu de son sang. Mais pas trop, car il était si beau et peut-être la ferait-il passer vers les mondes extérieurs ? La couleur revint sur ses joues. Son frère attendait son appel. Elle savait impulser chez ses victimes les sensations de l'amour avec une multitude de femmes, car elle avait pratiqué cela avec une multitude d'hommes. Elle n'était pas une femme, mais un vampire. Elle pratiquait magnifiquement cet art de la fascination de la victime par son bourreau... quand les jouissances de ses victimes la mettaient en appétit.

Son petit frère entra immédiatement lorsqu'elle l'appela. Elle dut lui ordonner d'être frugal, car elle avait besoin d' Anatole. Il pourrait terminer son repas avec quelques enfants du bidonville...

Tout cela dura plusieurs jours. À chaque fois, Anatole se réveillait, affamé de nourriture et rassasié d'amour. Il finit par découvrir la vérité : il se réveilla un jour alors qu'Alice se reculait précipitamment en détournant la tête. Il lui sembla apercevoir un éclair rouge à la commissure de ses lèvres. En regardant son doigt qu'il venait de passer sur son cou qui le démangeait légèrement, il aperçut du sang.

Cela ne l'effraya pas. Au début, il fit même semblant de ne pas comprendre. Il était le captif de l'amour avec Alice et craignait que tout cela ne s'arrête s'il montrait sa compréhension de la véritable nature de sa maîtresse.

Quelques jours plus tard, c'est elle-même qui lui en parla. Elle lui expliqua que les vampires étaient tous ainsi. Qu'ils vivaient de la vie des autres. Que c'était comme cela et qu'ils n'y pouvaient rien. Mais il fallait le cacher aux êtres humains. Anges du Salut, Aumôniers, robots Vérité et popol avaient pour tâche, précisément, de tout mettre en œuvre pour que ces rapports se perpétuent.

Devenu l'esclave d'Alice, il accepta cela sans broncher. Lorsque ses yeux se fermaient, il voyait son sexe dressé pénétrer Alice de toutes les manières possibles.

Parfois, il en tremblait de désir. Comment échapper à cet esclavage ?

Ce fut également Alice qui lui indiqua la voie.

« Y a-t-il des gens comme nous dans le monde d'où tu viens ?

— Non, je ne crois pas ! Seulement dans les livres.

— Comment as-tu découvert le passage ?

— C'est une jeune fille qui te ressemble qui me l'a montré.

— Ah ? La trame fonctionne donc bien... »

Tous les voyageurs qu'elle avait envoûtés étaient passés de la même manière : une jeune femme qui lui ressemblait leur montrait le passage.

« Et... le passage, il se trouve dans la même maison que celle où nous sommes ?

— Oui, répondit A.K. distrait, de nouveau plongé dans ses désirs »

Il se leva de son fauteuil, s'approcha de la jeune femme, s'accroupit à côté d'elle. Sa main droite plongea sous sa jupe. Surprises, ses cuisses mirent un temps à se réchauffer. Mais Anatole, tout occupé à ses objectifs ne le remarqua pas. Entre temps, sa main gauche avait déjà saisi un magnifique sein d'Alice. Ses tétons pointèrent à travers la soie fine du corsage. Anatole bandait à faire éclater son pénis.

« Je veux bien t'accompagner quand tu repartiras... »
Dit-elle dans un soupir !

Anatole leva brusquement la tête, souleva les jupes d'Alice qui en écartant les jambes tendit son pubis. Quand il la pénétra, il vit ses yeux briller. Il pensa à une cabine téléphonique qui s'allume quand on ferme la porte après y être entré...

Cette fois Alice ne but pas du sang d'Anatole. Elle attendit patiemment qu'il se réveille, affalé sur le sol à côté du fauteuil qui supporta leurs ébats.

Anatole la tenait par la main quand ils se dirigèrent vers le couloir aux miroirs. C'était la première fois que la jeune vampire essayait de passer avec une de ses victimes. Les autres étaient mortes de plaisir avant...

Alice s'était attachée à Anatole. Allez savoir pourquoi.

Le cœur a ses raisons que la raison ignore ! Elle avait donc pu et su le ménager.

Elle fit pivoter la cabine de l'Aumônier grâce à un mécanisme caché. Ainsi, plus aucun obstacle ne les empêcha d'entrer dans le couloir.

Bien évidemment, les miroirs ne reflétèrent que l'image d'Anatole. Un Anatole magnifique, sûr de lui et dominateur.

À l'autre bout, la poignée de la porte n'attendait plus qu'une main pour l'ouvrir.

4.
Véronique se souvient...

« Ma chère Véronique, tu as maintenant dix-huit ans : il est temps de sortir du nid et de prendre ton envol. »
Elle se souviendrait longtemps de ces paroles qu'elle entendit avec plaisir il y a plusieurs années. Elle n'avait pas connu ses parents et vivait avec sa mère adoptive, une dame âgée — qui donnait l'impression d'avoir toujours eu cet âge — aux airs nobles et froids, au langage impeccable, et qui possédait un ascendant impitoyable sur la jeune fille. Dès l'enfance, sa mère adoptive l'avait initiée aux secrets de la sexualité. Petit à petit, elle fut dressée à des réactions automatiques dans certaines circonstances de la vie. Arrivée à l'âge où le corps développe ses manifestations organiques naturelles dans le domaine de la sexualité, la jeune fille était formée à des réactions qu'elle ne cherchait même pas à comprendre ou à combattre, au contraire. Le moins que l'on puisse dire, c'est qu'elle ne souffrait pas d'inhibition...
Sa « mère », que tous ses camarades de classe avaient surnommée la « Comtesse » à cause de son accent et de son langage châtiés, maniait avec grand art les rêves de l'enfant, rêves qu'elle savait utiliser pour littéralement façonner une personnalité particulière à sa fille. Par enchaînements, elle s'appuyait sur le rêve précédent pour produire d'autres rêves qu'elle préparait à l'avance dans l'inconscient de l'enfant. Cette petite fille ne s'en rendait pas compte, d'autant plus qu'elle vivait isolée, sans avoir noué de liens amicaux avec ses camarades qui la prenaient un peu pour une sorcière et, parce qu'ils la craignaient, restaient à l'écart.
Sa première vraie relation sexuelle avec un homme, elle l'a eue très jeune. C'était un homme d'âge mûr, très grand et très beau ; enfin, elle le trouvait très beau. Ce fut le premier et l'unique rapport sexuel qu'elle eut avec

lui. Elle avait beaucoup aimé et, souvent, elle se souvenait de cette première expérience avec le plaisir d'un profond frémissement du bas-ventre.

Dans ses relations, il y avait aussi un personnage qu'elle avait identifié comme un médecin. Sa mère l'appelait par son prénom royal : Louis. Elle avait de longs entretiens avec lui et sa mère. C'est lui qui donnait toutes les indications à l'enfant pour la conduire à raconter parfaitement ses rêves. C'était devenu également un conditionnement : dès qu'elle avait rêvé, elle racontait à sa mère qui notait tout dans un carnet.

Elle était investie d'une mission, sa vie entière devant y être consacrée. Dès sa petite enfance, elle fut informée de cette lourde responsabilité. Un tel fardeau chez un petit enfant ne peut que créer des perturbations psychologiques graves. Ce n'était pas une maladresse de la part de ses éducateurs, au contraire, cela faisait partie de la stratégie de mise en condition de l'enfant qui, ainsi, ne pouvait absolument pas se retrouver toute seule face à une telle monstrueuse responsabilité. Elle avait besoin d'être soumise à des directives adultes sous peine de tomber rapidement dans la schizophrénie. Ainsi, elle ressentait constamment la nécessité de raconter ses rêves, d'autant plus facilement que le faire était obéir aux instructions de ces adultes qui remplaçaient ses parents. Le psychiatre « Louis » ayant vite pris la place du père...

Le carnet de la comtesse dans lequel elle notait les rêves de Véronique était très instructif. Il ne devait pas tomber en n'importe quelles mains...

Parfois, ils allaient passer quelques jours de vacances dans une vieille maison en Bourgogne, petit château dans une grande propriété. Elle pouvait y jouer au grand air et s'était liée d'amitié avec un petit garçon de son âge d'une ferme voisine. Ils se cachaient dans quelque dépendance pour se regarder et se caresser les parties habituellement cachées de leur corps. Un jour, elle y fit le rêve suivant : « On venait ici passer un week-end à la Maison. On s'était arrêtés à une station-service avec un restaurant. Maman et Louis étaient partis pour faire une course. Je suis restée seule dans la voiture. Louis avait laissé le moteur allumé et j'avais peur que la voiture allait faire euh... une marche arrière... qu'elle allait partir toute seule quoi... Après — moi j'avais peur — je suis passée devant. J'avais tourné le volant, j'ai avancé, pour l'instant ça été bien, ça allait tout droit. Mais après y a un tournant, je tourne le volant à gauche, et après la voiture va à droite ! et après, c'est tout de suite la nuit, et je vois un magasin de vases avec des fleurs dedans. Et la fille, la vendeuse qui était dedans ressemblait à la maîtresse, sauf qu'elle avait les cheveux raides. Après, c'est tout de suite le jour et maman et Louis arrivent et on est arrivés à la maison. Louis savait que la voiture était allée là-bas. Maman a dit : "On n'en achète plus, c'est trop cher !" Et Louis dit : "Il y en a plein de ce genre, on en rachètera une !" (J'ai sauté une petite étape, car je m'en rappelle plus) Moi, je dis : "J'ai pas dérapé... Mais j'ai tourné le volant à gauche et la voiture allait à droite !" Maman et Louis n'ont pas écouté ! Et après, mon rêve, il n'y en a plus. J'ai eu peur que c'était vrai... »

Lors de ces vacances, Louis lui apprit à rouler sur un vélo orange et rouge. Il fut impitoyable avec elle pour l'endurcir. Il fallait la préparer à une vie pas facile. Après une chute douloureuse dans une descente infernale, elle fit le rêve suivant qu'elle lui raconta à lui : « On était dans la voiture, ce n'était pas le moteur en marche, il y avait le moteur et la clé. Et moi, je voulais conduire. Pas un garçon manqué quoi... mais... Et moi, j'ai tourné la clé, je sais plus dans quel sens, mais j'ai tourné la clé. Et la voiture est partie. Tu étais avec moi. Et après, nous sommes arrivés dans une station-service où y avait des gens que j'aime pas trop ce genre de gens, genre Gitans... Et après, là-bas, il y avait un taureau et on devait faire du rodéo. Tu devais commencer en premier. C'était pas vraiment du rodéo, tu sais avec le machin rouge, la corrida en vélo. Après, ça s'était bien déroulé, c'était à mon tour. Moi j'étais sur mon vélo un peu petit. Moi, ça a été très mal. J'étais sur mon vélo et ça descendait très vite. Non... enfin, ça descendait. Après, je suis descendue de mon vélo, j'étais tout de suite par terre. Et toi tu me disais : "Les cornes... Les cornes... Vise les cornes !" Et moi, je lui arrachai une corne. Je tremblais de peur. Et il saignait. Puis on était de nouveau en route. La radio marchait. On entendit une terrible nouvelle : des escargots géants avec des coquilles orange et rouge envahissaient la France ! Et c'était toujours moi qui conduisais et moi je croyais qu'il y avait des petits Gremlins de partout... »

L'école et l'éducation produisirent chez elle de très beaux rêves : « C'était qu'on était dans la maison de Gepetto. Gepetto et Pinocchio étaient dans un coin à se brosser les dents. Et moi je les tirais par le bras et eux ne se laissaient pas faire ; ils étaient comme gluants... »

Un autre jour : « On était à l'école, autour d'une table — une petite. Y avait un petit fantôme rouge (un démon) caché derrière le toit de l'école. Une fille était ensorcelée par ce truc rouge. Et moi, je lui disais : "Pars... Pars !", Mais elle m'écoutait pas parce qu'elle était ensorcelée. »

Plus tard, déjà jeune fille, elle fit des rêves de mer agitée dans laquelle elle se baignait au risque de se noyer, des rêves de gouffres sans fond qu'elle devait traverser sur des passerelles branlantes. Son impuissance potentielle due à cette inversion de génération produite par l'énorme responsabilité dont elle fut investie dans sa prime enfance avait été retournée par le psychiatre Louis. D'une impuissance sexuelle, il avait fait un très grand appétit d'amour charnel et une capacité inouïe à prendre du plaisir. Mais, les deux tendances coexistaient chez elle, l'impuissance restant enfouie profondément, étouffée, mais présente. Une seule fois, elle rêva qu'elle s'était coupé une main pour la recoller aussitôt. Elle raconta ce rêve à Louis qui en détecta immédiatement la gravité. Il rectifia la situation par de nombreuses séances de psychothérapie. À vrai dire, il s'était déjà préparé à cette situation prévue...

« Ma fille, tu vas pouvoir travailler : je t'ai trouvé un emploi à l'auberge des Vignes, tu sais, celle qui se trouve à proximité de notre maison de campagne au bord de la rivière, près du pont, et qui montre un dragon volant sur son enseigne. D'ailleurs, les gens de là-bas l'appellent l'auberge du "dragon volant". »

La jeune fille restait silencieuse, attendant la suite qu'elle savait venir quoi qu'il arrive. Elle jubilait intérieurement devant cette nouvelle vie qui commençait. Elle avait passé et réussi son bac professionnel, sachant que ses études en resteraient là. Son joli corps, sa personnalité alliant élégance et vulgarité, finesse et brutalité, intelligence et entêtement, avaient fasciné plus d'un de ses camarades de classe. Tout en choisissant soigneusement ses conquêtes, elle savait profiter de bonnes aubaines et avait brisé quelques cœurs.

« Tu ne me demandes pas de quel travail il s'agit ? » Insista la comtesse après un moment de silence.

« Je te le demande, répondit-elle en souriant, mais je sais déjà de quoi il s'agit...

— Ah ? Fit-elle, bonne comédienne. Et de quoi s'il te plaît ?

— Tu m'as toujours parlé d'un travail le plus social possible, qui permet de rencontrer le maximum de gens. Une auberge est idéale ! Et quel métier permet d'y rencontrer le maximum de monde ? Serveuse, bien sûr... Ce n'est pas ça ?

— Je pensais bien que tu avais deviné... »

Elle souriait, assez contente d'elle-même.

L'auberge était un très bel établissement. Le patron, un homme affable visiblement impressionné par la comtesse réserva un très bon accueil à sa nouvelle employée. Véronique se demandait s'il savait à quoi s'en tenir à son sujet. Elle n'eut jamais la réponse à cette question. Il resta toujours très réservé vis-à-vis d'elle, tenant visiblement à garder des relations distantes entre le patron et l'employée. Pour le reste, il ne demandait à Véronique que de faire correctement son travail, ses activités en dehors de celui-ci ne le regardaient pas. Elle n'était pas curieuse, mais le mystère de l'enseigne au dragon volant l'intriguait. Elle posa des questions à ce sujet, mais personne ne put lui apporter de réponse. Cette enseigne existait déjà avec l'ancien propriétaire qui avait cédé son fond à l'actuel, mais, selon ce dernier, aucun échange d'information n'eut lieu à ce propos. L'enseigne était si belle qu'elle fut conservée et personne ne la remarquait vraiment, sauf Véronique qui ressentait un sentiment d'étrangeté en la regardant. Lorsqu'on parlait de ce mystérieux objet aux gens du village voisin, on obtenait seulement un silence gêné pour toute réponse. Une vieille bigote avait même fait le signe de croix en écoutant la question... Véronique n'aimait pas beaucoup la lecture, c'est pourquoi elle n'avait lu aucun des livres de la vieille bibliothèque de leur maison de campagne voisine désormais inhabitée.

Bien que sous-qualifiée par rapport à la formation qu'elle avait suivie, son travail lui plaisait beaucoup, elle avait d'ailleurs contribué à renforcer la clientèle du restaurant (et de l'hôtel aussi) par son charme irrésistible. Elle arrivait à arrondir sérieusement ses fins de mois avec de superbes pourboires et autres prestations privées... Néanmoins, ce n'était pas l'argent qui motivait ses relations amoureuses, bien que souvent il entrait en ligne de compte. Elle choisissait ses conquêtes avec soin et refusait fermement des propositions d'hommes qui ne lui plaisaient pas. Quand l'insistance de la demande prenait des tours violents, elle savait suffisamment se défendre pour repousser victorieusement l'adversaire, aidée en cela par l'éducation spéciale qu'elle avait eue. Tout attouchement pendant le service était fermement repoussé, voire puni. Aucune claque sur les fesses n'était permise par qui que ce soit. Elle avait aussi appris à se faire respecter afin que sa vie fût supportable. Esclave oui, mais seulement d'elle-même, et pas des autres.
Sa vie prit ainsi un rythme de croisière, avec sa partie privée qui occupait largement son temps et, parfois, rarement, une mission confiée qui l'obligeait à accepter une liaison brève, et souvent sans plaisir. Elle ne cherchait pas à comprendre le but de ces courtes relations... Elles lui permettaient, par contre, de pouvoir continuer à vivre sa vie comme elle l'entendait.

C'est une de ces « missions » qui l'amena à rencontrer Anatole Krim...

5.
Juliette.

Des clochards occupaient le bâtiment F abandonné depuis plusieurs années. Le soir, ils s'infiltraient dans la cave par un vieux soupirail et ils montaient au quatrième pour boire des litres et des litres de vin rouge. Ils parlaient aussi ; ils parlaient beaucoup pour mieux exorciser leurs rêves. Parfois, ils réussissaient un bon coup et se payaient une bonne bouffe arrosée d'un bon alcool.

Jeff essayait de mettre un peu d'ordre dans tout cela.

Pas facile ! Un jour, au deuxième, il avait dû lutter seul contre un début d'incendie. Les autres dormaient, tous bourrés, ivres morts.

Chaque étage, un à un, avait été occupé et abandonné lorsqu'il devenait invivable. L'odeur de pourriture des débris alimentaires, d'urine et de merde devenait insupportable...

Maintenant, ils campaient au quatrième... et dernier étage. Ça commençait à puer fort ; bientôt il leur faudrait changer d'immeuble.

L'angoisse serrait le cœur de ces marginaux : « Le pire, c'est quand un gars fait une crise de delirium ! ça fout la trouille à tous les autres. Le plus drôle, c'est qu'ici, pendant ces crises, on ne voit pas toutes sortes d'animaux. Non ! On voit un autre monde, on nous crie à l'oreille qu'il faut se débarrasser des monstres. Et ça fait peur, parce qu'on ne les voit pas les monstres... Mais on voit la mort. Comment dire ? On voit ce que fait la mort et on est terrorisé. »

Alors, Jeff, quand il n'était pas bourré, l'envie lui prenait de partir. Mais pour aller où ?

Juliette, tout en conduisant sa voiture louée sous un faux nom, songeait à sa mission. Bien étrange contrat que celui proposé par cette vieille femme...

Cette dame l'avait contactée par l'intermédiaire de la classique petite annonce. Qui lui avait procuré le code ?

À l'endroit indiqué, hôtel Bellevue, chambre 217, la vieille l'avait aimablement accueillie.

« Voilà un contrat d'un million de francs.

— !

— Cela vous rend muette ?

— Qu'allez-vous me demander de faire pour une pareille somme ? Ou plutôt qui devrai-je exécuter ?

— Un jeune homme relativement inoffensif...

Juliette n'aimait pas cela : un million pour descendre un jeune con ?

— Vous devrez vous rendre dans une ville de banlieue, cité de la Colline ; bâtiment F. Là vous attendrez qu'arrive un jeune homme du nom d'Anatole Krim. Voici sa photo. Dès son apparition dans cet immeuble, vous l'exécuterez !

— Mais... Et dans quel appartement le trouverai-je ?

— Au quatrième étage, sur le palier.

— Sur le palier ?

— Sur le palier. D'ailleurs, l'immeuble est totalement abandonné depuis longtemps...

— Abandonné ? ? ?

— Cessez de bêler vos questions ! Ce contrat vous intéresse oui ou non ?

—...

— Alors, oui ou non ?

— J'accepte.

— Voici la moitié de votre salaire. L'autre suivra après le contrat. »

Juliette empocha l'enveloppe épaisse et questionna :

« Comment vous retrouverai-je pour le reste ?

— Lisez les petites annonces ! »

Elle n'hésita qu'une fraction de seconde.

En route vers la cité de la Colline, elle se força à ne pas échafauder d'hypothèses. Elle s'arrêta dans un hôtel d'autoroute et, seule dans sa chambre, fourbit ses armes. Après une bonne nuit de sommeil, elle reprit la route et arriva sur le parking de la cité vers onze heures du matin ce dimanche 20 août.

Un jeune arabe, debout devant l'allée d'un immeuble visiblement réhabilité, la regardait ostensiblement, intéressé par sa silhouette agréable. Cela lui déplut d'être ainsi repérée. Elle resta éloignée et gravit les escaliers.

Le jeune la suivit des yeux : la montée faisait mieux ressortir la houle de ses hanches... Il repéra la magnifique voiture et un coup de sifflet strident rameuta ses amis.

Juliette observa méthodiquement les alentours. Elle entendit le coup de sifflet et comprit très bien sa signification. Elle se prépara donc mentalement à un prochain travail de reconquête de son véhicule. Elle mit du temps à trouver le bâtiment F toujours abandonné, sinistre, hanté, diabolique. Juliette eut de longs frissons dans la nuque en regardant la chose... Le rez-de-chaussée et le premier étage, murés, interdisaient l'accès à la bâtisse par l'entrée normale.

Elle fit le tour pour chercher un passage. Du coin de l'œil elle vit la bande de gosses qui la surveillaient. Le soupirail de la cave fut vite repéré. Après cette découverte, et pour des raisons de sécurité, elle décida de revenir à la nuit. Cette décision lui permettrait aussi de récupérer sa voiture avant que les loubards du quartier ne la lui volent. Elle reviendrait avec un autre véhicule plus banal.

Arrivée en haut de l'escalier descendant vers le parking elle vit l'attroupement autour de l'auto. Très calme, elle s'approcha : « Jolie bagnole n'est-ce pas ? »

Les gosses s'écartèrent, légèrement surpris, et elle en profita pour ouvrir la portière et s'installer au volant.

La voiture démarra au milieu des insultes et un lourd galet étoila la vitre arrière !...

« Bandes de rats ! » Cria-t-elle. Plus pour se défouler qu'autre chose...

Le contrat semblait légèrement plus difficile que prévu.

Arrivée à l'hôtel elle dressa un plan d'action pour la nuit.

Après un dîner frugal, elle revêtit une tenue collante noire à même la peau et un imperméable par dessus, accrocha à ses épaules un petit sac contenant nourriture, boissons, lampes, arme et différents matériels du parfait monte-en-l'air.

Elle vola une voiture puissante à proximité pour retourner affronter sa mission...

Le véhicule fut garé dans l'ombre à cent mètres de la cité.

Elle y pénétra, furtive, ombre parmi les ombres. Un groupe de jeunes discutaient assez fort à quelques pas. L'un d'eux racontait une histoire certainement très drôle à entendre les éclats de rire de ses auditeurs. Très occupés par les talents du conteur, ils ne virent pas Juliette passer à quelques mètres d'eux, tel un fantôme léger et diaphane.

Finalement, le soupirail ne lui dit rien qui vaille : trop dangereux de rentrer là-dedans dans une situation temporairement très vulnérable. Il pouvait être utile pour une retraite éventuellement précipitée. Elle décida d'accéder à l'intérieur en escaladant la façade. Après avoir longuement scruté les alentours, elle lança le crochet qui entraîna la corde à sa suite vers la fenêtre cassée du deuxième étage. Le crochet s'agrippa au rebord du premier coup avec un léger bruit métallique. Sans lâcher la corde, elle se cacha brusquement dans l'ombre de l'immeuble et attendit longuement pour voir ou entendre une éventuelle réaction. Rien ne se produisit et bientôt les matous rôdant dans le secteur purent voir une ombre féline grimper le long de la façade de l'immeuble F.

Arrivée juste sous la fenêtre, Juliette s'arrêta un moment, accroupie sur le rebord pour écouter un éventuel bruit provenant de l'intérieur. Un silence absolu y régnait. Elle n'entendait, à l'extérieur, que les éclats de voix du groupe de jeunes rassemblés au-delà de la bâtisse et les bruits classiques d'une ville endormie : moteurs de voitures au loin et chemin de fer.

Lorsqu'elle enjamba l'ouverture en veillant à ne pas se couper aux éclats des vitres, elle fut saisie par l'odeur qui infestait cet endroit. Elle posa les pieds sur une épaisse couche de détritus et déclencha la fuite précipitée d'une bande de rats dont l'un couina de douleur et de colère.

Très contrariée, elle s'arrêta pour accoutumer ses yeux à l'obscurité puis récupéra sa corde. Lentement, en tâtonnant, elle avança avec précaution pour se diriger vers l'escalier.

Jeff avait entendu le bruit métallique du crochet sur la fenêtre et réveillé ses compagnons. Par chance, ils n'étaient pas ivres ce soir-là. Un bref coup d'œil par une fenêtre du quatrième lui permit de voir un corps souple escalader la paroi extérieure. Un corps entièrement vêtu de noir !

« Drôle d'histoire ! Se dit-il. Que vient faire ici un monte-en-l'air ? Il n' y a strictement rien à voler !... »

Lorsqu'il entendit couiner le rat, il descendit un étage et demi et se pencha par-dessus la rambarde. Il vit arriver Juliette, revolver au poing. Il remonta lestement au quatrième, se munit d'un lourd manche de pioche et attendit en haut de l'escalier. Mais, avec ses yeux d'oiseau de nuit, la fille l'avait aperçu...

Arrivée à mi-chemin avant le dernier étage, elle s'accroupit, bondit comme un chat sur le palier supérieur et tira sur l'ombre blottie derrière l'angle du mur. Le silencieux de l'arme crépita deux fois. Surpris, Jeff encaissa les deux balles et glissa lentement au sol en pliant les genoux. Il mourut quelques secondes plus tard.

La cour des Miracles tomba sur Juliette. Les clochards la lynchèrent dans un silence oppressant. Le premier coup de tisonnier lui cassa le bras qui tenait l'arme à feu puis, coups de poings, de bâtons, de barres de fer la couchèrent lentement sur le sol sans un cri. Les clochards ne purent s'empêcher d'admirer le courage physique de cette petite femme. Ils ignoraient quel but elle poursuivait en venant là... Elle mourut en silence, regrettant vivement de ne pas pouvoir honorer son contrat.

Plus furtifs que jamais ils quittèrent les lieux en laissant deux cadavres sur place.

Vingt heures plus tard, par cette belle soirée du lundi 21 août 1993, Anatole, debout à l'entrée de l'appartement, venait de passer la porte. Il tenait la main d'Alice. Il jubilait !

Quand il referma le battant, ce vulgaire panneau de bois et de carton emporta la jeune femme (vampire ?) avec lui !

Anatole se retrouva seul, avec encore au creux de la main la sensation de tenir celle d'Alice. Quelle déception ! Le passage ne pouvait-il se faire que dans un seul sens ?

En poussant un cri de rage, il ouvrit de nouveau et se retrouva dans un appartement plein de détritus ; l'odeur lui sautait à la figure !

Le désespoir faillit l'envahir, mais il se ressaisit en pensant à la Maison qui permettait le passage dans l'autre sens. Il se jura d'y retourner au plus vite !

Lorsqu'il eut violemment claqué la porte avec colère, il se retourna et son pied heurta un lourd objet métallique. En étouffant un petit cri de douleur, il se baissa et vit un revolver, prolongé de son silencieux, briller faiblement dans la pénombre...

En descendant les escaliers, il enfila le revolver dans sa ceinture et cela le rendit déjà plus fort.

Il ne remarqua même pas les corps ensanglantés cachés par le coin du mur... L'odeur de décharge qui l'étouffait l'incita à quitter cet endroit le plus vite possible. Ses pieds se posaient à chaque pas sur une épaisse couche de détritus et d'excréments. Les rats couinaient et fuyaient à son arrivée.

Au rez-de-chaussée, en voyant la porte d'entrée murée, il poussa un cri de dépit vite étouffé. Il descendit dans la cave pour chercher une issue. Il découvrit facilement le soupirail. Son corps souple s'y faufila et ce fut agréable d'être accueilli par l'air frais de la nuit. Il se releva en se tenant les reins et respira l'air pur à grandes goulées en levant les yeux vers le ciel nocturne très clair.

Les milliers d'étoiles visibles scintillaient dans le bleu nuit de la voûte céleste. Cette vision du cosmos lui inspira quelques réflexions.

« Peut-être le Monde de M. tourne-t-il autour d'une de ces étoiles ? Peut-être que chaque monde possède quelque part son double. Peut-être que le "passage" est-il un mécanisme oublié là par quelque peuple d'extra-terrestres ultra évolués venus chez nous et vite repartis ; un système de voyage dans l'espace sans engin spatial, en traversant l'hypersphère des quatre dimensions ? Un mystère laissé là dans le passé, par on ne sait qui, comme il y en a tant d'autres par notre monde ! Ce qui est sûr, c'est que les gens du Monde de M. connaissent ce passage. Mais il a l'air de ne fonctionner que dans un sens ! D'autres gens de notre monde doivent donc connaître son existence !... Il faut absolument que j'en rencontre un. Qui cela pourrait-il être ? Quelles sont les influences mutuelles qu'exercent les deux mondes l'un sur l'autre ? Ou alors seul le nôtre en exerce une ? »

En attendant de trouver réponse à toutes ses questions, Anatole se rendit chez lui. En glissant comme une ombre parmi les ombres, il sortit de la cité et prit le métro. Cette fois l'entrée déserte le rassura : ici, pas de Lumps...

Il rentra dans son appartement et alluma la télé. Le journal de la nuit parlait encore de la guerre en Yougoslavie où se pratiquait l'épuration ethnique...

La date fournie par la météo lui montra qu'il s'était écoulé ici le même laps de temps que dans le monde d'Alice.

Toutes ces questions posées lui tournaient la tête.

Maintenant, il doutait de la réalité de ce qu'il avait vécu au-delà du passage. Avait-il rêvé ?

Pour s'en convaincre, il rechercha le numéro de l'auberge où il avait rencontré Véronique, le trouva, et le composa après avoir déconnecté son minitel. Tout en tapotant les touches, il se demanda quelle heure il était et consulta sa montre : vingt-trois heures. Tant pis ! Il laissa sonner. Une voix répondit sur un fond de brouhaha de restaurant. Il demanda mademoiselle Véronique et fut presque surpris d'entendre une voix masculine traînante répondre : « Oui, ne quittez pas. Elle finit justement son service ; je vais l'appeler. »

Son cœur se mit à battre à grands coups. Véronique !

Pourrait-elle remplacer Alice ? Elles se ressemblaient comme des jumelles.

Une voix féminine fatiguée répondit à l'écouteur :

« Oui ? Qui est-ce ?

— C'est Anatole ! Tu te souviens ? Dans la maison, là-haut dans la forêt !

— La maison de la vieille comtesse ?

— Oui, oui, sûrement ! Celle qui a deux tours rondes et une carrée au milieu !

— Je connais la maison, sûr, mais vous... connais pas ; ou alors je m'en rappelle pas ! »

Quelle déception ! Comment était ce possible ? Il devait voir cette femme !

« Bon.... » Admit-il à contrecoeur. Il hésitait sur la conduite tenir et décida d'insister :

« Je... je peux vous voir ?

— Pourquoi ? Demanda-t-elle d'un ton las.

— Demain à onze heures à l'auberge ? »

Elle réfléchit quelques secondes...

« Venez toujours, vous verrez bien... »

Et elle raccrocha.

Anatole resta quelques secondes figé, le téléphone dans la main, puis raccrocha, déprimé.

Il avala un tranquillisant et se coucha immédiatement.

Quelques minutes après s'être endormi, il se réveilla en sursaut : se rendant compte qu'il ne pourrait pas utiliser sa voiture qui était restée à l'auberge lors de son premier voyage ! À la première heure il se promit d'en louer une.

À dix heures quarante-cinq, ce 22 août, il arriva en vue de l'auberge au volant de son véhicule de location. En passant, il avait aperçu la maison, imperturbable sur sa colline, au milieu du bosquet.

Pour attendre la jeune femme, il gara sa voiture et resta à l'intérieur en face de l'entrée. Véronique, très ponctuelle, sortit juste à l'heure. Avec joie, il fit des appels de phares. Elle s'approcha et monta du côté du passager. À peine assise, elle sauta au cou d'Anatole et l'embrassa longuement. Lui, surpris d'abord, profita intensément de ce bon moment.

« Salut Anatole ! »

Décidément, depuis qu'il avait rencontré cette fille, il allait de surprise en surprise.

« Tu te souviens de moi alors ? »

Les yeux de la fille riaient, effrontés et farouches. Anatole était désemparé.

« Oui, je me souviens très bien, je ne peux oublier aucun des hommes que j'emmène dans cette maison. Si je t'y ai conduit, c'est qu'on m'a donné l'ordre de te faire connaître le passage. L'amour que nous avons fait dans cette chambre t'a conduit directement chez Alice. Je me trompe ?

— Non. »

L'angoisse lui rendait la parole difficile. Il ne sut pas discerner le vrai du faux dans tout ce que lui dit la jeune femme. Il se demandait bien pourquoi elle lui racontait tout cela, toute cette affaire abracadabrante. Véronique enfonça le clou : « Je n'ai jamais été autorisée à passer de l'autre côté. Je joue simplement le rôle de passeur en quelque sorte. »

Un silence gênant s'installa entre les jeunes gens.

La fille reprit son explication, poursuivant ainsi un but qu'Anatole tentait vainement de découvrir... Elle semblait avoir besoin de se justifier.

« Tout cela pour de l'argent ! Marmonna-t-elle. J'ai été éduquée avec le goût du confort. Je veux vivre et bien vivre ! »

Malgré la tension nerveuse, il articula une question après s'être raclé la gorge :

« L'argent de qui ?

— De... de la comtesse, la propriétaire de la maison ! Elle veut te voir. Je l'ai prévenue de ta réapparition après ton coup de fil... et... elle insiste beaucoup.

— Ah ! Et pourquoi veut-elle me voir ?

— Elle veut des informations sur l'autre monde.

— Parce qu'elle non plus n'y est jamais allée ?

— Je ne sais pas ; tout ce que je sais c'est qu'elle me paie cher parce que, paraît-il, je ressemble à une fille de là-bas. »

La curiosité l'emporta sur la méfiance. Véronique avait compté là-dessus et ses lèvres sourirent imperceptiblement lorsque Anatole, un peu plus détendu, réfléchit tout haut : « Peut-être faut-il avoir un don pour pouvoir passer ?

— Peut-être !

— Tu n'as jamais essayé toi ? »

Elle hésita quelques secondes.

« Oui. J'ai essayé une fois. J'ai pris le couloir aux miroirs jusqu'au fond : il n' y a pas de porte, rien qu'un mur ! Un point c'est tout !

— Rien qu'un mur ? Mais moi j'y ai vu une porte, je l'ai ouverte et je suis passé de l'autre côté.

— Je sais. D'autres y sont passés avant toi, mais tu es le seul, à ma connaissance, à être revenu. »

Cela le fit réfléchir sur son envie de retourner là-bas.

Véronique ne valait vraiment pas Alice.

« À quoi penses-tu, dit-elle brusquement, à Alice ? Si je lui ressemble tellement, peut-être que je peux la remplacer ? »

Pour la première fois, il remarqua chez elle une pointe d'accent vulgaire... « Rien à voir avec Alice ! » Songea-t-il.

Pour ne pas la vexer, il ne répondit pas. Il avait déjà décidé de rencontrer la vieille femme. Pour en savoir plus.

« Dis-moi : quand pourrai-je voir ta vieille comtesse ?

— Elle te rencontrera demain matin.

— Demain matin ?

— Eh oui !

— Où ça ?

— Pas très loin d'ici, je t'y emmènerai.

— Et pourquoi pas chez elle ?

— Elle n'y tient pas.

— Tu veux dire qu'elle ne veut pas que je connaisse son adresse ?

— Je n'ai rien dit de tel ! » Répondit-elle légèrement en colère.

Aussi il n'insista pas. Mais il se promit de découvrir où elle habitait. Son plan s'élaborait déjà dans sa tête...

« Qu'est-ce que je vais faire d'ici là ?

— Je t'ai retenu une chambre à l'auberge. Bon ! maintenant il faut que je reprenne mon service.

— Au fait, pourquoi as-tu fait semblant de ne pas me connaître au téléphone ?

— Je préfère que nos relations ne soient pas officielles et vues de tous. D'ailleurs j'ai retenu ta chambre par téléphone.

— Va ! Je réfléchis avant de prendre une décision. »

Elle ouvrit la portière, tourna ses jolies jambes vers l'extérieur. Cela releva sa robe jusqu'à mi-cuisses qu'elle avait aussi jolies qu'Alice !

Il la regarda distraitement entrer à l'auberge.

Qu'est-ce que tout cela signifiait ? Une sourde inquiétude commença à ronger sa raison. Il pensa au revolver trouvé dans l'immeuble abandonné et cela le rassura de l'avoir emmené avec lui.

Il devait essayer de diriger au maximum les évènements pour s'en tirer au mieux. Il ferma cette voiture et chercha la sienne du regard. Il lui semblait bien qu'il l'avait garée sous ce tilleul, là-haut, en se disant qu'il la retrouverait toute collante des sucs tombant des feuilles de l'arbre... Il ne fut pas surpris de ne plus la voir. Véronique lui fournirait peut-être une explication...

À la réception, après qu'il eut décliné son nom, on lui remit la clé de la chambre 217.

Il monta donc au deuxième tout en peaufinant son plan. Son revolver fut attaché à son mollet droit, sous son pantalon et il descendit déjeuner.

Véronique le servit avec la même tenue et les mêmes oeillades que la première fois. Mais ce soir, il s'aperçut vite qu'il n'en était pas le seul bénéficiaire... Une belle serveuse bien roulée attire les clients, c'est bien connu !

Remonté dans sa chambre, après le repas, il saisit les jumelles qu'il avait pris soin d'emporter, et observa la sortie des locaux de service. Véronique l'emprunta vers quinze heures quinze en enfilant un imper, car le temps commençait à se couvrir. Il jeta les jumelles sur le lit, enfila son blouson et descendit les escaliers quatre à quatre. Il arriva devant l'entrée au moment où Véronique passait, conduisant une belle BMW. Suivant la puissante voiture du regard, il rejoignit la sienne en courant et s'inquiéta de pouvoir tenir la vitesse avec sa petite R5.

Heureusement, Véronique ne roulait pas vite, car il y avait beaucoup de circulation. Elle rejoignit la ville et rangea son bolide le long du trottoir. Anatole se gara plus loin et regarda ce qui se passait dans son rétroviseur. Quand, après s'être affairée quelque peu dans sa voiture, elle en descendit pour entrer dans un immeuble, il la suivit. Au fond, il ne risquait pas grand-chose.

Quand elle se fut annoncée à l'Interphone et que la serrure électrique joua, il s'était retourné vers une vitrine. Il ne put pas voir sur quel bouton elle avait appuyé. En courant, il arriva juste à temps avant que la porte d'entrée ne se refermât. Le pied calant la porte, il entendit les talons de Véronique claquer dans l'escalier. Il entra vivement en la suivant sans bruit pour repérer l'étage qu'elle atteindrait.

Il était dans un immeuble de gens aisés, mais sans plus. Dans sa tête, la comtesse devait être plus riche que cela. Mais peut-être se trompait-il ?

Arrivé à l'étage où Véronique s'était arrêtée, il poursuivit silencieusement jusqu'au palier supérieur et attendit en écoutant attentivement. Après l'entrée de la jeune femme dans un appartement, il redescendit à l'étage. Trois portes d'entrée attendaient qu'il désigne l'une d'entre elles comme étant celle de la comtesse.

Il retourna s'asseoir dans l'obscurité de l'escalier, sans perdre patience, car il savait que Véronique devait reprendre son service. Après un quart d'heure d'attente, il douta : peut-être avait-il suivi quelqu'un d'autre ?

Mais non, il n'avait vu personne entrer à part elle. Alors il reprit patience. Quelques minutes plus tard, il entendit une serrure jouer. Vite, il descendit subrepticement pour voir Véronique sortir de l'appartement du milieu. Une vieille dame très noble se tenait dans l'encadrement.

« Au revoir Véronique, dit-elle.

— Au revoir, et à demain !

— À demain ! »

Et la porte claqua.

La jeune femme descendit. Anatole patienta encore dix minutes dans l'obscurité, alla lire le nom sur la porte et repartit lentement. Il ne voulait surtout pas croiser Véronique en sortant. Une fois dehors, il sauta de joie, car il savait où habitait la comtesse.

Il resta dans le secteur jusqu'à la nuit tombée. Après avoir avalé une bière et un sandwich, il monta au huitième en prenant, cette fois, l'ascenseur et en ayant utilisé le même stratagème : profitant de l'entrée d'une personne de l'immeuble, son pied cala la porte juste avant qu'elle ne se fermât et sa gâche électrique avec !

Aucun bruit ne provenait de l'appartement fermé. À son coup de sonnette, après quelque temps d'hésitation, on ouvrit. À la vue d'Anatole, la vieille voulut refermer. Une fois de plus, le pied eut son utilité en l'en empêchant. D'un coup d'épaule, il entra en force et referma derrière lui.

« Que faites-vous ici ? » Dit-elle. C'était une vieille dame distinguée, de taille moyenne, de cette maigreur saine des personnes âgées que la vie avait ménagées. Elle parlait un français pur, sans accent, en effectuant correctement les liaisons sans en oublier et sans se tromper... Ses yeux foncés, restés très jeunes, lui donnaient cet air de compétence des gens de noble naissance.

« Mais c'est bien vrai que vous me connaissez ! Je suis venu vous demander des explications !

— Venez par ici, répondit-elle, devenue brusquement aimable, nous serons mieux pour parler. Enlevez votre veste vous serez plus à l'aise. »

Il obtempéra, ayant très bien compris qu'elle voulait voir s'il était armé. Elle allait être rassurée. Tant mieux !

« Oui, effectivement, je vous connais très bien. J'ai même payé très cher une dénommée Juliette pour vous exécuter. Je vois qu'elle a raté son coup !

— Oh ? »

Il parut si étonné que la comtesse en conclut qu'elle avait été trahie par son « contrat ». Cette brutale déclaration le mit sur ses gardes...

« Vous buvez quelque chose ?

— Volontiers. Un Martini blanc. »

« Boisson de gonzesse », devait-elle se dire ! « J'en ferai vite mon affaire de ce petit imbécile, je me demande comment Juliette a pu rater son coup ! »

Au lieu d'être paralysé par les déclarations brutales de la vieille femme comme elle l'avait certainement voulu, il devint au contraire très vigilant. Dès qu'elle lui tourna le dos, il sortit son arme, se tenant prêt à toute éventualité, la peur au ventre.

Et elle versa un Martini blanc, ouvrit le seau à glaçons dans lequel traînait un petit bijou de pistolet à un coup !

Malgré son âge apparent, elle ne ratait jamais sa cible.

Elle le saisit et se retourna pour tirer. Mais avant qu'elle ne pût appuyer sur la gâchette, le revolver que tenait Anatole cracha, presque sans bruit, la mort instantanée.

La comtesse l'avait sous-estimé ; elle le prenait toujours pour l'Anatole d'avant le voyage.

Lui, cela le secoua d'avoir tué quelqu'un. Il s'assit lentement, les jambes tremblantes, laissa glisser son arme de ses doigts. Il n'osait pas regarder le corps à la tête ensanglantée. Une violente envie de vomir le saisit. Ne trouvant pas les toilettes, il vomit son repas dans l'évier de la cuisine, récipient qui tomba le premier à portée d'estomac. De violents spasmes lui nouaient le ventre alors que ses mains tremblaient. L'eau fraîche qu'il se jeta à la figure lui remit les idées en place. Après tout, il était en état de légitime défense.

Il fallait bien un début à tout !

Pour s'informer, il fouilla partout. Peu de choses intéressantes. L'acte de propriété de la maison, une enveloppe contenant une très grosse somme d'argent et les papiers d'état civil. Elle était célibataire.

Si la comtesse gardait le « passage », que deviendrait-il désormais ? Comment conserver cette maison ?

Il effaça ses empreintes laissées sur le verre, les robinets de la cuisine, les poignées des portes. Après avoir surveillé quelques secondes le palier désert, il sortit, sans oublier d'essuyer la sonnette et le bouton extérieur de la porte.

En entrant dans sa voiture, il réalisa que sa seule fuite efficace consisterait à repasser le couloir aux miroirs... Évidemment, cela le conforta dans sa décision de retrouver Alice coûte que coûte.

Il enclencha sa vitesse, regarda dans son rétroviseur et aperçut Véronique qui, pressant le pas, se dirigeait de nouveau vers l'entrée de l'immeuble de la comtesse. «

Merde ! » Se dit-il. « Il faut que je l'empêche d'y aller. »

Il sortit en se cognant le genou, courut en claudiquant vers la fille.

« Eh ! Véronique ! » Appela-t-il, lorsqu'il fut suffisamment près.

Elle se retourna, surprise d'entendre son nom en cet endroit, et en même temps se mit à courir.

« Véronique ! attends ! c'est moi, Anatole ! »

Elle se retourna une deuxième fois et le reconnut. Cela la stoppa net.

La stupéfaction dessina son visage en multiples O : ses yeux ronds, sa bouche ronde, son visage arrondi crièrent un OHHHH ? Muet.... Elle ferma la bouche et déglutit pour pouvoir parler.

« A... Anatole ? Mais... Que fais-tu ici ?

— Je t'ai croisée en rentrant à l'auberge ; tu n'as pas vu mes appels de phare... Je veux te parler avant de voir la Comtesse...

— D'accord, mais après ma visite...

— Elle habite là n'est-ce pas ?

— Je... je ne sais pas...

— Moi je sais ! »

Personne aux alentours en cette heure tardive. Il se pencha, souleva la jambière de son pantalon. Véronique le regarda, se demandant ce qu'il faisait. Lorsqu'elle vit sa main tenir un revolver, elle comprit immédiatement !

« Pas un mot et suis-moi, lui ordonna-t-il.

— Ben alors, t'es gonflé !

— Silence, j'ai dit ! Monte dans ma voiture à la place du conducteur. »

Lorsqu'elle fut installée, il lui tendit les clés.

« Démarre, dit-il en la menaçant de son arme, je te dirai où aller.

— Fais pas l'imbécile, Anatole ! Qu'est-ce que tu veux faire ? Je te dirai tout, mais ne me tue pas !

— Tais-toi et roule ! »

Ils roulèrent, elle, terrifiée, crispée sur son volant et lui, décidé à aller jusqu'au bout. Il la fit arrêter dans un lieu désert, dans une futaie de hêtres. La pleine lune regardait le spectacle de la misère des hommes, ses grosses joues étirées par son sourire ironique...

Véronique pleurait et parlait toute seule.

« Dans quelle histoire je me suis fourrée ! La comtesse m'avait garanti que mon travail consisterait seulement à séduire des gars pas mal ! C'est vrai que jusqu'à maintenant, aucun de ceux que j'ai attirés dans la maison n'est revenu ! Cela devait être pareil pour tout le monde ; et je suis tombée sur l'exception !

— Raconte-moi ce que la comtesse voulait faire.

— Rien ! Pourquoi ? »

La gifle l'atteignit avant qu'elle n'eût fini sa phrase. Cela la mit en colère et elle cria :

« Pauvre con !   -

— Elle voulait me descendre non ? Et pourquoi ? »

Tout en parlant, il lui caressa la joue en entourant sa nuque du bras gauche. Mais elle n'était pas du genre à se laisser attendrir si facilement. Pour elle, une gifle était une séparation sans retour.

« Lâche-moi, connard ! » Fulmina-t-elle. Surpris, il enleva son bras. Elle avait noté l'imparfait utilisé par Anatole à propos de la comtesse et s'en inquiéta :

« Est-ce possible que tu l'aies vue récemment ?

— Pourquoi pas ? Tu me prends toujours pour un niais... Dis-moi plutôt pourquoi elle cherchait à me descendre. »

Cette fois, elle commença à entrevoir la vérité concernant la comtesse. Malgré une intense angoisse qui commençait à lui tordre les tripes, elle répondit, comme si tout allait bien, en espérant qu'elle apprendrait ce qu'elle voulait savoir au cours du dialogue avec Anatole. Cela la conduisit à dire la vérité, d'autant plus que c'était la seule solution dont elle disposait pour s'en sortir :

« Parce que tu es le seul à être revenu. Je ne sais pas pourquoi, mais elle attendait que ça arrive : à chaque passage, elle prévoyait l'accueil pour l'éventuel retour d'un voyageur.

— Car elle connaissait le lieu du retour ?

— Oui, il n'y en a qu'un : une cité HLM, dans la banlieue parisienne.

— Et c'était quoi le comité d'accueil ?

— C'est drôle, avec toi elle semblait presque sûre que tu

allais revenir, aussi elle a certainement payé quelqu'un pour te descendre à l'arrivée.

— Étrange ! Je n'ai vu personne... »

Et cela lui rappela les déclarations de la comtesse.

« Ah bon ? Peut-être que je me trompe alors !

— Peut-être... Mais, ce revolver, je l'ai trouvé juste à mon arrivée... Que faisait-il là ? Y a-t-il un rapport ? »

Anatole se résolut à dire la vérité à la jolie fille. Quand il lui révéla que la comtesse était morte d'une balle tirée par le même revolver qui menaçait maintenant Véronique, elle pâlit et posa brutalement son front sur le volant devant elle. Bien qu'elle s'attendît à cette information, cela la secoua durement. Elle releva la tête et tourna vers Anatole son regard à la fois grave et haineux, encore mouillé par les larmes.

« Mon pauvre Anatole ! En tuant la comtesse, tu as détruit le passage !

— Quoi ? Qu'est-ce que tu dis ?

— Cette femme n'était pas un être humain, mais le gardien du passage laissé là par ses congénères il y a des siècles. Ils ont besoin de conserver ce passage pour une éventuelle nouvelle utilisation. Je les appelle les visiteurs. Ils ne sont toujours pas revenus... Le gardien maintient le passage par je ne sais quel tour de passe-passe. Personne d'autre n'est capable de le faire. »

Une pâleur envahit le visage d'Anatole.

« Et donc, le passage n'existe plus ?

— Encore quelque temps, si ! Il se maintient encore avant que l'énergie qu'il utilise ne soit épuisée.

— Formidable ! Je vais donc repasser ! Je vais revoir Alice ! Toi, tu restes ici. Le temps que tu lances l'alarme, je serai déjà passé ! Mais au fait, le retour reste possible ?

— Oui, si le gardien de l'autre côté y est resté !

— Bien ! Alors, descends !

— Quoi ? T'es fou ? La nuit est fraîche. Tu veux que j'attrape une pneumonie ?

— Descends ou je me fâche ! »

Devant le geste éloquent de l'arme qu'il tenait, elle préféra obéir. En frémissant, elle descendit affronter seule la fraîche nuit de la forêt.

En s'installant au volant, il mit le contact, fit demi-tour et démarra en trombe.

Véronique vit la lueur rouge de ses feux arrière s'éloigner rapidement sur la route forestière...

Sans se laisser aller au désespoir, elle partit dans cette direction après le moment d'attente nécessaire pour que ses yeux s'habituent à l'obscurité...

À ce moment de l'histoire, Jean Calmet prit conscience qu'il ne vivait pas cette aventure, mais qu'elle lui était rapportée par son ami au travers d'un excellent film vidéo, car Maville, apparaissant à l'écran, se mit à philosopher : « Dans la ville où Anatole Krim habitait, la cité de la Colline, délaissée par ses clochards, toujours aussi sinistre avec son bâtiment F plein d'ordures, dans lequel les cadavres de Jeff et Juliette pourrissaient lentement, la cité attendait, impassible, tenant dans son ventre tous les secrets de ses habitants passés et actuels : les amours et les haines des couples, les peurs et les joies des enfants, l'angoisse du chômeur, la joie culpabilisée du drogué se préparant une dose, la souffrance de celui qui est en manque, la résolution des locataires en lutte contre les expulsions, l'anxiété du loubard qui arrache l'autoradio qu'il est en train de voler, la lassitude du flic conducteur de la voiture de patrouille, le plaisir des couples qui font l'amour ou le dégoût des femmes qui le subissent, le narcissisme de l'adolescent en train de se taper une queue, la fatigue de l'ouvrier après le travail, la peur des gosses quand ils entendent les cris de leur mère battue par le père ivre, la fierté des jeunes de préparer un métier, les soucis de la mère de famille qui fait les comptes du ménage, et chez tous, un même sentiment d'inquiétude pour l'avenir...

« La cité a vraiment l'air de s'en foutre ! Que voulez-vous qu'elle fasse pour tous ces gens ? Elle attend, telle une gare déserte, que le prochain train s'arrête...

« À la mairie, les pouvoirs publics et la société HLM avaient fini par prendre une décision : la partie

70

abandonnée de la cité ne serait pas démolie, mais réhabilitée. Sans le savoir, ils décidèrent ainsi de préserver le passage du Monde de M. vers le nôtre. Mais le lieu d'arrivée allait être habité par des intrus : les locataires de l'appartement du quatrième, à gauche, en arrivant sur le palier... »

Ces considérations urbanistiques de Maville ressemblaient beaucoup à des conclusions. En effet, après une légère pause, il déclara : « Voilà terminée la première partie de l'histoire d'Anatole Krim. J'ai besoin du détective que tu es pour approfondir ma connaissance de ces évènements. J'espère que cette histoire t'a alléchée. J'attends ta visite avec impatience. Dépêche-toi ! Quand tu viendras, je te raconterai la suite ! »

La cassette s'arrêtait là. Jean resta très frustré.

D'autant plus qu'une vague angoisse le maintenait éveillé malgré l'heure tardive. Ce que racontait Maville dépassait largement le témoignage d'Anatole. Il avait sûrement brodé autour des élucubrations de son malade, et leur donnait une certaine cohérence. Au fait, lequel a une influence sur l'autre ?

D'autre part, sa demande de rencontrer rapidement le détective ressemblait drôlement à un appel au secours...

Il écouta « Mother » pour se consoler et oublier la contrariété infligée par la brusque interruption de cette histoire incroyable. Tout en écoutant la voix haute et légèrement rauque de John Lennon, il décida de se rendre le plus tôt possible à la clinique de son ami pour lui réclamer la suite. Il dut, hélas, attendre longtemps, car son travail de détective le mit sur une affaire compliquée, pourtant débutée comme un banal conflit conjugal. Mais cela est une autre aventure...

Quelques semaines plus tard, donc, il roulait en direction de la clinique du docteur Maville et se remémorait l'histoire invraisemblable de cet A.K.. Lorsqu'il vit le lourd bâtiment au fond du parc, il se réjouit à l'idée de revoir le magnifique buste de la fille de l'accueil.

Il gara sa voiture sur le parking. Ses pas firent crisser le gravier de l'allée lorsqu'il s'approcha de l'entrée. Les portes étaient fermées et il dut utiliser un Interphone pour s'annoncer. La gâche électrique joua et il put ouvrir la grande porte en vitre fumée. Derrière la banque de l'entrée, il n'y avait plus la magnifique réceptionniste de sa première visite, mais un vigile en uniforme.

C'est alors qu'il regretta de ne pas avoir téléphoné avant de venir. Mais il avait pensé inutile de se faire annoncer pour récupérer une cassette vidéo.

Il se présenta donc et énonça le but de sa visite :

« Je suis un ami du docteur Maville et je voudrais le voir.

— Pourquoi désirez-vous le voir ?

— Je veux m'entretenir avec lui d'affaires personnelles.

— Puis je connaître la nature de ces "affaires" ? »

Il commençait vraiment à m'agacer celui-là !

« Dite donc, mon ami, je vous trouve bien curieux ! »

Voilà qu'il parlait à ce brave homme comme un bourgeois à son larbin. Mais il faut dire que sa curiosité lui semblait bien exagérée !

« Une minute s'il vous plaît. »

Le gars décrocha alors le téléphone et composa un numéro.

Après une attente qui parut un siècle au détective, il parla à son interlocuteur à l'autre bout du fil : « Inspecteur ? C'est la clinique, j'ai ici un monsieur qui veut voir le docteur Maville pour "affaires personnelles". »

Pendant le silence qui suivit, Jean crut presque voir les guillemets qu'il avait mis à « affaires personnelles »...

Il raccrocha et dit : « Si vous voulez attendre un quart d'heure, l'inspecteur Garand va arriver. Le docteur Maville n'est pas visible... On va tout vous expliquer. »

Voilà bien des mystères... Tout cela excitait beaucoup sa curiosité. Il s'assit donc et attendit.

Bientôt il vit arriver un grand type, grand nez, grands yeux bleus, grand front dégarni, grande gabardine. Tout était grand chez ce type !

D'ailleurs, en enlevant le A de son nom, on obtient « Grand » !

En entrant, il dirigea immédiatement ses grands pas vers le détective.

« C'est vous qui voulez parler au docteur Maville ?

— Oui !

— Inspecteur Garand », dit-il en montrant sa carte (il n'a pas oublié le A).

Jean Calmet se présenta et ajouta : « Mon ami le Docteur m'avait prêté une cassette vidéo qui demande une suite. Je suis venu chercher cette deuxième cassette.

— Une cassette sur quoi ?

— Oh !... Un film d'épouvante sans intérêt...

— Êtes-vous très attaché au docteur ?

— Bien sûr (il commençait à être vaguement inquiet) ; nous partageons depuis longtemps les mêmes goûts pour de nombreuses choses de la vie...

— Alors, cela va vous faire de la peine, car le docteur Maville est mort. »

Dit-il sur un ton presque détaché !

Voilà une bien sale nouvelle qui ficha un tel coup à son interlocuteur qu'il fut obligé de s'asseoir. Après quelques instants, les larmes lui pissèrent des yeux. L'inspecteur, à qui cela ne faisait ni chaud ni froid, continua à donner des explications.

« Il a été assassiné par un malade lors d'un de ses entretiens.

— Quel est le nom de ce malade ?

— Anatole Krim, pourquoi ? »

Cette nouvelle rendit le détective muet un instant.

« Et qu'est-il devenu cet Anatole Krim ?

— Il est en fuite... Mais ne vous en faites pas ! Nous allons vite le rattraper. »

Cette autre nouvelle le terrifia. Il revit, en pensée, A.K. piquant sa crise sur la vidéo de son ami. Son aventure traversa son cerveau enfiévré et il plongea son visage dans ses mains pour cacher son émotion.

Quelques secondes lui suffirent pour récupérer et il prit congé. L'inspecteur Garand lui demanda son adresse et lui ordonna de rester à la disposition de la police.

Lorsque Jean Calmet arriva chez lui, fort abattu, une autre surprise l'attendait : un paquet avec son courrier du jour.

Il l'ouvrit : une cassette vidéo !

Il l'introduisit dans son magnétoscope.

Son appréhension se révéla justifiée. Le visage de Louis

Maville apparut sur l'écran du téléviseur...

« Mon cher Jean », dit-il en souriant amicalement, et ce sourire fit très mal au détective, « je pensais que tu serais curieux de connaître la suite, mais tu as bien tardé à venir la réclamer... Je dois m'absenter pour un long moment aussi je t'ai envoyé la deuxième cassette par la poste. J'y raconte, en l'absence d'Anatole, son deuxième voyage. Terrifiant celui-là !

« Qui est sorti vainqueur du formidable conflit que je vais te raconter maintenant ? Je ne le saurai jamais, car le monde de M. est aujourd'hui inaccessible.

« La suite de cette histoire telle que je l'ai reconstituée t'intéressera, car elle concerne l'espèce humaine, tous les hommes et les femmes de ce monde...

« Lorsque tu sauras tout, peut-être consentiras-tu à m'aider. Anatole a éliminé la comtesse, gardienne du passage. Ce fut une dramatique erreur ! Quelles conséquences cela aura-t-il sur ce monde ? Les visiteurs qui ont laissé derrière eux le passage et son gardien vont être avertis de sa disparition. J'ai peur... Je ne peux rester seul avec ce secret. »

Comme c'est étrange, voilà que le docteur semblait croire à cette fantastique histoire née de l'imagination enfiévrée d'un fou !

Jean Calmet arrêta la cassette pour respirer un peu, se mit « Yer blues » des Beatles, se versa un bon whisky sans glaçon, s'installa confortablement dans un fauteuil et remit en route le magnétoscope...

Il commençait à avoir légèrement mal à la tête !

6.
L'église

Dans la maison silencieuse, l'obscurité, aube des fantômes, commençait à s'installer.
Chaque pièce reste le témoin de la vie, et parfois de la mort des nombreux personnages de l'histoire de ces lieux. Les nombreux restes qu'ils ont laissés témoignent de leur existence passée : usure des sols et des tapisseries, vitres brisées, literie râpée, ustensiles de cuisine patinés par le temps. Le sol est bien plus usé devant la grande table de pierre, creusée également en son milieu par les années de travail des cuisiniers. Des traces indélébiles. En les regardant intensément, le prodigieux pouvoir de notre imagination peut faire revivre toute une époque. Tenez, le lit dans la chambre, effondré dans son milieu, montre qu'il a été longtemps occupé par une personne seule. Cela ne vous fait-il pas méditer sur la solitude ? Quel merveilleux travail que celui de l'archéologue qui sait faire revivre les fantômes ! Car, pourquoi ne mériteraient-ils pas de vivre ? Doit-on avoir peur des souvenirs ? C'est la vie qui porte le souvenir et qui continue à faire vivre les morts !
Chaque soir, dans le couloir aux miroirs, une apparition prend forme : un domestique du dix-huitième siècle cristallise le peu de lumière réfléchie par les glaces imperturbables pour la matérialiser en un corps d'homme au teint très pâle.
Ce soir-là, comme tous les autres, dans le silence absolu qui régnait en ces lieux, on pouvait entendre nettement le froissement soyeux de l'apparition. Il resta immobile un instant, le temps sans doute de reprendre ses "esprits" !
Puis, sa bouche s'ouvrit, soufflant l'haleine fétide des morts et il annonça : « Monsieur et Madame le Comte... » Il s'interrompit, interloqué d'avoir oublié le nom de ses maîtres. La décomposition de son cerveau sans doute.

Cette interprétation le rassura. La vraie mort se rapprochait alors. « ...Le Bal va commencer ! » Alors d'innombrables paillettes scintillantes de lumière s'assemblèrent pour précipiter dans l'atmosphère immobile les corps fabuleux d'une foule de personnes en tenue de bal, en tête desquelles apparut en premier un couple d'une grande noblesse.

Le comte déclara d'une voix caverneuse : « Rendons-nous dans la grande salle. J'ouvrirai le bal avec mon épouse. »

Dans le silence provisoire de la maison, ils descendirent lentement les escaliers qui mènent dans la grande salle du rez-de-chaussée.

Lorsque les portes s'ouvrirent, l'orchestre se mit à jouer et le vacarme des instruments chassa brusquement le silence.

Les couples se mirent à tournoyer sans grande conviction, avec de grands gestes saccadés.

La première danse finie, le comte prit la parole.

« Nous voulons mourir, mais un funeste destin nous a utilisés pour effrayer les hommes qui tentent de s'introduire ici. Car ce bâtiment, lieu de passage d'un monde à l'autre, cristallise l'espace et le temps et nous maintient non-morts. Nous sommes les gardiens de ce temple des cauchemars des hommes. Nous organisons et permettons le passage dans le monde de M., le monde de la Maison, du Mystère, de la Misère des hommes, le monde Maudit. Nous sommes en enfer et nous n'y pouvons rien. Bientôt un être vivant va revenir. Essayons de rester pour lui parler. Il doit renoncer à passer de l'autre côté et nous serons sauvés. S'il refuse, tant pis pour lui... »

Le fantôme du comte prononçait un discours presque identique depuis des siècles. Chaque fois, ses paroles devenaient plus hésitantes. L'énergie nécessaire pour maintenir le passage et donc l'activité des fantômes semblait diminuer lentement dans le temps. Mais si lentement, trop lentement, beaucoup trop lentement....

Le dérèglement dû à la mort de la comtesse lui faisait prendre les choses à l'envers... Triste est la mort...

Le bal reprit bientôt avec les fantômes et leur danse

presque mécanique.

Quand Anatole gara la voiture au bas de la côte, la nuit commençait à tomber. Le bosquet l'attendait, toujours aussi sinistre. Il descendit et ferma lentement la portière pour ne pas faire de bruit. La peur de réveiller les fantômes ?

La nuit commençante s'annonçait très claire. À l'ouest, Vénus, déesse de l'amour, étoile du berger, brillait déjà intensément. Il frémit en regardant la planète et pensa à Alice.

Ses pas le précipitèrent au travers du bosquet sinistre...

Dans sa course apeurée, le son du clavecin lui apparut comme un bourdonnement aigu du sang à ses oreilles. Lorsqu'il s'arrêta derrière la bâtisse, tête baissée par la peur, il prit nettement conscience de la musique... En levant les yeux, il frissonna à la fois d'angoisse et de plaisir en voyant la maison complètement illuminée ! ! !

Sa première réaction : fuir. Il se contrôla en pensant à Alice. Il respira en longues goulées l'air frais de cette soirée, puis monta les escaliers de service en faisant une pause à chaque marche. Par prudence, il resta plié en deux et ne se releva lentement que pour jeter un coup d'œil à l'intérieur au travers des vitres de la porte. Un couloir éclairé et désert s'offrit à sa vue. Il y pénétra lentement. Arrivé dans le hall d'entrée, les grandes portes ouvertes du rez-de-chaussée lui permirent de voir... le bal. Drôle de danseurs déguisés pour un bal masqué et vraiment désarticulés...

Une voix distinguée le fit sursauter :

« Monsieur est-il satisfait du spectacle ? »

Il se retourna et vit un domestique habillé de vêtements du dix-huitième siècle.

« Mon nom est Georges, je suis au service du Comte et vous souhaite la bienvenue en cette maison. »

Anatole était profondément déçu de tomber sur ce bal masqué. Il croyait la maison abandonnée. Ce qu'il venait de découvrir risquait de remettre en cause son retour vers Alice. Il y avait beaucoup trop de monde pour avoir la moindre chance de s'en débarrasser. Peut-être, en patientant, l'heure viendrait et ils partiraient.

Le larbin continua :

« Monsieur désire-t-il boire un verre ?

— Volontiers ! »

Il fallait bien tuer le temps en attendant...

Ils se dirigèrent vers le bar où Georges lui servit ce qu'il avait demandé : un whisky sec, sans glaçon...

« Dites-moi, Georges, vous n'avez pas l'air curieux de connaître les raisons de ma visite ?

— Évidemment, car, sauf votre respect, Monsieur, la raison de votre visite nous est très bien connue... »

Anatole fronça les sourcils et sourit de mépris.

« Ah oui ? Et laquelle est-ce d'après vous ?

— Une raison qui se nomme Alice ! »

En disant cela avec aplomb, Georges montra un petit sourire ironique.

Anatole en resta bouche bée. Son regard fit le tour de la salle, ne s'arrêta même pas sur les danseurs et revint sur son verre qu'il attrapa, hébété, et dont il engloutit le contenu cul sec.

L'alcool explosa dans son estomac et le ramena aux dures réalités du moment. Il déglutit douloureusement en rapprochant le menton de son cou et posa une question d'une voix enrouée par l'alcool.

« Comment le savez-vous ? Interrogea-t-il avec un regard déjà vitreux.

— Je suis un des gardiens du passage et je suis chargé par Monsieur le Comte de vous dissuader de l'emprunter. »

L'espoir submergea de nouveau le cœur d'Anatole.

« Et quels arguments avez-vous préparés, puisque vous avez parlé de me dissuader et non pas de m'empêcher.

— Effectivement, il n'est pas en notre pouvoir de vous en empêcher, mais je voudrais vous convaincre que la créature qui vous attire tant n'est qu'un vampire qui est seulement intéressé par le passage de son monde vers le vôtre, passage d'ailleurs impossible pour Alice, car les créatures de son espèce n'existent pas ici... Elle le sait, mais espère toujours profiter d'une exception à la règle. Votre retour ici me montre qu'elle a espéré en vous cette exception...

— Vous voulez dire que vous ne pouvez pas m'empêcher physiquement de me rendre dans le couloir aux miroirs ?

— ...

— Répondez nom de Dieu !

— ... »

Anatole tenta de saisir l'individu par le collet. Un drôle d'effet optique lui fit croire que son bras l'avait carrément traversé alors que Georges s'était tout simplement reculé.

« Si Monsieur se calmait, nous pourrions parler plus tranquillement. Buvez un autre verre ! »

 Et il versa de nouveau... Anatole vida ce deuxième verre d'un trait, fit la grimace, claqua la langue et souffla fort, la bouche grande ouverte.

« Vous avez raison, Georges. Mais qui êtes-vous donc ?

— Si je disais la vérité à Monsieur, Monsieur ne me croirait pas.

— Vous savez, au point ou j'en suis, je suis prêt à croire beaucoup de choses. Mais connaissez-vous la propriétaire de ces lieux ?

— Oui, c'est la Gardienne. »

L'alcool commençait à faire effet et lui déliait la langue.

Georges, intrigué, les doigts écartés devant lui, semblait regarder la bouteille à travers sa main...

« Si vous me dites qui vous êtes, je vous dirai ce qui est arrivé à la propriétaire de cette Maison...

— Ah ? Pourquoi ? Il lui est arrivé quelque chose ? »

Répondit-il, toujours pensif à regarder sa main... Puis subitement, il sembla vivement intéressé par la réponse d'Anatole, qui, la bouche figée par l'ivresse articulait difficilement. Pour voir si ses lèvres retrouveraient leur souplesse, il but un troisième verre et répondit : « Oui ! » d'une voix pâteuse.

« Mais quoi ? Que lui est-il arrivé ? » Insista Georges en remplissant de nouveau le verre d'Anatole.

« C'est très important pour nous. Notre misérable existence dépend de la Gardienne... »

Poursuivit-il, véhément, semblant avoir découvert quelque chose en regardant sa main !

« Alors, justement, n'hésitez pas. Allez-y ! Dites-moi qui vous êtes.

— Monsieur est trop dur !

— Mais non, mais non (il avala son quatrième verre, sans grimace cette fois). Décidez-vous ou je m'en vais. Tenez, en réfléchissant, versez-moi un autre grand verre. Et sec s'il vous plaît ! »

Georges, très indécis, versa. En rebouchant la bouteille, il se décida.

« Le sort de cette créature est si important pour nous que j'accepte le marché, tout en sachant le risque que je cours. Nous sommes des fantômes créés dans l'esprit des visiteurs. À partir de la lumière, le passage nous cristallise dans cet espace.

— Vous n'êtes qu'une illusion alors.

— Plus que cela. Nous ne sommes pas créés à partir de rien, mais à partir de la vie des êtres humains qui ont vécu ici depuis des siècles. C'est pourquoi les gens de la contrée disent que la maison est hantée !

— Je peux vous faire disparaître alors ? »

Un éclair ironique passa dans les yeux de Georges.

« Oui, Monsieur, mais avant il faudra tenir votre promesse.

— Ah oui, c'est vrai. La Comtesse est morte. Tuée d'un coup de revolver.

— Par vous ?

— ...

— Monsieur est-il gêné de répondre ?

— Oui !

— Donc c'est bien Monsieur qui l'a fait. »

Brutalement, si vivement qu'Anatole sursauta, Georges courut à l'entrée du bal et frappa vivement dans les mains, ce qui ne produisit qu'un son mou, ses mains ayant l'air de rentrer l'une dans l'autre.

« Silence ! S'il vous plaît, silence ! J'ai une grande nouvelle à vous annoncer. Notre calvaire, qui dure depuis des siècles va prendre fin dans quelques mois. »

Il leva les bras au ciel, ouvrit grand la bouche et hurla dans la joie : « La Gardienne est détruite ! La Gardienne est détruite ! »

Le fantôme du comte s'avança en gesticulant, car ses gestes n'étaient plus coordonnés.

« Que dites-vous Georges ? Cessez de dire des bêtises !

— Monsieur le Comte, Mesdames et Messieurs, applaudissez ce jeune homme qui vient d'exécuter la Gardienne d'un coup de revolver ! Nous pouvons l'épargner et le laisser passer... »

Il se tourna vers Anatole et lui cria :

« Mais venez donc ! Venez ! »

Anatole hésita puis s'avança, titubant d'ivresse.

Georges lui prit le bras, le secoua faiblement, et la tête penchée pour supplier lui dit :

« Monsieur Anatole, dites à ces pauvres fantômes ce que vous avez fait à la "Comtesse" ! »

Puis, il hurla aux oreilles d'Anatole :

« Dites-leur ! ! ! Nom de Dieu ! »

En sursautant, celui-ci cria, survolté :

« J'ai tué la comtesse d'un coup de revolver. »

Les hurlements de joie des fantômes rendirent le reste de la phrase inaudible : « Mais c'était en état de légitime défense ! »

Toujours aussi désarticulés, les danseurs du bal dansaient cette fois de bon cœur et criaient : « Notre errance sans fin est terminée ; le passage va se dissoudre peu à peu et nous aussi. Nous allons redevenir de simples souvenirs de la maison. Gloire à vous Anatole ! Gloire à vous ! »

Anatole, passant d'un danseur à l'autre, leur secouait les épaules : « Que dites-vous ? Le passage se dissout ? En êtes-vous sûrs ? Peut-on encore l'emprunter ? »

Mais personne ne lui répondait. Déjà, certains semblaient s'effilocher dans l'air, disparaître sous forme de paillettes de lumières...

Il finit par attraper Georges par les épaules :

« Georges ! J'ai tenu parole ! Est-ce que le passage est encore praticable ?

— Oui Monsieur. Il l'est encore, mais pas pour longtemps. »

Anatole n'hésita pas. Il se dirigea immédiatement vers les escaliers qui montaient vers le couloir aux miroirs.

Au bar, face à Georges, le temps s'était écoulé sans qu'il s'en rende compte et il se trouvait déjà au petit matin.

Alors qu'il marchait vers la Porte, Anatole se souvint

brusquement de sa première nuit dans le Monde de M., dans la cave de Jacques Pim. Le discours monotone du Monstre dans sa cage avait fini par l'endormir, ou alors, l'eau du vieux bidon en plastique laissé par Arthur avait été droguée.

L'effet de l'alcool peut-être ?

Maintenant, qu'il s'apprêtait à retourner là-bas, le message du Monstre revenait à la surface :

« Ici, c'est l'enfer. Un monde de merde ! Une espèce, légendaire chez vous, mais bien réelle ici, domine l'humanité dont elle se nourrit. Autrefois des peuples divers et nombreux vivaient sur notre monde. L'unification s'est faite sous la domination des vampires. Un nivellement, un vaste mélange et un brassage de races sous une unique culture dominante imposée ont constitué l'Empire.

 Pour assurer leur pouvoir, ils ont mis en place un vaste système de répression et de surveillance. La police politique veille sur les idées des hommes. Les "Anges du salut" surveillent toute la planète mètre carré par mètre carré. Personne, tant est qu'il reste visible du ciel, ne peut y échapper. Les "Aumôniers", par un subtil jeu d'images et de vapeurs hypnotiques, maintiennent une béatitude nécessaire pour accepter de se faire vampiriser. Une seule catégorie de la population y est exposée : les habitants des bidonvilles. Miséreux qui acceptent de donner leur sang pour survivre. Les autres, relativement privilégiés, travaillent pour gagner leur vie. Ce sont les Élus. Ceux qui sont au service de l'Empire tiennent trop à leur situation privilégiée pour ne pas réprimer impitoyablement toute velléité de se révolter.

Nous seuls, les monstres, combattons le pouvoir des vampires.

C'est eux ou nous.

C'est pourquoi ils nous pourchassent impitoyablement. Et nous massacrent. Les seuls survivants comme moi sont cachés dans les caves...

J'aimerais sortir pour poursuivre le combat... Ce jour viendra bientôt... »

À ce moment-là, Anatole avait dû s'endormir, écrasé par

la fatigue et la drogue. Aucun souvenir de ses actes ne subsistait dans sa mémoire...

Qu'étaient devenus les Monstres dans le monde de M. ?

Pourquoi les appelait-il lui-même « les Monstres ». A cause de leur apparence physique ?

La réflexion d'Anatole s'interrompit quand il arriva au bout du couloir ; la même porte attendait...

Le cerveau embrumé par l'alcool, il resta longtemps debout devant le panneau de bois, titubant, à scruter la poignée.

Que trouverait-il cette fois de l'autre côté ? Où allait-il déboucher ? Qui allait-il rencontrer ? Le passage fonctionnait-il encore ? Retrouverait-il Alice et ses baisers envoûtants ? Le Maître, resté absent lors de son séjour, le verrait-il cette fois ? Retrouverait-il le chemin du retour ? Alice lui avait parlé de la trame qui le lui ferait toujours retrouver. Mais cette trame existait-elle vraiment ?

Il faillit flancher... Mais l'idée qu'il était devenu un assassin lui fit lever lentement la main, saisir la poignée et la tourner.

De l'autre côté de la porte, il faisait noir, comme la première fois. Mais ici, l'air était glacé. Un silence mortel régnait. En refermant la porte derrière lui il regretta presque d'être venu. Anatole se trouvait dans une vieille église. Une très vieille église abandonnée dans laquelle l'horreur attendait son arrivée pour se manifester...

Ses yeux habitués à l'obscurité, il distingua alors une pâle lumière multicolore qui filtrait au travers des vitraux poussiéreux. Dehors ce devait être la nuit. Ses pupilles suffisamment dilatées lui permirent d'apercevoir les bancs cassés, l'épaisse poussière qui recouvrait tout. Des toiles d'araignées pendaient et brillaient à la faible lueur. Une grande croix surmontait l'autel à moitié effondré. Lorsqu'il avança d'un pas, un gémissement accompagné d'un brusque tourbillon de poussière le fit sursauter.

Un faible murmure fit vibrer l'air jusque là paralysé...

Une hallucination ?

Il courut le long de l'allée centrale en sautant par dessus les planches des bancs démolis par le cours du temps et essaya d'ouvrir les grandes portes. En vain...

Il ne pouvait voir ce qui se passait dehors et cela l'enrageait, car il entendait une foule psalmodier une prière : « Nous avons mal servi les Maîtres et la Mort rouge est sur nous. Gloire à eux, car ils sont les seuls à pouvoir chasser la Mort rouge... »

Et cette foule semblait s'approcher...

Brusquement, un coup retentit contre la porte, puis un autre et un autre. De plus en plus fort.

Anatole s'écarta et courut se cacher dans un coin de la grande salle.

Dans un grand fracas, un des deux battants tomba. Bien dissimulé, il vit entrer des hommes et femmes en haillons. Ils avaient presque tous perdu leurs cheveux. Les visages émaciés montraient de grandes plaques rouges et des yeux exorbités cernés de noir. Cette masse grouillante lui souleva le cœur !

Un violent rayon de soleil pénétrait par le battant abattu. Il ne faisait donc pas nuit : la saleté des vitraux ne laissait pas passer la lumière.

Il entendit un grand type maladif parler à son voisin.

« Beaucoup d'entre nous sont morts de la Mort rouge. Le monde va à sa perte. Les Monstres se sont évadés des caves. Rassemblés on ne sait où, ils élaborent leurs plans d'action. Il n'y a plus de nourriture. Les Aumôniers ne fonctionnent plus et nous ne savons plus que faire. Restons ici, la mort y sera peut-être plus douce. »

Anatole prit son parti de rester caché dans un confessionnal rongé par les vers, en attendant l'occasion de sortir de cette maudite bâtisse. Car, pour le moment, il ne pouvait passer la grande porte sans être vu...

Malgré la puanteur et les râles de plus en plus nombreux des malades, il se laissa aller à s'endormir, recroquevillé dans cette espèce de meuble en bois abritant autrefois le curé qui devait y entendre de sales histoires. La nuit sans sommeil qu'il venait de vivre pesait lourd sur ses paupières. Le soleil semblait bien s'être levé. Ses rayons entrant presque horizontalement éclairaient l'autel crasseux et la nef dans laquelle il crut voir voler une vaste ombre aux noires ailes de chauve-souris...

Après quelques heures d'un sommeil de plomb, sans rêve,

il s'éveilla en sursaut, ne sachant plus où il se trouvait. En se retournant, il se cogna sévèrement le front à l'étagère de la chose dans laquelle il avait dormi.

L'armature en bois pourri céda et Anatole poussa un cri suivi d'un long chapelet de jurons. La porte du confessionnal s'ouvrit. Dans la blême clarté du matin apparut un soldat en tenue léopard, revolver à la ceinture et pistolet mitrailleur dans la main droite. « Que faites-vous ici ? Dehors ! »

En sortant, Anatole vit d'un coup d'œil que s'il n'avait pas fait de cauchemars, il en vivait actuellement un...

Dans la sombre église, des corps jonchaient le sol, et les bancs. Une odeur de charogne commençait à se répandre.

Il avait dû dormir longtemps.

De nombreux soldats, masque à gaz pendant sur la poitrine gardaient l'entrée du vieil édifice tandis que des hommes et des femmes en combinaison blanche ramassaient les corps et les entassaient dans des petites bennes placées à l'entrée.

Parfois, un coup de feu résonnait en terribles échos dans l'église silencieuse.

Le soldat plaça brutalement le canon de son arme sous le menton d'Anatole et se lamenta : « Encore un rescapé à achever ! »

Un autre militaire apparut sur le côté dans le champ de vision du captif qui n'osait tourner la tête paralysée par le froid de l'acier. Celui-là n'avait pas d'armes. Il ausculta attentivement Anatole, tira ses cheveux, lui tâta les aisselles et conclut : « Non, tu échappes à cette corvée : il est en très bonne santé. Amène-le chez le lieutenant. »

L'extrémité du canon quitta le menton. Le soldat, arme pendante sur le côté, le prit par le bras et le tira violemment vers la sortie.

Ils enjambèrent des cadavres. Dehors, un officier les attendait dans une jeep. « Mon lieutenant, cet homme se cachait dans cette construction dans laquelle il doit avoir passé la nuit. Il semble en bonne santé ! »

Le lieutenant tourna vers eux des yeux las. La guerre durait depuis des années et l'épidémie gagnait de jour en jour des villes nouvelles. Son cerveau, pourtant saturé de mort, de souffrance et de malheur, lui ordonnait de poursuivre pour vaincre les monstres.

Son regard se porta sur le jeune homme amené par le soldat. Il vit un sacré gaillard en pleine santé. Un futur très bon soldat à recruter !

« Emmène-le au centre de recrutement !

— À vos ordres ! »

Saisissant l'occasion de ce moment de répit, debout devant le perron de l'église, Anatole put profiter de ce promontoire pour vérifier si le paysage n'avait pas changé.

Le bidonville semblait plus que jamais abandonné, les trois quarts de ses « constructions » en ruine. Personne ne vaquait dans les allées boueuses.

En face, de l'autre côté de cet espace de misère, la maison, toujours présente, lui tendait ses deux tours rondes comme deux bras écartés pour l'accueillir. Bousculé par le soldat qui le poussait vers un véhicule blindé, il trébucha et tomba. De violents coups de pieds dans les côtes le relevèrent rapidement.

Le voyage vers le centre de recrutement fut horrible. Ils étaient entassés dans le transport blindé, qui roula pendant des heures et des heures. Il n'y avait ni à boire ni à manger.

Personne ne parlait, car on ne s'entendait pas dans le vacarme du moteur et les grincements aigus des plaques de blindage.

Après quelques heures de route, il fallut s'organiser pour l'hygiène. Le premier qui eut envie de pisser fut invité avec des signes à le faire près de la porte. Bientôt, le ressac d'une mare d'urine dans le fond du camion dégageait une odeur infecte. Puis, les excréments de ceux qui ne purent se retenir ajoutèrent leur parfum à la puanteur ambiante... Plusieurs fois, le véhicule s'immobilisa et resta arrêté longtemps, moteur en marche ; mais ils restèrent enfermés dans une chaleur étouffante ; c'était mieux quand ils roulaient, il y avait un léger courant d'air.

Aucun des passagers ne mourut lors de ce voyage éprouvant, mais lorsqu'ils arrivèrent ils étaient très affaiblis par la faim et la soif.

Quand les portes s'ouvrirent, un air particulièrement frais entra en même temps que les ordres hurlés par un soldat rendu encore plus hystérique par l'odeur infecte qui sortait des lieux.

On les emmena immédiatement dans des baraquements où un gradé leur attribua chacun une paillasse. Anatole hérita celle du troisième étage...

« À poil et tous à la douche ! » Hurla le type avec des galons. »

Ils en avaient bien besoin et les multiples jets d'eau glacée sur leur corps crasseux leur apportèrent une détente et un meilleur moral. Une fois délassés et rafraîchis, ils purent échanger quelques paroles.

Le voisin d'Anatole s'aventura à lui parler à voix basse :

« Tu viens d'où toi ? Moi, j'ai été embarqué par la popol pour avoir râlé contre les suceurs de sang. J'ai aligné un ou deux flics avant qu'ils ne m'éteignent avec leur bombe paralysante. Faut dire que j'étais imprégné de paste, ça m'avait drôlement requinqué et ça leur a mis la puce à l'oreille... »

Le flot de paroles de ce gars lui fit oublier sa première question.

« Tu connais le paste ? ça t'enlève la trouille d'une force. Ce sont les militaires qui ont inventé ça. Ils aiment pas bien voir que des civils en profitent. D'autant que ceux d'en face, on sait pas ce que ça donne dans leur organisme. On est ici pour les tuer, il paraît qu'il n'y en a pas pour longtemps. N'empêche, j'aurais mieux aimé rester dans mon bidonville.

— Dans ton bidonville ? Où ça ?

— Comment, où ça ? Mais le bidonville où tu as été arrêté pardi ! Tu rêves ou quoi ? J'ai assisté à ton arrestation ! Qu'est-ce que tu foutais dans cette église au milieu de tous ces pourrissants ? »

Cette fois il attendit la réponse en regardant Anatole tout en marchant vers la chambrée.

« Hein ? Qu'est-ce que tu y foutais ?

— Je m'y étais réfugié pour échapper à la popol...

— Ha ! Révolutionnaire alors ? »

Et il partit d'un grand éclat de rire qui ouvrit grande la bouche au milieu de sa barbe hirsute. Anatole détourna le regard quand il vit les dents cariées... Et il reçut une gigantesque claque amicale sur l'épaule.

Son rire, qui visiblement lui fit un grand bien, fut vite cassé par un violent coup de cravache du gradé.

« Silence dans les rangs ! »

Ils défilèrent un à un devant une table installée en plein air pour permettre à un officier d'enregistrer leurs identités. Et il ne fit aucune difficulté à enregistrer le nom d'Anatole et son prénom. Il inscrit « SDF » à la place de l'adresse. Sans domicile fixe...

Ils « touchèrent » leur uniforme couleur sable, le casque très sophistiqué — avec des prises qui devaient visiblement recevoir un appareil — un masque à gaz, le fusil d'assaut à lunettes infrarouge, un sac, une paire de chaussures rangers, des gamelles... Bref, tout le nécessaire du parfait soldat.

Le gradé prononça un discours :

« Vous êtes ici pour faire la guerre aux monstres. Ne vous inquiétez pas, ce sont des poules mouillées. Ici, vous vivrez mieux que dans vos bidonvilles crasseux : vous mangerez à votre faim, vous vous tiendrez propres et vous baiserez propre aussi. Ce matériel est payé par l'Empire ; vous devez en prendre soin. La moindre perte ou dégradation vous coûtera très cher. Allez rompez ! Et à la soupe. »

C'est vrai qu'ils goûtaient au bonheur d'être propre, de ne plus être seul, de manger à sa faim.

Après cet horrible voyage, ils retrouvaient presque la civilisation... Anatole se lia d'amitié avec son premier interlocuteur : Mario. Un brave type qui avait toujours essayé d'améliorer son sort peu enviable.

Parfois, ils entendaient des duels d'artillerie très loin. Au début, Anatole crut à un orage. Mais ils finirent tous par comprendre...

Dans ce monde, il ne semblait pas y avoir de vraies saisons, seulement un été torride très bref et un hiver doux.

Après un entraînement intensif très long et très dur, le

jour du baptême du feu arriva. On leur remit la lunette de vision la nuit qui se branche sur leur casque, des munitions, des vivres et un stock de gommes à mâcher de paste, la cause de l'arrestation de Mario.

« Le paste, quand vous le mâchez, vous devenez une machine à tuer ; vous n'avez plus peur, vous ne chiez plus dans votre froc et vous n'êtes plus ramené aux arrières pour cause d'effondrement psychiatrique. Vous tenez la guerre des mois et des mois ! Sans faiblir.

— Mais quels sont les effets à long terme de ce produit ? » Avait demandé Anatole au gradé.

« Tu restes un homme ! T'es plus jamais une poule mouillée ! »

Sorti de l'armée, le paste donnait lieu à un fructueux trafic plus ou moins clandestin dans la population civile.

Mais le prix en était très élevé... Les trafiquants s'en mettaient plein les poches. Les soldats qui n'en avaient jamais pris ne reçurent leur ration de ce médicament miracle qu'au moment du départ, les autres en mâchaient déjà régulièrement : quand on a commencé, on ne peut plus s'en passer.

7.
Arthur

Par une tiède soirée d'été, ils montèrent, anxieux, dans le même engin qui les avait amenés ici. Mais cette fois on laissa l'air entrer à flots. Le convoi démarra dans un gigantesque grondement de moteurs diesel, de crissements des chenilles métalliques des chars, des transports de troupes blindés et de l'artillerie mobile.

Les hommes ne pouvaient se parler dans ce vrombissement assourdissant. Enfermés dans le blindage ils ne voyaient à l'arrière que l'avant du véhicule qui les suivait.

Les pales des hélicos tournèrent dès le départ du convoi. Lorsqu'il fut assez éloigné, s'enfonçant dans l'ombre des collines ensanglantées par le soleil couchant, ils décollèrent très haut, mettant en route leurs radars puissants pour en protéger la marche.

Au-delà des collines, pas très loin de l'océan, le violent éclat des explosions de l'artillerie ennemie sur les lignes amies se confondait avec le rougeoiement de l'astre du jour qui quittait le champ de bataille. De nos jours, la technique permettait aux soldats de poursuivre la guerre même la nuit.

Dans la vaste cité en ruines, les monstres mâchaient du paste et se relayaient autour de leurs pièces de mortier.

Deux cents chars, moteur grondant, attendaient le signal du départ... Une vaste banderole laser traçait, haut dans le ciel, ces lettres lumineuses immenses, pour effrayer l'adversaire : « Vive la bataille de Little Big Horn ! »

Où avaient-ils été chercher cette référence historique américaine ? C'est lors de la bataille de « Little big horn » que les soldats bleus du général Custer furent anéantis par les Indiens. Quelque pauvre transfuge de notre monde avait dû la raconter... Les monstres auraient pu se prétendre les Indiens de leur époque, car ils se disaient menacés d'un génocide.

Cette bataille durait depuis des mois. Des centaines de milliers de morts jonchaient le sol partout, les plus anciens devenus squelettes. Le ventre gonflé de pourriture des autres faisait éclater leurs vêtements. Parfois le virus ravageait des sections entières de tués. Des dizaines de morts-vivants, les néozons, déambulaient au milieu du champ de bataille, en gesticulant une danse désarticulée, hallucinée, produite par des muscles morts qui bougeaient alors de manière spasmodique sous l'effet synergique des toxines du virus et du paste.

Ils étaient la terreur des soldats ; l'image de leur futur. Quand ils en voyaient, alors, vite ils mâchaient une plaque de paste. Ils ignoraient que le phénomène néozon apparaissait seulement dans les corps des militaires bourrés de paste pendant des mois et des mois de bataille.

Les monstres n'affichaient pas un physique monstrueux, mais ils avaient de drôle d'idées. Déjà tout petits, ils racontaient des choses incompréhensibles. Ce sont eux qui se firent appeler les Monstres, ils auraient pu aussi bien se faire appeler les Autres. Mais non ! Les Monstres. Ils aimaient la provocation ! Ils se disaient meilleurs que les hommes, plus forts, plus intelligents.

En réalité, au début, peu d'entre eux furent enfermés dans les caves. Seulement ceux qui s'exhibèrent de manière trop évidente. Les autres vivaient au milieu des hommes jusqu'à ce qu'ils eussent trouvé le moyen de se reconnaître, de se rassembler, de s'armer et de combattre les vampires pour le pouvoir. Ceux-ci ne s'abaissaient pas à faire la guerre, ils la faisaient faire au peuple misérable. À ce rythme-là, il restait peu de bonnes artères à se mettre sous la dent.

C'était peut-être cela la stratégie des monstres : les affamer ?

Ce qui est sûr, c'est que leur sang empoisonnait les vampires qui s'en méfiaient diablement. Pour les repérer, on finit par trouver la parade : à chaque naissance on faisait une prise de sang... À chaque analyse positive, le bébé était immédiatement exécuté. Pour les sauver de cette mort prématurée, beaucoup de parents cachèrent leurs enfants-monstres dans la cave. En attendant, les monstres existaient toujours, tués par les obus, la mitraille et les flammes, les survivants mâchant du paste à longueur de journée et de nuit, sans effet néozon, sans écroulement physique après des nuits et des nuits de veille.

De futurs vainqueurs quoi !

C'était Maville qui transmettait d'outre-tombe et en direct les scènes de guerre : le convoi militaire se dirigeant vers les collines ensanglantées par le soleil couchant, la formation d'hélicoptères qui suivait, et la caméra s'élevant rapidement haut dans le ciel, bien plus haut que ceux-ci, filmait, au-delà des coteaux, une vaste ville en ruines dans laquelle explosaient les obus de l'artillerie des hommes et, plus près, les explosions de celle des monstres. Au loin, le soleil disparaissait derrière l'horizon de l'océan, immense plan d'eau imperturbable devant tant d'horreurs....

Pour un peu, on se serait cru dans un Aumônier qui montrait des images en direct !

La colonne de chars des monstres se déploya. À toute allure, elle contourna les lignes avant et se dirigea vers le convoi où se trouvait Anatole. Immédiatement les hélicos accélérèrent en piquant du nez et lâchèrent leurs roquettes en direction du convoi ; des missiles sol-air décollèrent de la ville en ruines et les attaquèrent. Bientôt, la bataille faisait de nouveau rage. Les troupes fraîches du convoi entendirent le fracas des explosions. Lorsque les hélicoptères les survolèrent, Mario saisit Anatole par le bras et cria : « Regarde ! Les hélicos ! Hourra ! Allez-y les gars, dégommez-les, ça sera autant de travail en moins pour nous ! »

Anatole avait levé la tête à contrecoeur. Il réfléchissait, tête entre ses mains : prendrait-il du paste ou pas ? Était-il un lâche ? Un vrai soldat n'a jamais peur, alors pourquoi le paste ? C'était la fin du mythe du héros.

Tout être humain normalement constitué ne peut résister

à la guerre et particulièrement à la guerre moderne. Il y a plusieurs phases d'évolution psychique, mais le soldat sous le feu pendant des jours et des jours finit par s'effondrer. Seuls les psychopathes, les sociopathes tiennent le coup. À partir de l'amanite tue-mouche, certains avaient réussi à extraire une substance qui, absorbée en quantité suffisante, fait du militaire un véritable sociopathe, lucide, mais complètement dépourvu de sentiments ; une machine à tuer.

« Le plaisir doit être immense de ne plus avoir peur, de participer à la guerre comme si on la voyait à la télévision, mais aussi de tuer les monstres... » Avait dit Mario à Anatole.

« Je sais ce que c'est le paste, avait-il ajouté, crois-moi, c'est extraordinaire !

— Tu trouves extraordinaire d'être transformé en robot ?

— C'est quoi la vie que tu as menée toi ? Vie de larbin des vampires, c'est sûr, pour parler comme ça. La vie est une horreur pour la plupart d'entre nous. Alors, on profite de tout ce qui peut l'adoucir ! »

Anatole ne rajouta rien. Mais Mario n'en avait pas fini. Il le regardait d'un air soupçonneux.

« T'aurais pas l'idée de rejoindre les monstres, comme certains le font pour éliminer les vampires... Par hasard ?

— Ah ? Certains désertent pour rejoindre l'ennemi ?

— Ouais ! T'avise pas d'essayer de le faire devant moi sinon je te descends !

— T'es fou non ? Vivre avec des monstres, faut être cinglé ! Plus on en tuera, mieux ça sera ! »

Il pensait à Alice, la Maison. Comment l'atteindre ?

Certainement pas en restant ici à faire la guerre pour permettre à une poignée de vampires de continuer à se nourrir. Mais Alice alors ?...

Du côté des monstres, tout en mâchant une gomme de paste, le chef, Marc Pim, parlait à son frère Arthur, qui lui n'était pas un monstre. Ils ne s'étaient pas vus depuis de longues années.

Ils s'étaient serrés longuement entre leurs bras, joue contre joue...

« Marc ! Notre père est mort, il y a quelques années,

94

exécuté par un hélico de la popol, juste après un meeting, peu de jours après ton départ. J'ai assisté à sa mort. Ça t'intéresse de savoir ? »

Des larmes perlaient au coin de ses yeux...

« Oui, raconte-moi, si ça peut te soulager...

— Je prenais l'air dehors, vaguement inquiet de savoir papa au meeting, lorsque j'ai entendu au loin le vrombissement des hélicos mêlé à leur musique hurlante. Les Anges du salut avaient repéré la réunion ! Je savais le repli organisé, mais quand même ! J'ai toujours dit à papa que ces réunions ne servaient à rien, mais lui répliquait qu'elles sont importantes, car elles montrent aux gens qu'il existe une organisation qui lutte, que c'est donc vital, politiquement. C'est vrai, il avait raison ! Mais quel danger ! Alors, quand j'ai entendu la musique, j'ai vu rouge : ces salopards de la popol allaient encore se payer une séance de ball-trap ! Et nos copains étaient les pigeons d'argile ! Je rentrai, saisis mon fusil d'assaut sous mon matelas et courus en direction du meeting en veillant à ne pas être vu d'en haut (on a la pratique maintenant....). Après quelques centaines de mètres, l'hélico apparut au-dessus des toits en même temps que la musique explosait sur le quartier. Il ne tirait pas, mais tournoyait en faisant des zigzags, comme s'il s'amusait à poursuivre quelqu'un... Du tir aux lapins qu'ils disent.

Peuh ! Il n'en ont jamais vu de lapins ! C'est alors que je vis arriver papa, courant en balançant les bras, très rythmés, haletant. Il manquait de tituber à chaque pas ; il devait courir depuis longtemps... Ces salauds, là-haut dans leur engin volant rigolaient, rigolaient... Il s'engouffra dans une maison. À ce moment, je vis nettement le pilote se retourner vers le tireur assis légèrement en retrait et lui dire quelque chose. N'étant pas repéré, je visai et tirai. Mon projectile partit du canon de mon arme en même temps que la roquette de l'hélico. La maison explosa avec notre père dedans et ma balle perçante faisait éclater le cockpit de l'appareil arrachait la moitié de la tête de ce connard de la popol. L'hélico fit une embardée, ses pales touchèrent un toit et l'appareil s'effondra au sol tête en bas... »

Ils se turent un moment, Arthur était rongé par la peine.

L'autre, tenu par le paste, restait très lucide, mais solidaire... Des frères jumeaux : l'un monstre, l'autre pas. Marc n'oubliait pas qu'il devait la vie à ses parents qui l'avaient caché dans la cave pendant des années... Il songea à la fatigue de son frère.

« Arthur va te reposer, tu en as besoin. Ne prends surtout jamais de paste. Votre organisme l'impute immédiatement dans sa structure moléculaire et son effet est irréversible. Alors, à ce stade, si le corps en manque, après un délai relativement long, c'est la mort. Continuer aboutit au même résultat, mais à plus long terme. De toute façon, il faut bien mourir un jour, n'est-ce pas ? Pour nous, ses effets s'arrêtent quand nous arrêtons d'en prendre, un point c'est tout. »

La bataille, ignorant superbement les sentiments, prenait de nouveau un rythme intense. Petit à petit, les monstres gagnaient du terrain.

Cette fois, une colonne de chars devait faire diversion pendant que l'infanterie commando s'infiltrait dans les lignes ennemies, tuait et recrutait pour l'armée de la Liberté.

En quelques secondes, tous les hélicos de l'armée des hommes furent abattus. De nombreux chars des monstres, la moitié environ, jonchaient le sol sous forme de carcasses noircies et fumantes. Quelques formes enflammées et hurlantes couraient encore à proximité...

Le reste fonçait vers les lignes ennemies, maintenant très proches. En face, les serveurs humains des missiles antichars attendaient le moment propice. Lorsque l'attaque au mortier débuta, le sifflement des obus avertit les combattants de leur arrivée imminente. Les explosions hachèrent menu les soldats sur plusieurs centaines de mètres. Seuls ceux qui étaient protégés y échappèrent.

Simultanément, les chars tirèrent et les missiles partirent en leur direction. Les hélicos des monstres décollèrent à ce moment-là. Leur objectif : détruire tout ou partie du convoi amenant les renforts.

Les termes militaires sont atrocement neutres : « détruire le convoi », cela a l'air banal, comme détruire l'objectif, mais cela ne dit pas qu'il y a des êtres humains dans le convoi et dans l'objectif ! Détruire le convoi, cela signifie la mort de milliers d'hommes ; et une mort épouvantable !

Un déluge de fer et de feu s'abattit sur eux. Dès que l'alerte fut donnée, les capos fermèrent les portes des véhicules blindés de transport de troupes. Les missiles perceurs de blindage firent des ravages : une première charge explosive perçait l'épaisse tôle d'acier, ce qui permettait à la charge tueuse de pénétrer à l'intérieur et d'exterminer tous les passagers.

Juste avant que les portes blindées de son véhicule ne fussent fermées, Anatole, terrifié, poussa le caporal de côté et sauta. Il entendit la voix excitée de Mario l'insulter. En tombant sur le sol comme un félin, il roula sur le côté pour éviter de justesse le véhicule suivant, sur lequel, dépassant le blindage à partir de la taille, le serveur de mitrailleuse l'aperçut. En tournant son arme vers lui, il cria : « Au déserteur ! Au déserteur ! »

Et il tira, un rictus de haine déformant son visage juvénile. Anatole pensa : « Il est envieux ! Il veut me descendre pour m'empêcher de réussir ! »

Les balles explosives creusèrent des petits cratères là où il se trouvait quelques fractions de seconde auparavant jusqu'à ce que les chars, arrivant très vite, l'eussent caché aux yeux du tireur.

Allongé sur le sol à quelques mètres du convoi, protégé par un merlon de terre, le visage caché entre ses bras, tourné vers le sol, il entendit le fracas des chenilles et des explosions, le vrombissement des moteurs, le sifflement des projectiles. La bataille dura deux heures. Tout explosait autour de lui. Il en réchappa.

Bien longtemps plus tard, le calme revenu, il s'avisa à lever la tête. Dans le crépitement des flammes des véhicules incendiés, ses oreilles sifflaient encore du fracas de la bataille. Une odeur d'hydrocarbures en feu, de poudre et de chair brûlée flottait avec les bancs de fumée. On ne voyait pas à un mètre !

Il se leva, les jambes engourdies. Il se les frotta pour chasser les picotements insupportables du sang qui circulait à nouveau.

Que faire ? Repartir aux arrières ? Autant se jeter dans la gueule du loup. Aller de l'avant pour rejoindre les lignes ennemies ? Ne sachant pas où il se trouvait, il ne sut pas s'orienter...

Son paquetage contenait une réserve de nourriture pour plusieurs jours. Il pouvait tenir le coup longtemps. D'abord s'éloigner le plus possible du théâtre des opérations ! Dans ce cadre fantastique, l'horreur présente partout guettait le soldat errant...

« Est-ce cela la guerre ? » Se demanda Anatole.

Il marcha une heure et décida de s'arrêter pour dormir à l'abri dans un trou d'obus.

Le sommeil l'attrapa avant même qu'il ne soit bien installé sur le sol. Tous les quarts d'heure il se réveillait en sursaut en poussant un cri. Il rêvait que son trou ne respectait pas la règle qui veut qu'un obus ne tombe jamais deux fois au même endroit !

Le vrai sommeil finit par prendre le dessus.

Lorsqu'il ouvrit les yeux, couché sur le dos, une violente douleur lui serrait le ventre ; sous le ciel noir, une odeur de brûlé flottait encore.

Qu'est-ce qui l'avait réveillé ? Il tourna légèrement la tête et vit s'éloigner un soldat qui faisait des pas drôlement malhabiles.

« Ce con vient de me marcher dessus et ne s'est aperçu de rien ! » Pensa-t-il.

Cette réflexion à peine terminée, un autre soldat tomba sur lui de tout son long. Ses bras virevoltèrent autour de lui et il s'écroula. Un visage putréfié se blottit alors contre son épaule !...

L'odeur de charogne, le bourdonnement du nuage de mouches et de guêpes faillirent le faire tourner de l'œil. Le corps continuait à s'agiter en émettant des râles incompréhensibles. Le néozon se tourna sur le dos, s'assit d'un geste brusque et se leva.

Anatole hurlait d'une terreur paralysante. Quelques guêpes, prises dans ses cheveux, bourdonnaient rageusement. Elles le piquèrent plusieurs fois dans le cuir chevelu. L'atroce brûlure du venin irradia dans son crâne.

Il reprit ses esprits. Un autre mort-vivant arrivait. Cela le décida à quitter son abri. D'un bond, il s'accroupit au fond de son trou et sauta à l'extérieur. Ce qu'il y vit ne lui remonta pas le moral : une bande de soldats morts-vivants déambulaient en dansant dans une chorégraphie de pantins désarticulés, en poussant des cris d'une voix grasse caverneuse... Il crut à une attaque, attrapa son arme attachée à sa taille et tira. Les impacts couchèrent les morts vivants qui se relevèrent bientôt pour reprendre leur marche traînante dans la même direction. Lorsqu'ils arrivèrent à sa hauteur, Anatole les évita, tout simplement. Ils poursuivirent leur chemin sans lui prêter la moindre attention... La douleur faisait résonner son crâne comme un gros bourdon. Il était au bord de l'évanouissement...

Bientôt, il entendit comme une rumeur et distingua un nuage à l'horizon. Il grossissait lentement et petit à petit la rumeur s'amplifiait... Cela lui rappela les rêves des fortes fièvres de son enfance. De lourdes nuées d'orage roulaient dans un ciel à l'horizon rapproché. Noirs, gris ; noirs, gris ; ils piquaient tout son corps, dans toutes ses veines. Sa tête, en se tournant de tous côtés, ne pouvait les chasser... C'est pourquoi, pour expliquer sa vision, il pensa à un effet hallucinatoire du venin des guêpes. Mais le nuage était réel. Lorsqu'il se fut rapproché suffisamment, il vit que des oiseaux le composaient. Des milliers de corneilles qui claquaient leur bec mêlaient leurs cris aux croassements des corbeaux.

Il frissonna de terreur. Le ciel fut complètement couvert de cette nuée de mort dans un vacarme assourdissant. Les oreilles bouchées par la paume de ses mains, visage crispé par l'effort de serrer ses paupières, il tomba à genoux pour laisser passer l'orage...

8.
Marc

Le vol noir des corbeaux passa une heure durant. Le temps au toxique qui harcelait le cerveau d'Anatole de perdre de sa puissance. Il retrouva des forces pour se remettre en route dans une direction choisie au hasard. Plusieurs fois encore, il rencontra une bande de néozons. Il comprit vite qu'ils étaient inoffensifs. Effrayants seulement ! Il aperçut certains corps très mutilés qui sursautaient sur place, tas de charogne vivante qui semblaient mugir par moment quand les insectes qui les dévoraient, surpris par certains mouvements brusques, s'envolaient d'un coup dans un bourdonnement rageur. Les autres, accompagnés de leur nuage de diptères et hyménoptères et de quelques corneilles qui volaient autour de leur tête, certaines se posant sur le cheveu pour leur dévorer les yeux, ne s'arrêtaient de marcher que lorsque leurs muscles disparaissaient, dévorés par les insectes, les asticots et les corbeaux.

Après des heures de progression dans cet enfer, il entendit, au loin derrière lui, le bruit d'un hélicoptère.

Il se retourna, puis, dans un réflexe, plongea à plat ventre sur le sol. Le gros insecte métallique de l'armée impériale fut rapidement à cinquante mètres de lui. Un haut-parleur cracha ces paroles méprisantes : « Fallait pas déserter pauvre con ! »

Une formidable explosion assourdit Anatole qui crut sa dernière heure arrivée.

L'hélicoptère fut pulvérisé par une roquette. Le jeune homme ignorait encore qui lui avait sauvé la vie, mais il n'allait pas tarder à le savoir : un groupe de soldats en uniforme vert olive approchait.

Celui qui arriva le premier souleva Anatole en le tirant

par le revers. L'officier le tint par le col et l'attira à lui, le regardant droit dans les yeux.

« Déserteur de l'armée impériale ?

— Ou.. oui...

— T'as vu tous ces néozons par là ?

— Oui !

— Le résultat du paste. Tu en as pris toi ?

— Non, pas encore.

— Ah ? Tant mieux pour toi ! »

Il le lâcha.

« On l'emmène ! Ordonna-t-il aux autres. On rentre à la base. »

La patrouille commando des monstres repartit après avoir dépouillé Anatole de son arme et laissé sur place son paquetage. Les soldats, en pleine forme et soutenus par un moral élevé, encadraient le jeune homme, baïonnette au canon.

La marche dura plusieurs heures avec quelques haltes repos au cours desquelles les militaires restaient sur le qui-vive. Aucune attaque ne survint. La bataille semblait arrêtée momentanément.

Lorsqu'ils arrivèrent en vue de la ville en ruines, le radio s'éloigna et envoya un message. Il revint en disant à l'officier :

« C'est bon, on peut y aller, on nous attend. »

L'officier manifesta sa satisfaction.

« On y va les gars et vite, au cas où l'ennemi aurait intercepté notre appel radio. »

Ils atteignirent la ville au pas de course. La ville ? Un amas de ruines. Quelques incendies, témoins de la bataille récente, éclairaient ce qui restait des rues, déjà déblayées par les engins militaires.

Les soldats poussèrent Anatole dans un escalier qui s'enfonçait sous terre dans un abri en béton. Une fois entrés dans une salle vide, l'officier lui parla sur un ton plus détendu.

« Restez ici, je viendrai vous chercher dans quelque temps. Ne vous inquiétez pas, nous ne vous ferons rien de mal.

— Où sont-ils, les... Monstres ? »

Le gradé éclata de rire.

« Mais c'est nous les monstres !

— Comment ça, vous ?

— Moi et les autres que vous avez vus. Nous sommes tous des monstres ! »

Anatole regarda cet homme de haut en bas, incrédule.

« Mais vous êtes comme nous !

— Presque ! Presque ! Patientez, je vais annoncer votre capture à mon chef qui décidera de votre sort. Quel est votre nom ?

— Anatole Krim.

— Donnez-moi vos papiers militaires ! »

Il prit son étui plastique étanche et le lui tendit.

« Merci et à tout de suite. »

L'officier repartit et ferma derrière lui une lourde porte dont la serrure claqua deux fois.

« Deux précautions valent mieux qu'une. » Pensa Anatole qui s'assit par terre, le dos contre la paroi.

Le sommeil finit par prendre soin de son corps épuisé. Il s'endormit, recroquevillé contre le mur.

Une main presque fraternelle le réveilla en le secouant doucement. En ouvrant les yeux, il vit, au-dessus de lui, un visage, très près, qui le regardait les yeux inquiets. Il crut encore rêver en voyant Arthur.

« Arthur ? Questionna-t-il, hésitant.

— Non, je suis son frère jumeau, Marc. »

Anatole se releva péniblement sur un coude puis s'assit lourdement. Il avait du mal à se réveiller...

« Son frère jumeau ? Dit-il, la bouche pâteuse. Je ne savais pas qu'il avait un frère jumeau.

— Moi je vous connais bien, car vous m'avez rendu un très grand service il y a quelques années... Dans une cave. Mais vous ne vous souvenez pas. Quoi qu'il en soit, vous allez bientôt voir Arthur, car il est parmi nous. »

La pensée de revoir l'adolescent le remplit de joie.

« Arthur ? Arthur est ici ? Que je suis content de le revoir. Mais que fait-il ici avec les monstres ? Et vous aussi ?

— Patientez ! Vous obtiendrez toutes les réponses à vos questions très bientôt. Pouvez-vous vous lever ? Vous

103

devez vous restaurer et ensuite nous le rejoindrons.

— Avec joie. »

Et il se leva pour suivre Marc venu seul le réveiller.

On l'installa dans un petit réfectoire où il mangea en compagnie de soldats habillés en vert olive qui ne s'étonnèrent pas de voir un homme dans un uniforme ennemi manger dans le même local ! À la fin du repas, Marc vint le rejoindre. Les autres soldats ne manifestèrent aucune obséquiosité envers ce haut gradé. Ils ne firent même pas attention à lui.

« Vous avez fini ?

— Oui ! Cela faisait longtemps que je n'avais pas mangé assis à une table ! Je vous suis. »

Ils marchèrent un bon moment dans des souterrains mal éclairés et entrèrent dans une grande pièce en baissant la tête pour passer la porte. Arthur les attendait, debout à quelques mètres de l'entrée. Plusieurs années semblaient s'être écoulées depuis le précédent voyage d'Anatole, car l'adolescent qu'il avait connu dans le bidonville était devenu un homme !

« Bonjour Anatole, s'écria-t-il en venant vers lui la main tendue. Bienvenue à la base de Little Big Horn ! La base la plus avancée des monstres...

— Bonjour Arthur. Tu es donc un monstre aussi ?

— Non ! Seulement le frère jumeau d'un monstre dont le nom est Marc.

— Mais... alors, je comprends. Le monstre dans la cave. Il n'était pas enchaîné n'est-ce pas ?

— Si, hélas. Mon père ne voulait pas qu'il se fasse attraper par la popol, alors il l'avait enfermé dans la cave. C'est toi qui l'as délivré. Il s'est échappé quelques minutes après ton départ et a pu participer à la réorganisation de l'armée des ombres qui était alors en voie d'achèvement après avoir déjà été une fois démantelée par la popol. Aujourd'hui, tu le vois, l'armée des monstres se bat en plein jour. Les monstres sont rejoints par des hommes de plus en plus nombreux qui ne veulent plus servir les vampires...

— J'ai le souvenir que le mon..., enfin, ton frère, m'a donné quelques éléments sur la domination de l'Empire.

104

— Oui, ici, c'est l'Empire qui domine le monde. C'est-à-dire l'État des vampires. Mais les gens ne le savent pas.

— Il me semble entendre encore le discours de ton frère... Mais d'où viennent les monstres alors ?

— Une évolution génétique engendrée par la morsure des vampires. Elle date de plusieurs siècles. Les hommes ont produit une espèce qui mettra fin à la domination des vampires !

— Et Alice alors ?

— Elle t'a envoûtée. C'est une vampire comme les autres. Nous savons comment te désintoxiquer. La cure va d'ailleurs commencer tout de suite. Après, nous continuerons cette conversation. Cela ne durera pas longtemps, tu verras. Emmenez-le ! »

Ordonna-t-il tout à coup aux soldats alignés contre le mur en face de lui.

Trois solides gaillards se saisirent de lui et l'assirent sur une chaise. Ses mains, tirées en arrière sans ménagement, furent liées avec une paire de menottes au montant du dossier. On lui injecta un liquide glacé dans la veine du bras et il raconta tout ce qu'il avait vécu avec Alice. On le détacha, et l'amena, sur une civière, dans une salle d'opération. Là, il perdit connaissance.

À son réveil, Marc souriait au chevet de son lit posé au milieu d'une cellule spartiate. En dehors de la chaise sur laquelle Marc se tenait, il ne vit pas d'autres meubles dans cette pièce.

« Vous voilà délivré de l'envoûtement de cette vampire. Disons qu'elle aura toujours une influence sexuelle sur vous : impossible d'oublier les plaisirs qu'elle vous a offerts. Mais vous la verrez avec lucidité. Nous avons besoin de cela pour ce que nous avons à vous demander."

Anatole se sentait très bien ; reposé et lucide ; en pleine possession de ses moyens.

« Et qu'avez-vous donc à me demander ?

— De retourner voir Alice...

— Oh ! ? Et dans quel but ?

— Nous avons besoin d'un renseignement : combien les

vampires sont-ils aujourd'hui ?

— Vous craignez qu'ils soient très nombreux ?

— Non, au contraire, nous espérons qu'ils soient en voie de disparition ; mais nous craignons que la société qu'ils ont construite soit tellement bien faite pour perpétuer leur pouvoir qu'elle continue à fonctionner pour assurer la prééminence d'une espèce qui n'existe pratiquement plus !

— Comment ? Cela serait possible ?

— Peut-être... Toutes nos informations tendent à le montrer. Les vampires sont décimés par une épidémie. L'évolution de notre monde voue cette espèce à la disparition. Mais le système qu'ils ont mis en place est si efficace qu'il risque de faire durer leur pouvoir bien après leur quasi-disparition.

— En effet, Alice m'a parlé des membres de sa "famille" morts d'une maladie très grave...

— Cette maladie ne touche que les vampires. Elle semble être liée à l'apparition des monstres. Lorsque les premiers vampires moururent après avoir saigné un monstre, l'épidémie se déclencha. Le nouveau tue l'ancien ! Mais, comme vous le voyez, cela ne va pas sans mal. Les élus nous font une guerre sans merci. Ils se savent condamnés, mais veulent nous entraîner à leur suite. Les êtres humains fournissent la chair à canon de cette bataille. Nous voulons leur en faire prendre conscience. Pour cela, il nous faut démontrer la faiblesse des vampires. Les hommes doivent comprendre qu'ils assurent eux-mêmes le pouvoir de ceux qui les exploitent.

— Et vous croyez que je pourrai joindre Alice alors qu'elle a du être informée de ma désertion ?

— Nos services nous font savoir que ce n'est pas le cas. Tous les témoins de votre "départ" du convoi sont morts ou transformés en néozons. Vous pouvez très bien réapparaître comme survivant.

— Ou comme évadé de chez les monstres ?

— Peut-être, pourquoi pas ? À vous de choisir ce qui vous convient le mieux.

— Comment vais-je rejoindre le château ?

— Vous ne devez pas le savoir : nous allons vous droguer ; vous serez inconscient et vous vous réveillerez près de la bouche de métro à côté du bidonville. Les lumps veilleront sur vous en attendant votre réveil. Ensuite, à vous de jouer !

— Me droguer ? Eh ? Avec quoi ?

— Ne vous en faites pas, c'est sans danger pour vous. À votre réveil, vous serez frais et dispos.

— Puis-je vous faire confiance ?

— Sans aucun problème. »

Anatole hésitait. Mais avait-il le choix ?

Comme en écho à ses pensées, Marc lui dit qu'il n'avait pas le choix. Mais l'importance de sa mission et le fait qu'il était le seul à pouvoir l'assumer apportaient des éléments essentiels à sa réflexion et devaient le conduire à accepter sans inquiétude...

« D'accord. Je pars quand ? »

Anatole avait pensé à Alice et aux plaisirs inouïs qu'elle procurait. Cette réflexion déterminante le conduisit à cette décision. Marc, qui connaissait très bien les jouissances sublimes qu'apportaient les vampires, s'était bien gardé d'en alimenter son argumentation : il valait nettement mieux qu'elle reste personnelle à Anatole !

« Bravo ! »

S'écria-t-il, sincère. Car jusque là il n'était pas sûr, malgré tout, d'entendre cette réponse de la bouche d'Anatole.

« Vous partez immédiatement ! Nous ne pouvons perdre de temps. Trop de vies dépendent de votre mission.

— Tout de suite, sans repos ?

— Oui, après tout vous n'avez pas participé à la bataille. Ici, le repos n'est vraiment pas possible et, pour des raisons de sécurité, nous ne pouvons vous rapatrier vers nos arrières.

— Bon, bon, d'accord.

— Bien ! Nous allons vous préparer.

Anatole fit mine de se lever de son lit, mais Marc le retint en appuyant sa main sur sa poitrine.

— Non, restez couché ; nous allons vous appliquer le traitement ici. »

Il se recoucha, légèrement inquiet.

Marc se leva, sortit de la chambre et revint immédiatement en compagnie d'un médecin en blouse blanche qui poussait devant lui un appareillage pour perfusions.

Anatole ressentit une douleur aiguë au poignet lorsque l'aiguille de perfusion s'enfonça dans sa veine et il perdit immédiatement connaissance...

Il ouvrit les yeux et son regard se porta sur un ciel, brumeux et jaunâtre.

Il faisait frais. « Drôle de temps pour un été ! » Pensa-t-il... C'était le soir, presque la nuit. En tournant la tête, il entendit les bruits : toux, raclements de gorges, discussions enragées et hurlements d'alcooliques. Où se trouvait-il ? Son regard tomba sur un type qui lui tournait le dos. On ne voyait que sa tête et ses pieds dépassant d'un large cache-poussière couleur sable.

Quelqu'un cria : « Eh ! Jeff ! Le vlà qui s'réveille ! »

Le gars dans le cache-poussière se retourna. Anatole reconnut le personnage rencontré lors de sa première arrivée, quand il fut racketté par les Lumps dans le métro.

Un peu effrayé, il se leva lentement, sans quitter le chef des Lumps des yeux.

« Salut Anatole ! » Lui dit-il en s'approchant. « Bienvenue chez les Lumps. Je sais, on t'a pas laissé un bon souvenir, mais cette fois, on est du même bord. »

Avec un large sourire de bienvenue, il écarta les bras et embrassa longuement Anatole !

Celui-ci se souvint alors de la mission que les monstres lui avaient confiée.

« Mon nom est Jeff. Veinard ! Tu parles d'une mission. Retrouver la belle Alice ! Tu en es sorti vivant la première fois, elle sait donc t'apprécier. Tu vas retrouver tous les plaisirs qu'elle sait donner, en plus elle te laisse la vie...

— Est-elle malade ?

— Je crois que oui ! Mais il vaut mieux vérifier d'abord. On ne voit presque plus personne bouger au château, à part le petit Robert qui va faire les courses, la peur au ventre d'être dérouillé par les gosses du bidonville. Mais là aussi, les choses ne sont plus ce qu'elles étaient. La maladie a frappé fort !

— Il y a eu beaucoup de victimes ? Questionna-t-il, en se souvenant de tous ces gens morts dans l'église abandonnée.

— Énormément. Victimes de la guerre, la pauvreté et la maladie. Très peu survivent. Les vampires ont réussi le tour de force de tuer leur poule aux œufs d'or. Le malheur, c'est que ces salauds de la popol et de l'armée sévissent toujours. Malgré l'arrêt du fonctionnement des Aumôniers dont les portes ne s'ouvrent plus, les flics continuent à exercer leur pouvoir."

Quelle misère dans ce monde ! La lutte pour se débarrasser de l'emprise des vampires coûtait très cher...

Anatole sentait monter en lui un mélange de désespoir et de révolte. Mais il sut donner le dessus à la révolte.

« Comment vais-je rejoindre Alice ?

— Dès qu'on me signalera que Robert descend aux provisions, je te préviendrai et tu l'intercepteras. Mais attention. C'est pas facile ! Il a une trouille du diable ! Il faudra le surprendre. Mais nous te donnerons un coup de main. En attendant, casse la croûte ! »

L'expression convenait fort bien à la nourriture qu'il lui tendit : un quignon de pain complètement rassis... Pour apaiser sa faim, il avala le pain dur trempé dans un bol crasseux rempli d'une eau bien trouble.

Il en profita pour regarder le paysage. Du haut de l'escalier où il se trouvait, son regard plongea dans la bouche de métro toujours occupée par une vraie cour des miracles : hommes et femmes crasseux, maladifs, en haillons, dont certains hurlaient leur schizophrénie en agitant les bras. L'un d'eux se tenait debout au milieu de ses congénères, vêtu d'un pantalon trop large et d'une veste fermée par un seul bouton, bien que trop courte, de laquelle dépassait un pull tout effiloché. De la braguette, à laquelle il manquait les boutons, sortait un chiffon jaunâtre. Son visage maigre et barbu suggérait un homme jeune, mais usé par les privations et ravagé par la folie. Il déclamait une prose en braillant et tous l'écoutaient attentivement :

« La mort est-elle éternelle ? Non, car elle n'a pas toujours existé. La mort est née quand je suis né... La preuve ? Avant, elle ne pouvait avoir aucune prise sur moi. La mort ? Elle est notre ombre qui nous suit partout. Notre double, notre pôle opposé. Le reflet du miroir et, quand il nous a rencontrés, nous sommes morts, nous sommes la mort ! Une seule histoire mérite d'être racontée : celle de la mort ! »

Et il termina sa tirade par un hurlement, ricanements et cris bestiaux. Les autres écoutaient, envoûtés par la folie de cet homme, qui, tel un imprécateur, leur montrait leur avenir, notre avenir à tous...

Anatole en avait la chair de poule. Et il n'était pas le seul. Apeuré, il détourna son regard. Au loin, au bout de la route défoncée qui avait porté ses pas lors de sa première apparition dans ce monde, le bidonville apparaissait comme un amas de gravats, une décharge de rebuts dans la couleur rouge sang du soleil couchant. D'ici, la maison n'était pas visible, cachée par les arbres qui l'entouraient. Mais il la connaissait si bien qu'il vit nettement son image en fermant les yeux. De violentes images érotiques s'imposèrent alors à son esprit, vite dissipées par un appel brutal à sa conscience.

« Anatole ! ça y est ! Robert descend les escaliers de la maison. On va y aller ; on l'attrapera à son retour. »

Revenu à la réalité, l'estomac plein, il se leva lestement et suivit le grand cache-poussière qui marchait devant lui.

Arrivés tous deux près de l'Aumônier, ils se dissimulèrent derrière lui et attendirent. Bientôt, ils virent l'enfant courir à toutes jambes en traversant la rue. À peine fut-il arrivé au pied de la côte que plusieurs Lumps surgirent des jardins abandonnés qui longeaient le trottoir défoncé et l'attrapèrent lestement. L'un d'entre eux saisit le panier à nourriture et tenta de subtiliser son contenu. Mais Jeff, arrivé immédiatement sur les lieux, saisit le sac et allongea le gars d'un direct sur la pommette.

« Heureusement que les anges du salut ne fonctionnent plus sinon la popol serait déjà là. Et nous sommes dans un angle mort pour les caméras de la maison.

« Salut Robert ! »

Cria joyeusement Anatole en attrapant l'enfant sous les aisselles pour le monter à sa hauteur. Il n'eut pas à le soulever bien haut, car il avait également grandi !

"Anatole !" S'écria Robert, stupéfait et heureux, oubliant déjà sa frayeur.

"Tu n'as pas très bonne mine mon petit !"

En effet, l'enfant avait les traits tirés et semblait très amaigri...

« Non, je ne vais pas très bien. D'ailleurs tout le monde est malade là-haut... »

Anatole écarta le col de l'enfant et vit les cicatrices...

« Et Alice ? Et son frère ? Et son père ?

— Elle est la seule survivante, mais plus pour longtemps. Nous sommes obligés de la nourrir...

— Veux-tu m'emmener auprès d'elle ?

— Oui, mais que font ces Lumps ici ?

— Ils sont avec moi...

— Ah bon !

— Alors, on y va ?

— D'ac ! »

Il tourna les talons. Anatole embrassa Jeff, fit un signe d'adieu aux autres et le suivit. Il dut accélérer le pas pour rattraper l'enfant déjà loin.

Un silence absolu régnait en ces lieux. Pas de chants d'oiseaux, de bruits de moteurs, de rires d'enfants, aucune voix humaine. Leur respiration, le froissement de leurs vêtements et même le craquement des articulations, semblait amplifié lorsqu'ils montaient l'escalier...

Le voyant rouge de la caméra qui surveillait l'entrée au bas des escaliers s'alluma immédiatement. La popol fut, à l'instant même, prévenue de l'apparition d'Anatole...

Robert le conduisit à l'office. Son père, surpris, reprit vite contrôle sur lui-même.

« Monsieur Anatole ? C'est Mademoiselle Alice qui va

être contente !

— Bonjour ! Comment va-t-elle ?

— Mal, Monsieur, très mal. Votre arrivée va certainement adoucir sa fin prochaine."

Le domestique visiblement très fatigué semblait très affligé de ce proche avenir...

« Peut-être serez-vous étonné qu'un être humain soit pris d'affection pour une telle créature ? Mais peut-on lui reprocher sa nature ? Êtes-vous responsable de votre naissance ? Mademoiselle Alice a toujours été droite avec nous, ses serviteurs, et aussi avec ses victimes. L'existence des vampires tient du naturel, comme celle des monstres. Elle n'a jamais été d'accord avec son père qui organisa de son vivant la chasse à ces créatures. »

Anatole sentit également une tristesse l'envahir.

« Conduisez-moi auprès d'elle.

— Avec joie ! Monsieur. »

Ils se dirigèrent vers la chambre d'Alice.

Lorsque Anatole entra, après que le domestique l'eut annoncé, Alice assise à la tête du lit, lui tendait les bras en souriant. Ses cheveux noirs tombant de chaque côté de son visage accentuaient sa pâleur.

« Anatole ! Approche ! »

Il s'approcha, légèrement culpabilisé des plaisirs pris avec elle en la voyant tellement malade !

« Bonjour Alice. Quel plaisir de te revoir...

— Et moi donc. Tu vois, je n'en ai plus pour longtemps et je remercie la trame de t'avoir envoyé avant la fin. »

Le charme de sa voix évaporé, un son caverneux s'échappait d'entre ses lèvres noires... Elle parlait lentement, sa bouche figée articulant difficilement les mots.

« Mais non Alice, tu t'en sortiras.

— Tu sais, nous autres n'avons pas peur de la mort. Elle est simplement la fin de la vie. Nous regrettons seulement celle-ci. D'ailleurs, je suis le dernier représentant de notre espèce sur cette planète...

— Comment le sais-tu ?

— Nous n'avons jamais été très nombreux. Nous sommes venus dans ce monde il y a très très longtemps en empruntant un passage des visiteurs. Lorsqu'ils s'en sont aperçus, il était trop tard : nous avions colonisé cette planète. C'est pourquoi ils nous interdirent les passages, quels qu'ils soient. Le projet que Dracula n'a pas réussi à réaliser dans votre monde en s'installant dans l'abbaye de Carfax à Londres, nous, nous l'avons atteint, développé et perfectionné ici pour aboutir à cette société parfaitement à notre service. Ensuite, nous avons engendré les monstres. Un virus transmis par nos morsures a créé cette mutation génétique sur nos victimes. Mon père voulait les exterminer. J'essayais de le convaincre de l'inutilité de cette volonté, car ils étaient notre propre création... Mais sa haine le poussait ! Aujourd'hui, je me demande si, en réalité, ce n'était pas notre espèce qu'il haïssait...

— Mais, cette société que vous avez mise en place au cours des siècles, peut-elle vous survivre ?

— Oui, car elle a constitué une caste de privilégiés. Avec la guerre, ils veulent garder leurs privilèges, haïs par nos adversaires. C'est pourquoi tu es en danger. La popol doit avoir repéré ton arrivée. Le passage peut encore fonctionner. Tu dois fuir dans ton monde. Plus rien ne te retient ici.

— Alice ! » S'écria Anatole, prenant vraiment conscience de la séparation définitive...

Robert survint en courant, tenant un fusil d'assaut presque plus grand que lui dans ses mains.

« Alice ! La popol ! J'ai détruit toutes les caméras ! »

Anatole saisit le fusil et sortit. Du haut du mur de soutènement, il vit la voiture de police garée et deux policiers en descendre. Son fusil claqua deux fois, en une fraction de seconde, et les deux flics de la police politique s'écroulèrent.

Robert l'avait suivi et applaudit.

« Bravo !

— Robert, je veux te confier une mission. Va trouver Jeff, le chef des Lumps, et dis-lui de ma part de transmettre le message suivant à Arthur. »

Robert fut étonné.

« Arthur ? Il est toujours vivant ?

— Oui, il est toujours vivant. Voilà ce que tu dois lui dire : "Tu as raison, il ne reste plus de vampires" !

— Robert, docile, répéta : "Tu as raison, il ne reste plus de vampires."

— C'est bien mon petit, retiens bien le message mot à mot.

— Et toi, Anatole, que vas-tu faire ?

— Rentrer chez moi.

— De l'autre côté du passage ?

— Oui, mais d'abord, je veux protéger votre départ, à toi et à ta famille et je veux voir encore Alice quelques minutes. »

Au loin, on entendit soudain le halètement saccadé des hélicoptères accompagnés d'une musique militaire. La Popol attaquait !

« Va chercher tes parents et fuyez. Alice n'a plus besoin de vous.

— Mais... »

Avec un visage soudain très dur, Anatole dirigea son arme vers l'enfant et ordonna :

« Fais ce que je te dis ! ! »

Effrayé par le regard de feu du jeune homme, l'enfant tourna les talons et s'enfuit. Bientôt, il repassa avec ses parents et ils descendirent les escaliers quatre à quatre.

Anatole les vit courir sur la route menant à la bouche de métro. De loin, entre les arbres, on voyait la masse sombre des Lumps en sortir : ils devaient avoir entendu les hélicoptères et sortaient pour voir. Lorsque la famille des Catelon arriva, ils retournèrent tous sous terre.

Les hélicoptères survolèrent le bidonville, ou plutôt ce qu'il en restait, et lâchèrent immédiatement leurs roquettes sur la maison. Une tour s'écroula lentement après la brève explosion.

À l'intérieur, Anatole avait déjà rejoint Alice.

« Viens, dit-il, en la portant, ces salauds ne vous respectent même plus. On va essayer de passer de nouveau.

— Non. Cela ne sert à rien, le passage ne fonctionne que pour ceux qui viennent de ton monde.

— Essayons quand même ! »

Les explosions s'arrêtèrent. Il entendit nettement de nombreux pieds bottés tambouriner les escaliers. Tout en réglant son fusil pour qu'il tire en rafale, il se précipita et tira dans le tas. Le groupe reflua, lui laissant un temps de répit pour attraper Alice par la taille et la porter sur une épaule. Le couloir l'attendait avec sa porte au bout...

Tout à coup Maville (ou était ce Anatole ? Jean Calmet ne savait plus...) s'arrêta de raconter. La scène sembla se dissoudre brusquement et il réapparut sur l'écran. Devenu silencieux, il tourna un regard inquiet vers le côté. Il semblait intrigué par quelque chose qui se passait en dehors du champ de la caméra.
« Pour t'allécher, j'arrête là mon récit. Si tu veux connaître la suite, cette fois, tâche de venir me voir. Et n'espère pas que je t'envoie une troisième cassette ! »
Son visage s'agrandit sur l'écran quand il se pencha et tendit la main pour arrêter la caméra.
L'enregistrement s'arrêta brusquement. Une fois de plus, cette histoire fut interrompue. Par acquit de conscience, Jean Calmet fit dérouler la bande vidéo jusqu'au bout, mais il n'y avait plus rien d'enregistré. L'ironie involontaire des dernières paroles de son ami lui serrait le cœur...
Songeur, il réfléchit à la proposition de Maville de poursuivre l'enquête. Il se leva pour se servir un Martini blanc (au fait qu'est-ce qu'Anatole avait contre le Martini blanc ?) en songeant que tout travail mérite salaire et que le seul paiement de celui-là serait la satisfaction de sa curiosité. A part l'acompte versé tout au début...
Dès le lendemain, il se mit en chantier.

9.
L'émeutier

Première chose à faire : appeler Garand. Le détective téléphona à la P.J. On lui passa l'inspecteur immédiatement.

« Oui ? Ici l'inspecteur Garand.

— Euh... Bonjour ! Détective Jean Calmet. Vous me connaissez, je suis un ami du docteur Maville et vous m'avez parlé dans sa clinique, juste après sa mort.

— Ah ! L'amateur de films d'épouvantes ?

— C'est cela. J'aimerais vous voir au sujet de l'affaire Anatole Krim...

— Et pourquoi ?

L'interrompit-il.

— Parce que Maville était un ami et cet individu, son patient, et que j'ai le devoir de contribuer à éclaircir les circonstances de sa mort. D'ailleurs, je possède des informations intéressantes... »

Un silence fut la première réponse à cette proposition. Jean Calmet le laissa réfléchir un peu. Finalement, le policier se décida.

« D'accord. Venez à mon bureau demain à seize heures.

— C'est noté. Merci et à demain. »

En raccrochant, il prépara son planning de travail jusqu'au moment du rendez-vous et se mit à parler tout haut : « Aller consulter la presse locale parue pendant la période de l'arrestation d'Anatole. Cela m'occupera suffisamment. »

Il enfila son imper et se rendit aux archives du journal. En conduisant, il réfléchissait en parlant tout seul, comme à son habitude.

« La police a découvert beaucoup de choses, et

notamment l'identité de Juliette, lynchée par les clochards, puisque Maville, certainement informé par Anatole, l'a raconté dans son enregistrement vidéo. D'autre part, le fait que le revolver qui a tué Jeff est le même que celui qui a tué la comtesse a incliné l'inspecteur à mettre les deux meurtres sur le dos d'Anatole. Celui-ci a nié, bien sûr, et a compris que le revolver trouvé dans le bâtiment F était bien celui de Juliette. L'inspecteur a-t-il été convaincu de cette version ? Et qu'est devenu le revolver ? Anatole ne dit pas s'il l'a emmené dans l'autre monde. »

Il se tut un moment, en regrettant que Maville n'ait pas pu raconter tout ce qui lui est arrivé.

« Bah ! Continua-t-il. Je finirai bien par tout savoir. Garand ne m'apprendra rien de nouveau concernant les évènements de l'année dernière. Par contre, l'émeute de cet été m'intéresse énormément. A.K. a-t-il débouché dans le bâtiment F et engendré ce massacre par son apparition inopinée ou a-t-il atterri au milieu de la fusillade ? Cela, le docteur n'a pas eu le temps de me le raconter. Et, où est Anatole actuellement ? J'espère que mon enquête me conduira jusqu'à lui. »

Il arriva au siège du journal.

La lecture des journaux lui permit de compléter ses informations. Parmi les victimes se trouvaient trois personnes de la famille Duarte, les gens qui habitaient l'appartement réhabilité où A.K. avait débouché du monde de M. la première fois. Voilà une indication précieuse qui lui confirma la présence d'Anatole en ces lieux.

Les autres victimes étaient des jeunes, retrouvés morts dans la rue et deux policiers froidement abattus dans leur voiture. La police affirme que les jeunes sont les assassins des flics...

Dès le lendemain de l'émeute, elle arrêta un certain Aziz, le journal ne donnait pas son nom de famille. Il était l'assassin d'un des jeunes. Un autre avait été descendu par l'arme retrouvée chez Duarte, une banale carabine 22 long rifle. Quant aux autres tués, ils présentaient des blessures produites par des balles qu'on n'a jamais retrouvées ! Cela sentait l'arme du monde de M. qu'Anatole devait avoir emportée avec lui en arrivant dans le bâtiment F !

Qu'était-elle devenue ? L'arrivée impromptue du jeune homme a dû semer une sacrée pagaille et compromettre des projets.

Les journaux restaient étrangement discrets sur la présence d'Anatole lors de l'émeute : ils n'en disaient pas un mot !

Après plusieurs heures passées à lire de gros paquets de journaux, il partit déjeuner et consacra son après-midi à une autre enquête au service d'un cocu. Pas aussi passionnant que l'affaire A.K., mais beaucoup plus lucratif. Le temps passé à ce travail le conduisit au rendez-vous avec Garand.

Toujours aussi grand, ce dernier l'accueillit dans son bureau avec amabilité.

« Bonjour monsieur Calmet. Asseyez-vous et je vous écoute.

— Voilà, comme je vous l'ai dit, je suis un ami du docteur Louis Maville. Il s'était intéressé à son patient et, comme nous sommes tous deux passionnés d'histoires fantastiques, il a voulu me faire profiter de la fabuleuse imagination de son client. Tout cela fut mis sur cassette vidéo que j'ai visionnée et que je vous ai amenée.

— Donc, vous m'aviez menti, le jour de notre rencontre à la clinique.

— Oui, j'étais trop bouleversé par la mort de mon ami. Mais, vous voyez, je n'ai pas tardé à me mettre au service de la justice. Je peux d'ailleurs continuer à vous aider en répondant à vos questions.

— Et ainsi en apprendre autant de moi que j'en apprendrai de vous...

— Peut-être bien. Mais tout cela est pour la bonne cause.

— Le point commun à toute cette histoire est le bâtiment F de la cité de la Colline. Les deux corps décomposés découverts dans l'immeuble avant la réhabilitation constituent un mystère plus ou moins éclairci. L'un était tué par balle : un clochard surnommé Jeff, certainement à cause de la chanson de Brel, l'autre, une petite jeune femme entièrement vêtue d'un collant noir et lynchée par les compagnons de Jeff. Un clochard a affirmé que c'est Juliette qui tua Jeff. Or A.K. a déclaré avoir trouvé le revolver dans l'immeuble lors de sa soi-disant arrivée du monde de M.. Il a affirmé n'avoir vu personne. Par ailleurs, il a avoué avoir tué, en état de légitime défense selon ses dires, la comtesse propriétaire d'un château qu'il croit être la porte de sortie vers le monde de M. J'ai vérifié : les balles ayant tué Jeff et celles ayant tué la comtesse proviennent de la même arme. On pourrait en déduire que Krim, qui mériterait alors bien son nom, est l'assassin de ces deux personnes. Votre ami vous a-t-il dit quelque chose à ce sujet ?

— Rien de nouveau. Il m'a rapporté la thèse d'Anatole Krim comme vous pourrez le voir sur cette cassette. Avez-vous interrogé une dénommée Véronique, serveuse dans l'auberge voisine de la maison de la comtesse ?

— Oui, comme tous les gens du secteur. Elle ne nous a rien appris, sinon qu'elle a eu une aventure avec Krim.

— Vous verrez sur la vidéo que ce dernier lui fait jouer un rôle plus important, bien que la justice ne puisse rien lui reprocher.

— Ah bon ? Expliquez-vous.

— Vous verrez, mais selon Krim, cette jolie jeune femme travaillait pour la comtesse qui avait engagé un tueur à gages pour exécuter le jeune homme. Et ce tueur à gages serait Juliette, la femme trouvée morte l'hiver dernier dans le bâtiment F.

— Tralala ! Du pipeau tout cela !... J'ignore ce qui attirait notre criminel dans ce bâtiment F.. Vraiment étrange cette obstination. »

Inconsciemment, Jean Calmet s'était mis à essayer de disculper Anatole. En insistant, il s'aventurait ainsi sur une pente savonneuse.

« Le revolver appartenait peut-être à cette

Juliette, comme semble le sous-entendre A.K.

— Quel jeu jouez-vous, monsieur Calmet ? Savez-vous par hasard où se trouve notre suspect ?

— Ah, pas du tout ! Juré !

Garand le regarda de côté et poursuivit.

— Votre ami a-t-il découvert quelque chose au sujet de l'arme en possession d'Anatole Krim en août dernier et que nous n'avons jamais retrouvée ?

— Rien de spécial en dehors des déclarations de l'intéressé, déclarations que vous connaissez très bien »... »

Ils arrivaient sur le terrain qui intéressait Jean Calmet, celui sur lequel subsistaient encore quelques zones d'ombres. Le détective ne connaissait pas les déclarations d'Anatole sur le massacre de la cité de la Colline...

Garand poursuivit.

« Oui, toujours son apparition dans l'immeuble F, dans le même appartement où il a exécuté froidement une famille. Dans quel but ? On se le demande ! Un fou, c'est la seule explication. L'arme utilisée nous est complètement inconnue. Cela pourrait intéresser les militaires, mais nous ne l'avons jamais retrouvée. Vous n'avez rien à me dire à ce sujet ?

— Euh !.. Non !

— Dans ce cas, je vous remercie pour la cassette, et je prends congé de vous, car le travail m'attend. »

Jean Calmet lui avait, bien sûr, caché l'existence dudeuxième enregistrement.

Garand se leva et conduisit le détective à la porte. Avant de lui dire au revoir, il lui demanda de rester à sa disposition pour des compléments d'enquête.

En sortant du commissariat, déçu, Jean Calmet prit la décision de se rendre à la cité de la Colline...

« J'arriverai bien à y glaner quelques informations. » Il parla si fort que les gens se retournèrent d'un air étonné...

Lorsqu'il arriva, il faisait nuit. Mais la cité était très bien éclairée. De sa voiture, il repéra immédiatement un jeune, debout au pied de la tour, les mains dans les poches de son blouson. Il regardait le monde du haut de ses yeux présumés très noirs.

Il gara sa bagnole à proximité et se dirigea sans hésitation vers le jeune gars. En approchant, il eut la confirmation des yeux noirs : il était un jeune beur.

« Salut, une cigarette ? »

Il le regarda, légèrement agressif, et finit par accepter. La glace commençait à fondre.

« Moi, c'est Jean Calmet et toi ?

— Qu'est-ce que ça peut te foutre ? T'es de la police ?

— Non, mais je suis un copain de Jeff, le clochard tué ici. Je ne fais pas confiance à la police qui accuse un fou. Je crois à une provocation, comme celle d'août dernier...

— Ouais ! Une provocation. Mais vous êtes bien sapé pour l'ami d'un clochard ?

— Oh ! Disons qu'il avait mal tourné... Une provocation tu disais ?

— Oui, on était là tous les sept à se raconter des histoires marrantes quand ça s'est mis à tirer... Mais quel rapport avec Jeff ? »

Le gars se méfiait de nouveau. Il fit mine de s'éloigner en le regardant de biais. Jean Calmet essaya de le retenir.

« Eh ! Pars pas ! Je suis détective. Le rapport avec Jeff ? Un dénommé Anatole Krim ! Je voudrais savoir ce qui s'est passé la nuit de l'émeute, savoir si Anatole Krim se trouvait dans le bâtiment F, celui où Jeff a été descendu. » Lui dit-il, presque d'un trait. Un silence, puis :

« Le flic Garand joue un drôle de rôle dans cette comédie. Poursuivit-il. À chaque fois qu'un évènement se produit, il est présent. Alors, je voudrais juste que tu me racontes, c'est tout. Je garderai ça pour moi. Après je te donnerai cinquante sacs.

— Cinquante sacs ? »

Et ses yeux se mirent à briller. Quand on est pauvre, c'est quelque chose cinquante sacs !

« Ouais ! Mais t'avise pas d'ameuter tes copains

pour me délester de mon fric. J'ai un calibre qui sait faire des petits trous mignons. »

Le jeune homme poussa le détective des deux mains en marmonnant :

« Putain de ta mère ! J'suis honnête moi ! »

Et il accepta...

Ce gars sympathique s'appelait Ali. Il a raconté. Pour être plus à l'aise, ils sont allés boire un jus au café, un peu plus loin. Malgré la faible distance, ils ont pris la bagnole. Question de sécurité... C'est d'ailleurs Ali qui l'a proposé. Jean Calmet n'a pas fait de commentaires.

Ce gars avait envie de parler à quelqu'un. Bien au chaud, le détective lui inspira confiance. La vie dans la cité était dure pour tous.

Et particulièrement pour José Duarte...

Par cette chaude nuit d'août 1994, José ne parvenait pas dormir. Cinq gosses à nourrir et au chômage depuis deux ans, cela finit par peser. Le plus petit a des tas de problèmes à l'école, l'aînée fait la pute sur la ZUP, cela leur permet de survivre. Et aujourd'hui, il soupçonne fort Orlando de se piquer. Tout disparaît dans la maison. Bientôt ce jeune connard va finir par vendre sa mère !

José ne se voyait plus aucun avenir dans cette cité pourrie.

Les jeunes arabes qui sautaient sa fille se fichaient de lui quand il les croisait. Il baissait les yeux pour cacher son humiliation...

Au bout du rouleau ! Il était à bout. Depuis plusieurs heures, il entendait les éclats de voix augmenter d'intensité. Petit à petit. Et surtout, ils riaient... Ils riaient de bon cœur. Ils étaient heureux alors, dans cette cité, à côté d'un tas de vies gâchées ?

Ces rires, au début, il ne les supportait pas. Maintenant, après des heures à s'agiter sur sa couche, il les écoutait... Il pouvait au moins se défouler... Pour mieux entretenir sa hargne.

Après avoir sauté Samia les uns après les autres,

les sept jeunes étaient assis sur le rebord en béton du parking. Après le rituel collectif, la jeune fille était rentrée chez elle. Il faisait nuit depuis plusieurs heures.

Jusqu'à présent, ils n'avaient pas parlé trop fort. Ils n'étaient pas pressés de rentrer chez eux, dans ce local trop petit pour leurs familles nombreuses qu'on appelle appartement.

Ali écoutait en silence les divagations d'Ahmed, le poète :

« Nous, les arabes, on est comme des cafards, toujours dehors la nuit. Imaginez qu'on soit des cafards. Toi, Mo, ton père se lève et va boire un coup dans la cuisine. Il te voit, cafard, courir sur le mur ; et vlan ! D'un coup de patte, il t'écrase ! Imagine ! Imagine ! Sa grosse main s'approche assez rapidement de toi. Tu cours, tu cours, tu cours...

— Arrête tes conneries ! »

C'est la voix grave de Mo qui émergea de la nuit, avec une légère tonalité d'angoisse...

« Mais tu n'es pas assez rapide ; c'est que la patte du père a un sacré réflexe. Tu le sais bien, tes fesses le savent bien ! »

Et Mo de se rappeler les nombreuses fessées qu'il recevait tout petit ; et il se demanda ce que faisait son père en ce moment. L'angoisse lui prit le ventre en pensant qu'il l'attendait. Gare quand il rentrerait...

« Sa main, poursuivit Ahmed, arrive sur toi et te fait exploser l'abdomen : ça salit un peu les doigts du père, mais enfin ! »

Et Ahmed jeta un regard acéré dans l'obscurité qui l'entourait pour essayer de voir la mine de ses auditeurs.

Mais l'éclairage public était trop faible. Néanmoins, il imagina très bien les effets de son talent de conteur sur ses copains de la nuit.

« Alors, c'est pas tout. Imagine que t'es pas mort, cafard écrasé, mais pas mort. Qu'est-ce que tu vois ? La même main te décoller du mur d'un coup de doigt pour te récupérer dans la paume de l'autre et te jeter dans les chiottes. Tu mets un temps infini à tomber dans l'eau...

— Et merde ! Arrête tes conneries !..." Essaya de l'interrompre Mafoud qui volait au secours de son copain Mo.

Mais rien n'y fit. Quand Ahmed attaque une histoire, il faut le tuer pour l'arrêter. Et comme Mafoud avait haussé le ton, il se mit à raconter en parlant plus vite et plus fort.

Certains éclataient de rire, et entre les tours en béton les éclats de voix résonnaient très fort. Les gens commençaient à se réveiller.

"C'est ton destin ! Quand tu plonges dans l'eau, la fraîcheur te fait du bien. Tu ne fais pas attention à l'odeur ! Mais voilà que ton père prend EN-VIE-DE-CHIER... »

La dernière phrase, dans un crescendo dramatique, fut pratiquement hurlée !

« AAAAAAAHHHHH ! ! ! ! » Éclatèrent les six voix des jeunes, finalement tous passionnés par l'histoire !

C'est à ce moment que quelqu'un cria d'une fenêtre : « C'est pas bientôt fini les melons ! ! ! Fermez vos gueules et allez vous coucher. »

Le problème, c'est que dans le feu de l'histoire du cafard, aucun des jeunes ne s'était rendu compte que le ton avait singulièrement monté....

La réprimande, au-delà de l'agression raciste, comme toujours dans ce cas, parce qu'elle tend à rompre un sacré charme vécu dans un moment d'émotions amicales, suscita une violente réaction.

Un jeune cria : « Descends de là et je te mords les couilles ! »

Immédiatement, le premier coup de feu explosa.

Depuis des semaines, les trafiquants de drogue sentaient les filets de la police se resserrer. Ils avaient attendu longtemps le moment propice pour faire éclater une colère rentrée, mais justifiée par la situation de misère que vivent les familles de cette cité.

Aziz reçut la promesse de toucher gros s'il réussissait à déclencher la « révolution ». Il tira donc le premier coup de feu de la terrasse supérieure de l'immeuble où il s'était rendu dès les premiers éclats de

125

voix des autres. Il fut très surpris de voir en face, au troisième étage de la tour, éclore la flamme d'un canon de fusil et d'entendre immédiatement la détonation.

« C'est l'appartement de Duarte ! » Se dit-il étonné.

Cela le mit en colère. Il pensa à la prime des trafiquants qui allait lui passer sous le nez. De rage, il dirigea son fusil vers la fenêtre d'où avait jailli le coup de feu. Mais Duarte n'y était plus...

Ce dernier s'était décidé lorsqu'il avait entendu la détonation retentir. « L'occasion de descendre un ou deux de ces sales rats qui font la loi dans le coin et de faire accuser quelqu'un d'autre. » Pensa-t-il dans un éclair...

Il s'était levé rapidement, et, repoussant sa femme d'une magistrale gifle, avait couru dans le hall d'entrée de l'appartement, ouvert le placard, sorti à la volée divers objets avant de saisir son 22 long rifle d'une main et une boîte de chargeurs de l'autre.

Sa fille, qui avait essayé de s'interposer, avait été littéralement éjectée de sa trajectoire qui l'avait amené dans sa chambre, à la fenêtre où, méthodiquement, il avait visé et tiré une balle en pleine tête du pauvre Mo qui ne saura jamais la fin de son histoire de cafard...

Pour ne pas se faire repérer, il avait quitté la pièce pour changer de fenêtre, lorsque le troisième coup de feu retentit suivi du bruit de l'impact dans le mur de sa chambre à côté de lui ! On lui tirait dessus !

En bas, c'était la panique. Seul Ali garda son sang-froid : il prit ses jambes à son cou et fila chez lui. De sa fenêtre, il put regarder les évènements en toute tranquillité. Mafoud courut chercher un flingue dans une planque alors qu'Ahmed partait demander le fusil de chasse de son copain Albert. Ils revinrent ensemble.

Quand la police arriva, c'était la guerre dans le quartier : les coups de feu éclataient et deux corps gisaient dans la pénombre...

Anatole apparut à ce moment-là, semblant sortir de l'appartement de Duarte. Il venait du Monde de M., laissant Alice mourante derrière lui.

Lorsqu'il referma la porte, il se retrouva de nouveau dans le sombre palier du même HLM que lors de son premier retour.

Cette fois ça sentait plutôt le neuf.

La mitraillette toujours en main, il marqua un temps d'arrêt pour mieux se situer et écouter.

Il entendait des éclats de voix et des détonations. Il semblait faire nuit noire... Visiblement, il arrivait de nouveau dans une situation difficile. La sirène de la police ne le rassura pas. Elle le fit plutôt reculer contre la porte d'où il venait. Il écouta au travers du battant et entendit des pleurs étouffés et les mêmes bruits venant de l'extérieur : cris et détonations.

Le porte-voix d'un policier retentit, nasillard : « Arrêtez de tirer, police ! »

Le feu ne fit que redoubler. Les belligérants s'étaient-ils alliés contre l'ennemi commun : les flics ? Enfin, tout cela ne faisait pas l'affaire d'Anatole...

C'est à ce moment-là qu'il prit la décision de rebrousser chemin par la porte d'où il était venu. Décision fatale pour le pauvre José...

Duarte traversait le hall d'entrée de l'appartement lorsque la porte s'ouvrit. Il vit entrer, la tête tournée en arrière, un jeune homme armé d'un fusil mitrailleur redoutable.

« Une fois de plus, Orlando n'a pas fermé à clé ! » Songea-t-il, désabusé !

La surprise le paralysa un court instant qui fut le dernier de sa vie. Anatole, en regardant devant lui fut également surpris... et tira immédiatement !

Duarte fut projeté en arrière sous l'effet des impacts. Une femme suppliante apparut. Anatole tira également ; il ne pouvait se permettre aucun témoin. En progressant dans l'appartement, il dut exécuter également une jeune fille. « Assez jolie, ma foi ! » Regretta-t-il.

Il se rendit prudemment à côté de la fenêtre ouverte d'une chambre, s'en approcha, plié en deux, et se redressa seulement lorsqu'il fut à l'abri, appuyé contre la cloison.

En se penchant légèrement, il jeta un œil à l'extérieur. Ce qu'il vit n'était pas particulièrement réjouissant.

Dans la cité réhabilitée, en pleine nuit, des coups de feu et des coups de sifflet très brefs retentissaient. Il repéra les protagonistes à la flamme de leurs armes : au pied des tours, deux tireurs échangeaient des coups de feu avec un type isolé sur la terrasse supérieure de l'immeuble d'en face. La seule voiture de police, tous feux éteints, stationnait assez loin. Les deux flics de la patrouille devaient attendre des renforts.

Il se pencha à la fenêtre et tira une rafale sur le groupe du bas et, presque simultanément, sur le type de la terrasse.

« Attention, ils ont des mitrailleuses ! »
Cria une voix jeune sur le trottoir, à l'abri d'un platane...

La rafale à peine tirée, Anatole courut comme l'éclair sur le palier, descendit l'escalier quatre à quatre, sortit en trombe du rez-de-chaussée en longeant le mur, et contourna l'immeuble qui l'abrita d'éventuels coups de feu.

Vif comme l'éclair, il surprit Mafoud et Albert, qui s'écroulèrent sous ses rafales. Il s'empara de leurs armes rudimentaires, tira quelques coups de feux en direction du tireur des toits et repartit derrière l'immeuble. Pour reprendre sa respiration, il s'arrêta quelques instants, la bouche grande ouverte, les bronches en feu.

Vite récupéré, il se précipita à l'angle du bâtiment, s'arrêta une fraction de seconde pour regarder, courut, plié en deux, d'un immeuble à l'autre pour se trouver pas très loin derrière la voiture de police.

À l'intérieur de celle-ci, les deux policiers de la patrouille, impuissants, vivaient une véritable angoisse. Ils obéissaient à l'ordre de rester à proximité des lieux de la bataille en attendant des renforts. Pour mieux exorciser leur peur, ils échangeaient des propos racistes. Ils virent deux canons de fusil apparaître à la fenêtre du conducteur. Avant d'avoir pu faire un geste, ces deux tubes crachèrent feu et balles qu'ils reçurent en pleine tête.

Anatole repartit par le même chemin, déposa les deux fusils auprès des cadavres des deux jeunes, revint près de la voiture de police, tira les deux corps à l'extérieur, se mit au volant, démarra et disparut dans la nuit tous feux éteints...

Après avoir tiré, de rage, sur les uns et les autres (il avait dû abattre un des jeunes), Aziz réfléchit un peu et écouta pour comprendre ce qui se passait. Quand le grondement de la rafale provenant de la fenêtre de Duarte retentit, il regardait sur le parking. Il se jeta à l'abri derrière le rebord en béton et lorsque sa tête émergea, il était trop tard : seul le trou sombre de la fenêtre le regardait ironiquement. Perplexe, il se dit : « Ce con de Duarte possède une sacrée mitrailleuse ! »

Et il prit peur. D'avoir tué et d'être tué...

Cela ne le conduisit pas encore à quitter les lieux. La peur le clouait sur place. Bientôt, il entendit une rafale en bas et quelques instants plus tard un double coup de fusil...

Il ramassa le sien et descendit dans l'immeuble. Il sonna au troisième étage. Une voix féminine apeurée questionna :

« Qui est-ce ?

— C'est moi, Aziz, ouvre vite ! »

Une jeune fille ouvrit et le fit entrer rapidement.

« Salut Fat, il se passe de graves évènements. Nos frères se font massacrer, il faut organiser la riposte !... »

Dans les heures qui suivirent, la bagarre prit un tour d'émeute. Lorsque les renforts de police arrivèrent, ils furent accueillis par une pluie de projectiles divers et une volée de coups de feu.

Le calme ne revint qu'à la fin de la nuit. Policiers équipés de gilets pare-balles, chiens d'attaque, petits véhicules blindés et CRS casqués munis de leurs boucliers transparents investirent la cité.

L'inspecteur Garand, brassard rouge au bras, regardait le corps des deux agents, morts sur le coup d'une balle dans la tête.

« Quel carnage idiot ! » Se dit-il.

Un autre flic en civil s'approcha.

« Un vrai carnage : trois morts dans un appartement, quatre jeunes tués également par balles dans la rue. De notre côté ces deux morts et treize blessés...

— Incroyable cette histoire ! Nous avions monté une provocation, mais de là à penser... »

L'inspecteur Garand pensa à son correspondant chez les trafiquants. Il le fit chercher...

Bientôt, deux agents en tenue arrivèrent, encadrant un jeune blond qui avait l'air complètement terrifié.

« Salut Lucien ! Alors, tu peux m'expliquer tout cela ? Je t'avais demandé une provocation avec petite émeute, mais pas un désastre pareil ! Alors ? »

Le jeune gars, tremblant, soutint difficilement le regard de l'inspecteur malgré ses yeux bleu acier. Il les baissa donc en disant :

« J'avais chargé Aziz de lancer la pagaille. Il faudrait le retrouver et le questionner, moi je ne sais encore rien ; il est encore trop tôt ; et maintenant que tout le monde m'a vu avec vous.... »

L'inspecteur s'adressa aux policiers en tenue :

« Retrouvez-moi ce Aziz... »

Au lever du jour, Ali était toujours à la fenêtre. Après le jeune blond, les flics sortirent Aziz de la même allée en le tirant par les poignets attachés par une paire de menottes.

Garand l'interrogea. Le jeune homme expliqua tout en détail.

Mais Anatole avait échappé à sa vigilance... Bien plus tard, la police découvrirait sa participation. En attendant, le flic était sûr de la présence d'un protagoniste inconnu sur les lieux, mais sans connaître son identité. Garand interrogea presque tous les habitants du quartier. Ali assura qu'il était resté muet. Peut-être...

Mais il avait bien fallu que quelqu'un signalât à l'inspecteur la présence d'Anatole et lui en fît la description.

Mais le criminel lui-même facilita la tâche de la

justice, comme c'est souvent le cas.

Jean Calmet savait qu'un an auparavant, après le meurtre de la comtesse et celui de Juliette, la police eut toutes les facilités à conclure que c'était la même arme qui tua la jeune femme et la vieille. Un lien apparaissait donc entre deux lieux pourtant éloignés : le bâtiment F de la cité de la Colline et la vieille maison bourguignonne.

 Cet été, ce fut dans cette dernière que les gendarmes arrêtèrent Anatole. Pas sans difficultés d'après les articles de presse. Il déduisit donc facilement que l'inspecteur Garand prévint ses collègues de la gendarmerie de mettre en place une « planque » pour surveiller la Maison. Ils surprirent Anatole tentant peut-être de reprendre le passage vers le monde de M... Celui-ci avoua tout sans problème, comme c'était écrit dans les journaux. De son histoire invraisemblable, on déduisit qu'il était fou... Certainement qu'il en rajouta pour accréditer cette thèse qui lui évita la prison.

 Ali parla également de Juliette. Un joli petit bout de femme bien bâtie. « Pas froid aux yeux, la fille ! » Répéta-t-il plusieurs fois. À l'entendre parler d'elle, Jean Calmet finit par lui dire : « Dis donc, elle t'a tapé dans l'œil cette gonzesse !

— Tu peux le dire !

— Rien qu'en la voyant ! Comme ça. Parce qu'on l'a trouvée morte à côté de chez toi ? Pense à quelqu'un d'autre, petit et déménage. Cet endroit porte en lui trop de mauvais souvenirs.

— Facile à dire ! Au chômage, je vis chez mes parents. Ils ont la chance d'avoir un logement tout confort. Ils ont demandé ailleurs, mais ça vient pas vite !...

— Je comprends... Allez, il faut que je parte. Tiens, voilà tes cinquante sacs. Merci Ali ! Et bonne chance ! »

Jean Calmet lui tendit une enveloppe toute prête contenant cinq billets de cent francs, lui serra chaleureusement la main et sortit du bistrot. Lui, encore tout étourdi par son histoire resta assis devant sa tasse

de café vide...

132

10.
Le tueur de chats

Une rumeur courait dans le quartier. Elle impressionnait les enfants. Il en était un.

Un homme attrapait les chats. Tous les chats. Et il les tuait. On ne savait pas pourquoi.

Lui, le savait : pour la fourrure.

En plein centre-ville, derrière les immeubles, sur un terrain vague, une source coulait et, certainement dans les temps anciens où les machines à laver n'existaient pas, on avait aménagé un bassin qui recueillait l'eau claire.

L'endroit abandonné, envahi par les mauvaises herbes sentait la mort. Des dizaines de cadavres de chats écorchés jonchaient le sol, remplissaient le petit bassin en ciment.

Partout, les petits corps raides montraient, comme dans les planches anatomiques, leurs muscles roses blafards, raidis par la mort, avec des blanches traînées de graisse dans les creux. Il pensa aux lapins que sa mère faisait cuire les jours de fête.

Seul dans ce lieu sinistre, il goûtait l'atmosphère macabre en fermant les yeux. Il voyait un homme dépouiller les chats pendus à des crochets par les deux pattes arrière. Il tirait la peau sans l'abîmer, le pelage soyeux se retournait pour montrer la face interne du derme blanchâtre et grumeleux. Les viscères coulaient de l'anfractuosité de l'abdomen. Intestins, foie, estomac pendaient, fixés par leurs deux extrémités : anus et œsophage. Il ouvrit alors les yeux pour chasser ces pensées et il entendit l'éclat de rire sinistre du voleur de chats...

Il avait attiré quelques copains dans ce lieu pour leur

faire peur. Il espérait y rencontrer l'homme qu'il s'était imaginé habillé de noir. Mais il n'est jamais venu. Lorsque l'odeur devint épouvantable, le service d'hygiène de la ville évacua les cadavres.

La terreur le poussait au réveil, mais lentement, sadiquement. Il développait un violent effort mental pour quitter ce rêve qui le troublait beaucoup, car inspiré d'une réelle expérience vécue lorsqu'il était enfant. Le temps s'écoulait avec trop de lenteur et il ne parvenait pas à se réveiller...

Une vague menace se fixa alors dans son cœur comme un avertissement. L'enquête qu'il menait comportait-elle un danger ? Un dernier effort, tel le dernier coup de reins de l'alpiniste arrivé au sommet, et il réussit à réintégrer le monde réel. Il se réveilla en poussant un cri de soulagement.

Il faisait encore nuit noire. Il resta encore quelques minutes réveillé en fixant l'obscurité et décida que tout cela n'était qu'idiotes superstitions. Le sommeil eut raison de sa peur lorsqu'il se tourna sur le côté dans ce lit où il se sentit bien seul...

Le lendemain, il se rendit au service de la mairie où travaillait Anatole. En faisant de l'œil à une jolie employée, il apprit où habitaient les parents Krim. Comme ce n'était qu'à quelques kilomètres, il décida de profiter de son après-midi libre pour leur rendre visite. Sorti de l'hôtel de ville, il s'installa dans un bar pour réfléchir. Qu'est-ce qui le poussait à poursuivre cette enquête ? Qu'avait découvert chez lui ce fin psychanalyste de Maville ? Quelque chose de précis l'avait-il motivé pour l'informer de toute cette histoire ? Une tenace impression d'être engagé sur une voie sans retour lui tenaillait les tripes. Et ce rêve de chats écorchés...

Pour se changer les idées, il pensa à la jolie fille de la mairie. Cela conduisit ses pensées à Véronique, le double d'Alice. Il paya sa consommation et rentra vite à son bureau pour rechercher son numéro de téléphone. Maville l'avait appelée un « labelle ». Voilà un nom qui augurait bien d'une belle aventure. Il ouvrit son minitel, décrocha le combiné, composa le onze et appuya sur connexion quand l'écouteur siffla à ses oreilles. Il ne mit que quelques secondes à trouver le numéro de l'auberge.

Après avoir arrêté le minitel, il composa ce numéro et une voix d'homme lui répondit, relativement ensommeillée.

« Oui ? Ici l'auberge des Vignes, j'écoute.

— Je voudrais parler à mademoiselle Véronique s'il vous plaît.

— Elle n'a pas encore commencé son service. C'est de la part de qui ? Je peux lui faire une commission si vous voulez. Il hésita une seconde.

— Non... Merci. Je suis un ami. Je rappellerai. »

Et il raccrocha. Il se souvint de ce que Maville avait dit de la fille. Elle était facile et aguichait les clients. Il décida donc de se rendre à l'auberge des Vignes et de rencontrer Véronique le soir même. Il remit à plus tard sa visite aux parents d'Anatole. La rencontre avec une jolie fille facile lui semblait plus agréable et donc plus urgente.

Lorsqu'il gara sa voiture devant l'auberge, il crut reconnaître la bâtisse à l'enseigne du dragon volant, tant il se l'était imaginée en regardant la vidéo de Maville. L'accueil de l'hôtel se trouvait juste à côté du restaurant. Il y loua une chambre.

Dans la salle de restaurant presque vide, un couple de personnes âgées et une vieille fille mangeaient en silence.

Véronique elle-même l'accueillit. Elle lui tapa dans l'œil immédiatement. Et ce fut visiblement réciproque. Elle ne semblait pas avoir l'habitude de cacher ce genre de sentiment.

Lorsqu'il s'installa à la table qu'elle lui désigna, il regarda ses formes bien mises en valeur par sa tenue de serveuse. Inutile de dire l'effet que produisirent sur lui toutes ces belles choses...

Elle repartit d'un pas décidé en ondulant des hanches et revint rapidement avec les menus. Lorsqu'elle les tendit, elle adressa à l'homme un bref clin d'œil souriant qu'il lui rendit aussitôt. L'arc électrique de l'amour se déclencha alors avec la violence de la passion.

Elle attendit qu'il fasse son choix.

Il lui exposa ses désirs (en ce qui concerne les plats) et prit rendez-vous avec elle lorsqu'elle lui demanda le numéro de sa chambre pour la facture... Il lui expliqua qu'il était détective, ami de Louis Maville et qu'il enquêtait sur sa mort, qu'il était déjà informé par lui de beaucoup de choses sur le « passage ». Elle fut très émue de cette déclaration, très troublée. Elle s'éloigna sans un mot et poursuivit son travail.

Le repas consista à avaler une nourriture dont il ne remarqua même pas le goût, mais surtout, ses yeux émerveillés suivirent les allées et venues de cette belle jeune fille qui servait ses clients avec dextérité. Jean Calmet pensa à Anatole et à Alice...

Il fit durer le plaisir et finit par se sentir obligé de quitter la table, n'ayant plus rien à avaler...

En partant, Véronique lui fit alors savoir qu'elle acceptait le rendez-vous.

Mais il crut déceler comme une inquiétude dans le son de sa voix...

La télévision passait une série américaine insipide lorsqu'on frappa à la porte de sa chambre. Il se précipita pour ouvrir. Véronique rentra rapidement en souriant. Il referma derrière elle.

« Je n'aime pas traîner dans le couloir devant la porte de la chambre d'un homme séduisant. »

Dit-elle sans la moindre manifestation de gêne.

« Soyez la bienvenue ma chérie. »

Répondit-il avec le même aplomb. Il avait monté une bouteille de whisky et deux verres.

« On boit ?

— Avec plaisir. »

Après cette entrée en matière très brève, leurs deux corps enlacés déchargèrent, en un grand arc de plaisir, toute l'énergie amoureuse qu'ils avaient accumulée les heures précédentes.

Pendant tous leurs ébats, l'homme ne pouvait s'empêcher de songer à Anatole et Alice avec intensité.

On pourrait penser que cela gâcha son plaisir. Au contraire, il fut encore plus intense, et l'amour avec Véronique le laissa fourbu, complètement rassasié, vidé de son énergie et rempli de satisfaction. Il était quand même très étonné de la facilité avec laquelle elle était tombée dans son lit...

Après les éternelles platitudes post-amoureuses, il décida d'attaquer directement le sujet.

« Tu as donc connu Anatole Krim ? »

Elle fit semblant d'être surprise et mécontente.

« Ah non ! Qu'est-ce qu'il y a encore ? Tu es de la police ?

— Je ne suis pas de la police, mais il est vrai que si je suis venu ici, ce n'est pas par hasard, je te l'ai dit : j'étais très ami avec le docteur Maville, le psychiatre qui a essayé de soigner Anatole, et qui en est mort. Il m'a raconté toute l'histoire du jeune homme par l'intermédiaire d'une cassette vidéo. Je n'ignore donc rien de ton aventure avec lui et du rôle que la comtesse te faisait jouer. Ayant longuement entendu parler de toi, je désirais ardemment te connaître.

— Ah ! Mais j'ai tout dit à la police.

— Non, tu ne leur as pas parlé de la maison et du passage. Et tu as bien fait, car cela n'aurait rien apporté à l'enquête. »

Après un silence, il reprit :

« Bon Dieu ! Tu es bien montée ici en sachant que je menais cette enquête ? Tu savais bien que nous allions en parler !

— Non ! » mentit-elle effrontément.

Elle resta silencieuse à son tour, un long moment, et ajouta, les yeux brillants :

« Je suis juste montée pour coucher avec toi. »

Elle se leva brusquement et commença à s'habiller le visage tendu par la contrariété. Il se leva, lui ôta le chemisier des mains et la prit par la taille.

« Tu te trompes. Je ne te veux aucun mal. Nous avons pris du plaisir ensemble, comme tu le fais avec beaucoup d'autres. Mais moi, je suis impliqué dans cette histoire. Krim a tué mon ami. Il est en fuite. Tu cours d'ailleurs un danger avec ce fou dans la nature. Je te protégerai. Mais aide-moi à comprendre certaines choses... »

Un air las détendit ses traits auparavant crispés par la peur. Elle sembla se décider à lui faire confiance.

« Bon ! bon ! On peut parler si tu veux.

— J'ai du mal à croire cette histoire de passage... Et de gardienne...

— Et pourtant c'est vrai. Entièrement vrai. Je ne sais pas si ce passage existe, puisque je n'ai jamais pu l'emprunter, mais, depuis que je suis toute petite, la comtesse m'a éduquée pour attirer des hommes dans la maison. Une fois le travail fait, j'y laissais le gars et ne le revoyais plus jamais. Sauf Anatole...

— Mais, ne t'es-tu jamais demandé si cela était légal ?

— Ce n'est pas encore illégal de faire l'amour avec qui on veut, que je sache !

— Mais, tu pénétrais dans une habitation privée ! Blagua-t-il...

— Qui m'appartient !

— Qui t'appartient ? Comment ça ? Ce n'est pas la comtesse la propriétaire ? »

Elle marqua un moment de silence qu'il interpréta comme une hésitation.

« Je suis la fille adoptive de cette dame. »

Il resta un moment muet d'étonnement...

« Mais alors, tu avais de l'affection pour elle ?

— Énormément ! Et sa mort m'a fait beaucoup de peine. »

Lorsque Anatole me dit qu'il avait tué ma mère adoptive, je souffris beaucoup. Mais je le crus lorsqu'il invoqua la légitime défense. La comtesse, en tant que gardienne, ne pouvait admettre qu'un être humain soit revenu de l'au-delà du passage. Elle a utilisé tous les moyens pour éliminer Anatole. Mais cela n'a pas réussi.

— As-tu appelé immédiatement la police lorsqu'il t'a abandonnée dans la forêt ?

— Non, je n'en ai pas eu l'occasion, car j'ai perdu beaucoup de temps à faire du stop pour revenir à la ville. La police était déjà sur les lieux lorsque j'arrivai.

— Ah ? Qui les avait prévenus ?

— Je l'ignore. Mais, restée dans l'ombre à proximité, je vis arriver l'inspecteur Garand.

— Comment ça, l'inspecteur Garand ?

— Oui, oui ! L'inspecteur. Toujours lui !

— Encore une chose étrange ! Comme cette histoire de visiteurs ! S'ils ont aménagé un "passage" d'un monde à l'autre et qu'ils veulent le garder secret, pourquoi font-ils passer des êtres humains ? Idiot non ?

— Pas tant que ça. Le passage ne fonctionne que s'il est utilisé régulièrement. Il se maintient grâce aux champs de force de ceux qui le traversent. Anatole et les autres l'entretiennent en quelque sorte ! Tu comprends que les gardiens n'aiment pas voir des gens en revenir !...

— Ouais ! Cela tient à peine debout.

— Pardi ! C'est comme un chemin dans la forêt ! Lorsque plus personne ne le piétine, la végétation l'envahit et il finit par disparaître. Enfin, que cela tienne debout ou pas, on est là tous les deux et Anatole se balade en liberté ! J'ai peur !

— Oui ! Là, tu as raison ! Nous devons rester en contact. Prends mon numéro de téléphone et appelle-moi à la moindre alerte. Garand doit d'ailleurs te surveiller de très près. Il a du acheter un de tes collègues... »

Il se remit à songer, en silence, à toutes ces informations. Véronique semblait également pensive.

« À quoi penses-tu ? Lui dit-il.

— À la comtesse. Elle n'était pas le seul visiteur, bien que seul gardien du passage. Il y a, en quelque sorte, deux autres membres de l'équipe. Et tu en connais un.

— Et là ! Tu pousses un peu ! N'espère pas me convaincre par des allusions. Dis-moi de qui il s'agit. »

Elle n'hésita qu'une seconde pour lui répondre :

« Du docteur Maville...

— Quoi ? Un type formidable que je connais depuis des années !

— Ah oui, au fait ! Comment l'as-tu connu ?

— On a fait nos études ensemble.

— Cela m'étonnerait beaucoup ! Il n'a jamais fait d'études sur Terre. »

Il avoua, après une courte hésitation :

« Bon, bon d'accord, il fut mon psychanalyste !

— Tu vois ! Rien ne contredit le fait qu'il fut un visiteur. Anatole devait être en état de légitime défense comme avec la comtesse !

— Mais pourquoi m'avait-il informé de toute cette histoire par bande vidéo interposée ?

— Je ne sais pas...

— C'est vrai, en tout cas, qu'il était bien informé de tout. Bien plus que ce qu'Anatole pouvait lui avoir raconté. »

Elle se décida à lui dire la vérité.

« Ils voulaient te recruter pour entretenir le passage. C'est lui qui me faisait connaître le gars que je devais embobiner et il t'avait signalé à ma vigilance... Ta psychanalyse lui a fait découvrir une sensibilité particulière concernant la sexualité. Il fallait cela pour le passage. C'est la théorie du labelle, le tépale de l'ophrys qui attire le mâle, qui féconde la fleur... Je crains que sa mort ne t'ait pas complètement débarrassé de lui... Il avait la technique pour infiltrer dans le complexe des gens l'attirance pour la Maison. Cela explique d'ailleurs ton intérêt pour cette affaire. Tu comprends pourquoi cela fut si facile de me séduire...

— Tu crois ?... Répliqua-t-il, vexé !

— Sûrement ! Insista-t-elle bêtement. »

En réalité, il était un peu effrayé, mais ne voulant pas le montrer, il rajouta :

« N'y avait-il pas un risque de se faire prendre par la police ?

— Non ! Tout était bien préparé. Maville m'envoyait le gars après s'être assuré que sa disparition ne serait pas connue avant longtemps. D'autre part la police n'a jamais fourré son nez dans nos histoires.

— Et tu ne crains pas, en me racontant tout cela, des poursuites en justice ?

— Non. D'abord parce que Maville t'avait déjà dit l'essentiel avant moi. Il m'a ainsi donné en quelque sorte son aval. Ensuite, il est mort, la comtesse aussi et j'essaie de m'en sortir.

140

— Parles-en carrément à l'inspecteur Garand...

— Je me méfie ! Il y a un autre visiteur qui traîne... Et il n'est pas obligatoire qu'il connaisse mon existence.

— Et tu penses à l'inspecteur ?

— J'ai vraiment des doutes. Ce pourrait être n'importe qui... Mais un inspecteur irait bien dans tout le dispositif des visiteurs. D'autant plus qu'on le voit présent partout dans cette affaire. Cet autre membre "d'équipage" va certainement essayer de rétablir un passage dont le lieu doit réunir un certain nombre de critères que j'ignore. D'autre part, il faut bien quelqu'un pour accueillir une autre équipe qui ne va pas tarder. Ils ne viennent pas en soucoupe volante, mais "creusent" des passages du même type que celui de la maison, d'un monde à l'autre. Je pense que Garand fera le mort lorsqu'il aura éliminé Anatole.

— Je te trouve un peu naïve d'espérer qu'il ignore ton existence !... Heu ! D'autant plus que j'ai donné à Garand la première cassette de Maville, celle où il raconte ta rencontre avec Anatole, le rendez-vous dans la vieille maison et son premier voyage. »

Cela n'eut pas l'air de la troubler vraiment. Il laissa passer le temps nécessaire à sa réflexion après l'information qu'il venait de lui donner et, comme elle ne disait rien, il poursuivit la discussion.

« Pourquoi la mort de la Comtesse a-t-elle fait disparaître le passage ?

— Je l'ignore...

— Et les fantômes, ces espèces d'épouvantails chargés de repousser les curieux ?

— Je ne sais pas de quoi tu parles. »

Il lui expliqua l'histoire des fantômes qui accueillirent Anatole lors de son deuxième passage. Cela l'intéressa, car elle connaissait la réputation de la maison, mais elle ne vit jamais de fantômes lorsqu'elle y habitait, même lorsqu'elle y allait seule. Sa mère adoptive ne lui en avait jamais parlé.

Une dernière question excitait encore la curiosité de Jean Calmet.

« Mais, j'y songe, pourquoi, si les visiteurs craignent

tant le retour d'un humain, ont-ils aménagé le passage qui revient de l'autre monde par la cité de la Colline ?

— Il leur est exclusivement réservé ! Il faut bien qu'ils circulent dans tous les sens... Maville l'a sûrement utilisé pour ses expériences avec Anatole. Seul un visiteur pouvait permettre le retour d'un voyageur... »

Un silence angoissant leur serra les lèvres. L'atmosphère de la pièce sembla devenir épaisse et glauque. Il se leva pour bouger un peu et essayer de sortir de cette ambiance étouffante. Il s'approcha d'Alice, pardon ! de Véronique et l'invita à aller se coucher.

« Je repars demain matin. N'hésite pas à m'appeler si tu remarques quoi que ce soit ! Mon téléphone est sûrement sous écoute. Alors, nous devons convenir d'un code. "Salut à toi" veut dire j'arrive. "Je t'embrasse", viens. »

Et ils convinrent d'un certain nombre d'expressions codées.

« Ne les oublie pas, hein ?

— Tu peux compter sur moi. »

Et elle l'embrassa tendrement pour lui dire au revoir. Cette tendresse l'étonna beaucoup...

En se déshabillant pour se coucher il pensa à sa psychanalyse avec Maville. Il ne s'y était pas soumis parce qu'il souffrait d'une névrose particulière, mais plutôt pour vivre une expérience intéressante. D'ailleurs, il lui revint à l'esprit que c'est Maville qui la lui proposa lors d'une soirée entre amis à laquelle un de ses copains l'avait invité. C'est peut-être cela la trame dont parlait Alice...

Une fois couché, il s'endormit comme une masse. Et il rêva...

Une grande bassine ovale en acier galvanisé, avec deux poignées à chaque bout, était posée dans la cuisine-salle-à-manger-salle-de-bain. Elle était pleine d'eau tiède et il était dans cette eau, heureux d'avoir cette matrice pour lui tout seul. Il flottait littéralement de bonheur... Lorsqu'il entendit le bébé pleurer, sa petite sœur, son plaisir fut déjà gâché. Il vit sa mère sortir de la chambre en la portant dans ses bras, petit enfant tout nu, les fesses couvertes de cet excrément jaune vert des bébés. Elle la tenait à bout de bras, sous les aisselles, pour ne pas se salir.

Et, lorsqu'elle la mit dans l'eau avec lui, non seulement elle partagea la matrice tiède, mais les excréments se répandirent dans le liquide, au-dessus de ses jambes. Il voulut fuir, mais ne le put pas sans se salir... Il regardait horrifié la merde se dissoudre dans l'eau tiède ; il prit envie de vomir ; le bébé le regarda et rit gentiment... Son frère aîné sortit les mains de l'eau, les tendit pour serrer son petit cou. C'est à ce moment que sa mère cria et le réveilla en sursaut, le corps trempé de sueur...

Dans l'obscurité de la chambre d'hôtel, se sentant tout mouillé, il lui sembla percevoir une odeur de caca de bébé. Il alluma, se découvrit et regarda son ventre. Seule la sueur mouillait son corps. Il fut réellement soulagé...

Décidément, toute cette affaire remuait de drôles de choses dans son inconscient... Mais, il n'avait pas de sœur, il n'avait qu'un frère. Ils se détestaient cordialement, et cela faisait des années qu'ils ne s'étaient plus rencontrés. À la mort de leurs parents dans un accident de voiture, Jean Calmet, jeune homme, avait dû alors s'occuper de son petit frère encore enfant. Et cela fut particulièrement difficile, car le petit n'avait pas supporté la disparition brutale de ses parents et n'acceptait pas leur remplacement par le frère aîné. Son adolescence fut parsemée de sales coups que Jean devait récupérer comme il pouvait...

Il décida de ne plus y penser, éteignit la lumière et se rendormit...

Il ne vit pas Véronique lorsqu'il partit le lendemain matin après avoir réglé sa note. Sous la blanche lumière de ce soleil de fin d'automne, la route lui semblait parfaitement joyeuse...

Quelques jours plus tard, elle lui téléphona.

« Allô, Jean ?

— Véronique ?

— Oui ! Anatole m'a appelé !

— Quoi ? Ça suffit hein ! Fous-moi la paix ! Salut à toi. »

Il avait prononcé le code signifiant : « J'arrive ! »
Et il raccrocha immédiatement.

Il laissa tout tomber, enfila son manteau, sauta dans sa puissante voiture et fonça en direction de l'auberge. Deux longues heures de route allaient aiguiser son impatience. Il respirait régulièrement et à fond pour se calmer les nerfs. Virages, brouillard et verglas, voilà les ennemis immédiats qu'il devait affronter. Pour cela, il lui fallait retrouver tout son calme.

Il faisait nuit lorsqu'il arriva en vue de l'auberge.

L'éclair bleu des gyrophares lui montra qu'il arrivait trop tard. Il gara sa voiture assez loin et approcha à pied.

Plusieurs voitures de police stationnaient devant le bâtiment violemment éclairé. De nombreux flics attendaient. Deux types en blouse blanche rentraient dans une ambulance une civière portant un corps emballé dans le sac plastique des morts. En haut de l'escalier d'entrée de l'auberge, Garand parlait à Véronique. La pauvre chérie avait l'air terrorisée... Néanmoins, Jean crut déceler comme une étrange familiarité entre eux. De nombreuses personnes regardaient la scène, soit à travers les vitres, soit carrément debout dans la nuit.

Jean retourna à sa voiture et attendit patiemment que tout le monde s'en aille.

Après une heure d'attente, il vit revenir les véhicules de police. Elles défilèrent à toute vitesse, sirènes hurlantes. Il se coucha dans sa voiture pour ne pas être vu. Mais, au passage, Garand se retourna vivement pour regarder la voiture de Jean garée sur le bas-côté. Ignorant ce détail, ce dernier patienta encore une heure avant de voir arriver la BMW de Véronique qui lui fit des appels de phare et ralentit après l'avoir dépassé. Il mit le contact, démarra le moteur, enclencha la vitesse et fit demi-tour. Les feux rouges de la voiture de Véronique s'éloignaient dans la brume qui montait du sol.

Elle l'emmena ainsi dans une route forestière, arrêta son véhicule et le rejoignit dans sa voiture. Elle lui sauta au cou pour l'embrasser et il profita vraiment de la chaleur humide de ses lèvres.

« Salut, chérie, dit-il, en reprenant son souffle.

— Bonjour, content de te voir Jean ! (Les yeux écarquillés de terreur, elle avait comme une hystérie dans la voix.) Ils ont descendu Anatole qui venait me voir. À la nuit tombée, il s'est introduit dans ma chambre. Le problème, c'est qu'il a téléphoné avant de venir. Tu penses que les hommes de Garand ont vite rappliqué. L'inspecteur est venu plus tard... Anatole a dû voir le dispositif des flics. Il a eu une attitude suicidaire : le coup de fil et, après m'avoir parlé d'un document, il est sorti les bras en l'air. Ils ont immédiatement tiré...

Et elle fondit en larmes...

Jean la laissa se reprendre, malgré son impatience puis il dit, le plus calmement possible.

« Un document dis-tu ?

— Oui, une longue lettre, d'une cinquantaine de pages...

— Tu l'as apportée ?

— T'es fou ? C'est trop dangereux. Garand m'a longuement questionnée pour savoir si Anatole m'a dit quelque chose, s'il m'a laissé un objet quelconque, etc. J'ai répondu non à toutes ces questions, tu penses !

— Et qu'en as-tu fait de ce message ?

— Il ne me l'a pas amené, par prudence. Heureusement, car la police a fouillé ma chambre de fond en comble. Il m'a juste dit où il l'avait caché...

— Et où cela ? » Dit-il légèrement impatient...

Elle hésita avant de répondre.

« Dans la maison...

— Il est allé dans la maison sans être repéré par les flics ?

— Il a dû finalement être repéré, puisqu'ils sont arrivés chez moi juste après lui...

— Penses-tu que la police surveille encore cette sinistre bâtisse ?

— Je pense que non. Surtout depuis qu'ils ont liquidé Anatole. Mais il vaudra mieux attendre quelques jours avant de nous y rendre.

— Pas trop longtemps. Je suis inquiet de savoir ce document perdu là-bas..

— En attendant, retourne chez toi et reviens dans deux

jours. Sans téléphoner. Nous aviserons alors.

— J'ai intérêt à rentrer vite. La première chose que va faire Garand demain matin, c'est de venir chez moi pour me poser des questions. »

Après le baiser d'adieu, elle retourna dans sa voiture et ils se séparèrent à la sortie du chemin forestier. Ils n'avaient même pas pensé à faire l'amour...

Garand vint effectivement voir Calmet dès le matin. La sonnerie de l'entrée de son appartement perça littéralement les tympans du détective : l'inspecteur gardait son doigt appuyé sur le bouton jusqu'à ce que Jean ouvre la porte, prêt à étendre d'un coup de poing rageur l'imbécile qui le réveillait de si bon matin après la nuit agitée qu'il avait vécue.

Mais ce n'était pas un imbécile, c'était Garand, appuyé à sa sonnette, mal rasé, mais porteur d'un sourire méprisant sur sa grande bouche.

« Salut, Monsieur Jean Calmet. Vous permettez ? »

Et il entra en le poussant de côté d'un coup d'épaule, son imperméable ouvert flottant derrière lui.

Sidéré, Jean Calmet referma la porte et ouvrit la bouche pour protester. Il en fut empêché par son visiteur qui cria :

« Silence ! Détective de mes fesses ! Qu'est-ce que vous foutiez hier près de l'auberge ? On couche avec la belle Véronique et on ne dit rien à l'inspecteur ?

— Qu'est-ce que ça peut vous foutre ? Vous avez un mandat pour vous introduire ici ? Dehors, ou j'appelle la police !

— Du calme ! C'est moi la police ! Anatole est mort. Votre enquête est terminée. TER-MI-NEE ! ! !

— Vous énervez pas !

— Je m'énerve pas. Faites bien attention à ce que vous faites.

— Sortez ! C'est pas un inspecteur qui va m'effrayer. Sortez, j'ai dit ! »

Il empoigna le policier par le collet et le tira vers la porte. Il resta à peu près docile et se laissa jeter dehors en disant assez bas (la fatigue peut-être ?) : « Faites gaffe où vous mettez votre nez Calmet ! »...

146

La porte refermée, Jean put méditer tranquillement, et se remit à parler tout haut : « Il est évident que j'ai été repéré près de l'auberge. Ou plutôt non... Comme ma ligne téléphonique doit être sous écoute, Garand a déduit que j'y suis allé après le coup de fil de Véronique. S'il m'avait vu là-bas, il m'aurait interpellé et obtenu ainsi une raison valable de m'interroger comme témoin. »

Il mit la cafetière en route. Une fois le café passé et versé dans son bol, il prit la décision de rencontrer les parents Krim en avalant le liquide noir, parfumé et brûlant.

Les parents d'Anatole habitaient une cité ouvrière du nord. Jean Calmet entra dans le petit jardin en ouvrant une porte basse en bois et sonna à l'entrée d'une petite maison en briques rouges. Il avait lu la presse du matin : elle ne disait rien sur les évènements de la veille. La police avait-elle déjà prévenu les parents ?

La porte s'ouvrit sur une femme d'une cinquantaine d'années, à l'air très fatigué. Le détective lui dit qu'il apportait des nouvelles de leur fils Anatole. Ses yeux s'écarquillèrent d'étonnement :

« Des nouvelles d'Anatole ?

— Oui...

— Mais... Il est en fuite depuis plusieurs jours. Qui êtes-vous ?

— Je suis détective. J'ai suivi l'affaire depuis le début. Votre fils n'était pas fou. Il a été pris dans une épouvantable machination. »

Elle baissa soudain la voix et s'approcha de lui.

« Fichez-nous la paix ! Partez ! Nous ne voulons plus en entendre parler..

— Même si je vous dis qu'il est mort ? »

Là, il se trouva un peu dur, mais il était acculé à cette révélation pour déclencher un choc.

« Mort ? »

Et elle garda la bouche ouverte pendant un instant assez long. Il la laissa digérer l'information. Relativement hébétée, elle le fit entrer !

Il pénétra directement dans une salle à manger où elle

le fit asseoir.

« Mon petit est mort ? Dit-elle, les larmes aux yeux.

— Oui. La police ne vous a pas prévenue ?

— Non.

— Cela ne m'étonne pas... »

Il demanda où se trouvait son mari. Elle hésita et, d'un air haineux, elle cracha qu'il était parti très loin dans la région lyonnaise pour des raisons professionnelles...

La femme frisa la crise de nerfs. Elle se mit à parler sourdement, le visage couvert de larmes. Son gros visage ridé était devenu tout boursouflé, lui donnant une apparence plus vieille encore : « Tout cela est de la faute à son père... » Elle marmonnait des paroles incohérentes, entrecoupées de sanglots et soupirs. Il crut comprendre que le père était incestueux, particulièrement avec la petite sœur d'Anatole. « Mais où est votre fille ? » Interrogea-t-il. « Avec son père », répondit-elle maladroitement et éclata en sanglots.

Jean Calmet n'insista pas, lui raconta les évènements de la veille et lui demanda de lui parler un peu de la vie de son fils.

Elle lui dit simplement qu'il n'avait jamais été heureux, souffrant de « complexes », comme elle disait. Rien de bien particulier, sinon qu'Anatole réunissait tous les paramètres du sujet bon à emprunter le passage... Un gosse solitaire, pas très aimé des enfants de son âge, souffre-douleur dans la cour de récréation. Il faisait souvent des cauchemars. Elle lui en raconta un qui se répétait régulièrement.

« Il se réveillait en hurlant à chaque fois que ce rêve le hantait. Il plongeait dans une piscine pour aller chercher quelque chose au fond. Il ne trouvait rien. Il cherchait jusqu'aux dernières limites de sa résistance et, au dernier moment, il remontait à la surface où il s'apercevait avec horreur qu'elle était recouverte de plastique. Piégé dans l'eau, il ne pouvait reprendre sa respiration ! Un si bon nageur ! Il adorait aller nager à la piscine. Ce rêve lui gâchait même ce plaisir. »

Il repartit après avoir fait promettre à la dame de ne pas dire à la police qu'il était venu. Un étrange malaise régnait dans cette petite maison ouvrière et le détective savait que la femme lui cachait quelque chose...

Il devait attendre quelques jours pour se rendre dans la maison avec Véronique... Cela lui rappela le premier voyage d'Anatole !

11.
Le voyageur

Comme il le pressentit, il n'eut plus de nouvelles de l'inspecteur Garand. L'attitude presque suppliante de ce dernier pour lui demander d'abandonner toute recherche sur cette affaire l'avait beaucoup intrigué. De l'inspecteur froid et distant, il était devenu presque familier, compagnon d'infortune en quelque sorte. Jean Calmet finissait par l'imaginer en victime, comme Anatole. Mais victime de quoi ?
Cette enquête devenait une aventure mystérieuse. L'impression de s'enfoncer dans un pays inconnu, plein de dangers, de monstres et de dragons, d'épreuves autorisant le lauréat à poursuivre son sinistre chemin, mais tuant sans pitié celui qui échoue.
Après quelques jours pendant lesquels il s'enfonçait petit à petit dans la dépression, l'appel de Véronique le fit émerger brutalement dans la réalité concrète. Il sortit immédiatement de son état dépressif en prenant la décision de la rejoindre pour chercher, avec elle, le manuscrit d'Anatole dans la maison. Il frémit, mais si Jean Calmet déprime facilement avant le danger, il est capable de la plus impitoyable détermination lorsqu'il a décidé de l'affronter.
Ils prirent rendez-vous à neuf heures du soir au pied de la côte, à l'entrée du bosquet menant à la maison.
Immédiatement après avoir raccroché le combiné, il se sentit donc mieux et se prépara avec joie à prendre la route, car il allait revoir Véronique. Quelques souvenirs érotiques fulgurants et puissants traversèrent son esprit, mais impossible de les fixer. Il jeta quelques affaires dans un sac avec encore plus de fébrilité.
Après un voyage sans histoire, au clair de lune, il

151

aperçut la maison, au-dessus de la route, immobile tel un caméléon attendant patiemment l'insecte qui devra passer inéluctablement à proximité et qu'il attrapera en lançant comme un éclair sa langue collante enroulée dans sa bouche... La pauvre bestiole sera happée sans même avoir eu conscience de ce qui l'a mangée.

Calmet avait parfaitement conscience qu'il rentrait volontairement dans la gueule du monstre, accompagné d'une très jolie fille : sa chère Véronique. À ce moment de sa réflexion, un véritable Kamasutra défila en flashs dans sa tête. Immédiatement dissoutes, ces visions lui laissaient néanmoins un désir violent et inassouvi. Il coordonna toutes ses facultés mentales pour résister à cette puissante force intérieure. Quelque part, au fond de ses rêves il pensait que Maville avait bien travaillé pour l'attirer vers la maison. La trame, comme disait Alice ?

La puissante BMW de Véro l'attendait sur le petit terre-plein servant de parking à l'entrée du bosquet.

Il gara sa voiture le long de la sienne. Elle l'attendait au volant. Il la rejoignit en montant à la place du passager avant et l'embrassa tendrement. Elle avait emmené deux lampes de poche et quelques menus outillages. Ils traversèrent le bosquet silencieux en courant. La porte de derrière n'était pas fermée à clé, ce qui leur permit d'entrer sans effraction. Le couloir franchi, ils prirent l'escalier qui montait en sens inverse de leur arrivée. Ils n'avaient pas pensé à regarder devant la maison à travers la porte vitrée. S'ils l'avaient fait, ils auraient aperçu une voiture garée dans l'ombre des arbres dénudés que traçait la lune...

En empruntant les marches, les images érotiques défilèrent avec rapidité dans le cerveau de l'homme. Il s'arrêta et prit sa tête entre ses mains. Véronique lui ordonna : « Ne te laisse pas faire par la maison. Nous ne sommes pas venus ici pour faire l'amour. Secoue-toi ! »

Elle le prit par les épaules et le secoua effectivement. Mais le violent désir le serrait de plus en plus. Il l'attrapa par la taille et entreprit de la dévêtir. Elle se débattit comme un beau diable. Occupé à atteindre son but, il fut très surpris lorsqu'il prit sur le visage un violent coup de tête (un coup de boule, comme on dit, on frappe avec la partie la plus dure du corps humain : le haut du front, à la naissance des cheveux). La douleur et le goût salé du sang passèrent du fond de son nez à sa bouche et le plièrent en deux dans une quinte de toux. Véronique l'acheva d'un coup de genou sur le front. Il tomba à la renverse du haut des deux marches qu'ils avaient commencé à emprunter et se heurta violemment le crâne sur le carrelage noir et blanc de l'entrée. Le rideau rouge de la syncope lui révulsa les yeux et il perdit connaissance...

À son réveil, une violente migraine lui serrait les tempes. Il était allongé sur un lit, plutôt enfoncé dans un lit et Véronique, l'air inquiet et affectueux, lui essuyait le sang qui coulait du nez.

« Excuse-moi, chéri, mais je devais le faire. Maville t'a bien dressé pour passer de l'autre côté. Venir ici avec moi présentait le danger que tu sois pris à ce piège. Je m'étais préparée à cela sachant que le désir vous prend si fort que vous perdez toute autre faculté que celle de l'assouvir... »

En nasillant, il répondit :

« Mais tu n'y es pas allée de main morte !

— Impossible de faire autrement !

— C'est toi qui m'as porté jusqu'ici ?

— Non, c'est Garand ! Déjà présent lorsque nous sommes arrivés, il m'a aidée à te transporter dans la chambre et nous y a enfermés pendant que je m'occupais de toi.

— Ah le salaud ! Nous avions donc raison de penser qu'il était dans le coup dès le début.

— Oui ; et là il prépare quelque chose qui ne me dit rien qui vaille. Ou il essaye de reconstituer le passage, ou il est venu pour récupérer des éléments pour le mettre en place ailleurs. »

Il se leva lentement en gémissant sous les coups de tenailles de la migraine.

« Essayons de sortir d'ici. La porte ne me paraît pas très solide ! »

Il récupéra un tisonnier vers la cheminée et entreprit de forcer la porte. Ce qui fut réalisé en moins de temps qu'il ne faut pour l'écrire. Garand lui avait subtilisé son arme. Il garda donc le tisonnier à la main lorsqu'ils partirent prospecter la maison.

Ils entendaient, provenant du rez-de-chaussée, des sons d'instruments de musique, comme si un orchestre essayait ses violons avant de jouer ; mais très faiblement. Arrivés en bas de l'escalier, ils virent que Garand essayait de reconstituer dans l'air les fantômes de la maison, de vagues ombres essayaient de cristalliser en paillettes de lumière blanche, presque bleue... Parfois, le son de l'orchestre s'éteignait brusquement et d'autres fois il recommençait au ralenti comme une bande magnétique qui se déroulerait trop lentement dans le magnétophone. Jean s'arrêta pour admirer le spectacle, peu effrayé, car il avait bénéficié de l'explication de ce phénomène grâce au film de Maville.

Véronique le dépassa et elle essaya de toucher ces éclats lumineux. Ses mains les traversèrent, pailletées elles-mêmes de lumières, mais colorées cette fois. Sa main faisait office de palette du peintre en colorant les apparitions ! Mais où se cachait Garand pour faire ses expériences étranges ?

Jean prit Véronique par le bras pour poursuivre leurs recherches.

Garand se tenait dans le couloir aux miroirs. Ces derniers étaient tous ouverts comme des portes de placards. On voyait ses jambes dépasser de l'un d'eux, il semblait très affairé, caché par la glace qui renvoya une image légèrement troublée du couple, comme lorsque l'on ouvre les yeux sous l'eau.

Tout à coup, Garand rabattit le miroir et sortit un revolver de sa poche de pantalon. Jean reconnut son arme !

« Restez où vous êtes ! » Cria-t-il, surexcité. « Ne bougez pas. Si vous faites ce que je vous dis, tout se passera bien. Nous avons fait suffisamment d'erreurs comme cela. Je suis le seul survivant. Je ne peux pas échapper à mes obligations. Laissez-moi travailler en

154

paix et je disparaîtrai définitivement. Si vous voulez le manuscrit d'Anatole, je vais vous dire où il se trouve, car il n'a aucun intérêt pour moi. Maintenant, je suis de nouveau obligé de vous enfermer. Promettez-moi de ne pas vous échapper, sinon je vous ferai happer par la maison. Ce bâtiment de construction humaine abrite néanmoins nos installations. J'ai pu suivre tous vos gestes depuis votre arrivée. Vous ne pourrez pas m'échapper. »

Il rangea son revolver, pensant les avoir convaincus et poursuivit :

« Lorsque Anatole était de l'autre côté, nous ne pouvions rien faire, sinon attendre son retour. Tant qu'il se trouvait dans l'autre monde, la machine restait bloquée. Aussi, j'ai du organiser son retour, ce qui ne fut pas facile... Mais dès qu'il apparut dans la cité de la Colline, je repris mon travail. J'ai presque terminé. La mort de la comtesse nous a porté un coup très dur. Celle de Maville eut peu d'importance. Ses faiblesses, alors qu'il devait éliminer A.K., nous ont coûté cher. Il nous a trahis en vous transmettant les deux cassettes vidéo. Il était donc capital que je puisse travailler sur les "miroirs", cristaux du temps qui créent les lignes de tension entre nos espaces. Nous ne pouvons nous permettre de laisser découvrir nos bases. Aussi, je m'emploie à déplacer celle-ci ailleurs, sous une autre forme. Si j'y parviens, vous aurez la vie sauve ; si je suis obligé de garder ce site, je vous emmènerai de l'autre côté ; définitivement. Allez ! Regagnez votre chambre. Rassure-toi, Véronique, désormais, le labelle est désamorcé... »

Puis, il leur indiqua où ils pourraient trouver le manuscrit d'Anatole. Véronique prit Jean par la main et l'entraîna vers la chambre. Garand ne se donna même pas le mal de les y enfermer. Ils découvrirent le manuscrit dans le placard indiqué.

Légèrement en colère, Jean essaya de convaincre Véronique de quitter ces lieux...

« C'est inutile, Jean. Ce serait notre mort inéluctable. En restant ici, nous avons encore la chance que Garand réussisse. Dans ce cas-là, nous serons sauvés. »

Le manuscrit d'Anatole leur apprit peu de choses sur les évènements qui se déroulèrent depuis l'été 1990. Ils avaient découvert le reste eux-mêmes. Par contre, ils furent intéressés par le récit de la mort de Maville.

Anatole finit par comprendre que ses deux voyages et ses deux retours, l'entraînement suivi dans le monde de M., tout cela l'avait rendu très fort et très habile au combat. Maville adorait les expériences. Un apprenti sorcier en quelque sorte. Avec la complicité d'Alice, qui croyait posséder ainsi la possibilité de venir un jour dans notre monde, il organisa donc le retour d'un voyageur pour pouvoir analyser un personnage vampirisé là-bas et revenu ici. Or il est beaucoup trop dangereux de laisser traîner dans notre monde un type mordu par les vampires. Au deuxième transfert, ne contrôlant plus très bien la situation, il fut vraiment soulagé lorsque Garand se débrouilla pour faire interner Anatole chez lui. Calmet nota mentalement que sa propre psychanalyse et les deux cassettes vidéo l'avaient également placé dans le champ de ses expériences...

Il échappa à tout cela grâce à Anatole.

Les gardiens du passage craignaient le retour d'un voyageur. Bien qu'extrêmement rebutés par le meurtre, ils se préparaient, dans cette éventualité, à son élimination physique avant sa mutation en vampire. Nécessité fait loi...

Maville, très maladroit, au lieu de faire intervenir Garand, tenta de se débrouiller tout seul. Anatole ne se laissa pas faire et contre-attaqua. Désormais rompu à tous les combats, il interpréta le rôle du fou, d'un homme déstructuré par les aventures terribles du monde de M.. Maville n'était pas dupe, bien sûr, car il connaissait l'avenir du jeune homme : sa transformation rapide en vampire. Le « traitement » antivampire auquel il a été soumis chez les monstres ne produisit pas l'effet escompté, malgré l'affirmation de ces derniers. Le psychiatre ne pouvait se permettre aucune complicité. Étant donné le calme apparent du patient, il ne pouvait justifier l'utilisation de la camisole de force et il devait agir seul dans son bureau. Il informa Anatole de son avenir proche de vampire et lui proposa de l'accompagner dans son nouvel état. Le jeune homme, dans un premier temps, accepta ce sort. Mais, une sourde révolte qui monta brutalement dans son cœur lui fit prendre en horreur le responsable de son terrible destin et lui donna l'envie de sang. Il saisit un cutter posé sur un meuble et sectionna d'un coup précis la carotide du docteur. Le sang gicla en une fontaine pourpre et inonda les cheveux et la tête du jeune homme. Il se lécha les lèvres de manière déjà gourmande et tenta de boire à cette source de vie pour lui et de mort pour sa victime. Mais, fébrilement, en hurlant, Maville tenta d'arrêter la fuite mortelle de son fluide si précieux en pressant sur son cou avec sa main. Le sang jaillissait en de multiples jets entre ses doigts. Cela ne dura pas longtemps, le cerveau arrêta de fonctionner par manque d'irrigation. Le corps sans vie du docteur s'écroula. En se tournant dans tous les sens, mû par la terreur de la mort, il avait éclaboussé de rouge les meubles de son bureau. Anatole assista au spectacle, fasciné par l'odeur du sang. Puis, il creva un œil de l'infirmier qui finit par entrer le premier en entendant les cris, zébra le visage de l'autre et s'enfuit au milieu des cris aigus de terreur hystérique des infirmières.

Tout cela ne semblait pas très dramatique pour les visiteurs, contrairement à la mort de la comtesse, principale victime indirecte de la défaillance du psychiatre. Ainsi, la disparition de ce gardien unique posait un problème difficile à Garand.

Une autre question restait sans réponse : que devenaient les voyageurs passés de l'autre côté et jamais revenus ?

Alice attendait le possible retour de l'un d'entre eux.

Malgré ce qu'elle avait dit à Anatole, un lien la reliait encore avec Maville.

Les gens du monde de M. connaissaient le passage. Ce monde devait avoir le statut de carrefour, à les entendre utiliser le pluriel pour parler des mondes extérieurs.

Après son évasion, Anatole vola une voiture et vint

explorer la maison. Il savait qu'il disposait de peu de temps pour le faire, le temps que l'alerte soit donnée. Il pressentit le rôle particulier des « miroirs » du couloir, mais ne réussit pas à les ouvrir. La bâtisse ne fonctionnait plus : les fantômes l'avaient abandonnée et il n'y avait pas rencontré Garand...

Il survécut comme il put, et lorsque le désespoir l'anéantit, il vint ostensiblement dans la maison, y déposa son manuscrit, téléphona à Véro et plongea tête baissée dans le traquenard qu'il venait lui-même de mettre en place... Son aventure avait développé en lui une grande mélancolie ; il perdit complètement le goût de vivre : Alice lui manquait trop et la vie de vampire l'effrayait. Parfois, au contraire, sa soif de sang l'exaltait. Il passait donc de la dépression à l'exaltation. La transition était difficile...

Tout à la lecture de ce manuscrit, Véronique et Jean n'entendirent pas le bruit. D'abord un léger grondement comme une lointaine cataracte dont la voix semblait les appeler pour leur dire quelque chose. Mais quoi ? Il se fit brusquement plus fort et leur fit lever la tête pour mieux entendre. Des milliers de personnes invisibles murmuraient, se taisaient brusquement et alors le silence serrait le cœur des deux jeunes gens d'une angoisse brûlante, reprenaient leurs papotages encore plus fort, silence de nouveau, puis un grand cri profond de mille voix caverneuses et la maison se mit à trembler. Véronique, le visage rendu livide par la terreur, retint Jean par le bras et lui souffla :

« Dépêche-toi ! Il y a un autre paquet qu'Anatole a dû laisser.

— Un paquet ? Interrogea Jean avec agressivité. Quel paquet ?

— Un appareil... »

Le détective frappa du poing les parois du placard et ne trouva rien.

« Il n'y a rien !

— Il doit être quelque part... Tant pis, partons ! »

Les cheveux de Calmet se dressaient sur sa tête ainsi que les poils de ses bras. L'atmosphère semblait chargée d'électricité.

Effectivement, des éclairs bleuâtres tranchaient l'air silencieusement. Il prit Véronique par la main et ils avancèrent prudemment vers la porte qui céda à leur pression. La maison semblait les avoir oubliés...

Sans pouvoir s'entendre dans ce vacarme atroce, ils se dirigèrent vers la sortie en courant. Le fait de courir les affola encore plus...

Le silence de la nuit les saisit brutalement lorsqu'ils furent dehors. Ils étaient passés dans un autre monde, dans leur monde à eux, bien plus rassurant et consistant.

Éloignés de plusieurs mètres, ils se retournèrent pour regarder la magnifique construction. Dans un grand craquement, une large partie du toit, au-dessus du couloir aux miroirs, sembla s'ouvrir comme une fleur au printemps et un vent violent se leva. Un fantastique éclair silencieux joignit le ciel et la terre, et puis la moitié de la maison s'effondra dans un superbe fracas. Une fraction de seconde plus tard, le reste suivit et cette belle bâtisse ne fut plus que décombres et gravats...

Serrés l'un contre l'autre, abasourdis, ils venaient d'assister au départ de la « machine » à percer des passages d'un monde à l'autre. Calmet espéra, en son for intérieur, que Garand fût parti indemne avec elle pour poursuivre sa mission ailleurs.

Pour le couple, ce lieu redevenait naturel, un lieu terrestre. Et le chant de la chouette qu'ils entendirent soudain ne les effraya pas, au contraire, il marqua le retour des oiseaux dans le bosquet....

Lorsqu'ils le traversèrent pour retourner à leurs voitures, il leur parut magnifique, jusqu'à ce qu'une ombre noire et majestueuse étalât ses grandes ailes de chauve-souris devant la lune toujours aussi souriante...

Et de cette ombre, éclata dans leurs têtes un grand rire de fureur !...

Au même moment, une explosion détruisait complètement l'appartement des Duarte, bâtiment F, cité de la Colline.

Heureusement, le logement n'avait pas encore été

attribué à de nouveaux locataires. L'enquête d'usage conclurait certainement à la responsabilité d'une fuite de gaz...

12.
Lyon

Jean Calmet était fatigué. Après son déménagement de Lyon, il venait de mener deux enquêtes pénibles et fastidieuses. C'était bon pour son compte en banque, mais mauvais pour sa santé. Et voilà qu'une femme, la cinquantaine extrêmement bien conservée, venait de lui proposer de rechercher Garand ! Avec des honoraires somptueux... Il avait tenté de fuir cette horrible aventure en s'installant dans la cité rhodanienne, mais elle se rappelait brutalement à lui de nombreux mois plus tard.

Il était tard, la nuit tombée faisait monter la brume au-dessus du fleuve qu'il lui arrivait d'admirer de la fenêtre de son bureau situé au septième étage d'un immeuble de canuts. L'automne aiguisait ses souvenirs. Le bitume de la route très humide ressemblait à la surface du fleuve qu'il longeait sur des quais animés d'une circulation dense. Ses pieds appuyaient alternativement sur la pédale de frein, d'embrayage et d'accélérateur dans un automatisme réglé avec sa main droite qui changeait les vitesses de la voiture qu'il conduisait.

Garand ! Un curieux hasard le mettait de nouveau sur les traces de Garand. Il avait cru pourtant être quitte de cette affaire. Il lui restait une cassette vidéo qu'il n'avait plus regardée depuis.

Il arrivait. En émergeant de l'escalier du parking souterrain, il aperçut Véro qui l'attendait sur le trottoir en face du bar de la place Antonin Poncet, en face des jets d'eau.

Elle s'avança vers lui, souriante, disons plutôt... un sourire gêné ; comme si la joie de le voir était tempérée par la nouvelle qu'elle devait lui annoncer.

— Oui ! Dit-elle en l'embrassant. Oui ! L'adresse qu'elle t'a donnée est la bonne.

161

— J'en étais sûr. Mais il fallait vérifier. Rentrons boire une bière et je te raconterai.

Le café était plein. L'odeur de la bière pression et du café mélangée à celle de l'haleine des consommateurs voila immédiatement les lunettes de Calmet d'une buée aveuglante.

Une fois assis l'un en face de l'autre devant un demi que le serveur venait de déposer sur la table, Véro interrogea :

— Alors ?

— Et bien, regarde !

Il sortit de sa poche intérieure une photo qu'il lui tendit.

— C'est bien lui...

Elle avait dit cela dans un souffle, la gorge nouée par l'angoisse. Elle laissa les yeux baissés pendant un instant le temps de retenir ses larmes. Lorsque Calmet parla, elle les releva :

— C'est bien lui. Je ne savais pas qu'il avait eu un enfant. Oui, un enfant avec cette femme, Sophie. Puis il disparut de sa vie. Elle se remaria et eut un autre fils.

Il marqua une pause pour reprendre son souffle. Il venait de prendre conscience que l'angoisse lui faisait oublier de respirer. Véro en profita pour le questionner :

— Ils peuvent avoir des enfants avec nous ?

— Faut croire... Ce fils s'appelle Jérôme et son demi-frère, l'enfant de Garand : Bernard. Sophie a connu Garand lorsqu'elle était étudiante.

— Mais qu'est-ce qu'il lui prend de vouloir rechercher Garand aujourd'hui ? Coupa Véro, légèrement fébrile.

— Elle a vu les photos de Garand sur les journaux qui traitaient de l'affaire Anatole Krim. Et les articles citaient mon nom. Alors elle est venue me voir. En cachette de son mari m'a-t-elle dit. Elle fut surprise de voir que Garand avait changé de nom : il ne s'appelait pas comme cela lorsqu'elle le connut. Et il n'était pas flic. Elle nous paie pour le retrouver. Qu'en penses-tu ?

Véronique resta un moment sans rien dire.

— Lui as-tu dit que tu connaissais également Garand ?

— T'es folle ? Je l'ai laissée dans l'ignorance la plus complète ; c'est évident !

— Bon... Bon... Tout cela ne m'emballe pas. Je te conseille de laisser tomber.

— Retrouver Garand, c'est aussi retrouver les passages. C'est passer de l'autre côté !

— Non ! C'est trop dangereux. J'en ai trop fait passer autrefois. Rares sont ceux qui sont revenus et ceux-là ont tous mal fini comme Anatole. Alors, n'y pense plus. J'ai peur !

Elle avait les larmes aux yeux. Son angoisse suintait de son regard et contaminait Jean.

— J'ai peur, répéta-t-elle. J'ai été trop impliquée dans cette affaire. Si on retrouve Garand, il me retrouvera moi. Et que fera-t-il ? Il ne pourra pas se permettre de me laisser gambader dans la nature. Crois-moi ! Laisse tomber cette enquête.

— Oui. Je te comprends. Mais n'oublie pas que c'est cette affaire qui nous a réunis tous les deux. Sans Garand, nous ne nous serions pas connus. Et puis, tout cela est du passé. Garand n'est plus parmi nous. Il a rejoint l'autre monde. J'ai accepté ce contrat par curiosité. C'est l'occasion de gagner sa vie tout en satisfaisant sa curiosité.

— Comme tu voudras...

— De toute façon, j'ai accepté. Je n'ai pas pensé un seul moment que tu serais terrorisée à l'idée de poursuivre ces fantômes. D'autant plus que tu sais très bien qu'ils ne sont pas réels. Et puis, ce n'est pas bon pour toi de renier une partie de ta vie. Le docteur Maville te le dirait s'il était encore parmi nous.

— Oui. Le docteur Maville, l'apprenti sorcier qui a cru impunément jouer avec l'âme d'un jeune homme. Il l'a payé de sa vie. Le seul qui avait un vrai sens humain. Même ma mère, la comtesse ne l'avait pas acquis en m'élevant depuis mon enfance...

— Tu vois ! Tu te souviens. Il faut extirper tes souvenirs pour guérir de ton angoisse. Tu peux y parvenir si tu as la force de regarder tous ces évènements en face. Retrouver Garand, ou même seulement partir à sa recherche doit pouvoir t'aider à atteindre, dans ton inconscient, tous les parasites qui te rongent l'esprit.

Fais un effort ma chérie. fais un effort. Et arrête de coucher avec tous les mecs ; tu résoudras rien comme cela.

— Et quoi ? Quel rapport avec Garand ?

Elle s'énervait, car Jean avait fait mouche. Ce n'était pas très difficile.

— Aucun, bien sûr. Aucun, ma chérie. Tu sais bien que ce n'est pas un reproche. Je ne te l'ai jamais reproché. Je connaissais ton "indépendance" quand je t'ai connue, je serais mal venu d'exiger que tu changes. Mais je te le demande gentiment. Après, tu feras ce que tu voudras. Pourvu que tu couches aussi avec moi ! Mais je te mentirais si je te disais que cela m'est égal que tu connaisses d'autres hommes.

— Je ne peux pas y échapper. J'ai été formée, éduquée pour cela. Cela date de l'époque de Garand. Et tu voudrais qu'on se mette en chasse à ses trousses ? T'es dingue.

— Ouais ! Peut-être ! Mais je me souviens des enseignements de mon ami Maville. Il me disait : "Calmet, ne craint pas ton inconscient. Il te fait peur pour que tu t'éloignes de lui. Mais, quand tu lui obéis, tu lui manques. Alors, il se rappelle à toi. Et il ne connaît qu'un moyen pour cela : la souffrance ! La souffrance Calmet ! Alors, sors tes armes : tes épées, ton bouclier et ton armure, c'est-à-dire, ton intelligence des choses, ton souvenir et ton courage et affronte-le ! Affronte la bête enfouie dans ton inconscient. La bataille est toujours rude. Si tu ne luttes pas contre l'esclavage, tu resteras esclave. Si tu luttes, ce sera dur, tu pourras perdre, mais tu pourras aussi gagner !" Voilà ! La recherche de Garand sera pour toi cette lutte contre ton esclavage. »

Un silence s'installa entre les deux amoureux, pesant comme celui qui fouille les souvenirs du patient devant son psychothérapeute. Jean avait essayé de développer une argumentation bateau pour convaincre Véro de poursuivre avec lui la quête qu'il avait commencée il y a quelques mois. Cette argumentation avait au moins le mérite de peser sur les réticences inconscientes de la jeune femme. Elle accepta, consciemment, de laisser ces arguments faire leur travail. Sa méditation lui fit sculpter une décision inéluctable. Comme quand on décide de mener un combat : le courage s'accroche comme un coquillage sur la coque du vaisseau ; fragile, léger et fort, il voyagera loin, porté par une immense volonté.

C'est Calmet qui reprit la parole le premier.

— Nous n'avions jamais abandonné nos recherches, tu le sais bien. C'est toi même qui réalises une étude approfondie sur les maisons hantées. Tu cherches, tu lis les journaux, tu voyages (et tu dépenses notre argent) pour enquêter sur place. Tu n'as pas encore trouvé la porte ?

— Si !

Elle se mordit les lèvres. Cela lui avait échappé. Elle regrettait maintenant d'avoir avoué ces recherches et leur résultat positif.

Calmet, par gentillesse, rompit le silence de nouveau installé.

— Ah ? Tu as trouvé ? Allez ! T'en fais pas, raconte... Où est-elle cette bâtisse qui effraie les gens du voisinage ?

En Pologne !

13.
Zakopane

Une vaste forêt. En son sein, au sommet des collines, le très vieux château abandonné trône comme un signal de danger ou un prédateur posé là qui attend que sa proie passe à proximité. Les habitants de la contrée en ont peur. Ils en ont toujours eu peur. Les plus superstitieux prétendent que c'est par ce bâtiment que les vampires vinrent dans notre monde autrefois.
Personne n'ose s'aventurer à proximité. Les chasseurs font un large détour pour passer le plus loin possible. Même les braconniers l'évitent à tout prix.
Sous la grande futaie qui l'entoure, sous les grands conifères vieux de plusieurs centaines d'années, le silence de la forêt devient bien plus épais, angoissant. Il n'est nul besoin de voir la construction maudite pour savoir qu'on s'en approche, car elle est véritablement entourée d'une atmosphère d'anxiété qui vous prend les tempes pour vous les serrer très fort.
Certains braconniers ont tenté l'expérience. Ils n'ont jamais voulu raconter ce qu'ils ont vu...

En ce sombre jour d'automne, un homme très préoccupé s'affairait dans un des longs couloirs de ce lugubre bâtiment. Il se tenait devant des placards dont les portes ouvertes étaient des miroirs qui se reflétaient les uns les autres. Mais l'image manquait de netteté.
L'homme de grande taille s'écarta d'un de ces « placards », ses mains projetant une vive lumière. Il lança cette luminosité vers le miroir derrière lequel il avait été caché quelques instants auparavant. Une sphère argentée s'enfonça dans l'image floue du reflet et poussa la porte qui claqua sèchement en se fermant.

Dans un ensemble parfait, toutes les glaces du couloir se plaquèrent contre le mur dans un claquement unique qui résonna, sinistre, dans les couloirs humides du vaste château.

L'homme sembla content de lui. D'ailleurs il parla tout haut en hochant le menton : « Pas mal travaillé Garand. Pas mal du tout. Je suis sûr que cette fois, cela les empêchera de passer. » Il décrocha du mur un appareil ressemblant vaguement à un téléphone dans lequel il parla haut : « C'est moi ! J'ai fini. J'ai réussi à inverser le sens. Normalement, ils ne peuvent passer que pour repartir. Maintenant il faut tous les retrouver et les renvoyer d'où ils viennent. Tâche bien lourde pour nous trois. » Il resta silencieux un moment, écoutant son interlocuteur et répondit : « Non ! Il y a un train à Zakopane jusqu'à Krakow où je changerai pour Paris. » Encore un silence, puis : « D'accord ! Allez ! Salut ! »

Quelques instants plus tard, il monta dans un quatre-quatre garé au pied de la colline.

À quelques mètres de là, caché dans un massif de fougères, un jeune homme vêtu de manière étrange l'observait. Il attendit que le véhicule eût disparu dans la futaie pour sortir de sa cachette. Il emprunta les escaliers extérieurs du château et, arrivé en haut, poussa la lourde porte d'entrée. Après un court moment d'observation, il fit un pas en avant pour entrer. Un hurlement caverneux emplit l'air humide de lourdes vibrations, ce qui le fit sursauter vivement.

Mais, il en avait vu d'autres...

Prudent, il attendit la cristallisation des apparitions. Une bande de serfs moyenâgeux en haillons fut comme laissée sur place par la disparition d'éclairs colorés, comme la flamme éteinte d'une allumette abandonne une cendre noire et dure. Ils brandissaient, en guise d'armement, les outils de leur travail : faux, fourches ; mais aussi de gros gourdins noueux.

À la vue de cette apparition, le jeune homme recula d'un pas et se décida à sortir en courant lorsqu'il entendit les cris de : « Égorgeons-le ! » Mais il n'alla pas loin. Dès le pas de la porte dépassé, il s'arrêta et se retourna, apparemment sûr de ne plus être poursuivi. Effectivement, vu de dehors, ses assaillants avaient complètement disparu. Envolés ! Évaporés !

Le jeune homme hocha la tête d'un air entendu et repartit sur le même chemin que Garand. Mais, contrairement à ce dernier, lui était à pieds. Il avait une longue route à faire...

14.
Vénissieux

Il y a quelques semaines, en été, le détective avait été contacté par un de ses correspondants. C'était un homme d'âge mûr, petit et rondouillard, la cinquantaine marquée par un crâne presque chauve, un bouc tentant d'allonger le visage sous une paire de lunettes. Il avait donné rendez-vous à Jean Calmet au parc de la Tête d'Or, à proximité du plan d'eau. D'apparence minable, il cachait bien son jeu ce correspondant : un homme redoutable pour ses adversaires qui le sous-estimaient en se fiant aux apparences. Le temps très chaud avait attiré un nombreux public de citadins dans ce magnifique parc, aménagé à partir des anciens marais et lônes du fleuve. Un peu plus loin, à proximité du zoo, le théâtre de marionnettes mettait en scène les personnages de Laurent Mourguet : le sympathique Guignol, Gnafron et sa femme Madelon. On entendait de loin les éclats de rire des enfants...
Jean Calmet était en retard. Cela agaçait le petit homme qui consultait souvent sa montre au poignet. Pour des raisons de sécurité, il ne devait pas attendre plus de dix minutes dans ce lieu public. Ce délai était passé. Il se leva et traversa le parc en direction de Villeurbanne. En passant à proximité du public de Guignol, il aperçut Calmet assis au dernier rang qui lui fit un discret signe de main et se leva. Les deux hommes, se suivant à une vingtaine de mètres de distance se dirigèrent vers le campus universitaire de La Doua. Ils s'assirent l'un à côté de l'autre sur un banc du mail piéton du boulevard du onze novembre. Le correspondant parla le premier, comme c'était l'usage :
« Que de précautions aujourd'hui...

— Alors, pourquoi veux-tu me voir ? »
Comme pour l'énerver, le type lui parla d'autre chose :
« Je viens de voir un film au Pathé, rue de la Ré.
— Et alors ? C'est pour cela que tu veux me voir ?
— Et bien, en quelque sorte oui. Je viens de me taper, assis au premier rang : "Entretien avec un vampire". Tu l'as vu ?
— Bien sûr ! Je n'aurais pas raté cela.
— J'en étais sûr ! Et qu'en penses-tu ?
— Nul ! La vie quotidienne d'une famille vampire vue par une femme qui, primo, ne connaît rien aux vampires et deusio ne connaît rien non plus aux pédés. Un film de terreur qui fait rire constamment le public ! J'aime mieux "La famille Addams" Eux au moins ils ne se prennent pas au sérieux.
— Bof ! T'exagères !
— Non ! Je modère ma critique. Il n'y a que deux choses de bien dans ce film : une scène du "Nosferatu" de Murnau et, en générique de fin, la chanson des Rolling Stones : "Sympathy for the devil". Et encore, elle n'est même pas interprétée par les Stones. On a dit que ce film renouvelait le genre. Hélas, en décevant des millions de spectateurs, il ne fera que le dénigrer... Bon ! Mais tu n'es pas venu pour me parler de ce film ?
— Non. Je crois avoir trouvé un passage. Du moins des témoignages d'un passage. Des restes, disons...
Cette fois, le détective fut intéressé.
— Je m'en doutais que tu ne m'avais pas dérangé pour rien... Et c'est où ce passage ?
— Aux Minguettes.
— Aux Minguettes ? C'est pas très gothique comme lieu...
— C'est sûr et pourtant... Dans une cave du quartier Démocratie. Dépêche-toi, car ces tours vont être démolies bientôt...
— Mais, as-tu des éléments concrets à me montrer ?
— Oui ! Le journal intime d'une adolescente. Trouvé dans la cave d'une tour abandonnée.
— Où est-il ce journal ?
— Là ! Dans la poche intérieure de ma veste. Il m'a

coûté très cher ! Je l'ai payé une fortune à des jeunes arabes en manque. Pour eux ce cahier n'avait aucune valeur. "Que des conneries", disaient-ils. Mais, les malins ont noté l'intérêt que je portais à une telle histoire.

— Combien ?

— Dix mille francs.

— En comptant ta commission ?

— Et comment voudrais-tu que je vive sinon ?

— C'est cher...

— Oui ! Mais quand tu l'auras lu, tu ne regretteras pas. Et moi, je ne veux pas rester avec ce document sur les bras.

— Donne-moi quelques éléments alors...

— Souviens-toi du début de notre conversation...

— Des vampires ?

— Ah ! Tu vois...

— Des vampires aux Minguettes ?

—...

— Bon ! Je vois. Et que vient faire cette adolescente dans cette histoire de vampires ?

— AAAAAh ! Et qui va m'acheter le cahier pour savoir ? »

Ce type était un dangereux commerçant. Il était capable de vendre Fourvière à un milliardaire !

Calmet sortit son carnet de chèques. Le petit gros lui retint le bras :

« En liquide s'il te plaît...

— Et bien, je n'ai pas l'argent sur moi. Retrouvons-nous demain au même endroit.

— D'accord. À demain... »

Le correspondant se leva et monta prestement dans un bus qui s'arrêta non loin de là — on aurait presque cru exprès pour lui. Calmet retraversa le parc pour retrouver sa voiture garée en face d'Interpol.

Un dossier plein de coupures de presse l'attendait sur son bureau. Ces articles mentionnaient une épidémie de graves anémies chez les jeunes désœuvrés des Minguettes. Particulièrement à proximité du quartier Démocratie. Même les bandes de loubards multiethniques n'osaient plus s'aventurer dans ce secteur. Jean était allé s'informer auprès des habitants.

Les jeunes plantés au bas des tours ne lui ont rien dit. Un SDF complètement ivre lui avait raconté qu'il avait vu rôder, entre les tours vides du quartier Démocratie, un homme d'âge mûr et une frêle jeune fille. Mais ils « avaient l'air en très mauvaise santé : pâles comme des morts ! » Le clochard avait eu la frousse et ne s'était pas attardé.

Le détective s'était rendu dans le quartier abandonné. La nuit de préférence. Comme il s'y attendait, tout était désert. La fraîcheur nocturne, les sombres terrains vagues entre les tours immobiles qui semblaient le regarder, menaçantes, le firent frissonner. Toutes les tours étaient murées. Impossible d'y entrer... Pourtant...

Le journal de la jeune fille était entre les mains du détective. Il commençait par de belles banalités de jeune fille. Elle était amoureuse d'un voisin qui ne semblait pas avoir compris qu'elle existait à côté de lui. Jean en déduisit que la fille n'était pas très jolie. Enfin, sa déduction était peut-être un peu hâtive...

Elle vivait seule avec son père. Qu'était devenue sa mère ? Elle ne le disait pas...

Elle parlait peu de son père. Quelques allusions parfois. Jusqu'au jour où elle écrivit : « Papa a changé d'attitude. Il est tout excité. Il veut absolument m'emmener dans une cave du quartier Démocratie. Mais c'est un quartier abandonné, sinistre avec ses tours vides de douze étages. Mais mon père insiste. Il y a un passage, dit-il. Demain soir, je serai obligée de le suivre... »

Le lendemain, la jeune fille, prénommée Hélène, reprenait son journal : « Nous sommes allés dans cette cave. Ce n'est pas une vraie cave. Un couloir plutôt, aux murs fluorescents avec au fond, un grand miroir qui nous reflète en clair alors que le couloir est très sombre. Nous sommes allés jusqu'auprès de cette paroi. Papa y a trempé son doigt. Étrange... Puis, il l'a retiré en me disant, les yeux brillants :

— Tu as vu ma chérie ?

— Peut-on traverser ?

— Oui, mais, une fois de l'autre côté, on ne sait pas

comment revenir...

Il m'a fait manger une espèce de gomme à mâcher. C'est très bon ! Il en a beaucoup. Je m'en suis goinfré, car cette friandise donne un courage inouï.

Puis, il a essayé de m'attraper. Ses yeux brillaient de convoitise. J'ai eu peur. J'ai réussi à fuir...

Depuis ce jour, je suis obligée de m'enfermer dans ma chambre. De l'éviter... De ne pas céder à ses appels. Mais c'est mon père n'est-ce pas ? »

Le journal s'arrêtait là. Calmet, furieux après le petit gros qui le lui avait vendu si cher, jeta le cahier au sol. En tombant, il resta ouvert sur de nouvelles pages couvertes d'une écriture nerveuse, différente de celle de la jeune fille. Il ramassa le document et commença à le lire en allant s'asseoir à sa table...

Le père avait griffonné quelques mots atroces : « Je l'ai tuée ! Ma fille est morte ! C'est le passage qui m'y a poussé. Le passage ! J'y retourne en l'emmenant...»

Ces quelques mots donnèrent des frissons à Jean Calmet. Une horreur insidieuse qu'il connaissait bien s'infiltrait dans son esprit. Malgré cette horreur, il décida de retourner là-bas...

Voilà des heures qu'il était assis sur un vieux banc devant le bâtiment que la fille avait cité dans son journal. Il attendait patiemment. Bien entraîné à cet exercice, il supportait facilement l'immobilité attentive lorsqu'il n'y avait rien à voir, porté par la certitude qu'il verrait inéluctablement quelque chose.

Lorsque la lune fut couchée, à la lueur de cette « obscure clarté qui tombe des étoiles », il vit bouger les moellons d'une porte d'entrée murée. Lestement il monta sur le banc et sauta derrière pour se cacher... Le moellon entra à l'intérieur, suivi d'un autre puis de quelques autres. Un homme enjamba la brèche. Une fois dehors, il tendit vers l'intérieur un bras secourable à une très jeune fille. Le couple glissa dans l'obscurité avec une vitesse fulgurante. Le détective, pris au dépourvu, les perdit de vue immédiatement. Il lui restait le trou noir et béant de l'entrée de la tour. Il s'en approcha, fasciné. Une odeur de renfermé et de moisi s'en échappait. Le cœur battant, il enjamba le mur pour entrer.

Sa lampe de poche allumée, il emprunta l'escalier qui menait à la cave. Le long couloir sur le plafond duquel couraient de nombreuses tuyauteries rouillées au milieu d'épaisses concentrations de toiles d'araignées présentait un air las d'abandon avec ses portes de caves défoncées, le sol jonché de déchets et débris. Le regard fixé au sol pour éviter de trébucher ou de se planter une vieille seringue dans le pied, il s'enfonça dans les ténèbres. Son but : tout au fond, une porte de cave de laquelle sortait une vague lueur verte phosphorescente.

Arrivé en ce lieu, son regard plongea dans le long couloir au bout duquel le miroir liquide brillant reflétait en dix fois plus net et plus clair son image d'homme terrifié dans l'embrasure de la porte. Cette éclatante image lumineuse avait l'étrange propriété de ne pas éclairer la scène. La lumière semblait uniquement éclairer l'esprit intérieur de l'être qui la regardait.

Jean Calmet connaissait ces types d'endroits. Désormais, il consacrait sa vie à les chercher partout dans le monde. S'il s'en trouvait un si proche de lui, ce n'était pas un hasard. Garand, le Nomade qui construisait les passages ne devait pas être loin.

Il se réfugia dans la cave d'en face, éteignit sa lumière et attendit de nouveau le retour des vampires.

Son attente fut brève ; une heure sans plus. Soudain, entre le fond lumineux et l'obscur couloir du passage, deux ombres s'interposèrent : un homme de haute taille et une frêle jeune fille. Il se leva, sortit son revolver, tendit sa lampe et l'alluma au moment même où il cria : « Hé ! Là ! » Immédiatement quatre yeux de chat lumineux renvoyèrent des éclairs effrayants. La rétine des deux vampires réfléchissait la lumière de sa lampe ajoutant encore du terrifiant à leur visage blême. L'homme, habillé d'un costume de ville, chemise col ouvert, montra des dents en sifflant comme un serpent. Sur sa tempe, la large fleur rouge de sang indiquait clairement de quoi il mourut avant d'être éternel mort-vivant. La jeune fille, en jeans noirs et polo sombre qui faisaient encore mieux ressortir la tache livide de son visage encore torturé par l'horreur qu'elle vécut, recula et, instantanément, plongea dans le miroir, pourtant éloigné de plusieurs mètres. Elle disparut, comme engloutie dans une surface d'eau qui serait, par miracle, verticale. Le vampire n'hésita qu'une fraction de seconde et décida de la suivre à la même vitesse.

Le lourd silence reprit possession des lieux. Le détective se retrouva ainsi seul en une fraction de seconde. Il souffla de soulagement. Le fond du couloir renvoyait toujours son image. Il se souvint de ce que le père de la jeune fille avait dit : « Une fois de l'autre côté, on ne sait pas comment revenir. » Il s'approcha, ne sachant quoi faire. À la fois attiré et repoussé par cet endroit maudit. Puis, un faible bruissement se produisit derrière lui. Les poils de ses bras se hérissèrent : il connaissait parfaitement la signification de ce bruit. Le passage reconstituait une scène du passé.

Il se retourna pour regarder.

Dans l'air faiblement éclairé, deux êtres se cristallisaient. À côté d'une jeune fille étendue sur le sol, le bas du corps nu jusqu'à la taille, le cou marqué de fortes ecchymoses, un homme à genoux, se tira une balle de revolver dans la tempe et s'écroula. Calmet reconnut ceux qui allaient devenir le couple de vampires. Après quelques secondes, les cadavres bougèrent, mais avec des gestes irrationnels, en gesticulant maladroitement. Calmet sentit soudain comme un souffle de vent le traverser et un homme, portant un jeune enfant dans ses bras, apparut de dos devant lui se dirigeant d'un pas ferme vers les deux zombies. Cette créature au regard dur posa le pied sur la poitrine du cadavre pour le maintenir immobile, car il bougeait violemment. L'enfant semblait endormi. L'homme sortit un petit couteau de sa poche. Calmet cria : « Non ! » Et fonça sur eux, idiotement, car il savait que ce n'était qu'une image. La scène s'éloigna de lui, tout simplement, comme l'horizon s'éloigne du voyageur. Le petit couteau coupa les veines du poignet de l'enfant et le sang coula dans la bouche du zombie. Celui-ci arrêta immédiatement ses mouvements incohérents et but. La créature fit boire également le sang de l'enfant à la jeune fille. Puis, toujours portant l'enfant dans ses bras, repassa au travers de Calmet en soufflant un vent glacial. Le détective avait cru discerner comme un éclair ironique dans le regard du vampire juste avant qu'il ne traverse son corps. Pure imagination. L'image n'était pas très nette et le visage du vampire n'apparaissait pas clairement, mais le détective semblait l'avoir déjà vu quelque part...

« Mon Dieu ! » S'exclama Jean Calmet en se tenant le front.

Une voix qu'il connaissait bien résonna derrière lui : « N'invoque pas Dieu, cela ne sert à rien ». Garand se tenait debout devant le miroir...

« Salut Garand ! Tu as voulu me raconter une histoire en me montrant cette scène.

— Je t'ai montré ce qui s'est passé ici il n'y a pas très longtemps.

— Pourquoi ?

— Ainsi, tu viens de faire connaissance avec le père et la sœur d'Anatole. Tu le sais, j'aime t'apprendre le monde ; petit à petit.

— Et pour cela tu enfreins les règles de ton espèce.

— Il n'y a plus de règle. Presque plus. La crise est profonde. Je suis venu pour détruire ce passage, car, tu l'as vu, il a laissé passer un vampire chez vous, venant de l'autre monde. Je te l'ai montré.

— Mais il est reparti ?

— Oui. J'ignore pourquoi. Mais ne sois pas rassuré, d'autres encore sont peut-être passés et ne sont pas retournés.

— Et le paste ? Comment ces gens ont-ils pu manger du paste ? Qui l'a fait passer dans notre monde ? Il a le même effet ici que chez vous : il fait bouger les cadavres de ceux qui en ont mangé de leur vivant.

— Il semble. Je ne sais pas qui l'a fait. Mais, je te l'ai dit : c'est la crise. Nous ne contrôlons plus grand-chose. Nos passages deviennent de vraies autoroutes... De toute façon, celui-ci est condamné, je vais le fermer par l'autre côté. Adieu Calmet !

— Eh ! Garand ! Ne pars pas ! »

Garand avait reculé d'un pas et était entré dans le miroir. Le temps que Calmet hésite et celui-ci se réduisit comme une peau de chagrin et un banal mur de béton remplaça la paroi brillante....

En ce début d'automne très ensoleillé, une grande foule pressée se dirigeait vers les abords du quartier Démocratie, aux Minguettes à Vénissieux. Une foule bigarrée, formidable mélange de gens de toutes origines, communiant ensemble dans une espèce d'extase faite d'angoisse devant la mort d'un quartier, et de joie, d'illusion peut-être, de voir quelque chose de neuf, de mieux, naître de la destruction de ces dix immeubles, d'être présent pour assister à un spectacle grandiose.

Jean Calmet était dans la foule. Au-delà des jardins et de quelques maisons individuelles, il apercevait quelques tours. Au sommet de l'une d'entre elles, de nombreux grands oiseaux noirs s'étaient posés. Les haut-parleurs criaient : « Attention ! Attention ! Dans dix secondes ; dix, neuf, huit, sept, six, cinq, quatre, trois, deux, un, zéro ! ! ! »

Un fantastique « BOUM ! », très bref, mais très violent, fit sursauter les gens présents. Les immeubles, dans un même ensemble, alors que les oiseaux s'étaient envolés, se penchèrent lentement dans un nuage de poussière et s'écroulèrent dans un fracas moins puissant que l'explosion qui eut raison de leur fière rigidité. Puis, un énorme nuage gris clair engloutit toute la scène. Emporté par le vent, il laissa un grand vide, une absence angoissante à la place de ces habitations qui avaient vu tant de joies et de souffrances.

Il semblait à Jean Calmet que le nuage de poussière avait sculpté dans le ciel le mot « fin ».

15.
Quelque part en Bourgogne

Le téléphone sonna. Jean Calmet sursauta comme si une mauvaise nouvelle s'annonçait. Il décrocha.
— Allô ?
— Euh... Jean Calmet ?
La voix était lointaine, mais très nette. Une voix jeune et volontaire.
— Oui ! C'est moi !
— Je ne sais pas si vous me connaissez... mais vous avez connu Anatole Krim, non ?
Calmet retint sa respiration. « Bon Dieu ! Que le monde est petit ! Je suis chargé de rechercher Garand par son ancienne maîtresse et voilà que le téléphone me parle d'Anatole Krim... Qu'est-ce que tout cela veut bien vouloir dire... »
— Allô ! Allô ? Vous êtes toujours là ?
Insiste la voix inquiète.
— Ouais. Je suis là et bien là... De qui me parlez-vous que diable ?
— D'Anatole Krim. Je suis venu à sa recherche à Paris. J'ai compulsé les journaux. Je sais qu'il est mort. C'est Garand qui l'a tué. Vous êtes bien au courant ? Ne répondez pas ! Je sais que vous savez : les journaux parlent de vous. J'ai besoin de votre aide.
— Je ne travaille pas gratuitement.
— Alors combien ?
— Je ne traite pas par téléphone.
— Alors, prenons rendez-vous.
Ils prirent rendez-vous pour l'après-midi même. Jean Calmet interrogea encore son interlocuteur.
— C'est comment votre nom ?
— Marc Pim !

Et il raccrocha. Jean en resta bouche bée. Il resta encore longtemps le combiné dans la main, la bouche ouverte en rond. « Marc Pim ! Bon Dieu ! Il existe donc vraiment ? Il vient de là-bas alors ? »

Cette information le terrorisa. Il dut faire un effort sur lui-même pour se calmer. Ces coïncidences étaient troublantes, mais certainement explicables. Pour savoir, il fallait poursuivre. Le jeune homme arriverait dans quelques heures à Lyon.

Il décida également de prévenir Véronique pour qu'elle participe à l'entrevue avec Marc.

Marc Pim était un beau jeune homme. Il entra dans le bureau d'un pas décidé lorsque Jean le fit entrer. Véro, assise face au bureau lui tournait le dos. Le détective le fit asseoir à côté d'elle pour tester sa réaction. Elle fut exactement celle qu'il avait prévue. Marc sursauta en voyant Véro : « Alice ! »

Véro prit un air désolé, jeta un regard de reproche à Jean et répondit :

« Non ! Je ne m'appelle pas Alice.

— Oh ! Excusez-moi...

— Asseyez-vous Marc. Asseyez-vous. Et dites-nous ce que vous voulez. »

Le jeune homme s'assit, son regard fixé sur le visage de Véronique. Jean fit le tour du bureau et alla s'asseoir sur son fauteuil.

« Je cherche un ami, Anatole Krim. Comme je vous l'ai dit au téléphone, j'ai lu dans les journaux qu'il était mort. Avez-vous connu Anatole ?

— Non, je ne l'ai pas connu. »

Jean Calmet disait la vérité. Mais Véro mentit :

« Moi non plus...

— Dommage. J'aurais bien voulu prendre connaissance de quelques témoignages sur des voyages qu'il avait fait. Il était le seul à pouvoir m'apporter des éléments décisifs. Mais, tant pis ! Il est mort... Il y avait également un inspecteur Garand. J'aimerais le trouver pour connaître les circonstances de la mort de mon ami. Ses parents ont disparu sans laisser de traces. Il n'a plus de famille. Ce flic a peut-être eu connaissance de ces témoignages d'Anatole ? Aidez-moi ! Je vous paierai bien.

— Cela vous coûtera dix mille francs dans un premier temps, puis dix mille francs aux premiers indices trouvés et vingt mille à la découverte de Garand.

— D'accord ! »

Il sortit un épais portefeuille de sa poche intérieure et en sortit dix mille francs qu'il tendit à Jean. Celui-ci prit les billets d'une main et tendit la lettre de commande de l'autre. Marc signa.

« Je vous reverrai quand ?

— Dans une quinzaine, nous nous rencontrerons pour les premiers éléments. Où pourrai-je vous joindre ?

— Je... Je ne peux pas vous donner d'adresse pour le moment. Je vous téléphonerai dans dix jours pour venir aux nouvelles. »

Puis, Marc se tourna de nouveau vers Véro. Son étonnement était remplacé par une inquiétude :

« Comme vous ressemblez à Alice !

— Et qui est cette Alice ?

— Une fille de chez moi.... Bien ! Alors, au revoir ! »

Il prit congé en laissant le couple dans le bureau du détective. C'est Jean qui parla le premier :

« Ma pauvre Véro ! Tu ne peux plus échapper à cette enquête désormais. Ce n'est pas le détective qui cherche la vérité, mais la vérité qui poursuit le détective...

— Mais comment est-ce possible ? Quelle est la conjonction d'évènements qui nous amène à Garand ?

— Sur la cassette vidéo de Maville, Alice parlait de "trame". Un tas d'évènements finissent par se croiser pour créer quelque chose de tout à fait nouveau. Elle avait parlé de cela à Anatole.

— Écoute ! Laisse tomber. On va se mettre au boulot.

— Moi, j'ai déjà pris mes précautions. J'ai fait suivre Marc... »

Quelques jours plus tard, l'enquêteur de Jean Calmet était au rapport. Il avait l'air très fatigué. Un peu terrorisé aussi.

« Patron ! Moi qui ne croyais pas aux maisons hantées, je suis servi. J'en ai vu une vraie. Votre client s'est rendu en Pologne. J'ai pu le suivre jusque devant un vieux château hanté, dans une forêt lugubre de Pologne. Il a essayé d'entrer, mais il semblait avoir des difficultés. Après plusieurs tentatives, il a abandonné. De ma cachette, je ne comprenais pas ce qui l'empêchait d'entrer. Alors, je me suis approché... »

L'associé de Calmet s'arrêta un instant, se frotta le visage de sa main droite.

Le détective nota au passage que les investigations de Véro concernant les maisons hantées avaient porté leurs fruits.

« Continue ! T'as vu des fantômes alors ?

— Ouais ! Des fantômes. Ils semblent prisonniers de la maison. Mais impossible d'entrer. Trop effrayant !

— Tu ne vas pas me faire avaler cela ?

— Avaler ou pas, je m'en fiche ! Quoi qu'il en soit, le jeune Marc s'en est retourné. Il s'est installé à l'hôtel à Paris.

— Bon ! Tu as bien travaillé... Je vais attendre que Marc m'appelle. Puis je dois interroger la famille de Sophie. Je ne sais pas encore comment je vais négocier cela... Peut-être en commençant par le beau-père. Sa femme l'a tenu au courant de ses recherches... »

Une fois seul, il appela Véro.

« Tu avais bien trouvé : Marc s'est rendu en Pologne devant la maison hantée que tu avais détectée. Bravo ! Il nous reste à retourner sur des lieux qui ne nous enchantent guère ! »

Ils se rendirent tous les deux en Bourgogne, visiter les ruines d'une très vieille maison.

Une fois passé le petit bois charmant, en haut, sur un petit plateau, un grand tas de pierres, poutres et ardoises formait une entité menaçante. Le couple regardait ce tas de gravats. De nombreux souvenirs brassaient leur mémoire. Mais ils n'en parlaient pas. C'était inutile d'échanger quoi que ce soit sur des évènements qu'ils n'oublieraient jamais l'un et l'autre.

Un pli soucieux barrait le front du détective.

— Qu'est-ce qui m'a attiré ici ?

— Il y a obligatoirement quelque chose à trouver puisque nous sommes là pour le chercher...

Elle se mit à gravir le tas de vieilles pierres pourries. Elle chercha longtemps. Jean, moins courageux n'avait pas bougé. Il observait cette jolie fille brasser les débris inertes. Il s'assit sur une grosse pierre couleur de vin et attendit patiemment le résultat des recherches de sa compagne.

« J'ai trouvé quelque chose ! » Cria-t-elle soudain. Le détective se leva, presque à contrecoeur. « C'est quoi ? »

Elle brandissait un appareil bizarre.

« Eh ? Qu'est-ce que vous faites là ? » Brailla un paysan du coin.

Le cri les fit sursauter. Véro cacha sa trouvaille derrière son dos.

« Faites attention, ces vieilles ruines sont dangereuses.

— Bonjour, monsieur. Commença poliment Véro.

— Bonjour.

— Nous nous intéressons aux vieilles demeures.

— Oh ! Celle-là est en ruines depuis très longtemps.

— Ah ? Vous en êtes sûr ?

— Pour sûr !

— Pourtant, lorsque je travaillais à l'auberge des Vignes, à quelques kilomètres d'ici, je l'avais vue debout.

— Ma pauvre fille ! Vous confondez certainement. : cette maison est en ruines depuis cinquante années.

— Ah bon ! Vous avez peut-être raison. »

Et ils prirent congé. Jean n'avait rien dit.

« Au revoir m'sieurs dam'... »

Ils s'éloignèrent rapidement pour rejoindre leur voiture. Une fois installé à l'intérieur, Jean Calmet souligna l'étrangeté de cette petite scène, car ils se souvenaient très bien tous les deux d'avoir vu, il y a quelques mois, cette maison s'écrouler lors du transfert du passage réalisé par Garand.

Véro sortit de la poche de son imper le « machin » qu'elle avait trouvé dans les ruines. « Planque ça ! » Lui ordonna Jean en démarrant. Ce soi-disant paysan ne me dit rien qui vaille. Tu lui as trop parlé en lui disant que tu avais travaillé à l'auberge voisine... »

Véro se mordit les lèvres...

Leur voiture s'engagea sur la route dans le virage en épingle à cheveux qui passe au-dessus d'un ruisseau par un petit pont. Passé ce dernier, une voiture déboucha juste devant eux d'un chemin de traverse. Un léger choc enfonça la portière droite de l'autre véhicule. Une vieille Peugeot. Le grand type de tout à l'heure en sortit en criant. Jean le reconnut de suite et se garda bien de sortir également. Il fit signe à Véro qui comprit parfaitement et ouvrit le vide-poches duquel elle sortit un revolver. Elle ouvrit légèrement la portière en se préparant à toute éventualité. Celle-ci survint rapidement. Le chauffeur de l'autre voiture dégaina une arme tout en s'approchant à grands pas. Mais, Véro s'était laissée glisser doucement sur le sol à l'extérieur. Accroupie pour être cachée par la voiture, elle en fit le tour. Leur adversaire comprit la manœuvre, mais trop tard : il était gêné par les deux véhicules empêtrés. Il remonta donc dans le sien et démarra en trombe. Véro bondit sur le capot de la voiture de Jean pour se retrouver du côté du passager. Calmet démarra en faisant patiner les roues avant qu'elle ne soit installée. Le type avait disparu au virage suivant.

« T'es sûr que tu fais bien de le suivre ? » Cria Véro.

Ils le retrouvèrent un peu plus loin, roulant à vive allure devant eux. La poursuite ne dura pas longtemps. Calmet voulut l'abandonner lorsqu'il regarda dans son rétroviseur : ils étaient suivis ! Devant lui, la Peugeot se plaça à côté d'une grosse Citroën et ils s'arrêtèrent tous deux, bloquant le passage au couple. Calmet fit demi-tour en dérapage contrôlé en criant : « Tu avais raison ! » Il fonça droit sur son poursuivant. Un bref coup d'œil dans le rétro lui montra les deux autres faisant également une manœuvre pour le suivre. Celui d'en face hésita, puis choisit la vie en virant brusquement sur le côté pour laisser passer le détective. Jean essaya de voir le visage de celui qui conduisait,

mais le type baissait la tête pour ne pas être reconnu...
« Ils ne nous suivent plus ! Soupira Calmet.
— Oui, mais ils connaissent le numéro de ta voiture. Ils nous retrouveront facilement.
— C'est pourquoi nous devons faire vite. Je crois que ces gens étaient venus là dans le même but que nous : trouver ce "machin" que tu as extrait des ruines de la maison. Au fait, montre-moi ce truc !
— Une boîte avec une fenêtre transparente derrière laquelle semble couler une lueur moirée... »
Et Véro faisait tourner l'appareil à la lumière pour en voir toutes les faces.
« Faudra la planquer. »

Arrivés au bureau, ils cherchèrent à démonter l'engin. Impossible. Il ne comportait apparemment aucune pièce amovible. Un bloc composé d'éléments différents, notamment la « fenêtre » remplie de liquide, mais intimement liés.
« Sans mode d'emploi, nous ne saurons pas comment le faire marcher...
— Et si nous en parlions à Marc ?
— Bonne idée !
— Le seul problème, c'est que nous ne savons pas où il est !
— Il nous faut attendre son coup de fil.
— Mais... et les autres ?
— On les attendra également de pied ferme ! On va transférer les appels chez toi et s'y installer. Ils ne nous trouveront pas là-bas. Je préviens mes enquêteurs de ne pas se montrer ici. »
Il décrocha le téléphone.

Marc appela le lendemain. Véro qui avait décroché lui parla de l'appareil, lui dit où ils l'avaient trouvé et le décrivit en détail.
« Et pourquoi pensez-vous que je sais ce que c'est ?
— Notre enquête a avancé figurez-vous. Alors, vous répondez ? Sinon on vous laisse tomber ! »
Hésitation et grognement à l'autre bout.

« C'est un livre. Ou ce qui correspond le mieux à ça. Une espèce de bible. Je suis à Lyon. J'arrive.

— Eh ! Attendez. Nous ne sommes pas au bureau. On vous donne rendez-vous chez Georges dans une demi-heure. Au fait, comment savez-vous tout cela ? »

Au fond, ils n'étaient pas dupes tous les deux.

« Et bien, je vous retourne la question : pourquoi me parlez-vous sans crainte de votre trouvaille ?

— Parce que nous savons d'où vous venez... »

Silence au bout du fil. Puis Marc reprit :

« Ah ? Et comment l'avez-vous appris ?

— C'est une longue histoire, nous vous la raconterons chez Georges. Quand au reste, nous sommes payés par vous pour une recherche, nous nous en tenons là.

— À tout de suite. D'accord ?

— D'ac ! »

Jean avait acquiescé de loin à l'interrogation muette de Véro...

Ils se retrouvèrent à la brasserie à l'heure convenue.

Marc les attendait à l'entrée. Ils s'installèrent à une table et commandèrent un demi.

« Voilà l'engin ! » Marc le saisit et s'écria : « Oui ! C'est bien cela ! Leur bible. Je sais la faire marcher. Cela fonctionne comme des cristaux liquides... »

Il frotta sur la face opposée de la fenêtre et un texte apparut, illisible pour Jean et Véro.

« Voilà le texte. Les commandements des Nomades. Ce sont eux qui installent les passages pour voyager dans tout l'univers. On ne sait pas d'où ils viennent et où ils vont. Eux non plus. Ils ne le savent plus. Pour pouvoir continuer à le faire, des règles leur sont imposées. Ils doivent les respecter. Elles sont inscrites dans ces livres.

— Mais qui leur impose ces règles ?

— Eux-mêmes ; sûrement depuis la nuit des temps. Mais ils croient que c'est leur créateur qui a fixé ces règles en même temps qu'il les aurait créés, eux. Ils en ont fait une sorte de religion.

— Et quelles sont ces règles ?

— Je n'en connais que quelques-unes... Mais avant d'aller plus loin, je voudrais savoir comment vous savez... ?

— Oui. Vous en avez le droit. »

Jean Calmet prit la relève :

« Un ami à moi, aujourd'hui disparu, — un psychiatre — m'avait donné deux cassettes vidéo qui racontaient l'histoire de cet Anatole Krim qui vous intéresse tant. »

Marc se leva, soudain terrorisé. Véro le retint fermement par la manche et lui dit sourdement et même un peu vulgairement :

« Allons ! Du calme ! Assis et écoute si tu veux pas que cela tourne mal... » Marc se rassit, tendu, restant sur ses gardes.

« Oui ; il s'appelait Maville. Un type formidable. Un membre de leur équipe de trois chargée d'entretenir un passage d'un monde à l'autre. La deuxième personne était la comtesse, mère adoptive de Véro. Ces deux extraterrestres ont été exécutés par Anatole. Le troisième était — mais je devrais employer le présent — est Garand, à l'époque inspecteur de police. Je l'ai bien connu aussi.

— Et que racontaient ces cassettes ?

— Il ne m'en reste plus qu'une ; j'ai donné imprudemment l'autre à Garand. Et bien... elles racontent votre histoire, celle de ta famille, d'Alice et du maître du château, de la guerre que vous menez contre les États...

— Oh ? Mais comment ? ? ?

— C'est Maville qui avait organisé tout ce micmac. Il avait violé le principe et fait revenir Anatole. Il l'a payé de sa vie et la comtesse aussi. Il voulait faire de moi un autre objet de ses expériences.

— Donc vous savez tout. Si c'est le cas, quel est le nom de mon frère ?

— Ton frère jumeau ? Arthur ! »

Cette fois, Marc fut vraiment impressionné. Il marqua ce sentiment par un silence. Jean en profita pour poursuivre son offensive.

« Au fait, je te tutoie comme si on se connaissait depuis longtemps, ce qui est le cas en ce qui me concerne d'ailleurs. Tu es d'accord ?

— Oui, bien sûr.

— Bon. Et toi, que cherches-tu ? Comment as-tu pu passer vers notre monde ? Je croyais que c'était impossible sans l'accord des "gardiens" du passage ?

— En fait, j'ai profité de la destruction de la maison dont vous venez de visiter les ruines. Au moment de la construction d'un nouveau passage, pendant un bref instant, on peut passer à l'aise. Mais cette fois, cet instant dure. Vraisemblablement une erreur technique de Garand en est la cause.

— De Garand ?

— Oui, c'est bien lui qui a reconstitué le passage... On est quelques-uns à en avoir profité. Ils ont retrouvé les autres. Moi seul en ai réchappé...

— Et tu veux retourner chez toi. C'est pourquoi tu nous demandes de retrouver Garand...

— Oui...

— Bon, c'est tout ce que tu as à nous dire sur cet appareil ?

— Eh bien oui. Vous avez compris qu'une règle principale leur interdit de laisser passer les autochtones d'un monde à l'autre.

— Mais, depuis que je m'occupe de cette affaire, elle a été transgressée plusieurs fois...

— Il semble qu'ils sont en train de cafouiller. Je ne sais pas pourquoi... Depuis que Maville a fait ses expériences avec Anatole ça se dégrade chez eux. Chez moi, de l'autre côté, nous connaissions ces passages. Et vous ?

— Nous les avons connus seulement dans un passé récent. Veux-tu nous raconter ce qui s'est passé là-bas ?

— Plus tard. Aujourd'hui, notre tâche est de retrouver Garand. Avez-vous avancé ?

— Un peu, répondit Véro. Nous avons plusieurs pistes sérieuses. Mais nous avons également des principes : ne pas les dévoiler à nos clients tant qu'elles ne sont pas abouties.

— Bon bon ! Je continue de mon côté...

— Tu n'as rien trouvé du côté de Zakopane ? S'acharna Véro...

— Euh... Marc marqua le coup.

— Nous savons que ce château est un passage et qu'il est bien gardé.

— Hélas.

— Nous ne pourrons pas forcer le passage. Seul Garand peut nous ouvrir les portes. Et il n'est pas facile à convaincre !

— Nous verrons ! Appuya Jean. Maintenant il faut se quitter. Tu appelles toujours au même numéro pour nous joindre... »

16.
Bernard

Bernard avait découvert son origine. Sa psychothérapie avait fait remonter sa nature profonde à la surface. Il pensait que le psychiatre ne l'avait pas remarqué. Le fils de Sophie avait donc interrompu ses séances.
Calmet triait son courrier lorsque Sophie lui apprit la terrible nouvelle par téléphone : Jérôme était mort ! Brusquement. Il ne s'est pas levé un matin : arrêt du cœur ! On a retrouvé un corps froid dans son lit. Arrêt du cœur. Une mort paisible à voir le visage souriant... Bêtement souriant : terrible !
Il assista aux obsèques. Il fit donc connaissance de la petite famille : Jérôme, le mort, toujours souriant dans son cercueil. Le père, Paul, un magnifique quinquagénaire sans un cheveu gris, aux yeux bleu clair, menton volontaire, une autorité gracieuse dans tous ses gestes. Il cachait sa profonde détresse dans une grimace de dédain. Sophie pleurait, criait de douleur. Le frère, le fils Garand tenait haut sa dignité de demi-frère qui se doit de montrer du chagrin. Il avait vraiment des airs de Garand. Jean Calmet surveilla tout le monde. Au cimetière, il reconnut le gars présent près de la maison en ruines et qui les avait poursuivis en voiture. Il se regardèrent droit dans les yeux et le gars s'éclipsa entre les tombes avant que Calmet ne fît un geste.
Aucune autopsie n'avait été pratiquée sur le corps de ce pauvre Jérôme. Pourtant Calmet l'avait conseillé à Sophie. Cette mort brutale ne lui disait rien qui vaille. Mais, Paul l'avait refusée catégoriquement. Bernard ne pipa pas un mot. C'était un jeune homme malingre. Son regard noir surprenait, car il avait les yeux bleus. Un visage maigre, des cheveux longs tirés en queue de

cheval lui donnaient un air maladif. Il parlait peu, affecté d'un bégaiement disgracieux. Sophie avait informé le détective que son fils suivait une psychothérapie. Elle avait réussi à le convaincre.

Calmet espérait voir Garand apparaître aux obsèques. Mais ce ne fut pas le cas. Il ne montra pas le bout de son nez. Sophie et Paul n'avaient pas informé Bernard de leurs recherches concernant Garand. Avaient-ils bien fait ?

Quelques jours plus tard, Calmet fut appelé par un Paul affolé et terrorisé. Il se rendit sur les lieux. Au cimetière, la tombe de Jérôme avait été profanée. Le corps du jeune homme avait disparu ! La pierre tombale déplacée laissait voir un trou sombre, indécent et inquiétant vers les profondeurs noires du caveau familial.

Ennuyeux ! Très ennuyeux ! Voilà qui mettait la police sur l'affaire. Calmet fut convoqué au commissariat.

Le commissaire, un grand pied-noir à l'accent de là-bas, le questionna sur son enquête. Les parents de Jérôme l'avaient informé de ses recherches sur le père de Bernard. Le commissaire Perez voulait en savoir plus. Calmet ne lui dit rien. Il rappela simplement qu'il avait connu Garand comme inspecteur de police dans l'affaire Anatole Krim.

— Mais cet inspecteur n'en était pas un : inconnu dans les effectifs de la police, affirma Perez.

— Pourtant les journaux en avaient parlé...

— Cet homme existe-t-il au moins ?

— C'est sûr. Je l'ai vu, je lui ai parlé et je l'ai même tenu au collet. D'ailleurs, il avait un bureau à la P.J. à Paris.

— Je vais les interroger. C'est tout ce que vous avez à m'apprendre ?

— Pourquoi ? Vous voyez un rapport quelconque entre Garand et la disparition du corps de Jérôme ?

— Cela ne vous regarde pas monsieur Calmet. C'est moi qui mène l'enquête.

Il prit congé.

Calmet se rendit chez le psychiatre de Bernard au jour et

à l'heure où ce dernier avait rendez-vous. Le jeune homme ne vint pas. Le docteur reçut immédiatement Calmet lorsqu'il apprit qu'il travaillait pour la famille. Mais il ne répondit à aucune question du détective : secret professionnel... Il ne restait plus à ce dernier qu'à parler avec les parents. Le faire dans un moment aussi pénible était nécessaire, car l'affaire évoluait trop vite pour laisser traîner les choses.

Il téléphona pour s'annoncer. Ils habitaient une magnifique propriété du boulevard des Belges, en bordure du parc de la Tête d'Or.

Le couple l'attendait dans le salon d'accueil. Le jeune n'était pas présent.

— Bernard n'est pas là ? Interrogea Calmet après les formules de politesse de rigueur.

— Non... Nous ne savons pas où il se trouve. Répondit Paul. Que désirez-vous ? Nous sommes très fatigués et aimerions avoir un moment de tranquillité.

— Eh bien,... voyez-vous, j'aimerais savoir quels sont vos rapports avec votre... beau-fils.

— Ils n'ont jamais été très bons. J'ai toujours fait preuve de beaucoup d'indulgence à son égard, pensant qu'il avait bien des excuses. Aujourd'hui, Jérôme est parti et lui... il reste...

— Justement, les deux frères s'entendaient-ils bien ?

— Oui ! Répondit brusquement Sophie. Ils s'entendaient bien. Très bien même. Bernard, plus âgé que Jérôme, s'est toujours occupé de son frère au cœur fragile. Ils s'aimaient. Et aujourd'hui, Bernard est très affecté par la mort de son frère.

— Comment pourrais-je parler à Bernard ?

— Il n'habite plus avec nous. Il préfère son indépendance et nous lui louons une chambre en ville. Je crois que l'entretien est terminé. Voici l'adresse de Bernard et au revoir, monsieur Calmet.

Le détective se rendit à l'adresse indiquée sur le papier donné par Paul. Là également, il n'y avait personne. Il repartit sans regarder derrière lui. Pourtant, une ombre se glissa d'une traboule proche et le suivit jusqu'à l'appartement de Véro, situé sur les quais de Saône, seulement à quelques pas du logement de Bernard. Cette ombre se posta dans un porche, non loin de l'entrée de l'immeuble qu'elle surveillait désormais...

Véro avait vu Jean entrer dans l'immeuble de la rue Saint-Jean et en ressortir quelques instants plus tard. L'ombre qui le suivait ne lui avait pas échappé non plus. Elle appela Calmet avec son téléphone portatif dès qu'il fut arrivé chez elle. Elle resta sur place longtemps. Elle avait l'habitude. Elle ne quitterait pas son poste tant que Bernard n'apparaîtrait pas.

Il arriva tard dans la soirée. Suivi de près par l'ombre de tout à l'heure. La lumière de sa chambre s'alluma à l'étage, puis s'éteignit quelque temps plus tard. Véro se crut libérée par le coucher de son gibier. Mais, par mesure de précaution, elle attendit encore une demi-heure. Bien lui en prit, car Bernard sortit quelques minutes plus tard suivi de son ombre à la démarche maladroite. La traque se poursuivait et Véro avait faim et soif...

17.
Un zombie

Marc avait appelé quelques jours après leur entrevue chez Georges. Il n'avait pas retrouvé Garand. Mais Calmet avait eu une idée.

Le psychiatre ne voulait rien dire. Mais Sophie connaissait bien Bernard, qui était de la race des nomades. Elle avait peut-être quelques indications à donner. Le détective ne saurait peut-être pas les interpréter. Marc si. Alors, il organisa une entrevue avec Marc. En l'absence de Paul dont les interférences auraient gêné leurs échanges.

Voilà maintenant une semaine que Jérôme était mort, Bernard disparu et Véro avec lui !

Pour des raisons de sécurité, ils se rencontrèrent à l'hôtel de Marc.

« Madame, avez-vous des nouvelles de votre fils ?

— Non. Aucune.

— Même par le commissaire Perez ?

— Il n'a aucune information à me communiquer. Mais... et vous ? Que voulez-vous ?

— Voilà... Vous m'avez dit que Bernard suivait une psychothérapie. J'ai pensé que ce traitement pourrait nous donner des indications : a-t-il déjà rencontré son père sans vous en avoir parlé ? A-t-il des souvenirs que vous ignorez ? A-t-il eu des contacts, coups de fil, courriers ? Que sais-je encore ?

— À ma connaissance, il n'a jamais connu son père. Mais, vous avez raison, le psychiatre aurait pu vous être utile. Mais moi ?

— Bernard vous parlait-il de l'évolution de sa psychothérapie ?

— Oh non ! J'aurais été la dernière à qui il en eût parlé.

— Oui, bien sûr. N'étiez-vous pas curieuse de savoir s'il

se portait mieux ?

— Oui... bien sûr.

Elle resta songeuse un moment, très rêveuse.

— Un jour, il fit un cauchemar. Il criait en dormant. Je l'ai réveillé pour le sortir de sa terreur.

— A-t-il parlé en dormant ?

— Oui ! Il parlait de fantômes, d'horribles revenants que son père avait créés, dans son rêve, pour effrayer les gens. Cela, il me l'a dit après son réveil. Puis, sa terreur a semblé le quitter. Son regard est redevenu plus clair et il a dit : "Ce n'est qu'un rêve. ce ne sont que des apparitions. Il suffit de les ignorer et elles vous ignorent..." Je fus rassuré de cette rationalité. Je lui dis : "Tu as raison mon chéri. Ce n'était qu'un rêve ! Maintenant tu peux te rendormir"... »

Jean regardait Marc pendant que Sophie relatait cette expérience. Leurs yeux marquaient une satisfaction évidente.

« Depuis ce jour, poursuivit Sophie, Bernard alla beaucoup mieux. Il ne me parla plus de son père. »

Le silence se fit de nouveau entre les deux hommes et la femme. Ils respectèrent sa méditation. Elle finit par leur dire : « Voilà tout ce que je peux vous dire. Cela me paraît bien banal. Un rêve d'enfant, étonnant chez un jeune homme adulte... Je ne vois rien d'autre à dire. Bernard est si taciturne, si renfermé. »

Une fois Sophie partie, Marc et Jean établirent leur plan. Ils décidèrent — quel que soit le risque encouru — qu'ils se rendraient à Zakopane. Jean avait déjà pris toutes ses dispositions pour ce voyage depuis que Véro avait découvert l'existence de cette bâtisse. D'ailleurs son enquêteur s'y était déjà rendu.

« Oui, je t'avais fait suivre après notre première rencontre.

— Je m'en étais rendu compte, figure-toi. Il n'est pas facile de passer inaperçu quand on suit quelqu'un dans une forêt déserte. »

Ils partirent quelques jours plus tard. Véro avait appelé avec son radiotéléphone. Elle suivait Bernard. Il se déplaçait avec un compagnon bizarre, une espèce de somnambule dont elle n'arrivait pas à voir le visage. Elle poursuivait sa traque. Jean l'informa de ses intentions. Elle ne fut pas d'accord : « Non ! Ne faites pas cela ! Les passages ne fonctionnent que dans un seul sens. Vous ne pourrez pas revenir. » Jean essaya de la rassurer : « Oui ! Jusqu'à ce que Marc vienne ici. S'il l'a fait une fois, pourquoi pas une autre ? » Ils se disputèrent pendant un bon moment, mais Calmet ne changea pas d'avis. Et comme Véro était loin, elle ne put le rejoindre pour l'empêcher de partir. Par acquit de conscience, Jean interrogea Marc qui lui assura que le retour était possible. Mais il fut franc : cela dépendait de l'adresse technique de Garand. Si celui-ci avait pu réparer le passage, le retour serait impossible. Calmet hésitait encore. « Allons toujours voir ! » Conclut-il finalement. Car comment refuser une aussi fabuleuse aventure ? Le sort de Véro l'inquiétait beaucoup. Il ne voulait pas l'abandonner. Elle le rappela quelques minutes plus tard : « Ne t'en fais pas pour moi. Tu dois y aller, car l'avenir de tous en dépend. Mais fais attention.

« Fais surtout attention à toi ma chérie !

— Oh ! Moi je ne risque rien. Je me contente de suivre un homme et un zombie.

— Un zombie ?

— Oui ! Le type qui accompagne Bernard. On dirait un zombie... Allez ! Je raccroche. »

18.
Strasbourg

Bernard se leva de sa table et se dirigea vers les toilettes. Le « zombie » restait seul à table. Le jeune homme n'avait donc pas détecté Véro qui le suivait depuis le début, sinon il n'aurait pas laissé son compagnon seul. Le gars habillé de noir, resté à sa table, tenait sa tête baissée, le visage caché dans l'ombre d'un grand chapeau. Pourquoi Véro l'avait-elle surnommé « zombie » ?
Elle décida de se lever et d'aller s'asseoir en face de lui. Pour voir son visage.
Elle fut obligée de longer une grande tablée de buveurs de bière. De nombreuses chopes en grès, portées sur des plateaux énormes par d'adroites et aguichantes serveuses, circulaient constamment du bar à la table. Une belle mousse bien ferme dépassait du col de ces prestigieux récipients. Les buveurs chantaient des chansons d'ivrognes en agitant leurs « mousses ». Véro adorait la bière. Elle savait la boire. C'est tout un art de savoir apprécier la bière. Il ne faut pas la boire en la sirotant comme on le voit faire souvent à la télé. Elle se boit en grande quantité, par grandes goulées. Il faut ouvrir la bouche et laisser couler le divin breuvage en remplissant le fond de la bouche de manière que le palais et l'arrière de la langue baignent pour faire pétiller les bulles qui vous picotent ainsi la glotte. Et avaler, avaler en déglutissant en de longs coups... Après on pisse de longs jets d'urine. On n'est jamais ivre mort, l'estomac toujours plein de liquide relativement peu alcoolisé. Si on veut être ivre mort, il faut ajouter du schnaps. Véro pensa à la chanson de Jacques Brel : « Et ça sent la bière de Londres à Berlin, ça sent la bière,

201

Dieu qu'on est bien... » Un buveur de bière l'attrapa par la taille en lui parlant avec un fort accent alsacien. Elle saisit sa chope et but son contenu d'un trait devant les yeux ébahis du gros type qui la lâcha. Elle lui rendit son récipient en s'essuyant la mousse restant sur ses lèvres d'un revers de la manche de son autre bras.

Elle poursuivit son chemin, le regard anxieux fixé sur la porte des toilettes. Cette dernière ne s'ouvrit pas ; elle s'assit devant le « zombie ».

« Eh ? ! Meussieuuur... Tu me paies une bière » fit-elle dans le rôle bien réussi d'une fille bien éméchée. Le gars ne bougea pas.

Elle se pencha et lui secoua la manche : « T'es sourd ? » L'ombre restait immobile à part le faible tremblement produit par le geste de Véro. De rage (il fallait faire vite à cause de la porte des toilettes qui pouvait s'ouvrir d'un moment à l'autre), elle enleva le chapeau. Le visage de l'homme apparut, pâle, verdâtre. Les yeux fixes semblaient morts. Véro poussa un cri de terreur et se leva en s'enfuyant. La porte des toilettes venait de s'ouvrir et Bernard se dirigeait vers eux. La jeune femme courait déjà vers la sortie. Bernard l'avait-il vue ? Il remarqua le chapeau tombé à côté de son compagnon. Il l'interrogea :

« Pourquoi ton chapeau est-il tombé ?

— Une jeune femme est venue, répondit une voix caverneuse.

— Que voulait-elle ?

— Qu'on lui paie à boire...

— Tu sais que tu ne dois parler à personne ?

— Oui maître...

— Bien ! Maintenant tu dois prendre ton sérum de vie. Si tu ne veux pas pourrir... »

Il versa le contenu d'un flacon dans le verre de bière de son compagnon qui le saisit et le but fébrilement.

L'air glacé de l'Alsace de ce mois de novembre fit grand bien à Véro. L'horreur était entrée dans son cœur par ses yeux. Elle avait vu Jérôme. Elle ne croyait pas si bien dire lorsqu'elle appelait le compagnon de Bernard un «

zombie ». Car Jérôme était mort et enterré. Puis son corps avait disparu.... Elle venait juste de le voir, à l'instant.

Elle se reprit et se dirigea vers sa voiture. Elle avait l'intention d'y attendre les deux personnages qu'elle suivait. Elle pensait avec nostalgie à Jean. Que devenait-il ? Tout occupée à ses pensées, elle ne vit pas les ombres cachées dans la nuit noire du parking. Il faisait un froid de canard. Un givre livide blanchissait les branches noires des arbres dénudés qui brillaient faiblement aux lueurs des vitres de la brasserie bruyante. Elle regardait le sol pour ne pas trébucher sur les pavés de la rue. Les trois types sortirent de l'ombre. Deux d'entre eux la saisirent chacun par un bras, l'autre écarta son manteau la pelota ostensiblement et lui subtilisa son arme. Ils restèrent muets. Sans un mot, ils soulevèrent la jeune femme et se dirigèrent vers une fourgonnette garée à l'écart. La surface de l'Ill luisait juste à côté. On entendait couler l'eau d'une écluse. L'un de ces bras de cette petite rivière dans ce magnifique quartier de la Petite-France allait être le tombeau de Véro...

La porte latérale de la fourgonnette fut ouverte en couinant et tous s'y introduisirent souplement. Dans l'obscurité silencieuse, elle entendit la respiration des hommes et sentit leur haleine empestant la bière et le tabac. Une lampe de poche fut allumée. L'intérieur du véhicule était vide. On attacha les mains de la victime derrière son dos à l'aide de menottes. Puis on la colla dos à la paroi métallique. L'homme qui l'avait pelotée parla avec un accent slave :

— Où se trouve l'objet que vous avez trouvé dans les ruines d'une maison de Bourgogne ?

— Je ne vois pas de quoi vous parlez, répondit Véro en cambrant ses seins qui pointaient sous son pull en dépassant de son manteau entrouvert. Le gars louchait dessus avec appétit.

Il prit certainement grand plaisir à lui donner une gifle retentissante.

— Parlez ! Ne nous obligez pas à vous faire du mal !

Et il lui fit du bien en caressant doucement ses seins. Les tétons de Véro pointèrent...

« Bonsoir, s'il me pelote trop adroitement je vais fondre ! Impossible de résister ! Faut réagir petite ! » Pensa-t-elle.

Elle envoya brusquement un grand coup de pied dans les testicules de son vis-à-vis qui hurla en se penchant et en criant : « Saloperie ! » Véro le redressa d'un violent coup de genou sur le nez. Le sang gicla. La brutalité de l'attaque saisit les deux autres. Au lieu de frapper la fille, ils portèrent secours à leur compagnon. Elle bondit vers la portière, et lui tournant le dos, tenta de l'ouvrir à l'aide de ses mains attachées. L'un des gars s'approcha d'un pas et lui donna un coup de poing qui atteignit la paroi d'un « dong ! » retentissant, car Véro s'était écartée à temps. La porte s'ouvrit alors et la jeune femme se laissa tomber dehors. Deux ombres se tenaient debout de chaque côté de l'entrée, un grand pistolet dans la main.

« Schweinhund ! » Jura un des types. « Elle a réussi à ouvrir la porte ! »

Deux hommes bondirent au-dehors, le zombie resta tranquillement adossé à la voiture et l'autre bondit à l'intérieur. Le troisième homme se tenait encore les couilles quand il se fit descendre d'une balle en pleine tête. Les deux autres s'écroulèrent tués par deux balles tirées presque en même temps par le zombie qui n'avait pratiquement pas bougé.

Les eaux glauques de l'Ill furent la tombe des agresseurs de Véronique. Bernard ne la détacha pas, la tira par le bras pour qu'elle se lève et l'emmena vers sa voiture. Il la força à s'asseoir à la place du passager avant et le zombie monta à l'arrière. Ils roulèrent une demi-heure dans la nuit glacée. La pleine lune éclairait les vignes couvertes de givre. Le paysage faisait penser à la mort : blanc, inerte et froid. Comme pour rendre Véro plus lucide, la lune éclairait tout dans les moindres détails. Seules les ombres que projetaient ses rayons blafards restaient d'un noir absolu. Ils s'approchaient d'une maison isolée. La voiture entra par un portail ouvert et s'engouffra dans un garage. Bernard fit descendre Véro et alla allumer tout en la tenant par le bras. Jérôme alla fermer la porte du garage. Ce dernier communiquait avec un escalier montant à l'étage. Une pièce chauffée les attendait. Bernard poussa Véro dans un fauteuil profond et se débarrassa de son blouson d'hiver. Jérôme se tenait immobile à côté de la porte.

Bernard ricana : « Il n'a pas besoin de se dévêtir : c'est un mort-vivant ! »

Il releva Véro de son fauteuil et alla l'enfermer dans la pièce à côté. Puis il décrocha le téléphone, composa un numéro et, après un instant d'attente : « Allô ? Papa ? » Un silence puis : « J'ai trouvé Véro ; ou plutôt c'est elle qui m'a trouvé. Elle est ici. » Un autre silence auquel Bernard répondit par : « Nous t'attendons ! À demain... »

Véro avait tout entendu...

19.
Marc et Jean

Marc tenait l'appareil fermement dans ses mains. Ils étaient dans le château. Jean se tenait à ses côtés, légèrement anxieux. Ils étaient entrés dans le bâtiment, avaient affronté la bande de serfs du moyen âge, fantômes du passé. Ce « livre » trouvé dans les ruines d'un autre bâtiment, autrefois utilisé comme celui-ci pour passer dans un autre monde, les avait aidés à neutraliser les fantômes. Ou, plutôt, leur avait donné le courage de les affronter, car ils ne sont pas réels, mais créés par les Nomades pour effrayer les passants.

Jean reconnut le couloir aux miroirs au fond duquel se trouvait la porte. En réalité ces miroirs semblaient renvoyer un reflet si flou que celui qui s'y mirait ne se reconnaissait pas. Marc le devançait, pressé de voir si le passage lui permettrait de se rendre dans son monde à lui. Il avait déjà avancé la main vers la poignée de la porte. Celle-ci s'ouvrit facilement. Mais cela ne signifiait pas encore que le passage fonctionnait... Il s'avança. Jean le vit alors s'enfoncer dans une paroi liquide verticale qui brilla en entourant le corps du jeune homme d'un éclat d'argent. Il était passé. Jean, très anxieux, jura contre son compagnon qui ne l'avait pas attendu. Désormais, il devait prendre sa décision tout seul. La porte était restée grande ouverte sur le néant, une obscurité dense semblant murer l'ouverture d'une noire paroi verticale.
Jean avait déjà pris sa décision depuis longtemps. C'était la peur qui le retenait. La peur de se jeter dans le néant...
Il s'avança, plongea le bras droit dans ce mur obscur qui

se mit alors à briller. De la main gauche, il referma la porte derrière lui en passant l'ouverture.

20.
D'autres zombies

Voilà longtemps qu'Arthur attendait son frère passé dans un monde extérieur. Il commençait à s'inquiéter. La lutte devenait difficile. La Pieuvre portait ses tentacules partout. La guerre entre les monstres et les vampires était terminée. Ces derniers avaient disparu, exterminés par une foudroyante épidémie de sang. D'apparence normale, les premiers ne possédaient qu'une particularité qui les faisait appeler « monstre » : leur sang tuait les vampires ! Mais, les monstres n'avaient pas gagné la guerre non plus.

Le ciel nuageux rendait la nuit bien sombre. Un lampadaire lépreux, minable lumignon à l'image du quartier, éclairait une scène banale en ce monde. Une voiture de police banalisée attendait une livraison de paste. Les deux flics en civil bâillaient d'ennui à l'intérieur. Une flamboyante percée lumineuse de phares puissants éclaira le mur en face de la rue qui longeait cette ancienne cour d'usine. Un camion déboucha de l'obscurité, précédé de sa puissante lumière. Il vint se garer devant la voiture de laquelle un des hommes était sorti, se tenant debout à côté de la portière du passager. Il tenait un revolver dans sa main, le bras ballant cachant l'arme derrière la voiture. Un nuage de brouillard germa de l'échappement des véhicules. La visibilité baissa encore, malgré les phares des deux véhicules. Les flics attendirent sagement que le chauffeur du camion s'approche. Normalement il devait être seul. Au grand soulagement des deux flics, le mot de passe fut lancé dans la brume. Ils s'approchèrent, confiants.
« C'est pas trop tôt ! On se gelait les couilles, lança l'un d'eux en direction du brouillard.

209

— Je suis à l'heure non ? Répondit ce dernier.

— Ouais. Amène ton camion, on va entreposer la came !

— Voilà ! J'arrive ! »

Une violente rafale résonna soudain et le brouillard cracha quelques grammes de mort métallique. Les deux flics reçurent les balles en pleine tête, leur cerveau se désintégra sous l'effet des milliers d'éclats secondaires produits par l'éclatement du projectile dans leur boîte crânienne. Belle mort : ils n'eurent même pas le temps de s'en apercevoir.

Deux ombres chinoises apparurent en contre-jour de la lumière vive des phares. La fumée se densifiait en épais lambeaux. Une des ombres parla :

« Vérifie si ce sont des mangeurs de paste...

— J'y cours. »

La deuxième ombre s'approcha des cadavres, les fouilla et vérifia le contenu de leur bouche.

« Oui ! C'est le cas, se réjouit l'ombre en se relevant dans la lumière. On pourra toucher deux belles primes pour ces néozons. »

Le moteur du camion s'emballa, la violente lumière bougea, se dirigea vers le sens opposé et s'éloigna en grondant. Une seule ombre vivante resta. L'homme chargea les cadavres dans le coffre (ils n'allaient pas tarder à se remettre à bouger), monta dans la voiture qu'il pilota à travers la brume.

Arthur pilotait le camion. Il n'était pas seul. Sa coéquipière l'avait rejoint. Les phares balayaient une route dont le revêtement en très mauvais état faisait cahoter le véhicule. Le temps était de nouveau clair, la pollution du seul camion ne suffisait plus à créer le smog de tout à l'heure.

« On a réussi notre coup. » L'homme voulait parler après l'émotion du combat. Mais la femme restait silencieuse.

« J'attends toujours mon frère...

— Ton frère ? Consentit-elle à répondre.

— Mon frère Marc, il est passé de l'autre côté.

— Ah oui ! J'ai appris cela. Tu es donc Arthur Pim, le

frère jumeau de Marc, celui qu'on a envoyé en mission là-bas pour ramener cet Anatole...

— Oui. Voilà des semaines qu'il est parti et on n'est pas sûr que le passage marche dans l'autre sens...

— Tu crois que Wil s'en tirera bien avec ses deux néozons ?

— Mais oui ! Répondit-il agacé. »

Avant, elle ne voulait pas parler, mais maintenant elle ne s'arrêtait plus.

— Il va les laisser mûrir quelque part avant qu'on les livre au commissariat contre la prime. Ils sont en très bon état et, c'est la règle, personne ne demande quoique ce soit sur leur origine. Alors...

Le camion cahotait toujours, ses suspensions grinçaient dans la nuit. Il fallait arriver avant le jour pour livrer la précieuse cargaison.

— Qu'est-ce que l'État-major fait de tout ce paste qu'on pique à la popol ?

—...

— J'espère qu'ils ne le remettent pas dans le circuit... Comment feraient-ils d'abord ?

—...

— Eh ? T'es sourde ?

—...

Arthur quitta la route des yeux pour les porter sur sa compagne de route. Elle s'était endormie...

« On est en avance, songea Arthur. Je vais faire un petit détour pour laisser un message à mon frère sur le passage... »

Wil avait la trouille. Les deux cadavres commençaient à faire du bruit dans le coffre. Il avait beau savoir, il ne pouvait s'habituer à ce phénomène terrifiant du néozon. Il pensa à la prime et au pourcentage que la résistance lui donnerait. À moins qu'il ne se tire avec toute la prime. Mais Arthur savait. C'était impossible. Ils le retrouveraient pour en faire un néozon. Il s'était mis au paste lui aussi, malgré l'interdiction formelle de l'organisation. Son avenir post mortem se trouvait dans le coffre de la bagnole.

Bien plus tard, il rentra la voiture dans un grand garage désert. Il ferma la porte derrière lui et se garda bien d'allumer. Le jour pointait et jetait une faible lueur blafarde au travers des vitrages des toits. « Heureusement, c'est l'hiver, ils se conservent mieux. Et il n'y a ni mouche ni guêpe. »

Mais, il y avait l'odeur. Et le bruit. Un bruit de pas d'ivrogne, de chutes, de chocs. « Pourvu qu'il n'y en ait pas un qui me touche ! »

Il ouvrit fébrilement le coffre de la voiture et s'écarta. Les deux néozons bougeaient violemment, leurs chairs toutes neuves restant encore efficaces. Ils s'assirent et par de multiples gestes maladroits finirent par tomber à côté de la voiture. De nombreux autres mouvements saccadés furent nécessaires pour qu'ils se relèvent et s'éloignent. Wil regardait fasciné. Il avait oublié sa peur de se voir heurter par d'autres néozons présents. L'un des flics morts-vivants heurta pourtant un autre néozon, un soldat dans un triste état de décomposition. Ils tombèrent tous deux à la renverse, l'un dans un bruit mou, l'autre dans un bruit presque liquide. Terrifié, il ouvrit le portail et remonta dans la voiture. Le plus terrible c'était quand il y en avait un qui sortait !

« Tant pis ! Dans ce cas-là je le laisserais se barrer ! »

Mais ce ne fut pas le cas. Une fois dehors, il referma la porte du hangar et démarra en faisant crisser ses pneus. Il salua les sentinelles au passage.

« Bon courage, les gars ! »

Et il songea qu'il en fallait bien plus encore à ceux qui assuraient la livraison de cette drôle de marchandise.

21.
Le seigneur K.

La créature qui attendait son correspondant dans l'obscurité à côté de la lumière faible du réverbère avait toute l'apparence d'un être humain. Seule une violente autorité dans le regard pouvait effrayer quiconque osait le regarder droit dans les yeux, ce qui était difficile, étant donné l'extrême noblesse hautaine de la stature de cet homme. Il lui fallait bien cela pour oser s'aventurer seul dans ce quartier de l'ancien bidonville rénové par le nouveau pouvoir. Son corps irradiait une espèce d'horreur. Il faisait frémir les rares passants qui marchaient silencieusement à côté de lui sans le voir.

Un camion, garé un peu plus loin dans la rue, semblait attendre quelqu'un lui aussi.

Une voiture s'approcha lentement, ses phares projetant dans la brume, devant elle, deux cônes de lumière laiteuse, et s'arrêta à côté de l'homme. Trois hommes se tenaient dans le véhicule désormais garé sous le réverbère. L'un d'eux sortit et s'approcha de la créature tapie dans l'ombre. Il tenait une arme dans sa main, tendue contre sa cuisse.

« Vous avez peur. C'est normal j'ai été créé pour produire cet effet. Mais, nous sommes ici ensemble pour faire affaire, et je ne suis pas seul, mais protégé par une puissante suite armée... Alors... rangez votre arme. Quel est votre nom ?

— Vous plaisantez ! Je ne me résoudrai qu'à donner le mot de passe : néozon !

— Bien ! bien ! Combien pouvez-vous en fournir ?

— Combien la pièce ?

— Cinq mille écus...

— Le gouvernement en offre le double...

— D'accord, le double !

— Tenez, voici le lieu du rendez-vous. Dans une heure. Cent pièces vous seront livrées. »

Le type n'avait pas rangé son revolver. Il retourna vers sa voiture dans laquelle il monta alors qu'elle démarrait déjà.

L'homme sortit de l'ombre sa haute stature. Ses cheveux longs et noirs entouraient un visage carré aux joues creuses, aux lèvres épaisses, toujours entrouvertes sur une dentition carnassière. Ses larges mains aux ongles très longs et durs portaient des poils des deux côtés, y compris sur la paume. Il les agita d'un geste ample, mais très bref en direction du camion. Les phares s'allumèrent et le moteur gronda dans la brume silencieuse de la rue brillante d'humidité. Le véhicule s'arrêta devant l'homme qui monta à côté du chauffeur. La cabine était très grande et comportait neuf sièges. Huit hommes armés étaient déjà assis là. Seul le chauffeur avait l'œil vif et la parole facile. Les autres semblaient regarder le vide, serrant entre leurs mains blanches des armes prêtes à tirer.

Le chauffeur s'adressa à son nouveau passager qui semblait dominer irrémédiablement les autres :

« Seigneur, où allons-nous ?

— Là ! » Répondit-il en lui tendant le papier qu'il venait de recevoir. Et, après un silence troublé seulement par le ronronnement silencieux du moteur, il ajouta en riant :

« Cent néozons nous attendent. Cent mercenaires pour notre nouvelle armée ! »

Et il éclata de rire lorsque le moteur se remit en marche....

Le voyage ne dura qu'une heure dans la nuit noire. Ici, on ne voyait jamais les étoiles.

La voiture de tout à l'heure était déjà au rendez-vous. Le camion s'arrêta à côté, le chauffeur attendant les instructions. On lui dit de s'avancer vers un hangar. Il s'approcha lentement ; ses phares éclairèrent des hommes en armes. Il passa un large portail et on lui fit signe de s'arrêter. Un jeune homme armé d'une mitraillette, canon levé, prêt à tirer, s'approcha de la vitre du chauffeur. Celui-ci l'ouvrit et s'entendit dire : «

L'argent ! » Il tendit alors une petite valise qu'il prit sous son siège. Le jeune officier la saisit et s'éloigna, d'abord à reculons, puis d'un pas pressé, s'enfouit dans l'obscurité.

Il revint quelques minutes plus tard, sans la valise, mais avec son arme toujours braquée vers le ciel, et donna ses instructions au chauffeur. Le camion fit un large cercle dans la grande cour de l'usine désaffectée et recula vers une porte située juste à la hauteur de l'ouverture arrière du véhicule. Il s'arrêta à un mètre, le chauffeur descendit et vérifia que les portes coulissantes s'ouvraient bien et surtout, se *refermaient* bien, puis remonta dans la cabine et fit reculer l'engin tout contre la porte. On entendit celle-ci grincer longuement et, ensuite, un bruit, le râle contrarié d'une foule pas ordinaire, un vaste grognement incohérent, pas bestial, mais pas humain non plus. Puis, une horrible odeur de charogne se répandit, sortant de l'interstice entre le camion et le mur. Des coups résonnèrent contre les parois, des pas maladroits piétinaient le plancher, comme si on y faisait entrer des bêtes qu'on emmènerait à l'abattoir. Mais ici, il ne s'agissait pas de bêtes...

Le chauffeur attendait à quelques mètres de là, se bouchant le nez, et, la main sur son front baissé, il marmonnait : « Mon dieu ! mon Dieu ! Quand cette horreur cessera ? » Il se lamentait, mais prenait bien la précaution de ne pas être entendu par la créature hautaine qui le commandait et qui était restée assise sur son siège, indifférente aux tourments de son chauffeur. D'un signe, toujours d'une si grande brièveté qu'il eût été possible pour un humain de ne pas le voir, il avait donné l'ordre aux êtres armés du camion de braquer leurs armes vers l'extérieur. Ses yeux de chat scrutaient l'obscurité et tout évènement inattendu aurait déclenché une agressive réplique de son armée des ombres.

Un homme armé s'approcha du chauffeur et lui dit assez fort pour être entendu dans le camion : « Le compte est bon ! » Ce dernier s'approcha alors de l'arrière du véhicule et, surmontant son dégoût, fit coulisser les portes. La deuxième coinça. Il entendit crier à l'intérieur : « Y en a un qui dépasse ! Pousse avec ton bull ! » Un bruit de moteur diesel se fit entendre et la porte coulissa, l'obstacle à sa fermeture ayant disparu. « J'espère qu'ils n'en ont pas esquinté de trop ! Le seigneur ne serait pas content ! » Songea le chauffeur.

Le camion, lourdement chargé, démarra péniblement et finit par prendre de la vitesse. Il s'éloigna dans la nuit.

Le voyage dura jusqu'au petit matin. Aucune patrouille de la popol ne se présenta sur la route du convoi maudit. Le seigneur K. avait tout arrangé pour cela : il savait corrompre ceux qui possédaient le pouvoir.

Ils traversèrent des villages, leur véhicule roulant dans des rues vaguement éclairées par de pâles lumières et pleines d'ombres mouvantes, des créatures et des hommes se glissant de la lumière à l'ombre en espérant peut-être les surprendre. Mais les réflexes et la vue du seigneur étaient si vifs, ses « compagnons » si bien armés, que toute tentative était vouée à l'échec.

Le camion arriva à la base secrète du seigneur K.. Celui-ci profitait de la croyance largement répandue, y compris chez les autorités, que son espèce avait disparu de ce monde. Il s'était installé dans un complexe souterrain en plein cœur d'une ville pratiquement abandonnée. D'ailleurs, ce fut lui-même, autrefois, qui avait répandu involontairement l'idée que les vampires avaient disparu de cette planète. À l'époque où il n'en était pas un.

Le camion s'enfonça sous terre après être entré dans une église abandonnée depuis longtemps. Il se gara dans un vaste hangar bien éclairé. Le chauffeur coupa le moteur et se tourna vers son passager :

« Seigneur, puis-je m'en aller ?

— Tu crains d'assister à cette scène que tu trouves horrible ?

— Je... je...

— Réponds sans peur ! Ce qui me plaît n'est pas obligé de te plaire à toi, faible humain ! Je sais ce que tu ressens, ayant été moi-même humain autrefois. Va ! Je t'épargnerai ainsi d'autres souffrances. »

Il fit signe aux autres passagers qui posèrent leurs

armes à leurs pieds et descendirent lentement un à un du véhicule en passant devant K. L'un d'eux se dirigea vers l'arrière et attendit. Les autres se placèrent en deux lignes formant un couloir derrière la porte du camion. L'un d'entre eux se dirigea vers une construction ressemblant à une caravane, y entra pour en ressortir immédiatement en portant un enfant dans ses bras. Le petit semblait endormi. Il s'arrêta à proximité des autres. Le néozon tira légèrement une des deux portes coulissantes. Une infecte odeur de charogne s'échappa. cela ne sembla pas gêner les présents. Un mort-vivant désarticulé tomba sur le sol et se redressa en agitant bras et jambes. Quatre néozons se saisirent de lui par ses membres et le tinrent fermement à l'horizontale. Il gigotait violemment en gargouillant des sons immondes. Un cinquième lui tint la tête par les cheveux. Il puait la pourriture... Celui qui tenait l'enfant s'approcha. Il avait un bistouri dans la main droite et tendit le bras de l'enfant endormi au-dessus de la bouche du cadavre et sectionna les veines d'un coup sec. Le sang coula dans la bouche du mort, à côté aussi, dégoulina sur ses joues, gicla sur ses yeux et dans son cou, mais après en avoir absorbé quelques gouttes, son agitation cessa, et il but... L'enfant s'était réveillé sous la douleur et hurlait. Mais le néozon le maintenait fermement jusqu'à la mort...

Le seigneur K. se tenait à proximité. Quand le nouveau néozon eut tout bu, on le redressa et on lui dit haut et fort en lui montrant le vampire : « Voici ton seigneur ! ton créateur, celui qui t'a donné ta nouvelle vie. Tu lui dois obéissance. Ton corps est en train de renaître, c'est grâce à lui. Tu vivras tant qu'il le voudra... »

Et le néozon prononça les premières paroles de sa nouvelle vie : « A votre service, seigneur ! »

Cent fois, cette même opération fut effectuée, avec les cent cadavres agités contenus dans le camion. Cent cadavres exsangues d'enfants innocents formaient un tas à côté. Certains néozons étaient déjà bien faisandés. Mais pas suffisamment pour ne pas être utilisables. Le seigneur K. possédait désormais cent créatures entièrement dévouées à son service.

22.
Garand

L'angoisse de Véro s'étant un peu dissipée sous l'effet de sa grande fatigue, elle s'était endormie. Une voix ferme et douce la tira de son sommeil. Elle était secouée par l'épaule. Elle ouvrit les yeux. Il faisait jour, une clarté blafarde d'hiver, et Garand la regardait en souriant. Elle se demanda où elle se trouvait, se croyait plus ou moins retournée dans sa prime jeunesse, du temps où elle emmenait les jeunes hommes dans la maison qui permettait de passer dans l'autre monde.

« Alors ma belle, comme on se retrouve... Hasard ou destin ? » Lui dit-il...

Elle s'assit péniblement en grommelant, elle avait besoin de s'éclaircir les idées et se garda bien de dire quoi que ce soit pour le moment. Il faisait chaud dans la pièce vide. Elle avait dormi à même le sol sur le plancher de châtaignier.

Garand se releva et alla chercher un bol de café fumant qu'il lui tendit : « Bois, cela t'éclaircira les idées. »

Gênée, ses mains dans son dos entravées par les menottes, elle se tourna du côté sur le plancher glacé de la pièce vide et montra silencieusement ses poignets liés. Bernard coupa ses chaînes avec une pince puissante. Elle garda les bracelets aux poignets. Les muscles de ses épaules endormis et endoloris par l'immobilité pendant le sommeil eurent besoin de quelques exercices. Elle se leva en grimaçant et remua les épaules, rentrant et sortant alternativement la poitrine. Ses seins se dressaient effrontément à chaque mouvement vers l'avant et son cul se cambrait dans le cas contraire. Cela excita les hormones de Garand qui sentit un frémissement de désir lui remonter, comme les souvenirs des ébats fougueux qu'il connut dans le passé avec la jeune fille. Véro sembla s'en apercevoir et arrêta son manège en regardant l'homme de ses yeux brillants. Si elle se laissait aller, le désir de Garand allait devenir contagieux, surtout qu'elle avait été entraînée à cela dans un passé relativement récent. Pour échapper à ce piège qu'elle se tendait sans le vouloir, elle parla :

« J'étais à ta recherche et c'est toi qui viens...

— Oui, tu suivais Bernard et c'est lui qui t'a eue.

— Non, pas lui, ces hommes que je ne connais pas... Que veux-tu ?

— Connaître de nouveau ton corps magnifique, te pénétrer une nouvelle fois par tous tes orifices... »

Il s'approcha d'elle et porta la main à son sexe, chaud et humide au travers du vêtement. Elle ne recula pas, ne protesta pas, mais parla pour, toujours s'échapper :

« Cela, tu aurais pu l'avoir en me téléphonant. C'est si facile avec moi, tu le sais... Alors, réponds vraiment à ma question. »

Il lâcha prise et lui prit la taille, la regardant droit dans les yeux :

« Joue pas au malin avec moi : c'est toi qui suivais Bernard et Jérôme. Que fais-tu dans cette galère ?

— Oh ! C'est simple, la mère de Bernard ne pouvait pas t'oublier, elle m'a embauchée pour te retrouver...

— T'es détective maintenant ?

—... »

Et comme pour répondre au silence :

« Ah ! Jean Calmet ! Je comprends... Et bien, tu vois, Bernard m'a prévenu depuis le début que tu le suivais. Je lui ai donc demandé de veiller sur toi, car je savais que d'autres te suivaient, toi...

— Et qui sont-ils, ces autres ?

— Beaucoup de monde s'intéresse désormais aux passages, y compris certains services secrets qui surveillaient les ruines de la maison. Tu y es bien allée, n'est-ce pas ?

— Oui... C'est là que nous avons été attaqués par ces hommes...

— Nous ? Tu as dit "nous" ? Qui était avec toi ? Calmet ?

— Évidemment, ce pourrait être un secret de

polichinelle ! »

Et elle décida de ne plus rien dire.

Garand la lâcha et elle en fut très déçue : la chaleur de son corps lui plaisait trop.

Il s'éloigna, sortit de la pièce et ferma la porte à clé derrière lui. L'attente fut encore longue pour Véro et le désir lui tortillait les reins. À la nuit tombée, Garand vint la prendre. Elle dormait en chien de fusil, le bas du corps nu dans l'espoir de ce qui allait effectivement se produire. Il se coucha derrière elle, sortit son grand sexe et la pénétra d'un coup sec qui la réveilla le feu aux entrailles, un plaisir unique. Le sexe dur entrait et sortait lentement dans le sexe qui l'accueillait, chaude et humide maison de chair. Elle cria de plaisir, immédiatement, l'attente était trop longue. Les mains de l'homme massèrent ses seins lourds, creusèrent sa nuque et ses reins, durcirent son clitoris et encore et encore. Et longtemps, longtemps, ils s'accouplèrent de diverses façons, l'homme éjacula encore et encore et elle en fut tout inondée de plaisir et lorsque la fatigue la laissa pantelante, il continua encore...

Après, elle ne put s'empêcher d'oser la question, sa qualité de prisonnière lui autorisant, semblait-il de franchir ce pas :

« Vous faites toujours l'amour comme cela...

— Tu me vouvoies maintenant ?

— Non... j'emploie le pluriel... Je voulais dire, votre... espèce. »

Il partit d'un grand éclat de rire !

« Notre espèce ! Mais nous sommes comme vous : des êtres humains, sans plus ; sur le plan physique, je veux dire. Et cette relation charnelle d'enfer, je ne la connais qu'avec toi. »

Il entra alors dans une rêverie profonde et rajouta : « Qu'avec toi... Et cela fait si longtemps... »

Un long silence s'interposa entre eux. Les souvenirs se partageaient entre leurs esprits alanguis par l'énorme partie de sexe qu'ils venaient de connaître. Du sexe et rien d'autre.

« Et alors ? Du sexe et rien d'autre ! » Dit-il à voix

haute.

« Du sexe et rien d'autre, c'est permis chez vous n'est-ce pas ? Répéta-t-il.

— Oui et non. Pour moi, cela a été toute ma vie. Mais ce rapport charnel entre nous est unique pour moi. Je veux dire que je ne l'ai jamais connu avec quelqu'un d'autre.

— Même avec Calmet ?

— Non, même avec lui. C'est différent, car je l'aime. Le sexe est un autre plaisir avec lui.

— Même avec Anatole ?

— Lui, c'était par devoir... Un pauvre jeune homme innocent.

— Plus maintenant...

— Comment cela ? Je l'ai dépucelé, c'est vrai... Et encore ? Il est mort non ?

— Si on veut... Mort et vivant... »

Elle se redressa sur un coude. Le plancher était dur maintenant après l'amour.

« Mort-vivant ? Comme Jérôme ?

— Non, comme Dracula !...

— Oooh ? ! !... »

Elle se rallongea en se tenant le front :

« Et pourquoi nous as-tu fait croire qu'il était mort ?

— Il le fut, mais tu sais ce que c'est, en revenant de là-bas, vampirisé par Alice la vampire, il en est devenu un lui-même. J'ai voulu le détruire, mais il s'est échappé. Il est passé dans l'autre monde.

— Et pourquoi me racontes-tu tout cela ? (Elle fut inquiète tout à coup...)

— Parce que je sais désormais tout ce que tu sais ; d'autant plus, comme tu viens de le dire, que tu vis avec Calmet. Où est-il celui-là ? »

Il riait en posant la question... Il avait l'air d'en savoir un paquet... Elle décida de tenter le tout pour le tout :

« Garand ! Emmène-moi là-bas ! Emmène-moi Garand...

— À Zakopane nous avons un passage. Il a enregistré différentes allées et venues. Nous ne pouvons contrôler tout, mais nous pouvons voir tout ce qui passe. Marc Pim est passé une fois dans un sens et une fois dans l'autre, avec ton cher et tendre Jean ! »

Véro fut soulagée d'apprendre que Jean et son compagnon avaient réussi. Mais elle fut intriguée par l'affirmation prétentieuse de Garand et répliqua, après avoir brièvement réfléchi :

« Vantard ! Vous ne voyez rien du tout. Jean et Marc ont dû passer avec l'appareil que tu avais perdu dans les ruines du château de Bourgogne. Cette machine les a fait passer et a laissé un enregistrement quelque part. Si Marc est passé dans un sens, il n'était pas difficile pour toi de deviner qu'il était passé dans l'autre. Non ?

— Tu baises bien, mais tu es trop maligne Véro, cela te perdra.

— D'ailleurs si tu m'as baisée et que tu m'as raconté tout cela, c'est que ma demande était inutile : tu as décidé de m'emmener là-bas...

— Nous verrons ! nous verrons... en attendant, tu restes ici et attends de mes nouvelles. Je vais prendre une douche, après, ça sera ton tour. »

Il se leva, entièrement nu, bel homme bien charpenté, très grand et sortit en n'oubliant pas de fermer la porte à clé. Mais Véro n'avait pas l'intention de s'enfuir. Elle espérait trop avoir raison. Elle passerait de l'autre côté, elle en était sûre. Et elle y retrouverait son Jean chéri....

Quand Garand revint, habillé et frais tout propre, il la conduisit à la salle de bain. En traversant la salle de séjour, elle vit Bernard : allongé sur un divan tout sale, il lisait une revue. Une femme nue dans une pose suggestive ornait la couverture en couleur ; il regarda passer Véro en louchant de côté d'un air mauvais, mais concupiscent. Jérôme se tenait droit, le dos au mur à côté de la porte, tête baissée, son visage cadavérique dans l'ombre de son grand chapeau. On l'aurait pris pour une statue.

Elle se fit couler un bain, se déshabilla et entra dans l'eau chaude avec volupté. La chaleur de l'eau purifia son corps, apaisa son esprit enfiévré par le plaisir et la honte, car à chaque fois, après, elle avait honte. C'est idiot, mais elle ne pouvait pas s'en empêcher... Elle pensa au regard de Bernard et sentit le désir s'emparer de nouveau de son bas ventre, toute honte évaporée. En secouant la tête, elle se força à penser à autre chose. On frappa à la porte et la voix de Garand demanda : « C'est bientôt fini ? » Elle se lava et se leva en sortant lentement de l'eau qui s'écoula de son corps magnifique, le rendant brillant, ce qui mettait en valeur la forme arrondie de ses hanches, de sa poitrine, le plat de son ventre et le galbe de ses longues jambes. Séchée et habillée, elle sortit de la salle d'eau. Garand l'attendait, assis sur une chaise, le dos à la seule table de la pièce et l'invita à s'asseoir en face de lui, sur une autre chaise préparée pour l'occasion. Bernard n'était plus là, seule la statue Jérôme gardait toujours l'entrée.

Une fois installée, elle écouta attentivement ce qu'il avait à lui dire.

« Nous allons passer de l'autre côté. Je possède un passage non loin d'ici, en Alsace, ignoré de tous, sinon ces imbéciles ne seraient pas allé à Zakopane !... Tu viens avec nous ?

— Pourquoi veux-tu m'emmener ? Quelle perfide raison te guide ?

— Va savoir ce qui passe par la tête d'un extraterrestre humain ? C'est oui ou c'est non ?

— Ai-je le choix ?

— Le choix est le suivant : si tu dis oui, nous partons cette nuit ; si c'est non, nous serons obligés de te descendre. Alors ?

— Tu es trop obligeant...

— Oui ! Tu as raison, j'ai beaucoup trop de faiblesses humaines. Je me suis attaché à toi et j'aurais beaucoup de peine à te perdre.

— Et Bernard ?

— Il vient aussi avec Jérôme...

— Pourquoi l'a-t-il tué ?

— Il ne l'a pas tué, il est mort brutalement d'une crise cardiaque... Je... Il était trop lié à son demi-frère pour accepter cette mort... Je... »

Elle le coupa :

« Je sais. J'ai parlé à ses parents... Il s'était beaucoup occupé de son frère... Contrairement à ses parents. Une inversion de génération dit-on...

— Oui. Une inversion de génération. J'avais repris contact avec lui quelque temps auparavant et essayais de le sortir de cette profonde dépression. À la mort de son frère...

— Tu n'as rien trouvé de mieux que de lui fournir une recette du monde de Mort où nous allons, une recette pour réanimer les corps. Un zombie, tu en as fait un zombie... »

Un silence s'installa entre eux. Véro, gênée, jeta un coup d'œil vers Jerôme. Il avait tout entendu, mais comprenait-il ?...

« Il ne comprend pas quand on ne s'adresse pas à lui. » La rassura Garand qui avait noté son coup d'œil inquiet en direction du zombie.

« Plutôt, il ne comprend que lorsque son maître s'adresse à lui. Cette technique du zombie vous a été transmise en Afrique, lors de siècles passés, grâce à un passage qui a cafouillé là-bas, comme ceux d'aujourd'hui cafouillent ici.

— Et pourquoi veux-tu retourner de l'autre côté ?

— Je dois récupérer l'appareil que vous avez trouvé dans les ruines du château. Je dois retrouver Anatole Krim et le renvoyer vers le monde extérieur duquel les créatures de son espèce ne peuvent plus revenir. C'est le bordel quoi ! Je veux rétablir un peu d'ordre, sauver ce monde de cette merde !

— Depuis le temps que cela dure, je te trouve pas doué pour la réussite... Et comment cela se passe là-bas ?

— Mal, très mal... Mais je ne te raconte pas, tu verras sur place ! Alors, ta réponse ?

— La vie bien sûr !

— Alors, préparons-nous. Dès le retour de Bernard, nous partons... »

Ils étaient arrivés dans le même couloir aux miroirs qu'ils venaient de quitter.

« Merde alors ! On est revenu au point de départ, s'exclama Jean Calmet.

— Tu en es sûr ? Moi je crois que cet endroit est différent, nous sommes passés dans l'autre monde et nous sommes arrivés dans un lieu identique à celui que nous avons quitté...

— Sortons de ce couloir et nous verrons bien. »

Marc s'aventura le premier, suivi par Jean qui regardait son image floue dans les miroirs. Ce lieu long et étroit se trouvait dans un vieux château abandonné, différent de celui d'où ils venaient. En haut d'un grand escalier en pierres, Jean admira un grand portrait en pied d'une très belle femme. Son visage lui rappelait quelqu'un qu'il connaissait très bien : Véronique... Le sosie de la belle jeune femme, en plus pâle, plus... maléfique.

Marc regardait derrière le détective, fasciné par ce spectacle étonnant. Il murmura : « Alice ! c'est Alice... »

Jean Calmet comprit alors où ils se trouvaient : chez le maître du château, seigneur vampire dont l'espèce avait disparu, victime d'une épidémie mortellement spécifique.

« Nous sommes bien passés de l'autre côté... » Chuchota Jean.

Le château était désert, à moitié en ruines, silencieux à terrifier le plus solide aventurier. Les deux hommes ressentirent une envie frénétique de s'enfuir de ce lieu. Réfrénant leur terreur, ils cherchèrent longtemps une sortie. L'atmosphère était vraiment gothique : toiles d'araignées, escaliers en pierre moussue, sculptures menaçantes, air moisi. Il ne manquait plus que Bela

Lugosi ou Christopher Lee...

228

24.
Crash !

La voiture filait à vive allure dans le couloir lumineux que ses phares projetaient devant elle sur la route de cette nuit froide de la veille de la Toussaint. La lune, blanche planète ironique, assistait à cette course du puissant véhicule manié d'une main de maître par un jeune conducteur. Le givre commençait à se déposer sur les vignes de la montagne d'Alsace et la livide lueur de l'astre nocturne traçait ses ombres nettes.
Au travers du pare-brise, les passagers avant en voyaient distinctement le disque blanc se détacher nettement du ciel rendu plus noir par la lumière des phares. Bernard conduisait, Jérôme occupait la place du mort. À l'arrière, Garand et Véro s'étaient sanglés dans leur ceinture de sécurité, effrayés par la vitesse du bolide conduit par le jeune homme. Garand (mais quel était son prénom ? nul ne le sait et ne l'a jamais su...) sentait la chaleur de la cuisse de la jeune femme contre la sienne. Il porta la main entre les jambes de sa voisine, la paume sur le pubis et les doigts sur la vulve. Une chaleur humide traversa le tissu du pantalon. Véro se sentit défaillir un peu en attente du plaisir. Puis, elle se révolta contre cet esclavage implanté autrefois dans son cerveau par ces gens qui l'utilisèrent comme appât. Elle tourna la tête vers son voisin qui la regardait les yeux brillants et dit calmement : « Enlève ta main ». Garand resta impassible et ne bougea pas. Il comptait bien que cette mini-révolte ne durerait pas. Véro répéta, plus nettement :
« Enlève ta main, tas d'os !
— J'enlève rien du tout puisque tu aimes cela...
— J'aime cela, mais pas avec cette main ; enlève-la ou je me fâche... »

Garand souriait (elle voyait ses dents blanches luire à la lumière du tableau de bord) et ne bougeait pas sa main. Elle prit donc son avant-bras entre les doigts de ses deux mains et posa sur la cuisse de son propriétaire ce membre qui commençait à l'agacer. Elle n'était pas trop mécontente de sa réaction qui dénotait une certaine guérison de sa psyché. Mais, Garand ne désarmait pas. Il replaça sa main au même endroit. Véro eut un mouvement de recul de l'arrière-train ce qui fit avancer sa tête vers l'avant. Elle en profita pour envoyer un violent coup de coude dans le plexus de son voisin entreprenant. Elle se préparait déjà à donner le coup de boule fatal qu'elle savait si bien porter quand une musique d'enfer se déchaîna dans la voiture. Le rythme violent de hard rock vrilla ses sons hurlants dans les tympans des passagers. Bernard venait d'enclencher une cassette d'Iron Maiden et avait poussé le son à fond. Il avait tout vu dans son rétroviseur et volait au secours de Véro... La musique lancinante de « Hallowed be thy name » lançait ses roulements frénétiques de batterie et ses charges hallucinantes de guitare électrique. Garand sursauta et Véro cria. Le premier hurla aux oreilles de Bernard : « Éteins ça ! nom de dieu ! » Bernard sursauta également et fit une embardée. Deux phares blancs éblouissants éclairèrent de face les visages des passagers. Véro hurla et se cacha les yeux dans ses mains. Bernard évita la collision de justesse par un brusque coup de volant. Mais cette manœuvre désespérée conduisit la voiture sur le bas-côté gauche de la route. Le conducteur freina. La voiture, désormais incontrôlable, dérapa et fit un tête-à-queue. Le jeune homme réussit à la reprendre en main au moment où les phares éclairèrent une paroi de terre qui semblait se rapprocher au ralenti. « Cette fois, c'est fini ! » Se dit Véro, et clac ! elle perdit connaissance : le trou noir complet.

Elle se réveilla dans la voiture, couchée sur le côté, allongée sur les vitres latérales, un corps puant sur elle : Jérôme ! Elle remua comme elle pouvait cette charogne vivante et réussit à s'extirper du tas de ferraille. Garand était déjà debout et parlait avec des gens qui s'étaient approchés pour apporter un secours. Un homme et une femme, celle-ci disant :

« On a vu des pinceaux de phares éclairer le ciel et on s'est douté qu'il y avait un accident ; vous rouliez vite non ? »

Véro avait mal partout. À la lueur de la lune brillante, elle regarda dans le véhicule complètement embouti à l'avant. Bernard avait le visage en sang, taillé par les éclats du pare-brise et la poitrine enfoncée par le volant. « Que va devenir Jérôme ? » Pensa-t-elle...

Lorsqu'elle quitta cette scène affreuse, elle vit Garand brandir un revolver sous le nez des automobilistes accourus à leur secours, reculer vers leur voiture, monter dedans et démarrer. Il s'arrêta à côté d'elle et ordonna : « Monte ! » Elle n'avait pas le choix et obtempéra...

La R25 démarra sur les chapeaux de roue.

« Nous ne sommes plus très loin... » Déclara Garand en voulant la rassurer. Elle pensait à Bernard et Jérôme... Elle se retourna pour regarder les lieux qu'ils quittaient : sous la lueur blafarde de la lune, une carcasse de voiture couchée sur le côté éclairait leur départ de ses phares encore allumés, un couple ébahi les regardait partir et une ombre s'extirpait lourdement par la vitre avant. Jérôme sortait du véhicule sans être vu par le couple malchanceux... La scène devenait de plus en plus petite et le zombie sortait interminablement jusqu'à ce que Véro regarde de nouveau devant elle le tunnel lumineux produit par les phares sur la route... « Qu'ils se débrouillent ! » Pensa-t-elle égoïstement...

25.
Le groupe de rock

Des petites constructions de cinq étages comprenant chacune cinq appartements, bâtisses appelées pompeusement « tours » par leurs habitants, entouraient une dalle faisant office de parking en plein air et abritant des garages depuis longtemps abandonnés par les automobilistes, las de se faire casser et démonter leurs voitures. L'entrée d'une des tours donnait directement sur cette esplanade, mais elle était abandonnée et murée. Une porte condamnée portait encore au-dessus d'elle l'inscription : « Poste de Police ». Le froid alsacien qui fend la pierre figeait cet ensemble fantomatique à la lueur blême de la pleine lune. Le givre qui recouvrait toutes les parties horizontales de ce paysage semblait être le manteau de la mort. Le silence presque absolu était troublé par un léger bruit, un rythme de hard rock dont on entendait surtout les basses et la grosse caisse. Cela ne semblait pas déranger l'immobilité cadavérique du quartier abandonné, voué à une démolition prochaine.
Dans les garages, plusieurs cloisons avaient été abattues et un brasero installé. Des projecteurs perçaient la nuit en éclairant vivement les nuages produits par l'haleine de cinq jeunes garçons aux cheveux longs. Ils s'étaient donné les prénoms du groupe Iron Maiden qu'ils cherchaient à égaler. Un grand poster géant collé contre le mur montrait un diable rouge ricanant dans les flammes surmonté d'un mort-vivant à la crinière blanche montrant largement une parfaite dentition dans un rictus de haine. L'électricité était piratée d'un éclairage public qui existait encore à proximité.
Clive tapait fort sur sa batterie. Le son bavait un peu,

233

mais cela donnait pas mal. Dave et Adrian grattaient leur guitare, Steve ponctuait de sa basse et Paul chantait en hurlant : « When you know that your time is close at hand
Mabe then you'll begin to understand
Life down there just a strange illusion. »
Steve arrêta tout en gueulant : « Merde ! Merde ! C'est mauvais ! Tu chantes comme une casserole en voulant gueuler comme Paul et la batterie a du mal à suivre le rythme...
— Va te faire foutre !
— Bon... Arrêtez de vous engueuler. »
Le plus calme des cinq, Dave, réussit à calmer le jeu. Ils firent une petite pause en cassant la croûte et en buvant des bières. Malgré le brasero, il faisait froid.
« Bordel, qu'est-ce qu'on est accroc pour venir ici se geler les couilles ! » Se lamenta Clive.
« Tu préfères te réchauffer avec ta poule ! Rétorqua Paul.
— Ma poule, comme tu dis, elle a un nom.
— Une binoclarde, une gueule un peu ratée...
— Tu réussiras pas à me faire monter. De toute façon, je baise pas sa gueule, mais son cul. Et elle en a un très bandant !
— Comment, petit, tu sais pas baiser sa gueule ? Faudra qu'on t'explique... »
Et il éclata de rire, suivi seulement par Adrian. Cet endroit froid et aux coins très sombres effrayait ce dernier qui riait pour se donner du courage. Cela faisait longtemps qu'il n'avait pas mâché cette gomme que Steve se procurait, on ne savait pas où, et qui donnait un courage inouï lors des attaques de banques qu'ils organisaient régulièrement et dont ils s'étaient fait la spécialité.
Brutalement, le silence s'imposa. Comme si un signal avait été donné. Les jeunes se regardèrent, les yeux agrandis par la frayeur. « Écoutez ! » Chuchota Adrien « Ecouteeeezz... »
Un homme entra lentement dans le cercle de lumière, ses vêtements militaires en haillons, et son visage au

teint verdâtre, vivement éclairé, montrait des joues creuses et des lèvres noires retroussées sur des dents déchaussées.

« Tripailles ! Qui c'est ?

— J'sais pas. Demande-lui toi !

— T'as vu sa gueule ? On est tous shooté ou quoi ?

— On a trop chanté ces horreurs... »

Chaque jeune musicien s'était levé doucement, trois d'entre eux saisirent une guitare pour en faire une massue...

La créature s'était arrêtée à la lisière des ténèbres. Une autre émergea dans la lumière, presque le sosie de la première, en plus pourri, et s'arrêta à côté. Puis, d'autres êtres immondes émergèrent de l'obscurité, ombres sombres toutes armées de fusils automatiques. Elles s'avancèrent et formèrent une ligne devant les cinq jeunes paralysés par la terreur, levèrent leurs armes et tirèrent dans un parfait ensemble. L'impact des projectiles sur la poitrine des jeunes victimes éjecta du sang comme une pierre lancée dans une mare pourpre. Ils s'effondrèrent lentement la bouche ouverte par une terreur paralysante.

Le seigneur Kâ s'avança alors dans la lumière blanche des projecteurs et fit un signe en direction des ténèbres derrière lui. Deux zombies apparurent tenant des corps inanimés sous leurs bras. Deux enfants pour le premier et deux adultes pour le second. Ils s'approchèrent des corps des musiciens qui commençaient à s'agiter maladroitement et versèrent le sang dans leur bouche après qu'ils eurent taillé les gorges des quatre corps sacrifiés...

Clive, Dave, Adrian, Steve et Paul, désormais morts-vivants, saisirent leurs instruments et se mirent à jouer. Ils jouaient pas trop mal : « Hallowed Be Thy Name » !

Désormais, jour et nuit, infatigables ils répéteraient leur dernier morceau. Cela tombait bien, on était justement le 31 octobre....

La base avancée du seigneur Kâ (qui fut, il n'y a pas très longtemps encore, Anatole Krim...) était désormais en place dans notre monde

Les phares de la puissante voiture volée par Garand balayèrent les façades mortes des immeubles lorsqu'elle tourna pour monter la rampe qui menait à la dalle du parking.

« Ici nous sommes en sécurité, tout le quartier est abandonné depuis longtemps. » Affirma Garand. Véronique ne répondit pas. Maintenant, elle s'attendrait à tout en compagnie de ce ramasse-merde de Garand. Il coupa le moteur et descendit de la voiture en sortant son pistolet, à tout hasard. Véronique, résignée, le suivit.

« Où allons-nous ? » Se força-t-elle à demander.

« Emprunter une porte que je conservais à l'abri. Mais on ne sait jamais... »

Ils se dirigèrent vers l'entrée piétonnière des garages souterrains, petit bâtiment, excroissance de la dalle éclairée par la lune. Soudain Garand s'arrêta : « Écoute !

— On dirait de la musique... Répondit-elle en tendant l'oreille.

— Oui. Le même morceau que dans la voiture. Quelqu'un est là dessous. »

Garand regarda Véro avec une inquiétude dans les yeux qui ne rassura pas la jeune femme. Il la prit par la main et s'avança vers l'accès piéton. La porte en bois aggloméré avait été arrachée depuis longtemps ; elle traînait à côté, toute pourrie, allongée sur le bitume sous les intempéries.

L'escalier descendait dans l'obscurité avec ses marches en béton brillant sous le givre. À quelques mètres de là, il entrait dans les ténèbres. L'homme poussa la jeune femme devant lui et ils commencèrent à descendre vers cet inconnu qui émettait une sourde musique violente et rythmée. La nuit était devenue brusquement noire, la lune s'étant couchée. Seuls les étoiles, la lueur lointaine de la ville et un seul lampadaire éclairaient le parking. Après quelques pas ils se trouvèrent dans les ténèbres, posant prudemment un pied après l'autre sur les marches glissantes. Malgré le froid, une âcre odeur d'urine et d'excréments flottait dans cet espace clos. En arrivant au premier palier, Véro faillit trébucher croyant que l'escalier continuait. Garand la retint par le bras. La descente se poursuivit. La musique devenait de plus en plus forte, mais restait encore assourdie. Encore un palier, une autre volée d'escaliers et ils se heurtèrent à une porte. Véro y colla son oreille : la musique venait de l'autre côté. Elle en était sûre. Garand l'écarta et, debout devant le battant, dans l'obscurité la plus complète, il passa sa main gauche sur la surface métallique afin de trouver la poignée d'ouverture. Il la saisit fermement, le pêne claqua légèrement et il tira lentement la porte à lui. La musique devint assourdissante. Là-bas, au fond, au-delà des ténèbres, un groupe de rock jouait et chantait le morceau qu'ils venaient d'entendre dans leur voiture. Le chanteur hurlait à la mort tel un loup enroué, le batteur tapait dur sur ses tambours et sa cymbale. Des projecteurs éclairaient vivement la scène, la faisant ressortir crûment de l'obscurité. Un spectacle étonnant. Garand ne s'attendait pas à cela : il avait choisi ce lieu parce qu'il était désert et abandonné.

Il prit la tête de Véro dans sa main gauche et approcha sa bouche de son oreille pour lui dire : « Je ne m'attendais pas à cela. Il va falloir les éliminer... »

Véro ouvrit la bouche pour protester, mais il y posa la paume de sa main et la frappa d'un coup sec sur le crâne. Elle tomba évanouie sur elle-même en pliant les genoux.

Garand pénétra lentement dans l'immense espace créé par les jeunes gens et s'approcha droit devant lui, persuadé qu'il ne pourrait pas être vu de la lumière vers l'obscurité. Une voix derrière lui le fit sursauter : « Où vas-tu Garand ? » Il se planta net sur le béton et ses chaussures firent crisser les débris qui jonchaient le sol. Gardant le silence, il pivota sur lui-même et, sans avertissement, tira en direction de la voix qu'il lui semblait reconnaître. La réaction fut rapide : au premier coup de feu plusieurs rafales jaillissant des ténèbres le fauchèrent et le tuèrent sur le coup.

Son corps s'affala sur place.

« Du sang encore frais ! » Murmura Kâ en s'approchant. Un signe et deux néozons s'approchèrent tenant un mort-vivant qui gigotait, l'un par les pieds, l'autre par les bras. Le sang de Garand servit à donner la non-vie à un autre zombie. Le vampire se pencha également et partagea le sang avec le néozon. Le corps chaud de Garand gigotait encore...

Véro avait repris ses esprits et entendu le mitraillage. Elle distinguait mal dans l'obscurité, éblouie par la lumière crue des projecteurs. Elle sursauta quand elle vit Kâ pénétrer dans le cercle de lumière pour aller chercher un appareil posé sur une table. Elle reconnut le même boîtier que celui que Jean et elle avaient trouvé dans les ruines. Mais surtout, elle reconnut Kâ : « Anatole ! C'est pas croyable... » Murmura-t-elle malgré elle. La musique tonitruante empêcha le vampire de l'entendre. Elle le reconnaissait, mais il n'était plus le même. Il avait comme grandi, ses doigts s'étaient allongés et son teint verdâtre faisait mieux sortir ses lèvres noires sur son visage encadré par de longs cheveux sales. « Mais qu'est-ce qu'il fait par ici ? » Se demanda-t-elle...

Elle attendit avec patience. En regardant les jeunes musiciens, elle finit par comprendre qu'ils étaient d'infatigables zombies. Elle ne les craignait donc plus tant qu'ils jouaient selon les instructions qui les dirigeaient. Mais jusqu'à quand ? Elle habitua ses yeux à l'obscurité en se forçant à ne plus regarder le cercle de lumière. Elle distingua alors le vampire debout au centre d'un cercle de soldats en haillons. Il parlait calmement et elle n'entendait pas ce qu'il disait.

Au petit jour, l'orchestre s'arrêta. Il devait être huit heures du matin et Véro s'était endormie derrière la porte, malgré le vacarme de la musique. Elle avait enregistré dans son sommeil tout le répertoire du groupe Iron Maiden. La lumière, et surtout le silence, l'avaient réveillée. Elle jeta un coup d'œil à l'intérieur et ne vit rien, mis à part la phosphorescence qui irradiait le hall parsemé de tas de gravats. Malgré sa peur elle entra et visita prudemment les lieux. Une allée de garages n'avait pas été démolie : là les morts-vivants dormaient pendant le jour. Le but qu'elle s'était fixé était de prendre le boîtier qui lui permettrait de passer dans l'autre monde. Elle alla vérifier sur la table où Kâ l'avait posé. Il n'y était plus. Il lui fallait donc entrer dans le dortoir de la mort. Tous ces morts-vivants allongés les yeux ouverts ne l'effrayaient pas trop ; elle craignait surtout le vampire... En regardant partout, elle vit plusieurs de ces objets posés à côté d'un soldat qui tenait son arme sur sa poitrine immobile. Kâ avait chargé son meilleur guerrier de la garde de la précieuse boîte. Mais le guerrier préférait son arme. Ces boîtes étaient empilées sur un vaste stockage de balles énormes contenant des petits paquets. L'un d'entre eux était ouvert lui permettant de se servir. Elle s'approcha doucement en enjambant les corps, attrapa la machine et un paquet de gommes à mâcher. Elle repartit en prenant garde de ne rien déranger.

Une fois dehors, dans l'air glacé de ce petit matin ensoleillé, elle renifla la matière du paquet et se dit que cela devait être du paste. Cela promettait ! Elle s'étonnait elle-même de la facilité avec laquelle elle avait réussi. Avec l'argent qu'elle avait sur elle, elle irait passer quelques jours à l'hôtel et elle se rendrait à Zakopane pour rejoindre Jean.

Elle avait choisi un hôtel « Formule 1 » discret. Elle prenait la précaution de prendre son petit déjeuner ailleurs. Elle avait loué une voiture pour être libre de ses mouvements. Dans une librairie proche, elle avait acheté les journaux et demandé le roman de Bram Stoker « Dracula ». Elle savait qu'Anatole l'avait lu, il lui en avait parlé. Ce roman lui donnerait peut-être des explications sur ce que voulait faire Anatole. Mais, elle n'avait pas eu le temps de le lire, juste de l'emporter, car, comme une idiote, elle avait donné son vrai nom à l'agence de location de voiture. Les chasseurs qui la poursuivaient l'eurent donc vite repérée.

Les hommes avaient tenté de la surprendre à son retour à l'hôtel. Mais elle ne se laissait pas si facilement saisir... Avant de rentrer, elle prenait toujours la précaution de téléphoner pour savoir si on ne l'avait pas demandée. Le réceptionniste lui dit qu'un homme avait demandé après elle et était reparti. Elle sut ainsi qu'un danger la guettait et ne se rendit pas à l'hôtel. Elle se souvint du film « Profession reporter » et utilisa la même tactique. Elle avisa un beau jeune homme un peu paumé et se débrouilla pour lui faire de l'œil. Ils se retrouvèrent vite dans un café à boire une bière bien fraîche. Le gars était au chômage et profitait de son temps pour draguer. Assez séduisant, il réussissait parfois de bons coups et il lui semblait que celui-là en était un. Véro lui expliqua qu'elle était dans un hôtel où quelqu'un l'ennuyait et elle lui demanda d'aller chercher ses affaires et de payer. Il accepta, pensant à la récompense en nature qui ne manquerait pas de suivre. Véro récupéra ses affaires une heure plus tard et remercia le jeune gars d'un long baiser qui le laissa pantelant sur le trottoir et elle disparut avant qu'il ne se rende compte de quoi que ce soit.

Maintenant, elle roulait vers le nord. Elle se rendait à Strasbourg où elle emprunterait le pont de l'Europe pour passer la frontière, puis elle traverserait l'Autriche, la Slovaquie et passerait en Pologne. Elle s'était munie des visas nécessaires en prévision de ce voyage. Mais avant, elle passerait quelques nuits dans différents hôtels pour se faire oublier un peu. Elle pensait à Jean qui devait se trouver de l'autre côté à présent et elle se disait qu'il était impossible de le joindre.

Elle lut le « Dracula » de Bram Stoker, elle en avait le temps. Le passage où Van Helsing donne des explications sur les vampires, au pied du cercueil de Lucy, la frappa particulièrement : « Les personnes qui deviennent non-mortes subissent la malédiction de l'immortalité : elles ne peuvent mourir, mais, bien au contraire, doivent franchir les siècles, les époques, pervertir de nouvelles victimes, multiplier le mal sur terre. » Elle observa l'appareil qui permettait de passer dans l'autre monde et renifla le paquet de paste qui n'avait aucune odeur. Pourquoi avait-elle emmené cette substance qu'elle n'avait aucunement l'intention d'absorber, sachant les effets qu'elle produisait post mortem. Pourquoi Anatole en avait emmené de si grandes quantités, sinon pour développer une armée de néozons ? Cela l'angoissait, mais elle ne savait quoi faire. Prévenir les autorités ? Oui, mais lesquelles ? La police ?

Elle acheta tous les jours les D.N.A. qu'elle lut attentivement jusque dans les moindres détails. Un article sensationnel attira immédiatement son attention. Voici ce qu'elle lut :

« Macabre découverte dans un quartier défavorisé.

« Alertés par une odeur de charogne, des passants ont prévenu les services d'hygiène de la petite ville de X. Accompagnés par la police, les services techniques ont pénétré dans des garages abandonnés d'un quartier évacué en vue de la démolition de ses immeubles. Ils y ont trouvé de nombreux cadavres en décomposition avancée à proximité d'un matériel de son utilisé vraisemblablement pour un orchestre. Les restes humains ont été emmenés pour autopsie par la médecine légale. Des quantités importantes de drogue ont été également saisies, ce qui fait penser aux enquêteurs à un règlement de compte entre trafiquants. L'enquête suit son cours. »

Curieux ! Tous les néozons semblaient être définitivement morts. Peut-être que tout cela ne fonctionne pas dans notre monde ? Qu'était devenu Anatole ? Mort lui aussi ? Ou retourné là-bas ?

Elle vérifia l'appareil subtilisé à Anatole et constata que le petit écran de cristaux liquides ne bougeait plus, mort aussi, semblait-il.

Son voyage fut sans histoire jusqu'à Zakopane, la belle station polonaise de ski... Elle n'eut aucun mal à louer un quatre-quatre et à rejoindre le château...

Elle fut très étonnée de ne rien voir à l'entrée alors qu'on lui avait annoncé une bande de fantômes terrifiants. Le château abandonné était en ruines, elle parcourut les pièces pleines de gravats et ne trouva pas de couloir aux miroirs. Elle ramassa un vieux portrait poussiéreux, la saleté cachait l'image. En crachotant dessus et essuyant la surface avec son coude, elle reconnut, en tenue ancienne, son visage qui semblait la regarder d'un air ironique. Cette espèce de miroir dans lequel son reflet restait immobile l'effraya considérablement dans le silence épais de cette ruine maléfique. Fascinée, elle regarda longuement cette image d'elle-même. Un panache de vapeur sortait de sa bouche au rythme de sa respiration. Elle décida d'emmener ce portrait avec elle ; sa petite taille lui permit de le fourrer dans la poche extérieure de son manteau.

Soudain, un bruit la fit tressaillir. Elle s'immobilisa complètement pour écouter : quelqu'un marchait dans les gravats ! Se faisant légère comme une plume, elle se cacha derrière un pan de mur et attendit l'inconnu qui semblait s'approcher. Lorsque l'homme apparut dans l'encadrement en face, elle le reconnut immédiatement : Jean Calmet !

« Oh ! Jean ! » S'écria-t-elle en courant vers lui. Il sursauta et, surpris, lui tendit les bras...

Ils s'embrassèrent à la fois fougueusement et tendrement. Véro fut la première à questionner :

« Quelle joie de te voir ! Quelle joie ! Ne cessait-elle pas de répéter. Mais que fais-tu ici ? Tu es déjà revenu ? »

Il semblait perdu, étonné lui aussi de se retrouver là. Il hésita un peu avant de répondre : « Je ne comprends pas. Avec Marc nous avions passé la porte au fond du couloir et nous pensions bien être passés de l'autre côté, mais le décor n'avait pas changé. J'ai vu là-bas, un très grand portrait d'une femme qui te ressemblait et j'en avais conclu que c'était Alice. Très troublé, j'avais l'impression de ne pas... » Véro, entendant parler du portrait, tirait celui qu'elle avait dans la poche et interrompit Jean :

« Un portrait comme celui-ci ? » Dit-elle en lui tendant l'objet. Il le prit et le regarda d'un air très étonné : « Oui, je crois... Le mien était en pied, celui-ci semble être la reproduction du visage seulement... Incroyable comme elle te ressemble... »

Ils avaient un air pitoyable, habillés de gros manteaux, l'un contre l'autre dans une grande maison sans toit, dans une pièce voûtée pleine de gravats éclairée par un rayon du soleil couchant. Véro reprit le portrait et le fourra dans sa poche et poursuivit ses questions : « Mais comment t'es-tu retrouvé ici ? » Une fois de plus la question sembla le troubler. Il l'attira contre lui et, par-dessus la tête de la jeune femme appuyée contre son épaule, il marmonna : « Je... je... je ne comprends pas. Je me suis retrouvé ici après avoir passé une porte et Marc a disparu... »

Le soleil se couchait et le froid intense des nuits de cette région glacée allait les surprendre. Ils rentrèrent donc à l'hôtel de Véro. Pendant ce court voyage, ils décidèrent de rentrer en France. Véro attendit le lendemain pour lui raconter ses aventures. Garand étant mort, leur mission était terminée et les passages ne semblaient plus opérationnels. Ils n'avaient plus rien à faire, sinon à espérer que les services secrets qui cherchaient à les joindre aient également compris que tout était fini....

26.
Naissance

Ils avaient appris par les journaux que les restes de Jérôme avaient été découverts dans une forêt d'Alsace. Bernard était mort dans l'accident de voiture. Plus personne ne les contacta pour cette affaire. Sophie fut informée par la police de la mort de son deuxième fils. Elle ne s'en remit jamais. Jean Calmet fut bien payé pour garder le silence sur toute cette affaire. En réalité, Sophie connaissait bien les origines de Garand. Elle avait compris que sa mort marquait la fin d'une certaine période. En cela, elle se trompait...

Quelques mois après ces événements, Véro s'aperçut qu'elle était enceinte. Jamais elle ne s'était préoccupée de cette question auparavant, car sa « mère » lui avait dit qu'elle était stérile et qu'elle n'avait donc rien à craindre de ses multiples aventures. Elle réfléchit longtemps avant d'annoncer la nouvelle à Jean. Avant, elle voulait être sûre de garder l'enfant. Elle se décida donc à le lui dire. Il prit très mal la chose, car il ne savait pas qui était le père. Sans y croire vraiment, il espérait un peu que ce fût lui...

« De qui est-il ? » Hurlait-il malade de jalousie. Elle ne répondait pas... Mais elle s'en doutait bien de qui était l'enfant... Car, elle en était sûre désormais, ce n'était pas par simple plaisir que Garand avait fait l'amour avec elle... D'ailleurs, elle n'avait pas caché cet épisode à Jean qui ne découvrait pas sa Véro aujourd'hui...

Elle refusa catégoriquement de se faire avorter. Inexplicablement, elle y tenait dur comme fer à cet enfant. Elle ne se serait jamais cru d'aussi intenses sentiments maternels. Petit à petit, elle se résolut à tout expliquer à Jean qui finit par attendre la naissance de l'enfant comme une incroyable découverte, un but, un projet inouï dans sa vie.

La naissance se produisit avant terme, mais l'enfant était parfaitement normal. Une fille en pleine santé. Jean l'adopta sans histoire, avec un réel plaisir dissimulé. Elle porta son nom : Calmet, et ils la prénommèrent Jeanne[1]...
L'accouchement se passa très bien. Véro était dans une clinique privée et, par mesure de sécurité, son adresse fut gardée secrète. Si un visiteur se présentait, il devait lui être annoncé avant qu'elle n'accepte de le voir. Cela ne devait pas arriver...
Mais, trois jours après la naissance, le téléphone sonna et on lui annonça : « Monsieur Léon Trakima, un très vieil ami à elle ». Elle ne connaissait pas ce nom, mais la curiosité l'emporta et elle le fit monter.
Un homme grand au visage très pâle encadré par des cheveux noirs se présenta, un sourire condescendant sur ses lèvres épaisses et presque noires. Il portait des vêtements à la mode, aux couleurs vives, mais cela ne cachait pas son air sinistre. Elle le regardait d'un air étonné, curieux et effrayé. Qui était-il ? Sa physionomie, un peu terrifiante lui rappelait quelqu'un, mais qui ?
Il s'approcha du lit et resta debout au pied, croisa les bras derrière le dos et regarda Véro droit dans les yeux. Elle détourna les siens et la pâleur envahit ses joues. L'homme entrouvrit ses lèvres pour prononcer d'une voix grave, profonde : « Bonjour Véro ! Tu ne me reconnais pas ? Pourtant nous avons fait l'amour ensemble il y a longtemps.... » Puis il garda le silence quelques secondes pour la laisser réfléchir. Elle avait compris, mais n'osait pas le dire. Il reprit : « Je suis parvenu à mes fins : pouvoir rester dans ce monde dans le nouvel état où je suis. Le seul problème c'est que je ne puis plus en repartir. » Elle restait toujours silencieuse et terrifiée, n'osant prononcer un mot de peur d'une quelconque réaction de la créature qui se tenait debout

---

[1] Nous verrons à la fin du cycle, comment Jean l'a finalement prénommée *Alice*

dans sa chambre. « Tu viens d'avoir un enfant. Il est de Garand je crois. Mais Garand est aussi en moi depuis que j'ai absorbé son sang dans les garages. Tu te souviens ? » Une pause de nouveau. Il avait tout son temps, l'éternité était devant lui. « Cet enfant sera donc un peu le mien, ne l'oublie donc jamais.... »

Elle ouvrit la bouche pour parler, mais il l'arrêta en levant la main gauche : « Ne dis rien. C'est inutile ! Ce qui est fait est fait. Je vais m'installer en banlieue où il y a de nombreuses habitations abandonnées qui me fourniront les multiples caches dont j'ai besoin pour échapper à mes poursuivants. Ne crains rien, tu ne me reverras plus. Quand l'enfant sera grand, c'est à lui que je m'adresserai... » Il porta les doigts de sa main gauche à ses lèvres noires et lui envoya un baiser. Il tourna les talons, et, comme il l'avait promis ne donna plus jamais signe de « vie »... Jusqu'à l'âge adulte de la petite, car il ne savait pas que c'était une fille.... Mais, au fait, quelle importance ?

Louis Maville avait atteint son objectif. Il avait tout mis en œuvre, au péril de sa vie, pour reconstituer dans notre monde une espèce qui disparaissait dans l'autre. Il avait réussi là où le comte Dracula avait échoué au siècle dernier en venant s'installer à Londres dans l'abbaye de Carfax.... Anatole avait espéré mourir, mais il était devenu un non-mort. Le psychiatre avait donc mené jusqu'au bout une stratégie qui devait faire d'Anatole le premier exemplaire d'une lignée qui devrait se développer et petit à petit reprendre le pouvoir sur les humains. *« Car tout ce qui meurt victime d'un non-mort devient non mort à son tour et fait des autres sa proie. Ainsi s'élargit le cercle maudit comme s'élargissent les cercles concentriques à la surface de l'eau troublée par un jet de pierre. »* Avait déclaré le professeur Van Helsing... Maville utilisait Jean Calmet pour protéger Anatole. Même lorsqu'il fut dans la tombe, sa stratégie continua à se développer. Grâce au sang de Garand, Anatole devait être immunisé contre la maladie mortelle qui eut raison des vampires dans l'autre monde. Mais, c'était sans compter sur l'inévitable grain de sable dans les rouages qu'il avait d'ailleurs involontairement mis en place, et qui aboutit à la naissance de ce petit enfant qui allait pouvoir perpétuer une autre espèce, celle des gardiens, ceux qui consacrent leur existence à lutter contre les vampires. L'enfant de Garand...

Anatole ne semblait pas avoir compris le danger !

Alain Pelosato

Fleur de soufre

Toueur échoué...

« *La tristesse de l'utopie était la même que la tristesse du paradis. L'utopie et le paradis étaient sans mémoire. L'un comme l'autre, éternels et immuables, sans histoire à découvrir ou à léguer. Ces rêves, Arthur les avait vécus de tout son être, mais non dans sa chair. Il avait déjà franchi les deux Portes et visité les deux Ailleurs. Il était prêt à ouvrir en grand la troisième porte, à entrer dans le monde où il vivait déjà. Il était passé à côté de bien des choses. Oh oui ? Cependant, il lui en restait tant d'autres à découvrir.* »

Fred Chappell
« Les Portes de l'Ailleurs »

« *... Le Démon (...)*
 se forme avec d'autres matières
un corps. »

R.P. Louis Marie Sinistrari d'Ameno
« De la Démonialité et des animaux incubes et succubes »
D'après le manuscrit découvert à Londres en 1872 et traduit du latin par Isidore Liseux

Parc à huîtres Oléron

« Maman ! Maman ! Mon doigt... Mon doigt !... »

Le petit garçon courait dans la forêt de cette fin d'été en brandissant un index ensanglanté. Avec sa main droite, il tenait le poignet de sa main gauche blessée. De grands et épais rayons de soleil obliques projetaient des flaques de lumière dorée au travers de la haute futaie. L'humidité nouvelle des récentes pluies survenues après une trop longue sécheresse étalait autour des troncs une agréable odeur d'humus.

Ses parents et sa sœur ramassaient des champignons à quelques dizaines de mètres de là. Tout à l'occupation de la collecte de beaux bolets, ils n'avaient pas remarqué que le petit s'était éloigné. L'homme et la femme levèrent la tête et regardèrent dans la direction de l'enfant qui courait vers eux. Le père s'élança, devançant la mère d'une fraction de seconde et rejoignit le petit garçon qui pleurait.

De loin, l'homme questionna : « Qu'est-ce qui t'arrive Cédric ? » Il se forçait à garder son calme.

« Mon Dieu ! Qu'est-ce qu'il lui est arrivé ?... Chéri ! Chéri ! Regarde ce qui arrive au petit... » S'affolait la femme, alors que la petite fille, se sentant abandonnée, commençait à plisser son visage dans un début de pleurs dus à la fois à la terreur d'être laissée seule dans la forêt et à la peur de la douleur physique de son frère.

« Un champignon m'a mordu... Papa ! Maman !... Un champignon m'a mordu !!!... » Pleurnichait le petit garçon.

« Montre voir », répondit le père sans encore s'apercevoir de l'incongruité de cette annonce.

Arrivé près de l'adulte, l'enfant tendit sa main meurtrie. Le sang avait coulé le long de son doigt levé, rougi toute sa main et taché la manche de son anorak. Un petit morceau de chair du bout de l'index manquait, tranchée sous l'ongle, le rouge liquide vital s'écoulait en gros bouillons. Le père saisit le bras de l'enfant et pressa immédiatement un mouchoir sur la plaie. « Ne regarde pas. » Dit-il à sa femme... Et le petit garçon s'évanouit. Sans perdre de temps, la petite famille rejoignit son véhicule pour transporter le blessé à l'hôpital. Personne n'eut l'idée et le temps d'aller voir s'il existait vraiment un champignon carnivore, car ils avaient un long chemin à parcourir dans la forêt pour rejoindre leur voiture dont ils s'étaient beaucoup éloignés, poussés par la passion mycologique. Et surtout, ils avaient emprunté une brèche dans la clôture et ne voulaient pas être surpris dans ce sanctuaire de la forêt...

Non loin de là, caché derrière un tronc épais, un homme mal habillé, crasseux, un grand barbu à l'air de clochard avait observé toute la scène. Son visage affichait un sourire méchant montrant des dents noires et cariées. Il se retourna et marcha vivement vers un emplacement très ombragé, très sombre, au pied de très grands arbres, un endroit dont le sol était recouvert de mousse de laquelle émergeaient de nombreux longs champignons, d'une couleur blanche rosée, assez appétissants. Mais le plus savant des mycologues n'aurait pas découvert de quelle espèce il s'agissait, un mélange de coprin et de satyre puant. L'homme s'approcha de cette culture, se baissa et caressa amoureusement les protubérances en marmonnant : « Ah ! Mes petits... Mes petits... Tout le monde croyait que Justin était un incapable... Mais tout le monde se trompait, car Justin a été capable de vous créer, vous... Et vous poussez, vous poussez. Deviendrez-vous aussi grands que moi ? » Il prenait soin de caresser systématiquement chaque champignon, très amoureusement. Un observateur qui aurait prêté une oreille attentive aurait été surpris d'entendre comme un ronronnement de plaisir provenant de ces végétaux à l'aspect très phallique. « Ronronnez ! Ronronnez mes petits. Je vais vous donner à manger. » Resté accroupi, il se tourna vers une plate-bande de Parisettes aux baies bleues. Il ramassa quelques-uns de ces fruits et en approcha un devant chaque champignon. Aussitôt, une grande bouche se fendit à leur mi-hauteur, découvrant une rangée de dents aiguës et une mucosité rouge vif, ouverture dans laquelle la baie bleue disparut.

Chapitre 1

Anatole dormait dans l'obscurité. L'air était humide, le silence profond et les ténèbres impénétrables.

Il rêvait.

Au-dehors, le soleil du début de l'automne dardait ses rayons.

Ici, il était à l'abri.

Il rêvait à sa transformation. Il s'en souvenait. C'était plutôt Alice qui l'obsédait. Alice qui était à l'origine de tout cela. Elle n'était plus. De toute façon, le monde où elle avait vécu lui était inaccessible. Pour le moment.

Existait-il sur Terre d'autres représentants de son espèce ou en était-il le seul rescapé ?

Il passait de longues nuits à chercher. Et à chasser, car il fallait bien se nourrir. Contrairement à ce que disait la légende, ses victimes exsangues ne devenaient pas comme lui. Elles mouraient tout simplement. Il en était de même pour les rayons du soleil. Ils lui étaient tout simplement extrêmement désagréables. Douloureux même. Mais il supportait très bien la douleur.

Il préférait la nuit. Il adorait la nuit. Cette obscurité des jours de nouvelle lune lui apportait une vision particulièrement lucide de la nature du monde, voire de l'univers.

La nuit était sa compagne, sa force, sa vitalité.

Avec le sang.

Autrefois, il n'était pas ainsi. Avant sa mort, il était humain. Puis, son humanité était morte. Pas lui en tant qu'individu, en tant que créature. Son humanité seulement. Sa phase de transformation fut rapide. Quand il se réveilla à la morgue avec une soif de sang formidable, son corps s'était transformé...

*

*   *

Dans ce début de nuit, quatre ombres quasiment indiscernables se mêlaient à l'obscurité produite par les hautes tours de béton de la cité éclairées par de chiches lampadaires publics. Ces hommes de métier étaient venus chaque soir depuis huit jours. À chaque fois, la noire silhouette maléfique leur avait échappé. Ils devaient absolument lui mettre la main dessus. Dans la journée, ils avaient enquêté, fouillé chaque possibilité de cache dans la cité : les garages abandonnés et les appartements vides murés. Ils avaient même rampé dans les vides sanitaires... Les habitants du coin, de pauvres gens au chômage, des immigrés de diverses nationalités les avaient vus arriver d'un mauvais œil, avec leurs bleus de travail.

« Nous sommes venus étudier les structures des immeubles pour une réhabilitation. » Avaient-ils prétendu.

« Ah bon ! Il va y avoir une réhabilitation... Tant mieux. » Les locataires n'y croyaient plus. Les quatre hommes de service furent donc bien accueillis.

Des graffitis obscènes s'étalaient sur les façades salies : « Nique ta mère. Encule la BAC » et d'autres mots gentils en direction de la police d'ailleurs tristement absente de ces lieux, quel que soit le moment, de nuit comme de jour. Ce qui laissait la voie libre aux recherches et constituait un élément de plus tendant à rendre probable la présence de la créature recherchée.

Ces quatre hommes en bleu de travail commençaient à être fatigués... Ils travaillaient quasiment de jour et de nuit.

« Putain de métier. Toujours de nuit nos planques ! Quand est-ce qu'on verra l'animal sortir de son trou...

— T'inquiète ! Vaut mieux le plus tard possible... Tu sais de quoi il est capable.

— Tu penses ! On est quatre contre lui. On risque rien.

— Je crois savoir que ce n'est pas si simple... Méfie-toi, la nuit est tombée, et tu peux avoir une désagréable surprise... »

Comme en écho à cet avertissement une silhouette noire apparut soudain à la droite de l'homme. Une brusque traînée d'ombre forma brièvement une courbe et un jet de sang pourpre traça un trait épais contre le mur de béton. Puis, plus rien. L'autre homme entendit un râle mouillé venant de l'endroit où se tenait son collègue : « Eh ? Maurice ? Qu'est-ce qu'il y a ? Oh ? Tu réponds ? »

Il n'entendit qu'un « Arrgrhghhghgh... » en guise de réponse. Puis une force puissante, inébranlable lui agrippa les deux bras qui furent croisés dans son dos et déboîtés de leur articulation au niveau des omoplates. L'homme ne sentit rien sur le coup, mais, rapidement, la douleur fulgura dans son dos et il n'eut pas le temps de hurler, car une bête sauvage mordit cruellement l'artère jugulaire et il perdit immédiatement connaissance sans un bruit. Tout cela ne dura qu'une seconde et les deux autres compagnons ne s'aperçurent de rien...

Anatole subtilisa les armes de ses deux victimes et disparut tout à coup pour apparaître à côté du troisième homme sur l'autre rive de la pelouse pelée. Le poing serré, il asséna un coup tellement bref qu'il en était invisible, avec l'extrémité de la phalange de son majeur replié. L'homme s'effondra sans un cri. Mais ce faisant, il produisit un léger bruissement suivi d'un choc sourd. Or, cette fois, son compagnon était suffisamment proche pour entendre. Le temps de tourner la tête en cette direction et Anatole était déjà présent derrière lui. L'homme sentit une violente brûlure au cou, puis un chatouillement dans son crâne, plutôt un fourmillement, ses yeux s'écarquillèrent d'étonnement et il perdit connaissance.

Le vampire retourna auprès du seul survivant, pour l'heure évanoui, le souleva comme un fétu de paille et fila comme l'éclair vers son antre.

L'ancien garage à vélo était utilisé par les jeunes du quartier comme lieu de rendez-vous. En passant devant ce local, le vampire entendit les éclats de voix et les accents saccadés comme la musique Rap, les cris d'excitation à cause des nerfs surtendus par la bière et le shite. De loin, on aurait pu croire à des aboiements. Dommage qu'il n'avait plus de paste, pensa-t-il avec regret. Il s'occuperait d'eux plus tard. Pour le moment il rejoignit sa cachette. Après un long couloir sombre aux murs noircis il déboucha dans l'ancienne chaufferie. La citerne de fuel désormais inutile avait été aménagée en crypte, merveilleuse cachette oubliée de tous... Il souleva une dalle de plusieurs centaines de kilos et descendit sa victime inconsciente dans le trou où il l'attacha soigneusement en évitant de graves blessures dues à sa force considérable.

« Un enterré vivant ! » pensa-t-il avec un sourire...

Le vampire était vêtu comme les jeunes arabes du coin : jean en tire-bouchon sur des baskets, veste claire de survêtement à capuchon relevé sur une casquette de base-ball à longue visière. Sa grande taille et ses vêtements, la rapidité de ses gestes et la profondeur de sa voix le rendaient assez terrifiant, mais, somme toute, bien intégré dans le quartier.

*
* *

Quelques instants plus tard, il émergea de son garde-manger désormais bien garni, et se dirigea vers le fleuve. Les rues glissantes de la petite ville d'Espérance déroulaient leurs façades silencieuses et endormies dans la brume. Seules les ruines, là-haut sur la colline, veillaient, car elles ne dormaient jamais ; elles restaient debout jour et nuit sans fatigue.

Arrivé sur les quais déserts, il hésita un bref instant et se mit à l'eau. Le courant était fort, mais l'eau encore tiède (selon son organisme à sang froid...) en ces jours d'automne ensoleillés. La nuit, elle, était froide. Sa nage puissante et rapide l'amena sur l'île. Sa puissante silhouette se dressa sur les galets ronds du fleuve. Quelques outils traînaient. Une construction cylindrique semblait l'attendre. Mais elle ne semblait pas l'intéresser. Il resta debout, immobile telle une statue de pierre aussi longtemps que nécessaire.

Puis un bruissement se fit entendre. Il tendit l'oreille et prononça : « Sacha ? C'est toi ? »

Une vieille habitude de parler dont il ne s'était jamais débarrassé. Cette faculté lui était inutile dans le cas présent, mais il aimait l'utiliser.

Sacha répondit dans son esprit :

« Oui. Je suis là. C'est moi Anatole.

— Quoi de neuf ?

— Ce que tu avais pressenti est vrai. Le fleuve m'a fait remonter l'information. Elle est bien venue. Elle a emprunté une porte. »

Anatole jubila alors et se coupa de la communication avec Sacha.

« Eh ? Anatole. T'as raccroché ou quoi ?

— Non, se réveilla-t-il. Non. Je t'écoute. Elle où cette deuxième porte ?

— Hélas...

— Où ? Insista-t-il avec inquiétude, l'hésitation de son interlocuteur ne lui présageait pas de bonnes nouvelles...

— Au fond de l'océan Atlantique, très loin... Inaccessible dans les temps nécessaires avant sa fermeture...

— Et que va-t-elle faire ?

— Elle enverra un message... »

Et il resta un moment silencieux.

Anatole entendit un clapotis vers la berge. Son regard discerna un animal qui abordait, tranquillisé par l'immobilité absolue de cette espèce de sombre statue debout au milieu de la petite île. Un castor venait explorer les lieux. Au cas où quelques pousses de saules pouvaient agrémenter son menu sur cette île qu'il ne connaissait pas encore.

Anatole reprit la conversation.

« Sous quelle forme ce message ? »

Sacha réfléchit. Cette conversation épuisait ses ressources énergétiques. Il allait bientôt se dissiper dans l'éther.

« Des graines pour fertiliser la Terre afin de perpétuer son action après son départ. Car elle ne restera pas longtemps... »

Puis le silence.

Anatole insista : « Sacha ? Sacha ? Sacha ? »

Mais le silence persista...

Le vampire s'approcha alors de la construction en forme de cylindre. Il la caressa. Se colla à elle les bras écartés

C'est à ce moment que les jeunes Arabes qui buvaient de la bière, installés sur les escaliers de la digue entendirent une voix caverneuse qui provenait du fleuve : « Un passage ici. Il faudra trouver la pierre... »

Ils sentirent alors les cheveux se dresser sur leur tête, car déjà tout à l'heure ils avaient cru entendre parler, ce qui les avait inquiétés.

Ils détalèrent alors comme une volée de moineaux... laissant sur place force bouteilles vides et cartons de pack de bière. Ils eurent peur des djinns du fleuve...

Chapitre 2

Jean Calmet était bercé par le rythme du claquement des roues du train sur les rails. Il regardait rêveusement, au loin, le lac brillant qu'était devenu le fleuve, au-delà des arbres dont les feuilles venaient de tomber aux premiers coups de froid.

Il songeait à un autre voyage, bien plus intéressant, qu'il avait fait à Rome. Ce voyage lui avait procuré une alliée inattendue. C'est elle qui faisait l'objet de ses désirs. La jolie Bretagne, une belle brune fascinante. D'autant plus fascinante qu'elle était désormais inaccessible...

Elle vivait au-delà des miroirs...

Il reconstitua dans son esprit toutes les circonstances de sa rencontre avec la jeune femme, car il en avait besoin pour plus tard...

     *

  *   *

Elle était très jolie. Jeune et jolie. Elle avait perdu son frère jumeau à Rome.

« Que faisiez-vous à Rome ? » Questionna-t-il, à la limite de la curiosité malsaine.

« Cela ne vous regarde pas ! Répliqua-t-elle.

— Mais, si je dois mener une enquête sur cette "disparition", je dois tout savoir...

— Un voyage touristique et culturel ; entre frère et sœur. »

Le marché fut conclu. Elle le paya bien pour un voyage à Rome et une enquête de routine en somme.

Après sa disparition, les carabiniers avaient remis les affaires du jeune homme à sa sœur. Comment s'appelait-il au fait ? « Arthur Gauvin » avait-elle répondu d'un ton sec. Et elle ?

« Bretagne !

— Comme la province ?

— Oui ! Comme ! »

Aussi belle que cette belle région française, âpre et envoûtante, tendre et dure, un beau visage ovale aux grands yeux marron foncé qui semblaient voir à travers mon corps jusqu'au bout de mon âme. Attirante et intimidante. Quel âge pouvait-elle avoir ? Jeune, c'est sûr, mais très mûre aussi. Ses cheveux châtains, brillants et souples, encadraient un visage à la très forte personnalité. De la jupe du tailleur noir sortaient de longues jambes soyeuses dans leurs bas noirs, jambes qu'elle croisait amoureusement en balançant très légèrement le pied de celle du dessus. Cette féminité était rendue fatale par son complément, une présence très virile dans son langage et ses expressions, mais aussi dans son corps par ses larges épaules contrariant une taille fine, bien moulée dans la veste qui retombait effrontément sur ses hanches rondes.

Donc, elle avait remis les affaires de son frère. Des vêtements et un dossier concernant un congrès auquel il participait au moment de sa disparition. Jean Calmet avait feuilleté ce dossier, au demeurant peu intéressant, à part la presse romaine qui traitait, souvent sur un ton dramatique, du problème des brigades rouges. La « Repubblica » datée du dimanche 30 et lundi 31 mars 1980, publiait une déclaration du ministre libéral Zanone qui refusait l'ouverture aux communistes. La page suivante offrait une mauvaise caricature de Georges Marchais disant : « Nous, du PCF, défendons le socialisme réel, mais aussi le socialisme irréel. » (« Noi del PCF siamo possibilisti : difendiamo il socialismo reale, ma anche quello irreale »)...

Bref, son premier boulot était de prendre contact avec les personnes dont il trouverait le nom dans le dossier. Le congrès lui sembla peu productif en soi pour des pistes sérieuses.

Lorsqu'il put se libérer pour se rendre à Rome, il terminait une autre affaire à Lyon et eut droit à l'escale de Nice, car le vol n'est pas direct au départ de l'aéroport de Satolas.

Juste avant l'atterrissage sur le petit aéroport méditerranéen, on a l'impression que l'on va plonger dans la mer quand, soudain, on ressent la secousse des roues du train d'atterrissage sur la piste pendant que l'on ne voit toujours que la mer à droite...

Après une petite promenade sur la plage, l'heure du départ pour Rome arriva et l'avion décolla sous un soleil magnifique, contrairement à Lyon sous la brume. Quelque temps après, il vit au loin un magnifique spectacle : des neiges immaculées sur le fond bleu vif de la mer et du ciel.

La Corse.

L'avion survola le Cap-Corse, pointe nordique de l'île de beauté, île aux parfums sauvages, mosaïque géologique baignée par une mer diverse et chatoyante, des rouges falaises de la côte ouest, aux blanches parois crayeuses de Bonifacio et au sable gris de Porto-Vecchio. Il se souvint alors qu'une nuit de juillet, en mer, au large sur le bateau, bien avant d'accoster à Calvi, la Corse s'était annoncée à lui par le parfum du maquis... Cette fois elle s'annonça par sa montagne, diamant étincelant dans l'écrin bleu de l'air et de l'eau.

Dans le dossier d'Arthur Gauvin qu'il continuait à consulter dans l'avion, il trouva une page arrachée d'un livre. Une légende dont il ignorait l'origine. Il se mit à lire :

Des flambeaux illuminaient la salle d'une telle clarté qu'on ne pouvait trouver au monde un hôtel éclairé plus brillamment. Tandis qu'ils causent à loisir paraît un valet qui sort d'une chambre voisine, tenant par le milieu de la hampe, une lance éclatante de blancheur. Entre le feu et le lit où siègent les causeurs, il passe, et tous voient la lance et le fer dans leur blancheur. Une goutte de sang perlait à la pointe du fer de la lance et coulait jusqu'à la main du valet qui la portait. Le nouveau venu voit cette merveille et se raidit pour ne pas s'enquérir de ce qu'elle signifie. C'est qu'il lui souvient des enseignements de son maître en chevalerie : n'a-t-il pas appris de lui qu'il faut se garder de trop parler ? S'il pose une question, il craint qu'on ne le tienne à vilenie. Il reste muet.

Une lance qui saigne ! Jamais entendu parler ! On verrait bien...

Un autre papier comportait juste une adresse sans aucune indication de nom. Il y avait également un vieux livre datant du dix-huitième siècle : « Princesse Brimbilla » de Hoffmann. Il lut quelques passages. Il n'était question que de carnaval et de déguisements.

Il referma le livre et s'endormit quelques minutes en pensant : « Je verrai tout cela à Rome ».

Pantalon parlait à messer Bescapi :

— La saignée a bien produit son effet, elle a calmé Giglio Fava.

— Oui. À présent il dort...

— Mais, brave Bescapi, qu'as-tu fait de la robe tachée du sang de Giacinta ?

— Mais cela ne te regarde pas Pantalon !

— Bon, bon... Et le sang de Giglio Fava, celui qui a été recueilli par le chirurgien ?

Alors, un grand masque apparut, couvrant toute la scène.

Ce masque parla, la bouche de chair et de sang et les yeux vides : « Le masque se borne, comme dans la vie quand on s'efforce de saisir le sens d'un discours prononcé dans une langue inconnue, à contrefaire inconsciemment les gestes du modèle qui lui parle... »

Le masque se volatilisa dans l'air et Pantalon, en gros plan, hurla en envoyant de gros postillons : « Mais qui se cache derrière le masque ? »

Et messer Bescapi, le tira en arrière en le prenant par l'épaule en criant encore plus fort : « Et le sang de Giglio Fava ? Hein ? Le bol du sang de Giglio Fava.... » et il secouait toujours rudement l'épaule de Pantalon...

« Monsieur, monsieur, réveillez-vous, vous faites un cauchemar ! » Dans l'avion, il s'éveilla péniblement, secoué par une charmante hôtesse...

Il balbutia quelques excuses en se demandant ce

qu'il avait bien pu raconter en rêvant. Il essaya d'oublier tout cela lorsque l'avion atterrit à Rome.

Après les bagages, il sortit du bâtiment des passagers en plein soleil. Il posa sa valise pour essuyer son front. Un type lui parla alors, à contre-jour, le soleil l'éblouissant juste par-dessus sa tête :

« Signore Jean Calmet, per piacere ?

— Attendez, tournez-vous par là, car vous m'éblouissez. Là, voilà... Oui, c'est mon nom.

— La Signorina Bretagne m'a chargée de vous accueillir à votre arrivée à Roma.

— Ah ? Elle ne m'avait pourtant rien dit...

— Tenez. Voici un mot écrit de sa main. »

Il tendit une enveloppe blanche au détective qui l'ouvrit devant lui. La lettre, signée Bretagne, lui recommandait les bons soins de son porteur. Jean décida de suivre le gars et de rester méfiant.

« Votre nom, c'est comment ?

— Ettore...

— Ettore comment ?

— Ettore ! C'est tout !

— Va pour Ettore Sétou... Où allons-nous ?

— À votre hôtel, en plein centre de la Citta, non loin de la piazza Navone... »

Rome fut belle et accueillante pour l'arrivée du détective français. Après avoir posé les bagages à l'hôtel, il rejoignit son compagnon qui l'attendait à l'accueil.

« Il est temps de déjeuner, dit-il.

— Oui ! Où allons-nous ?

— Suivez-moi. »

Dans la même rue, ils entrèrent dans une trattoria en descendant quelques marches. Nappes blanches. Le Français s'envoya un kilo de spaghetti à la bolognaise arrosé d'un Bardolino pas piqué des vers.

Sétou lui expliqua qu'il manquait une pièce au dossier que lui avait donné Bretagne.

« Une photo, dit-il en fouillant dans la poche intérieure de sa veste.

— Une photo de quoi ?

— Je ne sais pas, je ne me suis pas permis de

regarder. »

Il lui tendit une enveloppe marron. Il la saisit et l'ouvrit, en retirant une photo en noir et blanc représentant une grande maison, ou plutôt un palais très délabré.

« C'est quoi ce bâtiment ?

— Je ne sais pas, vous dis-je. Elle m'a envoyé cela par la poste en m'écrivant de vous le remettre. Elle précise dans sa lettre qu'il s'agit d'une photo. »

Jean retourna le document ; il y avait une inscription à la main au dos ; espèce de gribouillis d'une vieille encre verdâtre, pâlie par le temps. Un ancien document donc.

« Il y a une inscription au dos. Je n'arrive pas à la lire... Voulez-vous essayer ?

— Si vous voulez. »

Il saisit la photo et, la regardant au dos, présenta l'image au détective. Alors qu'il essayait de déchiffrer, un vieux type qui passait derrière le Français s'écria : « Palazzo Pistoia ! Piazza Navona ! » Au moment où Calmet se retourna pour regarder l'auteur de cette déclaration, Sétou s'écria : « Voilà ! C'est écrit : piazza Navona ! » Et la voix derrière affirma : « Sicuro ! » Mais, quand Jean se retourna, le vieux type lui tournait déjà le dos à quelques mètres, se faufilant entre les tables. Il se leva pour le rejoindre quand un serveur, portant un plateau couvert de ces pots en verre au col évasé remplis de vin blanc ambré lui coupa irrémédiablement la route en disant : « Scusi ! Signore... » Après quelques contorsions de la part de chacun pour s'extirper de cet embouteillage, le vieux était déjà en haut de l'escalier qui montait de la salle de restaurant à la rue. Jean courut en slalomant entre les tables toutes occupées par des convives, escalada les marches et sortit dans la rue blanche de soleil, éblouissante. Le temps que ses pupilles se ferment suffisamment face à cette luminosité pour voir beaucoup de monde circuler dans la voie étroite, mais pas le vieux.

De retour à la trattoria, il fut très déçu de constater que Sétou l'avait laissé tomber ! En payant la note quand même et en laissant l'enveloppe posée là sur la nappe blanche où elle semblait attendre ironiquement. Il sortit la photo et la présenta au garçon. Qui n'avait jamais vu ce bâtiment ! Il se rendit à l'office de tourisme : même réponse.

Enfin, il avait un indice...

Piazza Navona, il s'arrêta quelques instants à proximité de la fontaine des fleuves (Fontana dei Fiumi) pour admirer l'ensemble baroque constitué par cette grande place en forme d'arène, celle du cirque que l'empereur Domitien avait fait aménager justement à cet emplacement vers l'an 90. Il scruta longuement les palais, l'église Sainte-Agnès et repartit vers le sud pour contempler le palazzo Braschi... À première vue, aucun bâtiment ne ressemblait à celui de la photo. Il revint admirer la fontaine des fleuves où le Nil se voile la face pour ne pas voir les erreurs commises par l'architecte Borromi sur l'église de Sainte-Agnès... Il s'assit à une terrasse pour pouvoir prendre son temps à ausculter les somptueuses constructions entourant la place.

Après de longues méditations, en comparant photo et réel, il choisit un petit palais discret. Pourquoi ?

Il quitta sa table de terrasse et approcha de la porte de cette maison sous le soleil brûlant. Une plaque en cuivre portait une inscription : « Palazzo Pistoia » ! Il n'en crut pas ses yeux ! Il avait trouvé ! Il tendit la main pour pousser la porte qui s'entrouvrit facilement. Il se glissa à l'intérieur. Aussitôt, il fut saisi par une fraîcheur morbide ; contraste violent entre cette glaciale pénombre et la chaude lumière de la place. Il laissa la porte se refermer derrière son dos. Il était dans un vaste hall d'entrée, surprenant par ses grandes dimensions alors que la façade de la maison sur la place était très étroite. Il fut presque tenté de ressortir pour vérifier, mais un pressentiment lui dit que tout pas en arrière serait irréversible.

Ce vaste hall, dans un désordre indescriptible de débris de maçonneries, de boiseries noircies par le temps et rongées par les vers, d'étoffes pourries, de cuivres vert-de-gris et d'argenteries noircies qui s'accumulaient sur son sol, du plafond duquel tombaient de grandes toiles d'araignées telles de diaphanes tentures auxquelles collait une poussière grise, ce grand vide sale présentait un escalier monumental au-delà de ses détritus. Il fallut, par un véritable parcours du combattant, enjamber, écraser, contourner, écarter des bras, s'essuyer les yeux, avant d'atteindre la première marche. Curieusement, cet escalier était resté, lui, très propre. Jean entreprit l'escalade avec une petite appréhension, car l'ambiance était, disons... spectrale. Un silence absolu troublé seulement par le bruit de ses pas et de sa respiration. Au palier, un autre escalier, en bois cette fois, montait, étroit entre deux parois de lambris usés par le temps. Le bois vermoulu craquait sous les pas. Jean craignait qu'il ne cédât sous son poids, mais poursuivait sa montée qui dura longtemps. À tel point qu'il se demanda comment ce fut possible étant donné la hauteur constatée de la maison sur la place. Ces marches l'amenèrent finalement dans un vaste grenier, très encombré lui aussi, silencieux également. Là-bas, au fond, à travers l'obscurité épaisse, un rayon lumineux, blanc et géométrique sortait d'une porte entrouverte. Il traversa ce nouveau capharnaüm pour atteindre cette lumière tant désirée.

En s'approchant de la porte, insensiblement, il entendit de plus en plus fort le son d'une voix. Un homme sifflotant et marmonnant un air de La Tosca ! Le Français s'approcha alors silencieusement et, le dos contre le mur à côté de la porte, il jeta un coup d'œil à l'intérieur en penchant la tête. Une pièce nue comportait en son centre un miroir sur pied, encadré de bois doré. Le vif rayon lumineux sortait de ce miroir ainsi que le sifflement de La Tosca. La porte poussée du pied, il se présenta devant l'ouverture : personne ; la pièce, de forme cubique était vide, hormis le miroir... Ce rayon lumineux n'était pas réfléchi, non ! car la pièce ne comportait aucune ouverture qui eût laissé entrer le soleil. Il sortait carrément du miroir ! De même que le chant. Cette violente luminosité l'empêchait de voir le reflet dans la glace. Jean s'approcha donc clignant des yeux, l'avant-bras posé contre ses sourcils. Debout devant, il écarta son bras et regarda droit dans la glace. Surprise : il n'y vit que son banal reflet... Mais soudain, un détail le terrorisa : la main droite de ce reflet frottait le menton et son visage souriait ironiquement alors que lui, sa main, poing fermé serrait son avant-bras gauche et son visage ne souriait pas du tout ! Enfin son reflet était, en quelque sorte, autonome... Tout cela était terrifiant ! Il ne résista pas et s'écarta de devant le miroir. Une voix en sortit : « Eh ! N'aie pas peur ! Je ne suis que toi. Allez ! Viens face à moi que nous puissions parler ! » Jean se plaça de nouveau face à son reflet.

« Ah ! Te voilà ! Ne crains rien, ne pouvant sortir d'ici, je ne peux te faire aucun mal... Si tu es venu, c'est que tu es en quête de quelque chose, non ?

— ...

— Mais réponds ! Tu es sourd ? »

Il resta silencieux, fasciné, épouvanté par ce reflet exact de lui-même qui lui parlait comme s'il était autre...

Le voilà qui reprend : « Je sais ce que tu cherches » dit-il encore et son bras sortit du champ pour y revenir portant une coupe remplie d'un liquide rouge sang. Du sang ?

« C'est cela que tu cherches ! Le sang de Giglio Fava !

— Le sang de qui ? »

Il s'était juré de ne rien dire, mais cela lui échappa...

« Le sang de Giglio Fava. Boire de ce sang c'est accéder à la vie éternelle, car tu créeras ton double, véritable frère jumeau qui, lui, vivra bien plus longtemps, car sa naissance surviendra lorsque tu boiras le sang !

— Comme Arthur Gauvin et Bretagne !

— Qui ça ? Ah ? Ce sont les personnes que tu es venu chercher ici ! Qu'ils se débrouillent ! Veux-tu boire cette coupe ?

— Euh... »

Voilà une bien étrange proposition !

Soudain, une voix féminine se fit entendre derrière

le détective :

« Ne l'écoutez pas ! »

La voix de Bretagne !

Il se retourna et la vit, éclairée par le rayon du miroir, toujours aussi désirable. Elle s'approcha de Jean et le prit par le cou :

« Regardez-nous dans la glace, » ronronna-t-elle... Bon sang ! Elle l'avait suivi ici sans se faire remarquer !

Il regarda dans le miroir. Il vit deux personnes : lui-même, ou plutôt son reflet et un jeune homme, copie conforme de Bretagne qui le tenait par le cou !

« Salut Bretagne ! Fit-il.

— Salut Arthur ! Répondit-elle.

— Et voilà, tu as retrouvé ton cher frère, rajouta mon reflet. Mais pour venir ici, il faut boire le sang. Et pour boire le sang, il faut répondre à trois questions.

— Allez ! Essayons ! Rétorqua-t-elle !

— Bien ! Bien ! Dit-il et il fouilla dans la poche de sa veste (de la veste de Jean en quelque sorte...) et en sortit une feuille de papier. Ah ! Les voilà ces questions ! Première question : qui est le porteur du masque ?

— Le porteur du masque ?... Le modèle original que le masque ne comprend pas ! Répondit-elle.

— Bravo ! Bravo ! Tu as répondu correctement à la première question ! »

Jean était sidéré et de la question et de la réponse que « son » reflet avait déclarée correcte !

Quelle scène ! Dans une pièce ne comportant qu'une porte par laquelle il était entré, violemment éclairée par un rayon lumineux sortant du miroir, lui, avec une jolie fille qui le tient par le cou, devant la glace dans laquelle le reflet du détective se trouve avec le reflet de la fille, mais mâle cette fois.

« Deuxième question : où entra la procession de la princesse Brambilla ?

— ?... Ils entrèrent tous dans le palais Pistoia, place Navona !

— Ah ! Ah ! Ici alors ? Ici !

— Eh bien oui ! Ici ! Ronchonna-t-elle vexée. »

Et du coup, elle lâcha le cou du Français ! Ce fut très désagréable ! Il observa qu'elle le tenait ainsi par inadvertance, comme cela... par hasard. Ce qui la fascinait, c'était son reflet mâle dans le miroir. Elle ne le quittait pas des yeux. Et « lui » non plus ne la quittait pas des yeux.

Ces quatre yeux de braise, brûlants de passion, avaient fini par mettre une couleur rouge dans le rayon lumineux qui sortait du miroir.

Elle questionna :

« Mais pourquoi n'est-ce pas Arthur qui pose les questions ?

— Il n'est pas encore doué de la parole. On verra plus tard... Alors, troisième question, la plus difficile : qu'est-ce que le dualisme chronique ?

— ... (Elle récita :) "Cette étrange folie dans laquelle le moi se brouille avec lui-même, ce qui fait que la personnalité de l'individu ne peut plus conserver sa cohérence".

— Pas mal ! Pas mal ! Mais malgré tout ce n'est pas cela. Je te laisse encore une chance. Alors ?

— ... (Elle récita encore :) "Supposez maintenant que l'individu a dans le corps, comme materia peccans, un double prince pensant de travers..."

— Bravo ! Bravo ! Tu connais, je vois, le discours de Maître Cerlionati. C'est bien. Tu peux accéder à la coupe magique. »

Sa main quitta de nouveau le champ et y revint tenant la coupe de sang. Il la tendit vers Bretagne qui s'était approchée, me tournant le dos. Sa main sortit de la surface du miroir comme d'une surface d'eau verticale. La jeune fille saisit fébrilement la coupe, la porta à ses lèvres et rejeta la tête en arrière pour boire. Elle le fit si loin en arrière que Jean vit le sang, rouge liquide, couler dans sa bouche grande ouverte. Ayant bu, elle rendit la coupe vide à la main tendue. Arthur tendit le bras, ses doigts sortant du miroir. Bretagne les saisit et, tenant la main de son double, traversa la surface brillante en même temps que le bras du reflet de Jean reculait. Celui-ci sortit du champ, le laissant libre au couple. Bretagne n'était plus dans la pièce. Les deux jeunes gens s'enlaçaient dans le miroir, la lumière baissait, le couple se dénudait passionnément l'un l'autre. Le détective entrevit leurs corps sculpturaux emmêlés juste avant que le rayon ne s'éteignît.

Et l'obscurité et le silence le saisirent. Le noir le fit frissonner violemment et il hurla de terreur. En criant et reculant, il retrouva la porte, les escaliers, le capharnaüm. Il trébucha cent fois sur les débris et se retrouva dehors dans le soleil couchant de Rome.

De retour à l'hôtel, une belle enveloppe parfumée attendait le détective, posée juste devant le miroir de sa chambre.

Elle contenait une belle somme d'argent et une carte sur laquelle il put lire ces mots : « Vos honoraires pour cette enquête bien menée ! Merci ! »   Signé : Bretagne.

*
*   *

« Ah ! Bretagne ! » Soupira Jean dans la voiture déserte de ce train du soir.

« Je suis sûr qu'il y aura un miroir dans la chambre d'hôtel, à Espérance... »

Chapitre 3

Autrefois, il y a très longtemps à Espérance, vivait un enfant, jeune garçon malheureux qui n'eut jamais l'occasion de devenir adulte.

C'était un enfant étrange. Solitaire. On l'appelait Sacha, parce qu'il s'intéressait de près à votre sac à main. Ou plutôt à ce qu'il contenait...

Ce soir d'été, alors que le fleuve étalait ses galets entre les chenaux d'étiage, il s'était assis sur la grève et regardait l'île, là-haut, au milieu du lit mineur.

Une île maudite comme lui.

Son visage dur, d'enfant qui n'a pas d'enfance, d'enfant qui avait appris à lutter seul contre la vie, à subir la haine de son père, et ses coups, à souffrir de la soumission de sa mère à cette violence quotidienne d'un dingue qui ne contrôlait plus sa vie puisque c'était l'alcool qui le faisait, sa figure était quasi illuminée par cette ombre de sourire qui étirait légèrement ses lèvres et faisait briller ses yeux noirs, dont l'un était encore entouré des taches colorées des ecchymoses des coups reçus il y a quelques jours. Que c'est dur de ne pas être aimé !...

C'est l'île qui déclenchait son sourire. Elle était devenue le but de sa vie. Une île maudite par les gens d'ici, car une vieille bâtisse hantée étalait ses ruines au milieu des vorgines* envahissantes. Seules les crues centennales recouvraient de ses eaux fougueuses cette véritable forêt vierge.

À la nuit tombée, il avait parfois la chance d'apercevoir un bateau qui utilisait ce lieu pour une couchée, enfonçant son brick dans la couche épaisse de gros galets.

La première fois qu'il le vit, il annonça fièrement la

---

* *Végétation très dense des bords du Rhône, composée essentiellement de jeunes pousses de saules.*

nouvelle à sa mère (il n'osait plus parler à son père de peur de la gifle...) ce qui lui valut une rouée de coups de son ivrogne de père qui avait tout entendu.

« Espèce de con ! Ça porte malheur, connard ! Parle plus jamais de ça dans cette baraque ! Imbécile... »

Et il tapait ! Il tapait. Sacha tentait de se protéger la tête de ses bras, ça énervait encore plus la brute, qui lui donnait des coups de pieds dans les cuisses et de violentes claques sur l'arrière du crâne.

« Arrête ! Arrête ! Tu vas le tuer ! »

Sa mère était intervenue ! C'était rare, car inévitablement, alors, la rage du vieux se retournait contre elle. Et il frappait encore plus fort ! Sacha profita de la diversion pour s'enfuir et courir au bord du fleuve, le seul compagnon qui fût à même d'apprécier sa présence. Et qui ne donnait pas de coups.

« Eh ! Sacha ! Qu'est-ce tu fous dehors à c'te heure ? »

Il reconnut la voix derrière lui. Son grand-père. Un vieux pêcheur qui habitait une vieille cabane le long du fleuve. Enfin, son grand-père adoptif, puisque le vrai, le père de son père, était mort noyé, emporté par le courant puissant du fleuve lors d'un braconnage nocturne.

Sacha tenta de lui cacher ses larmes qui avaient creusé de blancs sillons dans son visage crasseux. Il avait un visage ingrat, des joues creuses, un large et haut front qui annonçait un gros crâne toujours rasé de près — à cause des poux, disait sa mère. Le vieux, lui, cachait son crâne derrière une chevelure abondante nouée en une longue tresse sur le dos à la manière des mariniers et son visage derrière une épaisse barbe grise.

« Mais... t'as pleuré dis donc ! Ah ? ! T'as eu des coups hein ? Tu réponds pas ? T'as raison... Faut jamais montrer sa peine aux autres. De toute façon, ils ne peuvent rien y faire. Pas vrai ? »

L'enfant répondit par un silence.

« Tu regardes l'île, hein ? Elle te fascine et t'attire... Hein ? Réponds, nom de Dieu !

— Euh... j'aimerais y aller...

— Et comment t'irais ? Il faudrait traverser le fleuve pour l'atteindre. Et elle est entourée de meuilles. Des tourbillons si puissants que même le Drac pourrait pas s'en sortir vivant...

— Je sais ! »

Sacha était agacé par la présence de ce vieux qu'il aimait beaucoup, mais il préférait la solitude.

« Tu veux te sauver des coups de ton père, hein ? C'est ça, t'en a marre des coups. C'est presque pas de sa faute tu sais. Son père à lui, il lui en donnait des coups, alors il se venge sur toi. C'est presque normal... »

Sacha écouta, intéressé par cet aveu. Mais pas du même intérêt que l'imaginait le vieux avec ses bonnes intentions. La haine était devenue trop forte.

« Il aurait dû taper plus fort... » Murmura-t-il, espérant ne pas avoir été entendu, mais heureux quand même du contraire :

« Si c'est pas Dieu possible ! Dire cela de son père... Allez... j'te laisse et tarde pas trop à rentrer, hein ? Sacha ? »

Seul le vent et le bruit furieux de l'eau du fleuve répondit au vieux. Le gosse était de nouveau plongé dans son admiration de l'île. Le soleil s'était couché, côté Riaume, et colorait la surface de l'eau d'un orange vif qui éclairait le visage de l'enfant d'une lueur inquiétante. Le vieux s'éloigna en haussant les épaules.

« Indomptable, ce gosse ! Indomptable ! »

Soudain, juste avant la tombée de la nuit, alors que Sacha avait détourné son regard vers le ciel pour admirer un grand héron cendré passer d'un lourd battement d'ailes avec son cou rentré dans ses épaules comme un « S », le bateau de la couchée était apparu, en décize* , à la sortie du grand méandre, et disparut derrière les grands peupliers de l'île. Sacha fut horriblement déçu de ne pas avoir pu suffisamment l'admirer. Il se leva lentement et s'approcha du bord de l'eau sans un bruit et s'immobilisa, à l'affût. Un autre spectacle s'offrait à sa vue : un grand castor nageait à

---

* *Action de descendre le courant.*

275

quelques mètres de là, son grand corps allongé à la surface, ses grosses mains cachées sous l'eau le poussaient où il voulait aller. Il remontait vigoureusement le courant, et se laissait entraîner par une coulée, recommençait, calculait son coup, repartait vers l'amont en utilisant un courant remontant appelé ici une rize, se laissait de nouveau descendre en choisissant la bonne coulée, et ainsi de suite. Du grand art pour choisir son chemin entre les meuilles[**] mortelles du fleuve. L'animal semblait jouir d'un bonheur complet, en pleine harmonie avec l'élément liquide. Sacha suivit la bête et enregistra soigneusement son parcours, en esthète. Le destin lui avait envoyé un éclaireur pour lui montrer le chemin de l'île.

L'obscurité envahit soudain le monde autour de lui. Mais le castor avait déjà abordé l'île et l'enfant avait pu reconnaître le lieu précis d'accostage. Bientôt la lune se lèverait et éclairerait de sa lueur blême son île et le bateau brické[*] sur l'autre rive...

Il s'en retourna chez lui, car il avait besoin d'un sac étanche. Il couperait un solide bâton grâce au couteau qu'il s'était lui-même confectionné et qu'il avait jusqu'ici réussi à cacher à son père.

Dans le bidonville qui leur servait de maison, les ronflements de son père lui indiquèrent que la voie était libre. Il surmonta son angoisse et se faufila jusqu'à la réserve où était stocké tout le matériel de braconnier. Il trouva le sac de cuir étanche le saisit et sortit en vitesse et en catimini... La voix de sa mère le fit sursauter : « Qu'est-ce tu fais Sacha ? » Le ronflement de son père s'arrêta, comme si d'entendre prononcer le nom de l'enfant — Sacha — lui était insupportable et il se mit assis sur le lit, au fond de la salle commune.

« Sacha, nom de Dieu ! Qu'est-ce tu fous ? T'as rien apporté depuis des jours, petit fainéant ! J'te montrerai

---

[**] *Tourbillons puissants.*
[*] *Les bateaux étaient munis d'un pieu qui coulissait sur la coque et qu'on enfonçait dans le fond pour ancrer l'embarcation. Ce pieu était appelé « brick » d'où l'action de « bricker ».*

moi, ce que c'est qu'il faut faire ! » Il hurlait de fureur. La mère pleurnicha. Pendant tout ce temps, Sacha ne ralentit pas son allure. Il était déjà sorti que son père vociférait encore dans le taudis puant où ils logeaient tous...

L'enfant tremblait d'impatience alors qu'il courait sur les pavés des ruelles désertes d'Espérance, cette vaillante petite ville qui ne méritait pas son nom, du moins en ce qui concernait Sacha.

Puis il marcha quelque temps sur la route de terre battue qui constituait le chemin de halage. Il allait retrouver son coin habituel à partir duquel, en suivant l'exemple du castor, il entrerait dans l'eau du fleuve qu'il allait traverser pour retrouver son île. Mais le sort ne voulait pas que ce fût aussi simple...

Il trébucha soudain sur un obstacle invisible et s'étala de tout son long sur le chemin. Sa tentative de se retenir avec ses mains se solda par des lambeaux de peau arrachée sur les graviers.

« Eh ! Sale tête! T'as pas vu ? T'es saoul ou quoi? »

Sacha avait reconnu la voix. Le Rouquin et son acolyte le petit Teigneux avaient enfin réussi à le choper. Il tenta de se relever pour s'enfuir, mais le Rouquin lui envoya un coup de savate sur le menton qui lui releva brutalement la tête. Sans un cri, il essaya autre chose en roulant sur le côté pour se laisser glisser le long de la digue jusqu'au fleuve. Cela réussit partiellement — il sentit la douleur d'un coup de pied dans les côtes —, mais réussit quand même. Il glissa le long de la pente raide de la digue construite en pierres et se retrouva sur les galets de la grève.

« Eh ! Sale tête ! Tu t'en tireras pas comme ça. On arrive... » Ils coururent vers l'aval pour emprunter un escalier escarpé qui permettait de descendre. Mais Sacha appela le fleuve à son secours. Tant pis pour ses vêtements. Il lâcha le sac étanche qui devait maintenir ses habits au sec pendant sa traversée et entra dans l'eau. Quand elle arriva à la ceinture, l'eau fraîche courut le long de ses cuisses au travers de son pantalon. Il se laissa aller dans le courant en nageant vigoureusement vers l'autre rive. Il calculait son coup pour atteindre le point exact montré par le castor. Il l'avait dans la tête, comme un plan, comme un schéma de géométrie tel qu'il en apprenait à l'école. Une précision au millimètre près était nécessaire. Lorsqu'il arriva à la hauteur de ses agresseurs — il constata à la lueur de la lune qu'ils étaient au nombre de sept — il cria sans s'arrêter de nager: « T'es niqué le Rouquin ! » L'autre entendait sa voix, tonitruante par-dessus le clapotis des flots, mais ne voyait pas Sacha. « T'es où, sale con ! T'es où que je t'encule à sec !

— Je suis pas loin ! Et la prochaine fois, je pêcherai encore dans tes territoires ! Le fleuve n'appartient à personne, surtout pas au Rouquin !

— Si ! Ces lônes* m'appartiennent ! Nous sommes les plus forts ! Alors gare à tes fesses...

— J'irai couler tes barques, sale con ! »

Déjà, il n'aimait pas qu'on l'appelle « Rouquin », il en avait horreur, mais là, il en resta muet de stupeur. Couler ses barques ? Mais c'était tabou cela. Comme aller sur l'île en face, l'île du Drac, le roi du fleuve, qui vous gobe les yeux comme il goberait un œuf de pigeon...

Sacha reprit sa nage vers le point exact qui l'attendait inexorablement. Il avait déjà oublié ses agresseurs. Son attirance intense vers cette île ne l'avait pas lâché. Elle l'avait saisi à la gorge lorsque le bateau avait accosté l'île...

Le parcours du castor était bien calculé. Le fleuve, avec ses meuilles et ses rizes emmena l'enfant directement sur les berges de l'île côté Riaume* . L'air était doux, l'eau pas trop froide. Une fois sur le gravier, Sacha se déshabilla et tordit ses vêtements pour les essorer. Il devait être présentable pour sa rencontre avec le capitaine. Un bonheur sans mesure lui étreignait

---

* *Bras du Rhône plus ou moins séparés de celui-ci.*
* *Terme de marinier pour désigner la rive droite du Rhône, côté royaume, souvenir de l'époque où le fleuve faisait frontière entre l'empire et le royaume, d'où les termes : « Côté Empi et côté Riaume ».*

le cœur. Il jubilait. Il avait oublié tous ses soucis, les coups et la haine. Il allait communier avec la nature... « Y avait que ça de vrai ! »

L'air était immobile, sans un souffle de vent. Les grillons chantaient — c'est plus au sud qu'il y avait les cigales — le fleuve chantait et la lune riait dans le ciel. Tout semblait parfait pour accueillir ce nouvel arrivant dans ce nouveau monde, au-delà du fleuve.

L'enfant se rhabilla. Ses vêtements n'étaient composés que d'un pantalon de grosse toile, bleu délavé, attaché avec une grosse ficelle et d'une chemise de la même toile, de la même couleur. Ses pieds étaient chaussés d'espadrilles de toile de jute.

Il s'enfonça résolument dans les vorgines, cette végétation épaisse constituée de pousses de saules, d'ormes, de grands peupliers. Les moustiques avaient déjà attaqué. Sacha les entendait tourner autour de son visage. De grandes cloques le démangeaient sur le front, sur les tempes et même sur le lobe de l'oreille. Après une demi-heure de marche pénible dans cette jungle obscure, il trébucha sur une pierre.

Ici, le silence était absolu. Il le remarqua en s'arrêtant involontairement. Plus de chant de grillon, plus de chant du fleuve... Un silence de tombe.

Il frissonna. Une grande partie de sa joie fut effacée par la peur...

Ce silence n'était pas naturel.

Il se releva en se dégageant péniblement des lianes de clématite qui l'enlaçaient lascivement pour poursuivre vaillamment sa marche vers le centre de l'île. Il se cogna à une énorme pierre cyclopéenne.

Il était arrivé aux ruines. Les ruines du château du Drac. Un vaste cercle stérile ouvrait un espace à sa vue sous la lueur blême de la lune. Comme empoisonnée, la terre, ici, ne laissait rien pousser. Seule une vaste construction effondrée à cause des coups insidieux du temps qui passe et des crues du fleuve trônait dans ce cercle. Des pierres énormes, des sculptures étranges, aux visages effrayants. Certaines représentaient des êtres aux contours d'une géométrie non euclidienne, aux perspectives bizarres et troublantes. L'enfant cheminait lentement entre ces pierres, la tête baissée, les bras croisés sur sa poitrine comme pour calmer les battements de son cœur. Son angoisse ne faiblissait pas, au contraire, elle s'approfondissait alors qu'il avançait vers le centre de cette clairière obscure. C'était d'ailleurs cette angoisse qui le poussait à continuer. Elle avait remplacé cette intense jubilation qu'il avait connue quelques heures auparavant lorsqu'il avait abordé l'île. Quelques heures ? Il avait l'impression d'être ici depuis très longtemps...

La tombe l'attendait. Il la rejoignit.

C'était une grande pierre monolithique posée sur le sol (que contenait-elle en dessous ? !) et surmontée d'une grande sculpture effrayante qui représentait un être aux allures démoniaques, ni homme ni bête, un être aquatique, c'était sûr, mais qui semblait d'une intelligence diabolique.

Et la tombe lui parla :

« Tu as traversé le fleuve pour me rejoindre, c'est bien. Ne dis rien ! Ton but n'est pas atteint, car ces ruines sont celles de ton enfance. Mais rien n'est perdu!... Tu dois poursuivre ta route vers l'autre rive de l'île. Tu y trouveras un bateau en couchée... »

Le bateau ! Il le savait qu'il devait rejoindre le bateau ! Mais, cette voix glacée comme les profondeurs du fleuve, l'avait-il entendue ou s'était-elle simplement incrustée dans son esprit ?

Un peu plus loin, alors qu'il poursuivait son chemin, il passa devant une partie de bâtiment encore debout, les fenêtres garnies d'une menuiserie pourrissante, rendue grise par les intempéries, aux vitres intactes maculées de toiles d'araignées et de poussière. Il aperçut une ombre bouger derrière une fenêtre. Il lui sembla distinguer un enfant... La terreur l'envahit, elle anima ses jambes et ses cordes vocales qui émirent un son grave et plaintif. Sa course entre les blocs sur cette terre stérile était automatique, car la peur avait paralysé son jugement.

Soudain, une ombre se dressa devant lui, à contre-jour de la lune qui brillait juste au-dessus d'elle. C'en était trop ! Il s'effondra sur le sol, la tête cachée dans ses bras. Mais, si cela l'empêchait de voir, il ne pouvait éviter d'entendre !

Une voix profonde, mais douce, résonna dans sa tête : « N'aie pas peur, je veux juste t'empêcher de faire une bêtise. N'y va pas ! Retourne chez toi ! »

Cette voix produisit l'effet contraire dans son esprit. Retourner chez lui ? Dans cet enfer quotidien ? Revoir son père, cet ivrogne violent, sa mère tout en soumission à cette violence ?...

Sûrement pas !

Il était venu ici pour embarquer vers d'autres destins que le sien beaucoup trop sordide.

Il releva alors la tête pour affronter directement cette ombre qui avait la prétention de l'empêcher de passer. Elle resta parfaitement immobile sous son regard. Il la contourna, pour pouvoir la regarder à la lumière de la lune et découvrit alors une sculpture représentant un personnage qu'il voyait de dos, le corps recouvert d'une bure avec le capuchon rabattu sur le visage. Lichen et moisissures avaient coloré sa surface en un noir profond.

Il retrouva cette forêt fluviale et affronta les griffes acérées de ses ronces, les bras souples de ses clématites, les gifles claquantes de ses branches de saules. Une chouette hululait au loin. Mais cette pénible traversée guidée par le disque blafard de la lune, ne dura que quelques dizaines de mètres. Enfin, il émergea sur la gravière. Il aperçut le bateau, immobile dans sa couchée, ombre chinoise devant le reflet brillant de la lune sur la surface du fleuve. Au-delà, assez loin, la berge de l'Empi, déserte et obscure, semblait guetter le moindre de ses gestes. Bien en aval, il devinait la tour du bac à traille, pourtant très éloignée. Il pensa avec angoisse à la cloche des noyés, celle qui sonnait quand le fleuve régurgitait un cadavre.

Son regard se porta de nouveau sur le bateau. Il était très long, plus de cent mètres, on distinguait bien, à l'arrière, la plate-forme du marinier avec la longue perche du gouvernail qu'il fallait souvent manœuvrer à deux, car elle avait le diamètre d'un arbre moyen. Une ombre humaine semblait accroupie là. La cheminée était dressée, toute droite, vers le ciel, et il semblait que le moteur à vapeur tournait, car une fumée montait dans le ciel. Les deux énormes roues à aubes battaient déjà l'eau.

« Il a mis les machines à chauffer pour m'emmener ! » Se réjouit Sacha.

Et il courut sur les gros galets qui craquèrent alors sous ses pas, comme les dents claquent sous l'effet de la peur...

Le bateau était rouillé, délabré même, mais la passerelle semblait solide. Il l'emprunta résolument, sans crainte. Il courut vers l'arrière, emprunta l'échelle qui lui permit d'accéder à la plate-forme du gouvernail.

Le capitaine l'y attendait. Mais, son visage était dans l'ombre de la lune qui brillait derrière sa tête.

« Bonjour Sacha ! » Sa voix était douce et charmeuse. Elle exprimait une affection profonde que Sacha n'avait jamais connue, même de la part de sa mère.

« Tu veux partir loin d'ici. Tu verras un autre monde, celui qui se trouve au-delà du fleuve, un paradis pour les enfants malheureux. Veux-tu venir ?

— Oh oui !

— Bien, alors tu vas prendre la barre. Notre bateau s'appelle le « Mississipi ». Nous allons amorcer une sacrée décize.

— La barre ? Vous me proposez de tenir la barre ? Mais elle est beaucoup trop grosse pour moi !

— Mais pas du tout, approche-toi, tu verras qu'elle sait se mettre à ta main... »

Effectivement, Sacha s'approcha et il se sentit soudain si grand et fort qu'il put empoigner la barre, la placer sous son bras, le coude pendant, la main tenant fermement le bois lissé par les milliers de paumes calleuses des mariniers.

« Je vais lever le brick et enlever la passerelle. Tu dirigeras le bateau entre les meuilles en évitant de t'enliser... »

Le capitaine disparut vers l'avant. Le moteur monta en régime et la fumée sortit plus épaisse de la cheminée. Quelqu'un devait alimenter la chaudière en charbon. Soudain le bateau fit une véritable embardée vers l'avant. Sacha poussa de toutes ses forces l'énorme manche du gouvernail vers la berge pour en éloigner ce monstre de fer haletant, véritable dragon crachant le feu. Le bateau descendit soudain en prenant rapidement de la vitesse. L'enfant n'eut pas le temps ni la force de redresser la barre. L'énorme bateau commença à se mettre en travers, mais une main secourable survint à temps pour pousser la barre et la lourde embarcation reprit l'axe du fleuve et, à grande vitesse, entra dans un épais brouillard...

*

*　　*

Cette fois ils allaient s'en sortir ! Ils habitaient dans une belle maison, au beau toit en tuiles. Mais Sacha disait qu'il y avait un problème. « Trop de chevrons ! » Insistait-il. « Trop de chevrons ! »

Alors, il en enleva quelques-uns. Et... horreur ! Toutes les tuiles se mirent à glisser et tombèrent au sol !

Quelle catastrophe ! L'angoisse le reprit, et le manque d'alcool saisit tout son corps.

Mais... où étaient passées ces tuiles ? Où étaient-elles passées ?

Soudain, changement de décor. Il était attablé devant une grande quantité de victuailles appétissantes. Il mangeait, et surtout, il buvait du vin. Mais, curieusement, cela ne satisfaisait pas son manque, cette profonde douleur qui le rendait esclave de l'alcool. À côté de lui, un petit garçon ne mangeait pas. Il le regardait en levant ses yeux naïfs, brillants de fraîcheur. Ce petit garçon lui ressemblait.

« Sacha ? » Interrogea-t-il ?

L'enfant répondit « non », en hochant simplement la tête. Il pointa le doigt sur sa poitrine. Il pensa alors que cet enfant, ça devait être lui. Quand il était petit.

« Ah ! Bon ! Écoute, petit, tu veux trier mes tuiles ? Mettre les bonnes de côté pour que je puisse réparer mon toit ? »

Mais, avant que le petit ne pût répondre, quelqu'un lui secoua vigoureusement l'épaule. Il se retourna lentement sur son banc et vit son père lever la main avec un sourire sardonique.

« Prends ça, petit con ! »

La peur le réveilla alors. Il tenait encore sa bouteille de gnôle dans la main et s'en envoya une bonne rasade pour oublier son rêve.

C'est alors qu'il entendit la cloche.

La cloche des noyés !

Mais quelqu'un lui secouait toujours l'épaule.

« Saleté d'ivrogne ! Réveille-toi ! Arrête de boire et viens ! T'entends pas la cloche, sale con ! T'entends pas la cloche ! C'est Sacha ? J'ai peur ! Il est pas revenu depuis des jours... Faut prendre la traille. La cloche sonne de l'autre côté... »

C'était sa femme. Mais elle ne savait pas, elle, qu'il devait encore boire pour faire cesser ses tremblements. Elle fit mine de lui saisir la bouteille. Il la gifla et but avidement au goulot.

« Laisse ça ! Tu piges rien ! M'en fous de Sacha, c'est pas mon gosse... » C'était rare qu'il exprime clairement l'objet profond de sa souffrance.

Elle ne réfléchit même pas à ce qu'elle allait dire, seule l'anxiété conduisait sa langue : « Si t'avais été capable d'en faire !... »

Il ne répondit pas, sachant bien à quoi s'en tenir. L'ivrogne décida de la suivre : il n'avait qu'elle au monde... et le vieux...

Elle le laissa boire, car elle vit qu'il se levait. Puis, il se sentit mieux. Il avait oublié son rêve, mais il pleurait à cause de la cloche.

Arrivés à la traille[*] , le bac était de l'autre côté. Il

---

[*] *Système de traversée du fleuve. Étant donné son courant trop puissant, il fallait tendre un câble entre les deux rives, câble sur lequel coulissait un autre*

faisait descendre des passagers, chevaux et chariots. Le passeur regardait vers eux et leur faisait de grands signes. Devant eux, un homme de haute taille, un grand chapeau de cuir sur la tête tenait une grande faux posée en travers sur ses épaules. Pour les rejoindre, avec grande habileté, le passeur traversa le fleuve au courant fougueux. Ils étaient seuls avec le moissonneur et montèrent sur le bec. Le passeur ne leur dit rien. Mais il les observait de biais sans qu'ils s'en rendent compte. De toute façon, leur angoisse était si grande qu'ils ne faisaient attention à rien.

La cloche avait cessé de sonner.

Au milieu du fleuve, le père regarda vers l'amont. Il aperçut l'île dans la brume du petit matin et sursauta soudain en poussant un cri. Il lui semblait avoir vu un énorme bateau porteur à vapeur foncer vers eux. Effrayé, il ferma les yeux, et, lorsqu'il les ouvrit, il n'y avait que l'eau qui coulait avidement et, au loin, l'île...

Le bac à peine glissé sur l'accostage en pente douce, ils se précipitèrent vers l'aval.

Un attroupement au bord du fleuve leur indiqua que le noyé se trouvait là. Un homme agitait les bras en criant à un gendarme : « C'est moi qui l'ai trouvé ! C'est moi qui dois toucher la prime !

— Mais oui. Mais oui. Répondait le gendarme. T'n'excites pas Louis ! Personne d'autre ne le revendique ce noyé. »

Une femme pleurnichait : « Pauvre gosse ! »

Les parents de Sacha écartèrent brutalement les badauds, tous lève-tôt pour la pêche ou le braconnage, et s'arrêtèrent devant l'horrible spectacle.

Sacha, dont le corps était tout tordu par le courant, la moitié des lèvres mangées par les anguilles et les écrevisses, le ventre gonflé comme une outre, semblait pourtant avoir trouvé comme une paix intérieure... On distinguait encore sur son visage de multiples et longues

---

filin attaché au bac. Pour traverser, il suffisait de diriger efficacement la grande rame servant de gouvernail sur laquelle poussait le courant ce qui faisait avancer l'embarcation.

griffures boursouflées par le séjour dans l'eau...

« Mais où es-tu allé ? Où es-tu allé ? Mon petit chéri. » Pleurait sa mère...

Chapitre 4

Lorsque le train s'arrêta en gare d'Espérance, la petite ville fluviale était sous la brume.

Jean Calmet ressentit le froid humide du fleuve en posant le pied sur le quai. Déjà, l'ambiance n'était pas à l'accueil.

Véronique, toujours aussi obsédée par les phénomènes supranaturels, l'avait supplié de venir enquêter ici. Le détective n'aimait pas les histoires de revenants : toutes celles qui avaient fait l'objet de ses enquêtes s'étaient avérées bidon. Mais sa douce amie avait tellement insisté...

« Pourquoi n'y vas-tu pas toi-même ? C'est toi la spécialiste de ce genre d'affaires...

— Tu sais bien que je dois aller à Oléron. Je t'ai raconté l'histoire de Sacha. Elle t'a captivé non ?

— Oh ! Chiotte ! Et que vas-tu faire à Oléron ?

— Aller ! Râle pas !...

— Et c'est qui le commanditaire de cette enquête que je dois mener ?

— Je peux pas te le dire ! Pour la bonne et simple raison que je ne le sais pas moi-même !

— Hein ?

— Regarde... »

Et elle lui tendit une grande enveloppe.

Il la saisit, un peu hésitant, car il sentait que s'il prenait connaissance de son contenu, il ne pourrait plus reculer. Elle contenait une lettre dactylographiée accompagnant une coupure de journal, une photographie et une liasse de billets. La lettre commandait une enquête dans la petite ville d'Espérance et promettait la même somme en cas de succès.

« Mais enquêter sur quoi ?

— Lis la coupure de presse. » Répondit Véronique.

Le titre annonçait :

Découverte de vestiges sur une île du fleuve.

Puis, le corps de l'article :

Une grave pollution chimique du fleuve a conduit la Compagnie à faire baisser le niveau du cours d'eau pour qu'il soit plus bas que celui de la nappe d'eau potable. Ainsi, l'eau gravement polluée ne pouvait pas entraîner sa pollution dans la nappe phréatique.

C'est à cette occasion qu'est apparue une île inconnue jusqu'alors. Cette île s'est-elle formée par apport d'alluvions fluviaux ? Ou par soulèvement du sous-sol ? Quoi qu'il en soit elle est apparue. Cet événement étrange en accompagnait un autre : il y a sur cette île un ensemble de ruines mystérieuses ! Immédiatement les services compétents ont été prévenus et une équipe d'archéologues s'est rendue sur les lieux. Aujourd'hui, ces vieilles pierres n'ont pas encore laissé percer leurs secrets. On parle de temple pour célébrer le culte de Cybèle ou de Mithra, culte cruel consistant à égorger un taureau pour s'en faire asperger de son sang afin de se purifier et de commencer sa route vers l'éternité.

Dans la petite ville d'Espérance, on dit que cette île est hantée. Qu'elle est le lieu du passage vers les enfers où vit le Drac, monstre assoiffé de sang qui apparaît parfois en émergeant du fleuve comme le dit la légende.

Mais comment cela peut être dit alors que cette île n'existait pas auparavant ?

En attendant, la Compagnie exige que les fouilles se terminent rapidement afin de rétablir le niveau de l'eau, car à chaque minute qui passe, c'est de l'énergie hydraulique perdue... »

Puis, il regarda le cliché. Il représentait une pierre avec un signe gravé dessus. Il reconnut les caractères de la petite machine qu'ils avaient trouvée lors de précédentes aventures. Leur présence indiquait la possibilité d'un passage vers des mondes extérieurs. Les gens d'Espérance n'étaient pas si bêtes que cela...

C'est cette photographie qui le décida à y aller !

Et Sacha dans tout ça ?

Bah ! Il verrait mieux lorsque les pièces du puzzle seraient rassemblées.

Il marchait dans les rues pavées d'Espérance. Une rue étroite, parallèle au fleuve qui se dirigeait vers une sombre colline rocheuse portant sur ses flancs les ruines d'une vieille bâtisse.

À l'hôtel, le réceptionniste bougon lui remit ses clés sans un mot. La chambre 217 était vraiment miteuse : un mobilier réduit à sa plus simple expression, un peu bancal sur une moquette pelée et souillée de nombreuses taches qui déclenchèrent dans l'esprit du détective des images parfois sordides. La chambre possédait un miroir. Un magnifique miroir dans lequel on pouvait se voir en pied.

Il s'installa devant la glace et se mit à parler à son reflet : « Bretagne ? Bretagne ? Bretagne ? Bretagne ? Bretagne ?»

Comme dans Candyman, il fallait prononcer son nom plusieurs fois pour qu'elle apparaisse. Autant de fois que nécessaire. Parfois, il fallait le dire tellement que c'était impossible. Parfois, comme dans Candyman, cinq fois suffisaient. Ce fut le cas aujourd'hui...

Il crut percevoir comme une ombre traverser le champ du reflet, comme dans ce film d'horreur, Scream, où le tueur passe rapidement au premier plan, ombre indistincte et inquiétante, car indiscernable à cause de la rapidité du passage.

« Ah ? C'est toi Bretagne ? »

Il fallait que ce fût un miroir d'hôtel. Obligatoire...

Bretagne, la magnifique Bretagne apparut, avec ses longs cheveux noirs, ses larges épaules et ses yeux profonds fascinants. Elle remplaça son reflet. Son image se transforma comme dans les effets spéciaux des films modernes...

« Ne dis rien ! Écoute ce que j'ai à te dire, car nous n'avons que quelques secondes. Ta mémoire te trahit. Tu ne respectes plus tout à fait ton histoire quand tu te la remémores. C'est normal... Tu finiras par l'oublier, hélas, et tu ne pourras plus me joindre ! Tu devrais l'écrire pour ne pas l'oublier. Véronique t'a parlé de Sacha. Il est mort depuis longtemps, mais son esprit erre sur cette île que le fleuve a découverte. Il communique avec la mer et l'océan grâce au fleuve. Il a pris une autre dimension qui lui permet de hanter tous les milieux aquatiques qui communiquent entre eux. Les gardiens l'utilisaient autrefois pour rendre l'île maudite afin que personne n'empruntât le passage qui y existe. Sache qu'il a laissé un message à Anatole. Une porte s'est ouverte au fond de l'océan. Lilith l'a empruntée. Mais c'est un piège pour elle, car son corps de boue se dissoudra dans la mer. Elle devra repartir. Je pense néanmoins qu'elle trouvera le moyen de laisser quelque chose...

— Mais QUI a ouvert cette porte ? Qui ? »

Elle cligna de l'œil et envoya un baiser avec ses doigts. Puis l'image se dispersa et le propre reflet de Jean Calmet prit sa place normale dans le miroir...

Il songea alors en frissonnant que Véro devait bien avoir été prévenue de tout cela, car elle lui avait raconté l'histoire de Sacha, non ?

« Bon sang... qui avait ouvert deux portes quasiment en même temps ? Celle qui menait au Drac et celle qui a laissé entrer Lilith ? »

Enfin, il se décida à écrire son histoire avec Bretagne. Pour ne pas la perdre...

*

* *

À l'aube, il était déjà au bord de l'eau : il ne voulait pas rater le bateau qui se rendait sur l'île. Après une heure d'attente, il vit arriver une charmante jeune fille. Il l'aborda prudemment :

« Vous faites partie du chantier de fouilles ? » Questionna-t-il, l'air le plus aimable possible.

La fille le regarda d'un air méfiant.

« Oui ! Que voulez-vous ?

— Voilà, je voudrais rencontrer votre responsable, car je fais un reportage sur les légendes qui sont liées aux lieux que vous défrichez...

— Ah ! Vous êtes journaliste alors ?

— Non, écrivain plutôt.

— Bon. Mon chef arrive. Le voilà... »

Un jeune homme déboucha de la rue qui donnait

sur les quais. Jean s'approcha.

Le responsable des fouilles accueillit le détective avec amabilité.

« Bonjour ! Je suis Jean Calmet. Je suis écrivain. Je prépare un livre sur les légendes liées au culte de Cybèle et Mithra dans la vallée. J'aimerais pouvoir visiter votre chantier pour en apprendre plus et faire quelques photos. »

— Ah ? Bon... »

L'homme était intrigué. Il montra un visage fermé. Mais Jean crut déceler comme un air de soulagement dans son regard fuyant.

« On peut parler maintenant ? Ou vous préférez que je revienne ?

— Non, non. Je... vous pouvez visiter le chantier. Je vais désigner quelqu'un pour vous conduire. Ce n'est pas très grand. De toute façon il est situé sur une île. Venez, nous embarquons. »

Ils montèrent sur le bateau pneumatique à moteur alors qu'une brume montait du fleuve. Il fallait contourner quelques bancs de sable avant d'atteindre l'île. Elle apparut soudain dans une déchirure du brouillard épais que le fleuve semblait avoir produit pour cacher les ruines aux yeux des riverains. Un banc de graviers assez plat qui présentait en son centre un amas de pierres moussues desquelles pendaient encore quelques plantes aquatiques déjà séchées. Au centre de ce tas pierreux émergeait une petite tour cylindrique.

Ils étaient quatre dans la petite embarcation : la jeune fille, le responsable des fouilles, un autre gars qui pilotait le bateau et Jean.

« Les autres nous rejoindront ensuite. Le bateau fera plusieurs navettes. » Se crut obligé d'expliquer le responsable.

« Je m'appelle Didier - déclara-t-il à l'intention de Jean - et vous ?

— Jean... Jean Calmet

— Vous avez vu l'île ? On y arrive dans une minute. Qu'est-ce qui vous intéresse dans cette île ?

— Je vous l'ai dit : je recherche toute trace des

cultes du taureau... et les légendes du Drac...

— Ce ne sont que des légendes n'est-ce pas ?

— Oui... pourquoi ? Il me semble entendre comme un ton de contrariété dans ce que vous dites. »

L'air était calme et frais. Et ils approchaient.

« Vous savez que l'apparition de cette île a réveillé des tas d'histoires de fantômes chez les gens du bled ?

— Et vous en avez vu des fantômes ? »

Didier hésita.

« Peut-être... je les ai devinés. Mais il faudrait venir la nuit. C'est la nuit qu'apparaissent les fantômes, non ? »

Jean ne répondit pas à la provocation.

« Et à part ça qu'avez-vous trouvé sur cette île ?

— Pas grand-chose jusqu'à présent... des pierres et un puits. C'est tout...

— Et il est intéressant, ce puits ?

— Peut-être, car il était complètement fermé. Un tube de pierres maçonnées enfoncé dans le lit du fleuve. Nous avons pratiqué une ouverture latérale sous la voûte. Nous avons sondé sa profondeur. Il n'est pas très profond, pas plus que le fleuve lui-même. »

Ils accostèrent.

L'endroit était assez quelconque. Un tas de pierres moussues au centre duquel dépassait un cylindre maçonné d'environ deux mètres de diamètre.

Ils en avaient vite fait le tour. Une échelle était posée contre la construction et un tas de pierres se trouvait disposé à quelques mètres de là. Le bateau repartit chercher le reste de l'équipe et les deux jeunes gens se mirent au travail : examiner une à une les pierres de la construction effondrée.

« Au boulot, il ne nous reste que peu de temps avant la remise en eau... »

Jean s'approcha du puits et gravit l'échelle. Il ne savait pas s'il devait être déçu ou pas.

En haut de l'échelle, on accédait au conduit vertical par une ouverture irrégulière pratiquée sur la paroi du cylindre. Il passa la tête et vit la surface brillante de l'eau. L'odeur humide lui rappelait quelque chose : cet arrière-goût qui accompagnait les « passages », il en était sûr. Mais comment en ouvrir un ici ? Il lui faudrait revenir seul. En se penchant, il se coucha à l'horizontale pour regarder la voûte au-dessus de lui. Elle était vaguement éclairée par les reflets argentés de l'eau du puits. Il remarqua qu'il manquait une pierre juste au-dessus de l'entrée creusée par les archéologues.

Le miroir. Le miroir de l'eau constituerait un passage. Il en était sûr. Il fallait trouver la pierre qui manquait. Celle de la photo dans le dossier que lui avait remis Véronique. Quelqu'un devait la lui remettre. Rendez-vous était déjà pris pour la fin d'après-midi.

Il négocia le prêt d'une barque pour revenir dans la soirée. Seul. De toute façon les fouilles se terminaient sans avoir apporté quoi que ce soit d'intéressant. La Compagnie allait remettre le fleuve en eau. Il fallait faire vite.

Le café était mal famé. Mais c'était son rendez-vous. Des types crasseux regardaient de biais lorsqu'ils croyaient ne pas être vus. Le dessus de la table était tout collant. Le patron était un arabe souriant. En étalant la crasse sur la table avec un torchon gluant, il demanda :

« Qu'est-ce que vous buvez ?

— Un demi... J'ai un rendez-vous. Personne ne m'a demandé ?

— Ah ? Un type là-bas attend aussi quelqu'un...

— Merci. »

Le détective se leva et s'approcha du type en question : un gros mec qui lui tournait le dos, son crâne chauve luisant sous les néons. En contournant la table, il vit de qui il s'agissait. Une vieille connaissance à lui. Un de ses correspondants qui lui avait déjà fourni un document précieux lors d'une autre aventure.[*]

« Salut Jean. Ferme la bouche, tu vas gober des mouches...

— Ça va. Qu'est-ce que tu fiches ici ? » Répondit

---

[*] *Voir « Ruines » du même auteur chez le même éditeur.*

Jean.

« Je suis envoyé par ta chère et tendre. On lui a fait parvenir un objet que je dois te remettre. »

Sur ces mots, il leva son petit verre de rouge et l'avala d'un trait.

« Alors, donne ! S'énerva Jean.

— Ben, pas comme ça...

— Comment ça, "Pas comme ça !" ?

— Ben, et l'argent ?

— L'argent ? Véro ne t'a pas payé ?

— Ben non ! Elle aurait eu trop peur que je me tire sans te donner l'objet...

— Combien ?

— Deux mille francs.

— Bon, ça va, c'est pas trop cher... Bouge pas, je demande confirmation à Véro avec mon portable. »

Il regagna sa place et saisit son portable dans sa poche. Il tapa les numéros et porta l'appareil à son oreille. Il regarda par la fenêtre en attendant que sa correspondante réponde. Il lui sembla reconnaître Didier dans une ombre derrière la cabine téléphonique. Une bande de jeunes maghrébins était agglutinée non loin de là en poussant des cris en guise de conversation.

« Allô ?

— Véro ?

— Oui...

— C'est Jean...

— Ah ! Comment va mon chéri ? T'es arrivé ?

— Oui. J'ai visité l'île. Rien de fantastique. À part un puits.

— Ah ? Voilà, voilà. C'est bien ce que je pensais. Je t'ai envoyé Gilles Leroy, ton meilleur correspondant. Il doit te remettre la pierre. Celle qui va s'encastrer dans le puits, celle qui comporte un signe, celui de la photo.

— Mais bon dieu, comment tu fais pour savoir tout cela ?

— À chaque fois que tu poses cette question c'est que tu oublies que je suis un peu spéciale dans ce monde...

— Ah oui ? J'aime que ce soit toi qui me le

294

rappelles.

— Quoiqu'il en soit, fais ce que tu dois, et surtout, soit prudent, là-bas...

— Là-bas ?

— Oui, là-bas, de l'autre côté...

— Bon dieu, tu penses que je vais passer de l'autre côté ?

— Et pourquoi crois-tu que tu es à Espérance ? Nous voulons savoir vers quel monde mène cette porte non ? Si tu prends tes précautions, tu ne risques rien...

— C'est ce qu'on dit !

— Tu es sûr que tu n'as pas été suivi ?

— Je pense que je ne l'ai pas été, oui... Par qui voudrais-tu que je sois suivi ?

— N'oublie pas qu'Anatole est toujours dans la nature. Il cherche tout passage vers un monde extérieur. Surtout celui dont il vient...

— J'y ai pensé à ce monstre... Je me demandais...

— Tu te demandes qui nous a fait parvenir ces documents ? Je ne sais pas.

— Tu veux pas me le dire, plutôt...

— Non. J'te le jure sur la tête de ma mère !

— Elle est bonne : t'en n'as jamais eu de mère

— Un à zéro. Je serais aussi curieuse que toi de connaître notre informateur. Peut-être même qu'il y en a deux...

— Bon ! Je t'avais pas appelée pour une si longue conversation. J'te quitte.

— Aller, au revoir. Et fais attention... surtout à Anatole. »

Il en mourrait d'envie de passer de l'autre côté. Cela l'excitait tellement que la seule chose qu'il craignait était de ne pas réussir son coup. D'ailleurs, Véronique le savait très bien et lui laissait le soin de mener à bien cette investigation.

Il allait appuyer sur le bouton d'arrêt quand il se souvint brusquement de la raison de son appel et il cria dans l'appareil, attirant l'attention sur lui :

« Véro ?

— Oui. Qu'est-ce qu'il y a ?

— J'oubliais l'essentiel : Leroy me demande deux mille francs. C'est bien ce que tu avais prévu ? »

Elle réfléchit un moment puis : « Oui. D'accord. »

Elle resta silencieuse...

« Bon ça va... T'inquiète pas pour moi... »

Et elle raccrocha.

« Une vraie spécialiste pour semer le doute ! » Râla-t-il intérieurement.

Il retourna vers son correspondant et s'assit à sa table.

La pierre était de la même matière que celles qui tapissaient l'intérieur du puits. Elle portait bien l'inscription : la représentation d'une espèce de serpent dont le haut du corps était constitué d'un torse humain avec deux bras et une tête animale. Une gueule et des yeux féroces, sans pitié, sans humanité, rendaient l'image inquiétante. Un vieux type qui sortait du bistrot en passant derrière Jean Calmet s'exclama : « Le Drac ! »

Jean demanda :

« Le Drac ? C'est quoi le Drac ?

— Un être de légende qui hante les profondeurs du fleuve et qui enlève les femmes.

— Un conte de fées alors ?

— Oui, le fruit de l'imagination humaine... »

Et le vieux sortit en haussant les épaules.

« Tu t'intéresses aux légendes maintenant ?

— Comme toujours... »

Leroy n'avait pas lâché la pierre. Il se contentait de la montrer à Jean. Il avait l'air un peu tendu. Jean se rendit compte que ce type en face de lui était en train de prendre une décision.

Ça y est : elle était prise.

« Je... je ne me contenterai pas de deux mille francs. J'ai une autre requête...

— Laquelle ? »

Jean se replia dans sa coquille de méfiance.

« Je veux venir avec toi. Et mon ami aussi.

— Ton ami ?

— Oui, celui qui a trouvé la pierre. Il ne demande rien. Seulement, il veut venir aussi.

— Je... ne sais pas... »

Aussitôt, devant l'hésitation de Jean, Leroy remit la pierre dans sa poche avec un de ses gestes gracieux et rapides comme l'éclair.

« C'est à prendre ou à laisser. Alors ?

— ....

— Tu veux un délai de réflexion ?

— Je ne sais pas. On n'a pas bien le temps. Ton ami, là... il veut juste voir ou quoi ?

— Ouais ! Il veut juste voir...

— Bon. Je crois que je n'ai pas le choix. Où est-il ?

— Il nous attendra sur l'île... »

La soirée était extrêmement fraîche et de la brume montait au-dessus du fleuve. Ils montèrent tous les deux dans la barque et Jean, par de robustes mouvements des bras, se mit à ramer en direction de l'île. On pouvait la repérer par le petit lumignon de la lampe tempête qui avait été laissée là. L'éclairage public d'Espérance jetait un halo grisâtre sur ce petit tas de cailloux qui constituait l'île.

Soudain, là-bas sur l'île, une ombre se dessina. Un grand type, comme une ombre chinoise, tirait vers le bord ce qui apparaissait comme le corps d'un homme... Celui-ci partit dans le courant, et la grande ombre se redressa en regardant fixement l'embarcation qui s'approchait. Jean Calmet crut reconnaître cette silhouette : Anatole ! Ce jeune homme qui était passé de l'autre côté et qui était devenu vampire. Un terrible prédateur, qui cherchait à tout prix un passage. Pourquoi ? On ne le sait pas. Certainement pour trouver ses semblables et les faire venir dans notre monde... D'ailleurs, toutes ces légendes, comme celles du Drac, ont une base réelle. Ces dragons, monstres, vampires et lutins, sont des êtres des mondes extérieurs qui ont pu échapper à la vigilance des « gardiens » des portes. Ces derniers ne donnent pourtant plus signe de vie dans notre monde.

L'ombre sembla se diluer dans la grisaille du soir... Jean se tourna vers son compagnon. Il ne semblait pas avoir vu, car il se tenait tête baissée.

« Tu sais nager ? Interrogea Jean.

— Euh... Non !

— T'inquiète pas, je suis un très bon nageur... »

Ils abordèrent sans encombre. Ils ne voyaient personne. Pourtant les lieux ne comportaient aucun obstacle, à part les ruines et le puits... Où était passée l'ombre ?

Jean descendit le premier. Leroy hésitait à poser le pied à terre.

« Tu viens ? Qu'est-ce que tu fais. Tu hésites. C'est bien toi qui avais demandé de venir, non ?

— Je ne vois pas mon ami...

— Moi non plus. Il n'a pas pu venir. Il n'y a pas d'autre barque que la nôtre...

— Je suis inquiet...

— Aller ! Courage. Arrive, sinon j'y vais sans toi.

— Ouais... c'est ça. Vas-y sans moi. »

Il fourra la main dans sa poche et en sortit la pierre. Il la lança au détective qui l'attrapa au vol de justesse.

« Comme tu voudras. Mais si ton « ami » traîne par là, il pourrait s'occuper de toi. »

Mais Leroy n'écoutait plus. Il était mort de peur. Jean avait fait l'erreur de s'éloigner un peu. Le gros homme descendit de la barque, la poussa à l'eau, bondit dessus et s'éloigna à grands coups de rames.

Stupéfait, Jean tenta de l'attraper, mais trop tard, et cria :

« Tu sais pas nager !

— M'en fous ! Démerde-toi ! »

Et il disparut dans la nuit, emporté par le courant.

La terreur, insidieusement, s'infiltra alors dans l'esprit de Jean, resté seul. Il tenta de regarder la pierre, mais l'obscurité était trop épaisse. La faible lueur de la lampe tempête posée sur la fenêtre du puits le repoussait, le vent donnant à sa lueur tremblotante des aspects maléfiques. Et, soudain, elle fut cachée par l'ombre, celle qu'il avait vue du bateau. Et cette ombre parla, d'une voix grave et profonde :

« Et Véro, tu n'as pas amené Véro ?

— Comme tu vois, je suis seul...

— Approche. Peut-être réussiras-tu à me faire passer de l'autre côté.

— Tu sembles avoir oublié la malédiction qui t'interdit de le faire ?

— Rien n'empêche d'essayer. Tu connais ma force. D'autant que je viens juste de la reconstituer...

— Ah ? »

Jean Calmet réfléchissait. Cette dernière information le rassura. Un intrus a été la victime du vampire. Son repas. Leroy ne le savait pas. Il a fui, car il a pris conscience, petit à petit, qu'il était le mieux placé pour fournir à la créature l'énergie vitale dont elle a besoin. Par contre, Jean devait rester en vie pour l'emmener de l'autre côté.

Mais il savait que cela ne marcherait pas. Rien n'était changé. Anatole le vampire, une fois de plus, ne pourrait pas passer. Autant satisfaire son envie.

Le détective ne voyait pas le visage de la créature. Il ne l'avait d'ailleurs jamais vu. Seule Véro avait eu le loisir de détailler sa terrible figure. Elle savait ce qu'elle faisait en envoyant Jean au front, elle restant sur l'arrière.

Anatole restait silencieux. Il ne doutait pas de la décision de Jean. Mais celui-ci joua le suspens.

« Si je refuse ?

— Tu as tous les atouts en main. Sans toi je ne peux rien tenter. Mais tu ne peux rien contre moi non plus. Si tu refuses, tu te prives du passage de l'autre côté...

— Tu crois ? »

Anatole ne répondit pas. Il parla d'autre chose.

« Je sens ici une présence. Cette île est hantée. Elle possède des flux d'énergie considérables. Je vois un petit garçon nommé Sacha qui y meurt. Il passe et repasse de l'autre côté. Autrefois, il a réussi son passage. Mais il est resté coincé entre les deux mondes. Ouvre la porte et tu lui apporteras la paix... »

Jean ne répondit pas. Il connaissait ces phénomènes de hantise à proximité des « passages », car ces derniers conservaient les traces du passé. Les gardiens savaient les faire revivre artificiellement. Mais ici, il n'y avait pas de gardiens... D'ailleurs le monologue du monstre ne demandait pas de réponse.

Effectivement, l'angoisse serra le cœur du détective. Il vit alors, comme s'il pouvait regarder au fond de lui-même sur l'écran de son inconscient, il vit un petit enfant, un de ces garçons des rues, plein de malheur. Il pleurait. Son visage, rongé et boursouflé, présentait des traces de griffures, comme si, avant de se noyer et d'être dévoré par les bestioles du fond, il avait traversé en courant un épais buisson de ronces.

Cette vision le décida.

Il s'approcha du puits en glissant sur les galets gluants. Sans s'occuper du personnage au visage de gargouille qui fut autrefois un jeune homme nommé Anatole. De toute façon, il ne pouvait rien faire contre lui. Il devait juste faire un effort surhumain pour supporter sa présence et ne pas prendre ses jambes à son cou, plonger et traverser le fleuve à la nage.

La lampe tempête éclairait l'intérieur. Une corde pendait et trempait dans l'eau qui brillait au fond. Sans attendre, il se pencha dedans en veillant à ne pas faire tomber la lampe et se tourna vers le haut, en s'asseyant sur le rebord de l'ouverture de manière à pouvoir accéder à l'orifice dans lequel la pierre devait s'encastrer. Présentée, celle-ci rentra sous une forte pression en glissant comme un piston dans une chemise bien huilée d'un moteur à explosion. Aussitôt une vibration monta dans un crescendo de notes claires, mais sourdes. Jean se retourna brutalement en se faisant mal à la colonne vertébrale et regarda la surface de l'eau, car un reflet argenté brillait sur la voûte de la construction. Elle s'était transformée en surface aussi brillante et liquide que du mercure. Il pensa au film Orphée, dans lequel, justement, Jean Cocteau utilisa des nappes de mercure pour créer l'illusion de la traversée du miroir.

Jean ne traîna pas. Il savait qu'il devait passer avant que les fantômes créés par le passage — une espèce de sécurité construite par les "Gardiens" — ne se cristallisent. Il pensa à Sacha, le petit noyé et n'eut vraiment pas envie de le rencontrer. Au moment où, en faisant glisser ses fesses le long du mur, il allait plonger, une serre puissante saisit son bras.

« Ne pars pas sans moi, petit détective...

— Suis-moi. Tu verras bien si les "Gardiens" t'ont oublié... »

La main squelettique, mais puissante le lâcha. Il plongea et, immédiatement, il fut debout, dans un tunnel de vieilles pierres moussues, devant une surface verticale de liquide brillant, mais opaque. Sans rien ressentir, il était passé de la verticale à l'horizontale. Seul. Anatole n'était pas passé. Allait-il reprendre la pierre ? S'il le faisait, cela empêcherait-il son retour ? Il hésita encore un peu, se demandant si, tout compte fait, il ne devait pas rebrousser chemin...

Le boyau dans lequel il se trouvait suintait d'humidité. Une odeur puissante, à la fois terrifiante et attirante, régnait comme pour signaler une horrible présence. Un mélange de putréfaction et de sang.

Soudain, un bruit déchira le silence épais, un drôle de bruit. Jean crut reconnaître un meuglement de taureau... Comme une plainte qui projeta immédiatement dans son cerveau un souvenir précis. Il avait autrefois assisté à l'égorgement d'un taureau par un rabbin aux abattoirs de Lyon. On avait amené la bête en la tirant par une chaîne solide enroulée à l'anneau de ses naseaux. La pauvre bête résistait faiblement, comme déjà résignée à la mort. Habilement, un homme habillé d'un tablier de cuir enroula une chaîne solide autour d'une patte de la bête et un palan tira inexorablement pour faire tomber cet amas de muscles sur le côté. Le palan tira vers le haut pour bien coucher l'animal sur le dos. Un autre palan cliqueta pour tirer la chaîne de l'anneau nasal, chaîne qui agissait à l'horizontale grâce à une poulie. Ainsi, le pauvre bœuf avait le cou bien tendu. Le rabbin brandit un long couteau de sa main droite. De l'autre main, il s'appuya sur le cou de la bête et coupa de plusieurs gestes sûrs et saccadés. Le sang gicla une fraction de seconde plus tard d'une plaie béante. Le bœuf cria, mais ce cri n'eut pas le temps d'exister vraiment. Il se transforma en gargouillis liquide qui sortait de la plaie. Le liquide rouge et chaud giclait en deux longs jets à deux mètres de distance. La bête agitait ses membres dans de terribles soubresauts. Ces mouvements saccadés de la vie, dans une lutte perdue d'avance contre la mort, continuèrent bien après que le sang chaud eut cessé de gicler.

Un autre souvenir se superposa à celui-là. L'égorgement des veaux dans le terrible film de Georges Franju, Le sang des bêtes . Cette vision du bœuf égorgé aux abattoirs de Lyon avait donné de la couleur dans sa mémoire au film en noir et blanc du grand cinéaste français. Tout à coup, un nouveau cri résonna dans le silence tout neuf qui s'était imposé après le cri de la bête. Une plainte de terreur humaine !

La décision que Jean avait à prendre était compliquée par des sentiments contradictoires, mais qui avaient tous en commun un point : la peur. Peur de rebrousser chemin et de trouver Anatole. Peur de rester ici, dans cette odeur abominable, dans ce tunnel de pierres moussues et suintantes, éclairées par cette lueur métallique sinistre de la paroi du passage qui lançait des ombres inquiétantes sur ses anfractuosités. Peur que ce passage ne se referme. Peur de ce qui l'attendait là-bas, au bout du tunnel...

Mais Jean Calmet avait appris à être courageux. Il n'oublia pas pourquoi il était venu.

Il s'élança donc vers l'avant, vers ces bruits terrifiants. Il avait emmené une petite lampe de poche étanche avec lui. Elle lui serait bien utile plus loin quand la lumière du passage aurait perdu de son efficacité à cause de la distance.

Après quelques minutes de progression dans ce tube qui lui rappelait un égout, vers l'avant, il discerna dans la presque totale obscurité une lueur jaune qui sortait d'une cavité sur les côtés. L'odeur puissante était devenue très forte. Il s'approcha et regarda.

Dans une espèce de cave éclairée par des torches, des corps humains nus étaient pendus par les pieds. De leur cou quasiment sectionné s'égouttait du sang. Leurs yeux encore exorbités par la terreur de la mort donnaient une vie nécromancienne à leur visage blanc verdâtre. Au milieu de la pièce, l'énorme corps d'un taureau noir — la gorge également tranchée — gisait sur une grille grossière qui constituait le plancher de cette pièce. Ses pattes puissantes étaient encore agitées de soubresauts. Un homme costaud, coiffé du bonnet phrygien découpait les parties sexuelles de la bête. Puis, il sortit par une autre porte située en face de celle où Calmet observait la scène. Après une minute d'attente, le détective s'introduisit dans le local. Il marchait sur une épaisse grille en fonte. Il regarda sous ses pieds. Une fosse pleine de sang donnait une idée de l'importance du nombre des exécutions qui avaient eu lieu ici. L'odeur était suffocante. Soudain, il perçut un mouvement à la surface du liquide rouge et fumant. Une tête émergea. Au milieu d'un visage terrifiant, deux yeux rouges terriblement bestiaux, mais intelligents le fixèrent. D'un puissant mouvement de sa queue musclée, le Drac sauta de sa piscine de sang, et s'agrippa aux barreaux de la grille. Il tenta de saisir la cheville de Jean en passant une main griffue au travers. Mais Jean, poussé par la terreur avait déjà reculé. La créature poussait des cris. Des cris qui alertaient d'autres créatures. Des cris qui auraient paralysé de peur quiconque. Mais Jean avait vu pire. Il retourna dans son boyau de pierres. Et vit au loin, une lueur jaunâtre bouger et entendit les grognements de ses poursuivants. Il devait donc retourner d'où il venait. En espérant violemment que ce passage qu'il venait d'ouvrir ne permettrait pas à ces créatures d'atteindre notre monde qui paraissait merveilleux à côté de celui-ci...

Là-haut, Anatole trempait dans l'eau du puits, tout

simplement. Impuissant devant cette incapacité qu'il avait de passer de l'autre côté. Mais il avait toute l'éternité devant lui. Il grimpa le long de la paroi comme un lézard et tenta de sortir la pierre de son trou. Mais c'était impossible. Elle était parfaitement scellée... Soudain, une main agrippa sa cheville et tira fort vers le bas. La tête de Jean sortit de la surface de l'eau en suivant son bras. Mais il n'était pas mouillé. Absolument sec, car ce n'est pas l'eau qu'il traversa, mais la surface de mercure brillante. Anatole poussa un cri de surprise : « Tu reviens déjà ? » et lâcha prise. Il tomba dans l'eau alors que Jean avait eu le temps de saisir le rebord de pierre de l'ouverture du puits et de se hisser à l'extérieur. La lampe à pétrole brillait encore. Sans un mot, il courut vers le fleuve et plongea pour rejoindre la berge à la nage... Il n'était pas suivi...

Déjà, le niveau de l'eau montait. La Compagnie était en train de remettre les choses en ordre. Au petit matin, l'île aurait rejoint le lit du fleuve et la navigation pourrait reprendre normalement.

Plus bas, bien plus en aval, le corps de Didier, vidé de son sang, finirait bien pas s'échouer quelque part...

*
* *

En nageant, il voyait les quais illuminés par l'éclairage public. Ces lumières jaunâtres se reflétaient à la surface de l'eau, loin devant lui. Il devait se dépêcher avant que la force du courant ne s'amplifie, car la compagnie avait fait basculer les grands portiques des barrages mobiles.

À quelques mètres du bord, il entendit des voix.

Un accent saccadé, avec un chuintement de « t », de nombreux « quouâ » qui ponctuaient les phrases. Des « nique » deci delà... Avec quelques « ch't'encul » pour ponctuer le tout. Une bande de jeunes Arabes qui s'engueulaient. Jean tombait mal. Il se laissa couler le long du quai vers le sud pour s'éloigner un peu. Mais pas trop, car il était vraiment très fatigué...

Il aborda, épuisé. S'allongea sur le sable gris puant du fleuve. Une odeur de merde séchée régnait ici. Après quelques minutes, il se leva et emprunta l'escalier qui menait à la nationale. Il pria le dieu des détectives que la bande ne le vît pas.

Mais il n'y a pas de dieu pour les détectives.

Alors qu'il longeait le Rhône pour remonter son cours, et qu'il n'entendait aucun bruit, il sursauta, car il vit un groupe d'ombres émerger soudain de la digue.

« Eh ! Qu'esse tu fous là ? Casse-toi ; tire-toi de là ; qu'esse tu regardes ? »

Jean obtempéra, traversa la route et se dirigea vers la mairie. Il voulait éviter à tout prix une telle rencontre. Il avait autre chose à faire. Il comptait sur l'obscurité pour s'évader de ce piège.

La rue des Mariniers tenta bien de servir sa fuite, mais la place des Jouteurs lui fut fatale.

Soudain, il fut entouré d'une bande de gamins vêtus de jeans, de baskets et de vestes de survêtements, encapuchonnés et le pull relevé jusqu'aux yeux. D'autres relevaient leur veste jusqu'au-dessus de la tête ne laissant qu'un œil regarder au travers de la fente. Le détective se souvint des femmes de Bou Saada, dans le sud algérien qui étaient enveloppées d'un drap blanc et dont on ne voyait qu'un œil au travers de la fente qu'elles laissaient s'ouvrir devant leur visage. Ici, c'était des garçons. Leurs yeux noirs de haine brillaient à la lumière des lampadaires.

« Enculé, qu'esse que tu fais, qu'esse tu regardes ? »

Jean ne répondit pas et sortit les mains de ses poches. L'un d'eux s'approcha de lui, la veste relevée au-dessus de la tête. Cet imbécile avait les deux mains prises par cette mascarade.

« Ch't'encule moi » Et il faisait le geste de va et vient avec son bassin. Jean voyait distinctement son pull gris, sa veste blanche avec des épaulettes bleues, et un œil noir, brutal et con. Fallait l'être pour se présenter comme cela, bras pris au piège.

Le pied de Jean partit soudain au moment pile ou le pubis du type était en avant et lui brisa les rustons en mille morceaux. Le gars hurla et lâcha son vêtement, découvrant un crâne rasé et une figure qui l'était mal (rasée), ses mains tenaient son jean où se trouvait son sexe, et il geignait : « Putain de ta mère ! » Les autres ne demandèrent pas leur reste et filèrent.

Jean laissa là sa pauvre victime et poursuivit son chemin en courant.

Un peu plus loin, il comprit pourquoi sa présence gênait. Des flammes sortaient d'une voiture arrêtée en plein milieu de la rue, posée de travers volontairement. Le feu se répandit vite à tout l'habitacle et, tout autour, d'autres voitures s'embrasèrent.

Le détective accéléra le pas et réussit à joindre son hôtel en faisant un détour, sans être arrêté.

Une fois dans sa chambre, il entendit les sirènes des voitures de pompiers passer en trombe sous ses fenêtres.

Une nuit ordinaire dans la petite ville d'Espérance ?

Chapitre 5

Alors que le jour grisâtre se levait, Huguette se réveillait lentement, sans se presser, car elle venait de faire un rêve érotique merveilleux. Sans la censure du moi, impeccablement mené jusqu'au bout de plusieurs orgasmes. C'est la première fois que ça lui arrivait. Elle se sentait remplie des restes du plaisir intense qu'elle venait de prendre durant la nuit.

Elle pensa à son mari. Son désir pour elle l'avait visiblement quitté. Mais elle savait qu'il se masturbait. Il appréciait beaucoup les films porno sur Canal+. Cela ne la dérangeait pas. Au contraire. D'une part elle avait la paix, car chez elle aussi, le désir pour lui était parti, mais, surtout, cela gardait chez lui un certain entraînement dont elle pouvait profiter.

Mais là, cette fois, un rêve pareil, elle n'en avait jamais eu. La plupart du temps, ses rêves érotiques la réveillaient juste avant l'orgasme. Au lieu d'être plaisant, c'était pénible. Parfois, elle se finissait à la main...

Puis, quand elle fut bien réveillée, elle ressentit comme une légère culpabilité. Elle tendit le bras à côté d'elle pour toucher son mari. En bougeant, elle prit conscience d'un liquide poisseux, puis d'une odeur écœurante. Elle ouvrit les yeux et les écarquilla d'horreur. Un corps sanglant et éviscéré gisait à côté d'elle dans son lit. Le sang avait imbibé les draps et le matelas. Le ventre ouvert laissait s'écouler des organes dégoûtants. La peau retroussée sur les côtes montrait par endroits la blancheur de l'os. Seul le visage était intact. Celui de son mari. Il souriait les yeux ouverts sur la mort. Huguette ne cria pas. Elle sombra immédiatement dans la syncope salvatrice.

Mais quelques minutes plus tard, elle reprit connaissance. Et hurla. Un cri long et aigu, comme si ses poumons avaient été gonflés d'air sous une énorme pression et qu'elle le laissait échapper, telle une soupape munie d'une sirène... Sa chemise de nuit était rouge du sang perdu par le compagnon de sa vie.

*

*   *

À la gare de Perrache, au petit matin de son train, de nombreux clochards dormaient juste à côté de la porte du parking en étages du complexe d'échanges. Un seul d'entre eux était réveillé. Le corps emballé dans un sac de couchage crasseux, il regarda passer la jeune femme d'un regard de feu. Ses yeux donnaient l'impression de briller comme des braises dans l'obscurité. Un peu gênée, Véronique passa son chemin. Elle avait juste le temps d'attraper son train.

À l'arrivée, elle avait loué une voiture.

Le grand pont qui relie l'île au continent serpentait en de grands et longs méandres au-dessus de l'océan à marée basse. Les vases humides découvertes reflétant la couleur gris métallique du ciel étaient parsemées des vastes taches vertes des parcs à huîtres. De nombreux ostréiculteurs étaient sur place, profitant d'un coefficient de marée élevé pour récolter les huîtres qu'ils feraient mûrir dans les bassins d'affinage de l'île, où ces merveilleux coquillages prendraient cette unique couleur verte qui leur donne ce goût particulier.

Après cette merveilleuse traversée de l'océan, elle se rendit à Saint-Trojean où l'attendait sa chambre d'hôtel. Une fois installée, elle alla se promener au Château, petit port du sud-est de l'île entouré de vieux remparts. L'île était déserte en cette saison, tous les touristes l'ayant abandonnée. Elle trouva la femme qu'elle devait interroger à l'adresse qu'elle avait obtenue grâce à son contact. Mais ce témoin refusa de lui ouvrir. Les yeux pleins de larmes, elle entrouvrit la porte devant une Véronique ayant pris un air doucereux dans une tentative (désespérée) d'amadouer la jeune femme. Des yeux terrifiés regardèrent la visiteuse et une voix étranglée lui fit comprendre que si elle avait ouvert, c'est parce qu'elle attendait quelqu'un d'autre, et que de toute façon elle ne recevrait personne. Avant d'entendre la réponse, elle claqua la porte. La jeune femme ne se laissa pas démonter par ce manque d'hospitalité et consulta immédiatement sa liste en projetant de rendre visite à la victime suivante qui demeurait à La Cotinière. Elle se nommait Clairville Huguette.

Le petit port luisait de toutes ses couleurs sous la lumière blanche somptueuse de l'île. Véronique se promenait sur les quais à proximité du monument aux morts en songeant à la réaction de la femme du Château. Elle cherchait les arguments qu'elle emploierait auprès du prochain témoin. Elle se demandait comment Jean s'y prendrait, lui...

Elle ne remarqua pas tout de suite le clochard qui la dévorait des yeux. Ce n'est qu'en passant plusieurs fois devant le square du monument aux morts qu'elle prit conscience de ce regard plein de désir. Encore blessée d'avoir détourné les yeux face au clochard de Perrache, effrontément, elle fixa celui-ci tout en déambulant lentement.. Il détourna les yeux, se leva, empoigna une vieille bicyclette et se dirigea à pied, en la poussant d'une main, vers le bâtiment de la criée.

Madame Clairville habitait une villa en bord de mer au nord de la ville. Véronique arrêta sa voiture de location devant la maison et, avant de descendre, admira longuement l'océan tumultueux qui s'agitait sous un ciel maintenant chargé de gros nuages sombres donnant à la surface de l'eau tous les tons de gris, du gris blanc métallique au gris sombre de velours. La brume empêchait de voir l'horizon. La jeune femme fut alors prise du désir de parcourir cet océan sur une frêle embarcation poussée par le vent. Ce dernier s'était levé. Elle voyait, vers le sud, les vagues rouler sur la plage et bondir par-dessus la digue du port. Quels sombres secrets renfermait cet océan dans ses abysses glacés ?

Elle se décida à descendre de son véhicule et sonna au portail de la petite propriété. Un homme âgé sortit de la maison et s'approcha lentement. Il avait un air agressif mêlé à l'expression d'une profonde peine. Sa démarche dénotait une grande fatigue.

« Qu'est-ce que vous voulez ? Nous ne recevons pas de journaliste !

— Je ne suis pas journaliste. Je suis envoyée par madame Furat. Je désire rencontrer madame Clairville. Veuillez m'annoncer s'il vous plaît ! Je sais que madame Clairville veut me voir.

— Je suis son père, elle ne m'a pas dit qu'elle attendait quelqu'un.

— Bon ! Et bien, allez lui poser la question...

— Non ! Elle est souffrante. Je ne veux pas la déranger.

— Vous êtes sûr que vous respectez bien sa volonté en me refusant l'entrée ?

— J'en suis sûr... »

Il hésita un peu, puis, tout de même ébranlé par l'assurance de cette grande et belle femme qui le regardait droit dans les yeux avec une pointe de séduction, il ajouta :

« Bon ! Attendez là, je vais lui demander... »

Il retourna lentement vers la maison en traînant les pieds.

Véronique attendit cinq minutes et le vieil homme apparut devant la porte lui faisant signe d'entrer. Elle poussa le portillon qui n'était pas verrouillé et entra dans la maison. Une belle femme d'âge mûr l'attendait, assise dans un grand fauteuil. Elle avait les traits tirés, d'énormes poches sous les yeux.

« Asseyez-vous, offrit-elle. Si vous êtes envoyée par mon amie Arlette Furat, vous savez déjà tout sur notre histoire, car elle a vécu les mêmes évènements que moi.

— Oui ! Je sais ! Mais peut-être pourrez-vous nous apporter quelque chose de nouveau, qu'elle a oublié de nous préciser.

— Mais, d'abord, qui êtes-vous ? »

Véronique présenta ses papiers en expliquant ses fonctions de détective. Cela eut l'air de rassurer la jeune femme.

Effectivement, elle n'apporta rien de nouveau à l'enquête. Sauf sur un point qui pouvait déclencher une nouvelle direction à ses investigations : toutes ces femmes avaient fait de violents rêves érotiques la nuit de l'assassinat de leur mari. Il n'était pas facile de le faire dire à la jeune femme. Mais comme Véronique le savait déjà, elle ne put le nier. Et, comme pour se faire pardonner d'avoir résisté, elle apporta un élément nouveau décisif. Ces rêves se poursuivaient encore une ou deux fois par mois. Un personnage apparaissait à chaque rêve. Cet homme assistait à la scène érotique, tel un voyeur, et cela gênait beaucoup la rêveuse.

« Cet homme a-t-il une image précise dans votre rêve ?

Huguette hésita un moment, très gênée.

— Je... je... je ne sais pas. C'est si difficile à dire...

— Donc la réponse est "oui" ?

— Il me semble... que... enfin... j'ai vu un homme qui ressemblait beaucoup au personnage de mon rêve ! »

Elle avait fini par dire cela d'un coup, dans un débit très rapide, les yeux baissés et le rouge aux joues. Véronique attendit quelques secondes qu'elle se remette de son émotion et questionna sur un ton d'une extrême douceur :

« Vous le connaissez cet homme ?

— Non ! Mais je l'ai vu au port, avec une bicyclette... »

Le vieil homme, qui était revenu entre temps, interrompit la conversation et demanda à Véronique de prendre congé, prétextant une grande fatigue d'Huguette. Véronique n'insista pas et quitta la maison après les remerciements d'usage. En remontant dans sa voiture, elle jeta un coup d'œil amoureux à l'océan : elle ne se doutait pas encore de l'identité du personnage à bicyclette...

Chapitre 6

Un calme absolu régnait dans la chambre d'hôtel. L'obscurité n'était que faiblement estompée par la vague lueur qui traversait les rideaux.

Elle faisait l'amour avec Garand.

Mais... n'était-il pas mort ? Non ! Il était bien là. Son sexe dressé se balançait devant elle ; elle ne voyait que ce membre, il remplissait son champ de vision. Quand il disparut en elle, elle dégrafa sa chemise pour sentir les doigts chauds de l'homme caresser et malaxer ses beaux seins gonflés de désir.

Non seulement Garand n'était pas mort, mais il semblait être deux... Deux Garand à la fois... quel bonheur ! À vrai dire, le visage qui haletait au-dessus du sien était flou. Maintenant ce n'était plus Garand, mais Jean. Cela l'excita encore plus : Jean plus Garand égale jouissance maximum !

Un puissant orgasme secoua le corps excité de Véronique. Elle se sentait remplie des deux côtés à la fois et inondée d'un plaisir qui faisait onduler ses hanches comme les vagues de l'océan — en amples mouvements accentués par l'accélération du plaisir. Elle refusait de se réveiller vraiment, pour mieux jouir, tous ses tabous — bien qu'elle n'en eût pas tellement — brisés par le sommeil. Mais un orgasme unique, tellement puissant et profond, tellement violent et étonnant la réveilla brusquement. Elle cria en jouissant violemment, en se demandant, dans un mélange de ravissement et de panique, dans quel endroit elle pouvait bien se trouver et avec qui. Quel était le personnage de sa connaissance qui pouvait la faire jouir à ce point. Elle ressentit comme une légère caresse sur tout son corps, comme si on lui enlevait un tissu léger posé sur elle.

Elle ouvrit brusquement les yeux. Une ombre diaphane sembla disparaître sur la gauche. Elle tourna la tête pour la suivre du regard, en vain. Au même moment, elle crut voir un visage à droite de son lit. L'ombre lui ayant échappé, elle regarda de nouveau de l'autre côté : rien.

Elle réalisa qu'elle venait de rêver. Cela la déçut dans un premier temps.

Elle se leva, l'entrejambe tout humide de l'amour, et alla boire un verre d'eau au lavabo. Elle avait fait l'erreur de ne pas allumer. Un léger bruit vers la porte lui en fit prendre conscience. La lumière l'éblouit brusquement quand elle eut appuyé sur l'interrupteur du cabinet de toilette, et éclaira la chambre d'un trait lumineux épais. Elle se retourna, juste le temps de saisir au vol une légère fumée qui partait en dessous de la porte donnant sur le couloir.

Une espèce de poudre jaune maculait la moquette de la chambre à cet endroit. Elle ouvrit, s'agenouilla devant l'ouverture, tenant le battant d'une main, prête à refermer en cas de danger et regarda dans le couloir. Il était vide de tout occupant...

Après avoir refermé, elle racla un peu de poudre dans une enveloppe en vue d'analyse.

Cela faisait longtemps qu'elle n'avait pas rêvé de Garand. Elle avait assisté à sa mort, vidé de son sang par le vampire Anatole. Où était-il passé celui-là ?

Elle pensa à sa fille... partagée entre l'amour maternel dont elle ne pouvait se défaire, et l'horreur enfouie au plus profond d'elle-même en pensant, justement, qu'elle pouvait être aussi la fille de Garand qui n'était peut-être pas un être humain... Pourtant, c'était une petite fille charmante comme les autres que Jean Calmet, son ami, avait reconnue.

Tiens, Jean, justement ! Il fallait qu'elle l'appelle. Elle n'avait personne d'autre à qui s'adresser. Elle se recoucha en se promettant d'appeler Jean dès l'aube...

*
*   *

« Allô, Jean ?

— Oui, c'est moi ! C'est toi Véro ?

Le portable fonctionnait mal... La voix semblait

lointaine.

— Oui !

— T'as vu l'heure qu'il est ? Tu me réveilles à l'aube maintenant ! Qu'est-ce qui ne va pas ?

— Tu as vu Alice ? Elle se porte bien ?

— Oui. Oui. Je l'ai vue. Je suis passé chez mes parents hier soir. Ça va... Elle se plaît bien là-bas... »

Jean respecta le silence de Véro à l'autre bout. Il attendit qu'elle parle de nouveau, avec patience. Il entendait un bourdonnement dû à la mauvaise qualité de la communication.

« Jean... euh... il faut que tu viennes !

— Que je vienne à Oléron ? Bon Dieu ! Je t'avais dit de ne pas t'occuper de cette histoire. J'entends au son de ta voix un désarroi certain. Et pourquoi tu ne viendrais pas toi ? Abandonne cette enquête. Ça ne nous rapporte pas une tune ! Que des ennuis en perspective.

Cette tirade, à laquelle pourtant elle s'attendait, l'agaça.

— Eh merde ! Tu rabâches ! Tu me l'as déjà dit, ça, avant que je parte ! Tu connais ma détermination. Je trouverai la solution de l'énigme. Car énigme il y a. La police ne trouve rien. La presse en parle peu à cause de la connotation très sexuelle des meurtres et de leur atrocité. Je suis décidée et... en danger...

— En danger ?

Il lui avait coupé la parole, subitement inquiet.

— Quel danger ?

Elle hésita encore avant de répondre. C'était pas facile à raconter...

— Euh... j'ai fait un rêve... et... il me semble que quelqu'un était dans ma chambre. Il a laissé des traces : une poudre jaune que j'ai ramassée. Il faut la regarder au microscope. Tu ramènerais le nôtre si tu venais... Si on ne trouve rien, il faudra l'analyser...

— Une poudre jaune ? Quel genre ?

— Une poudre très fine, comme... des spores de champignon...

Jean avait vraiment envie de la rejoindre. Elle commençait déjà à lui manquer.

315

— J'ai fini mon enquête à Espérance. De toute façon j'étais quasiment en route pour Oléron. Je râle, mais je te suis quand même... Tu le sais bien. J'ai déjà pris mon billet d'avion. »

Puis, soudain, le cœur de Véro fut serré par l'angoisse. Elle songea aux hommes atrocement massacrés dans leur lit aux côtés de leur femme qui avaient fait un rêve érotique, sans se douter du drame qui se déroulait à côté d'elles.

« Mais nous devrons faire chambre à part !

Ordonna-t-elle.

— Chambre à part ! ! ?

S'insurgea-t-il.

— Ça va pas non ? C'est toi qui me proposes cela ?

— Je tiens trop à toi pour risquer de te trouver haché en morceaux dans mes draps. J'ai horreur du sang !

Il ressentit un profond sérieux, même une certaine terreur dans la voix de la jeune femme.

— J'espère que tu plaisantes. Bon, je n'ai plus le temps... On en reparlera à l'aéroport... »

Chapitre 7

Certaines femmes éblouissent les hommes dès qu'ils posent leur regard sur elles, comme une grande lumière qui les attire à la sortie d'une forêt sombre et profonde dans laquelle ils se seraient perdus. Cet éblouissement, c'est l'espoir d'un ailleurs, d'un bonheur au soleil. Et puis, l'aveuglement passé, c'est la déception : ils ne se retrouvent que dans une simple clairière, au-delà de laquelle la noire forêt reprend ses droits.

D'autres femmes commencent à se faire remarquer par une faible lueur. Il ne faut pas la rater... Dès qu'elle est saisie, il faut la suivre. Petit à petit, elle devient plus intense, plus éblouissante, jusqu'à l'aveuglement. L'éclair du coup de foudre. Et quand la pupille peut s'écarter de nouveau, l'homme est à la lisière de la forêt, car, la fréquentation de cette femme lui envoie tous les matériaux nécessaires pour construire une belle maison dans sa tête. Une vaste maison qui occupe tout son esprit, une maison dans laquelle il habite avec la fille, la maison du bonheur. Et si, bien plus tard, quand l'amour est consommé et que la femme s'en va, ou rapidement s'il ne peut l'être, la lumière s'éteint, la maison tombe en ruines. Mais même ces ruines restent belles et imposantes. La seule part de tristesse qu'elles comportent tient dans la nostalgie qu'elles ont pour rôle de transmettre. Mais une nostalgie joyeuse, jubilatoire, jouissive... Elles imposent leur beauté dans l'esprit de l'homme jusqu'à la mort...

Véronique est un être exceptionnel. Elle appartient aux deux catégories. Elle a laissé beaucoup d'hommes dont l'esprit est préoccupé par son image, son charme, son rayonnement. Quoi qu'il arrive, ces hommes auront toujours une part de bonheur à eux. Véronique est une fille qu'on ne peut que partager. Elle ne peut appartenir à personne.

Autrefois, elle avait eu un sosie, dans un autre monde. Désormais, ce sosie était mort. Avant de mourir, Alice — c'est comme cela qu'elle s'appelait — avait laissé une descendance dans notre monde : un vampire, un jeune homme qui le devint par amour d'Alice. Anatole courait le monde...

Véronique avait eu un enfant, une fille. Mais elle n'était pas bien sûre de l'identité du père. Elle avait appelé son enfant Alice. Il se peut qu'elle soit la fille de Garand, l'être qui avait participé à l'éducation de la jeune femme. Elle n'a jamais connu ses vrais parents. Anatole a tué Garand.

Il courait toujours...

Véronique voulait le retrouver. Une vraie obsession. Elle ne pouvait pas s'en défaire. Autrefois, elle recherchait Garand. Maintenant c'était Anatole...

C'est cette obsession qui la conduisait à parcourir le monde à la recherche d'événements extraordinaires qui pouvaient être des indices de la présence d'Anatole... Car cet être détenait sans le savoir le secret des "portes", ou, du moins, le secret de ce qui empêchait certains de les emprunter.

Perdue dans ces pensées, elle faillit rater Jean. Elle courut vers l'arrivée de l'avion en provenance de Satolas et aperçut au loin son détective qui l'attendait avec une grosse valise en carton mâché.

Elle le rejoignit en courant et sauta dans ses bras. Le bonheur de le retrouver effaça ses angoisses.

Ils se rendirent à l'hôtel dans la voiture de location de Véro. Jean loua une chambre en tordant les lèvres : « C'est bien la première fois que je prends une chambre différente de la tienne. Ça me rappelle nos débuts à l'auberge du dragon volant... »

Puis il posa une question au réceptionniste, question qui déclencha un sourire chez Véronique :

« Il y a un miroir au moins dans la chambre ? »

Le réceptionniste, un grand barbu à la chevelure hirsute, arrondit la bouche et les yeux, manifestement étonné par la question.

« Un miroir ? Bien sûr qu'il y a un miroir... Il y a toujours des miroirs dans les chambres d'hôtel...

— Bien sûr... Bien sûr... Suis-je bête ! »

La jeune femme l'accompagna et entra avec lui dans la sobre pièce. Jean se rafraîchit le visage dans le cabinet de toilette, puis défit ses bagages. Il sortit une grosse boîte en polystyrène liée par un gros élastique.

« Le microscope ! Dit-il en regardant sa compagne. Va chercher ton échantillon. »

Elle sortit et monta un étage pour rejoindre sa chambre en craignant soudain de ne pas retrouver la poudre jaune. L'image de cette vapeur dorée coulant sous sa porte la rattrapa dans ses réflexions. Et l'inquiéta fortement.

Mais la poudre y était toujours. En un clin d'œil, elle la rapporta dans la chambre de Jean qui avait déjà installé le microscope devant la fenêtre. Un énorme livre était posé à côté de l'instrument.

Le détective préleva quelques grains de poussière jaune et les enserra entre deux plaques de verre qu'il plaça sous l'objectif du microscope. Il regarda longuement en réglant le miroir pour éclairer l'échantillon par dessous.

« Ouais ! Ce sont bien des spores de champignon. Mais j'ignore de quelle espèce. Je ne suis pas assez calé pour le déterminer.

— Regarde dans ton livre...

— Je ne sais pas. Cela demanderait trop de temps...

— Bon ! Eh bien donnons l'échantillon à un pharmacien...

— Je crois que c'est ce qu'il y a de mieux à faire... »

Il marqua un silence pour réfléchir. Elle attendit qu'il parle.

« Bon ! On va se partager le boulot...

— Je vais te montrer le clochard, le coupa-t-elle, et tu t'en occuperas pendant que j'irai porter l'échantillon à la pharmacie.

— On va le trouver où ce clochard ?

— On va essayer à La Cotinière...

— Allons-y ! »

*

* *

Le port de La Cotinière était désert : la saison touristique était terminée et le temps pas très clément. Le clochard était d'autant mieux repérable. Effectivement, Véro l'aperçut au loin. Elle saisit Jean au coude et, sans regarder en direction de l'homme, elle dit : « Regarde en direction du monument aux morts, vers le petit square. Tu vois un type mal habillé et barbu qui boit du vin dans une bouteille en plastique. Il est assis à côté de son vélo...

— Je vois trois types mal habillés. Ils ont tous des bouteilles de vin en plastique ! »

Véro regarda dans leur direction et précisa : « Bon ! C'est celui qui se trouve à l'extrême gauche. Un barbu, je t'ai dit !

— Ah ! oui, d'accord. Vu ! »

Ils s'éloignèrent tous les deux vers leur voiture et repartirent vers Saint-Denis pour trouver une pharmacie. Ils cassèrent la croûte dans un petit café ouvrier. Ensuite, Jean loua un vélo et rejoignit le petit port pendant que Véro s'occupait de donner l'échantillon à analyser.

Chapitre 8

Leburre était vieux. Il ne savait pas s'il avait envie de prendre sa retraite. Parfois oui, quand la fatigue le saisissait brusquement, quand le matin était dur après une nuit sans sommeil. Parfois non quand il se sentait seul, très seul. Son épouse, Jannie, l'amour de sa vie l'avait quitté il y a des années. Il avait alors cherché l'oubli dans l'alcool, puis essayé de s'arrêter tout seul. Résultat : crises d'épilepsie et delirium tremens. Puis, un ami docteur l'avait convaincu de se faire soigner. Désintoxiquer... Il avait suivi une cure. Échec. Puis, une deuxième, réussie cette fois. Mais il était toujours tenté. Il s'y remettrait un jour, il le savait. Il était trop seul. Et ses beuveries solitaires avaient été néfastes à son commerce qui était devenu vieux comme lui. L'alcool le reprendrait dans ses bras pervers lorsqu'il déciderait de se suicider. C'était plus agréable comme cela que de se tirer une balle dans la tête.

Ce vieux un peu courbé, les cheveux longs très blancs, regardait l'échantillon au travers de ses lorgnons. Il n'avait pas l'air très content.

« Que voulez-vous que j'en fasse de cette poudre jaune ?

— Je voudrais savoir ce que c'est, répondit Véro.

— Mais je dois savoir quoi chercher, sinon il y en a pour une fortune. »

Il releva la tête légèrement et regarda cette belle jeune femme par-dessus ses lorgnons. Elle souriait de son air le plus séduisant, le plus attirant. Le vieux s'attardait. Il profitait d'une présence aussi attrayante, aussi rare devant lui. Franchement, qui n'aurait pas profité de même d'une si belle créature ? « Profité, profité... », n'exagérons rien, regarder seulement.

« Bon, j'ai regardé au microscope. Je pense qu'il s'agit peut-être de spores de champignons. Ça en a l'air du moins... »

Véro insistait. Elle n'était pas dupe de l'effet qu'elle faisait sur le vieux. À son âge, regarder lui laissait de très bons souvenirs.

« Ah ? Ah bon ! Eh bien d'accord. Je pourrais facilement vous faire cela. Mais je dois vous demander des arrhes.

— Bon, d'accord. Combien ?

— Euh, disons... Trois cents francs. Ça va ? »

Véro ne répondit rien et se contenta de payer.

Pendant qu'elle extrayait l'argent de son portefeuille, le vieux la dévorait des yeux. Il ne vit pas la créature passer devant la vitrine de son officine. Elle ressemblait à un homme de petite taille, mais tout sec, tout maigre et... élastique. Caoutchouteux comme un champignon. Un peu visqueux même. Une gueule à faire dégueuler. Mais il portait un caban de marin et le capuchon cachait bien son visage. Et des vieux jeans. Ce type regardait dans le magasin dans lequel trônaient un vieux comptoir en bois et des étagères avec plein de bocaux munis d'étiquettes d'herboriste. Véro avait bien choisi son lieu, exactement ce dont elle avait besoin.

Elle sortit l'argent, trois beaux billets de cent francs et les posa sur la table.

« Je reviens quand pour les résultats ? »

Pour faire durer, le vieux réfléchit longuement en dévorant la jeune femme des yeux.

« Alors, arrêtez de me regarder comme ça et répondez !

— Euh... dans trois jours. Dans trois jours charmante madame... L'attente sera longue de vous revoir. »

Il avait osé ! Mais Véro avait l'habitude.

« Ouais, c'est ça. À dans trois jours ! »

Et elle se retourna pour partir. Le type horrible était toujours là, le visage collé à la vitrine. Surpris par le départ de la jeune femme il se retourna brusquement et partit à toute vitesse vers la gauche et entra dans le couloir qui pénétrait dans la petite maison à côté de l'officine aux charmants volets bleus. Saisie par la surprise, la jeune femme marqua un temps d'arrêt (le vieux en profita pour continuer à regarder... le côté pile) et courut immédiatement vers la sortie. Mais, dehors, elle ne vit personne. Elle ouvrit doucement la porte du couloir, car il lui avait semblé la voir légèrement bouger et regarda à l'intérieur. Des murs blanchis à la chaux, mais personne. En s'avançant, elle vit la petite porte qui devait donner sur l'officine. Elle l'ouvrit lentement et un bref regard lui confirma son hypothèse. Une petite cuisine dont la porte ouverte laissait voir le magasin et le vieux pharmacien de dos. Bon, il se remettait doucement de ses émotions, et Véro repartit sans être vraiment sûre d'avoir vu quelque chose lorsqu'elle s'était retournée vers la sortie de la pharmacie poussiéreuse.

Le type en caban se laissa tomber du plafond assez haut où il s'était agrippé, léger comme de la gaze en se tenant coincé entre les deux parois verticales et poussant sur chacune d'elles avec ses bras et ses jambes, formant un pont avec son corps au-dessus de la porte d'entrée. Il atterrit sans bruit, sans même plier les genoux, en rebondissant comme une balle de caoutchouc. Comme une plume dans une légère brise d'été, avec néanmoins une démarche de panthère, il s'approcha de la porte de la cuisine que Véro venait d'ouvrir. Elle avait été mal refermée et il lui suffit de la pousser en douceur pour pénétrer dans la petite cuisine. Le type habillé en marin s'assit sur une chaise et attendit. Son immobilité parfaire donnait l'illusion qu'il était des vêtements posés sur une chaise. La pièce sentait le renfermé ce qui n'était pas pour lui déplaire. Cette odeur de moisi, c'était un parfum délectable pour lui. La cuisine était vraiment en désordre. De la vaisselle sale traînait dans l'évier. Ça devait grouiller de cafards. La nuit, la petite pièce devait subitement vivre sa vie de sales petites pattes, antennes et élytres...

L'attente ne fut pas longue... Le vieux entra, encore rêveur de la vision d'une très belle jeune femme. Il avait un projet dans sa tête : la revoir. Ça l'aida à vivre.

Le type qui l'attendait se leva et ce mouvement déclencha l'attention du pharmacien qui sursauta.

« Qui... Qui êtes-vous ? Que faites-vous ici ?

— Je m'appelle Fleur de Soufre, répondit une voix légèrement basse qui semblait s'évaporer du capuchon dans lequel une obscurité épaisse cachait un visage inconnu.

— Fleur de Soufre ? »

L'autre ne répondit pas. Ce qui semblait l'intéresser c'était le sachet de poudre jaune que tenait en main le vieux pharmacien.

« Donnez-moi ce que vous tenez là !

— Non, mais... qu'est-ce que vous faites ici ? Filez ou j'appelle la police.

— La police ? C'est quoi la police ? »

Bonsoir, c'est quoi ce type. Il a quoi comme gueule ? Si la police ne lui fait pas peur, qu'est-ce que je peux faire ?

Le vieux n'était pas un peureux. Il en avait vu d'autres à son âge. Il recula lentement pour tenter de regagner son officine, plus en vue de la rue. Mais Fleur de Soufre ne lui laissa pas le temps de faire deux pas. Il bondit par-dessus la table tel un oiseau de proie et se jeta sur sa victime. Ce dernier ne ressentit qu'un effleurement léger lorsque le type au caban atterrit sur lui. Accroupi sur ses épaules, une jambe de chaque côté de son cou, il lui ouvrit la gorge d'un coup sec et léger. Le sang rouge vif gicla loin devant. Le pauvre pharmacien ne put même pas crier, la trachée-artère sectionnée ; Fleur de Soufre se laissa retomber en faisant une roulade complète et se retrouva debout derrière l'homme qui restait encore debout. Il leva ses deux mains de la paume desquelles sortaient deux griffes acérées et laboura le dos du pauvre pharmacien qui mourait quasiment debout. Avant que son corps exsangue ne tombe en pliant les genoux, Fleur de Soufre avait saisi le sachet de poudre jaune et s'enfuit, léger comme l'air...

Chapitre 9

Justin se demandait où était passé Fleur de Soufre. Justin le considérait comme son fils. Il était en quelque sorte son fils. Et Justin était inquiet. Dieu seul savait ce qu'il avait dans la tête, ce Fleur de Soufre. Et ce qu'il faisait...

Justin ne se rappelait plus comment il était devenu clochard et pourquoi il s'était rendu sur l'île. La misère, il connaissait. Il semblait qu'il l'eût toujours connue, qu'elle était née avec lui. Misère matérielle qui l'avait conduit à vivre en plein air. Misère corporelle qui avait fait de lui une épave. Son seul bien était cette vieille bicyclette qui ne le quittait jamais. Il ne se rappelait plus de son nom. Mais cela n'avait pas d'importance, car il portait sur lui sa carte d'identité qui lui apprenait régulièrement qu'il s'appelait Justin. Il ne retenait pas son nom de famille. Ce qui l'avait fait fuir, ça, il le savait, c'était les voix. Les voix qui le harcelaient. C'étaient ces voix qui l'avaient conduit au bord de la mer, sur la plage longue à perte de vue. C'est là qu'il avait trouvé l'étui en étain contenant la poudre jaune. Il avait respiré cette poudre et vu des choses qui lui avaient procuré un plaisir sexuel immense. C'était tellement bon qu'il ne pouvait s'en passer.

Il faut dire qu'avant la poudre, sa misère était aussi sexuelle. Pas de compagne, pas d'argent pour voir les prostituées. De toute façon, son repli sur lui-même se traduisait aussi sur le plan sexuel. Il aimait regarder et, lorsque « son poisson frétillait », il adorait le sortir et le tenir dans sa main, bien dur et bien dressé, le regarder en même temps qu'il pensait à l'une (ou parfois deux) de toutes les belles filles qu'il avait vues, pour certaines scrutées en secret. Depuis qu'il y avait Fleur de Soufre, il prenait son pied. Il avait le droit de le suivre lors de ses expéditions nocturnes. La première partie du spectacle était inoubliable. Quant à la seconde partie, il l'évitait systématiquement. Comme Justin avait été si fasciné par cette belle jeune femme qu'il avait aperçue à plusieurs reprises — vraiment bandante ! —, il avait convaincu Fleur de Soufre d'une expédition spéciale... Ce petit monstre androgyne baiseur lui devait bien ça !

Vraiment, Justin trouvait que les femmes sont belles.

L'érotisme qu'elles dégagent prend sa source dans les propres fantasmes du voyeur. Il y a d'abord la silhouette. Elle doit être de proportions idéales entre la grandeur, la finesse de la taille, la largeur des hanches, l'étroitesse des épaules et le rebondi de la poitrine. C'est pourquoi cette silhouette est plus attrayante vue de trois quarts. Mieux encore quand la femme tourne les épaules en maintenant droites ses hanches. On a tout sous le meilleur angle de vue. Mais parfois, une silhouette très érotique s'avère plutôt décevante de près. Un visage laid, par exemple, peut gâcher le tout. Les cheveux attirent parfois l'œil de loin, lorsqu'ils sont flamboyants, roux ou blonds... Ensuite, le mouvement. La grâce du mouvement. Que ce soit le mouvement de la démarche avec l'ondulation des hanches, les gestes des mains et des bras, la manière de croiser les jambes lorsqu'elle s'assoit, mais aussi les mouvements des lèvres quand elle parle, le regard, les légers mouvements de tête pour accentuer le discours, ou la grâce des mouvements de mains pour mieux convaincre. Et les gestes proprement érotiques ; comme de tirer l'élastique du collant au travers du vêtement et de le faire claquer « clac ! ». Ça excite, ce petit bruit permet à l'imagination de se concentrer sur cet endroit du corps féminin. Ou alors, quand la main de la belle regardée passe sous le vêtement du buste et redresse une bretelle de soutien-gorge sur l'épaule. On le devine au mouvement. Et parfois, on entend aussi ce « clac ! » Il y a donc aussi le vêtement. Il peut être moulant comme un jean qui donne aux fesses une forme régulièrement ronde, un bustier serré sous les seins qui met en valeur cette bosse, et dont le léger décolleté montre clairement qu'elle est divisée en deux parties dont l'imagination donne toutes les formes qu'elles possèdent dans la réalité. Les jupes qui claquent comme des drapeaux sur les cuisses lorsqu'elles marchent et s'éloignent du voyeur, parfois tout excitées d'être ainsi violemment regardées. Les jupes qui volettent autour des cuisses soyeuses au rythme du vent et de la démarche. Cette dernière donne un rythme au tissu de la jupe plissée, accentue la démarche de la femme et montre mieux ainsi sa personnalité. Les jupes courtes, minijupes qui donnent aux jambes cet élancement qui trace un chemin vers le haut, vers le mystère soyeux, sombre et rose, humide et chaud... Et puis, parfois, c'est au contraire une certaine disproportion, un petit défaut qui déchaîne des paroxysmes d'érotisme. Quand « le poisson frétille » il est exigeant. Il réclame...

Une seule chose effraie le voyeur, c'est le regard. Il en a peur du regard de la regardée. Il craint qu'elle ne trouve dans le sien cette impuissance vis-à-vis des autres qui le fait se replier sur lui-même. C'est pourquoi, impérativement, le voyeur doit voir sans être vu. Regarder incognito.

Il y en a des belles choses à voir dans la rue. Sur la plage, c'est autre chose. On voit tout et, hélas, aucune latitude n'est laissée à l'imagination. À part certaines beautés rares qu'on peut imaginer posséder.

Justin avait-il vu Jean qui le suivait ? Il l'avait vu, mais ne le connaissant pas, son attention n'avait pas été attirée. Et Jean était très bon pour ce travail de pistard.

Le ciel était toujours gris. L'île avait été désertée par les estivants. La plage nue s'offrait tout entière aux rares visiteurs qui osaient affronter le vent et les embruns. Le clochard avait investi une vieille casemate qu'il avait aménagée tant bien que mal et réussi à clore d'une porte faite de planches lissées par les vagues et rejetées par la mer. Comme l'étui en étain. Le détective repéra l'endroit et retourna sur ses pas pour attendre, au bout du chemin jusqu'à ce que le clochard repasse. Il attendit longtemps. Toujours pas de Justin. Il se décida alors à se rendre carrément vers le blockhaus désaffecté, le « domicile » du clochard. La construction en béton avait bougé avec le temps et était tout de travers. La demeure de Justin était comme sa tête, son « moi », tout de travers...

Le détective frappa à la porte qui rendit un son très assourdi.

« Il y a quelqu'un ? » Cria-t-il. Pas trop fort pour ne pas être entendu trop loin... Pas de réponse. Seulement le bruit des vagues au loin, que roulait l'océan gris métallique. Le détective poussa la porte et entra.

Les lieux étaient dégoûtants. Une odeur infecte montait du sable frais. La merde séchée, l'urine décomposée. Comment ce clochard pouvait-il dormir ici ? Un vieux matelas pourri posé à même le sol constituait l'ameublement de cette pièce sordide. Quelques photos de femmes nues ou plus ou moins dénudées étaient collées sur les parois. L'éclairage naturel provenait des meurtrières situées à trois mètres du sol. Pas grand-chose à glaner ici... Par conscience professionnelle, Jean souleva le matelas avec dégoût et précaution, espérant ne pas attraper de puces ou de poux...

Un éclat de lumière désigna sa trouvaille : un étui métallique, à moitié enfoncé dans le sable. Comme un clin d'œil, une œillade sexy... Il tira le grabat plus loin et se pencha pour ramasser sa trouvaille. Il faisait trop sombre pour l'examiner. Alors, il sortit. Dehors, au soleil, il détailla l'objet. Un tube vraisemblablement en étain, avec un bouchon du même métal, vissé à l'extrémité. Il dévissa le bouchon. Ça coinçait un peu, mais il y parvint. Le tube dans la main gauche, il écarta le couvercle dévissé et leva le tube pour regarder à l'intérieur. Seule l'obscurité lui répondit. Et une odeur de moisi, pas de moisi dégoûtant, mais une bonne odeur de rosé des prés en septembre. Alléchante même... Sa main agita légèrement le petit récipient, le bras levé pour voir éventuellement tomber quelque chose. Ce qui finit par se produire. Une poussière jaune pâle produisit un petit nuage qui sembla se diriger volontairement vers son nez. Il ne résista pas à la tentation et respira... à fond. Sa vue se distendit soudain. Comme s'il était subitement devenu complètement myope. Il regarda le tube en étain et il vit tous les détails du métal, ses rayures, quelques poussières jaunes. Et il ne comprit plus rien, ni qui il était, ni où il était, ni ce qu'il faisait. Il ne pensa qu'à une seule chose : atteindre la forêt, son humus, dans lequel il devait se vautrer, pisser, éjaculer. Une seule chose le guidait : ensemencer la terre de tous ses liquides biologiques. Il lui aurait même donné son sang...

Il jeta le tube et son couvercle au loin et se mit à courir vers la forêt visible d'où il se trouvait, au-delà des dunes, magnifiques sous le soleil pâle qui traversait difficilement les nuages.

Véronique, revenue de chez le pharmacien, avait cherché Jean à La Cotinière. Elle savait que c'était là qu'il se rendait et qu'ils devaient se retrouver... Elle chercha également le clochard. À l'endroit où elle l'avait vu la dernière fois, elle vit un vieux assis sur un banc. Elle s'assit à côté de lui et entama la conversation :

« C'est la bonne saison, les estivants sont partis...

— Ah ? Et qu'êtes-vous donc vous ? Une Parisienne ?

— Non, une Lyonnaise... »

Il était impossible à un homme normalement constitué, même vieux, de refuser la conversation avec cette fille. Tout était attirant chez elle, même le son de sa voix.

« Ah ? Une Lyonnaise ? Et qu'esse vous venez faire ici ? »

Elle ne répondit pas. Le vieux tournait la tête vers elle, la dévorant du regard. Elle n'était pas belle, non, là n'est pas la question. Attirante.

Elle parla d'autre chose, ne perdant pas son but.

« Ya des clochards ici ? C'est étonnant non ?

— Il en vient en automne. Ils trouvent la tranquillité. Ils repartent pour l'hiver.

— Il y en avait là, l'autre jour. Vous les avez vus aujourd'hui ?

— Oh ! Y en a un qui loge à la casemate. L'était là t'à l'heure.

— À la casemate ? Quelle casemate ?

— Là-bas, vers les dunes...

— Mais, c'est loin...

— Pour sûr qu'c'est loin. Ch'peux vous montrer...

— Si vous voulez. On y va ? »

Elle se leva. Le vieux pêcheur l'imita et la conduisit vers le sud de l'île, vers la casemate. Pendant la marche, lente, car le vieux ne marchait pas vite, Véro alimentait la conversation sur les huîtres, les ostréiculteurs, les parcs et la marée...

Soudain, au loin, elle aperçut la casemate et Jean qui courait vers la forêt qu'elle apercevait à l'horizon.

Elle cria : « Jean ! Eh ! Jean ! »

Mais il semblait ne pas l'entendre. Elle abandonna son compagnon en s'excusant et se lança à la poursuite de Jean.

« Eh ! Mamselle ! Partez pas si vite... »

La déception du vieux était grande. Jamais il n'oublierait ces moments passés avec une si charmante créature.

Jean courait loin devant elle lorsqu'elle passa devant la casemate. Il courait bizarrement et trébucha plusieurs fois, ce qui permit à la jeune femme de le rattraper. Elle plongea comme au rugby, lui entourant la taille de ses bras et se laissant glisser au sol pour entraver ses jambes et le faire tomber. On appelle ça un placage. L'homme tomba raide le visage dans le sable. Véro se mit debout, une jambe de chaque côté du corps de Jean et d'une main ferme attrapa son blouson pour le retourner. Il avait les yeux dans le vague, comme s'il ne voyait rien, comme un myope.

« Jean ? Jean ? Qu'est-ce qui t'arrive ? Qu'as-tu ? »

Elle était terrorisée à la vue de son visage émacié, pâle, les lèvres noires et des immenses cernes sous les yeux. Elle tenait trop à lui pour ne pas être bouleversée.

« Jean ! Tu m'entends ? Jean !

— Lafffooorrr....

— Quoi, qu'est-ce que tu dis ?

— La fo...rrr....

— La forêt. Tu veux aller dans la forêt ? »

330

Soudain, il tenta de se lever et frappa Véro. Elle esquiva son geste agressif et maladroit.

« Bordel ! C'est moi Véro ! Véro ! Arrête tes conneries !

— Véro ? C'est Véro ? Qu'est-ce que tu fais ici ?

— Et toi, où tu vas ?

— Dans la forêt....

— Ça va ? Tu peux te lever ?

— Ouais... Ça peut aller. Pousse-toi que je puisse me lever. »

Elle obéit volontiers et l'aida à s'asseoir. Elle prit place en face de lui sur le sable, assise sur les talons.

« Raconte-moi ce qui s'est passé... Ça va ?

— Oui, ça va mieux. Je me souviens. J'ai suivi le clochard. J'ai trouvé où il habite et je suis entré. Dans cette casemate, là-bas. Il y avait un tube en métal qui contenait le même genre de poudre que celle que tu as trouvée dans ta chambre. J'en ai respiré un peu, ce qui restait dans le tube. Et j'ai perdu le sens de la réalité. Je...

— Oui ? Continue...

— Euh, c'est difficile à dire...

— C'est sexuel ? C'est ça ?

— Pourquoi sexuel ?

— Parce qu'il n'y a que ça qui puisse gêner un humain mâle... (Elle disait cela en riant)

— Te fiche pas de moi. Sexuel, si on veut. Bestial plutôt. Comment dire... Je me croyais une espèce de sanglier avec un besoin impérieux de me vautrer dans une souille...

— Une souille ?

— Ouais, tu sais, ce que font les cerfs et les sangliers mâles, ils grattent la terre, se vautrent dedans, pissent et éjaculent. Tu vois, ça ne me gêne pas d'en parler.

— Oui, je vois...

— Ah ? Et que vois-tu ?

— ... Rien ! Je ne vois rien !

— Moi non plus. On verra ce que dira le pharmacien. Viens, on va voir où est parti le clochard... »

Ils se levèrent et se dirigèrent ensemble vers la forêt, empruntant la route forestière si bien entretenue...

L'automne avait donné des couleurs chaudes aux feuilles des arbres. Le ciel nuageux et changeant donnait une alternance d'obscurité et de lumière avec le soleil qui rayonnait au travers des arbres et qui se cachait ensuite derrière les nuages. Ils marchèrent longtemps et durent abandonner, car la nuit finirait par tomber.

Justin demeura introuvable...

De retour à l'hôtel, ils s'installèrent au restaurant. La serveuse était en noir et blanc avec une petite jupe plissée qui mettait en valeur ses longues jambes gainées dans des collants sombres... Cela attirait l'œil de Jean comme un aimant attire une aiguille d'acier. Véro observait tout cela en souriant avec complicité.

Jean croisa son regard et éclata de rire :

« Ça me rappelle quelque chose. Toi aussi ?

— Ouais, mon ancien métier à l'auberge des vignes...

— Tu étais bien plus attirante qu'elle.

— Ah ? "Etais", ce n'est plus le cas aujourd'hui ?

— Arrête ! Tu sais bien que ce n'est pas ce que je voulais dire... Tu es toujours aussi bandante, tu le sais parfaitement bien...

— Autant que Bretagne ? »

Là il s'était laissé surprendre ! Il en resta muet quelques secondes.

« Alors ? insista-t-elle, alors ? Ça t'en bouche un coin ou quoi ? »

Elle affichait un sourire énormément charmant, irrésistible !

Il se ressaisit vite, se rappelant qu'il avait affaire à quelqu'un d'aspect humain, trop humain même, doué d'un sens moral, éthique, d'un humanisme profond, mais pas humain. Elle-même ne savait pas qui elle était.

« Tu ne te souviens jamais qui je suis...

— Bon dieu ! C'est vrai. Mais comment sais-tu pour

Bretagne ?

— Je lis dans tes pensées.

— Tu lis dans mes pensées ?

— Enfin, disons que je ressens certaines choses. Je suis lié à toi. Je devine que tu me caches quelque chose et j'entends ce que tu me caches...

— C'est pas vrai ! Et qu'est-ce que je vais devenir ?

— C'est rien ! Rien du tout ! T'énerve pas. Ça change rien entre nous...

— Et comment ça marche ce don ?

— Je suis liée aux manifestations qui s'agitent auprès des "portes" et Sacha en est une de ces manifestations. Il a parlé à Anatole et aussi à Bretagne.

— À Bretagne ? Comment ça à Bretagne ? Bordel... c'est pas croyable tout cela.

— Oui. Tout se tient, c'est la "Trame", elle se joue dans les liens entre tous ces mondes.

— Et tu es coincée ici ?

— Je crois que j'ai été faite pour cela. C'est ma nature de ne pas pouvoir passer de l'autre côté. Comme Anatole. Par contre, toi tu peux.

— Oui, je sais. Il suffit de trouver une porte. Et peut-être que tu trouveras ton super baiseur de Garand.

— Han ! Arrête. Il est mort !

— C'est toi qui le dis. Tu es la seule à l'avoir vu.

— Tu peux me croire non ?

— Oui et non... »

La jalousie rongeait de nouveau son cœur.

En plus elle connaît l'existence de Bretagne. Se disait-il, angoissé.

« J'ai peur pour Alice. Je dois savoir où se trouve Anatole.

— Et comment veux-tu que je le sache ?

— Interroge Bretagne...

— Hein ? Mais je croyais que tu savais tout ce qu'elle savait... »

La serveuse arriva avec le plateau de fruits de mer et interrompit leur conversation. Véronique la reprit immédiatement.

« Ce n'est pas si simple. Je ressens certaines

choses, mais je ne sais pas tout.

— Bonsoir. Je croyais posséder quelque chose de formidable avec cette relation au-delà des miroirs...

— Tu l'as eue où ?

— À Rome... Piazza Navona, dans un palais qui n'existe que dans les œuvres d'Hoffmann.

— Ah... je vois. Les œuvres d'Hoffmann ne sont pas si irréelles que cela... Ça t'est arrivé avant de me connaître ou après ?

— Oh, bien avant ! Voilà un avantage que tu ne pourras pas t'approprier.

— Hum... Il doit quand même y avoir de la "Trame" là-dessous. Ce n'est pas pour rien que tu as été embringué dans mes histoires....

— Tu crois ?

— Je pense... Alors, tu l'interroges cette jolie Bretagne ?

— Bon, puisque tu insistes... On finit et on monte dans ta chambre...

— Non, dans la tienne, je préfère... Et n'oublie pas : chambre à part..

— Et on baise quand ?

— Plus tard quand cette histoire sera finie...

— Tu parles ! »

Il saisit une huître et la grugea avec un grand bruit liquide. Puis, il mangea de tout : tellines, coques, palourdes, bulots, et grand tourteau bien rouge... Et même quelques moules crues. Délicieux ! Tout cela arrosé d'un blanc de Touraine. Véronique l'accompagna avec la même dextérité et le même plaisir.

La nuit était tombée et la chambre déserte sinistre quand Jean alluma la lumière. Seule une petite lampe de chevet éclairait la petite pièce. Véronique le suivit, légèrement émue. Légèrement excitée aussi. Elle sentait qu'elle changerait d'avis si Jean...

Mais celui-ci était l'objet d'une autre émotion : celle de devoir s'entretenir avec Bretagne en présence de Véronique. Il pratiqua le rituel devant le miroir dans lequel son reflet accompagnait celui de Véro. Cette présence allait-elle gêner l'apparition ? Pas du tout ! Au troisième « Bretagne » psalmodié le reflet de l'homme se changea en celui de la belle femme qu'était Bretagne.

« Bonjour Véro ! » S'exclama-t-elle lorsqu'elle apparut.

« Bonjour Bretagne ! Quelles sont les nouvelles ?

— Les nouvelles de qui ou de quoi ?

— D'Anatole...

— N'ai-je pas déjà dit à Jean qu'Anatole avait parlé à Sacha ?

— Si ! Si ! Répondit nerveusement le détective... J'ai même rencontré Anatole là-bas...

— Je suis au courant, Jean m'a expliqué cela, répliqua Véro. Mais où est-il maintenant ?

— Comment veux-tu que je le sache s'il n'intervient pas dans mes sphères ?

— Donc il ne l'a pas fait ?

— Non... C'est l'heure ! Je m'en v.... »

Et l'image de Jean rétablit ses droits dans le miroir...

« Déjà ? ! S'esclaffa Véro. Bordel ! Je n'ai rien appris ! C'est pas possible cela ! »

Elle se retourna vers Jean :

« Et toi tu dis rien ?

— Et que veux-tu que je te dise ?

— Anatole va pas tarder à arriver.

— Comment le sais-tu ?

— Je le sais. Ça arrive toujours. Les événements qui se déroulent ici sont un signe pour moi. Je m'y intéresse. Il s'y intéressera aussi.

— Comment ça ?

— Comment ça ? Comment ça ? J'en sais rien moi, comment ça ! Il s'y intéressera, c'est tout !

— Et comment saura-t-il ce qui se passe ici ? Il ne lit pas les journaux... Il vit comme un clochard. Il a besoin de rien. Il pourrait même vivre à poil s'il n'avait pas peur de se faire remarquer... »

Jean réfléchit un moment, puis pâlit :

« Alice ! Nom de dieu ! Y pourrait pas s'attaquer à Alice ?

— S'attaquer ? »

Véro faisait des yeux tout ronds.

« S'attaquer ? Non... S'attaquer, non. Il ne ferait pas de mal à ma fille, à Alice, ma fille...

— T'en es sûre ?

— Oui ! J'en suis sûre. Bon, revenons à nos histoires. On verra ce qu'on fait d'Anatole plus tard...

— Bon !

— J'ai donné l'échantillon au pharmacien. On verra ce qu'il pourra nous dire. Voilà.

— Et maintenant ?

— Il faudra passer la nuit... »

Cette idée ne l'enchantait pas. Elle eut brusquement peur.

« Plusieurs types sont morts horriblement massacrés à côté de leur épouse. Celle que j'ai vue m'a confirmé qu'elle avait fait un rêve érotique violent lorsque c'est arrivé. Elle m'a même dit qu'elle avait cru apercevoir le clochard en rêve. C'est quoi ce cinéma ? T'y comprends quelque chose toi ?

— Ben... si toi t'y comprends rien, tu penses, moi...

— Bon... On va organiser une veille. On fixe un tour de rôle et on assure la relève en se téléphonant. Qui commence ?

— Je commence. Tu es fatiguée. Tu peux commencer à dormir...

— D'ac. On s'embrasse... »

Elle s'approcha et ils s'embrassèrent très amoureusement, se collant l'un contre l'autre. Il sentait ses seins contre sa poitrine et son pénis se dressa. Lorsqu'elle le sentit, elle décida d'en rester là, on ne sait jamais. Dans les circonstances présentes, fallait éviter.

Elle s'écarta de lui et sortit en lui faisant un petit signe de connivence avec un sourire enjôleur...

Le mystère des passages restait entier. Lui, Jean le détective, était passé deux fois. Une fois, il y a quelques années en Pologne. Mais il n'était pas resté longtemps de l'autre côté, car le dernier passeur, Garand, était mort, vidé de son sang par le vampire Anatole. Ce qui condamna d'ailleurs ce dernier à rester dans notre monde. Idiot non ? La mort de Garand ferma les passages, le fit revenir sur Terre et laissa là-bas son compagnon.[*] Le deuxième passage eut lieu il y a peu de temps. Curieux. Car cette possibilité signifie que quelqu'un l'a fait passer. Un passeur. Un nouveau passeur. Qui est-il ? Anatole n'est pas passé, lui. Cela est interdit aux représentants de son espèce. Mais donc, un passage a été ouvert...

Jean poursuivit sa réflexion en se parlant à lui-même intérieurement.

« Bretagne m'a indiqué qu'un autre passage a été ouvert et que Lilith l'a emprunté. Qui a ouvert ces deux passages quasiment en même temps ? Véro était tellement troublée par tous les événements qui se sont déroulés ici, qu'elle n'a même pas eu le temps de réfléchir sur les conséquences du fait que j'ai pu prendre une porte et de ce que j'ai trouvé là-bas... »

Du coup, il décida de la rejoindre, au moins pour discuter de cela avec elle. Il chercha sa clé de chambre, la trouva finalement posée sur la petite table, cachée sous sa veste jetée négligemment par dessus. L'hôtel était silencieux. Il entendait le plancher craquer sous ses pas. Il sortit dans le couloir et fit les quelques pas qui séparaient sa porte de celle de la jeune femme et frappa à la porte. Elle répondit :

« Ouais ? Qui c'est ?

— C'est moi, Jean. On n'a pas fini de discuter. Faut qu'on se voie... Ouvre ! »

Elle ouvrit et il entra. Son visage était défait...

« Mais qu'est-ce que tu as ? Ça ne va pas ?

— Si ! Ça va. Je m'inquiète pour Alice...

— Bon, mais alors c'est simple : tu n'as qu'à lui téléphoner...

— Il est tard...

— Bon, alors, tu ne veux pas savoir ?

— D'accord, tu as raison... »

Elle décrocha le téléphone et demanda le numéro à l'accueil. Elle eut la communication rapidement.

---

[*] Voir « Ruines » ci-dessus.

« Allo ? Mamie ?

— C'est vous Véro ?

— Oui, comment va Alice ?

— Très bien ! Pourquoi ? Il n'y a pas de problème. Elle a de bons résultats à l'école. Elle mange bien. Elle réclame sa mère. C'est une petite formidable. Qu'y a-t-il Véro ? Il se passe quelque chose ?

— Non... euh... pas vraiment. Vous allez bien la chercher à la sortie de l'école ?

— Bien sûr, dites donc !

— Elle dort donc ? Je ne peux pas lui parler ?

— Hon ! Ça m'ennuie de la réveiller !

— J'oserais insister...

— Bon, vous êtes sa mère. Je vais voir... »

Véro attendit un moment.

« Tu ne dis plus rien, que se passe-t-il ?

— Elle va la réveiller.

— Ah ? Ça dure non ?

— Ben oui ! »

Véro avait encore pâli. Elle commença à s'énerver.

« Allo ? Allo ? Que se passe-t-il ? » Cria-t-elle dans le téléphone. Une voix d'homme, chaude et calme, lui répondit.

« Véronique ?

— Oui ? Alors, Alice vient ?

— Oui, elle ne va pas tarder. Vous voulez bien me passer mon fils s'il vous plaît ?

— Hein ? Et Alice ?

— Ne vous inquiétez pas tout va bien, en attendant qu'elle arrive, passez-moi mon fils.

— Bon d'accord ! »

Elle tendit le combiné à Jean.

« Ton père, il veut te parler... »

Il attrapa l'appareil, l'air intrigué. Ses yeux marron devinrent encore plus foncés.

« Allo, P'pa ? Ça va ?

— Ça pourrait aller mieux mon fils ! On a un gros problème. Reste calme pour Véro. Ne lui montre pas ton émotion.

— Oui, d'accord... »

Véro le fixait droit dans les yeux, un air dur dans ses pupilles très noires... Jean ne pouvait plus détourner le regard. Il serrait les dents. Elle essayait de le rendre transparent...

« Oui. Euh... Voilà...euh...

— Oui d'accord. »

Quel supplice ! Il ne pouvait pas montrer le moindre agacement devant le regard transperçant de Véro.

« Mon pauvre Jean... Ta mère n'a pas trouvé Alice dans sa chambre...

— Ah ?

— Tais-toi ! »

Son père avait perdu son calme. Désormais, il aurait pu se passer complètement de parler. Mais, une chose aussi évidente, quand on parle de parler n'est pas possible. Le vieil homme se sentit obligé d'enfoncer le clou.

— Elle a disparu... Ta mère l'a couchée tout à l'heure. Sans problème. Et là elle n'y est plus... Il y a une odeur dans la chambre. Une odeur... une odeur... bizarre. Pas rassurante.

— Bon, on te rappelle tout à l'heure... »

Il raccrocha. Véronique avait tout deviné.

« Putain ! Dit-elle. Elle a disparu hein ?

— Ou...i !

— Bordel de merde ! Je le savais. Ça ne peut être qu'Anatole ! Mais qu'est-ce qu'il veut faire ?

— C'est sûrement lui. Mon père m'a parlé d'odeur dans la chambre...

— Quels lâches tes parents ! Ils auraient pu me parler...

— Bon, ça va ! Qu'est-ce qu'on fait ?

— Rien ! On fait rien ! On attend qu'Anatole se pointe ! S'il a enlevé Alice, il va se pointer ici avec elle.

— Mais il ne sait pas où on est ici !

— Rappelle tes parents !

— Comment ?

— Oui ! Bon, je les appelle. »

Elle décrocha et redemanda le numéro à l'accueil.

« Allo ?

— Oui ?

— C'est Paul ?

— Ah ? C'est Véro. Je suis désolé Véro. Mon épouse est dans tous ses états. Elle pleure et...

— Ça va ! C'est normal ! C'est pas de votre faute de toute façon. Avez-vous prévenu quelqu'un?

— Non, pas encore, c'est peut-être encore trop tôt. Élise est sortie faire le tour du quartier pour voir. On ne sait jamais.

— Bof ! Elle trouvera pas. Vous traumatisez pas, je suis pas trop inquiète ! Elle arrivera ici avec son ravisseur.

— Hein ? Comment, qu'est-ce que vous dites ? Vous le connaissez ? Vous saviez que cela pouvait arriver et vous nous avez confié la petite ?

— Ça va ! Du calme ! Écoutez-moi bien plutôt. Le type va appeler. Il va vous demander où je suis. Vous lui direz sans problème. Il sait très bien que je vais vous le dire.

— Bon sang ! Quelle histoire ! Quelle histoire. »

Elle lui donna l'adresse de l'hôtel où ils étaient, et le numéro de téléphone, tant qu'à faire... Et elle raccrocha. Son visage affichait un mélange de deux sentiments : l'inquiétude et la détermination.

« Bon ! Comme il n'y a plus qu'à attendre. Qu'est-ce que tu voulais ?

— Bon dieu, mais pourquoi tu n'as pas appelé avant ?

— Parc'que ! Je savais ce que j'apprendrais !

— Quel charabia. Calme-toi... »

Il joignait les mains devant la bouche et les agitait d'avant en arrière. Elle le regardait un peu par en dessous, un peu agacée d'être surprise en situation de faiblesse.

« Bon, alors qu'est-ce que tu voulais ?

— Écoute, on est là pour une enquête non ?

— Oui, c'est vrai j'avais presque oublié !

— Alors, comment t'expliques que deux portes se sont ouvertes vers d'autres mondes presque en même temps. Qu'en penses-tu ?

— Ce qui te travaille c'est quoi ? Qu'il faudrait un passeur, un gardien pour ouvrir ces portes ?

— Ouais ! Exactement ! La spécialiste !

— Tu as bien raison...

— Et alors ?

— J'ai une vague idée sur la question, mais il est trop tôt pour en parler. On sera fixé bientôt.

— Bon ! Je n'ai pas eu le temps de te dire ce que j'ai trouvé là-bas à Espérance.

— Oui, c'est vrai. J'étais trop préoccupée...

— Donc il y avait Anatole. Il m'attendait. Je ne sais pas comment il a su... »

Et il regarda Véro droit dans les yeux, comme pour l'interroger : « Et toi, tu le sais ? »

« Moi non plus, répondit-elle. Moi non plus mon cher !

— N'empêche qu'il était là.

— Et Bretagne ne t'a rien dit là-dessus ?

— Euh... elle m'a parlé de Sacha...

— Tu vois, moi aussi je t'en avais parlé. Il y a donc un lien entre tout ça.

— Mais... euh... comment as-tu eu la pierre ? Et comment savais-tu pour le Drac ?

— La pierre, ça faisait longtemps que je l'avais. Nous savons que les légendes humaines ont une base réelle, matérielle. Ces êtres exceptionnels ou monstrueux dont elles parlent, ils ont été vus lorsque quelqu'un passait une porte sans le savoir. J'ai longuement étudié ces légendes. Je m'étais intéressée aux vampires d'abord et ensuite à d'autres qui y ressemblaient. Comme celles du Drac. Il vivait soi-disant sous l'eau du fleuve. Il était donc possible qu'il existât des portes sous l'eau. J'ai fait des recherches sur cette légende et un de nos agents m'avait parlé de cette pierre un jour, il y a longtemps. Quand j'ai lu l'article du journal je t'ai envoyé à tout hasard à Espérance et fait chercher cette pierre chez la personne qui la collectionnait. Je ne l'ai pas payée cher... Et je te l'ai fait parvenir.... Il me semble donc que cela a dépassé nos espérances (c'est le cas de le dire...)

— Mais pourquoi tu n'es pas venue ?

— Trop de choses à faire... Fallait que je vienne ici.

— Et tu sentais un rapport entre tout cela ?

— Peut-être... De toute façon je n'ai jamais réussi à passer une "porte", je ne sais pas pourquoi certains passent et pas d'autres. Anatole ne passe pas et toi tu passes...

— Ça doit être génétique. Dans le fait de passer la porte, il doit y avoir nécessité d'une modification biologique. Cette modification doit être inscrite dans les gènes d'une espèce. En passant, on a l'illusion que l'on "traverse" une surface extrêmement mince. Mais la distance doit être énorme. Le corps doit se déstructurer et passer instantanément d'un point à l'autre. Il faut donc pouvoir se "déstructurer", il faut que le corps accepte de le faire. C'est donc inscrit dans les gènes. As-tu vu le film La Mouche de David Cronenberg ?

— Euh... non. Tu sais bien que tu vas toujours au cinéma seul...

— Parce que tu ne veux jamais venir ! T'aimes pas la science-fiction et le fantastique ! Donc, dans ce film, un type invente un appareil qui déstructure les corps dans une cabine, fait passer les atomes (dispersés, mais "tracés") dans un câble et les restructure dans une autre cabine. C'est un puissant ordinateur qui le fait. Dans ce film on utilise un câble. Mais les "passages" permettent de parcourir des distances inimaginables grâce à une transformation de l'espace-temps comme l'explique Sam Neill dans Event Horizon. T'as pas vu le film ? Non ? Bon, eh bien, il prend une feuille de papier et trace un point à chaque bout. Il dit : "Le plus court chemin entre ces deux points n'est pas la ligne droite, car si je distortionne l'espace-temps, si je le plie en deux, les deux points se touchent". Et il plie la feuille en deux et rapproche les deux points.

— Peut-être. J'ai pas vu ce film non plus. Tes théories sont bien gentilles, mais ces explications ne servent à rien. Ceci dit, sans te contrarier, juste une question : pourquoi alors Anatole est-il passé après sa transformation ?

— Celle-ci ne devait pas être encore complète. Il devait encore subsister une ancienne programmation génétique. D'ailleurs, ce qui se passe ici doit avoir un rapport avec tout cela puisque Bretagne me parle de Lilith qui aurait emprunté une "porte". Toi qui a fait des études sur la question, tu sais qui c'est Lilith ?

— Il y a différentes légendes sur elle. L'une d'entre elles dit qu'elle fut créée par Dieu à partir de la boue et puis, ensuite, elle fut chassée du paradis terrestre et Dieu fabriqua une autre compagne à Adam avec une de ses côtes... La nuit, elle hante les désirs secrets des hommes. Elle est la maîtresse, la déesse de la masturbation masculine, ce serait elle qui donne les idées et les fantasmes propices à l'onanisme...

— Et pourtant, ici, il semblerait que ce soient les femmes qui bénéficient de ce genre de plaisir nocturne...

— Il doit y avoir des intermédiaires... Il faudrait trouver où va Justin dans la forêt... T'as amené ton micro ?

— Oui.

— Tu chercheras les coordonnées des agents de l'ONF* dans le secteur. Ils pourront peut-être nous aider...

— Tu es sûre que l'on peut mettre quelqu'un dans le coup ?

— Et que faire d'autre ?

— Les gendarmes n'ont rien trouvé ? Pas de serial killer violeur ? Je sais pas moi, un type qui drogue les femmes et les hommes, tue sauvagement ces derniers et fait jouir les femmes ?

— Ah ! ah ! ah ! Pas mal ! Tu vas trop au cinéma mon chéri ! »

Le téléphone sonna soudain et les fit sursauter !

Véro décrocha.

« Oui ! Allo ! »

Elle sursauta une deuxième fois, car elle reconnut la voix de sa fille !

« Allo, maman ?

---

* *Office National de la Forêt*

343

— Oui ! C'est moi ! Où es-tu ?

— Je ne peux pas te le dire, maman. Mais je vais très bien. Je suis avec Anatole. Nous arrivons demain.

— Comment ? Vous arrivez comment ?

— J'ai de l'argent. On a pris un billet de train jusqu'à Saintes.

— À Saintes ?

— Oui. Tu peux venir nous chercher ?

— Ben, je vois pas comment refuser ma chérie !

— Bon, on arrive demain vers quatorze heures. Il faut que je raccroche. À demain... »

Jean était tout excité par la curiosité.

« Alors ? C'est Alice ?

— Oui, elle est bien avec Anatole. Ils arrivent demain à la gare de Saintes. On ira les chercher... »

Un petit silence, comme un recueillement avant que Jean ne reprenne la parole :

« Et alors, ces gendarmes, ils ont trouvé quelque chose ?

— Non. La presse ne dit rien là-dessus. J'ai téléphoné à mes deux correspondants au ministère des armées et à celui de la justice. Ils planent complètement. Aucun indice. Ils ne parlent pas non plus de cette poudre jaune qu'on a recueillie ici. La principale suspecte à chaque fois est, bien sûr, l'épouse. Elle n'a jamais parlé de ces rêves érotiques à la police. J'ai subi le même phénomène alors que j'étais seule et j'ai trouvé cette poudre, pourquoi ?

— Je n'en sais rien ma chérie...

— Tu n'aurais pas une théorie scientifique toute prête non ?

— Pas encore !

— Bon ! On va aller se coucher. Chambre à part on a dit !

— Quoi ? Merde ! J'espérais que tu oublierais.

— J'ai pas envie de te trouver dans mon lit demain débité comme un bœuf dans une boucherie...

— Puisque tu le dis... »

Il l'embrassa, la serrant de nouveau très près et très fort, respira longuement son parfum dans son cou et repartit frustré dans sa chambre.

Il sortit son micro-ordinateur portable brancha le modem sur la prise téléphonique et demanda une ligne au veilleur de nuit de l'hôtel. Il se mit au travail pour une nuit de recherches sur Internet...

Chapitre 10

Alice n'avait pas peur. Elle était partie de son plein gré avec cette grande créature bien habillée, mais au visage terrifiant, qui avait surgi dans sa chambre et lui avait proposé de l'emmener voir ses parents à Oléron. La petite fille avait senti comme une complicité avec ce type, autant qu'on pouvait appeler cela un type. Elle avait prévu sa venue. Une nuit, elle avait fait un rêve. La nuit après le petit voyage à Espérance, quand ses grands-parents lui avaient fait visiter le musée des mariniers. Ils étaient allés tous les trois sur les quais, face au Rhône. Elle avait regardé la surface du fleuve aux eaux couleur vert des glaciers. Là-bas, au milieu de son lit désormais endigué, elle avait imaginé une île, et entendu un petit garçon lui parler. Elle se rappelle même son nom. Puisqu'il lui a dit. Il s'appelle Sacha. Il lui a dit : « Eh ? Tu peux m'entendre ?

— Oui, je t'entends et te parle. Tu vois bien...

— Ah ? Tu es la première petite fille qui peut m'entendre... Quelle joie ! Je peux te raconter mon histoire ?

— Une histoire de noyé ?

— Si tu veux... une histoire de noyé...

— Pas maintenant. Je dois rentrer chez moi...

— C'est où chez toi ?

— Là haut, à Lyon...

— Je sais où c'est. Un soir, viens au bord du fleuve, je te raconterai.

— Quel soir ?

— N'importe ! Maintenant je ne perdrai plus contact avec toi... »

Paul, le père de Jean, s'inquiéta soudain de voir sa petite fille immobile, les yeux fixes et les lèvres serrées. Il se baissa pour placer ses yeux au niveau des siens et la prit par l'épaule :

« Alice ? Alice ? Ça va ? »

Alice sembla se réveiller d'un rêve, ouvrit en quelque sorte ses yeux sur le monde matériel alors qu'elle les avait ouverts.

« Oui ? Ça va... Je rêvais...

— Ah ! Bien. On rentre ma chérie ?

— D'accord, on rentre ! »

Dans le train, dans le compartiment où il se trouvait seul avec Alice, Anatole se pencha vers elle, et, de sa voix la plus douce possible, lui dit : « Qu'y a-t-il Alice, tu rêves les yeux ouverts ?

— Non... répliqua-t-elle, je pense.

— Et... à quoi tu penses ?

— Non, mais... ça te regarde ? Je pense ce que je veux. Mon père m'a toujours dit que c'était la seule chose qui nous appartenait à nous seuls, nos pensées, et que personne ne pouvait nous les prendre... »

Le vampire s'adossa au siège, le visage impassible.

Alice retourna à ses pensées.

Elle avait « revu » Sacha qui lui avait raconté son histoire. Elle avait raconté cette histoire à ses parents. Ils avaient été très intéressés. Ils découvraient aussi une partie des pouvoirs d'Alice.

« Je sais à quoi tu penses Alice...

— Ça m'étonnerait...

— Tu penses à Sacha... »

Un étonnement sans borne arrondit sa bouche et ses yeux...

« Oh ? Comment le sais-tu ?

— Je le sais. Il m'a dit qu'il te connaissait. »

Le vampire avait une haleine fétide. Mais Alice savait qu'elle ne craignait rien de lui. Ce sont ses parents qui lui avaient dit cela. Et elle avait une entière confiance en ses parents... Elle espérait seulement que ses grands-parents n'aient pas eu trop de peine en constatant sa disparition.

« Ah ? Et moi je savais que tu viendrais !

— Ah bon ?

— Oui...

— Et comment le savais-tu ?

— Ça ne te regarde pas ! »

Elle avait dit cela en séparant bien les syllabes et les yeux moqueurs.

« Oh, je m'en fiche ! »

Avait répondu le vampire jouant le jeu de la petite fille.

« Moi j'ai aussi une histoire à te raconter ! »

Ce qu'Alice ne savait pas, c'est qu'Anatole était présent à Espérance depuis très longtemps. Il y avait rencontré l'esprit de Sacha qui lui avait parlé de l'île. Le fantôme et l'île faisaient un beau couple qui pourrait enfanter un "passage". L'île était engloutie depuis que le fleuve était endigué. Les légendes du Drac avaient certainement une base matérielle. Un jour Anatole avait lu un article dans un journal volé (il n'avait jamais d'argent, pour quoi faire ? il savait se procurer tout ce dont il avait besoin...). Cet article exposait les mesures prises pour préserver la zone de captage présente de l'autre côté du fleuve, en face d'Espérance. En effet, en même temps qu'une station d'alerte à la pollution accidentelle était mise en place, une procédure spéciale de protection de la nappe était prévue. En cas d'alerte, et de pollution grave confirmée, la compagnie nationale du Rhône activait ses barrages en amont et en aval pour faire baisser rapidement le niveau du fleuve afin que l'eau de la nappe s'écoule dans le cours d'eau et non l'inverse. En même temps, on arrêtait le pompage, les réservoirs et l'interconnexion avec d'autres réseaux de distribution permettaient d'approvisionner les abonnés pendant suffisamment longtemps, jusqu'à ce que la pollution passe... Anatole saisit immédiatement une idée de génie. Ainsi, une grave pollution accidentelle survint quelque temps plus tard. Ce fut un jeu d'enfant pour Anatole d'entrer dans l'usine située en amont et de déverser des tonnes de produits toxiques. Facile comme bonjour !

« Alors, qu'est-ce que tu penses de mon histoire ?

— Et pourquoi que tu me la racontes ? C'est bizarre ça...

— J'aimerais bien que tu la racontes à tes parents

plus tard, surtout à ton père. Tu me feras ce plaisir ?

— Et toi, qu'est-ce que tu me donnes en échange ?

— Et bien cela : ce voyage, et les retrouvailles avec tes parents...

— Ah ouais, c'est vrai... D'accord alors... »

Et elle en resta toute songeuse.

Le vampire savait ce qu'il faisait. Il avait encore quelque chose à demander à la petite fille, qui n'allait pas tarder à devenir une belle jeune fille, et qui ressemblait à cette autre Alice qu'il avait aimée, là-bas, dans le monde de M. il craignait de poser la question, car si elle refusait de répondre, il n'aurait aucun moyen de le savoir alors...

« Alice ?

— Oui ?

— Euh... Tu as parlé avec Sacha ?

— Oui, tu le sais maintenant ! Alors ?

— Euh... Est-ce qu'il a parlé d'une "porte"...

— Oui, et il m'a demandé si je pouvais l'ouvrir... »

Anatole hésita, et se lança :

« Et... tu l'as fait...

— Oui, je l'ai fait. Et du coup, cela en a fait aussi ouvrir une autre, plus loin. Je peux faire cela rien qu'en y pensant...

— Ah ? Donc un deuxième "passage" s'ouvre automatiquement quand on en ouvre un... Et... tu peux les refermer ?

— Je dois pouvoir y parvenir. Mais je manque d'entraînement. Je n'arrive pas d'ailleurs à les maintenir ouverts longtemps. »

Anatole, qui était jusque là extrêmement heureux d'entendre ce qu'il entendait, ne put cacher son inquiétude...

« Ah ? Et... combien de temps....

— Pourquoi ? En quoi ça t'intéresse ?

— Tu as vu que je n'étais pas comme les autres ?

— Ben ça se voit non ? C'est pas de ma faute...

— Non, ce n'est pas de ta faute, c'est comme ça. Je suis horrible ici. Alors je voudrais retourner dans mon monde, un monde où je suis beau là...

— Et t'as essayé de passer ma "porte" à Espérance ?

— Oui, mais je n'ai pas réussi. Ton père, lui, y arrive...

— Et tu vas à Oléron pour quoi ?

— Pour essayer l'autre "porte" que tu as ouverte...

— À cause de Sacha. Lui aussi il veut aller ailleurs. Tu sais ce qu'il est devenu ? Il ne me parle plus...

— Tu es trop loin...

— Bon, mais dépêche-toi, car elle va bientôt se fermer...

— Et tu sais où elle est cette "porte" ?

— Non... Je sais pas... Dans l'océan Atlantique...

— Tu sais pourquoi tu sais ouvrir les portes ?

— Non plus. Et toi tu sais ?

— Je... Non ! »

Ils restèrent silencieux. Le train s'arrêta en gare. Un voyageur ouvrit la porte de leur compartiment, et quand il aperçut Anatole, il referma brutalement, un peu terrifié...

« Ana ? Interrogea Alice (elle l'appelait ainsi...)

— Oui ?

— J'ai envie de faire pipi...

— Bon, je t'accompagne... »

Ils sortirent dans le couloir et se dirigèrent vers l'arrière de la voiture vers les toilettes. Lorsqu'ils passèrent devant un compartiment dont les rideaux n'étaient pas tirés — mais plongé dans l'obscurité — les quatre hommes qui s'y trouvaient se levèrent brusquement. Le premier fit coulisser la porte et passa juste un œil pour voir où se trouvaient Anatole et la petite fille. Seul le vampire les intéressait. Ils laissèrent la petite entrer aux toilettes et sortirent du compartiment les uns derrière les autres. Anatole les vit et s'en méfia immédiatement. Il avait trop l'habitude d'être traqué par des individus dont il ne connaissait pas les motifs. Mais ils se succédaient, ceux qui les envoyaient n'étaient jamais las de perdre des hommes, car Anatole était insaisissable et sans pitié. Cette fois les chasseurs de vampire utilisèrent un autre moyen. Alors que l'un d'eux attirait l'attention d'Anatole, l'autre lui injecta une solution dans l'épaule. Le vampire se retourna tellement vite que son agresseur ne vit pas venir le coup mortel. Mais une seconde plus tard, Anatole fléchit les genoux et tomba comme un chiffon mouillé. Un des hommes tira la sonnette d'alarme et commença à ouvrir la porte donnant à l'extérieur. Le train freina immédiatement et brutalement dans un bruit d'enfer. Les trois ombres sautèrent avant que le train ne soit immobile après avoir poussé dehors les deux corps inertes. Ils disparurent dans la nuit avec leurs deux colis encombrants.

Alice était restée dans les toilettes et elle fut projetée contre la cloison lorsque le signal d'alarme avait été tiré. Elle avait bien entendu quelques coups sourds, mais ne s'en était pas inquiétée dans le vacarme des roues du train sur les rails. Une fois le train immobile, elle sortit et ne trouva pas Anatole, mais la portière grande ouverte. Elle se rendit dans son compartiment qui s'avéra être désert. Elle s'installa stoïque en attendant l'arrivée à Saintes...

Chapitre 11

Véronique et Jean attendaient leur fille sur les quais de la gare de Saintes, dans un petit matin glacial. Le froid était venu subitement s'imposer la veille au soir. Ils n'avaient pas eu de nouvelles de Justin le clochard. Mais Jean avait trouvé l'adresse du responsable local de l'ONF et trouvé quelques éléments dans sa base de données sur les mondes auxquels on pouvait accéder à partir du nôtre. Il n'en connaissait pas beaucoup — il s'était rendu brièvement dans le monde de M., celui qui était à l'origine de la transformation d'Anatole, et encore plus brièvement, celui du Drac —, mais il avait constitué une gigantesque base de données de mondes potentiellement crédibles à partir des contes et légendes, des traditions folkloriques et des fictions pour lesquelles les auteurs se sont appuyés sur leurs propres études. Le film The Thing de Christian Nyby, dont il s'était souvenu, lui avait donné une idée. Dans ce film, une créature mi-végétale, mi-animale, sévissait dans une base isolée du pôle. Cette histoire lui était venue après la découverte des spores de champignons. Il avait aussi étudié toute la nuit des documents rares sur les incubes et les succubes et pu consulter en ligne un livre intitulé « De la démonologie » qui traitait de ces créatures. Il avait rassemblé quelques pièces du puzzle et avait échangé des idées avec Véro lors du voyage en voiture d'Oléron à Saintes.

Le train était annoncé. Enfin ! Son retard contrariait beaucoup les parents. Une légère angoisse serra le cœur du couple à l'idée de voir Alice en compagnie d'Anatole... Quelle serait la réaction de la petite fille ? C'était une fille très précoce. Un mélange d'adulte et d'enfant. Une personne de caractère déjà très fort. Mais quand même...

Le train entra en gare dans un fracas assourdissant.

Son arrêt sembla durer une éternité. Puis, enfin, il s'immobilisa. Immédiatement, des voyageurs descendirent, les portes ayant été ouvertes avant l'arrêt complet. Ils aperçurent leur fille immédiatement et lui firent un grand signe de la main. Elle semblait être seule. Anatole était-il caché non loin de là ? Peut-être n'osait-il pas se montrer en plein jour ? Alice se jeta dans les bras de sa mère qui la serra fort contre son corps. Puis, elle la lâcha pour la laisser embrasser son père. C'est ce dernier qui posa la question : « Tu es seule ?

— Oui. Je ne sais pas ce qui s'est passé. J'ai été aux toilettes et Anatole m'attendait derrière la porte. Quand soudain le train s'est arrêté en pleine campagne avec une sonnerie très forte. Je suis sortie et Anatole n'était plus là.

— Ah ? Curieux ! »

Jean se frotta une joue piquante d'une barbe de trois jours. Il avait les yeux cernés et légèrement hagards. La fatigue. Mais il ne perdait aucune miette de lucidité.

« Curieux, reprit-il, curieux ! Et il t'avait obligée à venir ?

— Pas vraiment. J'ai bien senti que si je refusais il aurait eu les moyens de m'obliger. Alors je l'ai suivi.

— Et mes parents ? Tu as pensé à mes parents ?

— Oui, je voulais leur laisser un mot, mais Anatole n'a pas voulu...

— Bon ! Ne restons pas sur le quai, les interrompit Véronique, allons à la voiture. »

Ils se dirigèrent donc vers le parking, Jean se massait toujours ses joues pas rasées et Véronique couvait sa fille des yeux.

Elle ouvrit la portière et aida Alice à s'installer à l'arrière, elle monta à la place du conducteur et Jean prit la « place du mort ». Elle démarra dans le froid et sous un ciel gris et ils reprirent leur conversation.

« Bon. Je crois que cette fois ils ont réussi à enlever Anatole, déclara Jean.

— Qui a enlevé Anatole ? questionna Alice.

— Les chasseurs de vampires, répondit Véronique.

354

Ils ont créé une organisation très structurée pour chasser les vampires. Ils ont dû repérer Anatole. Les spécimens sont devenus rares aujourd'hui. Les "gardiens" ont fait du bon travail ici, avant de disparaître eux aussi et les vampires ont quasiment disparu dans le monde de M. Ce qui intéresse cette organisation, c'est le mécanisme génétique et biologique de la transformation. Cela serait une découverte extraordinaire. C'est pourquoi ils mettent le paquet. »

Ils ponctuèrent cette explication par un silence de quelques minutes, silence troublé par le bruit du moteur et de l'air sur la carrosserie. Véronique conduisait habilement son véhicule et le menait à grande vitesse. Elle reprit la parole.

« Alice ?

— Oui, maman ?

— T'es-tu rendue récemment à Espérance ? Au bord du fleuve ?

— Euh, pourquoi cette question ? »

Ce qu'elle prit pour une hésitation conforta Véronique dans son hypothèse et elle poursuivit donc.

« Parce qu'il y avait une "porte" au fond du fleuve à cet endroit. Cette porte a émergé grâce à une manœuvre opportune de la CNR, manœuvre rendue nécessaire par une grave pollution. Ton père a emprunté cette porte. Il y avait Anatole aussi.

— Anatole ?

— Oui, Anatole...

— Ah oui, mais je n'avais jamais vu Anatole avant hier soir !

— Ah ! donc tu es bien au courant pour la porte ?

— Oui... de toute façon je n'avais pas l'intention de te le cacher.

— Et comment étais-tu au courant ?

— C'est moi qui l'ai ouverte... »

La stupéfaction fit s'exclamer Jean :

« Tu l'as ouverte ? »

Véro souriait, satisfaite d'avoir été perspicace.

« Tu sais ouvrir les portes Alice ? demanda-t-elle.

— Oui. Un peu. Pas complètement.

— Et comment t'en es-tu rendu compte ?

— C'est Sacha qui m'en a "parlé", il "parlait" dans ma tête...

— Je vois, je vois...

— Et, en as-tu ouvert une deuxième ?

— Oui, au fond de l'océan...

— Pourquoi dans ces deux endroits ? »

Ce fut Jean qui répondit :

« Parce qu'on ne peut pas ouvrir une "porte" n'importe où. Il faut que le lieu possède un "mécanisme" récepteur. Il faudrait connaître lequel. »

Alice poursuivit, car elle n'avait pas oublié la promesse faite à Anatole :

« Dans le train, Anatole m'a dit qu'il avait été à Espérance avec papa. Il m'a expliqué comment il a fait pour qu'il y ait une pollution du fleuve qui oblige à faire baisser le niveau de l'eau. C'est lui qui a fait tout cela...

— Ouais, je m'en doutais... maugréa Véronique. Le monde est petit. Je m'attendais bien à ce que ma fille ait les mêmes dons que les "gardiens"... mais quand même. Faudra voir tout cela de plus près quand on aura résolu notre affaire d'Oléron...

— Faudra pas oublier de téléphoner à mes parents. Tu me prêtes ton portable ? »

Jean sortit le portable du sac de Véro et appela ses parents pour les rassurer. Ils n'étaient pas très contents d'avoir affaire à des situations aussi extravagantes.

« Que veux-tu p'pa, on a le fils qu'on mérite. » Conclut Jean...

Ils approchaient du viaduc qui enjambait l'océan jusqu'à l'île...

Chapitre 12

Le petit matin était glacé. Il avait fait très froid depuis quelques jours. L'hiver s'annonçait rude. Les feuilles des arbres tombaient en masse. La forêt restait silencieuse. Une brume montait du sol encore chaud et enveloppait les pieds de l'homme de l'ONF tels des tentacules fantomatiques. Il recensait les arbres en fonction de leur âge, de leur essence et de leur état de santé. Il déterminait aussi dans quel secteur il fallait récolter les glands pour des semis. Il aimait les matins dans la forêt, car il apercevait les chevreuils, et surtout les biches et les cerfs. Un homme des bois qui savait garder le silence des journées entières, sans prononcer un seul mot. L'heure du rendez-vous n'allait plus tarder maintenant. L'homme remonta dans son véhicule tout terrain et repartit par la route forestière.

Véronique et Jean l'attendaient en limite de clôture. Ils avaient pris bien soin de venir en avance pour ne pas rater le rendez-vous qu'ils avaient pris par téléphone. Le couple de détectives avait été étonné de la facilité avec laquelle cet homme avait accepté de les rencontrer.

« J'ai un peu peur. T'as vu l'article du journal... On n'aurait pas dû laisser Alice toute seule. »

Véronique parlait à voix basse, car le silence était pesant dans la forêt déserte.

« T'en fais pas. Je crois que le danger est écarté. On devrait avoir la confirmation de cette hypothèse si Robert Desseneau, le type de l'ONF nous amène vers la culture de champignons...

— J'ai du mal à avaler ton hypothèse science-fictionnesque !

— On verra bien !

— En tous les cas, le pharmacien a bel et bien été tué, massacré sauvagement. J'ai presque des scrupules à l'avoir sollicité.

— On pouvait pas prévoir ! Mais c'est vrai que c'est chiant ; j'aimerais savoir ce qu'est devenu le sachet de poudre. La pharmacie est fermée. Et tu ne tiens pas à aller voir la gendarmerie... Je te comprends. Tu veux que tout cela reste entre nous...

— Je sais pas comment on va s'y prendre avec Robert Desseneau. Tiens, le voilà, je pense... »

Effectivement, ils aperçurent un véhicule s'approcher sur la route forestière au-delà de la haute clôture. La voiture s'arrêta. Un homme en tenue de chasseur en descendit et ouvrit le portail constitué d'une armature avec un grillage de fil de fer épais.

« Bonjour ! dit-il, vous êtes bien les deux détectives ?

— Oui. Entrez. Je suis content de vous voir, car je viens de découvrir quelque chose qui va vous intéresser...

— Ah bon ?

— Montez, montez, vous verrez ! »

Ils montèrent et roulèrent un moment sans dire un mot. Cela évita aux deux détectives des explications supplémentaires difficiles à donner, car alors elles ne seraient basées que sur des supputations.

« Nous nous arrêtons ici et nous allons poursuivre à pied. »

Ils quittèrent le véhicule et s'enfoncèrent dans la forêt.

« Voilà, lorsque j'ai eu votre coup de fil, j'avais découvert ce que je vais vous montrer.

— Vous avez trouvé cela par hasard ? Interrogea Jean.

— Plus ou moins. J'avais remarqué une brèche dans la clôture, et que cette brèche était souvent empruntée rien qu'à voir comment le secteur était piétiné. J'ai suivi ce chemin tracé et j'ai trouvé...

— Et c'est quoi ce que vous avez trouvé ?

— Vous allez voir... »

Après quelques minutes ils rejoignirent une piste toute fraîche faite de broussaille basse piétinée.

« Voilà la piste ! »

Robert, un jeune homme démarrant sa carrière d'ingénieur des eaux et forêts, était tout content de pouvoir partager sa découverte avec quelqu'un. D'autant plus que la fille était très attirante. Il aurait bien aimé se retrouver seul avec elle dans cette forêt... Mais la vie ne vous offrait pas toujours ce que vous espériez.

Bientôt, Véro — grâce à sa vue de prédateur — aperçut un mouvement entre les troncs, au loin. Une ombre qui bougeait. L'ombre d'un individu qui semblait affairé, le regard baissé vers le sol.

« Là-bas, il y a quelqu'un !

— Où ça ? demanda Robert.

— Là-bas, entre les arbres...

— Soyons prudents... Conseilla Jean. »

Ils s'approchèrent en se cachant d'arbre en arbre et finirent pas voir l'ensemble de la scène qui, jusque-là était toujours partiellement cachée par des arbres.

Un type vêtu d'un jean et d'un parka de marin à la capuche rabattue sur son visage jetait un bidon de plastique qu'il venait vraisemblablement de vider. Derrière lui, un champ de champignons et un corps étendu en plein milieu, avec d'autres champignons posés sur lui. À y regarder mieux, ces champignons semblaient carrément plantés sur lui, pousser sur lui ! C'étaient des champignons énormes, de près de cinquante centimètres de haut. On entendait comme une plainte, un murmure terrifiant qui montait de ce champ. Certains de ces "champignons" bougeaient légèrement, d'autres avaient comme des moignons de bras qui émergeaient de leur corps. Les trois spectateurs étaient momentanément figés par la surprise et par la terreur sourde que suscitait cette vision.

Ils n'eurent pas le temps de réagir. Le type en parka sortit une boîte d'allumettes de sa poche, l'ouvrit et en sortit une.

« Attention ! Il va mettre le feu ! » S'écria Jean qui bondit en direction de l'incendiaire.

Celui-ci releva la tête, frotta l'allumette et son corps s'enflamma d'un coup en une violente explosion et un feu d'enfer se propagea sur tout le champ de "champignons".

Un hurlement de terreur et de douleur retentit. Le corps humain allongé se releva soudain la bouche grande ouverte crachant du feu, le corps entouré de flammes.

« Justin ! » Reconnut Véronique.

La chaleur intense obligea Véro, Jean et Robert à reculer. Le type en parka s'effondra soudain, ses vêtements se vidèrent brusquement et s'effondrèrent sur le sol pour former un tas de chiffons qui continua de brûler. Le hurlement de Justin cessa aussi brusquement et il s'effondra au milieu des flammes. Une atroce odeur de chair brûlée et la fumée de végétaux humides en combustion fit tousser les détectives et le technicien.

« Je vais chercher du secours ! » S'exclama Robert entre deux quintes de toux.

« C'est inutile, répondit Véro. Le feu va s'éteindre de lui-même. La forêt est trop humide pour que les flammes s'étendent. Et il n'y a pas d'arbres à proximité... Je crois qu'il vaut mieux laisser s'achever tout cela !

— Et on ne saura jamais le fin mot de l'histoire ! se lamenta Jean .

— On pourra échafauder des hypothèses...

— Ah oui ? Lesquelles ?

— On en reparlera plus tard... »

Elle s'adressa ensuite à Robert :

« Vous vous chargez de prévenir la gendarmerie ?

— Oui, mais qu'est-ce que je vais leur dire ?

— La vérité tout simplement...

— Et je parle de vous ?

— Oui, pas de problème... Nous sommes toujours intéressés par l'écologie et la nature. On n'a rien à se reprocher non ?

— Bon d'accord ! »

Chapitre 13

Anatole reprit connaissance dans l'obscurité. Une obscurité cahotante. Il était recroquevillé dans un espace très étroit, dans un véhicule en mouvement. Un cadavre humain encore chaud lui tenait compagnie. Il reconnut le type qu'il avait tué dans le train. Sa vision nocturne lui permit de prendre conscience qu'il était dans un coffre de voiture. Sa situation était riche de deux informations : ses poursuivants avaient découvert un produit qui le jetait dans l'inconscience, et ils sous-estimaient encore sa force en croyant le neutraliser dans un simple coffre de voiture. L'automobile devait rouler vite dans la nuit.

Anatole bougea légèrement pour essayer ses muscles. Ils réagissaient. Pas aussi bien qu'il l'aurait voulu, mais pas si mal. Il allait pouvoir s'échapper une fois de plus. Il donna un simple coup d'épaule vers le haut et le capot s'ouvrit brutalement. Un vent glacial (il adorait cela) s'engouffra. Aucune voiture, la route était déserte ; pas une lueur de phares à l'horizon. Le vampire se mit debout et sauta pour faire sur le bitume la quantité suffisante de roulés-boulés alors que la voiture n'avait pas encore ralenti.

À l'intérieur, les quatre hommes ne furent pas surpris.

« Ça y est ! » S'exclama le chauffeur quand il entendit le bruit de tôle froissée et vit le capot soulevé dans le rétroviseur.

« Dans quelle galère vous m'avez entraîné !

— Il va sauter ? interrogea un passager arrière.

— Oui, sûrement ! Du moins je l'espère. Sinon il va s'en prendre à nous et à ce moment-là on ne sera pas frais. J'accélère... Ça y est ! Il saute ! Ouf !!!

— Qu'est-ce qu'on fait ?

— Rien, ce sont les ordres. Ce monstre est trop dangereux. On devait juste expérimenter le produit. Si

361

son effet avait duré plus longtemps, nous aurions pu l'enfermer. Mais là on n'est pas de taille. Il a déjà tué beaucoup trop des nôtres...

— On abandonne la chasse ?

— Non, on adopte un retrait tactique... »

La voiture accéléra au grand étonnement d'Anatole qui se redressa au milieu de la route, bras, coudes, genoux et fesses atrocement écorchés. Mais il cicatrisait vite, très vite !

Il avait encore une longue marche à faire jusqu'à l'océan et l'île d'Oléron. La Grande Ourse lui indiquait le nord et sa direction était droit vers l'ouest. Il se mit en route, car le ciel clair lui montrait le grand chariot dessiné par les étoiles dans le ciel noir, sa couleur préférée. L'absence de nuages rendait l'air encore plus glacé...

Au lever du jour Anatole avait trouvé refuge dans la cave d'une ferme en ruines. Il se nourrit facilement de plusieurs lérots qui étaient entrés en hibernation sous les vieilles tuiles de la construction. Heureusement pour lui, en cette saison les journées commençaient à être courtes. Le soleil couchant le réveilla quasiment frais et dispos. Il n'était plus bien loin et reprit sa route au pas de course. Cet effort n'était pas encore suffisant pour lui faire connaître la fatigue.

*

*   *

Le restaurant de l'hôtel était désert. Seul un couple avec une petite fille occupait une table. Véronique, Jean et Alice discutaient pour essayer de comprendre les mystères qui jetaient des zones d'ombres épaisses sur toute cette aventure.

« Tu vois Alice comme c'est dangereux d'ouvrir ces "passages". Plusieurs personnes en sont mortes dans d'atroces souffrances...

— Pas sûr que les victimes aient tant souffert que cela. Rétorqua Jean. Je me suis informé auprès de nos correspondants de la gendarmerie. Les maris avaient une expression de béatitude sur le visage quand on les a découverts. Seul le pharmacien a dû atrocement souffrir.

— Le pauvre, je lui avais tellement tapé dans l'œil.

— Comme à la plupart des mecs, ma chère !

— Oh, recommence pas à être jaloux...

— Pourquoi tu m'as jamais dit que je pouvais faire tout cela ? demanda Alice à sa mère...

— Je... je n'en étais pas sûre. Et je ne savais pas quelle pouvait être ta réaction... Tu trouves cela normal toi ?

— Ben, euh... pourquoi ça serait anormal ?

— Tes camarades d'école seraient étonnés de l'apprendre.

— Ya qu'à pas leur dire...

— Eh bien, voilà une saine réaction !

— Bon, à part cela, intervint Jean, tu peux encore ouvrir des "passages" ?

— Je sais pas. Je sens plus cette possibilité...

— Hummm... Il semblerait donc que c'est Sacha qui a permis cela... Il te faut un intermédiaire d'entre les mondes...

— Et Bretagne ne peut pas jouer ce rôle ?

— Sûrement, tu penses ! Mais il faudrait qu'elle soit d'accord ! Et elle fait ce qu'elle veut la bougre !

— Faudra essayer un jour, mais avec prudence ! En attendant, on va retourner à Lyon et Alice va retrouver l'école !

— Ah... dommage ! se plaignit la petite fille...

— Et Anatole ?

— Je pense qu'il va encore tenter de retrouver la "porte" sous l'océan. Il en est physiquement capable.

— On va pas le revoir alors ? S'inquiéta Alice.

— Non, je ne crois pas. Il n'a pas de temps à perdre... Pourquoi, tu veux le voir ?

— Oh non ! Il est trop moche !

— Et sur les meurtres ? interrogea Jean. Quel est ton avis Véro ?

— Comme tu l'as dit, je crois que Lilith a emprunté le "passage" sous l'océan, mais, pour une raison que j'ignore, elle n'a pas pu venir. Elle a donc "envoyé" ce tube en étain avec dedans des "graines" qui ont pour objectif, dans un processus génétique et biologique complexe de créer des êtres vivants qu'on a appelés "incubes" ou "succubes" selon leur sexe. Dans quel but ? Je l'ignore. Peut-être ne le saura-t-on jamais... »

Chapitre 14

Anatole entra dans l'océan au sud de l'île, sur la plage des nudistes, déserte en cette saison. Il était sorti de la forêt avait traversé les dunes pour atteindre la plage. Sous le ciel nocturne, la mer avait des reflets métalliques qu'il apercevait grâce à sa vue particulièrement sensible à la moindre lumière. Aucune étoile n'était visible, d'épais nuages reflétant la phosphorescence de l'eau.

L'eau froide ne le dérangea pas et il marcha assez loin jusqu'à perdre pied.

Puis il s'enfonça sous l'eau et nagea plusieurs heures pour atteindre son but. Il était bien. Il n'aurait pas besoin d'oxygène avant longtemps.

Peut-être arriverait-il à temps avant que la porte ne se ferme...

Mais, malgré sa nature très coriace, la fatigue finit par le submerger. C'était la première fois qu'il ressentait cette impression. Une impression agréable au fond, qui lui rappelait son ancienne nature humaine. Il se laissa alors remonter à la surface pour se reposer et reprendre de l'air. Ensuite, il rentra à la nage en restant à la surface. Il devait trouver une autre solution.

La nuit suivante, à quatre heures du matin, c'était la marée montante. Les pêcheurs préparaient leur départ.

Sur la digue du port de La Cotinière, des touristes étaient venus là, tôt, pour pêcher les congres qui allaient profiter de l'entrée de l'océan dans le port pour venir y dévorer tous les organismes morts, tués par l'absence momentanée d'eau de mer. Ils lançaient des lignes fortement plombées avec un appât constitué de crabes ramassés à marée basse.

Une touche violente agitait la canne fixée solidement au sol. Il fallait rester vigilant pour ne pas la laisser partir avec le poisson et ferrer ferme pour bien ancrer la gueule de l'animal à l'hameçon puis mouliner. Un vrai travail de forçat pour remonter le monstre... cette espèce de long requin sombre toujours affamé...

Sur les quais, une ombre se glissa vers un bateau de pêche et s'accrocha aux pneus qui protégeaient la coque des coups qu'elle se donnait elle-même contre le quai, portée par la mer. Anatole avait trouvé un moyen de transport gratuit et facile à emprunter. D'autant plus que le départ se faisait la nuit. Pour le retour, il verrait s'il pouvait aborder la lumière du soleil sans dégâts. Pourvu qu'il y eût des nuages.

Le bateau partit, suivi et précédé par beaucoup d'autres.

« T'as vu ces cons de touristes. Ils pêchent en vacances. Moi quand je suis en vacances, je ne fais rien... pêcher, pour moi, c'est travailler ! »

Le marin pêcheur méprisait les touristes, même en cette saison où ils étaient moins nombreux... Anatole, lui, s'approchait de son but sans fatigue. Une heure plus tard, il estima qu'il était arrivé au-dessus du point qu'il voulait atteindre, celui-ci se trouvant très profond. Il lâcha le bateau et se laissa couler, puis nagea vigoureusement vers le bas. Certains poissons s'approchaient, attirés par son odeur de mort, il les chassait, ou en croquait quelques-uns vivants pour s'alimenter en sang frais. Il dut en manger beaucoup et les déchets qu'il laissait derrière lui nourrissait le véritable banc qui le suivant et dont le nombre augmentait à chaque instant. Pratique : la nourriture arrivait jusqu'à lui. Puis, à une certaine profondeur, il se retrouva de nouveau seul.

À très grande profondeur, l'obscurité était totale. Mais ses sens le dirigeaient sûrement vers son but. Lilith l'attendait, il la sentait de plus en plus près. Il avait encore ses chances.

Dès que ce fut possible, il entama une conversation avec elle, car, elle était faible et ne l'avait pas entendu venir.

« Lilith ! Lilith ! Tu m'entends ?

— Oui... Je t'entends... Qui es-tu ?

— Une créature de la nuit comme toi. Je voudrais t'accompagner lors de ton retour...

— Es-tu une créature de chair et de sang ?

— Oui, de chair et de sang. Mais non-morte !

— Dans ce cas, tu ne pourras pas me suivre. Je suis, moi, une créature de boue. Et la mer m'a dissoute. Ma substance s'est diluée et je vais repartir. »

Anatole nageait de plus en plus fort. La voix de Lilith dans sa tête était de plus en plus nette. Il se rapprochait.

« Mais, pourquoi es-tu venue ? Demanda-t-il.

— Pour perpétuer ma descendance. J'ai été chassée autrefois, dans un autre monde aride, mais j'ai trouvé le moyen de revenir. Je repars, je suis trop faible... Mon corps s'est dissous dans la mer... J'ai eu le temps d'en extraire les graines qui pourront être plantées dans le sol du paradis duquel j'ai été chassée. J'ai envoyé ces graines dans des tubes trouvés ici, juste à côté... des spores plutôt, des graines si fines qui sauront germer en passant dans le corps d'un homme mâle... Ma mission est terminée. »

Une parthénogenèse mâle en quelque sorte. Un emprunt de gènes naturel créant des êtres intermédiaires, à la manière des insectes. Lilith avait réussi à rassembler tous les modes de reproduction et d'évolution par mutation de la nature, cette nature dont elle fut chassée...

Anatole vit alors au loin, un point brillant, d'une brillance métallique aux reflets liquide comme du mercure.

« Une porte ! » S'exclama-t-il.

Il nagea plus vite, fébrilement, mais il arriva trop tard.

Avant que la surface brillante ne s'éteignît, il eut le temps de voir, juste à côté, une épave assez récente. Cela l'intéressa. Il décida de l'inspecter. Elle avait un énorme trou sur le côté de la coque. Il entra par cet orifice. Mais il ne voyait plus de surface brillante. La cale contenait une quantité considérable de tubes en étain d'une dizaine de centimètres de long contenant une poudre blanche.

« Un transport de drogue qui a mal tourné... » Pensa-t-il. Mais point de porte.

Il décida alors de poursuivre son voyage. La destination qu'il avait choisie : la Roumanie. Sa route maritime rencontrerait de nombreux navires qu'il saurait emprunter pour aller jusqu'en mer Noire et remonter le Danube...

Chapitre 15

Des cris dans la nuit.

Des hurlements de douleur.

Des cris de pitié.

Et l'odeur du sang.

L'odeur de la poudre.

Plus loin les lueurs qui montaient effaçaient les étoiles dans le ciel sans nuage. Tous les ingrédients de la violence et de la mort.

Gulla attendait son heure. Collée contre un mur lépreux, elle savourait l'ambiance dans cette nuit de printemps pleine de souffrance et de mort. Elle glissa dans l'obscurité, car elle voulait s'approcher pour voir.

L'ombre d'un recoin de la rue lui assura un abri de spectateur, fraudeur, car n'ayant pas payé son billet. La place du village était animée, éclairée par des projecteurs puissants.

*
*   *

Le convoi poussé remontait le Danube. Le marinier hongrois espérait atteindre son pays malgré les bombardements de l'OTAN en Serbie. Le lit du fleuve avait été débarrassé des débris des ponts détruits. Mais le passage était dangereux, à cause des pirates qui profitaient de la guerre pour rançonner les mariniers. Des soldats serbes en goguette en général.

Anatole avait réussi à s'embarquer comme passager. Sa visite du site de Dracula dans les Balkans avait été décevante. Toute cette histoire de Vlad l'empaleur était une légende, du moins, la partie vampirique était une légende. Le château de Dracula était devenu un lieu touristique sans intérêt pour lui. Les montagnes étaient impressionnantes, mais la bâtisse elle-même l'était moins que les deux châteaux du vampire français, l'horrible Gilles de Rais. Le plus suggestif était celui de Tiffauges, perché sur sa colline en plein milieu du village, symbole de la domination de cet homme que le pouvoir de l'époque tarda tant à arrêter malgré les centaines d'enfants qu'il tortura et exécuta pour son plaisir sexuel pervers.

Aussi bien dans les Carpates qu'en Vendée, Anatole avait espéré trouver un passage. Mais cet espoir avait été vain. Allongé sur la banquette de la barge pleine de pétrole, il rêvait dans la nuit noire, dans le silence juste troublé par le halètement du diesel du pousseur. Le marinier lui avait proposé de partager la cabine de pilotage. Anatole avait refusé : il ne craignait ni le froid ni la pluie. Juste le soleil trop cuisant. Mais la question ne se posait pas, car le marinier naviguait la nuit. Une odeur d'humus mouillé montait de l'eau du fleuve. Les démangeaisons atroces ne s'apaisaient pas. Il ne se grattait pas trop, car cela dégageait une odeur épouvantable de chair putréfiée. Ce phénomène récent l'inquiétait beaucoup...

Il se souvenait de sa vie antérieure et pensait à son père et à sa sœur... Il avait mis longtemps avant de comprendre le désir qu'éprouvait cet homme pour sa fille. Ce désir l'avait mené vers la même transformation qu'avait connue Anatole. Et la sœur de ce dernier avait été entraînée aussi dans la même situation. Cette possession par son père des deux femmes de la maison avait produit le complexe de castration chez Anatole, complexe qui l'avait également conduit à cette transformation. Le sexe avait été responsable de toute cette évolution.

Ils naviguaient entre la Bulgarie et la Roumanie. Bientôt ils atteindraient la Serbie tout en longeant encore la Roumanie. Il était difficile au fleuve de quitter le pays de Dracula. Au loin, vers l'ouest, on voyait les traits de feu de la DCA serbe au-dessus de Belgrade. Puis les nuages s'éclairaient par en dessous d'une lueur rouge qui pulsait au rythme des bombardements de l'OTAN. Anatole se souvenait de son séjour dans l'autre monde, de la guerre à laquelle il avait participé, aux cadavres de soldats qui bougeaient sous l'effet du paste. Mais il ne disposait plus ici de ce produit. Il était seul, et avait été privé de son armée des ténèbres. Il cherchait en vain un passage pour retourner là-bas... La découverte d'une telle porte pouvait le conduire à un tout autre monde que celui qu'il cherchait. Mais tant pis, il cherchait toujours. Sa tâche se compliquait par le fait que son espèce était en général interdite de passage.

Anatole se souvenait très bien de sa mort. C'était l'inspecteur Garand qui l'avait tué de deux balles. Puis, les services de police avaient enfermé son corps dans ces sacs en plastique noir munis d'une fermeture éclair. Bien que son cœur fût arrêté, il n'avait perdu aucune lucidité. Une paralysie totale permettait la transformation de son organisme sans être gêné. Une transformation douloureuse. Atrocement douloureuse. D'autant plus qu'il ne pouvait ni se plaindre ni crier de douleur. Cela avait duré plusieurs heures. Il ressentait tout : le cahot de l'ambulance, le frottement de ses vêtements. Ses yeux ouverts ne voyaient que l'obscurité vaguement grise au travers de la matière plastique de son linceul. Il entendait la sirène de police... Les os de sa mâchoire craquaient, ses canines poussaient, ses muscles se desséchaient et ses veines durcissaient... Son sang devenait noir...

Le vampirisme était comme le cancer. Un virus (qui lui avait été transmis lors de ses rapports sexuels avec Alice, la vampire du monde de M.) associé à la mort produisait une modification génétique qui rendait les cellules de son corps éternelles. Le corps du vampire possède la faculté de produire régulièrement une enzyme, la télomérase, qui protège les extrémités des chromosomes. La vieillesse est due à l'absence progressive de cette enzyme, ce qui raccourcit les chromosomes.

Son cœur ne se remettrait jamais à battre. C'est ce qui lui manquait le plus. Lorsqu'il retrouva l'usage de ses muscles à la morgue, il déchira son enveloppe mortuaire comme il l'aurait fait auparavant d'un papier de cigarette. Il avait dû s'habituer à son nouveau métabolisme, à ses sens aiguisés, à sa vision nocturne alors que la lumière du jour lui était quasiment insupportable, mais pas du tout mortelle. Il avait compris les différents niveaux de qualité de sa nourriture. Le sang humain, en haut de l'échelle, bien meilleur lorsqu'il était alcoolisé. Cela produisait chez le vampire un aiguisement de ses facultés, et, en bas de l'échelle, la viande, dont son organisme extrayait le sang, et dont il rejetait les protéines, tel un oiseau de proie qui régurgitait sa pelote. Son meilleur souvenir de nourriture était celui que lui avait apporté le sang de Garand, un être de type humain venu d'ailleurs. Ce rouge liquide transportait avec lui un formidable cocktail de sensations, notamment sexuelles, particulièrement les orgasmes que la créature avait connus avec la belle Véronique, cette fille, une « passeuse » avec qui Anatole avait perdu son pucelage, dans son autre vie, celle d'avant.

Sa peau était pâle, blanche comme le lait et dure. Ses muscles secs. Sa respiration lente était presque imperceptible, ses yeux devenus très clairs. Son sang épais et noir ne coulait plus dans ses veines. Les fluides vitaux circulaient pourtant. Ils étaient transportés grâce aux fonctions chimiques des molécules de chaque cellule de son sang qui transmettait à la suivante par réaction chimique et capillarité les molécules dont son corps avait besoin. Comme une gigantesque course relais dont les témoins constituaient la base vitale du vampire. Voilà pourquoi on ne pouvait pas facilement le détruire. Il n'avait pas de centre vital. En fin de compte, tout son corps fonctionnait de la même manière qu'un organisme unicellulaire. Son cerveau seul lui était vraiment précieux. Mais sans lui, son corps pouvait encore fonctionner, tels les néozons de l'autre monde. Il était le fruit d'une mutation génétique associée à une réaction chimique due au paste, cette drogue qu'il avait consommée là-bas. Ce paste avait la particularité de faire fonctionner les muscles humains, même vidés de leur sang, et, avant tout de supprimer la peur.

Anatole avait oublié la peur jusqu'à ce qu'il la revît dans les yeux de sa première victime. Il en fut étonné.

Ses muscles presque secs lui donnaient une rapidité époustouflante. Il pouvait franchir quelques mètres quasi instantanément. Son sang noir colorait ses lèvres et traçait des lignes sombres dans le blanc de ses yeux.

La frontière approchait. Il devait quitter cette embarcation et poursuivre à la nage.

L'eau était glacée, mais il aimait cela. Il pouvait se passer de respirer de longues heures sans problème. Après un dernier regard vers l'amont, vers la guerre et ses illuminations, il s'enfonça dans l'eau noire en pensant qu'il avait faim. Cela calma à peine ses démangeaisons.

Son corps le démangeait, il ressentait comme un besoin de mue. Il ne comprenait pas pourquoi... Les vêtements qu'il s'obligeait à porter le grattaient. Sa nage souple et rapide diluait dans l'eau les odeurs de ses sécrétions. Des odeurs de charogne, de pourriture sèche qui se dissolvaient dans l'eau du fleuve. Bientôt, dans son sillage, de nombreux poissons nageaient, attirés par cette odeur qui traversait leurs ouïes. Des créatures de petite taille sans danger. Mais rapidement, un grand silure s'approcha en serpentant dans l'eau de son long corps glissant à la peau noire. Le poisson tourna autour du vampire. Anatole le repéra et se mit à la verticale, flottant entre deux eaux. Le courant caressait son corps et faisait flotter ses vêtements comme des drapeaux au vent. Le silure mesurait deux mètres de long et devait peser plusieurs centaines de kilos. La bête tourna autour de sa proie, certainement surprise de voir bouger un corps qui sentait la mort. Anatole resta immobile, les bras le long du corps. Ainsi, le silure ne ressentit plus aucune vibration dans ses moustaches de chair. Il s'approcha vivement pour mâchonner cette nourriture afin d'en sentir le goût et de la palper avec ses appendices buccaux. Ça sentait bon ! Cela fut suffisant pour faire comprendre à Anatole l'attitude de l'animal. Il n'attendit pas une troisième fois ; lorsque le poisson attaqua de nouveau, d'un geste vif, à peine ralenti par la pression de l'eau, Anatole se saisit de la tête de la bête à bras le corps et, grâce à ses crocs rétractiles, la décapita de trois violents et très brefs coups de mâchoires. Il laissa dériver la tête dans le courant des eaux glauques et dévora les organes, surtout le foie plein de sang ; puis, il lâcha le corps décapité en s'éloignant d'un coup de reins. Les autres poissons se jetèrent sur la dépouille de leur gigantesque congénère.

Après ce petit repas revigorant, il comprit néanmoins qu'il ne devait pas traîner dans le coin, non pas qu'il risquât sa vie (au fait était-il vraiment éternel comme le dit la légende ? comment le savoir ?), mais il perdait du temps. Il avait hâte de retrouver les œuvres de la mort, attiré là-bas par une impérieuse nécessité qu'il ne savait pas rationaliser. Son instinct, le nouvel instinct de cette créature qu'il était devenu, le dirigeait vers ce lieu inconnu.

Après avoir émergé à la surface, il se rendit compte qu'il avait passé la frontière : plus aucune lumière ne scintillait sur les berges et au-delà. Il aborda et sortit de l'eau aisément. Le vent de ce début de printemps aurait tôt fait de sécher ses vêtements. Il avait encore du chemin à faire dans la nuit noire. C'était l'ambiance qu'il préférait.

Il se trouvait au carrefour de la Serbie, de la Bulgarie et de la Roumanie. Il devait donc se diriger vers le sud.

*
* *

Gulla assistait à une scène apéritive.

Quatre soldats tenaient une fille à un mètre du sol en la tenant chacun par un de ses membres en les écartant au maximum. Un autre, le pantalon baissé, debout entre les cuisses de la fille, montrait ce qu'il faisait par le va-et-vient régulier de ses fesses toutes blanches. Un sixième tenait la victime par les cheveux de la main gauche et, de la droite braquait un pistolet sur sa tempe. Elle restait muette de terreur. Le violeur arrêta son mouvement et, les fesses brusquement serrées se colla les hanches contre l'entrejambe féminin et poussa si fort que l'ensemble du dispositif recula... Et le type au pistolet tira ! La fille trembla violemment et pendant suffisamment longtemps pour prolonger et accentuer l'orgasme du violeur.

Puis, ils laissèrent tomber le corps. Un autre soldat surgit et leur parla dans cette langue qui ressemblait au russe. Il n'avait pas l'air content et les autres non plus de s'être laissés surprendre. Mais visiblement, le protestataire ne devait pas avoir raison. Un militaire qui se trouvait derrière lui logea une balle dans la nuque, lui collant brutalement le menton sur la poitrine. Son corps tomba à la verticale en tournoyant sur lui-même et en pliant les genoux.

Gulla en salivait de plaisir.

Dès que les hommes furent partis, elle s'avança pour déguster les deux morts encore tout chaud, le mâle et la femelle.

Elle n'avait pas vu, tout à son envie, l'ombre qui la suivait.

La chair de la femme était encore dure et savoureuse des souffrances endurées. Elle partait en grands lambeaux saignants sous les crocs de Gulla qui tirait sa tête en arrière pour les détacher du corps.

Voilà des mois qu'elle errait de cimetière en cimetière. La viande trop faisandée ne lui plaisait pas. Ne la *nourrissait pas.* Elle s'était donc mise à rechercher de la viande fraîchement morte. Encore chaude. Ici, elle en trouvait beaucoup plus que nécessaire pour satisfaire son appétit. Curieusement, elle n'était pas comme ses soeurs qui avaient fini par la chasser, par expulser cette goule qui était différente d'elles.

Soudain, ses sens aiguisés se mirent en éveil. Elle se retourna, la bouche et le menton pleins de sang, ses yeux de chat brillant dans la lumière des incendies. Un soldat la regardait, paralysé par l'étonnement et la terreur. Il marmonna une prière et leva son arme. Une ombre gigantesque se déplia derrière lui et le souleva du sol. Sa tête se pencha sur le côté et une gueule pleine de dents lui mordit cruellement le cou et le sang gicla dans la gorge du vampire.

Après une minute pendant laquelle le pauvre militaire secouait ses jambes en tous sens en couinant comme un cochon que l'on saigne, Anatole laissa le corps tomber comme un touriste malpropre laisse tomber l'emballage de son sandwich

Il s'approcha de Gulla et, la tenant par le cou, la leva pour tenir sa tête au même niveau que la sienne.

« Gulla ! C'est bien toi ! J'ai été attiré ici par toi. Ce n'est pas un hasard.

— Lâche-moi. Tu m'empêches de te voir et de te sentir.

— C'est bien. »

L'ombre la lâcha. La goule se rétablit et regarda le vampire. Elle sentit son odeur appétissante qui suintait de ses vêtements élimés et déchirés en plusieurs endroits.

Anatole la regardait aussi avec des yeux brillants d'envie. Son érection perpétuelle se durcit encore. Il la prit par la main et il rejoignirent l'ombre.

Juste après leur départ, des soldats emmenèrent les corps. L'obscurité les empêcha de voir le traitement qu'ils avaient subi. Plus loin, le charnier était prêt à les recevoir.

Debout, le dos collé au mur, les fesses entre les mains d'Anatole qui venait de la pénétrer, Gulla jouit violemment. Toutes les sensations d'un orgasme puissant et à répétition se répartissaient entre les deux corps, alternativement.

Puis, sans s'en rendre compte, Gulla se mit à dévorer son amant. Son odeur de mort était irrésistible pour elle. Elle se régala. Jamais elle n'avait ressenti un plaisir aussi intense.

Anatole ressentit d'abord une horrible douleur et hurla tel un loup, puis, il jouit encore plus fort.

Après chaque bouchée cruelle de douleur, sa chair se reconstituait rapidement. Il ressentait un chatouillement ressemblant beaucoup à celui de la cicatrisation chez les humains, mais en mille fois plus intense. Un bonheur ! Telle une mue, sa chair se renouvelait ainsi.

Il avait trouvé la femme de sa vie.

Gulla, elle, bénéficiait d'une nourriture d'éternité.

Elle le poussa et il tomba en arrière, toujours en elle et elle se coucha sur lui le dévorant de toutes parts. Il cessa de crier et gémit de douleur et de bonheur. Sa chair se débitait en longues lanières sèches et odorantes du parfum de la mort, et repoussait aussitôt, si vite qu'aucune plaie n'apparaissait.

Après l'amour, ils s'allongèrent au pied du mur lépreux, l'un à côté de l'autre, épuisés.

Puis, Anatole parla :

« Je suis pour toi, le meilleur des charniers, Gulla...

— Oui mon amour. Grâce à toi notre amour sera éternel...

— Je ne pourrai plus me passer de toi. »

Epilogue

Article du journal *Le Progrès* en pages nationales :

Douze petites filles disparaissent sur l'île d'Oléron.

À Oléron, on se souvient encore des meurtres mystérieux qui furent perpétrés la nuit sur de malheureux hommes qui dormaient tranquillement dans leur lit aux côtés de leurs épouses qui, elles restèrent indemnes. Aucun lien ne fut trouvé entre ces différentes personnes, aucun mobile d'établi, et, bien que les principaux suspects soient les époux, aucune charge ne put être retenue contre elles. Quelques mois après ces événements, toutes ces femmes enfantèrent chacune une petite fille. Cet événement étrange par le fait qu'elles naquirent toutes dans la même semaine n'attira l'attention de personne. C'est aujourd'hui que cette "coïncidence" apparaît lorsque toutes ces femmes se sont rendues à la gendarmerie pour signaler la disparition de leur enfant.
Une vaste campagne de recherches a été menée sans résultat...
Douze petites filles de trois ans se sont donc perdues dans la nature... Et douze mères souffrent de nouveau le martyr...

« Bonsoir ! s'exclama Jean Calmet à la lecture de cet article, ça, on ne l'avait pas prévu ! Qu'en penses-tu Alice ?
— De quoi ?
— Je vais te lire l'article... »
Après avoir écouté cette lecture, Alice, qui était devenue presque une jeune fille, répondit :
« Les filles de Lilith ! »

Et Véronique renchérit :

« Ah ! je comprends pourquoi les hommes ont été massacrés.

— Ah bon ! Pourquoi ? Par sadisme ?

— Non, non... On sait qu'un incube peut se transformer en succube et vice versa, c'est toi qui me l'as dit...

— Oui, et alors ?

— Alors, le succube, faisait l'amour à l'homme pendant son sommeil pour recueillir son sperme et ensuite, le faisait à la femme pour le réinjecter, mais après qu'il eut subi une manipulation génétique dans son corps lors de sa transformation en incube...

— Ouh là là ! C'est génial ça !

— Et pourquoi tuer le mâle ?

— C'est comme les insectes ou les araignées femelles qui tuent leur mâle après la copulation. C'est pour préserver la descendance génétique, que le mâle n'aille pas faire des descendants ailleurs.

— Et dans notre cas, ces femmes ne devaient pas avoir d'autres descendants que Lilith...

— C'est-à-dire ?

— Peut-être que si l'homme, le mâle, s'accouplait de nouveau avec sa femme dans une période assez rapprochée cela devait annuler le truc...

— Voilà. C'est ce que je crois... »

Et Alice reprit :

« Il y a donc douze enfants de Lilith dans la nature... Que vont-elles faire ? »

Pierre Dagon

Les douze filles de Lilith

D'après les personnages créés par Alain Pelosato

Introduction
Comment naquirent les douze filles de Lilith

Anatole Krim travaillait au service urbanisme dans une commune de la banlieue parisienne. Juste avant les faits qui le transformèrent inéluctablement en vampire, il était chargé de la rénovation du quartier de la Colline composé de quelques tours de cinq étages, dont la moitié d'entre elles étaient vides et murées. L'une de ces tours allait être mise à contribution pour être un "passage" d'un monde à l'autre.

Véronique était fille de "passeurs". Une espèce (de race humaine) qui a comme fonction (personne ne sait pourquoi) d'entretenir ces "passages".

Quelqu'un avait réussi à relier entre eux les différents mondes de l'univers. Depuis la nuit des temps. Mais peu d'élus connaissent cette faculté de l'espace. Ces "passages" doivent être entretenus, sinon, comme le sentier dans la forêt qui n'est plus utilisé, ils finissent par disparaître. Il faut donc faire passer régulièrement des gens, mais il est interdit pour eux de revenir, car l'affaire doit rester secrète. Un monde est affecté à la destination de ces cobayes : le monde de M.. C'est le monde dominé par les vampires.

Le rôle de Véronique était d'attirer des hommes pour les faire aller de l'autre côté. Anatole fut de ceux-là. Véronique était privée de cette faculté de "passer" d'un monde à l'autre.

Ce qu'ignorait Véronique, était que le psychiatre d'Anatole, était un "passeur" également et qu'il avait projeté de réaliser une expérience interdite : faire revenir Anatole dans notre monde.

Pour bien corser l'affaire, il avait embauché un détective privé (un de ses clients en psychanalyse) pour aller à la recherche d'Anatole lorsqu'il fut revenu et donc très dangereux.

Lors de son enquête, Jean Calmet, le détective, rencontra Véronique. Ils se plurent, ils s'aimèrent et eurent une fille, Alice. Ils lui donnèrent le nom de la sosie de Véronique, la vampire du monde de M..

Entre temps, Anatole retrouva le psychiatre et l'exécuta cruellement. Un policier, Garand (en réalité un "passeur" chargé de faire respecter la loi des "passages") réussit à faire exécuter Anatole. Mais c'était trop tard : il avait déjà été contaminé par la Vampire Alice du monde de M.. Sa mort en tant qu'humain ne fit que précipiter sa transformation en vampire. Pire même, il réussit à passer dans le monde de M. pour s'y procurer le paste, substance servant à rendre les soldats sans peur, mais qui avait le défaut de continuer à faire fonctionner les corps après la mort. Et à revenir dans notre monde. Dans le monde de M. les vampires furent définitivement vaincus : leurs morsures avaient engendré une espèce dont le sang contenait une substance mortelle pour eux. La guerre dévastatrice qu'ils firent mener contre cette espèce (qu'ils appelèrent les "monstres") se termina donc par l'extinction de l'espèce des vampires. Seul subsistait Anatole, mais il était revenu dans notre monde, où, sans le savoir, en tuant Garand, il supprima tous les "passages".

Mais que devait-il se passer donc pour que ces "passages" puissent subsister ?

Mystère... D'aucuns parlèrent d'accrocs dans la Trame...

Jean et Véronique s'associèrent donc dans le travail de détective et aussi dans la vie. Ils allaient désormais la consacrer à la recherche de ces "passages", à l'affût de tout signe de leur présence.

Certains de ces signes se manifestèrent à Oléron. Leur fille Alice, est douée du talent d'ouvrir des "passages". Elle ne peut le faire seule ; il lui faut un "associé". Pour une première fois, alors qu'elle n'était qu'une enfant, elle s'associa involontairement à l'esprit d'un enfant noyé dans le fleuve. C'est Anatole qui manoeuvra l'esprit des deux enfants, le vivant et le mort, pour arriver à ses fins. À eux deux ils ouvrirent deux "passages", car ils vont toujours par deux : l'un pour l'aller, l'autre pour le retour. L'aller s'ouvrit sur une île que découvrit le fleuve asséché. Mais le vampire Anatole ne put l'emprunter, car ces "passages" lui étaient désormais interdits.

La sombre Lilith profita du "passage" de retour pour l'emprunter et revenir sur notre monde. Pas de chance, ce "passage" débouchait au fond de l'océan. Le corps de boue de Lilith ne pouvait résister. Elle recueillit alors des spores qui étaient mêlées à la boue de son corps et elle les envoya dans des tubes d'étain. L'un de ces tubes atterrit sur l'île d'Oléron. Un homme respira la poudre qu'il contenait. Une transformation génétique s'ensuivit dans son corps et l'éjaculation de cet homme sur la terre de la forêt de Saint-Trojean la féconda en quelque sorte et produisit un incube nommé Fleur de Soufre. Celui-ci féconda douze femmes de l'île après avoir cruellement massacré leurs maris et de cette "union" naquirent douze filles : les filles de Lilith.

386

Prologue

-1-

Dom Calmet avait froid. Un vent du nord glacial soufflait sur le fleuve qui charriait des blocs de glace. La lône* qu'il venait de traverser était à l'abri des hauts peupliers aux feuilles dorées par l'automne. Il regrettait presque la tiédeur qui montait de l'eau stagnante et qui enveloppait son visage lorsqu'il était assis dans la barque. Son guide avait ramé vigoureusement pour l'emmener au-delà de la lône, sur les berges du fleuve. Dès qu'ils avaient atteint le sommet de la petite digue qui protégeait la crique des furies du puissant cours d'eau, le froid les avait saisis. Le ciel était gris, d'une couleur froide de l'aluminium, avec parfois, une clarté qui réussissait à percer ces nuages.

« Voilà donc la pierre !

— Oui, mon révérend...

— Elle bouche donc une porte vers l'enfer ?

— Oui, mon révérend...

— Raconte, et surtout n'oublie rien, et ne crains rien, car je suis là pour te protéger des démons. »

Un peu plus en aval, la traille traversait le courant violent du fleuve. C'est ce courant qui donnait de l'énergie en poussant sur le grand gouvernail tenu fermement par le pilote dans sa grande barque. Cette poussée bien conduite faisait traverser l'esquif d'une berge à l'autre, car il était fixé à l'une d'entre elles par un câble, d'une longueur suffisante pour la traversée. En ce début du dix-huitième siècle, les hommes ne pouvaient compter que sur l'appui de Dieu ou du diable pour réussir à tenir un pont face aux fureurs fluviales.

---

* Une lône est un ancien bras du fleuve, plus ou moins séparé de celui-ci. Une zone d'eaux calmes et parfois stagnantes à proximité du cours violent du fleuve.

Plus au nord, en amont, le pont de la Guillotière résistait, de temps en temps emporté partiellement par une crue et reconstruit par les moines pontifes. Au sud, le pont de Bénézet fut détruit par les eaux et jamais reconstruit. Seul le Pont Saint-Esprit tenait le coup, encore plus au sud. Autrement, les bacs à traille restaient les seuls moyens de traverser.

Le R.P. Dom Calmet était intéressé par la manœuvre du bac. Il était impressionné par la fragilité de l'embarcation au milieu de la violence des flots. En cette période de crue, aucun convoi ne descendait le fleuve trop dangereux, ni aucun ne remontait halé par des chevaux. Les mariniers profitaient d'une pause dans leur rude vie, et regardaient anxieusement les flots pour pouvoir reprendre le chemin du sud en décize* et le chemin du nord pour ceux qui projetaient la remonte.

Dom Calmet eut une idée en pensant à ces mariniers superstitieux par obligation, eu égard à leur métier très dangereux. Il allait l'exploiter tout à l'heure après le récit de son guide.

« C'est par cette porte que sont arrivés des démons, ce que vous appelez des vampires. Ils ont sévi dans la région avant qu'un prêtre ne réussisse à les chasser, à les renvoyer chez eux.

— Et ce prêtre a disparu ?

— Il semblerait... On peut le dire comme ça. Disons que plus personne ne l'a revu...

— Et vous le connaissiez.

— Bien sûr. C'est le prêtre des gens du château, les gardiens de la traille.

— Ceux qui prélèvent le droit de passage ?

— Oui. Ceux-là mêmes ! Vous ne les avez pas rencontrés ?

— Non, pas encore... »

---

* Décize : action de descendre le cours du fleuve en se laissant porter par son courant puissant. La remonte est l'action contraire, possible seulement grâce au halage par des hommes pour les petites embarcations, des chevaux ou des bœufs pour les grands convois de marchands.

Dom Calmet pria le Seigneur de lui pardonner ce pieux mensonge : il était allé au château, mais celui-ci était vide d'occupants. Personne. Tous ses habitants avaient disparu juste après la pose de la pierre. En fait, c'était juste un demi-mensonge... L'ecclésiastique frissonna. Une petite pluie se mit à tomber. Il observa la pierre. Une grosse moraine arrondie qui dépassait de l'eau très près de la berge. La crue n'était pas encore bien puissante.

Et il mit en application son idée.

« Je vais bénir cette pierre. »

Il descendit adroitement de la petite digue et s'approcha du bord. Debout, les pieds au bord de l'eau, il décrocha le flacon d'eau bénite de sa ceinture, le déboucha et bénit la pierre.

« Désormais, dit-il, cette pierre sera le lieu où tous les mariniers viendront se recueillir pour demander que l'aide du Seigneur les accompagne dans leur dangereux voyage de décize. »

Il se tourna vers son guide : « Tu feras creuser une coupe en son sommet pour recueillir l'eau du ciel qui sera ainsi toujours de l'eau bénite. Et quand le temps sera sec, les mariniers y verseront un peu d'eau du fleuve à proximité. Tu y feras également graver une croix et sceller un ou deux anneaux pour amarrer les barques. As-tu compris ?

— Oui, mon révérend. Ce que vous avez demandé sera fait !

— Bien. Maintenant, retournons nous mettre à l'abri de ce vent glacial ! »

-2-

Les travaux de la compagnie du fleuve se terminaient. Toutes les lônes avaient disparu, comblées avec les graviers du fleuve, extraits lors de la construction du barrage et de l'usine écluse, et lors du creusement du canal de dérivation. Un énorme chantier qui avait duré des années, dont les équipements avaient d'ailleurs été emportés par une violente crue.

Dans les années cinquante et soixante de ce siècle, le vingtième, les ingénieurs avaient donné l'illusion à l'humanité qu'elle pouvait dominer la nature sans risque. Une autoroute allait bientôt passer sur les bords du fleuve. La pierre bénite gênait son passage. Il avait été décidé de l'enlever et de la transporter derrière la mairie. Chose très facile avec les moyens techniques modernes. Des élingues furent passées sous la pierre qui fut ainsi ficelée et fixée à l'énorme crochet de la grue.

Lorsque celle-ci souleva la lourde masse, personne ne remarqua l'éclat soudain que prit l'eau présente au fond du trou du sol que la pierre laissa.

Même si quelqu'un l'avait remarqué, personne n'aurait compris sa véritable signification : un nouveau "passage" venait de s'ouvrir, à quelques encablures de là, dans un vieux puits dans la cave d'une maison à proximité des vieilles ruines des gardiens de l'ancienne traille... Ce puits qui communique avec le fleuve.

Cette "porte" nouvelle allait attendre encore quelques années avant de trouver un utilisateur... À vrai dire, ce n'était pas encore une "porte". Juste sa potentialité...

-3-

Les trois guerriers étaient allongés, tels les gisants des cathédrales, bien droit, les deux mains jointes sur la poitrine tenant une grande épée serrée contre leur corps. Ils attendaient là, depuis des siècles que le Créateur les réveille pour la seule mission précise pour laquelle ils avaient été conçus, et qu'ils avaient menée autrefois, au-delà des siècles.

Vajhe, le Créateur, avait laissé filer les événements depuis deux siècles. Il avait été occupé ailleurs. Lorsqu'on l'avait prévenu, il était trop tard pour intervenir. Désormais, comme il n'avait pas eu l'opportunité de prévenir, il lui fallait guérir. Il s'approcha donc des trois gisants et prononça les paroles du réveil : "Sinwy, Sinsinwy et Samengelf ! Réveillez-vous ! "

Les gisants bougèrent et se levèrent lentement, tels des statues prenant soudain vie, mais le teint de leur peau, seulement visible sur leur visage, le reste du corps étant caché dans une tenue guerrière, restait blanc comme le marbre. Debout en ligne face au Créateur, ils attendirent les ordres.

— Mes chers guerriers, fini le petit somme. Vous avez de nouveau du pain sur la planche...

— Lilith ? Dit le premier...

— Oui, enfin, disons, plutôt sa progéniture...

— Sa progéniture ? Questionna le deuxième.

— Oui, elle a engendré douze filles...

— Et cela a échappé à la vigilance de notre seigneur ? S'étonna le troisième.

Luttant pour ne pas rougir, le seigneur en question se dut de donner quelques explications simples.

" Effectivement, je fus très occupé ailleurs. Je n'ai donc pas pu surveiller le réseau des "passages" d'un monde à l'autre. Ces espèces de tunnels qui ne devraient pas être ouverts, mais qui le sont toujours à mon insu et permettent des échanges de créatures entre les mondes. Ce qui fait qu'elles se trouvent là où elles ne devraient pas être.

" Cela n'a pas manqué, les passeurs en ont profité pour rétablir des circulations interdites. Me voilà avec un vampire sur Terre, créature qui y a rencontré sa goule (on ne peut pas faire pire comme bug !). Mais ce monstre recherche à tout prix un passage pour retourner dans le monde où il est devenu ce qu'il est. Je suis donc contraint de laisser ouvert un passage par-ci par-là...

"Mais le pire n'est pas cela. Un pauvre enfant mort dans des circonstances terribles en association avec une petite fille (l'enfant de Véronique et de Jean Calmet) qui possède quelques pouvoirs, car sa mère est issue de la lignée des passeurs (et son père aussi, même si lui-même l'ignore, sinon ils n'auraient pas pu faire un enfant...), a produit l'ouverture inopinée de passages.

Lilith l'a emprunté. Mais son corps de boue n'a pas pu survivre, car le passage qu'elle a emprunté débouchait au fond de l'océan ; elle a donc produit des graines qu'elle a laissées s'échouer sur la plage. Ces graines ont produit une créature, un incube qui a engendré douze filles chez douze femmes de l'île d'Oléron. Cette créature a pris bien soin de détruire cruellement les époux de ces femmes, mâles chez qui elle a prélevé auparavant la semence lorsqu'elle prit la forme d'un succube.

"L'incube nommé Fleur de soufre s'est immolé par le feu. J'espère que toutes les graines de Lilith ont été détruites dans cet incendie qui ravagea la forêt de Saint-Trojean.

" Ces douze filles traînent dans la nature....

— Nous devons donc les trouver et les détruire ?

— Exact ! Au travail ! Il y en a douze, pas une ne doit en réchapper sous peine d'entropie maximum de l'univers. Je compte sur vous, car je ne peux pas être partout à la fois ! J'ai ouvert un passage : vous pouvez l'emprunter. Mais Lilith avait tout prévu. Même le fait que j'ouvre ces passages pour vous : une fois ouverts, ils pourraient servir aussi à ses filles pour la sortir de son sombre exil. N'oubliez pas que vos armes peuvent se retourner contre vous. Ah ! Ces femmes ! Je suis fatigué! Cette Trame est bien trop lourde à gérer... Les accrocs s'y multiplient et je ne peux pas être partout à la fois, contrairement à ce qui se dit là-bas..."

Les trois guerriers se dirigèrent vers un long couloir dont les murs semblaient briller et formaient des angles non euclidiens, car l'espace, n'est-ce pas, est non euclidien... Seul le rationalisme humain le voit tel qu'il respecterait les lois géométriques d'Euclide.

Ils étaient toujours équipés tels des chevaliers du Moyen Âge. Mais peu importe l'habit. Ils savaient très bien adapter leur tenue vestimentaire en fonction du monde où ils agissaient.

Les douze filles de Lilith se nomment : *Léa, Irène, Louise, Isabelle, Thérèse, Henriette, Lydie, Ida, Larissa, Ingrid, Tatiana, Honorine.*

Toutes nommées comme des saintes. Cela va de soi.

Elles n'ont qu'à bien se tenir.

Chapitre 1

Cette maison lui foutait la trouille. Depuis le temps qu'il y habitait, il ne s'y était jamais habitué. Ce puits dans la cave dont le fond brillait, lumineux comme la surface d'une épée. Ce passage vers le fleuve. Tout cela l'angoissait. Il y avait aussi une pièce curieuse, dont les murs étaient couverts de signes cabalistiques. Toutes les portes de ce local étaient en épais métal et ne pouvaient se fermer que de l'intérieur. Parfois, l'idée lui venait de s'y enfermer. Il luttait contre cette suggestion qu'il croyait venir de son inconscient.

Le gardien venait de faire visiter la maison par les services de la commune. Les voisins se plaignaient du délabrement des lieux. La vieille tour et la vieille chapelle tombaient en ruine. La végétation se développait sans entrave. Le gardien n'avait plus de nouvelles du propriétaire. De la propriétaire plutôt. Une vieille dame distinguée.

Heureusement qu'il y avait ses chiens. Encore un sujet de discorde avec les voisins : ils avaient peur des animaux, des bergers allemands puissants.

Gérard n'avait pourtant pas à se plaindre. Il touchait son salaire par un virement automatique chaque mois. Mais il s'ennuyait. Et la maison le fascinait, le terrifiait. Il se sentait seul. Si seul...

Ce silence juste troublé par le ronron de l'usine, avec, parfois, le chuintement aigu de compresseurs. Une gigantesque usine chimique avait remplacé les lônes au bord du fleuve. L'autoroute, axe de communication européenne nord-sud se faufilait entre les énormes superstructures de l'usine et le grand cours d'eau que certains appelaient encore le fleuve dieu. La traille avait disparu depuis longtemps. Un superbe pont autoroutier enjambait le canal de dérivation géant, juste en dessous de l'usine écluse et rejoignait l'autre berge en passant devant le barrage à vannes mobiles qui laissait filer si peu d'eau dans le vieux fleuve.

Ce silence et ce ronronnement menaçant... il avait fini par s'y habituer.

Soudain un bruit. Les chiens se mirent à miauler.

— Pétard, qu'est-ce qu'il vous prend ? Vous vous prenez pour des chats maintenant ?

Les pauvres bêtes semblaient terrifiées et gémirent de plus belle. Elles se mirent debout à quatre pattes, tête et queue baissées, yeux globuleux relevés pour mieux exprimer leur soumission.

— Mais qu'est-ce qui vous prend ? Eh ? Balthazar ! Oh, de quoi tu as peur ? Et toi, Chouan, toi aussi tu as peur?

Et de se dire à soi-même : "Bon dieu ! Et moi aussi j'ai peur. Qu'est-ce qui leur arrive à ces chiens?"

Tout d'un coup, silence. Les chiens se turent. Seul le ronronnement de l'usine entretenait la peur.

Et un bruit. Même pas un vrai bruit, un frôlement, un grattement...

— Ça vient de la cave...

L'action lui permit de surmonter sa peur. Il alla chercher une puissante lampe électrique dans le placard du hall d'entrée.

— Balthazar, Chouan ! Aller ! Venez !

Mais les chiens, désormais silencieux, ne bougèrent pas. Un léger frisson de terreur parcourut la nuque de Gérard.

— Merde ! Ils sont cons ces cabots ! Putain ! Mais c'est pas vrai. Faut que j'y aille tout seul.

Il pensa les fouetter avec sa cravache. Mais la raison l'emporta. Des chiens terrifiés ne sont bons à rien !

— Un homme non plus, se renchérit-il lui-même !

La porte de la cave était en bois épais et dur. Sûrement du chêne. Le visage mal rasé du gardien était crispé par la peur. Mais c'était un homme courageux. Le courageux n'est pas celui qui n'a pas peur; dans ce cas c'est un inconscient. Non, l'homme courageux est celui qui vainc la peur, qui la surmonte et la transforme en énergie pour agir.

L'escalier en pierre descendait rudement. La cave

était sèche, car la maison construite sur un grand rocher qui dépassait de la plaine alluviale. Le fleuve avait hésité plusieurs fois entre les deux côtés de ce rocher pour passer. Aujourd'hui ce rocher nommé Haute Roche se trouve sur la rive droite du fleuve. Il y a très longtemps, c'était le contraire; et une petite rivière coule maintenant dans la vaste plaine relique du fleuve. Donc la cave était sèche. Mais un puits y avait été creusé pour rejoindre la nappe du fleuve. Pourquoi un puits dans la cave? Pour gagner de la profondeur.

Une autre porte donnait sur la route et qui permettait d'entrer dans la cave. Gérard connaissait bien cette porte; il craignait que quelqu'un ne se fût introduit par là. Aussi il hésita en haut de l'escalier. Se ravisa et referma le lourd battant entrouvert devant lui.

Il venait de décider de contourner stratégiquement l'objet de sa peur en entrant par le même chemin qu'aurait emprunté l'intrus, si intrus il y avait. La nuit était noire. Gérard laissa les chiens à l'intérieur. Les bêtes s'étaient remises à pleurnicher. Ça lui fichait la chair de poule. La rue déserte était éclairée par des lampadaires. Pour voir en contrebas l'entrée extérieure de la cave, il s'approcha de la petite plate-forme de surveillance qui surplombait l'endroit au sommet du mur de soutènement. Aucune indication ne lui fut donnée sur le fait que la porte qui s'ouvrait de l'intérieur fût utilisée ou non. Après cette précaution il dut se décider à descendre.

Une voiture faillit l'écraser, car il était trop obnubilé par sa peur et par ses efforts afin de la surmonter, pour surveiller la circulation.

La porte de la cave était ouverte.

Ce trou noir ressemblait à une bouche ouverte prête à l'engloutir. Devait-il entrer ou prévenir la police ?

Son hésitation lui fut fatale. Il prit pourtant la bonne décision: celle de prévenir les flics. Il se retourna pour rebrousser chemin quand une ombre fulgurante se saisit de lui, le leva au-dessus du sol avec une grande main aux doigts secs et durs qui lui bloquèrent la gorge, l'empêchant de crier. Des dents acérées lui arrachèrent une carotide. Le sang gicla en faisant un bruit de source et l'ombre l'absorba adroitement sans en perdre une goutte tout en réintégrant rapidement la cave, car les lumières de phares de voitures annonçaient l'arrivée d'un véhicule.

Le vampire, d'une rapidité stupéfiante, referma la lourde porte en épaisses planches de sapin, s'approcha du puits et y jeta le corps exsangue.

Puis, il s'assit sur la margelle et attendit. Il rejoignit Gulla par la pensée. Mais elle n'était pas encore disponible...

"Pourtant, songea-t-il, il faudra bien qu'elle soit là quand le passage s'ouvrira; je ne voudrais pas retourner chez moi sans elle!"

Il y a maintenant quelques années, une dizaine peut-être, le vampire avait amené du monde qui l'avait créé (le monde de M.) une substance intéressante nommée là-bas le paste. Cette gomme à mâcher procurait une sensation extraordinaire d'invulnérabilité. Elle supprimait complètement la peur. D'ailleurs, les autorités du monde de M. l'utilisaient couramment pour leurs soldats. Le seul inconvénient c'est que les soldats qui avaient pris du paste, une fois morts, continuaient à vaquer à diverses occupations, car leurs muscles continuaient à vivre indépendamment de leur conscience perdue lors leur mort. Mieux même : lorsqu'on donnait du sang à boire à ces morts-vivants, ils reprenaient suffisamment de conscience, mais pas trop, pour devenir des zombies aux ordres de leurs maîtres. Anatole avait expérimenté cette substance. Depuis il n'avait qu'un but: retourner là-bas et en ramener le plus possible pour lever une armée de morts-vivants à ses ordres.

Et maintenant qu'il avait connu Gulla, ils seraient deux!

Mais où se trouvait Gulla?

La nuit était noire et la crypte bien sombre. Mais Gulla n'avait eu aucun mal à soulever le couvercle d'un cercueil pour se repaître des restes du pauvre hère qui fut autrefois certainement très riche, mais qui aujourd'hui, n'en avait que faire...

Elle avait rencontré Anatole pendant la guerre des Balkans. Depuis ils étaient reliés par la pensée. Cette créature puante au corps de femme venait aussi d'ailleurs. Contrairement à Anatole, elle ne connaissait pas ses origines. Ils formaient un beau couple et elle imaginait dans son ventre déjà bouger la progéniture qu'ils avaient engendrée lors de leurs rapports sexuels pendant cette guerre qui leur avait fourni couvert et nourriture.

La goule n'avait pas entendu les chasseurs de goule qui l'avaient suivie dans la nuit. Ce n'était pas difficile une fois repérée : il suffisait de suivre l'odeur. Le carreau de l'arbalète (une arme silencieuse) pénétra dans son épaule. Elle ressentit comme un chatouillement et se retourna rapide comme l'éclair, si vite qu'elle sembla soudain brièvement disparaître pour réapparaître un peu plus loin. Mais les trois chasseurs avaient prévu le coup. Ils étaient restés derrière la grille qu'ils s'employaient à attacher avec du gros fil de fer.

"Alors ma salope! Te voilà prisonnière.

— Bande de cons! Vous savez que vous ne pouvez pas me détruire !

— Nous le savons, nous le savons ! Ce qu'il nous faut, c'est une partie de ton corps. Donne-nous une phalange et nous te laisserons partir.

— Une phalange? C'est tout ce que vous voulez ? Une phalange ?"

Ses yeux se rétrécirent sous l'étonnement.

L'homme éclata de rire...

"T'est pas si con! T'as compris?

— Non! Je ne comprends pas. Répondit la goule en faisant l'idiote.

— Une petite baise avec toi et c'est tout! Une phalange et une baise... C'est rien du tout pour toi une petite baise... On sait pas ce que ça peut donner de mélanger nos deux constitutions..."

"*Pas grand-chose mon pauvre imbécile! Pas grand-*

chose!"

Elle accepta.

Elle se mit dos à la grille et leva les bras. Ils lui attachèrent les poignets et les chevilles. Elle avait ainsi une posture très érotique, les bras tendus vers le haut cambraient son dos en mettant sa poitrine en avant et ses genoux pliés étaient maintenus suffisamment écartés pour l'empêcher d'écraser les hommes qui allaient se placer devant elle alternativement. Quand elle fut prisonnière, ils ouvrirent et entrèrent dans la crypte.

"Putain, elle sent mauvais, mais elle est belle : une tête de gargouille sur un corps de déesse!"

Le type qui avait dit cela sortit un sac de grosse toile de sa gibecière et recouvrit l'horrible tête de la goule. Une corde serra l'ouverture autour de son cou.

"Voilà! Prêts à la manœuvre... Qui commence? On va la jouer aux dés, la première place".

Ils jouèrent aux dés. Le gagnant se plaça devant Gulla et sortit son membre de son pantalon. Le phallus ballottait, tête en l'air, preuve du violent désir de l'homme.

"Eh! Faudrait quelque chose pour mettre derrière son cul...

— Ah ouais! Qu'est-ce qu'on pourrait prendre?

"J'ai une idée!"

Celui qui venait de parler se dirigea vers le cercueil ouvert et se saisit du couvercle en écartant les bras au maximum.

"Viens m'aider..."

Le deuxième s'empressa. Ils glissèrent le couvercle entre les reins de Gulla et la grille.

"La position idéale!"

L'heureux gagnant de la partie de dés s'avança, fléchit légèrement les genoux et se redressa d'un coup sec en pénétrant ainsi Gulla de son sexe durci.

Cette créature au corps de femme avait une fermeté des chairs extraordinaire. Une chair souple et ferme. Un vrai fantasme masculin. Des seins arrondis en forme d'obus, avec des aréoles sombres, quasiment noires. Un corps brûlant soudain sous l'amour, devenant brusquement chaud après le froid de la mort.

Une expérience extraordinaire qui faisait hanter les cimetières par ces chasseurs de goules.

"Coupe-lui la phalange pendant que je baise"

Le perdant aux dés s'exécuta: il avait déjà préparé son couteau.

Mais Gulla ne réagit aucunement à la perte (provisoire) de la dernière phalange de son annulaire.

Ils eurent donc tous trois ce qu'ils voulaient, puis ils sortirent, encore troublés par le plaisir ambigu qu'ils venaient de prendre, avec le petit morceau de goule dans un sachet en plastique. Malgré les protestations de Gulla, l'un d'eux avait pris des photos.

Ils avaient tenté de lui faire dire où se trouvait Anatole. Mais elle ne dit rien et avait fermé son esprit. C'est pourquoi Anatole n'avait plus le contact avec elle.

Les trois hommes sortirent de la crypte alors que le jour pointait. Ils attachèrent de nouveau les deux battants de la grille avec du fil de fer et détachèrent un des bras de Gulla.

"Avec ton bras valide tu trouveras le moyen de te détacher. Il te faudra un certain temps que nous allons mettre à profit pour nous échapper!

— Arrivederci..."

Gulla sentait le liquide chaud couler et tomber en grosses et lourdes gouttes sur le sol froid. Elle ne savait pas que sa fécondation venait d'être parachevée.

Elle croyait encore que ses relations sexuelles avec Anatole avaient suffi à leur procréation. Mais non, son ovaire semi-fécondé avait besoin d'un spermatozoïde humain pour commencer à croître par scissiparité.

Elle se reposa quelques minutes et se défit de ses liens très rapidement. Mais les hommes avaient disparu dans l'aube naissante. Il était temps pour elle de se mettre à l'abri...

Chapitre 2

Le vampire restait immobile dans l'obscurité, assis sur la margelle du puits. Quiconque le verrait ainsi pouvait le prendre pour une statue tant son immobilité était absolue: sans un mouvement, même infime, sans respiration, sans pulsation sanguine, sans battement du cœur.

Il méditait.

Avant de connaître Gulla, il avait eu un bref contact avec Lilith. Là-bas au fond de l'océan, au large d'Oléron. La sainte femme, rejetée par Vajhé le Créateur qui lui avait préféré Ève. Le corps de boue de Lilith n'avait pas résisté à l'eau de mer, car la porte qu'elle avait empruntée se trouvait sous la mer. Cette porte avait été ouverte involontairement par Alice, qui était alors une petite fille. Le contact de cette petite fille avec l'esprit d'un petit garçon mort noyé avait permis la création de ce passage. Depuis ce contact sous-marin avec Lilith, Anatole le vampire avait gardé le lien avec elle, même si elle se trouvait encore enfermée au-delà, dans le monde d'ailleurs où Vajhé le Créateur l'avait exilé.

Anatole attendait Gulla. Au bord du puits. Car il savait que ce puits était un passage. Que celui-ci avait été libéré depuis que la pierre bénite avait été déplacée. Mais il fallait que quelqu'un l'emprunte dans l'autre sens pour l'ouvrir. Et Lilith avait prévenu Anatole que ce moment allait arriver. Car, dans sa grande intelligence elle avait tendu un piège à Vajhé. Ce piège se présentait sous la forme de douze petites filles de sept ans que Vajhé se devait de détruire. Pour cela il allait envoyer ses anges exterminateurs.

Anatole les attendait. S'il lui était resté un quelconque sentiment humain, il aurait ressenti l'angoisse devant un danger terrifiant.

Le vampire en était là de ses pensées quand soudain Samengelf apparut à ses côtés. Anatole réagit avec sa rapidité coutumière ; mais cette fois il trouva plus rapide que lui.

L'ange le saisit par le bras avant qu'il n'ait pu faire le moindre geste. Alors qu'il pivotait sur lui-même pour lui échapper, un autre guerrier au visage pâle avec des reflets gris légèrement bleutés — Sinwy — le stoppa net dans son élan. Le vampire se retrouva immobilisé par les deux anges guerriers qui le tenaient chacun par un bras.

Sinsinwy lui parla de sa voix grave aux accents féminins :

« Anatole ? C'est toi Anatole ? Nous n'osions espérer te retrouver si vite ! Nous devons te faire retourner dans le monde qui t'a créé.

— C'est justement là où je veux aller !

— Oui, mais nous devons nous en assurer...

— Laissez-moi repartir par où vous êtes venus...

— Non. Ce n'est pas possible. Tu devras revenir avec nous lorsque nous repartirons. Nous allons te fixer ici. »

Avec des gestes si rapides qu'un observateur n'aurait rien vu de leurs mouvements, les trois anges guerriers enchaînèrent le vampire à la paroi rocheuse.

Et Anatole accepta volontiers son sort, car il savait que cette situation n'était que provisoire en attendant le retour des trois anges.

Chapitre 3

"Bretagne!   Bretagne!   Bretagne!   Bretagne! Bretagne!"

Le miroir se contentait de refléter l'image de la charmante jeune fille qui venait de prononcer ces mots. Une jolie brune aux yeux verts. Imaginez la fille aux yeux menthe à l'eau de la chanson interprétée par Eddy Mitchell. Elle était accompagnée d'une dame d'âge mûr, mais très attirante, très "bandante"...

"Tu vois, ma chérie, je t'avais dit que ça ne marcherait pas! Tu écoutes ton père. Mais il en connaît plus en contes de fées qu'en magie!

— Si! Ça doit marcher! Je sais qu'on peut traverser les miroirs. Ils donnent sur le monde intermédiaire. Celui qui permet le transfert sans les portes.

— Et pourquoi n'ouvres-tu pas une porte comme tu sais le faire?

— C'est trop dangereux. Il faut trouver un moyen d'y aller sans prendre une porte qui pourrait être empruntée par n'importe qui. Bretagne doit nous y aider!

— Si elle consent à apparaître. Seul ton père doit posséder le pouvoir de le faire!

— Mais je suis sa fille! Et la tienne aussi! Donc...

— Donc, attendons. Pourquoi cinq fois? Pourquoi imiter la méthode du film "Candyman"?

— Parce que c'est comme ça, c'est une coïncidence...

— Enfin, j'espère que ton père aura plus de chance avec son pédophile..."

Soudain l'image du miroir se troubla. Il en sortit une lumière qui sembla assombrir la pièce. La lumière faiblit et l'image du miroir devint nette. Il ne reflétait plus la charmante Alice aux yeux verts, mais une belle jeune femme aux longs cheveux noirs relevés en chignon derrière la tête.

"Bretagne!" S'exclama Véronique...

« Oui ! Bretagne ! Oui, c'est moi ! J'espère que vous avez un motif important pour m'avoir dérangé ! Et Jean n'est pas là ?

— Non. Il est occupé ailleurs. Puis-je te poser une question ?

— Pose toujours...

— Pourquoi n'apparais-tu que dans certains miroirs ? Comment savoir lesquels ?

— Et Jean ne t'a pas expliqué ?

— Il m'a juste conseillé celui-ci sans plus d'explications...

— Eh bien c'est qu'il n'a pas la solution...

— Et... tu peux nous la donner ?

— Non !

— Tant pis !

— Vois-tu, Jean m'a rendu un grand service autrefois à Rome. Je l'avais chargé de retrouver mon frère jumeau. Je ne l'avais pas prévenu que ce frère était dans le monde des miroirs. Mais, en réalité, sa tâche était simple: il lui fallait trouver le miroir qui se trouvait dans un palais de la piazza Navona, le palais décrit par Hoffmann dans son roman "Princesse Brambilla". Ce palais n'existe pas dans votre monde, il apparaît seulement dans certaines conditions. Et ton cher et tendre Jean est suffisamment fort pour avoir réussi cet exploit. Je lui ai donc confié la connaissance de la magie des miroirs... C'est très utile non dans votre travail?"

Alice était restée silencieuse pendant ce dialogue. Elle prit alors la parole.

"Justement, ma chère Bretagne, j'ai besoin de toi pour passer dans un autre monde, le monde de M.

— Ah ! Et pourquoi, s'il te plaît ?

— Je dois retrouver là-bas des amis qui me donneront les moyens de nous débarrasser d'Anatole, ce prédateur nuisible, cette erreur de la Création !

— Ouais... Je vois ! Eh bien, viens ! C'est tout simple, car c'est le monde le plus facile à atteindre."

Elle tendit le bras. Alice avança le sien et sa main entra dans le miroir sans aucun mouvement de sa surface qui resta absolument lisse. La jeune fille aux yeux verts se tourna vers sa mère, dans un regard où se mêlait la joie de passer et la peine de laisser Véronique.

"Au revoir maman !

— Sois prudente ma chérie !"

Lorsque Alice eut rejoint Bretagne, celle-ci rassura la maman : « Ne t'inquiète pas Véro, tout se passera bien ! »

Et le miroir s'éteignit.

Véro se retrouva seule face à son reflet.

De l'autre côté, main dans la main, les deux jeunes femmes brunes, l'une aux yeux verts et l'autre aux yeux noirs, s'éloignèrent de la paroi sur laquelle le rectangle du miroir s'amenuisait jusqu'à disparaître tel le petit carré blanc d'un écran de télévision qu'on a éteint.

Elles avaient un long voyage à faire dans le monde intermédiaire pour retrouver, de l'autre côté, un autre miroir qui leur permettrait de passer dans le monde de M.

C'était plus un voyage mental que physique. Elles devaient traverser la forêt de l'Imaginaire.

« Fais attention à tes pensées, ma chérie ! » Conseilla Bretagne.

« À mes pensées ?

— Oui. Tout ce que tu vas imaginer risque de se matérialiser. Essaie de garder la tête froide !

— Et toi ?

— Moi non. Je suis d'ici désormais. Je fais partie, en quelque sorte, du dispositif de matérialisation.

— Oui, mais tout cela n'est pas réel !

— Comment ça : « n'est pas réel » ? Tout est réel. Tes pensées ne seraient pas réelles ?

— Mouais...

— Fais attention à ce que tu penses. »

Maintenant ils se trouvaient au bord d'un grand fleuve. Le bac traversait et se dirigeait vers eux. Il transportait une seule personne, un grand homme qui portait un chapeau à large bord avec une faux posée sur son épaule. On aurait pu croire que la Mort se dirigeait vers eux. C'était trop tard, Alice avait pensé à un film « Vampyr » de Dreyer.

Ils attendirent le bac. Ils montèrent à bord en croisant le moissonneur. Alice songeait à ce symbole.

« *Ce n'est pas pour rien que j'ai pensé à cette image du film de Dreyer. Elle symbolise le passage d'une rive à l'autre. Elle représente le fleuve. Dans notre monde une porte a dû s'ouvrir au bord du fleuve... Il faudrait que je prévienne mes parents.* »

« Est-ce que je peux envoyer un message à mes parents ?

— Un message ? C'est pas possible ! Faudra attendre ton retour... »

Le temps gris donnait une couleur métallique à l'eau qui se rebellait contre la violence du vent en développant de nerveuses petites vagues. Le courant contrariait le vent. Le passeur devait appuyer fortement sur sa longue rame afin que le courant impulse de sa force le mouvement de traversée de l'embarcation.

En face, une maison était construite sur un grand rocher.

« J'ai déjà vu cela quelque part ! » S'écria Alice.

« Pas étonnant c'est toi qui l'a créé... » Répondit en riant Bretagne. Arrivés sur l'autre rive ils se dirigèrent vers la maison qui était accessible par un escalier en colimaçon. Mais un soldat muni d'une grande hallebarde gardait le bas de cet escalier. Il ne broncha pas quand les deux jeunes femmes posèrent le pied sur la première marche. À vrai dire, ce soldat n'avait pas l'air vivant, plutôt l'air d'une statue. Mais Alice n'osa pas le toucher.

La tête lui tourna un peu lorsqu'elle emprunta cette hélice qui lui permettrait d'atteindre la plate-forme rocheuse qui supportait la construction. Elle devait servir de locaux au service de péage. L'escalier débouchait sur un balcon en pierres avec un garde fou sculpté. La vue était magnifique sur le fleuve et ses annexes : bras morts et vifs, marais. Mais tout était en noir et blanc avec toutes les nuances de gris possibles. Même les arbres étaient gris. Sans parler de l'eau du fleuve. A part cette maison, pas une construction n'apparaissait à l'horizon. Même le bac avait disparu. Alice ressentit l'angoisse de la solitude, la peur d'être perdue dans une contrée sauvage. Bretagne devait la quitter.

« Me quitter ? » Interrogea, anxieuse, Alice.

« Oui. Ceci est ton monde. Je ne pourrais y rester même si je voulais... Va dans la maison et tu trouveras le passage.... »

Sa voix s'affaiblissait et son corps se diluait dans l'air.

Et Alice se retrouva seule.

« Et qu'est-ce que je fais maintenant ? »

Elle n'avait pas le choix : elle se retourna vers la maison. Une grande bâtisse bourgeoise, plantée là devant elle, avec à ses côtés une chapelle en style néogothique. Sans savoir pourquoi, elle se dirigea vers la petite église.

« Ça doit être encore la trame. »

Trame ou pas, il fallait y aller.

La forte porte en bois massif usé par les intempéries était entrouverte. Alice poussa de toutes ses forces : elle resta inébranlable. Seul un espace sombre entre le battant et le mur lui permit de s'insinuer en se plaçant de côté et en écrasant un peu ses seins qu'elle avait très beaux.

À l'intérieur il y avait de l'obscurité et de la lumière. C'est-à-dire que tout était sombre, car, curieusement cette chapelle ne comportait ni fenêtres ni vitraux — une vraie crypte —, mais un « couloir » de lumière guidait la jeune fille vers le fond. Elle s'engagea dans cette espèce de galerie et s'arrêta après avoir fait quelques pas. C'était comme de la lumière noire, des ultraviolets qui blanchissaient ses dents et les parties blanches de ses vêtements. Elle tenta de regarder au-delà de la sombre clarté (comme celle qui tombe des étoiles...). Son regard rencontra comme un mur vertical de noir absolu. Mat, absolument mat. Une vague idée du néant. El avança d'un pas vers cette paroi et y entra sans aucune difficulté. Ses yeux passés, elle devint complètement aveugle. Elle ne vit plus rien. Elle poussa un cri de détresse et, par un violent effort de volonté, resta immobile, terrifiée. Calmement, bien que terrorisée, elle refit un pas en arrière, puis un deuxième et sortit ainsi de la noirceur, réintégra la lumière noire.

Pas d'autre solution que de continuer tout droit en suivant le chemin tracé. Au fond, tout au fond, un rectangle vertical brillait, comme une surface plane de reflet grisâtre, de la couleur du mercure.

Elle s'en approcha, les yeux déjà fatigués de cette ambiance curieuse et toucha cette espèce de miroir. Son doigt s'enfonça dans une matière liquide, mais, comme le mercure, à la tension superficielle négative. Il fallait forcer, et le liquide s'écartait du doigt tout en restant contre la peau, mais sans y coller. Elle connaissait cela. Ses parents lui en avaient parlé. C'était une porte !

Elle s'avança, entra une jambe, puis une épaule, puis tout le corps. Elle se retrouva, au-delà, devant une porte fermée.

D'où elle venait, se trouvait une porte fermée !

Elle tenta de l'ouvrir : impossible.

Un bruit de débris que l'on déplace attira son attention.

Quelqu'un s'approchait.

« Salut Alice ! Non ce n'est pas le petit lapin blanc et je ne porte pas de réveil ! Me connais-tu ?

— Non ! » Répondit-elle calmement. La curiosité l'emportant sur la peur.

« Devrais-je vous connaître ? » Rajouta-t-elle.

« Peut-être... Moi je te reconnais. Tu ressembles beaucoup à ta mère, qui est le sosie parfait d'une créature qui vivait dans notre monde il y a bien longtemps. Je sais pourquoi tu viens. Bretagne nous a prévenus. Si tu veux bien me suivre, je t'expliquerai et t'aiderai à retourner chez toi. Ne restons pas ici dans cet immeuble en ruines. La guerre est finie, mais le danger est présent partout, car l'anarchie règne encore. Veux-tu venir ? »

Alice observa cet homme d'âge mûr. Il était vêtu d'un uniforme vert olive. Elle fit un effort d'imagination. Elle tritura ses souvenirs, son inconscient individuel, et l'inconscient collectif de sa race, celle des « passeurs ». Et elle se souvint.

« Vous êtes un des deux jumeaux. Vous êtes celui qui est déjà venu chez nous et retourné.

« Oui. C'est cela. J'ai ainsi gardé le contact avec les mondes intermédiaires, ceux de l'imaginaire, ceux qui se trouvent au-delà de certains de vos miroirs. Tu es venue pour Anatole...

— Oui... Je suis donc rassurée. Je peux donc te faire confiance ?

— Absolument ! Comme on dit chez vous... Suis-moi donc.... »

Elle lui emboîta le pas.

Ils traversèrent des ruines pour rejoindre l'entrée d'un bunker souterrain. Le ciel était rouge et brumeux. Le soleil invisible derrière cette brume. Devant cette entrée, un véhicule blindé de transport de troupes attendait le moteur tournant. La jeune fille et l'homme montèrent à l'arrière. Les deux portes restaient ouvertes alors que le véhicule démarrait dans un vrombissement de moteur diesel.

Pendant le voyage, l'homme expliqua la situation.

« Nous sommes informés que vous avez un problème avec Anatole, le vampire.

— Oui, il nous faut absolument nous en débarrasser. D'autres forces sont à sa recherche pour étudier son métabolisme. Mais il est un corps étranger à notre monde. Il n'a plus rien d'humain.

— D'autant plus dangereux qu'il fut autrefois un être humain et que c'est son passage chez nous qui l'a transformé. Toutes les créatures de son espèce ont disparu ici ; pourtant c'est bien leur monde. C'est ici qu'elles sont nées.

— Oui, et elles ont engendré une autre espèce d'êtres humains dont le sang est devenu un poison mortel pour elles. Elles ont appelé ces « mutants » des « monstres ». Et, si je me souviens bien, tu en es un...

— Oui, j'en suis un. Nous avons découvert la substance qui rend mortels les immortels et qui se

411

trouve dans notre sang. J'en ai fait extraire de mon propre fluide sanguin. Voici le flacon. C'est un produit très précieux, impossible à synthétiser. Prends-en bien soin, car si d'aventure, vous perdiez la liaison avec notre monde, vous en seriez démunis...

— Mais...

— Ne pose pas de questions. Sache que la Trame n'autorise pas l'immortalité. L'immortalité est impossible. Elle engendre automatiquement un jour ou l'autre ce qui doit conduire à sa mort. Chez nous les immortels ont produit eux-mêmes par leurs morsures l'espèce qui les a détruits. C'est-à-dire, nous, les monstres.

— Mais... tu n'as pas du tout l'air d'un monstre.

— Autrefois, dans votre monde, les Grecs appelaient "Barbares" tous ceux dont ils ne connaissaient pas l'origine. Aujourd'hui, ici, on a remplacé "barbares" par "monstres"!»

Et il tendit à Alice un flacon rempli d'un liquide verdâtre, et une seringue vide.

"Fais attention de ne pas te piquer.

— Une seringue? Déjà?

— Oui... Euh... Tu risques d'en avoir besoin rapidement dès ton arrivée.

— Et viens-tu avec moi?

— Non, hélas je ne peux pas. Je ne passerai pas. C'est interdit aux habitants de notre monde. Seule toi qui vient de là-bas pourras le faire..."

Elle prit les deux objets en s'étonnant :

« Mais alors, pourquoi roulons-nous ? Où allons-nous ?

— Eh bien nous ne pouvons pas perdre de temps. Je t'emmène vers un passage dans l'autre sens ; un passage direct cette fois. Je ne peux pas te dire où tu arriveras dans ton monde. Mais tu y arriveras...

— Eh bien, tu n'es pas réjouissant !

— Eh ! Je fais ce que je peux !"

Le véhicule militaire s'arrêta.

"Alice, il faut partir maintenant!

— Déjà?

— Oui, tu dois repartir d'où tu viens sous peine

d'être éternellement prisonnière ici.

— Mais, je n'ai rien appris de votre monde.

— Je sais, seul Anatole a beaucoup appris ici. Peut-être reviendras-tu une autre fois...

— Une autre fois... une autre fois... Mais quand?

— Je ne sais pas. Mais la Trame le sait."

"La Trame? Encore la Trame... Mais qui tisse la Trame?"

"C'est quoi la Trame?

— Personne ne le sait. Mais tout le monde sait ici qu'elle façonne nos destins.

— Ici seulement?

— Je ne sais pas si elle officie ailleurs. Nous sommes sûrs, en tous les cas, qu'elle officie ici!

— Bon! Puisqu'il faut y aller, faut y aller! C'est par où ?

— Essaie de ne pas trop regarder autour de toi et fais seulement quelques pas en sortant de la voiture. Tu entreras dans cet immeuble encore debout. Mais ne te laisse pas distraire...

— Distraire par quoi?

— Tu as vu le film "La nuit des morts-vivants"?

— Euh, oui, un film terrifiant...

— Eh bien c'est une histoire vraie : elle s'est déroulée dans notre monde. Alors attention à toi.... Et dépêche-toi maintenant, car bientôt nous ne pourrons plus partir..."

Elle se pencha pour regarder dehors, malgré la mise en garde de son compagnon. Au moment où elle le faisait, un soldat armé d'une mitraillette apparut dans le cadre formé par la porte aux deux battants ouverts: "Il faut partir chef! Ils arrivent!"

Et le chef d'ordonner à Alice: "Saute Alice et cours ! Nous on s'en va !"

Alice sauta, car elle avait vu les hordes de morts-vivants en loques, des cadavres ambulants portant encore pour certains des uniformes reconnaissables et pour d'autres, au corps bien plus faisandé, des haillons déchirés.

Elle ne s'attarda pas à regarder le spectacle. Comme elle s'engouffrait dans l'entrée de l'immeuble, le véhicule blindé démarra en crachant une épaisse fumée noire et écrasa au passage quelques cadavres dont les restes écrasés continuaient à avoir divers soubresauts...

La jeune fille regarda dans le hall d'entrée empesté par l'odeur de la putréfaction. Elle n'hésita qu'une fraction de seconde et monta quatre à quatre des escaliers encombrés d'ordures. Comme elle le pressentait, les morts-vivants étaient incapables de monter l'escalier par manque de coordination de leurs mouvements. Elle s'attarda quelque peu, fascinée par le spectacle. Ces chairs putréfiées ayant gardé la capacité de bouger le faisaient par pur automatisme. Elles étaient plus terrifiantes que dangereuses. Elles étaient néanmoins l'image de notre avenir à tous: la Mort.

"Merde! J'ai oublié de lui demander comment il a fait pour ouvrir ce passage...

— Il ne t'en a pas laissé le temps, se répondit-elle à elle-même.

— C'est pas le moment de moisir ici ma fille....

— Oui, c'est drôle, ce monde est terrifiant, plein de violences, mais je me sentirais presque chez moi...

— Alors, ou tu attends encore et tu resteras chez toi ou tu pars si tu ne veux pas rester...

— Je pars!

— Mais où?"

Elle regarda autour d'elle et s'engagea dans un couloir dont le mur était couvert de miroirs.

"Si mes souvenirs sont bons, la porte se trouve au bout de ce couloir..."

Effrayée par les mugissements des morts-vivants en bas de l'escalier, elle courut jusqu'au fond et ouvrit la porte dont la poignée n'attendait que sa main pour être tournée...

Chapitre 4

L'ambiance était exécrable. Le repas de famille n'était pas vraiment agréable.

"Eh bien! Pour une fois que t'es là, tu fais encore la gueule!"

"Putain, la voilà qui la ramène encore... J'ai autre chose à penser ma vieille!"

"Eh ? T'es sourd ou quoi ?

— Non j'suis pas sourd! Je t'entends, mais j'ai pas envie de te répondre...

— Bon, ben tais-toi alors !

— Non, je ne me tairai pas! Je parlerai quand je voudrai, je parlerai quand je voudrai!

— Tu préfères parler à ton ordinateur! Sur Internet! Hein? Dis-le que tu préfères ton ordinateur à ta famille; que tu abandonnes tes enfants pour l'ordinateur!"

Là elle avait touché un point sensible. Elle avait involontairement connecté l'esprit de son époux sur sa préoccupation du moment: la messagerie Internet.

L'époux était pédophile. Sa famille l'ignorait. Homme d'âge mûr, employé modèle, personne ne soupçonnait son affreuse manie: il aimait beaucoup les petites filles. Il en avait deux, mais il ne les avait jamais touchées par terreur de l'inceste. Par contre il connaissait bien un lieu tout proche où il pouvait assumer ses fantasmes avec de petites filles consentantes.

Il avait commencé à se masturber en regardant les catalogues de mode pour les enfants. Puis, il était tombé par hasard sur un site Internet "sans tabou" avec bestialité, zoophilie. Il cherchait désespérément un site de pédophilie... Il avait fallu longtemps pour qu'il parvienne à ces sites interdits. Il y avait été emmené par les petites filles de "Pierre de Lune" ou encore "Pedocenter". C'est comme cela que s'appelait l'endroit. Un jour, une belle-petite-fille potelée l'attendait au bas de son immeuble. Elle l'entraîna assez facilement. En effet, il ne pouvait résister à ces petits doigts chauds, à ces petites lèvres douces et brûlantes. Il retourna à "Pierre de Lune". Il en devint l'un des esclaves. Un esclave libre, si on peut dire, car il sortait, contrairement à d'autres qui restaient enfermés aux ordres des filles. Elles étaient douze.

Le site Internet, elles l'avaient monté toutes seules. Il leur permettait de recruter d'autres hommes pédophiles.

Dans quel but ?

Mystère...

Justement, le pédophile père de famille venait d'être prévenu par un message codé de son "réseau" que ce lieu de rendez-vous allait être surveillé par la police. Il était chargé d'aller prévenir les locataires de cette espèce de maison close nouvelle manière. C'est lui qui demeurait le plus près. Il lui fallait trouver une excuse pour s'absenter. C'est ce qui le préoccupait: réfléchir à une bonne excuse; ce fut sa femme qui lui donna en lui faisant une scène.

"Bon! Puisque c'est comme ça, je m'en vais!"

La plus petite de ses filles se mit à pleurer. Sa mère la gifla pour calmer ses nerfs et surtout pour se défouler, car c'est à son mari qu'elle eût voulu donner cette gifle. La petite fille hurla de plus belle et son aînée l'accompagna. Leur père était déjà debout et enfilait sa veste dans le couloir. En même temps il ouvrait la porte d'entrée et s'éclipsait.

Sa femme se mettait à geindre aussi et pleurnichait: "Mon Dieu, qu'est ce que je t'ai fait pour avoir un mari pareil?"

Et les deux petites filles de pleurer de plus belle.

Lorsqu'il sortit dans la rue, il ne remarqua pas l'ombre qui attendait sur le trottoir d'en face et qui le suivit.

*

* *

Jean Calmet avait attendu assez longtemps sans perdre patience, sans fumer. La rue était calme. Il avait même perçu des éclats de voix sourds qui traversaient les fenêtres mal isolées de l'appartement de sa cible...

Sa quête des douze filles de Lilith l'avait amené à suivre ce pédophile repéré grâce à Internet. Calmet avait un correspondant dans la police des mœurs. Il l'avait chargé contre espèces sonnantes et trébuchantes de lui donner des renseignements sur les pédophiles. Par ailleurs, Véronique, sa femme et sa collaboratrice avait découvert l'activité des douze filles: la prostitution. Mais les deux détectives ignoraient le lieu de leur activité. Il fallait trouver une piste. Celle qu'il suivait actuellement était-elle la bonne?

Il allait sûrement assez rapidement le savoir, car sa proie avait l'air en colère et marchait d'un bon pas. Le détective le suivait de loin et avait du mal à ne pas le perdre. Soudain, passé l'angle d'un bâtiment à un carrefour où le gars avait tourné à droite, il le perdit! Il fit un calcul rapide: si ce type avait disparu, c'est qu'il était entré dans un immeuble. Pour savoir lequel ce n'était pas difficile: il attendrait qu'il ressorte. La patience est la vertu principale de l'enquêteur...

Non loin de là, un drame s'était joué il y a quelques heures. Un terrible drame.

Cela s'était passé dans un petit square. Calmet n'avait rien remarqué en passant, car le personnel municipal avait tout nettoyé.

Cela avait commencé par la colère d'une petite fille envers sa sœur. Ces deux petites étaient exceptionnelles, attirantes par leur fraîcheur enfantine mêlée à une maturité sexuelle qui se manifestait par leur apparence physique, mais aussi par la voix grave d'adultes, toujours ce mélange fascinant: à la fois grave et fraîche...

"Bon Dieu Honorine, comment t'as fait pour te laisser suivre?

— Je sais pas Tatiana! Je sais pas!" La jolie petite brune hochait la tête et regardait sa sœur droit dans les yeux qu'elle avait bleu acier alors que Honorine les avait brun presque noir.

"Je suis tombée sur une femme trop forte pour moi.... Une très belle femme.

— Et maintenant elle sait où l'on crèche! T'as gagné.

— Oh, s'il te plaît, ne sois pas si dure! Errare humanum est!

— Tu n'as pas d'excuse, car tu n'es pas un être humain, souviens-toi!"

Honorine baissa les yeux, réalisant ce que venait de lui rappeler sa sœur.

"Oui, hélas, mais que sommes-nous alors ?

— Ça ne te regarde pas... Attendons encore quelques instants. Isabelle ne va pas tarder."

Tatiana était inquiète. Leur "couverture", la petite Isabelle qui faisait le guet, n'était pas encore réapparue. Quelque chose n'allait pas.

"Elle est très en retard ! Ce n'est pas normal."

En disant cela, Honorine confirma involontairement l'inquiétude de sa sœur. Elle leva la tête pour la regarder, vaguement effleurée par un sentiment de culpabilité et aperçut dans le regard acier de la petite fille une lueur de terreur. Cette terreur était visiblement produite par quelque chose qui se tenait derrière la petite brunette.

Quelqu'un plutôt.

Honorine se retourna lentement et sursauta face à trois gigantesques ombres noires qui se tenaient côte à côte à quelques centimètres derrière elle, sans qu'elle ait entendu le moindre bruit marquant leur arrivée. Ils étaient venus ou apparus en silence.

L'un d'eux tenait une chose par les cheveux. Tatiana et Honorine ne voyaient pas bien ce que c'était, mais elles devinèrent vite. Cette chose, ce chiffon plein de sang qui coulait encore goutte à goutte sur le sol du jardin public était ce qui restait de leur jolie sœur Isabelle.

"Ne bouge pas Honorine !" S'écria Tatiana an se plaçant vivement devant sa sœur.

Sans un mot, l'un des hommes la saisit au cou et serra en faisant craquer les vertèbres. Il souleva le petit

418

corps comme un fétu de paille et le saisit par un genou de l'autre main et tira lentement. Le cou céda le premier — car déjà broyé au préalable — libérant une fontaine de sang. Le corps pendit alors que la tête roulait sur le sol. De sa main libérée, l'homme saisit l'autre genou et écartela le petit corps déjà exsangue.

Un deuxième homme avait saisi Honorine par un bras juste au moment où elle tenta de fuir. Elle subit le même genre de sort que sa défunte sœur.

Les trois anges vêtus de noir laissèrent les débris des trois corps sur le sol et s'en allèrent tranquillement en s'essuyant les mains avec un mouchoir en papier.

Les petites n'avaient pas poussé un cri. À peine un soupir. Au fait, connaissaient-elles la douleur ?

"Pourquoi êtes-vous si cruels ?" demanda l'homme en noir qui avait juste assisté à l'exécution;

"Pourquoi cruels?

— Oui, au fond elles ne connaissent pas la souffrance...

— Mais qu'en savez-vous ?

—Il nous a dit de les détruire. Il n'a pas parlé de la manière de le faire. Donc, faisons-le le plus nettement possible!"

Chapitre 5

Cela faisait une heure que Calmet attendait au coin de la rue. La nuit était tombée. Comme tout bon professionnel, il avait beaucoup de patience. Il pourrait attendre encore bien longtemps, car il était sûr que ce lieu allait lui apprendre quelque chose. Il avait téléphoné à Véro avec son portable :

"Allô Véro ?

— Oui, mon chou!

— Qu'as-tu fait d'Alice ?

— Elle est partie avec ta copine Bretagne...

— Ah? Ça a marché alors ?

— Oui... Mais l'angoisse me reprend.

— Moi aussi. Mais comment la retenir ?

— J'espère qu'elle reviendra vite avec notre produit. Ensuite il faudra trouver Anatole... Je compte sur la Trame pour cela.

— Je l'espère aussi... Mais c'est quoi la Trame ?

— Je ne sais pas. Ma mère utilisait toujours ce terme pour parler de quelque chose comme le destin.

— Ah ? Dis-moi. Je suis à l'angle des rues de la République et Lavoisier. Y a-t-il des immeubles à double entrée dans le coin?

— Bouge pas. Je regarde dans notre base de données."

Elle se tourna vers son ordinateur qu'elle consulta rapidement avec une grande dextérité dans les doigts.

"Pas à moins de deux cents mètres...

— C'est bon. Bonne nuit chérie. J'en ai sûrement pour longtemps à surveiller ce sale pédophile...

— Oh! Tu n'es pas là pour juger... Dis-moi, as-tu lu le journal du soir?

— Non pas encore ! Qu'est-ce qu'il dit ?

— On a retrouvé trois cadavres de petites filles de sept ans très mutilés...

— Où ça ?

— Dans un square, pas loin d'où tu es, justement. Fais attention...

— Dis donc, mais on ne serait pas en train de nous massacrer les filles qu'on recherche ?

— J'en ai bien l'impression. Alors j'insiste: fais bien attention!"

Il coupa la communication d'un geste rageur.

Ce geste à peine terminé, son regard étonné se porta vers la rue. Une grande ombre marchait sur le trottoir en face de lui. Assez loin. Mais elle avait un air tellement à la fois martial et angélique que ses mouvements l'étonnèrent. Il se mit sur ses gardes et entra se cacher en haut des trois marches d'un escalier d'entrée. Une fois dans l'ombre il vit passer devant lui un autre personnage avec les mêmes rythmes, la même grâce inquiétante, celle du fauve avançant vers sa proie. Calmet distingua clairement l'individu: grand — près de deux mètres —, un visage angélique, à la peau lisse et fraîche, mais dont la couleur grisâtre contrariait cette impression. Il était vêtu d'un costume noir, tout en noir, ce qui faisait ressortir la pâleur grise de son visage dont les yeux étaient protégés par des lunettes noires.

"Des lunettes noires en pleine nuit!"

Quand le type fut sorti de son champ de vision, vers sa gauche, il attendit un peu avant de se pencher. Bien lui en a pris, car un deuxième homme du même acabit, vêtu de la même manière suivit. Il se pencha peu de temps après pour regarder sur sa gauche et vit entrer les hommes costumés dans un immeuble.

"Bon sang! Est-ce que ça aurait un rapport avec mon pédophile?"

Il décida que oui. Bien sûr. Il sortit de sa cachette et s'approcha de la porte d'entrée. Le bloom fonctionnait mal et elle était restée entrouverte. Il se glissa à l'intérieur. L'ascenseur construit dans l'axe de l'escalier qui montait en colimaçon fonctionnait. Les trois gars devaient l'avoir emprunté.

Il ressortit et gardant le porte ouverte avec son pied il appela Véronique avec son portable.

"Véro, chuchota-t-il... Je suis devant le numéro 217 de la rue Lavoisier. Je crois que c'est bien l'adresse que nous cherchons. Rejoins-moi, car il nous faut être deux.

— J'arrive!

— Je t'attends dans le hall d'entrée. Je t'ouvrirai de l'intérieur."

Il coupa la communication.

Calmet se cacha donc prudemment derrière la cage d'ascenseur et attendit.

Sinwi, Sinsinwy et Samengelf s'étaient procuré des vêtements neufs. Ils aimaient le noir. Les lumières de la ville les aveuglaient.

Ils avaient déjà bien travaillé et éliminé trois des filles de Lilith. Il en restait neuf.

Ils sortirent de l'ascenseur sans se presser... L'un se mit à gauche de l'entrée, l'autre à droite et le troisième défonça l'épais panneau de bois d'un coup de pied négligent.

La porte s'arracha intacte de ses gonds et tomba à l'intérieur de l'appartement dans un grand fracas.

Les trois anges étaient attendus.

Un rang serré de types d'une cinquantaine d'années les attendait. Chacun tenait une arme à feu dans la main. Ils attendirent que les trois guerriers entrent en même temps, de peur d'en rater un.

Ce fut leur erreur.

Seul Samengelf entra. L'ange qui avait démoli la porte.

Rapide comme l'éclair, il atteignit les hommes avant qu'ils n'aient tiré. Il en abattit trois d'un coup d'un revers de mains avant que les autres ne se décident à tirer. Au lieu d'atteindre l'ange exterminateur, les balles tuèrent deux ou trois hommes. Dans la confusion générale, Sinwy et Sinsinwy s'introduisirent pour parachever le travail.

"Et eux, ils ne souffrent pas non plus ? Questionna Sinsinwy.

— Si! Mais ils ont péché et ils méritent l'Enfer!

— Ah bon!"

Quelques minutes plus tard, tous les hommes étaient morts, les uns désarticulés par les coups violents des anges, les autres tués par les balles de leurs compagnons. Les seuls projectiles qui avaient atteint les anges n'avaient eu aucun effet sur leur santé. Si on peut appeler cela santé concernant ces créatures.

Mais ils n'étaient pas venus pour cela. Le temps pressait. La police n'allait pas tarder à arriver appelée par les voisins alarmés par le vacarme.

Jean Calmet attendait en bas en frissonnant de peur. Les bruits étaient terrifiants, car aucun cri ne retentit.

"Putain! J'espère que Véro va pas tomber dans un guet-apens..."

Stoïques, les neuf filles attendaient les anges, dos au mur.

Dès qu'elles virent qu'ils avaient réglé leur compte aux hommes qui étaient devenus esclaves de leur corps, elles se dispersèrent dans tous les sens.

Mais les trois anges exterminateurs étaient rapides. À trois ils en saisirent huit au passage: trois pour Samengelf, trois pour Sinwy et deux seulement pour Sinsinwy qui eut le tort de marquer un moment d'hésitation. La rescapée réussit à sortir et descendit l'escalier quatre à quatre. Elle passa comme un éclair dans le hall d'entrée à la stupéfaction de Calmet, au moment où Véro (toujours aussi belle) garait sa voiture au coin de la rue. Calmet prit sa décision immédiatement et se lança à la poursuite de la petite fille. La fille s'était postée au milieu de la rue. Une voiture s'arrêta en crissant des pneus. Elle courut, vive comme l'éclair du côté du passager, ouvrit la portière, se coucha sur les genoux du type qui écarquillait des yeux, elle appuya sur le bouton de déclenchement de la ceinture de sécurité, se releva et éjecta le type libéré de sa ceinture. Tout cela en deux secondes! En sortant de l'immeuble, en un regard, Calmet vit la petite fille au volant d'une voiture qui démarrait en trombe et aperçut Véro dans son véhicule qui avait l'air presque aussi étonnée que le conducteur de l'auto volée.

Il monta du côté du passager après quelques grandes enjambées sur le trottoir.

"Suivez cette voiture s'il vous plaît!" Cria-t-il en riant presque de sa boutade; Véro démarra sur les chapeaux de roues.

"Elle se dirige vers le sud!"

Pendant ce temps; là-haut, Samengelf engueulait Sinsinwy :

"Mais qu'est-ce que tu fais ?

— Je... je...

— JE ! JE !" S'exclama l'ange en roulant les yeux et en arrondissant sa bouche en cul de poule.

"Tu as encore eu une réflexion métaphysique! Ce n'est pas grave, il n'en reste plus qu'une et nous savons où elle va!

— Du moins nous nous en doutons." Ajouta Sinwy.

"Quel fayot celui-là !" Ricana intérieurement Sinisinwy.

"Eh! Fais attention à ce que tu penses là. L'avertit Sinwy. Je t'entends!

— C'est bien fait exprès pour que t'entendes abruti!

— Allez, silence ! Ordonna Samengelf. Vous commencez à prendre les travers des gens d'ici. Surtout Sinisinwy. Vivement qu'on retourne chez nous."

Ils jetèrent les corps démembrés et ensanglantés qu'ils tenaient encore entre les mains et repartirent au moment où on entendait les sirènes de police.

"Ils ont bien mis longtemps pour arriver."

Rapides comme l'éclair, quasiment invisibles tant ils étaient rapides, ils disparurent dans la nuit, à peine éclairée par les flashs bleus des voitures de police.

L'autoroute A7 était particulièrement encombrée. À la sortie de la ville en longeant le fleuve, Jean ne se laissa pas aller à ses souvenirs. Il maintenait son esprit dirigé vers son but: atteindre le lieu où se rendait Léa. Il ignorait jusque-là où c'était, mais la fille semblait savoir où elle allait.

"Dis donc, Véro, tu crois pas que les trois grands costauds en noir vont nous suivre?

— Non je ne le crois pas, j'en suis sûre!" Affirma-t-elle en gardant ses beaux yeux sombres braqués sur les autres voitures qui l'empêchaient d'aller aussi vite qu'elle voulait."

Ils longeaient l'usine chimique éclairée de ses mille lumières.

"Elle quitte l'autoroute!

— T'en es sûr ?

— Oui, oui ! C'est bien elle, elle prend la bretelle sans mettre son clignotant.

— Putain, tous ces cons qui nous retiennent !

— Sois pas vulgaire ma chérie, sourit Jean.

— T'as raison ils le méritent pas tous ces petits bourgeois..." À ce moment ils entendirent un Klaxon mugir en continu et virent les doubler une puissante voiture noire, conduite par un homme tout en noir, accompagné de deux autres géants également en noir et portant des lunettes noires.

"Bonsoir ! Castagnettes ! Les voilà ! S'exclama Jean. Ils nous doublent.... Avance plus vite bon Dieu.

— Je fais ce que je peux avec ce que j'ai mon beau. Même la plus belle fille du monde ne peut donner que ce qu'elle a."

Et Véronique savait de quoi elle parlait en ce qui concerne les plus filles du monde.

" Mais t'inquiète pas je crois qu'on est bientôt arrivés et on va vite les retrouver."

Chapitre 6

Anatole en avait marre d'attendre. Bien sûr, il avait l'éternité devant lui, mais ce n'est pas une raison.

Alice allait bientôt tourner la poignée de la porte.

Léa la survivante fonçait dans sa voiture volée suivie par le couple Jean et Véronique.

Les trois anges avaient fait comme Léa, juste un peu plus violents, ils avaient arraché un pauvre conducteur de son véhicule sans enlever sa ceinture. Pas la peine d'expliquer dans quel état il se trouvait: en morceaux sanglants sur la chaussée. La voiture du malheureux filait derrière Véro et Jean. Elle contenait trois anges exterminateurs particulièrement insouciants des souffrances humaines. D'habitude ce n'est pas ce qu'on dit des anges, mais on se trompe!

Quant à Gulla, les poignets et les chevilles encore marqués par la pression terrible du fil de fer, elle courait à une vitesse foudroyante vers Anatole, l'amour de sa longue vie. Sa vitesse stupéfiante la rendait invisible.

Lorsque Véronique et Jean passèrent devant la petite falaise sur laquelle se tenait la maison, ils virent les deux voitures arrêtées. Tous feux allumés;
"Tu vois, je t'avais dit qu'on les retrouverait facilement... Les voilà. Maintenant qu'est-ce qu'on fait?"
Jean ne répondit pas tout de suite. Il attendit que leur voiture dépasse l'angle que faisait le rocher.
Une fois passé le danger d'être vu, il ordonna (et c'est d'ailleurs ce qu'avait demandé Véro : de savoir ce qu'il fallait faire): "Arrête-toi en haut de cette côte. On va passer par le haut. Eux, ils semblent avoir emprunté une entrée que j'ai aperçue au pied de la falaise, là où leur voiture est arrêtée."

Lorsqu'Alice émergea de l'eau au fond du puits, elle faillit se noyer, surprise de passer brusquement d'un immeuble en ruine à l'élément liquide. Elle attendit un peu, malgré le froid pour mieux voir et entendre ce qui pouvait se passer dans ces lieux. Elle discerna alors un dialogue entre une personne qui parlait solennellement et une voix sépulcrale qui lui rappelait quelqu'un et quelque chose. Soudain, le souvenir de son enfance revint : "Bon Dieu, Anatole !" Et du coup elle se souvint également de la mission qui l'avait amenée là : éliminer Anatole. Pour cela elle s'était rendue dans ce vieux monde de M. Pourri pour en ramener le vaccin qui débarrasserait l'espèce humaine de ce virus que constituait le vampire.

Le tube construit en vieilles pierres comportait des échelons métalliques qu'elle entrevoyait dans l'obscurité estompée grâce aux lueurs reflétées par la surface de l'eau.

Elle entama courageusement son ascension en faisant le minimum de bruit possible. Ses vêtements collaient à son jeune corps sculptural. Mais il n'y avait personne pour le voir. Tout occupée à sa progression vers le haut, elle ne s'aperçut pas du silence soudain de la surface, et lorsqu'elle émergea de la margelle - car le puits n'était pas profond - elle vit Anatole enchaîné de dos, et plus loin, dans le goulet qui constituait la "cave" de la maison, un groupe d'individus habillés en sombre qui semblaient attendre quelqu'un en silence.

Anatole sentit immédiatement sa présence derrière lui et se retourna quasi instantanément, sans qu'Alice pût voir son mouvement.

Il reconnut la jeune fille, bien que la dernière fois qu'il l'eût vue remontait à l'époque où elle était une petite fille. Mais surtout il vit en elle le double parfait de son dernier et premier, de son seul amour.

"Alice ?" Interrogea-t-il de sa voix comme sortie d'une pierre tombale.

La jeune fille ne répondit rien. Elle surmonta sa peine, retint ses larmes et enjamba la margelle.

Les quelques lueurs du mauvais éclairage des lieux faisaient briller les parties rondes de son corps moulé dans ses vêtements mouillés. Elle était magnifique, la Vérité qui sort du puits, belle à en mourir.

Et c'est pour cela qu'elle sortait du puits : elle apportait avec elle la Mort.

Mais Anatole était subjugué. Il manqua de toute prudence par amour, plutôt par nostalgie d'un amour perdu. Alice s'approcha et tout en faisant les quelques pas qui la séparaient d'Anatole elle prit la seringue, enleva le capuchon qui protégeait l'aiguille, et, arrivée presque contre le vampire subjugué, elle planta son instrument et poussa sur le piston.

Le vampire ne sentit rien quand l'aiguille se planta dans sa chair à consistance de cuir. Mais quand le liquide se répandit à l'intérieur, il ressentit comme une perte de substance, comme si, sans douleur, on lui enlevait une partie de lui-même. Cette partie précisément où venait de se planter la seringue. Cette sensation se répandit soudainement dans tout son corps. En à peine une seconde, il fut anéanti et tomba sur lui-même, intact.

Mais mort ! Oui, l'immortel avait rencontré la Mort sous la forme de la seule femme qu'il n'eût jamais aimée, une des plus belles femmes des mondes.

En même temps que la Mort, il rencontra le bonheur !

Alice enfouit son visage dans ses mains et éclata en sanglots.

Les trois anges qui venaient juste d'exterminer sauvagement la dernière rescapée des filles de Lilith se retournèrent et s'approchèrent, oubliant l'arrivée des deux intrus qui les avait fait se retourner vers l'extrémité de la galerie.

Ils s'approchèrent, suivis par Véronique et Jean qui avaient reconnu cette voix qui pleurait, celle de leur fille.

Ils ne perdirent pas leur sang-froid pour autant. Les trois anges demeuraient dangereux. Bien sûr, ils ignoraient qu'ils ne présentaient aucun danger pour eux, car ils avaient une mission précise qu'ils venaient de mener à bien.

Sinwy s'approcha d'Alice pendant que ses deux compagnons auscultaient le corps du vampire. Il écarta les mains de la jeune fille de son visage et prononça ces mots : "Alice, tu as réalisé ce que la Trame t'avait destinée à faire. Crois-le, Anatole ne demandait pas autre chose que ce que tu as réussi à lui apporter."

Puis, les deux autres anges le rejoignirent et sans un mot ils enjambèrent la margelle et sautèrent les uns après les autres dans le puits.

"Mais..." S'exclama Alice, "Cette porte ne devrait fonctionner que dans un sens..."

"Alice !" Véronique se précipita vers sa fille. Elle l'enlaça, formant ainsi la plus belle des sculptures dans ce souterrain aux lueurs maléfiques.

Tout attendri par ce spectacle, Jean dirigea néanmoins ses regards vers le corps d'Anatole. Il paraissait intact.

"Allez les filles ! Faut se remettre au boulot !

- Sale détective inhumain et père indigne ! S'exclama en riant Véronique...

- Faut vite récupérer le corps. Il vaut son pesant d'or. Les chasseurs de vampires vont nous en donner un bon prix."

Les deux femmes se séparèrent et s'approchèrent quand une voix féminine, mais gutturale se fit entendre :

"Vous n'emporterez rien du tout !"

Gulla apparut, éclairée sur le devant par les lueurs rougeâtres de la torche, et en contre-jour de la lumière bleutée venant de l'extérieur.

"Putain ! C'est quoi ça ?" S'exclama Jean.

Avant qu'il ait pu réagir, Gulla se retrouva brusquement devant le corps d'Anatole qu'elle prit sur son épaule et disparut tout simplement de la vue de la petite famille réunie.

"Eh bien ! Voilà un personnage non prévu !

- Oui, une goule ! Je me demande d'où elle sort. Elle avait l'air de connaître Anatole. Et vous avez vu son ventre ? Questionna Alice.

- Non ! Qu'est-ce qu'il avait son ventre ?
- Il était gros et rond !
- Gros et rond ?
- Oui, gros et rond : elle avait l'air d'être enceinte !"

Pierre Dagon

Lovecraft à Espérance !

D'après les personnages créés par Alain Pelosato

"Dieu permet, sans le vouloir,
que le mal existe,
 cela pour la perfection de l'univers."
(...)
"A propos des charmes et illusions (...)
Ce poison du démon coule par toutes les ouvertures
des sens,
se prête aux formes,
 s'adapte aux couleurs,
s'attache aux sonorités,
 s'incorpore aux odeurs,
se fond dans les saveurs."
Henry Institoris
Jacques Spenger
Le Marteau des sorcières
(Malleus Maleficarum - 1486)

"Cet homme pressent qu'une complicité profonde
existe en lui
 nommée désir avec cette autre personne qui est
femme (...)
il faut vivre et s'engager dans l'aventure difficile
d'une cohabitation avec ce feu présent, mais inhibé
(...)
 Il ne supporte pas la sorcière à l'intérieur de
l'Église
 parce qu'elle constitue le rappel permanent
du feu qu'il porte à l'intérieur de lui-même."
Armand Damet
L'inquisiteur et ses sorciers
Préface au « Marteau des sorcières » (1973)

Prologue

Nous sommes en l'an de grâce 1479.

L'Inquisiteur avait la passion de l'ordre. L'ordre c'était pour lui comme le sein de sa mère : chaleur et sécurité. Tout ce qui dérangeait l'ordre devait être banni. Il vivait en sa sainte mère l'Église comme au sein de sa mère. Tout ce qui la dérangeait était à éliminer.

Mais ne croyez pas que l'inquisiteur ne fût pas rongé de désir pour la femme ; ce feu intérieur qui le réveillait en sueur la nuit, en pleine érection, alors que le démon le tenaillait de rêves terriblement excitants, ce feu, il tentait de le regarder en face, de regarder le démon dans les yeux en interrogeant la sorcière, en recherchant sur son corps tentateur le Stigmati Diaboli.

Cette petite ville d'Espérance, port fluvial animé, plein de crocheteurs, de chasseurs de noyés, de gens de tous bords et de tous horizons, vivait sous la coupe d'une sorcière. Elle se nommait Keziah Mason, un nom venu d'ailleurs, une créature du démon qui a engendré une bête, un rat de batelier du fleuve, une bestiole qu'elle a baptisée Brown Jenkin. Elle doit venir d'Angleterre, ce qui n'eût pas été étonnant, car tous les peuples se donnent rendez-vous à Espérance ! Avant d'être envoyée du démon dans le port fluvial elle sévit dans les vallées alpines, véritables nids de sorcières. Elle emmenait les Filles, toutes prénommées Marguerite ne trouvant aucune joie dans la vie dure qui est celle des femmes à cette époque, pour se réunir sur le Pra Patris afin d'y célébrer les joies de la Nature, c'est-à-dire celles du démon.

Les lourds convois remontaient le fleuve, hâlés pas les chevaux sous les cris des bateliers qui annonçaient le niveau de l'eau à l'avant du premier du convoi : « pousse à l'empi[i] ! » ou « pousse au riaume[ii] ! ». Le fort courant du fleuve faisait tourner les moulins et l'activité était intense au confluent de deux grandes rivières. Espérance est une ville qui aurait pu s'appeler "Innsmouth", car elle allait devenir ce qu'a décrit le grand Lovecraft : "Il reste plus de maisons vides que de gens je crois, et pour ainsi dire plus de commerce sauf la pêche (...) Autrefois ils avaient quelques fabriques, mais il ne reste rien aujourd'hui." Voilà ce qu'est devenue Espérance au XXIe siècle...

L'*Inquisitio* (L'enquête) avait bien débuté : l'inquisiteur avait prononcé un sermon qui entrerait dans l'histoire de l'inquisition. Ce sermon prononcé partout dans les églises de la région faisait appel au sens chrétien de la populace, à la réflexion. Il accordait le « délai de grâce » pour le repentir et la délation. L'habileté de ce discours du prêtre valait bien les quarante jours d'indulgence accordés aux croyants qui sont venus l'écouter en ce dimanche ordinaire.

Toutes les trognes d'ivrognes barbus, de crocheteurs jaloux, de bateliers sans bateau, de vieilles sans homme, toute cette procession a défilé chez l'inquisiteur et tous, sous son regard perçant ont dénoncé la sorcière.

Plusieurs parmi eux furent arrêtés en même temps que Keziah. Ils jurèrent de dire toute la vérité sur eux-mêmes et les autres vivants et les morts sur l'incrimination d'hérésie. Toutes les confessions, l'inquisiteur les a entendues ; il a écouté et entendu les désirs charnels non assouvis (comme les siens) les jalousies, les rancœurs, toute la misère humaine sur laquelle s'appuie le démon. Toute cette procédure a réveillé ce feu en lui. L'a entretenu, a soufflé sur les braises...

L'inquisiteur avait un passé glorieux. Henri Institutor de Sélestat (Henry Institoris) avait fait régner la terreur en Italie, et en Allemagne. Il avait brûlé des milliers de sorcières. Il avait entendu des milliers d'aveux, de secrets, de sacrilèges, des plaisirs de la chair immondes, des recettes incroyables, des légendes terrifiantes. Comment cet homme avait pu résister à tant d'horreur ? Comment n'avait-il pas été perdu par le doute devant tant de souffrances infligées par ses ordres ? Les affaires des démons l'avaient tout entier envahi, mais n'avaient pas éteint le feu intérieur de la sexualité. Pour l'éteindre, il ne lui restait qu'un seul moyen : écrire un livre sur tout ce qu'il avait connu. Ce livre qu'il allait écrire avec Jacob Spenger, s'appellerait "Malleus Maleficarum".

En attendant, la maudite Keziah était entre ses mains.

Lovecraft la décrirait bien au début du XXe siècle (le lecteur comprendra donc qu'elle échappera à son inquisiteur ; comme toutes les vraies sorcières y parvinrent, contrairement aux pauvres femmes qui ont été accusées de tel alors qu'elles cherchaient seulement à avoir une vie un tout petit peu meilleure…) : *"On ne pouvait se méprendre à son dos voûté, son long nez, son menton ridé (…) Son visage exprimait hideusement la jubilation mauvaise…"* (Dans "La maison de la sorcière")

Mais souvenons-nous que Lovecraft n'aimait pas les femmes.

En réalité Keziah était une très belle femme. Et pour éviter les tentations du démon pendant la recherche du Stigmati Diaboli, il fallait abîmer son corps, le martyriser, le rendre indolore aux piqûres et montrer ainsi que ces points du corps de la sorcière piqués sans réaction étaient bien des stigmates du démon. D'une belle jeune femme aux formes voluptueuses, l'inquisiteur fit une vieille abomination.

Et lorsque la sorcière s'évada grâce à son animal familier, le rat au visage et aux mains d'homme, elle demanda aux démons, non pas ceux issus de l'imagination de Henri Institoris, mais *Ceux du dehors*, de pouvoir garder sa nouvelle et hideuse apparence physique.

Elle réussit à prendre un navire pour traverser l'Atlantique et se rendre à Salem où elle passa près de trois siècles sans se faire remarquer.

Les sorcières n'aiment pas les enfants. Quand elles ont péché, ils sont la preuve de leur péché. Quand elles consomment l'acte dans le cadre du mariage, la venue rapide des enfants use leur vie déjà soumise à de graves incertitudes. Elles étaient esclaves de leur mari, elles deviennent esclaves de leurs enfants. C'est pourquoi, s'échapper dans la forêt ou dans la lande, la nuit avec des compagnes, c'est s'échapper de leur triste cahute pleine des enfants qu'elles n'ont pas voulus. Mâcher quelques fruits de Belladonna leur permet de s'envoler dans les airs avec leur balai... Et la vie, dans un court instant, leur paraît belle ! Croyez-vous qu'elles regretteront ce qu'elles ont fait quand elles seront aux mains de bourreaux aux ordres de l'inquisiteur ? Non ! Elles auront au contraire une intense satisfaction d'avoir usé de la vraie liberté. Elles ajoutent à cette satisfaction celle de tromper leur persécuteur en lui racontant des tonnes de balivernes, de légendes, d'hommes en noir et de baisers au "trou de balle" du diable. Elles en rigoleraient encore ! Elles n'aiment pas les enfants, car elles n'aiment pas la vie !

Mais Keziah retrouva un autre inquisiteur : le juge Hawthorne en 1696 à Salem. La procédure du jugement avait bien évolué, mais le résultat fut le même : elle s'évada grâce au rat à tête humaine. Ce juge eut un descendant illustre : Nathaniel Hawthorne, un écrivain puritain qui a beaucoup écrit sur la culpabilité, avec notamment, "La Lettre écarlate". La culpabilité d'avoir un tel ancêtre le rongeait peut-être (mais ce n'est pas sûr)...

Keziah finit par craindre comme la peste la compagnie des sorcières. De ces femmes qui cherchaient dans la sorcellerie une échappatoire à leur vie misérable. Car, lorsqu'elle se trouvait dans une ville où se déclenchait ainsi la chasse aux sorcières, elle finissait toujours par être arrêtée avec ces femmes.

Heureusement, Keziah avait plus d'un tour dans son sac. Et parfois, elle utilisait la haine de ces femmes envers les enfants pour s'en procurer afin d'exercer son abominable sacerdoce.

1.

Chaque fois les gens du pays disaient avoir vu une ou plusieurs bêtes très bizarres et inquiétantes dans les eaux tumultueuses qui ruisselaient du haut des collines désertes, et on avait tendance en général à les rattacher à un cycle légendaire primitif, presque oublié, que les vieux exhumaient pour la circonstance.

Ce que les gens croyaient avoir vu c'était des formes organiques assez différentes de celles qu'ils connaissaient. Il y avait eu évidemment beaucoup de corps humains charriés par les eaux pendant cette période tragique ; mais ceux qui décrivaient ces formes étranges étaient absolument sûrs qu'elles n'étaient pas humaines, malgré quelques ressemblances superficielles de taille et de contour. (…) Ces créatures rosâtres d'environ cinq pieds de long avaient un corps de crustacé portant une énorme paire de nageoires dorsales ou d'ailes membraneuses et plusieurs groupes de membres articulés, plus une espèce d'ellipsoïde enroulé sur lui-même, couvert d'une multitude d'antennes très courtes, et qui tenait lieu de tête.

Howard Phillips Lovecraft
Celui qui chuchotait dans les ténèbres.

Il avait plu des jours et des jours sans interruption.

Parfois même le tonnerre avait grondé et la pluie avait pris une telle intensité que la vue se brouillait devant une telle chute d'eau.

Partout les rivières sortaient de leur lit.

Au sud, le grand fleuve envahissait déjà les petites villes riveraines.

Véronique regardait le spectacle du fleuve grossi par ce déluge. Sa belle couleur verte des glaciers avait disparu, remplacée par la couleur boueuse grisâtre de la crue.

Le téléphone sonna.

Elle se retourna et se dirigea vers le bureau dans cette pièce vide haute de plafond.

Elle décrocha, interrompant immédiatement la sonnerie stridente.

Cette sonnerie prend les nerfs, faudra changer le combiné...

- Allô ? Dit-elle, un peu lasse de la vision du fleuve déchaîné. Ici Véronique, bureau des détectives Calmet...

- AH ! Bonjour. Vous avez vu toutes ces inondations ?

- Oui... Qui êtes-vous ?

- Mon nom ne vous dirait rien. Je... j'ai vu quelque chose d'étrange....

- Quelque chose d'étrange ?

- Euh... Une bestiole, une très grosse bestiole. Une drôle de bête je dirais.

Véro commença à s'intéresser à la conversation tout en se méfiant encore un peu, car elle avait souvent affaire à des hurluberlus qui appelaient l'agence pour se payer une pinte de bon sang...

- Oui ? Une bestiole ?

- Un cadavre assez décomposé d'ailleurs...

- Que vous avez trouvé ? Où l'avez-vous trouvé ?

- Le mieux c'est de venir me voir.

- Je viens... Mais dites-moi : où l'avez-vous trouvé ?

- J'habite au bord de la rivière qui dévale la combe. C'est elle qui me l'a apporté. J'ai vu cette *chose* passer devant chez moi. Elle a été arrêtée par l'embâcle vers la pile du pont juste avant la rivière. J'ai réussi à la récupérer. Elle est lourde et hideuse.

- J'arrive !

- Houlà ! Une seconde !

- Quoi ?

- Je peux en tirer quel prix ?

- Faut que je la voie d'abord !

- Bon, venez, mais faudra payer avant d'entrer...

Il raccrocha sans avoir dit où il était cet imbécile !

Elle rappela grâce au système de rappel du correspondant en songeant : *heureusement que personne n'a appelé entre temps !*

Le correspondant décrocha immédiatement :

- Allô ? ici agence Calmet !

- Ouais, quesse kya ?

- C'est ben vous qui m'avez appelée il y a une seconde ?

- Euh pt'ette ben...

- Vous ne m'avez pas donné votre adresse!

- Je sais...

- Comment ça vous savez ?

- Vous refusez toujours de parler d'argent ?

- Ah ! oui d'accord !

Elle fixa donc un prix. Il n'était pas trop élevé et elle fut surprise d'entendre le vieux accepter (il avait la voix d'un vieux, avec l'accent prononcé d'Espérance, une voix traînante, fatiguée, mais qui bouffait les syllabes...) Il lui donna son adresse. Elle ferma la boutique en l'absence de jean et d'Alice et descendit dans son parking souterrain pour prendre sa voiture.

Il était difficile de circuler sur l'autoroute sous des trombes d'eau.

Le bouchon habituel de la bretelle de l'autoroute qui emmenait les voitures vers l'ouest l'obligea à ronger son frein.

Le port pétrolier était encore plus gris et sale sous la pluie lorsqu'elle arriva à Espérance.

Elle connaissait la petite ville et dirigea son véhicule vers l'ouest, jusqu'au pied de la plus grosse combe qui débouchait sur la rivière.

Elle se gara vers une école, pas très loin de la voie de chemin de fer, passa à pied un pont qui enjambait ce qui devait être normalement un ruisseau, mais qui était devenu un torrent en furie. Elle aperçut l'embâcle dont avait parlé son interlocuteur.

Le ruisseau devenu un torrent coulait, canalisé, devant quelques maisons décrépies. Des passerelles permettaient au gens de l'enjamber et de rentre chez eux.

Ce petit canal était rempli à ras bord de l'eau boueuse de la rivière. Véro hésita un peu et se décida à franchir ce tout petit pont. Elle ouvrit un petit portillon de jardin et vit la porte d'entrée de la maison s'ouvrir sur un vieux décharné vêtu d'une veste et d'un pantalon de travail... Il lui parla le premier, visiblement impatient. Lorsqu'elle s'approcha, elle crut déceler une lueur de terreur dans ses yeux de vieillard.

- V'zette la fille d'l'agence d'détectiv' ?
- Oui ! Véronique Calmet.
- V'zavél'argent?
- Je peux pas voir d'abord ?
- Non ! L'argent ! Vous verrez, vous r'gr'tt'rez pas !

Véro, un peu agacée, se décida à payer : elle n'était pas venue jusqu'ici pour retourner bredouille et la lueur de terreur dans les yeux du vieux l'avait accrochée, comme l'éclat de l'hameçon accroche le poisson...

Le vieux referma la porte derrière lui en regardant craintivement vers la forêt là haut, dans la combe escarpée. Et il marmonna : « Maudite combe ! »

Il se retourna avec un air consterné d'avoir laissé échapper cette peur : « Venez c'est dans l'appentis »..

Elle suivit le vieux jusqu'au bout du jardin. Un jardin laissé à l'abandon.

- Ouais, j'ai pul'temps d'faire l'jjardin. Ch'suis malade. L'cancer ! J'en ai plus pour longtemps...
- Désolé...
- Y a pas d'mal. Faut ben que tout' choz s'arrête. Y a just c'te chose qui gâche mon départ...

Véro décida de laisser le vieux soliloquer.

Il sortit une clé de sa poche de bleu et ouvrit un cadenas qui maintenait fermée une vieille cabane de jardin que le vieux avait nommée improprement "appentis". Il ouvrit la porte a deux mains car elle pivotait mal grâce à de gros morceaux de cuir cloués en guise de gonds.

- Entrez. Allez ! Fait pas bien clair, mais v'z'êtes jeune, v'z'avez d'bonzyeux...

Après un bref moment d'hésitation, elle s'approcha et se tint un moment dans l'embrasure de l'entrée. Malgré la semi-obscurité de dehors à cause de la pluie, ses yeux demandèrent un petit instant avant de s'habituer. Avant d'y voir quoi que ce soit, elle perçut l'odeur, les odeurs plutôt. Celle d'humus de l'eau boueuse de la rivière qui cachait mal l'*autre* odeur... Bientôt, elle aperçut alors un "tas", posé à même le sol, un peu plus loin, au fond, entre des outils de jardin qui n'avaient pas servi depuis longtemps. Une fourche plantée dedans élevait fièrement son manche vers le plafond de la cabane. Une petite fenêtre éclairait le tout.

En s'approchant, elle nota que la chose devait posséder de son vivant plus de quatre membres. Bien plus. Une partie du corps manquait. Donc il était difficile de compter... La tête semblait être cette masse en forme d'œuf d'autruche constellé de filaments qui pendaient. Et puis, cette bestiole possédait au moins une aile, une membrane qui la recouvrait en partie. Véro s'approcha et, en surmontant son dégoût, souleva de deux doigts cette "couverture"... c'était très très fin, mais très lourd. Mais ce poids ne semblait pas provenir de la masse visible de cette membrane. D'ailleurs, mis à part cette sensation de poids, Véro n'en ressentait pas d'autres... Elle tira et étala le film d'un noir profond. Mais celui-ci refusait de rester étalé et se rabattit sur les restes de la chose d'un coup sec et sans aucun bruit. C'était gênant, car cette "aile" empêchait de voir l'ensemble du corps, ou du moins ce qu'il en restait.

La femme avait amené un appareil photo. Elle tenta de demander de l'aide au vieux :

- Voulez-vous m'aider s'il vous plaît, cria-t-elle de l'intérieur.

- Pour quoi faire ? Répondit immédiatement le vieux...

- Pour tenir quelque chose pendant que je prends une photo...

- C'est pas la peine ! J'en ai pris une de photo quand elle était dans l'embâcle. Elle impressionne pas la pellicule...

Véro nota que l'homme venait de faire un effort pour bien prononcer, contrairement à l'accent du coin...

443

- Ça ne fait rien, je veux essayer quand même.

- Eh ben, essaie sans moi !

Véro n'insista pas. Elle réussit à soulever cette membrane et à la coller sur le manche de la fourche. L'effet était saisissant : ça faisait comme une tente de noire obscurité au-dessus d'un tas décomposé.

Elle fit crépiter son flash plusieurs fois avant que cette membrane ne glisse... Véro ressortit, soulagée de quitter ce lieu. Elle tendit la main à l'homme pour prendre congé. Celui-ci regarda la main de la jolie femme sans la saisir.

- Faut dire que j'ai rarement vu une aussi jolie femme que vous...

Véro avait l'habitude : aucun homme ne pouvait s'empêcher de lui faire ce compliment. Mais le vieux ne lui serrait toujours pas la main.

- Vous partez ? Ajouta-t-il...

- Oui !

- N'partez pas sans em'ner c'truc !

- Je ne peux pas l'emmener... Ne vous inquiétez pas, il va se décomposer rapidement sans laisser de trace.

- V'z'ette sûre ?

- Complètement sûre...

- J'vous jure que si c'est pas vrai, j'vous rappelle !

- Ça ne sera pas nécessaire. Mais je vous conseille d'aller loger ailleurs pour quelque temps...

- Une menace ?

- Non, pas moi, mais l'inondation menace. Bientôt vous allez être coincé ici.

- M'en fout ! P'vez y aller...

Véro quitta les lieux assez soulagée de pouvoir re-traverse la passerelle. L'eau commençait à la r'couvrir... Euh !Pardon, à la recouvrir...

Quelque temps plus tard, à quelques encablures au Nord d'Espérance, Jean Calmet, dans son bureau aux hauts plafonds dont les grandes fenêtres donnaient sur le fleuve, finissait l'étude des cinq œuvres centrales de Howard Phillips Lovecraft :

Celui qui chuchotait dans les ténèbres
Le cauchemar d'Innsmouth,
L'abomination de Dunwich,
La couleur tombée du ciel,
La maison de la sorcière.

Véro lui avait fait le compte rendu de sa visite à Espérance. Elle avait décrit la chose. Mais comme tout le monde s'y attendait, les photos n'avaient rien montré...

Enfin, ce qui était sûr, c'est que *Ceux du dehors* étaient vraiment parmi nous. Pour le moment ils ne dérangeaient personne.

« J'ai toujours été frappé par la cohérence de l'œuvre de Lovecraft ! »

Déclarait Jean à sa fille Alice et à son épouse Véronique, le trio indestructible des détectives de l'épouvante.

- Ces cinq nouvelles, bien lues, lues et relues, forment, en quelque sorte... un pentacle.

- Ah ! S'impatienta Alice. Comment ça un pentacle ? Il sert à quoi ce pentacle ?

- Devine ! Répondit dans un sourire Jean Calmet. Tu es pourtant la mieux placée pour trouver la réponse à ta question...

- Ah non ! Je ne vois pas...

- Pourtant, d'une part tu te souviens d'une de tes capacités "spéciales" si je puis dire ?

- Ah ?.... Oui, celle d'ouvrir les "portes" par exemple...

- Bravo ! Et n'as-tu pas lu les œuvres de Lovecraft ?

- Non ! jamais rien lu... On m'a dit que c'était chiant : toujours la même chose...

- C'est pas entièrement faux ! Justement, cette appréciation montre bien la cohérence de l'œuvre.

- Bon, et Alors ?

- Et alors, toute l'œuvre de Lovecraft est pleine de portes qui mènent à d'autres mondes...

- Ah nous y voilà !

Véronique était restée silencieuse. Elle savait très bien où allait son charmant et intellectuel époux. Elle et leur fille Alice, étaient plutôt des femmes d'action.

« Ne me dis pas que tu as découvert dans ces cinq œuvres le moyen d'ouvrir une de ces portes ? Si ? Interrogea Alice sans prendre garde au sourire entendu de sa mère.

- Si, je te le dis !

- Explique-moi donc cela ! Je serais curieuse de voir le résultat tout en restant sceptique.

- Vois-tu, en général, les exégètes de l'œuvre de Lovecraft tentent de trouver la solution à ce problème dans les pérégrinations de Randolph Carter dans "La clé d'argent" et autres contes de Kadath. Il eût été trop facile de trouver la clé dans une œuvre dont le titre est justement "la clé" ! Lovecraft était plus malin. Moi j'ai étudié à fond toute son œuvre, y compris ses révisions. Un travail titanesque. J'ai compilé, j'ai utilisé l'ordinateur dans l'œuvre en langue originale, un travail que je mène, vous le savez, depuis 1992. Je crois aujourd'hui avoir trouvé la solution. Maintenant, il faut bien admettre que quiconque utilisera le texte du pentacle ainsi constitué ne réussira pas !

- Il faut en quelque sorte, déclara Véronique, profitant d'une respiration de Jean, il faut un expert, un spécialiste, quelqu'un qui a déjà l'aptitude d'ouvrir une porte. Qui l'a déjà fait. Quelqu'un comme toi et moi, qui vient d'ailleurs.... Mais moi, comme tu le sais, je n'ai pas le même don que toi...

La jeune femme aux yeux verts se leva, un peu stressée par ce que venait d'annoncer sa mère. Passer une porte était une difficile aventure personnelle. Seule elle avait la capacité de le faire. Elle devrait donc, seule, affronter tous les dangers. Véronique et Jean n'ignoraient pas cette difficulté. Mais ils connaissaient aussi les capacités inouïes de la jeune femme qui s'était toujours parfaitement tirée d'affaire.

Elle était également fascinée à chaque fois qu'elle franchissait le pas. Attirée, violemment attirée.

Un sentiment complexe et contradictoire l'animait.

Elle répondrait "oui" sans aucune hésitation.

2.

On ne pouvait pas non plus nier a priori que les habitants d'un monde comprenant un nombre de dimensions déterminé fussent à même de passer dans des mondes comprenant un nombre de dimensions illimitées (situés à l'intérieur ou à l'extérieur du continu espace-temps), et vice versa, sans qu'il y eût destruction de l'intégrité biologique telle que nous l'entendons.

Howard Phillips Lovecraft
La Maison de la sorcière

Au début du siècle précédent (le XXe siècle qui donna à l'horreur toute sa dimension !) Keziah fit tomber la "couleur du ciel" dans le puits d'un brave paysan de la nouvelle Angleterre : Nahum Gardner. Lovecraft a raconté cette histoire dans sa nouvelle "La couleur tombée du ciel".

Elle savait pratiquer cette "magie".

De retour à Espérance, le 11 novembre 2002, elle recommença !

Son projet était simple : elle voulait faire s'accoupler cette entité tombée du ciel pour enfanter la même monstruosité que l'"Abomination de Dunwich". Il lui fallait aussi une femme... Mais cela, ce n'était pas difficile à trouver.

Depuis les ruines du château qui dominaient Espérance, Keziah apercevait le fleuve. Il roulait une eau grisâtre sous un ciel de plomb. Son niveau était haut. Il pleuvait toujours, ici et en amont, une pluie lourde et abondante. Le débit allait encore continuer d'augmenter. Le niveau de l'eau monter.

Le puissant cours d'eau qui caressait la petite ville d'Espérance tout au long de l'année allait peut-être la pénétrer de nouveau, soudain pris du désir fou de celui qui a attendu trop longtemps, et qui n'est donc jamais rassasié. Son cours puissant ferait entrer l'eau dans les rues mal goudronnées de la misérable ville dont la gloire passée ne se manifestait même plus : aucune fumée de cheminée d'usine. Le chômage sévissait et cette ville autrefois pleine du chant des usines et des hommes résonnait la nuit des cris des jeunes arabes désœuvrés.

Les jours de jeûne des musulmans désormais très nombreux ici, l'imam montait jusqu'au pied des ruines du château pour lancer l'appel au coucher du soleil.

Espérance avait bien changé... On pourrait l'appeler désormais Désespérance...

Les étrangers l'avaient envahie, comme le fleuve le faisait parfois.

Une jeune femme brune, très jolie (Keziah l'avait choisie jolie, on ne sait jamais) attendait, les yeux légèrement vitreux.

La nuit dernière, alors que cette fille "officiait", consentante, dans une très belle "tournante" sous le kiosque à musique, la sorcière l'avait *sentie* de loin et s'était approchée.

Chaque jeune arabe l'avait baisée, certains avec des mots d'amour, d'autres avec des insultes misogynes. Tout cela la faisait jouir. Elle jouissait à chaque fois. Pour elle, la "tournante" signifiait la jouissance multiple. Cette nuit, deux types assez expérimentés avaient initié les jeunes à quelques positions assez difficiles à manier. Par exemple, la double pénétration, puis ensuite, la double pénétration accompagnée d'une fellation. Bonsoir ! Qu'est-ce qu'elle avait joui !

Pourtant ces festivités avaient eu du mal à commencer.

Ces jeunes ne savaient pas être discrets. Les gens de l'immeuble d'en face ne pouvaient pas s'endormir. Il y en a même eu un qui s'était pointé et s'était assis sur un banc public, là, à côté des jeunes. Gonflé le mec ! Ça avait pas mal troublé la jeunesse mâle. Mais elle s'en était occupée du mec. Elle n'avait pas choisi la douceur, mais la violence verbale. Ce type avait dû battre en retraite devant les mots orduriers de cette pourtant si belle jeune fille...

Après le départ des jeunes, Keziah s'était approchée. Elle savait trouver les mots pour envoûter les personnes qui vivaient dans une terrible culpabilité...

La vieille, très vieille sorcière soupira. Le même stress l'envahissait : celui de découvrir de nouvelles contrées, des mondes merveilleux et terrifiants.

La conjonction des astres avait eu lieu. La vieille femme avait pu agir, car les conditions étaient réunies.

La couleur était tombée du ciel dans le puits de la cour du château en ruines. Elle avait trouvé une femme pour s'accoupler avec elle. Ensuite, elle engendrerait sa descendance.

Au moment même où elle s'était décidée à passer aux actes, elle vit une jeune fille monter sur le sentier escarpé qui menait à elle.

Son familier, Brown Jenkin grogna :

- Quelqu'un approche...

- Je me cache ; occupe-t-en !

- Une lueur de plaisir malsain brilla dans les yeux noirs du rat à visage humain.

- Bien maîtresse !

- Et ne la rate pas surtout...

- Ne vous en faites pas...

Keziah se dirigea vers le puits à côté duquel attendait la jeune Arabe. Le Rat grimpa lestement sur un mur en pierres sèches qui surplombait le chemin et se cacha prêt à bondir. Du coup il avait perdu de vue la fille qui arrivait. Il attendit... Mais personne n'apparut.

Il patienta encore.

Toujours personne...

Soudain une poigne d'acier le saisit par le cou et la propriétaire de cette main fine, souple, mais puissante lui parla sur un ton ironique :

- Alors mon petit rat d'égout ? On m'espionnait ?

Le Rat s'agita, tenta de griffer de ses mains humaines dont les doigts étaient tout de même munis de grosses griffes acérées...

La créature qui l'avait saisi le tourna vers elle tout en maintenant fermement sa pression sur le cou. Il aperçut alors, ébloui, la plus attirante beauté que sa longue vie lui eût permis de voir : une belle brune aux yeux verts.

- Si je m'attendais à te voir ici sale bestiole ! Où est ta maîtresse ?

- Salope, va te faire enculer !

- Oh ! le vilain garçon... de bien vilains mots dans cette bouche puante, bien que tellement humaine... Je sais qu'elle n'est pas loin. A-t-elle déjà officié ?

- Non pas encore, alors gare à tes os !

- Je cherche le puits ; celui dans lequel est tombée la couleur. Keziah l'a fait venir, car les étoiles sont en conjonction. Ce puits doit me permettre de passer une porte. Keziah ne doit pas atteindre son objectif, car la fille en mourra, elle aussi et toi tu la suivras...

- Noooon ! Elle doit engendrer...

- Ah !? Engendrer quoi ?

- ....

- Reste muet si tu veux, je sais de quoi il s'agit. Mais réfléchis. Tu sais ce qui est arrivé à Lavinia Watheley[iii] et à son père, le vieux Zechariah : le sale rejeton de Lavinia, le jumeau du monstre, monstre lui-même nommé Willy l'a tuée !

- Je sais, mais Keziah...

- Ah ! tu sais ! tu as lu les œuvres du maître... Et tu ne me crois pas ?

Le Rat s'agita, mais Alice tenait fermement.

- Ma maîtresse ne laissera pas faire... Elle se défendra.

- Elle ne pourra pas se défendre contre les rejetons de l'abomination... Aide-moi, ou au moins ne tente rien pour m'empêcher d'agir. Sinon je t'étrangle. Je sais que tu renaîtras, mais ça fait mal, très mal !

- Non, non, pitié ne m'étrangle pas...

- Je vais te tenir et tu vas appeler Keziah. Je vais la neutraliser. Je te promets que je ne lui ferai pas de mal. Cette horreur fait partie du patrimoine des Mondes. Ce serait dommage de la faire disparaître.

Mais Keziah avait tout entendu. La jeune fille qui se tenait à côté d'elle aussi. Elle commença à douter de son avenir aux mains de cette sorcière.

Elle s'exprima de loin en haussant le ton pour être entendue.

- Que veux-tu belle Alice ? Sosie de la belle vampire du monde de M..[iv] Que veux-tu ?

- Je veux empêcher l'accouplement avec la couleur. Je ne veux pas te laisser faire cette idiotie !

- Ah !? Pourtant j'étais destinée à le recommencer depuis la mort de Lavinia.

- J'en sais rien. Mais laisse tomber et laisse-moi utiliser la couleur pour aller vers l'autre Monde.

- Ah ? Et comment comptes-tu faire pour m'en empêcher ?

- Je tiens dans ma jolie main le cou de ton animal familier. Tu y tiens à Brown Jenkin ?

Keziah se garda bien de répondre. Mais elle était inquiète. Sourdement inquiète des deux menaces qu'avait exprimées Alice : celle de perdre Brown Jenkin et celle de mourir, elle qui était immortelle ! Elle connaissait bien Alice : elle en avait entendu parler dans les dédales des Mondes. Elle ne mettait pas en doute ce qu'elle affirmait. Elle se décida à négocier :

- Et qui me dit que tu tiendras parole ?

- Rien. Tu viens ici, je te rends ton sale Rat et je file comme l'éclair pour entrer dans le puits. Et n'oublie pas de libérer ta jeune victime. Hein ? N'oublie pas...

- Et ensuite, si je te suis ?

Alice éclata de son rire cristallin :

- Et alors que veux-tu que ça me fasse ?

- Eh bien... euh, je pourrais te nuire...

- Une fois que j'aurai enjambé la margelle pourrie de ce puits, tu sais bien que tu ne pourras plus rien faire.

- Mais, tu ne sais pas où se trouve ce puits, n'est-ce pas ?

Sorcière peut-être, mais qu'est-ce qu'elle est con !

- Je vais le savoir, car tu vas me le dire... Nous allons y aller ensemble, Brown Jenkin, Keziah et Alice. Tous les trois ensemble... Allez les enfants.

Et elle s'adressa à la belle jeune fille : « Comment t'appelles-tu ?

- Qu'essa peute fout ? Répondit-elle...

- Rien. Mais je te conseille de filer. Tu échapperas alors à cette vieille sorcière.

- Quesse tu crois ?

- Moi je crois rien, à toi de choisir...

Et s'adressant à la sorcière : « Bon Dieu Keziah, dis-lui, toi, chasse-la ! »

La vieille fit un signe devant le visage de la fille. Elle sembla alors se réveiller, regarda autour d'elle très étonnée :

- Que s'est-il passé ?

- Va-t-en si tu tiens à la vie, répondit Keziah.

- Et la jeune fille partit en courant ; son cul bien rond moulé dans son jeans et monté sur roulettes. Elle se retournait parfois pour regarder ces trois étranges personnages ajoutant encore à l'érotisme de sa démarche.

Heureusement que le temps était maussade, et qu'aucun promeneur ne passa par là. Il aurait alors assisté à un curieux spectacle en cette bonne ville d'Espérance qui en avait bien vu d'autres pourtant : une superbe jeune-fille se dirigeait vers les ruines du château, tenant par le cou à bout de bras un énorme rat dont les pattes arrière traînaient presque sur le sol, accompagnée d'une très vieille femme courbée par les ans, avec une tête de gargouille.

3.

... et la pauvre femme criait qu'elle voyait dans l'air des choses qu'elle ne pouvait décrire. Il n'y avait dans son délire pas un seul substantif précis, mais uniquement des verbes et des pronoms. Des choses bougeaient, changeaient, flottaient et les oreilles tintaient sous l'effet d'impulsions qui n'étaient pas que sonores. Quelque chose lui tait enlevé - on la vidait de quelque chose - quelque chose collait à elle, qui ne devait pas exister - quelqu'un devait l'en débarrasser -, rien n'était jamais immobile dans la nuit - les murs et les fenêtres changeaient de place.

Howard Philips Lovecraft
La couleur tombée du ciel

Alice avait laissé Keziah et son monstrueux compagnon assez loin du puits. Elle enjamba la margelle à moitié effondrée et s'assis sur elle, les jambes pendantes dans le vide *à l'intérieur.* Ce qu'elle vit lui fit immédiatement penser à ce qu'avait décrit Lovecraft dans "La Couleur tombée du ciel" : les pierres étaient *coiffées d'un feu immonde,* le fond du puits, parfaitement sec (du moins en apparence) *baignait dans cette couleur mêlée, inconnue et hideuse...*

Tous les termes chers à l'écrivain de Providence lui revenaient en mémoire comme une procession à son propre enterrement : *hideuse, monstrueuse, maudite, cauchemardesque, indicible, antique, grotesque, immonde, impie, détestable...* (et toujours au féminin s'il vous plaît !)

Mais Alice en avait vu d'autres, bien d'autres, et rien ne lui faisait peur, ou plutôt, elle réussissait toujours à vaincre sa peur.

Le puits n'était pas profond.

Elle sauta. Des pierres sèches plates et légères tombèrent avec elle.

La vase du fond amortit sa chute et aussitôt, elle passa de l'autre côté. L'entité présente ici l'expulsa en dehors de notre monde. Vers un autre...

Du fond de ce nouveau puits, elle regarda vers le ciel. Il était couleur du plomb fondu. Elle craignait de se retrouver dans le puits de Nahum Gardner[v]. Mais elle ne devait pas hésiter. Il lui était impossible de reculer. Pour repartir, elle devait attendre la conjonction de nouveaux astres, et elle devait savoir quand cette conjonction aurait lieu dans ce monde.

Elle savait ce qu'elle était venue chercher.

Il y avait des barreaux scellés dans la paroi du puits. Elle s'en servit pour monter. Lorsqu'elle émergea, le monde qui l'accueillait lui apparut tout en niveaux de gris, sans couleur, comme cela arrivait si souvent dans ses voyages.

L'ambiance du film "Le Masque du démon"[vi]...

Lorsqu'elle émergea, la première chose qu'elle vit fut la maison. Une maison blanche avec une entrée monumentale de style georgien. Au fond d'une allée bordée de pierres.

Alice enjamba la margelle et s'assit sur elle, les jambes pendantes, en dehors cette fois. La jeune femme se laissa le temps de regarder le paysage autour d'elle. Sous ce ciel gris, tout était gris : les collines rondes (comme celles du Vermont), l'herbe, les pierres. Seule la maison était blanche. Elle ne pouvait dire si c'était le ciel qui rendait tous les éléments du paysage gris, ou si ce monde manquait de couleurs... S'il ne connaissait pas les couleurs.

Un détail saugrenu (par rapport à l'œuvre de Lovecraft) l'intrigua : une voie de chemin de fer traversait la pelouse devant la maison. D'ailleurs, elle entendit au loin le halètement d'une locomotive à vapeur. Sur sa gauche. Elle tourna la tête dans cette direction et aperçut le panache de fumée qui s'approchait à grande vitesse.

C'était effectivement une locomotive à vapeur. Celle du film « Il était une fois dans l'ouest ». Ou encore celle du film « Le Bon, la brute, le truand »[vii].

Elle ne savait pourquoi, mais elle revit dans son esprit la scène de « Il était une fois dans l'ouest » dans laquelle le jeune garçon, les mains attachées dans le dos, soutient son père debout sur les épaules de son fils, une jambe de chaque côté de la tête de l'enfant. Et lorsque l'image s'agrandit sous l'effet du travelling arrière, le spectateur s'aperçoit que le père, les mains liées derrière le dos, porte une corde au cou et l'autre extrémité de cette corde est attachée en haut du portique d'entrée d'un ranch. Et la musique d'Ennio Morricone rugit le désespoir de l'enfant qui finira par tomber et laisser pendre son père...

L'engin passa devant Alice dans un fracas métallique assourdissant et augmenta encore le nombre des décibels en freinant et en renversant la vapeur. Un bruit d'enfer, un fracas épouvantable... Alice se boucha les oreilles des deux mains et regarda défiler devant elle les wagons de marchandise tout droit importés de l'Ouest américain du 19e siècle. Elle profita du défilement sans fin des wagons pour mieux regarder autour d'elle. Elle s'attendait à voir les accessoires de ces films : des hommes en cache-poussière, une éolienne, un réservoir d'eau... Mais non. À partir d'une certaine distance, il n'y avait plus rien à voir à part une brume grisâtre.

Enfin le train s'arrêta. Entre les halètements de la locomotive, dans un silence relatif, mais soudain, après le dernier grincement de frein, elle entendit une porte coulissante couiner de l'autre côté, celui qui lui restait invisible. Elle se leva, se sentant en sécurité, car les wagons de marchandise ne comportaient pas de fenêtres et la locomotive était hors de vue cachée par la courbure de la voie. Elle s'approcha du train et le longea sur le côté gauche, espérant voir ce qui se passait entre deux wagons. Elle pensa bien sûr que quelqu'un ou quelque chose pouvait regarder sous les wagons et apercevoir ses pieds. Mais elle courut le risque.

De l'autre côté, la porte s'était ouverte et plusieurs êtres vivants descendaient. Elle entendait les pas sur le plancher des wagons. Mais pas des pas humains. Comme des sabots qui claquaient sur le bois. Des sabots en nombre...

Elle se souvint de la scène dans laquelle Lee Van Cleef fait descendre son cheval du train qu'il vient de faire arrêter en tirant le signal d'alarme, car le train ne devait pas s'arrêter à cette gare[viii]. Mais les "animaux" qu'elle entendait de l'autre côté n'étaient pas des chevaux : ils semblaient avoir plus que quatre pattes. Bien plus...

Bien loin, sur sa droite, la locomotive haletait en crachant des jets de vapeur.

Puis elle entendit les voix. Et elle se souvint... Et la terreur la saisit. Elle se trouvait là en rase campagne sans aucune solution pour se cacher à part le puits, quand le train allait redémarrer... Elle retourna donc vers le puits et redescendit quelques barreaux plus bas laissant simplement sa tête dépasser. Prête à la mettre à l'abri de la margelle au moindre danger.

Dans un fracas de vapeur et de ferraille, dans un bruit d'enfer de fer contre fer, la locomotive redémarra. En haletant avec peine au départ, et ensuite en accélérant son rythme. Le train, très long, mit une éternité à défiler devant les yeux d'Alice encore brillants de la terreur produite par les voix entendues.

Celles de *Ceux du dehors... des êtres sans nom de l'insondable espace (...)*

Des bourdonnements impies : c'était comme le vrombissement d'un insecte gigantesque et répugnant, lourdement modulé à l'image du langage articulé d'une espèce étrangère, et les organes qui le produisaient ne ressemblaient en rien aux organes vocaux de l'homme ni à ceux d'aucun mammifère.[ix]

Qu'ont-ils apporté avec leur train ?

La peur s'envolait devant la curiosité. Alice était venue ici dans un but très précis. Elle ne l'avait pas oublié. Y penser chassa la peur.

La queue du train arrivait à toute vitesse. Elle baissa la tête, ne laissant que les yeux dépasser de la margelle du puits.

Allait-elle voir, de l'autre côté de la voie, Charles Bronson jouer de l'harmonica ?

Le dernier wagon s'échappa sur la droite laissant place à la maison blanche, la pelouse pelée et l'allée de pierres. Après le passage du train, le décor semblait s'être coloré. Comme dans ces films où le passé est en noir et blanc et le présent en couleurs.

L'herbe était jaune. L'air calme et silencieux. On n'entendait même plus le train qui avait disparu dans la brume.

Après un temps d'attente, pour la sécurité (Alice n'était jamais impatiente), elle émergea du puits qu'elle enjamba d'un mouvement leste et gracieux des jambes et se dirigea vers la maison.

Les deux rails de la voie de chemin de fer étaient rouillés. Des herbes folles poussaient entre ces deux serpents d'acier. Alice réfléchissait à la signification de ce train.

Il avait un sens. Le monde dans lequel elle se trouvait l'avait produit dans son esprit pour cacher autre chose. Quelque chose qu'elle n'aurait pas pu supporter de voir sans perdre la raison. Pourtant elle avait entendu les voix de *Ceux du dehors*.

Donc elle avait été ponctuelle à son rendez-vous. Ils avaient ramené les cylindres, dieu seul savait d'où, mais ils les avaient ramenés.

En enjambant les rails, elle réfléchissait sur l'artificialité de ce monde. Un monde certainement malléable, qui savait s'adapter aux êtres qui y venaient. C'est pourquoi, après un certain temps, la couleur était venue à son regard. Mais la matière était immuable.

Elle se baissa donc et toucha les herbes folles. Ses sens ne lui donnèrent que la sensation d'une roche dure et glacée. Pas d'herbe, ni chaleur, ni froid. Juste une *sensation* de froid, car l'absence de sensation donnait la sensation de froid.

Elle se releva et regarda la maison. Cette construction était en tout point semblable à celle qu'avait décrite Lovecraft dans "Celui qui chuchotait dans les ténèbres".

Elle se trouvait bien sur Yuggoth. Très loin du soleil. Au-delà de Pluton. Sur le monde d'étape de *Ceux du dehors.* Ces derniers n'avaient pas encore pris conscience de sa présence ici. La malléabilité de leur monde avait ce défaut. Il leur cachait certaines choses pendant un temps. Pendant un temps seulement...

Il fallait faire vite.

Elle frémit en pensant à la description de *Ceux du dehors* par Lovecraft :

La forme est indescriptible. C'était un crabe géant qui portait à l'endroit où serait une tête d'homme, une pyramide de nœuds ou d'anneaux charnus, d'un tissu épais et visqueux, et couvert d'antennes. (...) et il doit y en avoir sur Terre davantage à chaque minute.

Ces êtres matériels ne se laissaient pas photographier. Leur structure matérielle était à cheval sur deux mondes.

Elle devait faire vite.

La grande porte d'entrée de la maison s'ouvrit facilement, sans aucun effort, comme si ses gonds parfaitement ajustés avaient été parfaitement huilés. Le hall d'entrée était sombre, l'intérieur silencieux. Un silence absolu, sans aucun des bruits habituels d'une construction de ce genre. Pourtant, Alice se concentra en baissant la tête et en posant ses doigts sur ses yeux fermés. Elle *devait* entendre quelque chose. Sinon, ce qu'elle était venue chercher n'était pas ici.

Ceux du dehors m'ont naturellement choisi – ce que je sais d'eux est déjà si considérable – pour être sur la Terre leur principal interprète.

C'est ce que Henry W. Akeley écrivait dans "Celui qui chuchotait dans les ténèbres". Mais, Akeley n'est qu'un personnage de cette histoire écrite par *Lovecraft...* Et ce dernier se mettait souvent en scène dans ses histoires sous un autre nom...

Voici donc la description de ce qu'Alice était venue chercher ici, sur Yuggoth :

Un cylindre *d'un métal que je n'avais jamais vu*[x] – *mesurant environ un pied de haut et un peu moins de diamètre (et qui) portait en avant sur sa surface convexe trois curieuses prises disposées en triangle isocèle.*

Elle n'entendit rien. Rien que le silence ? Assourdissant ce silence ! tellement il engendrait le stress.

Elle n'avait plus qu'à prospecter la maison.

La difficulté résidait dans un fait très simple. Cette maison d'existait pas en tant que telle. Elle sortait tout droit de l'imagination d'Alice. En réalité, elle se trouvait sur Yuggoth, une planète glacée et inhospitalière. Sans son imagination, Alice serait morte, son corps éclaté sous la pression de ses liquides vitaux, et ses parties congelées, posées sur ce sol si cher à *Ceux du dehors.*

Elle devait donc être très prudente. À la fois maîtriser son imagination, ne pas la laisser courir là où elle ne trouverait pas ce qu'elle était venue chercher, mais justement la diriger en fonction des textes de Lovecraft, en fonction de ce que *lui* avait imaginé, ou plutôt, simplement décrit ?

Le problème c'est que dans *Celui qui chuchotait dans les ténèbres*, Lovecraft avait peu décrit la maison. Et donc, l'imagination propre d'Alice inventait le reste.

Ce dont elle se souvenait c'est que le narrateur (Albert N.Wilmarth) logeait dans une chambre à l'étage. Il avait *trouvé bien conçu et de très bon goût le charmant vestibule de style colonial tardif.* Il avait envie de fuir à cause d'une *odeur*, indéfinissable pourtant...

Ce sentiment de terreur saisit Alice au moment où elle se souvenait de cette partie du texte.

Mais Wilmarth reprit courage et *ouvrit à sa gauche la porte blanche à six panneaux et loquet de cuivre.* En face du salon se trouvait le bureau d'Akeley.

La jeune femme aux yeux verts fit de même : la porte blanche était bien là !

461

L'obscurité régnait dans la pièce. Mais Alice attendit patiemment que ses yeux s'habituent, ou plutôt que son imagination recrée cette vision.

Une grande table centrale trônait dans la pièce. Des étagères au mur supportaient plusieurs cylindres dont on a lu la description plus haut. Un de ces cylindres était posé sur cette table. Dans un coin, un fauteuil tentait de se dissimuler dans l'ombre. Une vieille robe de chambre s'étalait en compagnie d'une écharpe jaune.

Alice n'avait pas besoin de lampe électrique pour y voir. D'autant plus qu'elle savait ce qu'elle allait voir.

Elle s'approcha donc du fauteuil pour vérifier, combattant son impatience d'aller voir le nom inscrit sur le cylindre.

Les trois objets étaient bien présents.

Ce qu'il y avait sur le fauteuil, parfaite imitation, jusqu'au dernier détail d'une subtile ressemblance microscopique - ou réalité - c'étaient le visage et les mains de...

Howard Phillips Lovecraft !!!!

Elle ramassa ces objets munis de subtiles agrafes et les fourra dans la poche extérieure de son sac à dos. La poche principale était réservée au cylindre.

Désormais Alice ne doutait plus du tout de retrouver le nom qu'elle s'attendait à voir sur le cylindre qui attendait, presque ironiquement, massivement, sur la table...

Elle se retourna, se tint un instant debout, quasiment au garde-à-vous devant cet objet et salua à la militaire en clamant haut et fort, sans peur d'être entendue :

- Salut ! HPL !

Puis elle s'approcha de la table cette fois, et dut s'y prendre à deux mains et à deux fois pour ramasser le cylindre qu'elle rangea méticuleusement dans son sac.

Il me faut encore les appareils... Songea-t-elle.

Son regard fit le tour de la pièce et elle repéra les cordons de branchement et les petites machines pour voir, entendre et parler...

Tout cela rejoignit le cylindre dans son sac...

Elle sortit de la maison et se mit à courir vers le puits. À mi-chemin, elle entendit le bruit du train provenant d'au-delà de la brume.

« Merde ! Les voilà qui arrivent ! Faut se magner ma belle... »

Elle courut de plus belle. Au moment où l'avant de la locomotive sortait de la brume, elle enjambait la margelle du puits... Elle se retourna pour mieux utiliser les échelons de métal et ne s'attarda pas à regarder le spectacle. Elle savait de toute façon que quoi qu'elle vît, ce n'était pas la réalité, mais des images virtuelles créées pour l'occasion par ce monde en association avec son inconscient.

4.

... nous irons ensemble à Innsmouth dans l'ombre des prodiges. Nous nagerons jusqu'à ce récif qui médite dans la mer, nous plongerons à travers de noirs abîmes jusqu'à la cyclopéenne Y'ha-nthlei aux mille colonnes, dans ce repaire de Ceux des profondeurs, et nous y vivrons à jamais dans l'émerveillement et la gloire.

Howard Phillips Lovecraft
Le cauchemar d'Innsmouth

Alice se retrouva à émerger du puits dans les ruines du château d'Espérance. Elle avait bien calculé son coup, grâce aux travaux de son père sur les cinq œuvres majeures de Lovecraft. Les bonnes conjonctions d'étoiles se présentaient selon un cycle complexe, mais deux conjonctions s'étaient bien produites à quelques instants l'une de l'autre. C'est le train de Sergio Leone qui avait donné le signal.

L'escalade le long des pierres sèches ne fut pas aisée. La souplesse naturelle de la jeune fille et sa puissance musculaire l'ont bien aidée. Elle avait des muscles fins et longs, et très puissants, ce qui ne gâchait en rien sa grâce et sa féminité.

Avant de sortir complètement du puits, elle observa un bon moment les alentours, suspendue par les deux mains agrippées au bord de la margelle. Rien ne bougeait. Keziah était-elle partie ?

Alice en doutait...

Elle se décida à sortir. Au moment le plus difficile, quand il fallut enjamber la margelle, Brown Jenkin qui s'était caché tout simplement au pied de cette dernière sauta et tenta de mordre Alice au cou. Celle-ci, qui s'attendait à quelque chose de ce genre était donc sur le qui-vive et repoussa l'attaque d'un coup de coude. L'horrible rat à visage humain couina et tomba directement au fond du puits. Alice se redressa sur la terre ferme au bord du puits et se garda bien de céder à la curiosité. Au lieu de regarder ce que le rat était devenu, elle continua à observer les alentours, pourtant bien silencieux.

La pluie s'était arrêtée, mais le ciel restait gris sale et très bas. L'air était brumeux et la visibilité pas très bonne.

« Attention au rat, Alice ! »

C'était bien son père Jean Calmet.

« Nous tenons Keziah. Occupe-toi du rat ! »

Il y avait donc aussi Véro...

Alice se retourna vers le puits et se pencha prudemment vers l'intérieur.

Le rat était déjà à mi-chemin vers le haut, grimpant en s'aidant de ses griffes pour s'accrocher aux pierres sèches.

« Viens là mon petit Brown Jenkin ! Viens, viens je t'attends ! »

Le rat cessa de grimper. Ses petits yeux noirs regardaient vers le haut. Ils voyaient Alice à contre-jour, mais ils ne se trompaient pas.

« Ha ? Tu as raison. Attends, reste où tu es, on t'envoie ta maîtresse ! »

Jean et Véro s'étaient approchés. Ils tenaient la vieille Keziah chacun par un bras.

Keziah les maudissait, prononçait des invocations, ronronnait des abominations comme un chat... Mais rien n'y faisait. Jean et Véro étaient immunisés contre ses pouvoirs. Ils avaient percé le secret du pentacle des cinq œuvres de Lovecraft...

Alice était contente de voir son père et sa mère. Pas vraiment surprise, car elle était venue avec eux à Espérance. Ils s'étaient bien cachés en observant la scène avec Keziah, Brown Jenkin et la jeune fille arabe. Ils savaient bien comment Alice était capable de maîtriser bien des situations.

Ils soulevèrent la vielle au-dessus du sol et la placèrent au-dessus du puits et... lâchèrent.

Keziah hurla comme une démente. Elle entraîna Brown Jenkin dans sa chute. Ils tombèrent ensemble au fond et... disparurent. Tout simplement. Ils n'étaient plus là...

- Et voilà ! Triompha Véro.

- Tu as le cylindre ? Interrogea Jean.

- Oui ! Je l'ai !!! Jubila Alice. Et j'ai aussi les accessoires...

- Dans ce cas, ne perdons plus de temps : allons-y vite pour brancher tout cela ! Enchaîna Véro.

Les deux femmes et l'homme descendirent le chemin, puis les escaliers quasiment en courant.

Keziah et son horrible monstre avaient été envoyés de l'autre côté. Ils avaient le cylindre. Le temps leur durait de pouvoir l'interroger...

Ils ont retrouvé leur voiture, garée près de la mairie, semblait-il, sans dégâts.

Le voyage vers la grande ville du nord leur parut presque long, même s'il ne dura que vingt petites minutes.

À peine étaient-ils arrivés, que Véro téléphona à leur client pour le prévenir qu'il avaient accompli leur mission.

Le cylindre et ses accessoires étaient prêts au bon usage.

En attendant son arrivée, ils le branchèrent... Pendant que Véro et Jean officiaient, Alice demanda ce qu'il allait advenir du masque et des gants. Ils répondirent qu'il n'y avait qu'à les garder. Ils n'ont aucune utilité ; mis à part celle de rares très rares objets de collection. Il n'arrivait pas souvent que des objets décrits dans une œuvre littéraire prennent ainsi consistance...

Quelques pièces de plus dans notre musée des horreurs...

L'appareil fut vite branché.

Un petit silence régna juste avant que la machine ne prenne la parole.

- Merci à vous chers amis de m'avoir ramené sur Terre ; cela me manquait de voir des êtres humains dans leur enveloppe charnelle naturelle !

- Bonjour Howard...

- Qui êtes-vous ?

- Nous sommes des admirateurs. Nous avons été payés très cher pour vous retrouver. Tout cela est parti d'une idée de notre commanditaire. Il a lu et compris parfaitement votre œuvre. Et il en a tiré parti. Sur ses indications j'ai étudié vos cinq œuvres fondamentales, dont bien sûr, *Celui qui chuchotait dans les ténèbres*, la dernière œuvre que vous ayez pu créer de votre vie terrestre, avant de...

- Avant de mourir ?

- Mais juste avant de mourir, *Ceux du dehors* se sont occupés de vous !

- Oui... ils m'ont en quelque sorte rendu éternel, mais ils m'ont également emmené sur Yuggoth, là où vous m'avez trouvé, je présume ?

- Là où Alice vous a trouvé...

- Mais selon quels prodiges ?

- Nous avons des dons les uns et les autres. Alice possède celui de pouvoir créer et franchir les portes d'accès à tous ces mondes que vous avez décrits et bien d'autres... Votre œuvre nous a simplement guidés...

- Bien, bien... et... qu'allez-vous faire de moi ?

- Nous, rien ! Nous profitons d'un moment pour bavarder avec vous, mais votre sort est entre les mains de notre commanditaire...

- Votre... commanditaire ?

- Oui...

- Et que veut-il faire de moi ?

- Il se dit votre ami...

- AH ?

- Nous allons discuter de tout cela avec lui, il va bientôt arriver.

- Et que fait-il dans la vie, ce... commanditaire ?

- Il fait le même métier que vous...

- Je n'ai jamais eu de vrai métier !

- Écrivain ! Vous étiez bien écrivain ?

- Oui, bien sûr, j'étais écrivain... mais ce n'est pas un métier. Artiste... oui, mais ce n'est pas une profession...

- Vous allez pouvoir vous y remettre avec tout ce que vous avez vu !

- Comment ? Je n'ose même pas le rêver...

- Et pourquoi croyez-vous que notre client nous a embauchés pour aller vous chercher ?

- Pour cela, pour me permettre d'écrire ?

- Eh bien oui ! Tout simplement...

Les deux femmes avaient laissé Jean dialoguer avec Lovecraft, car, vous l'avez bien sûr compris, il s'agissait bien de lui... C'est lui qui reprit la parole après quelques secondes de silence :

- Et comment s'appelle-t-il votre client ?

- Pierre Dagon ! Ah ! le voilà qui arrive !

Pierre Dagon

Les Âges sombres

Comète 67P/Churyumov-Gerasimenko

"Dieu établit dans le Soleil son tabernacle..."
(Psaume 18)

"Il n'est pas sûr que les habitants des autres pla-
nètes nous ressemblent, mais ils sont certainement
d'une structure analogue à la nôtre..." (Huygens)

Noël 2004.

Le Drac songeait avec nostalgie aux temps heureux où les femmes venaient laver le linge au bord du fleuve. Il pouvait alors choisir sa proie et l'entraîner dans les fonds du fleuve, là où seul lui savait et pouvait aller. Elle restait avec lui pour longtemps... La légende disait qu'il les enlevait pour allaiter ses petits. En quelque sorte oui, mais il ne s'agissait pas du même allaitement que celui qui permettait de nourrir le petit d'homme. Puis il relâchait la femme qui se retrouvait alors à errer dans la ville riveraine sans savoir où elle était passée tout ce temps. Mais le temps des profondeurs n'était pas le même que celui de la surface...

Le taureau, couvert de sueur, tentait par tous les moyens de sortir de l'enclos dans lequel les adorateurs de Mithra l'avaient enfermé. L'effet du puissant sédatif qu'ils lui avaient administré avait terminé de faire son effet. Le sang du taureau devait être pur ! L'espace dans lequel la bête, la gueule baveuse, tournait en mugissant était creusé dans le roc, quelque part sous le fleuve. Deux ouvertures barrées par de puissantes portes en bois de chêne donnaient sur cette petite caverne. L'une avait laissé entrer le taureau, l'autre s'ouvrit lentement. L'animal ne s'aperçut pas immédiatement de cette issue, car la lumière était faible, alimentée par quelques torches suspendues au plafond grossièrement taillé dans le roc. C'est quand il se mit à tourner autour de cet espace en longeant la paroi qu'il prit conscience de cette ouverture qu'il emprunta, relativement prudemment. Mais il refusa soudain d'avancer : le couloir était trop étroit. Il ne recula pas non plus : un taureau ne recule jamais ! Une autre porte coulissa devant lui au bout de cet étroit boyau. Cela le mit en confiance et il s'avança alors, presque sûr d'atteindre enfin la liberté...

La porte par laquelle il était entré se referma derrière lui. Il s'avança dans une autre caverne très mal éclairée. Une odeur métallique de sang lui monta à la

472

tête. Le plancher était constitué d'une grille en fonte très solide. Bien plus bas se tenait le Drac, monstre capable de se transformer en n'importe quelle créature, mais, qui, pour demeurer éternel, avait besoin d'un bain du sang d'un jeune taureau. Ce dernier s'ébroua furieusement. Deux lourdes grilles tombèrent du plafond et l'enfermèrent sur ses flancs. Un homme nu, en pleine érection entra par une étroite ouverture située sur le côté Il tenait une grande lame acérée de la main gauche et se coiffa d'un bonnet phrygien de l'autre main. Son corps se colla contre une des grilles latérales et il respira profondément l'odeur du taureau et du sang qui imprégnait encore les lieux, sang de précédents sacrifices. L'homme s'éloigna ensuite et ramassa de sa main libre une lourde barre de fer qu'il enfila au travers des deux grilles parallèles pour faire obstacle à l'avancée du taureau. Il se saisit d'une autre barre qu'il enfila de la même manière derrière l'animal. Le Drac grognait d'impatience quelques mètres plus bas. Il avait choisi la forme d'une espèce de dragon avec de grandes ailes en cuir fin, mais indestructible. Le monstre s'allongea dos sur le sol et étala ses ailes prêtes à recevoir la manne du ciel noir d'obscurité et rouge de sang.

Le taureau était immobilisé, coincé. Le prêtre du culte de Mithra pouvait officier en toute sécurité. Il passa le bras armé de la lame au travers de la lourde grille et trancha le cou du taureau en plusieurs va-et-vient quasiment langoureux. La bête mugit et son mugissement se transforma en gargouillis liquide. Deux gerbes de sang rouge vif jaillirent de chaque côté du cou puissant du taureau. Le prêtre en fut aspergé et une pluie de sang tomba en dessous sur le Drac qui grogna de plaisir en recevant sur son corps hideux cette offrande du Dieu soleil. Le taureau s'agita, une affreuse vibration nerveuse saisit ses pattes qui se raidirent dans un premier temps, puis se plièrent et le corps lourd s'effondra sur la grille, la barre transversale antérieure maintenant la tête par les cornes et ouvrant béant la plaie du cou. Puis, entraînée par le poids du corps la tête se renversa sur le dos de la bête dans une horrible position qui cassa net la colonne au niveau des cervicales dans un craquement sec telle une grosse branche brisée brutalement.

Le Drac se contorsionna de plaisir et petit à petit se transforma. Ses ailes se plièrent et rentrèrent dans son corps. Son gros groin de chien aux dents énormes et pointues se replia dans sa tête. Un visage se dessina. Un corps d'un beau jeune homme prit la place de l'horrible dragon, comme dans un rêve.

Le jeune homme couvert de sang se leva et prononça quelques mots : « Que l'on dépèce l'animal pour notre déjeuner et vite, car j'ai beaucoup à faire ! »

4 juillet 2005 – système solaire : 130 000 millions de kilomètres du Soleil.

C'est le jour anniversaire de l'indépendance américaine, l'independence day, le jour choisi par la NASA pour bombarder une comète avec une espèce d'obus en cuivre lâché quelques jours plus tôt par la sonde *Deep Impact*. Dans la nuit constellée d'étoiles du vide de l'espace, l'obus en cuivre fonce vers cette petite comète appelée *Tempel 1*. Il frappe durement l'objet céleste en étalant un grand cercle de débris et en éjectant sous forme d'un cône fuselé une autre partie de débris dans l'espace. Les scientifiques du monde attendent avec impatience de recevoir les premières données enregistrées par la sonde Deep Impact.

1.

Mithra est dieu solaire et symbole de résurrection. Les Romains avaient fixé au 25 décembre l'anniversaire de Mithra, le dieu de la Lumière (*Natalis Solis*)... Dieu aux mille oreilles et aux dix mille yeux, son regard embrase l'univers et rien ne lui échappe. Dieu combattant invaincu (*Sol invictus*), juge des Enfers, ressuscitant les morts à la fin des temps... Mithra est le tueur de taureaux ! La religion de Mithra fut florissante dans l'Empire romain jusqu'au 5e siècle. Prendre une douche de sang sous le taureau sacrifié rend immortel (*renatus in aeternum*). Des stèles de Mithra sont présentes dans les musées suivants : Louvre – Metz – Strasbourg – Heidelberg – château de Karlsruhe – Wiesbaden

Selon la légende, les Incas étaient les fils du soleil. Leurs ancêtres étaient apparus sur l'île du soleil, située sur le lac Titicaca.

Les graines de tournesol symbolisent le soleil !

Le soleil est le 19e arcane majeur du tarot qui représente deux jumeaux vêtus d'un pagne bleu sous le soleil sur une terre aride, symbole de ce que produit le soleil, car il dédouble tout en une ombre... Ils se tiennent debout dos à un mur d'une hauteur atteignant juste leur ceinture.

Le soleil... oui cette étoile qui nous réchauffe est notre mère à tous.

Les comètes, elles, viennent régulièrement rendre visite à la Terre. Les humains craignent qu'un jour l'une d'entre elles percute leur planète bleue rendant sans doute toute vie impossible. Autrefois, il y a très très longtemps une de ces comètes a heurté la Terre. Certains en voient la responsabilité de la disparition des dinosaures. Il n'y a pas très longtemps, en 1994, la comète Shoemaker-Levy 9 se fragmente en plusieurs morceaux et percute la géante Jupiter. Cette planète en conserve encore la cicatrice : une énorme tache noire, aussi grosse que la Terre elle-même !

Quand les hommes voyaient soudain apparaître dans le ciel cette boule lumineuse avec une longue queue, ils prenaient peur. Cette chose semblait briser le rythme habituel astronomique des astres communs et donc semblait douée de vie autonome. Et, à chaque apparition de comète, on ne pouvait que constater les malheurs qui s'abattaient sur les humains : morts de rois, épidémies, etc. La comète apportait le malheur.

On connaît mieux maintenant la nature de ces gros blocs d'un diamètre de plusieurs centaines à plusieurs kilomètres, qui viennent pour certains de la ceinture de

Kuiper (au-delà de Pluton dans le système solaire) et pour d'autres, d'encore plus loin, de ce qu'on appelle le nuage de Oort, constitué d'objets qui sont des reliques datant de la naissance du système solaire. Ces comètes ont amené sur notre planète l'eau qu'elle contient et aussi les briques moléculaires qui sont à l'origine de la vie.

Mais d'après Lovecraft, elles porteraient d'autres choses encore, des êtres vivants, indicibles...

2.

Jean Calmet s'impatientait un peu. Il attendait le retour de Véronique et Alice.

« On doit recevoir un client qui nous a promis bien des infos sur les origines de la mythologie du soleil et elles sont parties dans la Lune ! »

Véronique et Alice avaient gardé leur apparence humaine pour se rendre en un lieu qu'elles appréciaient plus que tout, sur la Lune, à proximité du crash de Luna 2, dans la Mare Imbrium, entre les deux cratères Archimedes et Autolycus. Elles apercevaient au sud-est les Apennins, au nord-est les montagnes du Caucase et au nord les Alpes avec leur Vallis Alpes tracée bien droite, si droite qu'on pourrait penser à un creusement artificiel, au sillon laissé par le crash d'un gigantesque vaisseau spatial. Un astronaute passant par là aurait été diablement étonné de voir deux très belles femmes converser debout sur la poussière, leurs ombres s'étendant loin derrière elles, ombres d'un noir profond, nettes et noires comme le néant...

Véronique : « Ah que j'apprécie ces lieux. Ne sens-tu pas encore flotter l'esprit des Anciens habitants d'ici qui ont eu l'imprudence de détruire leur planète par l'explosion gigantesque d'une installation énergétique instable construite à l'emplacement du petit, mais profond cratère Tycho situé au sud. On voit encore les grandes traces en étoile de plusieurs milliers de kilomètres autour de Tycho, résidus de l'explosion ;

– Oui ! cela explique les mers qui sont curieusement pratiquement sans cratères sauf quelques exceptions. Cette gigantesque explosion a lancé en l'air d'énormes morceaux de la planète qui sont retombés pour former ces cratères. Les océans ont amorti leur chute ce qui explique l'absence de cratères (sauf pour les plus gros blocs). Cette catastrophe a quasiment enflammé l'atmosphère qui s'est évaporée dans l'espace. Sans atmosphère les océans ont vite disparu...

Après un moment de silence de réflexion (mais peut-on parler de silence dans un espace sans atmosphère ?) Véronique reprend la parole.

– Que penses-tu ma fille de cette histoire de soleil ? questionna Véronique.

– Je ne sais pas... Ce jeune type que l'on doit voir tout à l'heure va nous parler du culte de Mithra. Lovecrat, lui, nous parle des comètes...

– Tout cela est cohérent. Toutes ces mythologies sur le soleil peuvent être mises en relation avec celles des comètes, non ?

– Au fond, ce vieux HPL avait écrit des tas de choses vraies : ses créatures qui voyagent dans l'espace avec des ailes portées sur les rayons des étoiles... on connaît ce genre de transport. Mais ces créatures ? Il maintient qu'elles existent toujours.

– Oui, tout cela trouverait son origine dans les âges sombres, juste avant que la lumière soit dans l'univers. Depuis, ces entités auraient « hiberné » jusqu'à trouver des lieux, des milliards d'années plus tard, où la lumière ne régnerait plus en maître. Loin, très loin du soleil, en ce qui nous concerne, car elles nous ont cherchés, nous les cousins des humains et elles nous ont trouvés. Nous avions cru nous en être débarrassées.

– Oui, voyons ce que va nous dire ce jeune homme. Jean doit s'impatienter !

Pendant qu'Alice et sa mère Véronique conversaient sur la Lune, le Drac marchait dans une rue de la grande ville brumeuse au bord du fleuve. Il se rendait au rendez-vous avec la famille Calmet. Mais il se savait surveillé. Une ombre de sourire effleura sa bouche quand il vit deux types se retourner brusquement vers une devanture de magasin sous son regard inquisiteur.

– Putain ! souffla entre ses dents l'un des deux types.

– T'es sûr qu'il nous a vus ?

– Je crois oui, hélas...

– Qu'est-ce qu'on fait ? On est foutu. On ne lui échappera pas.

– On n'aurait jamais dû accepter cette mission. Ça fait des heures qu'on tourne en rond dans cette ville à le suivre. On aurait dû laisser tomber... Je te l'avais dit.

– Putain ! Tu te rends compte de l'enjeu ?

– Ouais... Maintenant on est bien avancé.

Les deux hommes étaient terrifiés. Leur conversation leur avait fait oublier la créature qu'ils suivaient.

Le Drac en profita pour rentrer dans une allée et changer d'apparence. Il devait se débarrasser de ces deux hommes et savoir d'où ils venaient, qui les envoyait...

Dans cette traboule le jeune homme devint une gargouille ailée d'assez petite taille (il fallait utiliser beaucoup de matière vivante pour les ailes...). Elle prit son envol et devint encore plus petite pour s'entourer d'un écran la rendant invisible de l'extérieur. Elle survola les deux hommes, deux jeunes assez mal habillés en survêtement d'une couleur brunâtre passe muraille. Les deux gars s'enfuyaient. Ils marchaient vite en regardant souvent derrière eux. La peur leur donnait des ailes. Le Drac les suivit patiemment jusqu'à un endroit relativement désert : un parking souterrain. Après avoir neutralisé les caméras de surveillance, il s'abattit sur les deux hommes au moment où ils allaient ouvrir leur voiture. La gargouille les serra fort entre ses griffes et, pour les extraire aux éventuels regards, les enveloppa dans ses grandes ailes membraneuses. L'un des deux hurlait de terreur.

« Tais-toi connard ! Dis-moi plutôt pourquoi vous suiviez le Drac. »

Ils étaient si terrifiés qu'ils ne se le firent pas dire deux fois.

« On ne sait pas ! Un homme assez étrange nous a donné beaucoup d'argent pour savoir où il allait ...

– Intéressant... Et comment l'avez-vous repéré ?

– Il nous a amenés au bord du fleuve, quand vous... vous en êtes sorti... »

Le gars se mordit les lèvres. Il venait d'avouer qu'il connaissait l'identité de la chose affreuse qui les tenait prisonniers.

« Et comment deviez-vous lui rendre compte ?

– Au barrage, ce soir à 18 heures... »

Immédiatement le Drac enfonça ses puissantes serres dans la poitrine des deux hommes et serra le cœur jusqu'à l'arrêt. Leur corps retrouva sa forme d'origine quand les griffes ressortirent des deux poitrines...

Le Drac s'envola, toujours invisible, et s'introduisit dans une cabine d'ascenseur. Il profita d'un voyage entre les étages pour reprendre sa forme. Il sortit au niveau zéro et se pressa pour son rendez-vous. Il s'occuperait ce soir du commanditaire.

Lorsqu'il arriva chez les Calmet, la famille était au complet.

Il reconnut immédiatement Calmet, car ils s'étaient rencontrés autrefois dans son antre[2], quand Calmet cherchait une porte.

Ce fut Jean qui prit le premier la parole.

« Bonjour ! Asseyez-vous. Vous connaissez mon épouse Véronique et ma fille Alice ?

– Bien sûr. Je les ai souvent rencontrées dans les couloirs du temps...

– Très bien, les présentations sont inutiles. Vous me connaissez également. Quel est l'objet de votre visite ? »

---

[2] Voir « Fleur de soufre » par Alain Pelosato (Editions Naturellement)

Le Drac avait beaucoup réfléchi avant de venir bien sûr, mais, par prudence, il se donna encore un petit délai de réflexion...

« Alors ? demanda Jean.

– Eh bien vous connaissez ma nature. Les gens m'ont nommé le Drac, ce qui signifie Dragon. On a donné un nom de même origine au roi des vampires : Dracula... Depuis des siècles je souscris aux rites de Mithra, le dieu soleil.

– Oui tout cela, nous le savons...

– Bien sûr, bien sûr... Mais je suis là pour vous aider. Je voudrais que vous fassiez une chose que je ne peux pas faire moi-même.

– Que vous ne pouvez pas faire vous-même ? s'étonna Alice...

– Oui. Étonnant, n'est-ce pas ? Pour vous aider à la faire, je dois vous révéler des éléments très précieux. Et je vous le dis franchement, je ne veux pas vous en dévoiler trop...

– C'est pourquoi vous avez l'air si hésitant... Ajouta Véronique.

– C'est cela.

– Et que voudriez-vous que nous fassions ?

La conversation se poursuivit, les Calmet devinrent de plus en plus attentifs, passionnés même...

Quand le Drac ressortit de chez eux, ils avaient pris leur décision.

Ce dernier ne manqua pas de se rendre le soir même au barrage pour essayer de neutraliser le commanditaire de ses suiveurs. Il ne se faisait aucune illusion, mais il ne fallait laisser passer aucune chance... En effet, les digues sèches de la Compagnie du Rhône restèrent désertes ce soir-là. Le Drac en profita pour admirer quelques bateaux à grand gabarit passer l'écluse. Un spectacle dont il ne pouvait jamais se lasser...

3.

Alice s'était bien gardée de révéler tous ses atouts. Quelques jours plus tard, elle se rendit à Espérance ; là où je réside, là où j'entretiens une relation particulière avec le grand Lovecraft.

Espérance est une petite ville fluviale. Quand on s'y promène, l'extrême pauvreté de ses habitations plus ou moins délabrées, la nonchalance des gens dans les rues, les groupes hostiles, d'origine étrangère, qui se tiennent sur les trottoirs au coin des rues, les hangars industriels vides, tout cela faisait image dans l'esprit d'Alice : elle voyait Innsmouth...

Elle atteignit la place centrale, au pied de la colline surmontée d'une vieille ruine curieuse et au pied de laquelle ont été construites des habitations en étoiles. Ce quartier d'une curieuse architecture, la seule originalité d'Espérance, se fait appeler lui-même, le quartier des étoiles !

Elle sonna à mon interphone et je l'accueillis avec un plaisir difficile à définir. Cette fille est magnifique. Une brune aux yeux verts ? Son regard vous transperce. Vous la désirez follement, mais vous en avez aussi peur. Elle fascine. Peut-être que le mot est encore faible. Et elle a quelque chose d'attendrissant aussi, de maternel. Et un rayonnement sexuel incroyable. Sa mère et elle sont vraiment des phénomènes. Nous nous-mêmes immédiatement au travail avec Lovecraft.

Lecteur assidu et extrêmement attentif de Lovecraft, j'avais décrypté ses œuvres qui ne se contentaient pas d'être des histoires terrifiantes, mais donnaient des codes pour se repérer d'entre les Mondes. Enrichi par cette nouvelle science j'avais demandé à un trio de détectives de se rendre sur la planète Yuggoth au-delà de Pluton pour récupérer un des cylindres que *Ceux du dehors* utilisaient pour conserver vivant le cerveau de ceux à qui ils accordaient l'immortalité.

Si Lovecraft a raconté ce genre d'histoire, ce n'est pas pour rien : il avait tout simplement dit la vérité toute simple. La mort précoce de l'écrivain avait permis à *Ceux du Dehors* de récupérer ce petit génie.

La jeune et belle Alice est fille du couple des détectives Jean et Véronique Calmet. Elle possède un pouvoir qu'elle avait obtenu de son père biologique, Jean n'étant que son père adoptif. Elle est capable de se rendre sur tous les Mondes qu'elle souhaite rejoindre, encore faut-il qu'elle en rencontre les moyens matériels. Ce moyen ; elle le découvrit dans l'œuvre même de Lovecraft. Ce fut le puits de "La Couleur tombée du ciel". Elle s'y rendit et ramena le cylindre contenant le cerveau vivant de HPL[3] !

Me voici donc en sa possession ! Ce cylindre, une fois branché à des appareils adéquats me permet de converser avec Howard Phillips Lovecraft lui-même (HPL)

Il m'a fallu bien des mois pour parfaire son éducation et sa connaissance du monde moderne. Non pas que ses connaissances fussent inférieures à celles d'aujourd'hui, mais elles étaient différentes... Juste une question de vocabulaire, de connaître la signification exacte des mots. Il apprend très vite.

Nous avons mis au point ensemble une interface entre lui et un simple ordinateur de bureau ce qui lui permet d'être branché sur le web en continu grâce à l'ADSL.

Notre seul problème est de rester discrets, de ne pas se faire remarquer par les pirates du web et autres chevaux de Troie. D'où l'installation de divers pare-feu, antivirus et autres logiciels de défense dans l'ordinateur qui relie HPL au reste du monde.

Ainsi, en ces jours de fin d'hiver de l'année 2004, HPL fut particulièrement intéressé par le décollage de la fusée Ariane qui emmena la sonde Rosetta visiter les comètes aux confins du système solaire, là même où se situait selon lui la planète Yuggoth... Il s'informa en détail des

---

[3] Voir « Ruines » d'Alain Pelosato et sa suite « Fleur de soufre » du même auteur et surtout, mon court récit « Lovecraft à espérance » publié par science fiction magazine dans son hors série Sfmag présente N° 10.

connaissances de la physique moderne sur la naissance de l'univers.

Il fut particulièrement intéressé par la période dite des **âges sombres**.

HPL nous déclara ainsi :

« J'ai lu dans un journal du soir que des astronomes avaient découvert une galaxie qui semble être la plus éloignée jamais localisée dans l'Univers. Sa lumière a mis plus de 13 milliards d'années à parvenir jusqu'à nous... À cette époque, cette galaxie n'était âgée que de 750 millions d'années. C'est grâce à l'effet de grossissement d'un amas de galaxies (Abel 2218), ce qu'ils appellent un effet de "loupe gravitationnelle" qu'ils ont pu voir cet objet fabuleux. Cet effet de grossissement a été décrit par Albert Einstein dans sa théorie de la relativité générale et vérifiée en 1919 lors d'une éclipse de Soleil. Je vous rappelle qu'en 1919, j'étais âgé de 29 ans.

« L'astronome a expliqué que ce grossissement de 25 fois a permis d'identifier cet "objet" (c'est comme cela qu'il appelle cette galaxie !). Cette découverte va ouvrir à l'espèce humaine des connaissances impies, voire ouvrir des portes à d'incommensurables entités qui vont revenir de très loin dans le passé où les avaient rejetés les Grands Anciens. Cette période de la jeunesse de l'univers d'où vient la lumière de cette Galaxie est appelée **"Âges sombres"** par les astronomes. L'astronome Richard Ellis a estimé : "Les caractéristiques inhabituelles de cette source éloignée sont fascinantes, car elles pourraient représenter celles de jeunes systèmes stellaires à la fin des âges sombres." »

Cette information à la lumière des œuvres littéraires de HPL me fit dresser les cheveux sur la tête !

« Que voulez-vous dire ? Que ces entités dont vous avez si souvent parlé dans vos textes en rappelant qu'elles se transportaient au travers des immensités de lumières grâce à leurs ailes portées par les rayons lumineux des étoiles, que ces entités, dis-je, peuvent revenir à notre époque rien que parce qu'un astronome a vu la lumière d'une galaxie qui en provient ? »

« Oui mon jeune ami, me répondit HPL. J'en suis tellement persuadé que je recherche sur la Toile toute information, tout signe montrant que ceci est réalisé ou en
voie de l'être même si ces signes sont incompréhensibles
par le commun des mortels... Et il y a autre chose qui
m'a intrigué. C'est la mission de la sonde Rosetta qui
doit aller retrouver une vieille comète. Or les comètes
sont des reliques de la nébuleuse primitive. Elles ont
conservé des traces de ce qui a permis la matérialisation
des planètes. Le 4 juillet 2005, un engin de la NASA
Deep Impact a bombardé la comète *Tempel 1*. Je pense
que cette comète qui tourne autour du soleil dans une
orbite elliptique entre Mars et Jupiter ne contient aucune
entité. Ce ne serait pas le cas de comètes venant de
l'extérieur du système solaire... On va peut-être
d'ailleurs montrer que notre espèce humaine n'est pas
née sur Terre, mais bien là-haut, tout là-haut... En
quelques jours deux signes incroyables m'apparaissent
dans le ciel et sur la Terre : un rayon de lumière vieux
de 13 milliards d'années a pénétré un œil humain et un
engin fabriqué par des êtres humains va rejoindre
(même si c'est dans dix ans) une relique de la fin des
âges sombres...
Voici donc quelques informations que j'ai glanées ici ou
là :

*Le nuage d'Oort est une vaste zone située au-delà de
la ceinture de Kuiper et qui contiendrait des milliards de
comètes.*

*En 1932, Ernst Öpik, un astronome estonien,
proposa de considérer que les comètes proviennent d'un
nuage situé à l'extérieur du système solaire. En 1950,
l'idée fut à nouveau proposée par l'astronome néerlan-
dais Jan Oort pour expliquer une contradiction apparente
: les comètes sont détruites par plusieurs passages par
le système solaire interne, pourtant si les comètes que
nous observons existaient depuis l'origine du système
solaire, toutes auraient été détruites à ce jour. Il doit
donc exister une source de nouvelles comètes. De plus,
les calculs orbitaux de Oort montraient que de nombreuses comètes à très longue période et à inclinaison*

aléatoire s'éloignent du Soleil à des distances comprises entre 20 000 et 100 000 unités astronomiques, aux limites de la sphère d'influence gravitationnelle du Soleil.

Bien qu'aucune observation directe n'ait été faite d'un tel nuage, les astronomes, en se basant sur des observations des orbites des comètes, pensent donc qu'il subsiste, aux confins du système solaire une vaste zone de noyaux cométaires, appelé Nuage de Oort du nom de son découvreur. Ce nuage débuterait à environ 10 000 - 30 000 UA et s'étendrait jusqu'à une année-lumière, voire davantage et serait stable parce que le rayonnement du Soleil est trop faible à cette distance. Il pourrait contenir mille milliards de noyaux de comètes et serait la source de la plupart ou de toutes les comètes qui entrent le système solaire intérieur (quelques comètes de courte période peuvent venir de la ceinture de Kuiper).

Le nuage d'Oort serait un reliquat de la nébuleuse originelle qui s'est effondrée pour former le Soleil et les planètes il y a environ cinq milliards d'années. Au début, les noyaux se seraient formés par accrétion dans la région de Neptune où la matière était suffisante. Rapidement les planètes géantes les auraient soumis à de nombreuses et intenses perturbations gravitationnelles, les repoussant à la périphérie du système solaire. Occasionnellement, sous l'action d'influences gravitationnelles externes, comme le passage d'une étoile à proximité, certains de ces noyaux seraient précipités vers l'intérieur du système solaire pour devenir de nouvelles comètes.
(http://www.systeme-solaire.net/modules.php?name=syssol&page=oort)

« D'autre part, je me suis renseigné sur la nature du soleil, car, comme vous l'avez si bien dit, "mes"créatures volent dans l'espace grâce à la lumière des étoiles ; voici donc en résumé :

L'énergie solaire est créée profondément au coeur du Soleil. C'est à cet endroit où la température de 15 000 000° C (27 000 000° F) et la pression (340 milliards de fois la pression atmosphérique sur Terre au niveau de la mer) sont si intenses que les réactions nucléaires ont lieu. Cette réaction incite quatre protons (ou noyau d'hydrogène) à se fusionner pour former une particule alpha (un noyau d'hélium). La particule alpha a une masse inférieure de 0,7 % à celle des quatre protons. La différence entre les masses est expulsée sous forme d'énergie et entraînée à la surface du Soleil selon un procédé appelé convection. Ainsi, l'énergie est libérée sous forme de lumière et de chaleur. Il faut 1 million d'années pour que l'énergie créée au coeur du Soleil atteigne sa surface. À chaque seconde, 700 millions de tonnes d'hydrogène sont converties en cendres d'hélium. Pendant ce procédé, 5 millions de tonnes d'énergie à l'état pur sont relâchées ; ainsi, avec le temps, le Soleil devient plus léger.

« Enfin, depuis que j'ai quitté cette planète l'existence du vent solaire a été démontrée, ce vent est en quelque sorte une information qui part du soleil et qui s'éloigne du centre du système solaire vers la périphérie... Donc vers cette zone où naissent les comètes, cette zone où se sont réfugiées certaines entités. C'est le vent solaire qui courbe la queue des comètes. »

Le vent solaire est constitué à 96% de noyaux d'hydrogène, c'est-à-dire de protons, de 3 ou 4% d'hélium, et le reste, qui constitue moins de 1%, est représenté par du carbone, de l'azote, de l'oxygène et d'autres atomes dont l'abondance décroît exponentiellement, précise Bernard Marty, membre de l'équipe scientifique de Genesis, professeur à l'École nationale supérieure de géologie à Nancy et directeur du Centre de recherches pétrographiques et géochimiques (CRPG) du CNRS à Vandoeuvre-lès-Nancy.

« Génésis est une sonde spatiale qui a été envoyée dans l'espace et chargée de collecter le maximum de ces particules du vent solaire. Mais d'une part cette collecte produira une quantité infime de matière et d'autre part, cette matière sera stérilisée de son information. Donc peu informative !

« Je crois désormais que certaines civilisations avaient de bonnes raisons d'adorer le soleil, car celui-ci semble contenir en son sein bien des choses incroyablement anciennes et, d'une certaine façon *vivantes*. »

« Il en est ainsi d'Ashur dieu assyrien du soleil, dont le nom, vous le noterez est très proche de mon *Ancien* maléfique *Astur*, qui maîtrise les espaces interstellaires... Et également du culte aztèque du Cinquième soleil , dont le dieu de la Guerre Huitzilopochtil réclamait sans cesse des sacrifices humains destinés à alimenter le Soleil pour qu'il ne s'éteigne pas et qu'il demeure le gardien de l'ordre cosmique établi. »

« Il est sûr que le principe anthropique (qui consiste à dire que tout a été fait pour créer l'espèce humaine – mais dans quel but ?) a une base objective, car, comme l'ont montré certains cosmologistes, l'espèce humaine serait seule dans la galaxie : »

En 1961, Frank Drake – qui est aujourd'hui membre du SETI (Search for estraterrestrial intelligence) – a organisé une réunion pour essayer de déterminer scientifiquement la probabilité d'existence d'autres races intelligentes dans la galaxie. Ceci après la parution, en 1959, d'un article dans lequel Giuseppe Cocconi et Philip Morrison déclenchèrent les idées d'écouter le ciel pour éventuellement entendre les extraterrestres... Depuis on a mis en œuvre de très gros moyens ans jamais rien entendre. Mais revenons à Frank Drake. Il a donc mis au point avec ses collègues une formule pour déterminer la probabilité d'existence de ces extraterrestres. Le nombre N de civilisations de la galaxie pouvant communiquer avec nous serait le produit de plusieurs facteurs selon la formule :

$N = E*fp*nt*fy*fi*f c*T$

Voyons la signification des termes de cette formule
E = nombre d'étoiles qui naissent chaque année dans la galaxie,
fp = fraction du nombre d'étoiles entourées de planètes,
nt = nombre de planètes qui se seraient trouvées dans les mêmes conditions que la Terre,
fy = la fraction du nombre de ces planètes qui ont connu les mêmes conditions que la Terre, fraction où la vie ap-

paraît,

fi = fraction pour laquelle la vie évolue vers l'intelligence

fc = fraction pour laquelle ces gens communiquent

T = le temps pendant lequel cette communication sera maintenue.

L'évolution des connaissances du Cosmos a fait évoluer cette formule jusqu'à aujourd'hui en 2004 (avec notamment les découvertes des exo planètes, la modélisation de l'évolution de l'atmosphère terrestre) :

$N = 1*0,5*0,01*1*0,5*T$

En fonction de la valeur de T on obtient une fourchette pour N de 0,01 à 100...

Comme le déclare Alfred Vidal-Madjar qui a présenté ce calcul dans sa conférence "Des planètes extra-solaires" :

« Il serait tout à fait possible que nous soyons seuls... »

Frank Drake vient de déclarer que « la Terre va disparaître » très bientôt pour les extraterrestres à le recherche d'autres formes de vie. En effet la télévision et les services associés qu'elle fournit sont diffusés de plus en plus par des technologies qui ne diffusent pas d'ondes radio, tels que le câble ou le satellite. Or, les antennes traditionnelles de télévision dégagent des ondes qui voyagent très loin dans l'espace. Bientôt les extraterrestres ne vont plus pouvoir nous « entendre »...

« Si nous sommes seuls, est-ce l'effet du pur hasard ? Nous sommes seuls à vivre selon notre civilisation et selon notre mode d'existence même en tant que matériaux cosmiques. Il y a d'autres êtres, qui nous sont inaccessibles, car constitués d'une autre "matière".

« Enfin pour compléter mes informations, je rappelle que l'essentiel de la matière de l'univers n'est pas constitué de matière nucléaire, mais de cette matière noire dont on ne sait pratiquement rien. Il en est de même pour l'énergie, qui est constituée pour l'essentiel de l'énergie noire qui est à l'origine, croit-on, de l'expansion de l'univers. »

Puis nous abordâmes d'autres sujets, des secrets qu'il nous est interdit de dévoiler. Alice parla de la conversation avec le Drac et demanda des conseils pour un voyage dangereux qu'elle projetait de faire…

4

Après sa conversation avec Lovecraft, Alice se décida à passer à l'action.

Elle se rendit au bord du fleuve et attendit. Elle était très patiente, car elle était sûre que le Drac viendrait.

Assise sur un banc dans le jardin public en surplomb du confluent entre la rivière et le fleuve elle admirait le vif courant de cette eau turquoise, de la couleur de l'eau des glaciers.

Le Drac se manifesta derrière elle.

« Bonjour Alice ! »

Elle se retourna, un coude sur le dossier du banc et fixa le Drac dans les yeux.

Il restait dans son regard d'homme quelque chose de reptile. Son visage était également d'une beauté fascinante. Étrangement fascinante. Des cheveux noirs, d'un noir profond qui donnait l'impression qu'on pourrait voir au travers. Un visage au large front, au nez étroit et pointu, des lèvres au sourire dur, très fine pour celle du dessus et épaisse pour celle du dessous. Des pommettes qui permettaient au haut de son visage de faire avec le front et les yeux un rectangle aux étranges proportions, au sein duquel les yeux noirs vous transperçaient. Un visage à la limite du maléfique. Mais cette limite n'étant pas atteinte, il était d'une beauté effrayante.

« Bonjour ! » Répondit Alice.

« Vous êtes prête ?

– Oui, répondit-elle avec une pointe d'hésitation

– Allons-y alors… »

La jeune fille se leva et suivit le beau jeune homme au bord du fleuve. Il emprunta le plan incliné pour la mise en eau des barques et marcha sans hésitation dans l'eau en s'y enfonçant rapidement. Alice le suivit. Ils nagèrent, uniquement par plaisir de ressentir les mêmes sensations que les humains, mais aucunement par nécessité. Jusqu'à ce qu'ils s'approchent d'une construction au fond du fleuve : une margelle de puits qui émergeait des galets du fond...

Ils y pénétrèrent. Une fois à l'intérieur l'eau disparut. Ils se retrouvèrent dans un boyau vertical dans lequel ils tombèrent et au sommet duquel brillait une surface brillante comme du mercure.

Arrivés au fond, ils retrouvèrent un équilibre à leur corps fragile.

Le Drac s'adressa alors à Alice.

« Vous voici chez moi Alice. Je ne me fais pas d'illusion : vous n'êtes pas en mon pouvoir, car les vôtres sont si puissants que vous-mêmes n'avez pas encore appris à vous en servir. Même si je le souhaitais, je ne pourrais rien faire de vous...

– Comme de toutes ces femmes que vous avez enlevées autrefois ?

– Ce fut une autre période de ma vie...

– Alors cette porte vers le soleil ? C'est curieux que nous fussions obligés de venir sous le fleuve pour atteindre le soleil !

– Allons, Alice, vous savez quelle part d'illusion tout cela comporte... Voyez, il y a plusieurs tunnels qui aboutissent à ce puits. Empruntez celui-ci et moi je retourne à mes bains de sang. Une fois dans cette voie je ne pourrai plus rien pour vous. Au revoir, Alice, car j'espère bien un jour vous revoir... »

Et sans attendre la réponse, il emprunta un tunnel aux propriétés étranges, car chaque pas qu'il y faisait l'éloignait de plusieurs mètres et le rapetissait rapidement à la vue d'Alice.

La jeune fille porta son regard vers son but et, légèrement angoissée, elle entra dans le boyau. Aussitôt elle se sentit comme aspirée et elle eut le réflexe d'abandonner son corps et de reprendre son état fluide, ultra complexe, sa structure (mais cela est-il le mot juste ?) qui lui permettait de pratiquer des chemins au niveau des particules élémentaires et même à des niveaux en dessous, des niveaux inaccessibles à l'entendement humain actuel.

Ce chemin elle le savait, la menait tout droit au cœur de son étoile préférée : le Soleil. On a vu plus haut les conditions effroyables qui y règnent. Mais ces conditions ne sont effroyables que pour l'esprit humain. Pas pour la nature profonde d'Alice. Mais c'est une expérience qu'elle n'avait encore jamais pratiquée.

Lorsqu'elle se trouva au cœur de cette réaction thermo nucléaire, là où la notion même d'atome est à réviser, où les électrons ne tiennent plus compagnie aux noyaux, où règne une pression énorme, une distorsion en cette pression de la masse du soleil et la pression exercée par l'émission d'énergie. Là se trouvent des êtres étranges. J'emploie également un mot pour définir quelque chose que l'espèce humaine ne connaît pas encore. Une entité, des entités qui existent dans les dimensions repliées sur elles-mêmes de l'univers des cordes. Enfermées là, elles passent d'une dimension à l'autre et à l'arrivée d'Alice elles passèrent à une dimension qui leur permit de lui « parler » et de l'écouter.

Alice avait du mal à se constituer pour « vivre » dans cet univers. Elle souffrait énormément. Comme d'atroces brûlures, un aveuglement, il lui fallut un effort extraordinaire pour atteindre les dimensions dans lesquelles elle pourrait survivre. Elle fut aidée par ces entités...

Le contact se fit. Les Solariens comprirent son souhait. Elle voulait voyager portée par le vent solaire comme le faisaient les entités de Lovecraft pour atteindre une comète : la comète 67P/Churyumov-Gerasimenko que devait rencontrer la sonde Rosetta, et éliminer de cette comète l'entité lovecraftienne qui s'y reposait depuis l'époque qui a suivi les âges sombres. Le lien gravitationnel avec le soleil traçait un chemin direct vers la comète. En un milliardième de seconde, la chose fut entendue : Alice traversa toutes les couches du soleil et au moment où elle quitta sa surface, elle déploya des ailes portées par le vent solaire. Elle atteignit rapidement une vitesse proche de la lumière. Elle replia ses ailes, se retransforma pour atteindre la comète. Par commodité, comme d'habitude, elle reconstitua un décor humain, tiré d'un film qu'elle avait vu.

Il lui fallut un temps pour récupérer, mais pour nous pauvres humains, ce temps serait perçu comme inexistant tellement il est faible.

Une épaisse brume noyait le cimetière. Une nappe basse de laquelle les tombes dépassaient. Le clair de Lune rendait cette brume phosphorescente.

Une jeune fille, une belle brune aux yeux verts marchait dans les allées. Elle essayait de se repérer. Elle cherchait la tombe du comte Dracula. Le sac qu'elle portait contenait des pieux en bois et une machette.

Elle finit par repérer la tombe.

Elle s'accroupit à côté d'une pierre tombale pour attendre la levée du soleil. L'attente ne serait pas longue. La pleine Lune rigolarde se couchait. Bientôt l'obscurité serait quasi absolue juste avant le point du jour... Un moment dangereux. Tout d'un coup, la nuit envahit le décor. Elle adapta vite sa vue, mais trop tard. Une main puissante la saisit au cou et la leva au-dessus du sol. Le Vampire approcha son visage du sien, amenant avec lui une odeur de charogne.

« Ah la belle Alice, siffla-t-il... Tu te souviens d'Anatole ?

– Il est mort, je l'ai tué...

– Oui... (Et son regard se troubla) tu étais la seule à pouvoir le faire...

– Et je serai la seule à te tuer toi...

– Ah ? Mais je te connais, tu as choisi ce décor et cette apparence pour moi et désormais tu ne peux pas faire autrement que d'utiliser les moyens de ce monde que tu as créé.

– Peut-être ! mais qu'en sais-tu ? »

Et aussitôt Alice rendit son corps fluide pour échapper à la poigne du monstre.

Sa main se resserra sur le vide et il rugit de colère et de frustration.

492

Mais il ne se laissa pas aller à cette colère mauvaise conseillère. Il fuit le plus vite possible. Sa seule chance de salut était de se débrouiller pour que ce monde d'Alice reprenne sa forme initiale, celle de la comète.

Mais Alice fut plus rapide : elle bondit à pieds joints sur le dos du vampire et le fit chuter sur le sol. Alors qu'elle atterrissait sur son dos elle leva son pieu en bois et avec sa force puissante l'enfonça dans le cœur de la créature. Il rugit. Elle bondit sur le côté et de sa main gauche portant la machette elle trancha la tête du monstre. Le sang jaillit sur les tombes.

Aussitôt le décor disparut. La neige sale de la comète remplaça le cimetière et au sol, un monstre tentaculaire finissait de bouger dans des sursauts nerveux.

Un humanoïde avec de longs bras aux mains telles des griffes, aux jambes musclées et repliées sur elles-mêmes. De très grande taille. Sa tête n'était qu'une masse de tentacules. Une chose hideuse qui dormait là depuis des milliards d'années.

Alice haussa les épaules en pensant : *ah ! l'œuvre de Lovecraf influence mes pensées. Voilà que je vois cette entité avec l'aspect du grand Cthulhu...*

Maintenant son problème était le retour. Cela avait été prévu. S'il fallait une impulsion pour s'arracher du soleil, une impulsion donnée par l'astre lui-même, celui-ci allait également donner à Alice l'énergie du retour : sa forte gravitation ; l'onde gravitationnelle qui portait si loin jusqu'aux abords du système solaire.

Changeant encore de structure, elle enfourcha les gravitons du soleil pour retourner dans son foyer brûlant, d'où elle pourrait rejoindre le Drac et son puits...

Pierre Dagon

L'alchimiste

Et le cinquième ange sonna de la trompette :
et je vis une étoile tombée du ciel sur la terre ;
et la clef du puits de l'abîme lui fut donnée,
et elle[xi] ouvrit le puits de l'abîme, et une fumée
monta du puits,
comme la fumée d'une grande fournaise,
et le soleil et l'air furent obscurcis par la fumée du
puits.

Apocalypse
Chapitre 9

Introduction

Le monde est régi par le *Spiritus mundi* des alchimistes.

Le *Spiritus mundi* c'est tout simplement la violence.

Rien n'avance (ou ne recule) rien ne bouge, rien n'évolue sans elle. La nature est pleine de violence, le cosmos et les planètes et les étoiles sont pleins de violence. La structure de l'espace-temps est un condensé de violence. La Terre tourne autour du Soleil par courbure de l'espace sous l'effet du champ gravitationnel de notre étoile. Une violence inouïe sans laquelle aucune vie ne serait possible. La société humaine, l'histoire de cette société n'existerait pas sans la violence. La matière est faite de violence condensée entre les particules de l'infiniment petit.

Car notre cosmos est un univers en constant mouvement. Il bouge, se dilate, se contracte, tourne, évolue. Cette violence se condense tellement fort parfois qu'elle produit les trous noirs, ces failles dans l'espace-temps qui le courbe si fort qu'on peut voir la violence prendre sa couleur somptueuse de naissance : le Noir absolu !

Supprimer la violence et il n'y aura plus de temps, donc d'espace, donc de vie !

La violence est la manifestation du temps qui passe.

Le grand Stanislas Lem, un des plus grands écrivains de SF du monde, a écrit un texte que son éditeur français a qualifié de « nouvelle fantastique » et que moi je qualifie plutôt d'essai (je comprends qu'un éditeur cherche à vendre...) dont voici le titre : *Le principe du cataclysme créateur. Le monde comme holocauste.*

Il y explique de quel hasard vient la formation de notre bonne vieille planète (notre soleil étant placé entre les deux bras de la galaxie...) et, donc la vie sur Terre.

Je cite un extrait : « *Le Soleil a engendré son cortège planétaire grâce aux violents cataclysmes qui ont eu lieu dans son voisinage ; après quoi il a quitté cette zone de perturbations cosmiques, ce qui fait que la vie a pu apparaître et se développer progressivement sur*

496

toute la Terre. Au cours du milliard d'années qui suivit, alors que l'homme n'avait aucune chance d'apparaître (puisque l'évolution des espèces, telle qu'elle se présentait alors, l'interdisait), une nouvelle catastrophe ouvrit brusquement la voie à l'anthropogenèse en supprimant des centaines de millions de créatures vivant sur la Terre.

Dans cette nouvelle vision du monde, ce qui domine, c'est donc la création par la destruction et le phénomène de relâchement du système qui en découle.[xii] »

Prologue

Lecteur assidu et extrêmement attentif de Lovecraft, j'avais décrypté ses œuvres qui ne se contentaient pas d'être des histoires terrifiantes, mais donnaient des codes pour se repérer d'entre les Mondes. Enrichi par cette nouvelle science, j'avais demandé à un trio de détectives de se rendre sur la planète Yuggoth au-delà de Pluton pour récupérer un des cylindres que Ceux du dehors utilisaient pour conserver vivant le cerveau de ceux à qui ils accordaient l'immortalité.

Si Lovecraft a raconté ce genre d'histoire, ce n'est pas pour rien : il avait tout simplement dit la vérité toute simple. La mort précoce de l'écrivain avait permis à Ceux du Dehors de récupérer ce petit génie.

La jeune et belle Alice est fille du couple des détectives Jean et Véronique Calmet. Elle possède un pouvoir qu'elle avait obtenu de son père biologique, Jean n'étant que son père adoptif. Elle est capable de se rendre sur tous les Mondes qu'elle souhaite rejoindre, encore faut-il qu'elle en rencontre les moyens matériels. Ce moyen ; elle le découvrit dans l'œuvre même de Lovecraft. Ce fut le puits de "La Couleur tombée du ciel". Elle se rendit sur Yuggoth et ramena le cylindre contenant le cerveau vivant de HPL[*] !

Me voici donc en sa possession ! Ce cylindre, une fois branché à des appareils adéquats me permet de converser avec Howard Phillips Lovecraft lui-même (HPL)

Il m'a fallu bien des mois pour parfaire son éducation et sa connaissance du monde moderne. Non pas que ses connaissances fussent inférieures à celles d'aujourd'hui, mais elles étaient différentes... Juste une question de vocabulaire, de connaître la signification exacte des mots. Il apprend très vite.

Nous avons mis au point ensemble une interface entre lui et un simple ordinateur de bureau ce qui lui permet d'être branché sur le web en continu grâce à l'ADSL.

Notre seul problème est de rester discrets, de ne pas se faire remarquer par les pirates du web et autres chevaux de Troie. D'où l'installation de divers pare-feu, antivirus et autres logiciels de défense dans l'ordinateur qui relie HPL au reste du monde.

Il y a comme un air de famille entre les textes des alchimistes et les textes contemporains sur la cosmologie et le Big Bang, sur les âges sombres, notamment quand les alchimistes s'expriment sur le *Spiritus Mundi* (l'Esprit du Monde) et le grand oeuvre.

Et Lovecraft ne se fit pas prier pour faire ces rapprochements...

1

Égypte, des centaines d'années avant Jésus-Christ.

Le jeune Athanor (al-tannur), un gamin de onze ans, observait l'homme qui manipulait un objet mystérieux au bord du fleuve. Cet endroit était réputé pour être maléfique. Plus personne n'osait s'y aventurer. On racontait que ceux qui s'approchaient de ce lieu étaient victimes de visions atroces. Mais ces racontars, au lieu de faire fuir Athanor, ne faisait qu'exciter sa curiosité. Et ce regard allait faire de lui l'homme qui serait à l'origine de toutes les sciences humaines...

À présent, son seul souci était de lutter contre sa peur. Une violente peur qui lui donnait de violentes visions d'apocalypse.

En s'avançant dans la végétation luxuriante des berges du fleuve, il était arrivé au bord d'un petit promontoire de sable qui dominait une étrange construction camouflée dans les vorgines. Un petit mur d'enceinte entourait un puits dont la margelle occupait le centre du cercle ainsi formé. Un appareil qu'il identifia comme étant un four était posé sur une petite plate-forme qui prenait appui sur la margelle. Un homme semblait manipuler des poignées pour ouvrir et fermer la porte du "four"... Cette petite construction avait trois étages, le plus grand en bas et dont le troisième, le plus petit, semblait être de verre opaque.

Le fleuve avait amorcé sa crue.

L'eau atteignait désormais le mur d'enceinte et son niveau ne tarda pas à atteindre le haut de ce mur et commença à s'écouler à l'intérieur.

Soudain l'homme poussa un cri de victoire et une porte brillante apparut au-dessus de la margelle du puits. Il enjamba la margelle et passa cette ouverture lumineuse qui s'éteignit immédiatement après qu'il eut disparu.

Athanor descendit alors la digue de sable à toute allure , mais le niveau de l'eau avait trop monté. Puits, four et enceinte furent engloutis par les eaux....

Athanor revint plus tard à la décrue. Il ne vit que le limon du fleuve. Mais comme la peur était toujours là, il se dit que c'était un signe de la présence de cet homme qui avait disparu.

Il revint donc régulièrement. Après quelque temps, il se contenta de revenir tous les ans à la même époque. Les années passèrent, et sa visite régulière en ces lieux terrifiants forgea son caractère pour en faire de l'acier souple et invincible. Le jeune enfant devint adulte, puis un vieillard aux longs cheveux gris, au visage buriné et au regard dur.

Cinquante ans passèrent ainsi. Mais Athanor ne rata jamais son rendez-vous annuel.

Jusqu'au jour où sa persévérance fut récompensée.

Athanor regardait les hautes flammes sur le sable du limon du fleuve. Les esclaves attisaient le feu pour incinérer les corps des leurs tombés morts de la peste noire. Il fallait désinfecter avant que l'épidémie ne se répande. Ils avaient saupoudré les corps de ce qu'ils croyaient être de la chaux, mais qui était en réalité du carbonate de sodium, produit utilisé par leurs maîtres pour la momification des corps.

Le jeune garçon se tenait à l'écart. Ses pensées étaient toutes occupées par l'homme qui avait disparu au travers d'une porte qui ressemblait à la surface verticale d'un lac. Il songeait plus particulièrement à l'espèce de.... de four ! Voilà ! une espèce de four qu'il avait manipulé pour faire apparaître cette porte.

Il trouva un bâton qu'il tailla et dessina sur le sable cet objet. Sans qu'il s'en rende compte, son esprit avait déjà décidé d'en construire un. En même temps qu'il avait décidé cela, l'énorme feu se reflétait dans ses prunelles noires....

Le lendemain matin, il s'approcha des restes du feu d'enfer. Les esclaves retiraient des cendres les ossements plus ou moins consumés et les jetaient au fleuve. Ils récupéraient les cendres dans de grandes bennes en bois tirées par des boeufs. En le faisant, ils veillaient à enlever de grosses plaques noires et les jetaient en tas. Elles se brisaient quand elles tombaient sur le sol avec un bruit cristallin. Quand leur travail fut fini, Athanor s'approcha, ramassa un de ces éclats et le lava dans le fleuve. Cette « pierre » était un morceau de verre que le feu avait fabriqué avec une partie du sable sur lequel il avait été allumé. Athanor comprit de suite ce qui s'était passé, il saisit la réaction chimique produite par le feu. Et fit le rapprochement avec le « four » qu'il avait vu...

Sa décision d'en construire un devint ferme et définitive.

Quelque temps après avoir rempli sa mission, Garand décida de retourner au bord du fleuve en ce pays situé au nord de ce qu'on appellerait plus tard l'Afrique, et ce fleuve, Le Nil. Juste avant d'en partir il avait été intrigué par la vue d'un jeune garçon qui avait observé la scène. Garand savait bien qu'il reviendrait à une autre époque sur les mêmes lieux. Mais il espérait quelque chose, il ne savait quoi... Quand ce sentiment le prenait, il pressentait que la Trame jouait un rôle dans la naissance de cette pensée. C'était impératif, il devait y retourner...

Lorsqu'il réapparut au bord du fleuve à côté du puits et à l'intérieur de l'enclos formé par le petit mur en cercle, il vit immédiatement l'homme qui attendait. Cet homme devait être le jeune garçon devenu grand. Si cet homme était capable de surmonter les intenses frayeurs créées par les constructeurs des « portes », c'est qu'il était d'une trempe particulièrement solide et souple.

Athanor sursauta lorsque Garand apparut. Il avait déjà été subjugué de voir le cercle et le puits et était resté debout raide comme une pique, tendu comme un arc, sous les coups de la douleur, mais aussi sous l'intense désir de voir revenir l'homme.

Et toute douleur fut oubliée quand il vit apparaître la porte lumineuse et Garand en sortir.

Quand ce dernier l'aperçut, immédiatment les douleurs et la peur atroce disparurent. Ce fut pour Athanor de bon augure. Très impressionné il attendit que Garand fasse le premier pas et prononce les premiers mots.

Athanor était devenu un homme. Il avait construit son four à trois étages, maîtrisé l'art du feu et de la fabrication de multiples choses : le fer, le verre, différents métaux et différents sels. Il avait été comme inspiré par des idées venues comme cela, il ne savait d'où, mais elles étaient venues...

Grarand s'approcha et parla le premier. Il comprit que cet homme visiblement âgé d'une cinquantaine d'années était venu ici tous les jours depuis quarante ans ! Il savait aussi qu'une fois le Lien créé entre eux au moment de son départ ne pouvait être coupé. Et que l'homme en avait bien plus appris par ce lien que l'espèce humaine tout entière depuis son existence. Bien que ce lien fût corrompu, il existait et apportait énormément à cet homme...

– Bonjour ! Comme t'appelles-tu ?

– Al-tannur !

– Eh bien je vais t'appeler Athanor. Te souviens-tu de moi Athanor ?

– Oui, Maître, je me souviens comme si c'était hier et comme si je vous avais toujours connu.

– Oui c'est ça... Oui nous nous sommes toujours connus depuis ce jour, mais tu ne le savais pas.

– Mais.. Comment... quel est ce prodige ?

– Viens approche-toi. Assieds-toi sur la margelle et nous allons converser.

Garand savait que ce qu'il faisait était interdit. D'abord, il n'aurait pas dû laisser en vie le jeune garçon qui l'avait vu. Il aurait dû soit le tuer, soit l'emmener avec lui. Mais la Trame en avait décidé autrement. Garand enfreignait la loi de la Trame, mais il lui semblait que cela était dicté par la Trame elle-même...

Athanor s'approcha, craintif, mais subjugué. Il se sentait béni des dieux. En quelque sorte cela n'était pas faux...

Il s'assit gauchement en ayant auparavant jeté un coup d'oeil dans le puits dans lequel il ne vit que noirceur. Même les rayons du soleil n'éclairaient pas l'intérieur de la margelle qui semblait obturée par un bouchon d'un noir absolu.

– Athanor, je ne sais pour quelle raison tu as été choisi. Tu devras donc passer la nuit avec moi et je te dirai bien des choses qu'il te faudra retenir. Je t'expliquerai également comment faire pour que ces choses que je t'ai dites soient gravées pour longtemps afin que d'autres que toi, et que tu auras choisis, puissent en prendre connaissance. Comprends-tu ?

– Non Maître...

– Cela ne fait rien tu comprendras en cours du chemin qui te mènera à la connaissance partielle du Monde. Es-tu prêt ?

– Oui Maître.

– Sache que le chemin sera long et pénible. Que l'usure de tes forces risque de te mener à la Mort. Veux-tu toujours poursuivre ?

– Oui Maître...

– Tu penses que le fait d'être arrivé jusqu'ici montre tes capacités à endurer ce dernier effort ? Bien ! Connais-tu mon nom ?

– Non Maître.

– Cesse de m'appeler Maître ! (Garand réfléchit à un nom qu'il pourrait se donner puis en proposa un) Mon nom est *Hermès Trismegiste*....

Et Garand se lança dans une explication très hermétique pour le pauvre Athanor... Avec le langage scientifique actuel, voici ce qu'il aurait pu dire, tel un bon physicien quantique.

Vois-tu Athanor, tu as reçu en pensée des tas de connaissances provenant de moi-même, car lorsque nous nous sommes vus, il y a eu une intrication entre nous deux. Deux particules (car que sommes-nous, sinon de petites particules ?) intriquées même éloignées, même dans deux univers différents, constituent un tout inséparable qui ne peut être compris que comme une entité globale. Tu es devenu mon esclave, mais un esclave qui peut profiter de moi. Saisis-tu la chance que tu as eue ?

Sais-tu ce qu'est la lumière ? Oui tu le sais, c'est ce qui nous éclaire, ce sont des rayons que le soleil envoie pour nous éclairer. Eh bien cette lumière met une certaine vitesse pour venir du soleil, comme la lumière de la lampe à huile met un certain temps pour aller de la flamme à notre oeil. Ce temps est si bref qu'on a l'impression qu'il n'existe pas. Eh bien, vois-tu, cette intrication entre nous va encore plus vite que cette lumière. C'est une téléportation instantanée. Deux sys-

tèmes intriqués forment un tout entier dans l'espace-temps.

Oui, je sais Athanor, ce sont des mots que tu ne comprends pas. Mais tu dois savoir qu'il y a bien des choses que tu ne comprends pas et que les hommes ne comprendront pas. Tu dois savoir qu'il y a bien des choses que tu ne sais pas.

Alors quel est le type de rapports entre nous ?

On peut dire, soit nous conservons notre énergie mentale (et donc nos connaissances) chacun de notre côté, soit nous les échangeons. Eh bien, figure-toi mon brave Athanor que nous suivons ces deux possibilités à la foi ! Incroyable non ?

Du coup, en ayant fait ma connaissance tout simplement, de par ma nature particulière, tu as pris le don d'ubiquité. Tu peux être ici et être avec moi, plutôt même être moi ailleurs dans un autre temps et un autre univers... Dans un avenir lointain, de grands sorciers appelleront cela "intrication quantique et corrélation"... Tu comprends Athanor ? Non ? C'est normal ! Mais incruste-toi cela dans l'esprit... Je suis différent, car je suis suspendu dans une superposition des états correspondants à toutes les positions classiques possibles. Et ma position dans tous ces espaces-temps différents est déterminée par une fonction d'onde. Mais je peux être à plusieurs endroits à la fois tout en étant là ici, avec toi...

Tu comprends Athanor ? Non ?

Bien ! Je vais t'apprendre quelque chose de très important... Je vais t'apprendre à écrire ! Tu sais ce que c'est écrire ? Non ? Avec tes doigts tu fais des signes sur une surface dédiée à ce travail. Ces signes ensemble auront une signification. Tu feras ce que tu pourras, mais tu retranscriras cette science que je vais t'inculquer. Il en restera ce que ton pauvre corps et ton pauvre cerveau garderont. Ainsi, par exemple, l'appareil que j'utilise pour passer d'un monde à l'autre, tu l'as pris pour un four.... Garde donc cette idée et ton nom restera encore présent avec cette idée de four pendant des milliers d'années...

Es-tu prêt ?

Voilà comment commença cette vieille tradition de l'Alchimie, comment Athanor, dont le four qu'il inventa garda le nom, retranscrivit ce que Garand, le père géniteur d'Alice, lui apprit.

Voilà pourquoi ce qu'écrivirent ensuite les alchimistes prit une tournure obscure, car ils reprenaient des notions qu'ils ne pouvaient comprendre. Et petit à petit, par empathie avec la nature, cette"science" se transforma en philosophie. Et les expériences que les manuscrits des alchimistes présentaient n'étaient que des expériences spirituelles, mais aussi matérielles, car pour eux, comme Garand l'avait expliqué en termes de physique quantique, comme le représente le sceau de Salomon (deux triangles inversés) : "le monde d'en haut et le monde d'en bas" ne font qu'un. Et, encore, selon Hermès : "La nature tout entière sera rénovée par le feu", ce qui peut s'écrire en latin : "INRI", soit *Igne Natura Renovator Integra.* Rappelons que ce sont les mêmes initiales qui sont écrites sur la croix de Jésus : "Iesus Nazareth Rex Iudeorum" "Jésus de Nazareth roi des Juifs".

2

De nos jours, année 2005 en la bonne ville d'Espérance

Gulla avait réussi à rendre "vie" à Anatole. Le mot "vie" est certes peu approprié pour qualifier un non-mort... Anatole, le vampire, avait été "tué" par la seule créature capable de lui infliger cet "état", Alice... Gulla avait emmené le corps en s'enfuyant de la cave d'une grande maison bourgeoise située au bord du fleuve.

Elle l'avait emmené dans sa tanière et avait procédé à un rituel très simple : elle avait coupé les veines du poignet du petit monstre qu'elle avait enfanté, le petit de Gulla et Anatole, et avait fait couler son sang dans la bouche du vampire. Il avait fallu des heures et des heures de goutte-à-goutte pour redonner vie à Anatole.

La "vie" fut transférée du petit monstre nouveau-né à son "père"...

Le traitement devait se poursuivre ensuite pendant un certain temps. Il allait falloir se contenter du sang de nouveau-nés humains.

De nombreux petits enfants étaient aptes à donner leur sang et Gulla allait s'en charger...

Alice et Véronique avaient changé de lieu pour échanger quelques informations. Cette fois elles avaient choisi le mont Olympe sur Mars. De cet énorme promontoire de 21 kilomètres de haut, elles regardaient vers le sud, les hauts plateaux cratérisés et l'énorme canyon, vers le sud-est (Valles Marineris).

– C'est quoi cette augmentation brutale du nombre d'enlèvements de bébés ? Cela provient d'où ? Questionnait Véronique.

– Jean a détecté l'organisation sectaire de groupes qui enlèvent des bébés dans le but de conquérir l'éternité. Ils se font appeler les adeptes de l'Alchimiste. Un individu qui reprend les oeuvres de Nicolas Flamel partiellement, sans en saisir la globalité. Ainsi il utilise cet extrait :

"il y avait un Roy, avec un grand coutelas, qui faisait tuer en sa présence, par des soldats, grande multitude de petits enfants, les mères desquels pleuraient aux pieds des impitoyables gendarmes, le sang desquels petits enfants était puis après recueilli par d'autres soldats, et mis dans un grand vaisseau, dans lequel le Soleil et la Lune se venaient baigner." (Oeuvres page 48 Le Courrier du Livre)

– Oui je vois... Cet "Alchimiste" se garde bien de dire que cet extrait est une citation de Nicolas Flamel d'un livre qu'il prétend avoir acheté chez un bouquiniste. Et que Flamel écrit plus loin :

"je trouvais dans mon livre que les Philosophes appelaient sang l'esprit minéral qui est dans les métaux, principalement dans le Soleil, la Lune et Mercure, à l'assemblage desquels je tendais toujours..."

– N'empêche que ces enlèvements se produisent et que les mères sont enlevées également et qu'on ne retrouve ni le bébé ni la mère...

– Tu es sûre qu'il ne s'agit pas de quelqu'un d'autre ?

– Comment ça de quelqu'un d'autre ? Je n'ai parlé de personne... S'énerva Alice.

– Oui, mais tu l'as pensé si fort que je l'ai entendu...

– Tu as raison. Je me demande si Anatole n'a pas survécu ou n'a pas été ressuscité par Gulla....[1]

– Oui c'est bien son goût du sang de bébé...

– Et dans ce cas, seul Garand pourrait nous aider. Mais où est-il ? Ou plutôt, "quand" est-il ?

– Je vais voir. Je vais commencer à en parler avec Lovecraft. Il passe sa vie à étudier le monde 24 heures sur 24. Il peut nous aider... Peut-être...

Je m'étais réfugié avec Lovecraft, dans la cité des étoiles à Espérance. Des immeubles HLM en forme d'étoiles dont les angles et les formes géométriques constituaient une protection spatio-temporelle contre *Ceux du dehors* qui n'avaient pas abandonné le projet de récupérer le cerveau d'HPL qu'Alice avait réussi à leur enlever[2].

La présence de ces abominables créatures dans la ville rendait celle-ci comparable à l'Innsmouth de Lovecraft : en ruines, abandonnée, avec dans les rues des êtres humains devenus des ombres dégénérées.

C'est ici qu'Alice vient régulièrement rendre visite à Lovecraft.

Ce jour-là, lorsque je lui ouvris la porte elle s'enquit immédiatement de la situation à Espérance au regard des émeutes urbaines qui se déroulaient dans les banlieues des villes.

– Pour le moment aucune voiture incendiée, lui répondis-je. Mais ici ils ne font pas comme ailleurs, jamais ! Ils font comme à Espérance ! Tu veux parler à Lovecraft ?

– Oui. J'ai besoin d'échanger avec lui quelques informations.

– Je t'en prie, tu connais le chemin.

Elle s'avança dans le couloir un peu en forme de labyrinthe jusqu'à la pièce du fond, la seule qui ne donnait pas sur une terrasse, par mesure de sécurité.

Elle ouvrit la porte sur un vaste laboratoire informatique avec le cylindre qui contenait le cerveau d'HPL et des fils, des moniteurs, des caméras, des ordinateurs, des micros, de gros serveurs qui ronronnaient dans une atmosphère d'air climatisé. Il fallait garder une température constante.

Elle s'installa sur la chaise face au moniteur sur lequel apparaissait une image animée de Lovecraft, construite d'après les photos de l'époque et reliée par un logiciel puissant au cylindre, ce qui donnait vie à cette image, car elle était capable d'entretenir une conversation. Nous avions fait d'énormes progrès dans notre installation.

Ce bon vieux Lovecraft était passé du statut de reclus à celui de l'homme le plus branché avec le monde entier dans son ensemble et sans aucun repos nécessaire.

Dès qu'elle s'assit, une voix grave sortit des haut-parleurs :

– Bonjour Alice ! Que me vaut le plaisir de ta visite ?

– Bonjour Howard. Je m'intéresse à l'alchimie, Nicolas Flamel et surtout, je me demande comment cet intérêt pourrait me mener à Garand.

Un petit silence, ce qui suppose une longue réflexion pour quelqu'un qui n'est pas encombré par un corps lourd et ralentisseur de pensée...

– Je note une connotation personnelle dans cette recherche...

– Oui, on pourrait le croire, mais ce n'est pas le cas...

– Puisque tu le dis... Cela tombe bien, car j'ai fait de longues recherches sur l'alchimie. J'ai compilé tous les textes disponibles sur le Net (et il y en a beaucoup, particulièrement avec la numérisation des manuscrits à la bibliothèque de France). Ce travail n'a jamais été fait. J'ai donc essayé de faire des rapprochements, une analyse intertextuelle soignée. J'ai fait tourner des ordinateurs. J'en suis arrivé à la conclusion que bien des textes, dit "hermétiques" ont été rédigés par des gens qui parlaient de sciences évoluées qui dépassaient leur entendement. C'est pourquoi ces textes apparaissent comme incompréhensibles... Cette tradition de l'alchimie remonte à l'ancienne Égypte. Il faudrait se rendre là-bas pour retrouver le lieu où tout cela est parti afin de remonter le temps et reprendre l'univers d'où cette tradition est venue. Le peu de science de *Ceux du dehors* que j'ai ramenée de Yoggoth m'incite à penser que Garand n'est pas étranger à l'affaire, car lui seul voyage dans les multivers... et toi aussi, mais la probabilité de rencontre est infime. Il faudrait donc la forcer un peu....

– ...

– Te voilà bien silencieuse...

– Non... euh... oui, l'émotion... Je pense à cette rencontre hypothétique avec mon père géniteur...

– Et Jean, ton père adoptif ? Que va-t-il en penser ?

– À vrai dire il est difficile de dire qui est mon vrai père... Je me demande si Garand n'a pas volontairement mélangé tous ces gènes pour "produire"une Alice douée de ces pouvoirs...   N'oublions pas que mon père (Jean... je veux dire) a le pouvoir de traverser les miroirs grâce à Bretagne... Il n'est pas jaloux. Il sait très bien à quoi s'en tenir. Et ma mère souhaite rester à l'écart de cette hypothétique rencontre... Donc cela ne perturbera pas mes parents.

– Voilà deux fois que tu prononces le mot "hypothétique". Déclara l'image de HPL avec un sourire en coin dans son sombre visage...

– Oui... Merci Howard. Je me rends en Égypte. Je me laisserai conduire par les lignes de la Trame. On verra bien où elle me conduira...

Et Howard l'aida à réunir quelques éléments de topologie pour qu'elle augmente ses chances d'atteindre son but.

Alice monta au "château" pompeusement ainsi dénommé par les pauvres habitants d'Espérance, en réalité quelques pans de ruines et une dalle avec un passage vers un puits. Ce puits, comme nombre d'entre eux, était un "passage"... certains cosmologues parleraient de "trou de ver" d'un univers à d'autres univers. Comment Alice choisissait-elle sa direction ? Elle ne choisissait pas. Elle se laissait aller à la Trame. Celle-ci la conduisait aux endroits et aux temps ad hoc en fonction des événements qu'Alice traitait. Mais ne tentez pas de descendre dans ce puits. Vous n'êtes pas Alice. Vous n'avez pas d'intrication avec d'autres membres de l'espèce dont elle fait partie. Donc vous descendrez dans un puits ordinaire... Si un jour vous apercevez Garand, rien que le fait de le voir vous maudira à jamais, car vous serez alors intriqué avec lui comme bien d'autres âmes damnées...

Elle avait des doutes, car jusqu'à présent la Trame interdisait la rencontre entre Alice et Garand. Avec Véronique l'interdiction était encore plus forte, c'est pourquoi Alice ne pouvait qu'agir seule. Elle avait mis ses parents au courant qui se rongeaient le sang à chaque fois qu'elle partait en expédition...

Elle se pencha vers le fond : un bouchon de noirceur obturait l'orifice légèrement plus bas que le bord de la margelle construite en pierres sèches friables. Elle enjamba cette murette circulaire et "tâta" du bout du pied au travers de cette noirceur. Elle sentit un sol solide, mais friable. Du sable, semblait-il... Elle passa l'autre jambe et tout en se tenant avec ses bras en arrière sur la margelle se mis lentement debout, genoux pliés. Enfin, elle se redressa et fut engloutie par l'obscurité; du moins, c'est ce qu'un observateur extérieur aurait pu croire. Mais elle, elle se retrouva sur du sable au bord d'un très grand fleuve, dans une chaleur étouffante sous un soleil accablant. Sans aucune sensation de chute. La Trame semblait agir en sa faveur.

Le fleuve était en étiage. Un peu plus loin une petite construction attira son regard. Un mur circulaire de cinquante centimètres de haut avec en son centre ce qui semblait être une margelle de puits. Elle s'en approcha prudemment, craignant les manifestations terrifiantes[3] qui accompagnaient les endroits des "passages".

Elle aperçut la petite construction en pierres au bord du fleuve, en marge du lit mineur et en plein dans le premier lit majeur.

Un homme attendait, assis sur la margelle du puits. Il tournait le dos à la jeune fille.

Alice sentit monter en elle l'angoisse de faire la connaissance de Garand. Était-ce bien lui cet homme à la haute stature, tête nue sous le soleil ? Elle s'approcha, mais brusquement, surgit du néant une rangée d'êtres humains décomposés et en haillons qui poussaient des grognements terrifiants. Bien qu'elle sût que ce n'était là que l'effet de repoussoir de ce lieu, elle frémit de terreur et de surprise... Tout en réfrénant l'envie de tourner les talons et de fuir à toutes jambes, elle prit conscience que ces manifestations étaient la preuve qu'elle se trouvait à proximité d'un passage.

Le petit cri de terreur qu'elle poussa à la vue des morts-vivants, attira l'attention de Garand qui était assis sur la margelle du puits. Il se retourna et aperçut la jeune fille. Son regard à lui était insensible aux terribles illusions qui éloignaient les gens de ce lieu. Ces illusions étaient si tenaces que même une créature comme Alice y était sensible. Elle avait trop d'humanité en elle...

La jeune fille sursauta encore quand elle vit apparaître Garand au travers de la horde des cadavres en haillons : un homme vivant en parfaite santé et qui plus est, très souriant ! Quand il fut à un mètre d'elle, les visions disparurent. Il ne resta que le fleuve, le sable et le soleil... et Garand...

Son visage était à contre-jour. Elle avait du mal à le distinguer. Quand le décor naturel reprit ses droits, un fort souffle de vente fit flotter ses cheveux comme un drapeau.

– Bonjour Alice ! N'aie pas peur tu sais bien que tout cela n'est qu'une illusion.

– Oui, mais cette peur ne vient pas de moi non... elle s'est... introduite en moi... ce sont ces apparitions qui l'ont introduite en moi.

– C'est bon ? Ça va mieux ?

– Je ne te distingue pas bien.... Aurais-je des problèmes de vue ?

– Non je ne suis pas entièrement ici... Donc tu ne me vois que partiellement...

Alice sentit une rage de déception monter en elle... Une fois de plus rien n'était complet, entier.

– Bonsoir ! C'est la première fois que je vois mon père et je ne peux même pas le distinguer !

– N'aie crainte, on aura encore bien des occasions de se revoir. Je connais le but de ta visite. En effet, tu as bien deviné : Anatole a été réveillé par Gulla. La lutte contre lui n'est qu'un éternel recommencement...

– Tu peux m'indiquer comment le retrouver ?

– Non... Je... je dois te quitter... Au revoir ma fille ! Au revoir Alice... La solution se trouve dans les livres d'alchimie... Alchimie...

Garand disparut. Sa disparition entraîna l'apparition immédiate des horreurs chargées de garder ces lieux à l'abri des curieux... Alice, les tripes nouées par la peur, traversa la horde de morts-vivants et se dirigea vers le puits. Elle n'avait guère le temps de s'attarder. Le retour dépendait de sa capacité à atteindre le puits avant sa dissolution.

Elle y parvint.

Elle retrouva le "château" d'Espérance pour une nouvelle chasse au vampire...

L'idée de revoir Anatole ne fit que lui remuer méchamment le cœur...

Pierre Dagon

Yuggoth et Titan

Saturne vue de Titan

Pluton

"Un arc-en-ciel doit être utilisé comme un pont, mais il faut le passer non par-dessus, mais par-dessous. Quiconque s'engage par-dessus tombe et se tue.

Seuls les dieux franchissent avec succès les ponts formés par les arcs-en-ciel ; lorsqu'ils le tentent, les mortels font une chute fatale

C.G. Jung

Psychologie et alchimie - *Les rêves initiaux*

Les rêves traités dans le livre de C.G. Jung seraient ceux du physicien Wolfgang Pauli qui joua un rôle déterminant dans la physique quantique. Il établit le "principe d'exclusion" en 1925, à l'âge de 25 ans, principe qui permit de comprendre les liaisons chimiques et qui lui valut le prix Nobel de physique en 1945. Il eut l'idée du neutrino dès 1930 alors que cette particule fut confirmée en 1956 ! Pauli suivit une analyse avec Erna Rosenbaum, élève de Jung.

Voici ce que Wolfgang Pauli écrivit

"L'ancienne question de savoir si, sous certaines conditions, l'état psychique de l'observateur pourrait influencer le déroulement de la nature matérielle extérieure n'a pas de place dans la physique d'aujourd'hui. La réponse était évidemment affirmative pour les anciens alchimistes. Dans le siècle dernier, un esprit critique tel que le philosophe Arthur Schopenhauer, excellent connaisseur et admirateur de Kant, a considéré dans son essai Magnétisme animal et magie *que les effets dits magiques étaient largement possibles et il les a interprétés dans sa terminologie particulière comme des "influences directes de la volonté qui vont au-delà des limites de l'espace et du temps". Sous cet angle on ne peut pas dire que des raisons philosophiques a priori soient suffisantes pour refuser immédiatement de telles possibilités."*

Monstre fabuleux contenant la *massa confusa* de laquelle
s'élève le pélican (symbole du Christ et du *lapis*). Tiré de l'*Herma-
phroditisches Sonn- und Mondskind.*

Le puits

La cité des étoiles avait été construite au pied de la colline sur laquelle dominaient de vieilles ruines. On appelait ces ruines "le château". En réalité, cela n'avait été qu'une très grande maison bourgeoise. Une maison maléfique, qui irradiait une terreur venue des mondes invisibles pour les habitants de notre univers.

Au centre de ces ruines, il y avait le puits.

La nuit, l'éclairage public était éteint par mesure d'économie. C'était une décision de la municipalité.

En cette nuit noire sans étoile, le plafond du ciel était bas, de lourds nuages cachaient la lumière nocturne venue du ciel.

C'est du puits que sortit la lumière.

Ce fut d'abord comme une tache assez large qui émergea de la margelle.

Une tache évanescente, striée de raies plus sombres. Sa clarté était si faible qu'un observateur aurait cligné des yeux pour savoir s'il avait une hallucination ou si cette lumière poudreuse était réelle.

Puis, la lumière devint bleu intense. Les rayures, noir plus sombre.

Ces interférences lumineuses auraient donné des indications à un physicien sur l'origine de cette lumière.

Puis elle s'éteignit d'un coup. Le noir en fut encore plus noir qu'avant !

Et un être sortit du puits.

Une femme.

Une femme au visage magnifique. Au corps sculptural.

Sa chevelure d'un noir profond semblait se lier à l'obscurité ambiante comme par des tentacules d'obscurité.

Elle enjamba lestement la margelle croulante du puits et descendit le petit sentier qui menait à la cité des étoiles...

Les cheveux au vent, bien que l'air fût absolument calme.

La ville, Espérance, retenait son souffle...

Départ de Yuggoth

Yuggoth était le refuge de *Ceux du dehors*. Plutôt une station d'étape vers la Terre.

Cette fonction de la neuvième planète du système solaire ne devait pas être connue.

Or, un engin spatial s'approchait de ce qui fut une planète, mais qui n'était plus considérée comme telle, car concurrencée par d'autres découvertes depuis, comme Cérès dans la ceinture d'astéroïdes entre la Terre et Mars.

Il n'y avait pas d'atmosphère sur Yuggoth. Un monde glacé qui, pourtant, possédait une géologie mouvementée. Car sous la surface régnait une énergie violente, énergie nécessaire aux activités de *Ceux du dehors*. C'est pour cette énergie qu'ils avaient choisi cette planète.

L'arrivée imminente de cet engin spatial obligea *Ceux du dehors* à quitter la planète avec toutes leurs installations et tous les personnages et êtres de provenances diverses qu'ils contenaient.

Ils transféraient leur base sur Éris, petite planète située au-delà de la ceinture de Kuiper, mais avant le nuage d'Oort.

Dans ce "convoi" épouvantable se trouvait Alice. Elle avait compris les raisons de ce transfert. Elle souriait, si l'on pouvait parler de sourire dans l'état de pure énergie dans lequel elle se trouvait.

Elle souriait, car elle savait que l'arrivée de cet engin spatial était une chance pour elle, chance que *Ceux du dehors* tentaient de contourner en la transférant, avec les *autres*, vers Éris. La capacité de la vampire de détecter tout flux d'énergie, même lointaine, n'était pas connue par *Ceux du dehors*. Elle savait chevaucher ces flux d'énergie, même ténus, comme les sorcières chevauchaient leur balai.

Mais *Ceux du dehors* avaient quand même envisagé l'éventualité de la fuite d'Alice. Ils ne pourraient pas l'empêcher. Mais ils savaient où elle se rendrait sur Terre. Ils décidèrent donc d'aller occuper ce lieu pour l'attendre...

L'année où les humains explorèrent Yuggoth

Alice, la vampire, n'était pas parvenue à traverser le passage entre le monde de M. et le nôtre. Seul Anatole était passé. Elle était restée bloquée "ailleurs", entre deux mondes. Cela, c'était en 1997.

Depuis, elle avait été prise en charge par *Ceux du dehors.*

Désormais, elle se trouvait sur Yuggoth.

Les gens de la Terre le nomment Éris.

À l'origine, Yuggoth c'était Pluton. Mais, depuis 2006, les hommes, toujours plus audacieux s'en approchaient inexorablement. Alors, *Ceux du dehors* ont déménagé sur Éris... Avec tout leur attirail et tous les êtres dont ils conservaient le cerveau dans un cylindre. Et aussi, leurs compagnons de différentes espèces, telle Alice, qui était de l'espèce la plus noble des vampires.

Éris se trouve au-delà de la ceinture de Kuiper, qui abrite Pluton. Au fur et à mesure de l'avancée des hommes aux confins du système solaire, *Ceux du dehors* devaient s'éloigner. Il leur restait encore le Nuage d'Oort... Situé bien plus loin encore. Ils avaient encore de la marge. Mais jusqu'à quand ?

Dracula, plutôt ce qui avait pris l'apparence de Dracula, était allé se réfugier sur la comète Tchouri. Mais il y avait été exterminé par l'autre Alice. Et les hommes cernaient désormais cette comète avec le vaisseau Rosetta qui a envoyé une capsule de reconnaissance se poser sur sa surface. Les humains recherchent l'origine de la vie dans ces comètes. Ils ne sont pas près de découvrir quelque chose dans ce sens. Ils vont bien sûr détecter quelques molécules qui sembleraient convenir comme candidates à être une brique de la vie... Mais ensuite ? Ils savent déjà que l'eau de la terre ne provient pas de ce genre de comète.

Le survol de Pluton par New Horizons a stupéfié les scientifiques humains. Ce qu'ils ont découvert les a complètement perturbés. Et ils sont heureux de voir ainsi leurs prévisions anéanties ! Ils ont constaté que Pluton et son plus gros satellite, Charon, ont une activité géologique intense. Cela est également le cas sur les lunes des grosses planètes gazeuses (Jupiter et Saturne) dont l'énorme gravité provoque des effets de marée gigantesque sur la surface de ces satellites naturels. Or il n'y a pas de force gravitationnelle à proximité de Pluton et Charon... Alors d'où peut provenir cette activité géologique ? Première hypothèse : d'une énergie interne colossale !

Évidemment, Yuggoth, possède une énergie interne colossale...

Alice dormait, du même sommeil que le grand Cthulhu, morte sans être morte, tant que la mort n'avait pas péri, elle "dormait" dans la maison dans laquelle cette autre Alice, la fille de son sosie Véronique, était venue chercher le cylindre contenant le cerveau de Lovecraft.

Enfin... Cette maison n'existait pas vraiment, elle n'existait que dans l'imagination de la jeune Alice qui était venue ici, et qui l'avait "reconstituée" à partir de la description qu'en avait faite Lovecraft dans sa nouvelle *Celui qui chuchotait dans les ténèbres*.

Éris est une planète au-delà du système solaire, au-delà de Pluton. La vie telle qu'elle existe sur Terre y est impossible. Seuls *Ceux du Dehors* peuvent y élire domicile, station d'étape vers la Terre pour *eux* qui sont désormais, de fait, les gardiens d'Alice. Mais elle allait savoir comment leur échapper... Comme son homonyme l'avait fait.

Là-bas, dans le froid absolu, elle attendait que la

mort périsse, sans impatience, car le temps pour elle n'existait pas.

Alice pensait à sa mère qui était "morte" il y avait des siècles. La naissance de sa fille l'avait tuée. Le bébé l'avait saignée à la naissance... C'était comme ça chez les Vampires. Les naissances de corps comme celui-ci étaient rares. Mais elles étaient nécessaires, car elles perpétuaient la race des Grands, des Nobles, ceux qui avaient servi les Grands Anciens quand ils avaient daigné s'intéresser à notre monde.

L'espèce des vampires créés par la morsure des Grands fournissait les serviteurs.

C'était bien des années auparavant, le 19 janvier 2006, que la NASA avait lancé ce vaisseau spatial nommé *New Horizons* qui partait de la Terre et devait passer au large d'Éris, après avoir survolé Pluton.

Ce vaisseau spatial avait utilisé les "tubes" gravitationnels, ce réseau, dont la définition mathématique requiert largement plus de quatre dimensions. Ces tubes offrent des routes à basse consommation d'un monde à l'autre. Ils sont aussi, un "pont" entre les différents univers, ou, sans plus, entre certains univers. Leurs parois sont faites de niveaux d'énergie. L'existence de ces tubes s'explique par le fait que le système solaire regorge de masses gravitationnelles qui déforment l'espace-temps.

À la jonction des "tubes", le "voyageur" peut passer de l'un à l'autre, ou ne pas le faire, selon les effets gravitationnels. Mais une fois dans un "tube" le voyageur reste coincé.

Ainsi, le 28 février 2007, New Horizons survolait Jupiter pour profiter de son assistance gravitationnelle et réaliser aussi des observations scientifiques.

Ensuite, le vaisseau spatial a été mis en sommeil et réveillé le 6 décembre 2014.

Il a photographié Pluton de loin et l'a atteinte en juillet 2014, le 14 juillet 2014 exactement.

Le vaisseau, réveillé, parcourait les "tubes"

gravitationnels et envoyait des ondes électromagnétiques. Et Alice réceptionna ces ondes, ces fluctuations gravitationnelles et quantiques, le temps qu'elles arrivent jusqu'à Éris, et cela la réveilla ! Elle parcourut le chemin inverse du vaisseau spatial en remontant sa trace gravitationnelle, elle parcourut les "tubes" jusqu'à la Terre.

La Terre où elle espérait bien retrouver Anatole !

C'est l'année 2015 qui vit le retour d'Alice de Yuggoth.

L'année où les humains explorèrent Yuggoth.

L'attaque de Ceux du Dehors

La place de la mairie, en cette nuit noire, était vide. Personne ne s'y était aventuré. Dieu seul sait pourquoi, parce que, d'habitude, toute la nuit, des groupes de jeunes parlaient très fort au grand dam de celle ou celui qui aurait voulu dormir dans son HLM...

Cette fois, dans la nuit noire, des formes évanescentes apparaissaient et disparaissaient...

Et, si on prêtait l'oreille, on entendait un... bruit. Tel que Lovecraft l'avait décrit :

« Des bourdonnements impies : c'était comme le vrombissement d'un insecte gigantesque et répugnant, lourdement modulé à l'image du langage articulé d'une espèce étrangère, et je suis persuadé que les organes qui le produisaient ne ressemblaient an rien aux organes vocaux de l'homme, ni à ceux d'aucun mammifère. »

Et puis, si on regardait fixement, on croyait distinguer :

« C'était un crabe géant qui portait à l'endroit où serait une tête d'homme, une pyramide de nœuds ou d'anneaux charnus, d'un tissu épais et visqueux, et couvert d'antennes. (...) et il doit y en avoir sur Terre davantage à chaque minute qui passe. »

Jean Calmet et sa fille Alice avaient été appelés par

Pierre Dagon, car son immeuble semblait encerclé par *Ceux du Dehors*. Ils pensaient qu'ils cherchaient à dérober le cylindre qui contenait le cerveau de Lovecraft. Mais, on l'a vu, ils se trompaient.

Lovecraft s'entretenait avec Jean Calmet qui se trouvait avec sa fille Alice dans l'appartement de la cité des étoiles à Espérance.

Il s'exprimait par une interface informatique qui le relayait au monde extérieur via différents instruments de vision, d'audition et de haut-parleurs. Car seul son cerveau était vivant, enfermé dans un cylindre de *Ceux du Dehors*, cylindre que la jeune Alice était allée chercher sur Éris.

« Je crains une attaque de *Ceux du Dehors*. J'ai compris qu'Alice s'était échappée d'Éris en utilisant le vaisseau spatial envoyé par les humains pour explorer Pluton. Ils ne savent pas cela et pensent que je suis responsable de cette évasion. Or je n'y suis pour rien. Il faut prendre des dispositions pour éviter tout ennui. Les gens de cette ville ne doivent pas apprendre l'existence de ces créatures... »

Alice répondit :

« Pas d'inquiétude, je vais m'en charger ! Ils ne sont pas encore parvenus à partir, ils visent ce lieu, ici, de là-haut, et cela les fait apparaître à peine visibles. Je vais monter là-haut dans les ruines du château et, par l'intermédiaire du puits, atteindre Éris pour les empêcher de venir. Mais Alice, la vampire, est déjà partie. Elle est déjà sur Terre, Dieu sait où ! Je vais tout simplement brouiller les pistes, dévier leur chemin, ils vont être perdus pour un moment avant de nous retrouver. Dès mon retour, il nous faudra nous mettre à la recherche d'Alice... »

Mais Lovecraft avait encore quelque chose à lui dire.

« Alice, te souviens-tu de ton voyage temporel en Égypte, au bord du Nil où tu as rencontré Garand ?

- Oh oui ! Très bien.

- Tu te souviens qu'à cette occasion, je t'avais dit que j'avais fait de longues recherches sur l'Alchimie, et que j'avais détecté que bien de ses textes, dits "hermétiques", étaient en fait rédigés par des gens qui parlaient de sciences très évoluées qui dépassaient leur entendement. Cela m'avait permis de détecter que Garand était à l'origine de ce courant alchimique. Et je suis allé plus loin, j'ai approfondi mes recherches et trouvé quelques textes inconnus d'un alchimiste nommé Athanor, oui, le nom du four des alchimistes, c'est son nom à lui qu'il a prêté pour nommer ce petit engin dans lequel devait se fabriquer la pierre philosophale, mais qui, en réalité, au départ, au tout début, dans la Haute-Égypte, était la machine qui sert à Garand pour voyager d'un monde à l'autre, pour ouvrir des portes entre les mondes. Cet Athanor est encore vivant, il exerce toujours silencieusement et secrètement. Depuis des milliers d'années, il poursuit Garand, son maître, mais l'élève a compris que son maître était un géant dangereux qu'il fallait neutraliser. J'ai réussi à prendre contact avec Athanor ! Serais-tu d'accord pour le rencontrer à ton retour ?

- Et comment ! »

Alice avait répondu machinalement. Elle était préoccupée par sa nouvelle mission. Mais elle ne sous-estimait pas l'importance de la nouvelle.

« Il faut que j'y aille ! » Conclut-elle.

Elle sortit de son pas décidé, avec son air de jeunesse fragile cachant une âme qui savait être féroce.

Le Drac et Anatole

Un vieil homme marchait au bord du fleuve.

Il ne le savait pas, mais là-bas, au milieu du lit, au fond du cours d'eau qui longeait la bonne ville d'Espérance, logeait le Drac...

L'homme âgé passait là trois fois par jour. Qu'il pleuve qu'il vente ou qu'il neige, il venait, attiré là par la magie des lieux, l'eau qui coulait brutalement à raison de

1000 tonnes par seconde vers le sud où elle allait rejoindre celle de la mer et du Grand Cthulhu.

Seules les crues qui envahissaient les berges l'empêchaient de venir au ras des flots humer l'atmosphère fantastique qui régnait ici. Alors il marchait le long de l'ancienne nationale, en haut de la digue, et il observait le fleuve qui coulait rageusement et frappait les deux piles du pont suspendu dans un vrombissement continu qui permettait à peine d'entendre le claquement des plaques d'acier sur lesquelles les automobiles roulaient en empruntant la passerelle.

Il régnait alors une atmosphère de colère, de haine contre la Nature, contre Celui ou Celle qui l'avait créé, lui le fleuve Dieu !

Ces derniers jours, le vieil homme sentait une activité intense autour du fleuve, une sensation d'électricité dans l'air, d'énergie qui se répandait dans l'air en provenance des fonds du fleuve, de la profondeur aquatique qui lançait ses rets vers lui, l'attachant plus encore au fleuve.

Il rencontra soudain un jeune homme...

Un jour, pas si lointain, une jeune fille longeait la berge, comme lui, fascinée par les profondeurs du fleuve.

Voici comment Frédéric Mistral a décrit ce jeune homme que la jeune fille, qui se baignait dans le courant, aperçut :

« *Une impression moite, une fraîcheur tiède l'enveloppait d'un charme halitueux. À fleur de peau, à fleur de carnation, mignardement les ondes tournoyantes lui faisaient des baisers, des chatouillis, en murmurant de suaves paroles qui lui donnaient des spasmes de plaisir... Quand tout à coup, dans l'eau mobile et transparente au clair de lune, là-bas, au fond, étendu sur la mousse d'un lit d'émeraude, que va-t-elle voir ? Un beau jouvenceau qui lui souriait. Roulé comme un dieu, blanc comme l'ivoire, il ondulait dans l'onde et sa main effilée tenait une fleur, fleur de 'jonc fleuri', qu'il présentait à la fillette nue. Et de ses lèvres tremblantes et pâles sortaient des mots d'amour mystérieux, dans l'eau se perdant, incompréhensibles. Avec ses yeux félins, fascinateurs, il la faisait venir, craintive, stupéfaite, et haletante de désir, à l'endroit où crient merci le corps et l'âme. (...) »*

Voilà ! C'est le Drac ! C'est lui ce jeune homme que le vieil homme a croisé l'autre jour... Ils ne se sont pas parlé. Le jeune homme avait même semblé ne pas le voir, ses yeux, en tout cas, ne l'avaient pas jugé, car, si cela avait été le cas, sans doute le vieil homme fût subjugué ! Sa silhouette était fluide comme les eaux du fleuve, et rejetait comme elles des rais de lumière...

Gulla était grosse d'un petit. Il était rare qu'une goule se reproduise. Elle avait pu le faire avec Anatole. Elle s'était enfuie juste après qu'Alice Calmet avait injecté à Anatole un sérum provenant des "monstres" du monde de M. qui étaient nommés ainsi par les vampires, car ces "monstres" leur transmettaient la mort avec leur sang. Gulla avait emporté le corps d'Anatole dans sa fuite. Et elle avait pris contact avec le Drac, car ces événements s'étaient produits non loin d'Espérance.

Anatole avait donc été amené dans l'antre du Drac, sous le fleuve, et avait été nourri par le sang des taureaux que le Drac sacrifiait régulièrement.

Le "traitement" ne fonctionna pas.

Mais Gulla "accoucha" assez rapidement d'un petit Anatole et offrit le corps de son père au petit qui le dévora rapidement. La "mère" ne survécut pas à cette naissance.

Puis le Drac plongea le nouveau-né déjà de grande taille dans un bain de sang de taureau. Il l'y maintint très longtemps.

La Transformation fut progressive, mais incroyable, sous l'autorité du Drac qui maîtrisait avec dextérité l'espace-temps pour façonner cette matière magique du vampire et de la goule.

Ce fut une renaissance.

Le petit devint Anatole avec la même apparence qu'il montrait avant sa transformation, qui eut lieu là-bas, dans le monde de M. Il avait alors été transformé par Alice, la vampire, qu'il avait aimée d'une passion dévorante !

Qu'était-elle devenue ? Où était-elle passée quand il la tenait dans ses bras et qu'il courait dans le long couloir qui menait à la Terre en provenance du monde de M. ? Alors qu'il avait franchi la porte d'un immeuble HLM abandonné, alors qu'il entrait dans notre monde, elle disparut tout simplement. Elle n'était plus là...

Maintenait qu'il était débarrassé de Gulla, tous les restes de son humanité se concentraient dans l'amour qu'il portait à Alice, la vampire...

Il savait qu'il la retrouverait un jour.

Il le savait.

« Allons Anatole ! Cesse de penser à Alice. Tu la retrouveras. Les chemins de l'espace-temps d'entre les mondes ont été tracés rien que pour vous ! Elle et toi. Rien que pour vous... »

C'était le Drac qui l'encourageait ainsi...

Bientôt la transformation serait finie, achevée.

Il redevenait le frêle jeune homme qui séduisait par sa fragilité apparente, mais portée par une force interne puissante.

Cette force, il ne savait pas d'où il la tenait. Avant sa transformation il n'en avait même pas conscience. Elle n'avait pas été apportée par sa transformation, elle était en lui depuis toujours.

Elle était désormais maîtrisée. Il avait les moyens, par sa volonté, de la décupler, de la multiplier par cent ou mille... Les chiffres importent peu, car cela dépassait l'entendement.

Vitesse et force faisaient de lui un être redoutable, qui ne pouvait être contrôlé que par la raison.

Seul le Drac pouvait l'égaler, montrer la même force et la même maîtrise.

Le jeune homme prit congé du Drac et emprunta le tunnel qui conduisait au puits situé au fond du fleuve. Il en émergea, sortant d'un coup de la surface brillante qui empêchait l'eau de pénétrer dans l'antre du Drac. Il nagea vigoureusement pour atteindre la surface et rejoignit la berge.

Il faisait nuit noire. À l'Empi (rive gauche du fleuve), il n'y avait pas de lumière. C'était la zone de captage des eaux potables de l'agglomération d'Espérance. Au Riaume, c'était la ville d'Espérance. C'est cette berge qu'il rejoignit.

Il avait appris, lors de son séjour avec le Drac, que Lovecraft résidait là, dans la cité des Étoiles. Il préférait éviter toute rencontre, car les pouvoirs de la jeune Alice Calmet étaient bien supérieurs aux siens. Et ceux de son père, Jean Calmet, quoique très différents étaient également redoutables.

Il lui fallait jouer fin, se fondre dans la grisaille et ne pas se faire remarquer, car, avant tout, il voulait retrouver Alice.

Il ne savait pas encore qu'elle n'était pas très loin, elle dévalait la pente de la colline située justement derrière la cité des étoiles...

Le jeune vampire aborda la berge sous une rangée de peupliers noirs et de saules. Il se redressa dans les hautes herbes et regarda en haut de la digue les lumières de l'éclairage public qui jetait sa lumière jaune sous les platanes du quai... Il n'était pas encore l'heure de l'extinction de ces grands lampadaires.

Le rêve de Véronique

Après le départ de sa fille Alice, Jean quitta Espérance et rejoignit la grande ville du nord où il habitait. Sa femme Véronique l'y attendait.

Véronique rêvait alors que Jean la rejoignait et qu'Alice quittait Éris...

Son rêve la tourmentait, car il lui montrait qu'elle avait un choix à faire, qu'elle devait prendre une décision.

Garand l'emmenait dans sa voiture toute cabossée qui était munie d'un gyrophare. C'était normal, car Garand fut flic autrefois.

Ils se rendaient vers un endroit, un bâtiment ancien, une maison bourgeoise, ou un petit château qu'elle connaissait bien.

Voici comment elle pouvait encore le décrire de manière précise, comme Anatole l'avait fait autrefois :

« Elle était magnifique.

Sur le devant, elle montrait trois tours. Un seul étage et les fenêtres mansardées lui donnaient une agréable proportion. Seules les tours possédaient un troisième niveau situé à la hauteur du toit principal.

Deux grandes tours rondes encadraient celle du milieu, carrée. Au pied de celle-ci, sous une porte-fenêtre du premier étage, un balcon en pierre surplombait l'entrée principale à laquelle on accédait par quelques marches. Le toit en ardoises des tours se tenait plus haut que celui du bâtiment principal, également en ardoises. Les deux fenêtres mansardées de chaque côté de la tour carrée s'alignaient au troisième niveau avec les petites ouvertures percées dans le mur des tours. Au centre, elles étaient deux à se serrer l'une contre l'autre, accolées au-dessus de la porte-fenêtre donnant sur le balcon. Cette partie centrale comportait, encore au-dessus, une fenêtre mansardée. Au premier, l'ouverture des tours cylindriques et le balcon central encadraient une fenêtre de la façade qui copiait sa semblable du rez-de-chaussée. Deux énormes cheminées s'élevaient à chaque extrémité de cette façade principale qui se prolongeait de chaque côté par un vaste appentis.

L'encadrement des fenêtres ainsi que l'angle des murs étaient sculptés en pierre rouge sombre, friable, mais si belle.

Cette couleur suggéra le noir rougeoiement de la braise sur laquelle on peut encore souffler pour faire repartir le feu sous la cendre... En regardant cette sinistre construction, il pensa à une chauve-souris avec le toit central pour la tête et les deux pointes des tours pour l'angle supérieur des ailes en train de se déployer. »

Garand se gara devant la maison. Elle sortit de la voiture et pénétra dans la maison.

La femme sans visage l'attendait. Véronique était habillée de noir et cette femme était toute de rouge vêtue. Elle lui désigna un escalier en colimaçon qui descend et cette femme sans visage l'emmena en lui disant : « C'est à gauche puis à droite ».

Il y avait aussi un registre pour les obsèques de... Garand !

En descendant, elle pensa : « Jean va m'engueuler ! »

L'escalier débouchait sur un hall donnant à l'extérieur. La logique aurait voulu qu'il débouchât dans la cave. Mais les rêves ignorent la logique.

Elle sortit en courant, et retrouva, soulagée, Garand et sa voiture toute cabossée. »

Elle se réveilla en sueur alors que Jean pénétrait dans l'appartement.

Il alluma, ferma la porte d'entrée à clé derrière lui et se dirigea vers la chambre où, le supposait-il, Véronique dormait.

Mais elle s'était réveillée. Elle était encore sous le coup du rêve.

Jean s'approcha du lit et vit que Véronique avait les yeux grands ouverts, écarquillés même...

« Tu ne dors pas ? » s'exclama-t-il.

« Non... Je viens de me réveiller... j'ai fait un cauchemar...

- Ah !? Alors, raconte... »

Il s'assit au bord du lit et écouta Véronique...

« Voilà ! » Dit Véronique à Jean, après lui avoir raconté.

« Si j'ai rêvé de Garand, c'est qu'il n'est pas loin... Il est de retour. Et pour quoi faire, mon Dieu ?

- Oui, tu as raison. Il doit être de retour... Je crois que le retour d'Alice, qui était prévisible avec le passage de New Horizons au large de Pluton, va déclencher une réaction en chaîne. L'arrivée de Garand sur Terre en fait partie. Quelle sera sa mission ? Je l'ignore également... »

Le rêve de la jeune femme était intéressant et plein d'enseignements.

Elle ne conduisait pas. Elle laissait conduire sa vie par le conducteur qui l'emmenait vers ce lieu. Ce fut le cas dans la vie réelle, dans le passé de Véronique. Son rêve utilisait cette période de sa vie.

Le fait qu'il était question des obsèques de Garand signifiait qu'elle devait se débarrasser de ce personnage. Pourtant il était présent dans son rêve.

Sa crainte de se faire "engueuler" par Jean était aussi significative : il ne serait pas content s'il savait qu'elle descendait l'escalier (au lieu de le monter) et qu'elle le faisait pour retourner se laisser conduire sa vie par Garand. Pour la plupart des gens et particulièrement pour la rêveuse, un policier représente la morale. Ceci est confirmé par le fait que la voiture est munie d'un gyrophare de police. Mais le policier est dans une voiture cabossée. Elle se trouve dans une voiture qui n'est pas la sienne et conduite par un policier. Elle vit non pas selon son Moi, mais selon la morale. Et ce n'est pas bon puisque la voiture est toute cabossée. Elle se laisse diriger. D'autant plus que la morale de Garand n'était pas du tout celle d'un policier, mais pas du tout.

La descente dans l'escalier en colimaçon représente l'acte sexuel (selon Freud l'escalier est le symbole de l'organe sexuel féminin). "À droite et à gauche" représente le choix entre deux... Le fait qu'elle descende montrait que ce coït désiré n'était pas net pour elle.

C'était le moins qu'on puisse dire, car, en fait, elle était encore sous l'emprise de son "entraînement" passé. Elle ne s'en était pas complètement débarrassée. Elle avait été marquée au fer rouge par le désir sexuel.

Parce que la descente de l'escalier peut signifier aussi la descente dans l'inconscient...

Jean et Véronique eurent cette discussion à propos de ce rêve. Ils n'avaient rien à se cacher. Tout était clair entre eux. Pas de secrets.

Et ils s'aimaient.

Ils se préparèrent donc mentalement au retour conjoint d'Alice et de Garand.

En attendant, l'autre Alice, la leur, leur fille, était partie en mission sur Éris pour scotcher là-haut *Ceux du dehors*.

Elle seule avait les capacités de le faire.

En attendant, Jean décida d'user de son pouvoir à lui, celui de traverser les miroirs pour aller demander à Bretagne, son amie, de l'aider à trouver Garand. Juste pour apprendre quelque chose, savoir ce qui se dessinait, avoir quelques éléments de ce que leur réservait ce qu'on appelle l'avenir.

Comme le disait Lovecraft, il y avait conjonction d'étoiles de mauvais augure...

Garand et... Jean

Garand rêvait aussi. En même temps que Véronique. Ils étaient psychiquement liés. C'était d'ailleurs ce que Véronique redoutait le plus.

Mais elle ne pouvait pas être sûre que les intentions de Garand à son égard étaient mauvaises. Donc elle culpabilisait d'en avoir peur. C'était difficile à vivre. Et Jean, son compagnon, le savait.

Son rêve était simple : il était perdu dans la foule (mais de quels êtres était constituée cette foule ?) et cherchait Véronique. Mais il ne la trouvait pas. Son rêve durait longtemps, il marchait loin, très loin, et toujours la foule était présente...

Quand il se réveilla, il se trouvait dans le couloir aux miroirs.

Le couloir du passage vers le monde de M. !

Il en douta, car il avait toujours su (mais qui le lui avait dit ?) que ces passages ne pouvaient être entretenus que s'ils étaient régulièrement utilisés. Mais qui, en dehors de lui, avait pu l'utiliser ?

Jean regardait le miroir et scanda les mots qui faisaient venir Bretagne, celle qu'il avait aidée à Rome à réintégrer le monde des miroirs. La récompense de son travail était d'avoir reçu le pouvoir de la rejoindre, elle et personne d'autre, au-delà des miroirs.

Véronique assistait à la scène, toujours éblouie par ce pouvoir qu'il avait reçu comme gain de son travail de détective.

Bretagne apparut assez vite, toujours aussi jolie, brune et souriante, un sourire communicatif.

« Salut Véro. Alors Jean, quel est ton souhait ?

- Véro a rêvé de Garand. Il doit être apparu quelque part sur la Terre. Je pense au couloir des miroirs de la maison dans la forêt à Zakopane. C'est une hypothèse, car, ce couloir est un passage, et Garand ne peut apparaître que dans un passage.

- Mais je croyais que ces passages ne pouvaient se maintenir que s'ils étaient régulièrement empruntés.

- Je sais. Mais peut-être l'ont-ils été... Ou ce critère n'est pas le seul pour les maintenir... Essayons quand même... veux-tu m'y conduire ?

- OK, viens ! »

La main de la jeune femme sortit du miroir. Il la saisit, froid, mais chaleureuse, et elle le tira de l'autre côté...

Ils parcoururent ensemble les dédales de l'espace-temps pour se rendre à Zakopane...

Garand avait commencé à travailler. Plusieurs miroirs étaient ouverts, ils servaient en quelque sorte de porte pour un placard creusé dans le mur dans lequel était installé un appareillage bizarre et très dérangeant. Nulle poignée, nul interrupteur, nul bouton, nul cadran, nul souris et écran... Pourtant Garand avait plongé les mains dans ce formidable fouillis bizarre et travaillait...

Il n'avait pas vu derrière lui, apparaître dans le

miroir situé en face de celui derrière lequel il travaillait, Jean et Bretagne qui le regardaient : stupéfaits... Jean avait un éclat de satisfaction dans le regard, car la présence de Garand donnait raison à son intuition.

Il se recula en tirant Bretagne par le bras, et ils disparurent derrière l'image reflétée par le miroir.

« Bretagne, je vais pénétrer dans ce couloir et tenter de comprendre ce que fait Garand. Je te demande simplement d'informer Véro, par l'intermédiaire d'Alice, ma fille, de ce que je vais faire. Je ne sais pas où tout cela va me mener. Mais dis-lui où nous sommes allés, et que j'ai tenté un contact avec Garand. »

La jeune femme acquiesça en hochant la tête.

Jean l'embrassa sur la joue et se retourna. Il se dirigea, vue de son côté, vers la surface verticale brillante comme du mercure que constituait le miroir.

Il enjamba et sauta lestement sur le sol du couloir.

Il était juste derrière Garand qui entendit le léger bruit de son atterrissage et le petit souffle d'air produit.

Il se retourna.

Alice Calmet

Visita Interiorem Terrae Rectificando Invenies Operare Lapidem
(Descends dans les entrailles de la Terre, en distillant tu trouveras la pierre de l'œuvre)

Alice était montée vers les ruines du "château" de la colline qui surplombait la cité des étoiles à Espérance. Elle avait lestement gravi les escaliers qui avaient été aménagés pour le début de la montée, puis le sentier escarpé qui longeait une combe escarpée au fond de laquelle on entendait couler un ruisseau. Les versants de la combe étaient couverts de chênes rabougris ce qui lui conférait un air sinistre. On aurait presque pu entendre hurler les loups.

Elle ne tarda pas à atteindre son but. Elle se

retourna alors et regarda Espérance du haut de sa colline. Une ville pour laquelle elle ne pouvait s'empêcher de faire la comparaison avec Innsmouth...

Elle haussa les épaules et se retourna vers la margelle du puits. Elle s'y assit les jambes pendantes vers l'intérieur et, se tenant par les bras sur la margelle, se laissa glisser à l'intérieur...

Si, comme elle le craignait, il y avait conjonction des étoiles, comme l'indiquait Lovecraft, le passage s'ouvrirait et la conduirait vers Éris, le dernier refuge en date de *Ceux du dehors*.

Et ça marcha ! Le fond du puits à sec se mit à la verticale et ondula en prenant la couleur du mercure. Elle traversa cet hymen du multivers...

Elle se retrouva au fond d'un autre puits. Elle savait comment ça marchait et était sûre qu'elle était sur Éris.

Une petite planète glacée située au-delà de la ceinture de Kuiper, impropre à la vie. Mais ce qu'elle ne savait pas, c'était comment Éris lui apparaîtrait... Avec un train, celui du film "*Le Bon, la Brute, le truand*" de Sergio Leone, comme ce fut le cas la dernière fois qu'elle était venue ? Avec, aussi, la maison de Henry Wentworth Akeley, celui de la nouvelle de Lovecraft *Celui qui chuchotait dans les ténèbres* ?

La réalité de Yuggoth (car désormais Yuggoth se trouvait sur Éris) n'était pas celle d'Éris, elle était autre. Elle était celle de *Ceux du dehors* et de leurs commanditaires.

Alice avait le pouvoir de matérialiser cette réalité selon son inconscient. Elle utilisait ses connaissances et sa culture pour créer son monde. Ce qui était prodigieux, c'est qu'elle pouvait y vivre et rencontrer *Ceux du dehors* qui vivaient dans leur réalité à eux. Elle était tout simplement capable de vivre dans deux univers à la fois. Elle partageait cette capacité avec sa mère Véronique.

Elle prit son courage à deux mains et commença à gravir les parois du puits en pierres sèches. Du moins, c'est ainsi qu'il avait pris forme pour elle.

Lorsqu'elle émergea du puits, ce qu'elle vit la stupéfia.

Elle n'était plus dans une zone désertique traversée par un train transportant *Ceux du dehors*, mais au-dessus d'une ville, celle de Providence, avec en son centre, au sommet d'une petite colline, l'Église de Federal Hill, lieux où Robert Blake connut une mort atroce... Comme le relate la nouvelle de Lovecraft *Celui qui hantait les ténèbres*... « *À l'horizon s'étendaient les pentes violettes des collines lointaines servant de toile de fond à Federal Hill, à deux miles de distance, où s'entassaient toits et clochers dont les contours prenaient des formes fantastiques au milieu des fumées montant de la ville.* »

C'est ainsi que Lovecraft décrivait ce lieu...

Eh bien Alice n'avait plus qu'à prendre son courage à deux mains et se rendre dans cette maudite église, là, où sans doute, logeaient *Ceux du dehors*...

« *De quoi ai-je peur ? N'est-ce pas un avatar de Nyarlathotep, qui, dans la mystérieuse Khem, prit la forme d'un homme ? Je me rappelle Yuggoth et aussi Shaggaï, et le vide ultime des planètes noires...* »

Ainsi s'exprimait Robert Blake juste avant de mourir :

« *Je la vois... elle vient par ici... tâche gigantesque... ailes noires... Yog-Sothoth, sauve-moi !...* »

Elle se rappela également que c'était dans cette même église qu'Anatole se retrouva après avoir emprunté le "passage" vers le monde de M...

Elle sortit du puits et se dirigea d'un pas ferme et décidé vers ce maudit temple...

Les rues de cette ville de Providence située sur Éris étaient à l'image de celles de Robert Blake : ruelles sinistres, sombres et inhospitalières, murs moussus et ventrus.

Au détour d'une de ces ruelles, elle aborda une longue voie très étroite bordée par de hauts murs. Après quelques minutes de marche, elle passa devant une porte qui semblait donner au-delà du mur, à condition, toutefois, de pouvoir l'ouvrir. Il y avait une inscription sur la porte : Giacomo Rappaccini... Ce nom lui rappelait quelque chose, une nouvelle de Nathaniel Hawthorne, le descendant du juge du même nom qui fit exécuter cruellement les sorcières de Salem, ou du moins, de pauvres femmes présumées sorcières.

Nathaniel vivait à Salem, ville décadente, très vieille, mais devenue très pauvre. Très vieille, comme pouvait l'être une ville de la Nouvelle-Angleterre, et décadente comme la ville d'Inssmouth, que Lovecraft a mise de nombreuses fois en scène.

Alice tenta d'ouvrir la porte. Elle semblait coincée, mais elle insista et parvint à l'ouvrir. Elle découvrit alors le jardin de Rappaccini, dans lequel il cultivait des plantes vénéneuses dont il avait extrait les sucs mortels pour maintenir en vie sa fille Béatrice...

Elle aperçut « *(...) les ruines d'une fontaine en marbre sculpté avec un art consommé, mais si lamentablement écroulée qu'il était impossible de reconstituer l'aspect de son architecture originale à partir du chaos des fragments subsistants.* »

Elle aurait voulu pénétrer dans ce jardin et rencontrer la morte-vivante Béatrice, mais elle ne savait pas si ce pas de côté était réversible. Il pouvait la conduire en d'autres lieux et, en cela, compromettre sa mission...

Quoi qu'il en soit, l'existence de ce jardin de Rappaccini placé là sur son chemin était porteuse de beaucoup de symboles et d'avertissements : les sorcières de Salem ; la Nouvelle-Angleterre, la morte-vivante... Et la fontaine de laquelle jaillissait encore une eau claire qui servait à l'irrigation du jardin... Cette fois, le symbole de la vie. À elle de veiller que la vie ne soit porteuse de mort.

Elle poursuivit donc son chemin et rien ne s'opposa à sa progression vers l'église qu'elle atteignit après une marche d'une demi-heure.

Elle aperçut la masse noire de l'édifice en débouchant de sa ruelle sur la place sur laquelle elle était construite.

Elle était comme posée sur une plateforme située plus haut que le sol des chemins qui y aboutissaient.

Alice se trouvait au cœur du quartier italien de Providence. Dans cette église s'étaient déroulés autrefois des rituels infâmes qui permettaient à ceux qui savaient les exécuter d'entrer en contact avec des entités monstrueuses tapies dans d'autres dimensions.

Elle était entourée d'une grille rouillée. En faisant le tour de cette enceinte, elle savait qu'elle trouverait le portillon d'accès cadenassé, et aussi, que quelques barreaux de la grille manquaient à un endroit, lui permettant de passer de l'autre côté.

Une fois sur la plateforme, elle la contourna, se dirigeant derrière l'abside, sachant qu'elle y trouverait un soupirail qui communiquait avec les sous-sols de la bâtisse.

Elle s'y enfila et glissa dans l'immense cave.

Elle n'avait pas vu ni entendu *Ceux du dehors*. Étant donné qu'elle avait bâti ce monde dans lequel elle se trouvait, qu'elle en était l'auteur, ou plutôt, c'était Lovecraft lui-même qui en était l'auteur, ces créatures monstrueuses ne pouvaient pas se manifester à elle, comme elle ne pouvait pas se manifester à elles... *Ceux du dehors* n'existaient pas dans cette nouvelle de Lovecraft qui avait servi à Alice pour construire en un clin d'œil ce monde dans lequel elle évoluait.

Elle fit comme Robert Blake, elle chercha un vieux tonneau assez haut et le fit rouler sous le soupirail pour s'assurer de pouvoir quitter l'église une fois sa mission accomplie...

Le passage voûté permettant d'accéder à la nef était bien là et elle l'emprunta. Cette nef avait un aspect surnaturel et les vitraux, qui ne parvenaient pas à l'éclairer, car ils étaient noirs de poussière, semblaient représenter des êtres et des scènes inquiétantes.

Elle reconnut le confessionnal moisi dans lequel Anatole s'était endormi dès son arrivée dans le monde de M. et avança du même pas décidé vers l'autel derrière lequel se trouvait l'escalier qui montait dans le clocher.

Elle se dirigea vers l'autel surmonté de sa croix, mais une croix étrange. C'était la *crux ansata* égyptienne ! Dans la sacristie se trouvaient d'immenses bibliothèques qui montaient jusqu'au plafond. Elles contenaient le Necronomicon et tous les livres maudits de Lovecraft.

Elle marcha en direction de la façade qui était surmontée du clocher, le but de sa visite.

Il y avait un escalier qui permettait d'y monter. Elle l'emprunta.

La pièce où elle pénétra comportait quatre fenêtres en ogive. Au centre, un pilier de pierres aux angles bizarres couvert d'hiéroglyphes supportait une boîte dont les ciselures qui l'ornaient représentaient également des scènes et des êtres blasphématoires. Dans cette boîte elle trouva une pierre noire, un polyèdre d'un noir si profond qu'on avait envie de regarder intensément. Ce qu'elle se garda bien de faire, sachant l'effet que cela produirait...

Sept chaises gothiques entouraient cette espèce de monument à la gloire d'on ne savait quelle entité, mais ce qu'on savait, c'était qu'elle était terrifiante et très dangereuse.

Un tas de poussière situé dans un coin de la pièce dissimulait un squelette. L'homme était mort il y avait plusieurs années. Alice n'alla même pas regarder, car elle savait trop bien qui était là, dans sa dernière demeure, terrible demeure.

Si, comme Robert Blake, elle avait scruté le polyèdre, elle y aurait aperçu des scènes étranges et elle aurait déclenché un lien avec cette entité monstrueuse qui semblait hanter ces lieux. Et elle ne pouvait pas déclencher ce lien, car cela aurait mis en échec sa mission.

Elle sortit un mouchoir de sa poche et enveloppa le polyèdre sans le scruter et le rangea dans une autre poche de ses vêtements.

Repartir avec ce polyèdre, c'était rompre le lien entre lui, cette scène qu'elle avait reconstituée, et *Ceux du dehors* qui comptaient l'utiliser pour se rendre à Espérance.

Ce n'était pas trop tard, car son temps à elle ne se

déroulait pas de la même manière que leur temps à eux. En fait, le moment qu'elle vivait se situait pour eux bien avant qu'ils n'aient pris la décision de se projeter sur la Terre, sur la place de la cité des étoiles à Espérance.

Elle repartit donc avec cet objet précieux, qu'il était dangereux d'utiliser à l'endroit où elle se trouvait, mais une fois de retour sur Terre, il serait désamorcé et bien utile pour d'autres usages.

C'était Lovecraft lui-même, dans l'appartement de la cité des étoiles où il "logeait" désormais, qui lui avait indiqué la procédure à suivre. On ne pouvait pas avoir de meilleur mentor !

En attendant, elle avait stoppé net le flux qui permettait à *Ceux du dehors* de se rendre à Espérance.

Mais elle ne pouvait pas garantir qu'ils ne parviendraient pas à aller ailleurs sur Terre, sur notre bonne vieille Terre.

Vers le Monde de M.

Jean se tenait derrière Garand, prêt à réagir à une éventuelle attaque. Il ne savait pas vraiment se battre, mais il avait beaucoup d'énergie pour ne pas se laisser faire.

Garand se retourna lentement et reconnut Jean. Il ne put cacher son étonnement.

« Jean ? Mais… que fais-tu là ? »

Jean ricana. Garand s'était trahi : il avouait implicitement que lui-même ne savait pas où il était.

Le détective répondit en souriant :

« Et vous ? Que faites-vous là ? »

Il ne voulait pas le tutoyer. Jean savait le rôle qu'avait joué Garand dans le "dressage" de Véronique. Et il ne l'aimait pas, mais pas du tout. S'il en avait été capable, il l'aurait tué.

Garand se remit vite de sa surprise. Mais, il faut dire qu'il en était pour ses frais, à cette deuxième surprise. En effet, lui aussi se demandait pourquoi il était là. Et, en fait, où était-ce, là où il était ? Il avait pensé être dans le couloir de la maison "hantée" de Zakopane. Il en était presque sûr. Mais ce qui l'énervait, c'était que Jean devait savoir, lui... Car d'où sortait-il ?

« D'où sors-tu ? »

Jean décida de lui faire connaître le pouvoir qu'il avait de traverser les miroirs...

« Je suis sorti d'un de ces miroirs », répondit-il, décontracté, et souriant.

Garand ne put cacher sa surprise. Il était encore en situation de faiblesse. Désemparé...

Il décida de dire la vérité : « Je ne sais pas. Je me suis réveillé ici il y a quelques minutes. Je connais cet endroit et je sais utiliser les armoires cachées par les miroirs. Mais si je suis ici, c'est parce que Ce qui m'a envoyé ici veut que je les manipule. Pour passer de l'autre côté... Qu'en dis-tu ? Tu tentes ta chance avec moi ? »

Jean réfléchit une fraction de seconde. Il était venu ici pour protéger Véronique d'actions éventuellement malveillantes de Garand envers sa femme. Il connaissait l'emprise que Garand avait sur elle. Il ne devait pas le quitter des yeux. Il décida donc de le suivre.

« OK, allons-y... »

Garand acquiesça en hochant la tête et se retourna pour manœuvrer ses appareils. Cela ne dura pas longtemps. Jean tenta de voir ce qu'il se passait devant l'homme qui lui tournait le dos. Mais il n'y parvint pas. C'était comme si une onde modifiait l'air autour de lui et l'empêchait de voir.

Puis des dizaines de déclics se firent entendre. Tous les miroirs s'ouvrirent, ensemble, comme un signal pour dire : « C'est fait ! »

Garand se retourna et en souriant invita Jean à marcher devant lui, pour emprunter le couloir du temps : celui qui permettait de retrouver le monde de M. !

Jean hésita et posa la question : « Vous êtes sûr que vous pouvez y aller ? Et êtes-vous sûr que ce passage m'est aussi permis ?

- Je ne suis sûr de rien mon pauvre ami. Je ne suis qu'une marionnette de la Trame. Je vais dans ce sens, car elle me dit d'y aller. Je ne risque rien de toute façon, je peux seulement me heurter à un mur alors que toi, tu vas passer. Mais que te dit la Trame. Elle te parle ?

- Non... Je ne sais pas ce que c'est... C'est quoi la Trame ?

- Ce qui conduit toutes choses dans tous les mondes. Mais ne crois pas qu'elle t'enlève ton libre arbitre. Elle trace des chemins pour quiconque et ensuite celui ou celle qui l'emprunte agit à sa guise. C'est comme un réseau de métro souterrain. Là c'est un réseau de métro infini qui est "sous" notre monde, il y a des stations, des bouches de métro qui permettent d'y accéder. De fait, quiconque prend une décision face à un choix à faire emprunte telle ou telle bouche de ce métro. C'est cela le libre arbitre...

- Et vous avez pris une décision pour être ici.

- Non, moi, je te l'ai dit, je ne suis que le guide. Ou le contrôleur si tu veux. Je suis là où la Trame me dit de me tenir. Pourquoi ? Penses-tu que tout a une explication, que l'Univers, les univers, sont assez simples pour être à la portée de ta petite intelligence ? Non, tout ne peut pas être expliqué, il y aura toujours quelque chose d'inexplicable. Regarde les sciences de la physique, de la cosmologie et les mathématiques : plus on trouve des réponses aux questions posées, plus nombreuse sont les questions que ces réponses soulèvent. Soit modeste, accepte ta situation. Tu ne pourras jamais tout savoir. On y va ? »

Au cours de leur conversation, tous les miroirs s'étaient refermés silencieusement.

Il tourna les talons et s'élança d'un pas long, mais lent, vers le bout du couloir qui paraissait si lointain à Jean qui hésita un moment, il avait une question à poser :

« Eh ? Si mes souvenirs sont bons, les passages

émettent des images terrifiantes pour empêcher les humains de les emprunter. Ce n'est pas le cas...

- Très bonne question. C'est un signe de ton changement de nature. As-tu vu des humains traverser les miroirs, comme tu sais si bien le faire, désormais...

- Mais Alice m'a raconté que lorsqu'elle est allée te voir au bord du Nil, aux abords d'un tel passage, elle avait ressenti cette terreur. Elle a bien plus de pouvoirs que moi.

- C'est parce que ce n'était pas le même passage, pas le même genre de station. Là j'étais sorti, enfin partiellement, d'une très grande station, interdite même aux gens doués de pouvoirs comme la petite Alice. Ici c'est un passage, une station banale, accessible au commun des mortels, qui donc, doivent être repoussés. Et dont tu ne fais plus partie, sois en bien sûr !

- J'irai bien faire un tour au bord du Nil un de ces jours. Je demanderai à Alice de m'y emmener.

-          Comme tu voudras.

-          De toute façon, tu es arrivé directement ici, dans le couloir, c'est à l'extérieur des passages que les fantômes et autres zombies se manifestent pour effrayer les curieux. La terreur qu'ils suscitent est insurmontable. Donc tu ne serais pas là, en fait »

Alors que Garand lui fit un signe de la main, Jean s'élança aussi, prenant son courage à deux mains...

Ils marchèrent un quart d'heure dans ce couloir lumineux où l'on ne devinait pas l'origine de cet éclairage éblouissant, tout en passant devant de nombreux miroirs dans lesquels ils apercevaient des ombres d'un noir profond qui glissaient en même temps que les voyageurs, semblant les accompagner dans leur trajet.

Soudain, en face d'eux, surgit verticalement une surface brillante, semblant être un obstacle à leur cheminement. Mais cette "porte" semblait fluide au point de pouvoir la traverser. Jean en avait fortement l'envie.

Garand se retourna, une fois arrêté, et lui demanda : « Tu la sens la Trame qui te parle ?

-          Euh... non...

-       Tu ne ressens pas l'envie d'y aller, de traverser ?

-       Ah ! oui, c'est vrai...

-       C'est la Trame qui te parle. Tu veux y aller ?

-       Ce n'est pas dangereux ? »

Garand leva les yeux au ciel.

« Tu te crois où, au paradis ? Il n'y a que dans cet hypothétique paradis que rien n'est dangereux, dans la vie tout est dangereux... Aller ! Vas-y ! Suis-moi. »

Et il s'élança et traversa le miroir fluide qui leur bouchait la vue à cet endroit. Il donna ainsi l'exemple à Jean, qui ne manquait pas de courage.

Le détective le suivit.

Et traversa sans encombre.

Pour se retrouver dans un endroit sombre qui sentait le bois moisi. Ses yeux s'habituèrent à l'obscurité qui n'était pas totale. Des rais de faible lumière suintaient autour, semblait-il, d'une porte. Il avança les mains à tâtons et poussa. La porte s'ouvrit.

Dans le champ de vision que lui permettait l'encadrement, il aperçut une rangée de bancs plus ou moins vermoulus, dont plusieurs étaient cassés.

Il avança d'un pas et son pied s'enfonça dans un craquement mou. Le plancher venait de céder. Mais le sol ferme n'était qu'à quelques centimètres en dessous et il libéra sa jambe pour sortir de cette espèce de petite alcôve. Il émergea dans la nef d'une grande église visiblement abandonnée depuis longtemps. Garand, lui, avait disparu !

Il se souvint de ce qu'Anatole avait raconté après son voyage dans le monde de M. Il avait également emprunté le passage de la maison hantée de Zakopane. Et il avait atterri dans le confessionnal de l'église de Federal Hill ! Jean se retourna pour regarder d'où il était sorti. C'était bien ledit confessionnal. Il était bien dans le monde de M. ou du moins, dans une de ses versions...

Retrouvailles !

Anatole marchait dans les rues sombres d'Espérance tout en pensant à Alice. Il avait faim. Faim d'amour et faim de sang.

En fait, il avait le corps du jeune Anatole qu'il était autrefois, quand il était allé dans le monde de M., mais son esprit, sa personnalité, si tant est qu'on puisse appeler comme cela ce qui en tient chez un vampire, sa personnalité était double. Il était à la fois lui et Gulla, car ils s'étaient unis en un même corps, pour pouvoir vivre au milieu des humains sans encombre. Tout cela grâce au talent du Drac qui les avait hébergés si longtemps et avait façonné ce nouveau corps juvénile.

Il cherchait une victime. Il avait le choix, c'était traditionnel à Espérance, la nuit les rues étaient pleines de jeunes hommes excités, pleins de violence et de haine.

Le sang des jeunes hommes pleins de violence de haine était bon et goûteux.

Il aperçut un groupe très bruyant qui se tenait sous la lumière d'un panneau d'information électronique de la mairie. Pas gênés de faire autant de bruit en pleine nuit. Mais c'était le seul moyen qu'ils trouvaient pour pouvoir s'affirmer.

Ils se turent en le voyant s'approcher et commencèrent à l'invectiver vulgairement, apercevant, avec jubilation, un petit jeune à l'air très fragile.

Un bras d'honneur, qu'Anatole savait encore très bien faire, fut sa seule réponse.

La scène se situait non loin du fleuve et il s'en retourna vers la berge levant bien haut son geste méprisant et son majeur relevé alors que les autres doigts étaient repliés, signe servant de liaison entre ses diverses versions de la manifestation de son mépris.

Un escalier qui menait à la berge au pied de la digue lui permit de disparaître aux yeux de ses poursuivants.

Il faisait nuit noire, car l'éclairage public était arrêté

par mesure "d'écologie et d'économie"...

Mais les jeunes, emmenés par leur orgueil mal placé ne craignirent pas de le suivre.

Mal leur en a pris...

Arrivés au bas de l'escalier, ils ressentirent une espèce de courant d'air froid et instantanément, l'un d'entre eux disparut...

« Ta mère ! Où est passé Ahmed ? » S'écria l'un d'eux terrifié.

Et un autre souffle de vent froid en fit disparaître un autre.

Les autres s'enfuirent en courant, l'un d'eux trébucha dans l'escalier, attrapa la cheville de celui qui le précédait, le fit trébucher et tous tombèrent à la renverse. Deux d'entre eux roulèrent dans l'eau où le froid les saisit, l'autre disparut comme les deux premiers.

Ceux qui étaient dans l'eau furent aspirés vers les fonds du Drac...

Anatole tenait le seul survivant par le cou et le regardait dans les yeux, du sang coulait de ses lèvres.

« Tu veux niquer ma mère ou ma grand-mère ? » Demanda-t-il, un éclair ironique dans les yeux...

Il plongea ses nombreuses dents rétractiles dans la jugulaire du jeune homme terrifié et aspira tout son sang en une seconde. Les dents du vampire étaient fines et très pointues et ne laissaient qu'une trace infime.

Le jeune mourut sur-le-champ. Quelle chance, Anatole était dans ses bons jours. Il jeta les corps à l'eau à la bonne intention du Drac qui saurait quoi en faire.

Anatole était presque rassasié.

Une voix féminine profonde retentit au-dessus de lui, du haut de la digue : « Eh bien, Anatole, quel festin ! Tu aurais pu partager ! »

Le vampire leva la tête. Il était stupéfié, car il avait reconnu la voix !

En un éclair il se trouva sur le trottoir, au bord de la route qui se trouvait en haut de la digue, sous les platanes. Il n'était pas gêné par l'obscurité.

« Alice ? La grande Alice du monde de M. ? C'est toi mon amour ?

- Oui, c'est moi, répondit-elle, un peu froidement à son goût.

- Mais, comment est-ce possible ? Je t'avais perdue dans un passage alors que nous fuyions les "monstres" qui avaient gagné la guerre ! Où étais-tu passée ?

- C'est une longue histoire, comme on dit quand on n'a pas envie de la raconter.

- Mais encore...

- Eh bien j'ai été pris en charge par *Ceux du dehors*, dirigés par je ne sais pas qui, toi tu le sais peut-être, et placée, stockée, devrais-je dire, sur Yuggoth, dont je viens de revenir grâce à un vaisseau spatial des humains.

- Ah ! Tu vois, l'histoire n'était pas si longue que ça ! »

Il sentait une distance entre eux. Il ne comprenait pas la froideur d'Alice, la vampire, à son égard, lui, qui, par amour pour elle, avait choisi de devenir un être de la même espèce.

« Anatole, reprit-elle, j'ai beaucoup à faire. Je dois retourner dans mon mode et y reprendre le pouvoir. Je n'ai que faire de toi. Sauf si tu peux m'être utile pour atteindre mon but, alors tu pourras rester avec moi. Comme disent les humains, je suis prise ailleurs, par mon monde que je dois reconquérir. Je dois trouver le moyen d'y retourner. Es-tu prêt à me suivre, sachant que tu n'obtiendras rien en retour ? »

Anatole était subjugué, il l'était depuis qu'il avait été le compagnon d'Alice, la reine du monde de M.

Il ne pouvait pas dire non. Car ce serait alors une rupture totale, il ne la reverrait plus. Et, peut-être vivrait-il encore des aventures insensées dans la reconquête du monde de M. ?

Il accepta donc, et ils partirent ensemble dans la nuit noire...

Elle avait décidé de se rendre à Zakopane.

Nique ta grand-mère !

Le vieil homme revenait des courses avec son épouse et il fut étonné de voir une concentration de jeunes dans le local à poubelle de son immeuble (à partir du hall d'accès à l'ascenseur on voit le local à poubelles au travers des vitres). Ils étaient tous debout, serrés les uns contre les autres, le regard sombre et plein d'esprit de vengeance. Habitué des squats dans cet endroit il ne s'attarda pas sur cette curieuse image. Pourtant il aurait dû ! Mais il ne savait pas que la disparition des six jeunes de la cité, "consommés" par Anatole, avait mis le feu aux poudres ! Plusieurs rassemblements avaient rapidement dégénéré en combats de rues avec la police. Les gendarmes étaient intervenus et une fusillade avait éclaté. Un jeune du quartier des étoiles, celui où habitait le vieil homme, fut grièvement blessé. Ce samedi-là les gens de la ville venaient d'apprendre que le jeune était mort des suites de ses blessures. Le vieil homme pensait que le parti communiste qui dirigeait la ville depuis plus de 60 ans n'était pas étranger à cette situation de violences urbaines à force d'avoir toujours laissé les délinquants garder le dernier mot sous prétexte d'exploitation capitaliste.

Quelques minutes plus tard, de retour chez lui avec ses sacs Carrefour pleins il entendit des cris, les aboiements habituels, mais bien plus forts en bas de chez lui. Il descendit pour voir, mais il arriva après la bataille : il sentait une forte odeur d'essence. Tous ses voisins de l'immeuble étaient rassemblés visiblement très énervés. Il y avait également un ami :

« Que se passe-t-il ? Lui demanda-t-il.

- Ils ont essayé d'incendier l'immeuble. On les en a empêchés et cela a fini en bagarre ; regarde : ils ont cassé les vitres... »

Ils ont passé la nuit en bas sur le trottoir à monter la garde. La police a fini par venir en tenue de combat et avec un véhicule de la BAC. Un certain nombre de jeunes et de moins jeunes continuaient à rôder par là sans vergogne.

Le vieil homme s'adressa à un groupe (il avait observé la présence parmi eux d'un chef de bande, membre d'une famille très nombreuse d'Espérance) et poliment leur fit part de leurs problèmes. Il n'eut droit qu'à des quolibets et en conclusion :

« On sait ! Les flics sont tous venus nous respirer les doigts pour voir s'ils sentaient l'essence... »

Pas d'élu de la mairie. Le maire prévenu par la police a envoyé... le président de l'association des Algériens qui avait montré une petite agressivité due certainement à son impuissance, sans apporter quoi que ce soit. L'épouse du vieil homme téléphona au maire pour insister auprès de lui afin qu'il vienne montrer son soutien aux gens de l'immeuble. Il vint dans la voiture de son papa qui conduisait... Et sa venue n'apportait pas grand-chose...

Le lendemain dimanche, il neigeait. La fatigue de la nuit blanche se faisait sentir.

Néanmoins, le vieil homme se dit qu'il fallait prendre en photo les vitres cassées dans le hall d'entrée. Il se saisit de son appareil Polaroïd, fit quelques photos et, pour admirer la neige tomber, s'avança vers la place sur laquelle les forains remballaient leurs stands. Il avait noté du coin de l'œil un nouveau rassemblement de jeunes dans la coursive du rez-de-chaussée de l'immeuble d'à côté (coursive appelée pompeusement "galerie commerciale" par le premier adjoint, mais dans laquelle aucun commerce n'a jamais tenu face aux agressions de ces jeunes qui en avaient fait leur quartier général). Soudain l'un d'eux sortit de ce couloir en haut des escaliers en briques rouges et l'interpella :

« Quesse tu r'gardes ? Fousl'camp ! »

Il vit alors rouge ! Il s'élança vers le groupe, s'introduisit au milieu d'eux et les interpella verbalement avec une violence certaine dans les mots. Il fut étonné, car, au-delà de leur agressivité, il vit dans leur regard qu'ils étaient, quelque part, désemparés... Il leur parla à la figure en envoyant moult postillons... Une maman ouvrit sa fenêtre et appela les jeunes (ou lui ?) au calme. Ils finirent par quitter les lieux.

Le vieil homme retourna donc au bas de son immeuble et sonna chez lui à l'interphone demandant à son épouse d'appeler la police de sa part. Puis, confiant, il se rendit à l'angle pour attendre le véhicule de police.

Celui-ci ne vint jamais...

Lorsqu'il prit position sur le trottoir, il vit arriver la sœur du jeune homme qui venait de mourir. Il s'adressa alors à elle pour lui expliquer ce qui était arrivé. Mais elle ne répondit pas, le visage crispé par une curieuse et profonde inquiétude...

Par contre, quelque temps après, le vieil homme vit arriver deux frères de cette famille très nombreuse d'Espérance... Lorsqu'ils descendirent de voiture devant lui, il nota le même éclair d'inquiétude dans le regard du plus petit. Il les interpella immédiatement :

« Houahou ! C'est la mobilisation générale !

- Quesse tu fous là ? Tire-toi ! Lui dit le plus gros.

- Calme-toi lui dit son frère. »

Puis en s'adressant au vieil homme :

« Reste pas là, tu vois bien qu'il est énervé...

- Je vais te tuer, gronde son gros frère. Je te nique, je nique ta grand-mère. Enculé... »

Enfin bref, passons sur le langage châtié de ces individus et finalement le gros prit le vieil homme par le bras et l'entraîna vers son domicile en continuant à l'insulter... Il se laissa entraîner un moment puis lui cria dessus comme il savait si bien faire maintenant et le gros le lâcha dans un recul de frayeur... Néanmoins, le vieil homme décida de rentrer chez lui... À peine arrivé, il entendit les premières explosions des vitres des voitures incendiées... Il appela la police, mais il n'y avait qu'un seul agent au commissariat. C'était dimanche. Mais comment ? Après la nuit que les gens du quartier avaient passée, en sachant que les "jeunes" préparaient quelque chose suite au décès de l'un d'eux, on avait laissé le commissariat sans flic ?

Voilà pourquoi le vieil homme ne devait pas être où il était, pourquoi il gênait...

Quelques mois plus tard, l'un des deux frères, le gros, fut arrêté pour attaque à main armée, en flagrant délit. Cela faisait des mois qu'il était pisté par la brigade criminelle. Après les événements de janvier, le vieil homme était allé porter plainte contre lui et son frère. Le procès, suite à sa plainte, eut lieu quelque temps après l'arrestation. Le vieil homme avait demandé un soutien au maire et à ses collègues élus, car il connaissait la famille depuis longtemps pour s'en être occupé dans le cadre de ses fonctions, pour un soutien social et un relogement (voyez comment il fut remercié...). Personne ne vint sauf une conseillère municipale qui eut le courage de venir le rejoindre au palais de justice. Plusieurs frères et sœurs du prévenu se trouvaient dans la salle. Le voyou fut introduit par des hommes armés et équipés de gilets pare-balles. Il boitait, car il avait été blessé lors de son interpellation. Il passa tout son temps à faire des signes à son frère assis au fond de la salle avec une de ses sœurs ; à tel point que le président du tribunal lui rappela que c'était son procès, et qu'il pourrait au moins s'y intéresser. Le vieil homme fut évidemment appelé à la barre. Son avocat lui avait dit que la condamnation serait difficile, car il n'y avait pas de témoins. La victime fut quasiment humiliée par l'avocat de ce gangster. Finalement cet individu fut condamné à deux mois de prison ferme, car son frère avait indiqué que "pour calmer" le vieil homme, le gros lui avait tenu le bras pour le conduire chez lui, ce qui rendait plausible le témoignage de la victime... Après l'incendie de vingt-trois voitures en janvier, personne n'a été arrêté, madame la commissaire se plaignant dans la presse de n'avoir eu aucun témoignage. Finalement, le vieil homme fut le seul à avoir fait condamner un dangereux individu pour ces faits...

Espérance ne méritait pas son nom, l'espoir n'y était pas répandu, il y était extrêmement rare. C'était plutôt le désespoir qui dominait largement...

Régulièrement, le vieil homme montait sur la colline située derrière son immeuble. Il pénétrait dans les ruines du château et s'approchait du puits à la margelle toute décomposée par les ans. Il attendait là, debout au bord du trou noir.

Il ne savait pas pourquoi il était amené là par une force fluide, diffuse, légère, mais ferme. Il ne pouvait lutter.

Il fallait une conjonction des astres. Il fallait que Saturne soit dans le ciel juste au-dessus de ce cercle de ténèbres.

Mais pas seulement Saturne. Son satellite Titan devait être aussi en concordance.

Alors, le vieil homme attendait, comme il avait attendu depuis des années et des années...

Et le moment était venu. Le lien était tissé.

Le vieil homme regarda son ombre qui se mêlait à celle du trou béant du puits... Il écarquilla les yeux, car son ombre se dédoubla, prit une forme volumineuse en 3D. Une forme épaissie et noire, profondément noire. Qui changea immédiatement, prit des formes invraisemblables, détendit de véritables tentacules qui entourèrent le vieil homme terrifié. L'ombre l'enveloppa complètement, il disparut à l'intérieur, comme un ver dans un cocon. Cette chrysalide sombre et terrifiante engendra, à partir d'un vieil homme, une créature nouvelle, tout entière au service d'une entité lointaine, autrefois "endormie", mais aujourd'hui partiellement libérée.

Dans la boue de Titan

Et finalement de l'intérieur de l'Égypte
Vint l'étrange Être Noir ; devant lui se courbaient les fellahs.
Silencieux et maigre, énigmatique et fier,
Et enveloppé d'étoffes rouges comme les flammes du couchant.
(..)

Bientôt au fond de la mer commença une naissance pernicieuse,

Des pays oubliés aux flèches d'or recouvertes d'algues ;

Le sol fut crevassé et des aurores démentielles s'abattirent

En tournoyant sur les citadelles tremblantes des hommes.

Alors, écrasant ce qu'il avait eu l'occasion de modeler,

Le Chaos Idiot balaya la poussière de la Terre.

H.P. Lovecraft

Nyarlathotep (Fungi de Yuggoth)

De la surface de Titan on pourrait admirer les anneaux de Saturne, car il en était le satellite. Le spectacle devrait être merveilleux. La nature pouvait être si belle, si lumineuse, si colorée... Mais elle avait aussi un autre visage, noir profond, ténébreux, démoniaque...

Et le sort a voulu que ces ténèbres soient situées juste en face de cette merveille colorée et lumineuse.

Mais du sol de la planète-satellite (on peut la nommer ainsi, car elle est plus grande que Mercure !) on ne peut pas voir Saturne, car l'atmosphère de Titan est très épaisse. Elle est composée à 98,4% d'azote moléculaire et il y flotte des nuages de méthane et d'éthane qui occupent la proportion complémentaire de 1,6%.

Il y a des vents et des pluies de méthane sur cette planète !

C'est l'arrivée du vaisseau spatial Cassini en 2004 qui permit aux habitants de la Terre (du moins à ceux qui s'y sont intéressés) de mieux connaître la surface de Titan : des montagnes et des cryovolcans, mais globalement, sa surface est lisse et elle ne comporte pas de cratères d'impact d'astéroïdes. Une jeune planète ! Le peu qu'on en connaissait était ce que les astronomes en avaient déduit de leurs observations et ce qu'en avaient exploré les sondes Voyager aujourd'hui si éloignées qu'elles se trouvent dans l'espace interstellaire. .

La sonde Cassini a largué le petit module de descente Huyguens qui s'est posé sur Titan en janvier 2005. Il a analysé le sol et l'atmosphère, pris des photos...

Il s'est posé dans un sol boueux au bord d'un lac de méthane brumeux. La boue était une boue de méthane liquide et de roche ou de glace d'eau.

On sait qu'il y a sous la croûte titanesque un gigantesque océan souterrain, constitué d'eau liquide et d'ammoniac sur une couche de glace sous haute pression.

La sonde Cassini tourne toujours jusqu'en 2017, date à laquelle sa source d'énergie sera tarie.

En attendant, elle émet toujours vers la Terre.

Le module Huyguens ne fonctionnait plus. Mais sa présence et son activité à la surface de la planète avait réveillé l'entité qui dormait dans l'océan souterrain depuis des millions d'années. Car pour cette entité, un million d'années c'est comme pour vous, humains, une nuit de sommeil !

Son problème, c'est que l'activité électromagnétique de Cassini, située toujours à proximité l'empêchait de se "lever"....

Mais ne l'empêchait pas d'avoir pris contact avec la Terre et d'avoir pris possession d'un humain, sans pouvoir faire plus étant donné la "paralysie" exercée par les ondes électromagnétiques de Cassini...

Le cimetière

Le vieil homme avait pris sa voiture et s'était rendu au vaste cimetière d'une ville de la banlieue.

Les instructions qu'il avait eues de Titan étaient claires. Il devait se rendre dans ce cimetière devant une tombe précise. Enfin, ce n'était pas vraiment une tombe, mais un casier.

Il avait bien connu cet endroit qu'il avait visité alors qu'il était en activité dans les services techniques d'une petite ville, pour savoir de quelle manière la municipalité de la grande ville de banlieue traitait les restes des corps des personnes dont la concession était terminée... Ils avaient créé des petites cases dans lesquelles ils avaient installé les ossements de ces corps qui occupaient beaucoup moins de place, la décomposition ayant fait son œuvre.

Il savait exactement devant quelle case il devait se rendre.

Ce qu'il fit après avoir escaladé lestement le portail du cimetière, cette "possession" l'ayant rendu plus fort et plus leste. Oubliées, les raideurs et douleurs de la vieillesse...

Il força la petite porte du casier et ramassa les ossements noircis par la décomposition des chairs qu'il plaça dans un sac précautionneusement.

Personne ne le vit faire cela, et escalader le portail dans l'autre sens.

Il retourna à Espérance, rangea sa voiture dans le parking souterrain et monta sur la colline au-dessus de la cité des étoiles tenant fermement le sac d'ossements.

Arrivé au pied de la margelle du puits, il installa précautionneusement et précisément les ossements humains disposés de telle manière à reconstituer en gros une silhouette humaine.

Puis il se releva et s'éloigna de quelques pas. Il faisait nuit, mais la lumière des étoiles suffisait à sa nouvelle acuité visuelle.

L'attente fut longue. Mais il était patient.

Soudain une Ombre identique à celle qui était devenue sa compagne sortit du puits telle une coulée visqueuse de lave noire.

Le vieil homme psalmodia alors une terrible formule dont le début était :

Y'AI'NGAH
YOG-SOTHOTH
H'EE-L'GEB
F'AI THRODOG
UAAAH

Un vent glacial se mit à souffler venant du fleuve et

les chiens se mirent à aboyer dans la nuit...

Mais le vieil homme n'interrompit pas sa formule et la prononça jusqu'au bout.

Per Adonai Eloim, Adonai Jehova, Adonai Sabaoth, Metraton Ou Agla Methon , verbum pythonicum mysterium salamandrae, conventus sylvorum, antra gnomorum, daemonia Coeli God, Almonsin,Gibor, Jehosua, Evam, Zariathnatmik, Veni, veni, veni...

Puis sa voix faiblit et devint un simple murmure. Mais il continuait à psalmodier.

Puis il cria :

DIES MIES JESCHETBOENE DOESEF

DOVENA ENITEMAUS

Puis, il murmura de nouveau. Cela dura très longtemps, très longtemps ; Quelqu'un passant à proximité aurait pu aussi entendre :

yi-nash-Yog-Sothoth-he-Iglb—fi-throdag

se terminant par un hurlement: *YAH !*

Alors que ce cérémonial se déroulait, l'Ombre officiait silencieusement.

Cette Ombre s'étala d'abord sur les ossements et une espèce d'ébullition se déclencha, absolument silencieuse. L'Ombre prit une forme humaine, mais consistante, elle perdit cette apparence vaporeuse, bien que ferme, et devint solide, mais souple. Le corps humain ainsi reconstitué demanda encore de longues heures avant de prendre forme, visage et traits d'un homme ayant autrefois existé. Mais le vieil homme était patient. Il attendit, il poursuivit sans fatigue son blasphématoire balbutiement, entrecoupé de mots hurlés vers le ciel.

Quand la créature née de son travail se leva lestement il lui demanda :

« Qui êtes-vous ?

- Joseph Curwen ! »

Répondit l'homme dans un sourire sardonique...

Le vieil homme avait emmené des vêtements, suivant ainsi les directives reçues, et dont il comprit alors l'usage...

Rencontres auprès du puits

Alice (la vampire) et Anatole marchaient, glissaient plutôt, dans la sombre ville d'Espérance. Déserte en apparence, mais partout, dans les recoins retirés, dans les espaces abandonnés, dans les terrains vagues isolés, mais aussi parfois au pied des immeubles dans lesquels les gens se terraient tentant de dormir malgré les cris hystériques de jeunes adolescents drogués ou enivrés, partout des petites bandes de jeunes perdus par la vie, lâchés par elle, révoltés contre ils ne savaient qui, et qui cherchaient dans la violence verbale ou parfois physique, une issue à leur sentiment d'infériorité, de révolte contre ils ne savaient qui, contre les fantômes qu'ils s'inventaient eux-mêmes... Des petites frappes qui empoisonnaient la vie des pauvres gens d'Espérance.

Les deux vampires aimaient cette ambiance, car ils ne la craignaient pas. Ils ne craignaient pas ces pauvres hères dont ils ne faisaient qu'une bouchée quand l'occasion se présentait, et elle se présentait souvent, car ces petits cons venaient à eux, croyant voir un couple de parvenus qui n'avaient rien à faire dans cette ville de misère.

La nuit était noire. La municipalité éteignait l'éclairage public la nuit par mesure d'économie.

Pourtant, il y avait plus noir que la nuit.

Le vieil homme se tenait devant eux au détour d'une ruelle, portant avec lui, au-dessus de lui, derrière lui, partout, une Ombre épaisse qui ne les empêchait pourtant pas de le voir.

Anatole montra ses dents, prêt à se saisir de ce vieil homme fragile. Mais ce dernier parla, d'une voix rauque et profonde, inquiétante, même pour deux vampires, et grand fut leur étonnement quand ils entendirent ce qu'il prononça :

« Vous voulez aller dans le monde de M. ?

- Mais... Comment ? Balbutia Alice.
- Oui je le sais, vous voulez rejoindre le monde de

M.

- Écoutez, poussez-vous de là où nous allons vous dévorer vif ! Grogna Anatole, pourtant, déjà moins sûr de lui-même...

- Alors, essayez ! répondit insolemment le vieil homme en ricanant. »

Anatole tenta de le saisir, mais l'Ombre l'en empêcha. Comme une force invisible qui s'interposa ; et Alice fut rassurée, car elle voulait en savoir plus. Elle voulait rejoindre le monde de M. et Anatole, lui, ne savait que faire. Aller là ou ailleurs...

La jeune femme (disons, jeune d'apparence) lui tint fermement le bras et s'adressa au vieil homme :

« Continuez : comment connaissez-vous le monde de M.

Je suis désormais au service de Lui (et il étendit les bras autour de lui désignant cette Ombre) qui n'est pas encore ici, tout en y étant, mais qui viendra un jour quand il sera libéré des bras de Titan...

- Ah ? Et vous savez comment aller dans le monde de M. ?

- Ne pensez même pas y aller en empruntant le couloir de la maison de Zakopane ! Ce passage est définitivement fermé !

- Même ça, vous le savez ? »

« Ce vieil homme est vraiment au fait des choses. Incroyable ! songea Alice ! Nous ne risquons rien de le suivre, s'il a quelque chose d'intéressant à nous montrer... »

« Bien ! Et vous savez comment vous y rendre ?

- Je sais comment vous pouvez vous y rendre, et particulièrement ce monsieur »

Et il désigna Anatole du doigt.

Cela inquiéta Alice, elle se souvint que la dernière fois qu'ils avaient emprunté le passage ensemble, seul Anatole était passé, et elle avait été expédiée sur Yuggoth... Elle se méfiait... Mais la tentation était forte. Elle calcula que si elle ne pouvait pas passer, ce serait le cas partout où elle le tenterait. Ici ou ailleurs. Et donc tant qu'à faire, il fallait tenter sa chance, surtout qu'elle était accompagnée d'Anatole...

« Pouvez-vous nous montrer ce lieu qui sert de passage ? » Demanda-t-elle brutalement au vieil homme...

Ce dernier baissa la tête, comme à l'écoute de quelque chose ou de quelqu'un...

« Avec qui parlez-vous ? demanda Alice.

- Cela ne vous regarde pas ! répondit-il sèchement...

- Bien alors, répondez à ma question précédente : pouvez-vous nous montrer ?

- Suivez-moi. »

L'homme se retourna, précédé de son Ombre, mais Anatole hésita. Alice se retourna et revint sur ses pas, saisissant le bras d'Anatole :

« Tu hésites ? Tu ne viens pas ? interrogea-t-elle, anxieuse, mais aussi très autoritaire... »

Elle avait eu autrefois une autorité absolue sur le jeune garçon Anatole, avant qu'elle ne l'eût transformé. Mais était-ce toujours le cas avec cette descendance ?

Elle l'avait encore, car sans un mot, Anatole prit le pas en direction du vieil homme qui s'était arrêté et regardait la scène.

Ils marchèrent de concert dans la nuit noire, étrange cortège de monstres qui pourtant n'en avaient pas l'air, au contraire, précédés par une Ombre, plus noire que la nuit et manifestant toutes les caractéristiques de la vie...

Pendant qu'Alice et Anatole étaient rejoints par le vieil homme, Curwen n'était pas resté inactif.

Il descendit lestement le sentier qui menait des ruines du château au bord du fleuve en passant par le centre-ville. Il faisait toujours nuit noire. Mais cette obscurité ne le gênait pas. Il se dirigeait sans problème à la lueur des étoiles, et, en ville, grâce à l'éclairage des enseignes des banques qui illuminaient la place.

Il atteignit le quai. Ici il faisait nuit. L'éclairage public était éteint. C'était tant mieux pour ce qu'il avait à faire. Il regarda la surface du fleuve qui brillait à la lumière des étoiles et de la Lune et esquissa un petit sourire de satisfaction, une espèce de ricanement de bonheur, ses yeux comme illuminés par une jouissance.

« Brown Jenkin, enfin je te retrouve… »

Il descendit le plan incliné qui mène à la berge et qui permet aux barques de se mettre à l'eau et atteignit l'eau du fleuve qui clapotait à ses pieds.

L'incantation qui appelait le rat à parole humaine, le compagnon noir de la sorcière Keziah, était encore présente dans son esprit, et il savait couper le lien qui unissait le rat à la femme diabolique…

Cela fut assez simple. Il posa en haut d'une volée d'escaliers en pierres qui entraient dans l'eau du fleuve une petite poupée extraite de sa poche. Elle était nue et ses cheveux clairsemés. Une belle représentation de la sorcière qui fut impitoyablement écrasée sur la pierre de la plus haute marche pendant qu'il psalmodiait les incantations nécessaires. Puis le silence régna. Son pied une fois retiré, la petite poupée apparut intacte, telle qu'il l'avait sortie de sa poche. Il la ramassa et la rangea à l'endroit d'où il l'avait sortie. Le temps d'attente ne fut pas long. Bientôt, ses yeux de chat distinguèrent une traînée dans l'eau provenant du centre du cours d'eau : une tête de rat dépassant de l'eau traçait ce sillon. Mais cela avait un visage qui mixait l'être humain et le rat. Néanmoins, un spectateur habitué aux promenades au bord de l'eau, aurait cru voir tout simplement un ragondin qui nageait à la surface, comme il y en avait tant.

Brown Jenkin escalada l'escalier et salua :

« Salut Maître ! Heureux de te voir. J'en avais assez de Keziah. Merci de m'avoir délivré.

Ne sois pas trop rassuré. Tu ne sais pas si ce nouveau maître sera meilleur que l'ancien !

Je verrai bien. Mais je suis ici en terrain connu… Je te suis volontiers, je présume que nous allons monter sur la colline avec ses ruines et son puits ?

Tu présumes bien ! »

Ils se dirigèrent rapidement vers le centre-ville. Les « jeunes » du quartier qui passaient toutes leurs nuits dehors, qu'il pleuve ou qu'il vente, lorsqu'ils les aperçurent, bien qu'étonnés, ne furent pas trop surpris, ne se nommaient-ils pas eux-mêmes les « rats de la place » ?

Le couple homme-animal, bien que ni l'un ni l'autre ne fût entièrement ni homme ni animal, parvint au bord du puits sur le site qui dominait toute la ville plongée dans une profonde obscurité et un silence de pierre tombale. Curwen se cacha derrière un pan de mur de pierres sèches menaçant de s'écrouler, suivi par le rat, bavard, qui ne put s'empêcher de demander ce qu'ils attendaient...

« Tais-toi, sale rat ! » Rétorqua Joseph...

Le vieil homme, précédé de son Ombre, marchait d'un pas leste de jeune homme devant Alice, la vampire, et Anatole. Deux créatures de la nuit précédées par un homme possédé...

Curwen ne se montra pas. Le vieil homme montra aux deux vampires l'entrée du puits et, s'adressant à Alice, demanda : « C'est bien là que vous vouliez aller ? »

Alice hésita. Elle était déçue...

« Non ! Répondit-elle. C'est de là que je viens. Ce "passage" m'a menée ici, comment pourrait-il m'emmener ailleurs ? » Elle ne voulait surtout pas retourner sur Yuggoth...

Mais Anatole prit immédiatement la parole. Il avait senti que ce passage était là pour lui, il en était sûr, il les avait pratiqués tant de fois ces passages, qu'il les sentait de tout son être. Il prit la parole. Avant d'arriver en ces lieux il s'en foutait. Maintenant il se sentait comme aspiré par ce trou noir béant.

« Oui, c'est là que je veux aller ! Je vais emprunter

ce passage pour retrouver le monde d'où je viens, j'en suis sûr...

- Mais... répondit Alice, toi sûrement, mais pas moi. Toi tu es mort ! Tu es un mort-vivant, tu peux retourner dans le monde de M., le monde d'Anubis, le pays de l'épouvante, où tu seras conduit à l'assemblée des 42 juges ainsi qu'à la Balance, pour que tu connaisses ton avenir... Mais moi, je suis une créature vivante, je suis née vampire, je ne suis pas une morte-vivante, je risque de retourner sur Yuggoth et ça, je ne peux pas le supporter... »

Elle voulait impressionner le monstre, mais Anatole ne l'écoutait plus, il s'élança et bouscula le vieil homme qui réussit à s'esquiver pour le laisser passer. Le mort-vivant sauta dans le puits et tomba un long moment avant de traverser cette surface horizontale brillante comme une nappe de mercure et se retrouva debout dans un tunnel assez étroit, obscur, mais pas suffisamment pour que sa vue de vampire ne vît soudain apparaître une jolie jeune fille aux yeux verts : Alice Calmet !

Mais il ne savait pas que c'était Alice Calmet, il crut qu'il avait devant lui, Alice la vampire, car elles se ressemblaient comme deux gouttes d'eau.

« Alice ? Mais comment as-tu fait pour arriver ici avant moi alors que j'étais le premier à sauter dans le puits ? »

Alice reconnut Anatole. Elle traduisit ses paroles instantanément : elle comprit qu'il la prenait pour l'autre Alice.

« Je suis venue te convaincre de ne pas y aller. Tu ne sais pas ce qu'est devenu le monde de M. Tu devrais remonter avec moi.... »

En disant cela, elle se demanda comment faire s'il répondait à sa demande et qu'ils se trouvent tous les deux devant la vampire... Mais elle voulait protéger son père Jean qui se trouvait dans le monde de M. Cela passait avant tout le reste. Mais Anatole ne s'en laissa pas compter, il ne répondit pas, la poussa sur le côté avec une puissance implacable et s'élança dans le couloir, si vite qu'il sembla disparaître aux yeux d'Alice.

La jeune femme se promit de retourner dans le monde de M. pour aider son père à en sortir. Elle avait la pierre noire qui pouvait peut-être l'aider dans cette tâche.

Mais le fait d'avoir croisé Anatole et d'avoir appris qu'à la surface se tenait Alice la vampire, lui avait créé l'obligation de remonter ce puits pour évaluer cet autre problème.

Quand elle émergea du puits, il n'y avait plus personne...

En effet, alors qu'Anatole avait plongé dans le puits, Joseph Curwen sortit de sa cachette avec son animal de compagnie et interpella Alice, la vampire.

Cette dernière le reconnut et en fut abasourdie !

« Joseph Curwen ?

- Eh oui, ma petite Alice. Me voici devant toi, comme un jeune premier, prêt à t'ouvrir mes bras. Tu ne dois pas entrer dans ce puits sous peine de te retrouver sur Yuggoth. J'ai amené Anatole ici pour nous en débarrasser. C'est fait. Il la prit par le bras et la fit pivoter vers la noirceur de la nuit au-dessus de la ville d'Espérance. »

« Regarde notre nouveau royaume ! C'est par là que tu pourras recommencer la reconquête de ton ancien monde. Veux-tu le réaliser ou seras-tu assez stupide pour laisser passer une occasion pareille ? »

Ses bras se tendirent vers elle, elle se blottit contre lui le visage tendu vers ses lèvres et ils s'embrassèrent passionnément. Quand leurs bouches se séparèrent, ils avaient chacun un filet de sang qui coulait sur le menton. Puis, suivis du vieil homme et de Brown Jenkin, ils descendirent de la colline à une vitesse si élevée qu'un être humain qui se serait trouvé là par hasard n'aurait pas pu les voir.

Alice Calmet resta immobile dans la nuit assez longtemps pour être quasiment sûre que personne ne bougeait dans les parages.

Elle hésita : devait-elle retourner immédiatement au puits avec la pierre noire pour aller dans le monde de M. et retrouver son père ou descendre cette maudite colline et aller rejoindre Lovecraft chez Pierre Dagon, en espérant obtenir quelque information de sa part ?

En fait, elle choisit la deuxième solution, car elle aurait toujours l'occasion de revenir ici pour emprunter le passage.

Pierre Dagon l'accueillit aimablement. Elle avait bien fait de venir, car sa mère Véronique, l'attendait.

Drôle de monde de "M." !

Jean était toujours dans l'église de Federal Hill... Enfin, disons plutôt, un des nombreux doubles de cette bâtisse, quelque part dans une version du monde de M. qui n'était sans doute pas celle qu'Anatole avait connue (et Jean aussi, mais très brièvement...)

Il sortit du confessionnal moisi dans lequel il était arrivé et se retrouva dans la grande nef de l'église.

Il y faisait relativement sombre, mais il pouvait y voir suffisamment clair pour distinguer la rangée de bancs et, au fond, loin de lui, l'autel qui semblait le narguer dans le chœur. Il se retourna et se dirigea vers la porte principale de l'édifice. Il jetait des regards inquiets vers les vitraux desquels aucune lumière ne parvenait... Ou les baies n'étaient pas vitrées ou il faisait nuit « dehors »...

Arrivé au pied de l'énorme porte en bois massif il chercha à trouver une issue pour sortir. Même pas d'interstice qui aurait indiqué qu'il y eût deux battants de porte. Il n'y avait aucune possibilité de sortir de cet endroit !

Il connaissait l'histoire du clocher et de l'entité qui y régnait tout en haut. Mais serait-ce le cas dans ce monde-ci ? De toute façon, monter dans le clocher ne lui permettrait sans doute pas de trouver une issue. Il avait soigneusement ausculté le confessionnal dans ses moindres détails, et n'avait pas trouvé d'autre issue que celle qu'il avait empruntée. À se demander par où il était arrivé !

Il prit la seule décision possible pour lui : retourner dans le confessionnal... Il parcourut la nef dans la semi-obscurité et aperçut au loin la silhouette du confessionnal. Il eut une idée. En effet il réalisa qu'il était arrivé dans le réduit réservé aux fidèles qui se confessaient, et décida d'entrer dans le petit local réservé au prêtre, espace relié à celui réservé au fidèle par une petite fenêtre grillagée munie d'un volet coulissant.

Arrivé devant cette espèce de grande armoire dans laquelle pénétraient des êtres humains, ou, plutôt, dans laquelle ils avaient pénétré, sans doute, il y a longtemps...

Il ouvrit le portillon et pénétra dans l'espace réservé au curé. Il avait l'impression de perpétrer un sacrilège. Il se souvenait quand il venait se confesser quand il était adolescent et avouait avoir fait des impuretés seul... Il y faisait très sombre. Il referma derrière lui et une lueur bleuâtre sembla s'allumer dès que la porte fut fermée. Un phénomène étrange se produisit. Il ne se trouvait plus dans un réduit, mais dans la pièce d'une maison. Une fenêtre donnait vers l'extérieur. Il semblait faire nuit, mais une nuit éclairée par la pleine Lune...

Il s'approcha et resta bouche bée devant le spectacle qui se présentait à lui. Qui semblait lui être réservé.

La fenêtre donnait sur un espace mal éclairé, au ciel noir sans étoile. Au fond, au-dessus de l'horizon Saturne, la planète géante présentait ses magnifiques anneaux. À couper le souffle !

Un paysage lugubre s'étendait entre l'horizon qui semblait proche et lui-même. Une atmosphère brumeuse éclairait chichement une plage désespérante et une mer dont le liquide brillait faiblement d'un éclat métallique.

Parfois, un remous indiquait qu'une chose baignait dans ce liquide et bougeait. Un son lugubre résonnait dans sa tête. Il se boucha les oreilles avec les doigts, mais le son persistait.

Ses connaissances en astronomie lui indiquèrent que cet endroit pouvait être Titan, vu que la planète énorme visible au-dessus de l'horizon était à coup sûr Saturne...

Il se souvint aussi que depuis que Pluton avait été photographiée par la sonde New Horizons, les astronomes avaient donné des noms aux structures géologiques de la petite planète. Ainsi ils avaient baptisé une région constituée de terrains sombres et anciens, « *Cthulhu Regio* »...

Jean tourna le dos à la fenêtre et regarda la pièce où il se trouvait. Il pensait être dans le monde de M., enfin du moins, celui qu'il avait connu. Il savait que ces mondes étaient malléables, ils prenaient la forme que ceux qui les créaient voulaient bien qu'ils prennent. Et que tout cela avait un but, mais il ne savait pas lequel, bien sûr...

Il était sûr d'avoir croisé Alice. Du moins son ombre aperçue au travers de l'espace-temps. Elle était passée au même endroit que lui, mais dans une autre dimension.

Pourtant, il se souvenait bien qu'Alice, sa fille, était partie en mission sur Éris pour fixer là-haut « Ceux du dehors », afin qu'ils n'interfèrent pas dans leur quête... Mais là, il ne se trouvait pas sur Éris, mais sur Titan. Peut-être que Federal Hill, était une espèce de station dans laquelle on pouvait changer de train pour aller dans un monde ou un autre. Et qu'il y avait aperçu Alice au travers d'une cloison de verre qui séparait son couloir du sien.

Il avait confiance en elle. Il connaissait ses pouvoirs et sa force. Cette jolie jeune fille aux yeux verts, derrière son apparente fragilité, cachait une énorme capacité à se mouvoir dans l'espace-temps. Il savait qu'elle le retrouverait...

Après avoir mûri sa décision, il se dirigea vers la porte de la pièce où il se trouvait, une pièce complètement vide, et en sortit immédiatement. Un long couloir comme il en connaissait déjà tant le conduisit à un escalier qui lui permit d'accéder au rez-de-chaussée...

La porte qui donnait vers l'extérieur l'attira comme un aimant attire la limaille de fer. D'ailleurs sa silhouette se désagrégea quand il s'élança pour se reconstituer dès qu'il fut debout devant la sortie.

Jean hésita juste une seconde. Il tendit la main, et tourna la poignée. La porte s'ouvrit d'elle-même...

Il fit un pas, et vit qu'il avait une volée de marches à descendre. Ce qu'il fit... Le paysage devant lui était tout autre que celui qu'il avait vu par la fenêtre de la pièce du premier étage. Cette fois, il se trouvait dans un site bucolique, dans un bosquet d'arbres au centre duquel se trouvait la maison que Véronique connaissait si bien. Entre la végétation, il apercevait de grands prés sur lesquels broutaient des bovins à la robe blanche...

Il se retourna devant la maison et la regarda avec un mélange de terreur, d'attirance et de lucidité.

Elle était magnifique.

Sur le devant, elle montrait trois tours. Un seul étage et les fenêtres mansardées lui donnaient une agréable proportion. Seules les tours possédaient un troisième niveau situé à la hauteur du toit principal

Deux grandes tours rondes encadraient celle du milieu, carrée. Au pied de celle-ci, sous une porte-fenêtre du premier étage, un balcon en pierre surplombait l'entrée principale à laquelle on accédait par quelques marches. Le toit en ardoises des tours se tenait plus haut que celui du bâtiment principal, également en ardoises. Les deux fenêtres mansardées de chaque côté de la tour carrée s'alignaient au troisième niveau avec les petites ouvertures percées dans le mur des tours. Au centre, elles étaient deux à se serrer l'une contre l'autre, accolées au-dessus de la porte-fenêtre donnant sur le balcon. Cette partie centrale comportait, encore au-dessus, une fenêtre mansardée. Au premier, l'ouverture des tours cylindriques et le balcon central encadraient une fenêtre de la façade qui copiait sa semblable du rez-de-chaussée. Deux énormes cheminées s'élevaient à chaque extrémité de cette façade principale qui se prolongeait de chaque côté par un vaste appentis.

L'encadrement des fenêtres ainsi que l'angle des murs étaient sculptés en pierre rouge sombre, friable, mais si belle.

Cette couleur suggéra le noir rougeoiement de la braise sur laquelle on peut encore souffler pour faire repartir le feu sous la cendre... En regardant cette sinistre construction, il pensa à une chauve-souris avec le toit central pour la tête et les deux pointes des tours pour l'angle supérieur des ailes en train de se déployer.

Il y retourna, sachant confusément que le paysage extérieur n'était qu'une illusion : il avait bien vu autre chose en regardant par la fenêtre tout à l'heure.

Quand il se retrouva à l'intérieur, le décor était de nouveau différent. Il y avait un grand hall, en surface et en hauteur, avec un escalier monumental. En levant les yeux au plafond, il s'aperçut qu'il n'y en avait pas : le toit s'était effondré et on voyait encore quelques débris traîner au sol. Mais pas autant qu'il y en aurait eu quand le plafond s'était écroulé.

Cela lui mit la puce à l'oreille : c'était une mauvaise mise en scène...

Il se dirigea à côté de l'escalier pour découvrir ce qu'il cachait. Un accès aux sous-sols...

Jean emprunta l'escalier qui y menait... Il fallait bien faire quelque chose !

La cave était sombre, mais toujours vaguement éclairée par cette lueur métallique, cette impression de noirceur, oui, c'était plutôt une noirceur qui éclairait les lieux. L'explorateur qu'était devenu Jean, passa rapidement d'un décor de cave de maison bourgeoise à un décor de caveau, une espèce de lieu gothique digne des films de la Hammer... Il sembla reconnaître le décor du film de James Whale « La Fiancée de Frankenstein ». La même crypte dans laquelle le monstre en fuite se réfugie et où il voit une femme morte et lui dit : « Ami » en lui passant la main devant les yeux. Ce n'était pas un film de la Hammer, mais de l'Universal !

Il eut ainsi la confirmation que le décor était bien monté.

Dans cette crypte, il découvrit un cercueil en pierre dont le couvercle était tombé et s'était brisé en deux morceaux. Il jeta un coup d'œil à l'intérieur et sursauta en reculant vivement... Anatole y gisait, les mains en croix et les yeux fermés.

« Nom de Dieu ! » S'exclama Jean. « Que fait-il là celui-là ? »

Retour à Espérance

Alice embrassait sa mère tout heureuse de la retrouver là.

« Où est papa ? », demanda immédiatement Alice à Véronique.

« Je ne sais pas. » Répondit sa mère. Et elle lui raconta comment Jean avait pris la décision de partir à la recherche de Garand.

« Je pense que tu devrais solliciter Bretagne. Ton père a dû l'appeler pour emprunter le chemin des miroirs. Le seul chemin possible pour atteindre Garand s'il est revenu dans notre monde. Moi je ne peux pas le faire et Bretagne ne peut pas se manifester si tu ne montres pas ta présence dans les miroirs... Allez ma fille, au boulot ! »

Alice se plaça devant un miroir et attendit quelque temps. Bretagne ne tarda pas à se manifester et lui raconta comment elle avait accompagné son père qui avait décidé de rejoindre Garand qui l'avait entraîné dans le monde de M.

Alice décida alors de courir au secours de son père. Il lui serait facile de le retrouver avec la pierre noire qu'elle avait amenée de Federal Hill...

Mais elle était très fatiguée. Elle avait besoin de repos. Elle profita de cette pause imposée pour aller questionner Lovecraft.

La chambre de la cité des étoiles était une petite chambre comme toutes celles de cette cité.

Elle était encombrée de très nombreux appareils qui étaient branchés à un cylindre et un grand écran plasma qui s'alluma dès qu'elle entra. Un portrait d'Howard Phillips Lovecraft apparut, un portrait vivant qui souriait de plaisir de voir la jeune fille aux yeux verts.

« Bonjour Howard, heureuse de te revoir !

- Bonjour Alice. Moi également.

- Depuis ton retour de Yuggoth, tu n'as pas eu envie de te remettre à l'écriture ?

- Non ! Je n'en ai plus envie. Je laisse le soin à Pierre Dagon de poursuivre le développement de mon avertissement à l'espèce humaine. J'ai trop à faire pour m'informer de la complexité de ce monde et de vous aider à faire face aux entités démoniaques qui le menacent. Toutes mes histoires, reprit Lovecraft, même si elles n'ont aucun rapport entre elles, se rattachent à une tradition, une légende fondamentale selon laquelle ce monde a été peuplé autrefois par les êtres d'une autre race ; adeptes de la magie noire, ils ont perdu leur emprise sur cet univers et en ont été bannis, mais ils continuent à vivre au-dehors et sont toujours prêts à reprendre possession de la Terre. En fait, après réflexion, je trouve qu'il est indéniable qu'il existe dans les conceptions que j'expose dans mes œuvres une ressemblance avec le mythe chrétien. Que veux-tu, on ne se refait pas... Pourtant, ce qu'il y a de plus pitoyable au monde, c'est, je crois, l'incapacité de l'esprit humain à relier tout ce qu'il renferme. C'est pourquoi je suis très heureux de vous avoir rencontré toi et ta famille, car vous possédez cette capacité. Dans mon récit « L'appel de Cthulhu », je découvre l'existence d'un « Culte de Cthulhu »... Malheureusement, mes exécuteurs testamentaires ont fait de ce culte pas moins qu'un Mythe qui n'existe pas ! Mais je suis trop bavard, ma petite Alice ; qu'est-ce qui me vaut le plaisir de te voir ?

- J'aimerais que tu utilises tes connexions avec le

monde actuel pour m'informer de ce qui se passe à Espérance. Car j'ai émergé du puits il y a quelques minutes, et j'y ai senti comme une énergie mortifère, une odeur de revenant, une énergie noire, comme celle que tu as décrite dans « L'affaire Charles Dexter Ward »...

- Ah ! Une seconde, je vois ça instantanément... »

Après quelques secondes, HPL reprit la parole.

« Oui, effectivement, j'ai noté une modification des équilibres énergétiques sur la colline du « château » au-dessus de nous. Les capteurs qui ont été installés par Pierre Dagon, m'indiquent trois pics d'énergie qui sont apparus il y a quelques heures. D'autre part, les caméras de surveillance de la commune m'ont indiqué le retour des vampires dans cette ville puisque plusieurs humains de la vie nocturne de la ville ont été vidés de leur sang. J'ai vu la présence d'Alice la vampire et d'Anatole dans les rues qui suivaient un homme âgé visiblement sous l'emprise d'une entité sombre et démoniaque, car munie de plusieurs ombres dont l'une est carrément indépendante de lui ! Enfin, j'ai vu redescendre de la colline, Alice la vampire avec cet homme et Joseph Curwen. Ce dernier était bras dessus bras dessous avec la vampire. Mais Anatole n'était plus présent ! Je sais bien que l'éclairage public est éteint. Mais il reste les éclairages des vitrines des banques et certains magasins, et certaines caméras sont à infrarouge. Alice, je crois que l'heure est grave !

- C'est sûr. Très grave même. Il est trop tard pour empêcher le couple diabolique de mettre en œuvre ses projets. Je dois avant tout récupérer mon père qui a sans doute été éloigné de cette ville maudite pour que je vole à son secours et en attendant, le trio maudit va pouvoir poursuivre son projet. Je redoute le pire pour cette ville, qui servira sans doute de base d'expansion après avoir été asservie ! Howard, je te quitte, le devoir m'appelle.

- Bon courage ma belle et mes amitiés à tes parents... »

Alice retrouva sa mère et lui rapporta les

informations apportées par Lovecraft.

« Il faut agir vite, s'écria Véronique !

- Oui, maman. Je vais utiliser la pierre noire, regarder dedans, je cours un risque, mais je ne vois pas d'autre solution...

- Tu me fais peur ! »

Alice sortit la pierre de son sac et la leva vers le luminaire du plafond pour mieux l'éclairer et la regarda en face, si on peut dire, les yeux dans les yeux, avec une détermination farouche. Les noires profondeurs qu'elle y vit, et les masses vivantes et horribles qui s'y mouvaient, ne l'impressionnèrent pas, alors qu'elles auraient rendu fou un être humain normal.

Elle devait chercher son chemin dans cet espace nouveau, y entrer et le parcourir, en dresser la topologie, mesurer l'espace-temps, compter les dimensions, vérifier la métrique, peut-être s'écouler dans une des dimensions, de la cinquième à la dixième, dimensions microscopiques, que les humains ne sauraient atteindre ou voir, mais qu'elle détectait parfaitement...

Elle partit donc sur ce chemin, comme le pèlerin qui part à Saint Jacques de Compostelle...

Pendant qu'elle regardait et qu'elle préparait son corps à une expédition dans l'espace-temps, elle réfléchissait aux informations données par Lovecrat. Pourquoi son père avait-il été écarté des événements qui s'étaient déroulés cette nuit à Espérance ? Elle finirait par le savoir... C'était peut-être lui la clé de tous ces problèmes ?

Elle se rappela aussi qu'elle aurait dû se reposer. Mais ce serait pour une autre fois : l'heure était grave...

Le Maître des univers

Alice se trouva dans une espèce de tunnel, du moins quelque chose qu'elle percevait comme tel, car, elle n'aurait pu le décrire.

Cela ne dura pas longtemps, elle se retrouva

soudain debout dans un paysage sombre et lunaire (comme on dit). En fait, cela n'avait rien à voir avec la Lune, car elle ne voyait pas le ciel et ses étoiles. L'atmosphère était brumeuse. Elle ne savait pas si elle était respirable, car quand elle « voyageait ainsi, elle ne retrouvait pas son corps intégralement, c'était son corps virtuel. Où était son « vrai » corps » ? Elle ne le savait pas non plus...

Elle regarda autour d'elle et se vit sur une plage au bord d'un plan liquide... Comme elle n'avait pas de corps, elle ne pouvait pas toucher pour sentir. Elle se retourna et vit une maison, un immeuble plutôt, cet hôtel du film de Kubrick tiré du roman de Stephen King *Shining*. Cela ne l'étonna pas trop, mais ce qui la fit sursauter, c'était qu'elle vit Saturne au-dessus de la bâtisse. Elle était de grande dimension avec ses anneaux vus légèrement de côté. Elle se trouvait sur Titan ! Ce satellite de Saturne. En fait, cela était aussi une mise en scène, car elle savait bien que sur le « vrai » Titan, l'atmosphère du genre smog de couleur orange de Titan ne lui permettrait pas de voir Saturne. Sauf si elle était au pôle Nord en altitude... C'était peut-être le cas !

Elle prit donc la décision de se diriger vers *Overlook,* l'hôtel hanté du roman de Stephen King. Ce dernier avait eu une suite d'ailleurs, dont le titre est Docteur Sleep, dans lequel, Danny, l'enfant lumière de *Shining* est devenu grand et pourchasse une espèce étrange de vampires...

Elle s'approcha à grands pas. Elle passa devant l'aire des animaux sculptés dans le buis avec, bizarrement, une peur au ventre, la peur de les voir prendre vie...

Elle entra par la grande porte d'entrée style 1900...

Ce qu'elle vit à l'intérieur n'était pas un hôtel. Cela ne la surprit pas. Elle se souvenait de son voyage sur Yuggoth, elle y avait également trouvé une mise en scène de cinéma...

Ici, elle se trouva dans une salle en forme de gigantesque sphère de plusieurs dizaines de mètres de diamètre dont la paroi était recouverte d'écrans sur lesquels s'animaient des images. Pour certains. Mais sur d'autres on y voyait, semblait-il défiler des chiffres, ou des graphiques.

Une passerelle enjambant le vide menait vers une plateforme où se trouvait un homme assis devant un pupitre et un écran. L'homme était de dos, mais elle sentit en elle monter l'angoisse habituelle : elle crut reconnaître Garand ! Elle stoppa net sa progression. Et attendit. Une espèce de bourdonnement, de brouhaha dans lequel elle crut discerner des paroles, de la musique, des bruits divers, mélangés, mais néanmoins distincts...

L'homme au pupitre se leva et se tourna vers elle. C'était bien Garand !

« Ne bouge pas ma petite Alice, j'arrive : »

Et il s'approcha d'un bon pas, mais il dut quand même mettre un certain temps tellement il était loin.

Lorsqu'il fut arrivé devant elle, il ne lui tendit pas la main. Il évita tout contact. De toute façon, Alice, ne les souhaitait pas...

« Ah ! Je vois que tes pouvoirs se sont affûtés. Venir ici n'est pas facile... Comment as-tu fait ? Dit-il en riant.

- Allez, ne dit pas de bêtise, tu le sais bien, puisque tu sais tout ce qui se passe partout... C'est d'ici que tu surveilles tous les univers... ??

- Allez, ne sois pas de mauvaise humeur avec ton père !

- Je ne sais pas si tu es mon père. Même si je sais que tu as couché avec ma mère...

- Je pense que je le suis autant que celui que tu désignes de ce nom : Jean... C'est lui que tu recherches, d'après ce que je sais...

- Oui.

- Les nouvelles sont mauvaises, je le sais.

- Oui, Curwen est de retour sur Terre. Un homme d'Espérance semble habité par une entité qui se trouve ici, sous le sol de Titan, dans les eaux souterraines, alors qu'à la surface règne le froid et le seul liquide qu'on trouve dans l'océan est un mélange de méthane et d'éthane...

- Il y a ton sosie Alice aussi, et Anatole qui a disparu on ne sait où...

- Connais-tu l'entité qui règne dans les sous-sols de ce satellite de Saturne ?

- Oui, c'est *Nyarlathotep*. Le messager des autres Dieux vers le monde des hommes. Il se manifeste comme l'Homme Noir des sorcières... Le Chaos rampant.

- Ah ! C'est pourquoi Curwen le grand sorcier est revenu à la vie. Mais quels sont les buts de Nyarlathotep ?

- Son but est de rejoindre la Terre. Il est bloqué ici depuis des millions d'années, endormi, inconscient, il n'y a pas de mot pour indiquer son état. Mais il a été « réveillé » par les émissions électromagnétiques de la sonde Cassini qui sont des artefacts énergétiques. Mais je ne comprends pas, il est réveillé, mais bloqué ici. Il essaie donc de maîtriser des entités (êtres humains, autres êtres vivants) sur Terre pour préparer sa venue. Il veut prendre le pouvoir par délégation.

- Je vois ! Cela explique tout ! Maintenant que je sais cela, je perds mon temps ici. Je dois retrouver vite mon père pour qu'on retourne ensemble à Espérance. C'est cette ville que Nyarlathotep a choisie pour sa base de départ. »

Une ombre passa dans les yeux de Garand quand Alice parla de son « père ». Mais il surmonta vite sa déception...

« C'est moi qui t'ai fait venir ici, car je sais qui tu cherches.

- Ah ? Quelle grandeur d'âme.

- Pense ce que tu veux, mais sache et retiens que je ne suis pas comme vous, toi et les humains.

- Tu es quoi alors ?

- Je te l'ai déjà dit quand nous nous sommes rencontrés au bord du Nil : je ne peux pas te le dire, car je n'en sais rien... Mais si tu veux retrouver Jean tu dois retourner dans l'église de Federal Hill...

- Quoi ? Mais j'en viens déjà ! Et comment vais-je

retrouver mon chemin ?

- C'est lui qui te trouvera !
- Autrement dit c'est toi qui m'y conduiras par tes micmacs ! »

Il ne dit rien, mais sourit pour acquiescer.

L'image de Garand commença à trembloter, à sauter, comme dans les vieux films, quand la dent du projecteur sautait sur les petits trous de la pellicule.

« Ça va pas recommencer ? Tu vas pas encore disparaître ? s'inquiéta Alice.

- Non, pas tout de suite, j'ai encore un peu de temps, je voudrais t'expliquer quelque chose. Enfin "expliquer" est un bien grand mot. Attends-moi, je reviens de suite. »

Il retourna sur son poste d'observation et manipula divers objets qu'Alice ne put distinguer, car il était loin et il tournait le dos.

Il revint à grands pas alors que son pupitre se dissolvait dans l'air et la passerelle derrière lui faisait de même au fur et à mesure qu'il avançait... Il se planta devant elle alors que son image sautait toujours et parla.

« Tu sais ce qu'est l'espace-temps ? Enfin, vous les humains du XXIe siècle, vous savez quelque chose là-dessus et vous croyez tout savoir... Je ne veux pas te faire un cours de physique, mais je veux que ma fille comprenne ce qu'elle est et ce qu'elle fait. Moi-même, qui suis « d'ailleurs » je comprends beaucoup de choses, mais je ne suis pas maître de mon destin, pas complètement. Et toi non plus...

« Au début du siècle dernier, vous avez découvert que l'univers (le vôtre, mais il y en a beaucoup d'autres) était en expansion. Quel choc ! Alors que tout le monde croyait qu'il était statique, stable depuis la Création, depuis que Dieu l'avait créé... Eh bien non !

« Ensuite, vous avez découvert que les atomes n'étaient pas indivisibles et que l'espace n'était pas fixe, mais "tordu" par la gravité... Cela faisait beaucoup de chocs ! D'une part, la Terre n'était plus le centre du monde, et l'être humain non plus, et la matière pas ce que vous croyiez qu'elle était...

« Certains chez vous envisagent aujourd'hui que le responsable de l'expansion de l'univers est l'énergie du vide.

« Les effets de l'énergie du vide sont observés expérimentalement, par exemple, par l'émission spontanée, l'effet Casimir, ou le décalage de Lamb...

« D'où vient l'énergie du vide ? De ce que vous appelez des particules virtuelles qui apparaissent et disparaissent constamment. Le vide ce n'est pas RIEN, c'est QUELQUE CHOSE ! L'espace-temps c'est ne pas le néant, c'est QUELQUE CHOSE !

« Un dénommé Heisenberg a découvert ce qu'on appelle les inégalités d'Heisenberg, ou l'*incertitude* du même...

Cela se résume à une petite équation de rien du tout : $\Delta p \times \Delta x \geq h/4\pi$

« h » est la constante de Planck, elle définit le seuil de ce qui ne peut pas être plus petit quand on va vers l'infiniment petit...

« Que dit cette petite équation de rien du tout ? Qu'on ne peut pas connaître à la fois l'emplacement et la vitesse d'une particule, si on connaît l'un on ne connaît pas l'autre... Il n'existe pas de trajectoire, au sens classique du terme. Dans notre espace de vie, on peut définir un point (une position) et une tangente (donnant la vitesse), mais ici le point est flou et la tangente est folle !

« Ou on mesure l'énergie, ou on mesure le temps...

« Par exemple : on sait faire passer un électron (car c'est une onde, un paquet d'onde) en même temps dans deux trous différents à la fois. C'est l'expérience des fentes de Young. On sait que ça se passe comme ça, parce qu'on le mesure indirectement, grâce aux interférences produites par l'onde de cet électron sur un écran. On regarde donc l'effet, mais pas l'électron lui-même. Mais si on regarde l'électron lui-même, hop ! il ne passe plus par deux trous à la fois, mais par un seul... Pourquoi ? Parce qu'en le regardant on lui a donné une position exacte, et donc l'inégalité d'Heisenberg ne marche plus, l'électron a changé de monde il appartient désormais à notre monde macroscopique... Ce n'est plus une fonction d'onde ψ, mais un point ! Car quand c'est une fonction d'onde, ce point n'existe que sous forme d'une probabilité donnée par $ψ^2$! Il devient une espèce de "nuage" dans lequel, il existe plus ou moins partout !

« Sache que p est la quantité de vitesse, l'impulsion, soit p= mv, donc notre équation devient : $Δv$ x $Δx ≥ h/4πm$.

Or m, la masse, est très importante dans notre monde par rapport à h qui est égal à $≈ 6,626\ 040\ 040×10^{-34}$ J·s.

« Ce chiffre c'est 6626040040 après 34 zéros après la virgule ! On ne peut pas faire plus petit, c'est le "grain" d'énergie de la mécanique quantique.

« D'où l'impossibilité de faire fonctionner ces équations dans notre monde macroscopique. C'est gênant ce truc, hein ? Ben oui ça l'est. Mais vous verrez, vous réussirez un jour la grande unification de la physique quantique des champs et de la gravité !

« Le vide n'existe pas je te disais. C'est le point zéro de la fluctuation quantique. Mais le point zéro de la fluctuation quantique n'est pas le néant, car, justement, comme les particules sont des fonctions d'ondes, elles naissent spontanément du vide et disparaissant en s'annihilant.

« Une autre inégalité d'Heisenberg : $ΔE$ x $Δt ≥ h/4π$

« Quand les particules apparaissent, leur $ΔE$ est précisément défini (de même d'ailleurs que leur position), et hop, plus d'inégalité, elles rejoignent le monde macroscopique, mais ne peuvent y rester, car elles sont virtuelles, et retournent dans le "vide". Tout cela est énergétique ? Petitement, mais énergétique quand même. Et à l'échelle de l'univers c'est énorme.

« Cette énergie du vide structure donc votre univers. C'est par là que nous passons toi et moi pour nous déplacer, dans notre univers, pour toi, et entre tous les univers pour moi, c'est encore autre chose, mais je suis à ton service, même à ton insu ! Pfuit, comme ça ! »

Et hop, il disparut d'un coup d'un seul !

Federal Hill

Alice ferma les yeux en soupirant. Une fois de plus, Garand s'éclipsait sans crier gare. La première fois, au bord du Nil, elle avait cru qu'il lui mentait quand il disait qu'il n'y pouvait rien de disparaître. Il lui avait même dit : « Non, je ne suis pas entièrement ici... Donc tu ne me vois que partiellement... »

« Ça doit être son histoire de "fonction d'onde et de probabilité"... » Soliloqua-t-elle en ouvrant les yeux...

Et ce qu'elle vit la stupéfia : elle n'était plus dans cette gigantesque sphère, non, elle était de nouveau dans Federal Hill. Elle se trouvait en haut de la tour, là où elle avait trouvé le polyèdre, la pierre noire.

Elle se trouvait dans la pièce aux quatre fenêtres en ogive, avec, au centre, le pilier de pierres aux angles bizarres couvert d'hiéroglyphes supportant une boîte dont les ciselures qui l'ornaient représentaient des scènes et des êtres blasphématoires.

Les sept chaises gothiques entouraient toujours ce monument à la gloire d'une sombre entité terrifiante et très dangereuse.

La pierre n'était plus dans la boîte puisque c'était elle qui l'avait prise. Elle alla quand même vérifier. En effet, la boîte était vide. Elle se garda bien de sortir le polyèdre de sa poche, car elle savait que le scruter ici la renverrait à des liens ignobles, maudits, blasphématoires. C'était trop dangereux. Elle pourrait de nouveau la consulter en dehors de ce lieu...

Le tas de poussière qui abritait le squelette était toujours dans son coin.

Elle prit la seule décision qu'elle pouvait prendre : redescendre dans la grande nef de l'église. Elle songea de nouveau au journal vidéo d'Anatole qui racontait à son psychiatre, Louis Maville, son arrivée dans le monde de M. par ces lieux qui en constituaient l'entrée à l'époque. Mais, depuis, beaucoup de choses avaient changé.

Elle parvint non sans mal à descendre du haut du clocher. Il régnait une luminosité étrange dans la nef. Elle était plus lumineuse que lors de son dernier passage, juste un aller et retour qu'elle avait pu faire. Mais comment allait-elle s'y prendre pour repartir cette fois ?

Elle avait toujours en tête le témoignage d'Anatole et se souvint qu'il avait raconté qu'il était arrivé ici par le confessionnal du bâtiment religieux.

Elle décida donc de suivre son intuition et se rendit dans cette grande armoire en bois vermoulu que constituait le confessionnal avec sa porte du milieu et ses deux entrées de chaque côté pour les pécheurs.

Seule la porte du milieu cachait ce qu'il pouvait se tenir derrière elle.

Elle s'approcha, tendit la main et ouvrit la porte.

Le confessionnal émit un hurlement strident qui la fit sursauter... Vraiment terrifiant. Ça ne donnait pas envie d'y entrer ! Mais elle connaissait ces procédés utilisés par les gardiens des passages : terrifier le bourgeois pour l'empêcher de s'approcher. Elle passa outre sa terreur, car ces hurlements étaient réellement terrifiants, même pour elle, tout endurcie qu'elle était. L'intérieur était très sombre. Elle se pencha en avant et entra. Au lieu de se trouver dans un confessionnal, elle se trouva dans un couloir d'une maison assez antique... Il comportait des ouvertures vers l'extérieur qui apportaient une lumière grisâtre, mais impossible de voir au travers. Elle ne pouvait donc pas s'orienter. Tout en l'empruntant, elle restait sur ses gardes, oreilles grandes ouvertes, elle en atteignit le bout qui débouchait sur un escalier qui ne permettait que de descendre. Ce qu'elle fit. Il comportait les mêmes ouvertures opaques, mais qui laissaient filtrer cette lumière de couleur moisie.

Ce colimaçon semblait sans fin, elle finit même par avoir le tournis, mais, néanmoins, elle poursuivit. Il ne servait à rien de remonter.

Après une heure de descente entrecoupée de

pauses les plus courtes possible, elle aboutit dans une crypte. Elle s'arrêta un peu pour faire le point dans sa tête et prendre une décision. Elle entendit alors nettement un cri qui résonna dans le dédale des cryptes qui semblaient se suivre...

« Nom de Dieu ! Que fait-il là celui-là ? »

C'était la voix de Jean, son père !

Cela la fit sursauter, mais elle se dirigea immédiatement vers l'endroit d'où provenait cette voix.

Au détour d'un de ces énormes piliers qui soutenaient le plafond de cette gigantesque crypte, éclairée de cette sombre lumière venant on ne savait d'où, elle vit Jean, son père, debout à côté d'un cercueil en pierres.

« Papa ! » S'écria-t-elle...

« Jean se retourna et fut stupéfait de voir Alice, enchanté de la voir, soulagé de la savoir en bonne santé et heureux de la perspective qu'offrait sans doute sa présence : pouvoir sortir de ce lieu.

Il la serra dans ses bras et lui dit : « Quel bonheur de te voir. Tu me raconteras, mais il y a urgence : regarde ce que contient ce sarcophage de pierre... »

Alice s'en approcha et vit Anatole, curieusement endormi dans la posture des vampires dans les films de Dracula... Ça ressemblait fortement à une mise en scène de Garand.

Jean et Alice se regardèrent d'un air de dire : « Que faisons-nous ? »

Jean prit le premier la parole : « Je crois qu'il est plus prudent de laisser les choses en état... »

Mais personne ne bougea, alors que l'image d'Anatole se dissolvait comme dans les films de la Hammer... Et disparut.

« Ah ! s'exclama Alice. Voilà encore un tour de magie de Garand. Je viens de le voir... Il aime s'amuser à faire des références cinématographiques. Ça l'amuse beaucoup. Mais, ce faisant, il envoie aussi des messages : Anatole ne doit pas être loin... Il a dû tenter de se rendre dans le monde de M., mais il ne peut pas, il s'est donc retrouvé ici. Oui, il m'a fait un cours de physique quantique des champs pour étaler sa science. Enfin, il en est resté à nos connaissances actuelles. Il en sait beaucoup plus, mais il aime étaler sa science... Et comme toujours, il a disparu avant que je ne puisse dire quoi que ce soit. Mais c'est bien lui qui est à l'origine de tout ça. L'entité qui séjourne dans les eaux souterraines de Titan est à l'origine de sa réactivation. Il nous faut rapidement retourner à Espérance. Mais comment faire pour empêcher Anatole de nous suivre ?

- Tant pis ! Courons le risque. Ensuite nous aviserons.

- Tu sais que cette créature est devenue terrifiante et quasiment indestructible. Si elle retourne à Espérance, elle va y faire de gros dégâts.

- Oui, mais je crois que nous sommes condamnés à suivre le chemin tracé par Garand et son maître. Ici nous ne maîtrisons rien, alors qu'à Espérance nous sommes maîtres de notre destin... Connais-tu un moyen de repartir là-bas.

- J'ai sur moi le tétraèdre noir du clocher de l'église de Federal Hill. D'ailleurs Garand m'avait conseillé de m'y rendre pour t'y retrouver. Sur ce coup-là il a été juste. Mais je crains d'utiliser cette pierre en ces lieux. Je sais que si je l'utilise dans la pièce qui se trouve au sommet du clocher de l'église, elle m'emmènera dans les plus odieuses et noires profondeurs. Puis-je l'utiliser ici en toute sécurité ? »

Ils observèrent un moment de silence pour laisser place à leur réflexion.

Jean parla le premier : « De toute façon il n'y a pas d'autre moyen, je n'en vois pas d'autre. Garand t'a dit de te rendre à l'église de Federal Hill ce qui t'a permis de me trouver. Donc soyons logiques, poursuivons dans le sens qu'il t'a indiqué : regarde le polyèdre...

OK tu as raison. »

Elle fouilla dans sa poche pour en extraire la pierre noire qu'elle brandit en se donnant du courage.

« La voilà. Je la scrute, reste près de moi... »

Elle scruta les faces du tétraèdre noir et vit, au

travers de chacune de ces faces comme un chemin dans la campagne, entre deux haies au milieu des prés dans lesquels paissaient des vaches blanches. Cela l'étonna et la plongea dans un sentiment de paix et de sérénité... Elle avança d'un pas et se trouva sur ce chemin, son père la suivit de près... À peine furent-ils passés dans ce paysage bucolique, une ombre sauta immédiatement après le détective et sa fille. Anatole avait profité de la brèche pour passer de l'autre côté !

Calmet prit conscience de ce troisième compagnon, mais seulement au moment où il s'éclipsa à la vitesse de l'éclair comme savent le faire les vampires...

« Zut ! Anatole n'était pas loin ; il est passé avec nous... S'exclama Jean, dépité.

« Décidément ces voyages ne font qu'aggraver les problèmes au lieu de trouver les solutions... Mais... Où sommes-nous ?

Je crois que Garand nous a emmenés en Bourgogne, là où se trouve la maison qui fut la première à être utilisée comme passage, tu ne t'en souviens pas, car tu n'étais pas encore née. C'est un clin d'œil qu'il nous lance à ta mère et moi... Maintenant je sais comment rejoindre Espérance. Ce n'est qu'une question de moyen de transport... »

Le temps a passé à Espérance...

Le vieil homme se sentait mal. Il avait le sentiment d'être abandonné. Sa femme le trouvait taciturne, muet, tête baissée et penchée sur le côté comme s'il écoutait quelque chose ou quelqu'un... La situation dans la ville avait changé. Les petits loubards arrogants étaient devenus taciturnes eux aussi.

Une nuit, il entendit un appel. Il devait se rendre au bord du fleuve. Il avait rendez-vous avec la Vouivre... C'était une belle femme, lui avait assuré la voix dans sa tête...

Il sortit donc, malgré les récriminations de sa

femme et se rendit au bord du fleuve. Il faisait nuit noire. Mais le fleuve était fluorescent. Une réunion de ragondins et castors l'attendait, tous assis regardant le ciel dans la direction de Saturne. La Vouivre apparut : elle sortit de l'eau comme s'il n'y avait pas d'eau, sans remous, sans éclaboussure, aussi fluide que l'eau elle-même. Elle lui sourit et lui tendit la main : aussitôt des images érotiques enflammèrent sa libido pourtant devenue si lointaine. Elle revint violemment, irrésistiblement. Sa main se tendit et saisit celle de la créature. Elle était chargée de le remercier. C'était un cadeau qu'Il lui envoyait.

Un hypothétique passant dans la nuit noire en haut des quais aurait aperçu une scène inouïe : sous une lumière bleu foncé, dans une atmosphère ouatée et opaque, mais qui laissait voir une centaine de ragondins et quelques castors qui entouraient un vieil homme tenant une splendide femme nue par la main, empruntant un chemin, un couloir dessiné par deux rangées de ces animaux enfants du fleuve, chemin tracé par la Nature qui les emmenait vers le centre du lit. L'homme s'enhardit et tint la femme par la taille. Et soudain, ils disparurent sous l'eau couleur émeraude. Alors la lumière s'éteignit d'un coup, la nuit noire reprit ses droits et la ville gémit dans un long soupir de malheur et de terreur.

Un peu plus en amont, Anatole était plongé dans l'eau jusqu'au cou. Sa tête dépassait de l'eau. Il observait la scène avec un petit sourire entendu... Les ragondins et les castors plongèrent une fois le couple disparu. Les berges du fleuve étaient de nouveau désertes. Anatole nagea rapidement et d'un geste rapide comme l'éclair se trouva debout au bord de l'eau. Il était nu comme un ver. Il aimait son nouveau corps, enfin, il entendait « nouveau » par rapport à celui qu'il avait quand il était humain. Avoir les capacités qu'il possédait désormais lui paraissait normale, c'était plutôt son ancien statut d'être humain qu'il méprisait : « de

véritables limaces, mais si délicieuses pour se nourrir ! »
Il fila si vite qu'on ne pourrait pas le voir, même si la
nuit était éclairée par l'éclairage public. Bien que la Lune
éclairait les rues de sa bonne bouille souriante. Il vit un
groupe de jeunes qui semblaient l'attendre. Il s'étonna
de cette impression. Pourtant elle était réelle. L'un
d'entre eux se détacha et s'approcha de lui. Anatole
reconnut de suite un semblable : ce jeune avait été
transformé. Mais il ne souriait pas, il n'était pas
transporté de joie de voir un de ses semblables bien plus
avancé en maturité que lui.

« Salut collègue ! » Dit-il en souriant.

L'autre ne répondit pas. Néanmoins il parla :

« La mère de cette ville veut te voir. Elle a senti
ton arrivée...

- La "mère" de cette ville ? Qui est-ce ? Et
pourquoi veut-elle me voir ? Je ne suis pas présentable...

- Oui, la mère, celle qui commande à la ville à la
place du maire... »

Il commençait à comprendre.

« OK, mais je veux m'habiller... Donne-moi ton
pantalon et ta chemise ! » Ordonna-t-il !

Le groupe s'esclaffa ! Ils riaient en se tapant sur
l'épaule.

Anatole saisit celui qui était devant lui, le maintint
paralysé contre lui, le mordit cruellement et le vida de
son sang en une seconde et laissa tomber le corps
comme un chiffon.

Il se lécha les babines : « Slurp ! C'est bon du sang
de jeune vampire ! » Il s'élança sur le groupe, atteignit
le premier et se nourrit de lui avant qu'aucun d'eux n'ait
réalisé le mouvement. Cela était si rapide qu'on ne
voyait rien se passer, sauf le corps saigné à blanc
retomber comme un sac sur le goudron de la rue de
cette bonne ville d'Espérance. Toute la bande s'envola
comme une volée de moineaux et on entendit : « Putain,
nique ta grand-mère ! Nique la police ! »

Anatole se mit alors à dépouiller celui dont les
vêtements correspondaient à peu près à sa stature, et

en s'habillant il prenait son temps, car ces actions ultras rapides consommaient beaucoup d'énergie. Il n'était pas un originel, lui, il n'était qu'un humain transformé deux fois en vampire...

Une fois habillé, il repartit d'un bon pas et se heurta à une femme qui se trouva là comme par miracle, instantanément. Il comprit évidemment de quoi il retournait...

« Aaaanaaatooole ! » S'écria Alice la vampire en riant... « Te voilà revenu... Ça n'a pas marché dans le monde de M. ?

- Ça ne te regarde pas ! Répondit-il, un peu effarouché par cette créature redoutable même pour lui...

- Mais si, ça me regarde, mais je sais ce qu'il s'est passé. Car, en fait, c'est Garand qui tient les manettes. C'est lui le conducteur du train qui nous emmène là où son maître le veut... »

Elle le prit par la main et l'emmena.

« Nos esclaves t'ont dit que je te cherchais, mais tu ne les as pas pris au sérieux. Tu les as plutôt mangés !

- J'avais très faim... Mais que se passe-t-il ici. Quel rôle joues-tu ?

- J'ai pris le pouvoir dans cette ville. Elle est désormais soumise. Et isolée du reste du monde. Personne ne s'y arrête plus. Sauf ceux qui font partie du même monde que nous. Et ce ne sont pas toujours des amis. Tu vas nous aider à nous en débarrasser.

- "Nous" ? Tu as dit "nous"... Avec qui tu trafiques ?

- Oh, un type que tu ne connais pas. Il s'appelle Curwen. C'est un grand sorcier. Il est très puissant. Il faut s'en méfier, mais pour le moment tout va bien.

- Ah ! Oui. J'en ai entendu parler. Mais il est très vulnérable. Une simple incantation récitée à haute voix par la créature adéquate et il disparaît.

- J'admire ton érudition. C'est bien pour ça qu'il avait besoin de mon aide, et moi de la tienne. J'étais sûre de ton retour, car tu n'es pas un originel, tu ne peux pas retourner dans le monde de M., quoi qu'il en soit. Même si Garand ne tenait pas les manettes de la locomotive, tu ne pourrais pas... Comprends-tu ? Ton avenir est ici. »

Ce qu'elle se gardait bien de lui dire, c'est qu'il n'en avait plus pour longtemps... Sa décrépitude avait commencé. Elle avait senti sa fatigue après son combat contre les esclaves. Il avait ressenti une perte d'énergie non pas à cause de ce combat, mais à cause de sa nourriture... À chaque fois qu'il se nourrirait, il déclinerait. On ne triche pas avec la nature. Revenir de la mort deux fois, c'est une fois de trop.

Jean regardait Alice en face de lui et songeait à sa naissance. Au début, avec sa mère, ils avaient eu l'intention de l'appeler Jeanne... Quelle drôle d'idée. Mais quand Jean s'était rendu à l'État civil pour déclarer sa naissance, quand il en repartit, il se rendit compte qu'il l'avait appelée Alice ! De retour à la maternité, il eut du mal à avouer cette histoire à Véro. Mais il avait tort, car elle était bien au courant, puisqu'il l'entendit dire en la prenant dans ses bras : « ah ! Ma petite Alice chérie... » Jeanne était complètement oubliée et Alice s'était imposée !

Alors que le train entrait en gare, Jean Calmet se souvenait de la première fois qu'il était venu à Espérance. Il y avait presque une quinzaine d'années. Il regarda Alice assise en face de lui et lui fit un clin d'œil. Mais il vit bien qu'elle était aussi inquiète que lui : l'atmosphère de la ville était morbide. Il y régnait une ambiance délétère. Que s'était-il passé ? Qu'avait fait le couple maudit : Alice la vampire et Curwen ?

Alors qu'ils avaient vécu seulement quelques heures dans ce monde où Garand les avait menés, ils s'étaient aperçus que dans notre monde, et particulièrement à Espérance, il s'était passé trois mois !

Aucun passager ne descendit du train à cet arrêt alors que le train était quasiment bondé... Seuls Jean et Alice se retrouvèrent sur le quai de la gare, l'angoisse au ventre, mais ils ne perdirent pas de temps, et, d'un pas pressé, se dirigèrent vers la cité des étoiles.

Jean avait téléphoné à Véronique en ayant emprunté un téléphone portable à un aimable passant. Leurs smartphones étaient grillés par leurs voyages spatiotemporels.

Alice réfléchissait ressentait dans sa chair ce temps passé ici... Beaucoup plus de temps que ce qu'elle avait vécu là-bas, dans un des mondes où l'avait conduite Garand... Comment allait-elle retrouver sa mère chez Pierre ? Celle-ci avait expliqué qu'ils étaient terrés dans la cité des étoiles dans une ville occupée... Mais ils n'ont pas pu discuter longtemps, car le gars du portable attendait... Et de toute façon il valait mieux parler de vive voix.

Néanmoins elle eut un pressentiment et retint son père par le bras :

« Attends, dit-elle, je crois qu'on devrait être prudent... On ne peut pas aller par là, on va passer devant la mairie, sur la place de la mairie, on risque de rencontrer de graves difficultés. Faisons le tour.

- Tu connais le chemin ?

- Oui, on va monter au-dessus des ruines du château et redescendre par le chemin du donjon...

- T'es sûre ?

- Presque... Le seul problème c'est qu'on va s'approcher du cimetière... Mais allons-y, le risque sera moindre... »

Ils rebroussèrent chemin et Alice Calmet prit les devants pour se diriger vers la route en lacet qui suivait la montagne au-dessus d'un petit torrent qu'on entendait couler, loin en dessous, tout au fond... Ils auraient pu emprunter le chemin qui suivait ce torrent, mais pour cela il aurait fallu traverser la cité des étoiles et elle ne le voulut pas...

Arrivés au grand virage qui faisait passer la route au-dessus du petit torrent, non loin de la source miraculeuse, ils s'arrêtèrent, interloqués... La route semblait entrer dans un épais brouillard. Ce n'était pas vraiment un brouillard, c'était comme... la nuit. Ils se regardèrent en silence et lurent dans leurs yeux la même décision : il fallait traverser.

Une fois entrée dans la nuit noire, Alice stoppa net. Ses antennes lui donnaient de multiples signaux.

Il y avait une grande activité dans le cimetière...

« Papa, il se passe quelque chose dans le cimetière situé plus haut...

- Et que s'y passe-t-il ?

- Curwen officie avec ses « sels », il fait revenir des morts en masse. Il y a une porte aussi. Une porte vers le monde de M. !

- Quoi ? Mais nous ne sommes pas parvenus à y aller, comment a-t-il fait, lui ?

- Il a des pouvoirs que sans doute Garand lui a laissé exercer. Moi j'ai la pierre noire, le polyèdre des Anciens. Sans doute qu'elle pourrait nous être utile, mais il faudra l'utiliser avec précaution. En attendant, il nous faut savoir ce qu'il se passe plus haut, dans le cimetière...

- Allons-y !

- Non, il vaut mieux que tu rejoignes maman chez Pierre Dagon. Mes pouvoirs pourront me protéger ce qui n'est pas le cas des tiens. Je vous rejoindrai ensuite.

- Mais je ne connais pas le chemin...

- Ce n'est pas compliqué : un peu plus haut tu bifurqueras à gauche en empruntant le chemin qui descend dans le quartier des étoiles. Il aboutit tout en bas juste sous la bâtiment où habite Pierre Dagon. Tu le reconnaîtras.

- OK. Tu as raison. Mais sois prudente.

- Autre chose : tu vas passer sous les ruines du « château ». Surtout, ne t'y aventure pas. Tu pourrais être happé par le puits qui te ramènerait aussitôt à l'endroit d'où l'on vient...

- Ne t'inquiète pas, je ne vais pas détourner mon regard du chemin que je dois suivre. À tout à l'heure ma chérie.

- À tout à l'heure, papa. »

Elle lui fit un tendre baiser sur la joue...

Joseph Curwen, le philosophe nécromancien

« Les sels essentiels des Animaux se peuvent préparer et conserver de telle façon qu'un Homme ingénieux puisse posséder tout une Arche de Noé dans son Cabinet, et faire surgir à son gré, la belle Forme d'un Animal à partir de ses cendres ; et par une telle méthode appliquée aux Sels essentiels de l'humaine Poussière, un Philosophe peut, sans nulle Nécromancie criminelle, susciter la Forme d'un de ses Ancêtres défunts à partir de la Poussière en quoi son corps a été incinéré. »
Borellus

Alice poursuivit son chemin avec grâce et se retrouva au pied du mur du cimetière. Elle entendait de l'autre côté des cris bestiaux, des éclats de voix, et des grognements. Elle situa facilement le lieu d'où provenaient ces bruits : le monument aux morts des deux guerres mondiales...

Elle établit donc un itinéraire assez sûr pour ne pas se faire voir, même si elle savait qu'elle se tirerait d'affaire, quel que soit l'adversaire rencontré. Mais il valait mieux éviter toute confrontation...

Elle prit sur sa gauche et longea le mur nord du cimetière. Elle s'introduisit dans la nécropole en entrant par la porte grande ouverte. Personne pour faire le guet. Curwen se sentait en pleine sécurité. Il n'avait pas tort...

Elle se cacha derrière une tombe pour assister au spectacle...

Curwen se tenait debout à côté d'une porte ouverte en plein centre du monument aux morts. À côté de lui se tenait Garand !

Cette partie du cimetière était noire de monde. Des gens en uniforme armés jusqu'aux dents étaient regroupés dans l'allée principale et une colonne sortait du groupe pour emprunter la porte et s'évanouir aussitôt entrés...

En fait, ce qu'elle croyait être l'allée principale n'existait plus ! Un grand « nettoyage » de tombes avait été réalisé pour créer une esplanade qui permettait de contenir des centaines de « personnes »...

Elle crut même voir des blindés, des transports de troupes, des armes lourdes...

Alice avait détecté la nature de ces « personnes », de ces « soldats »...

« Des néozons » murmura-t-elle... »

Elle était stupéfaire de voir Garand en ces lieux et en compagnie de Curwen. « Tout s'explique ! » Conclut-elle... « Garand est derrière tout cela. »

Elle savait désormais tout ce qu'elle devait savoir. Elle comprit le but que poursuivait Curwen et l'entité qui l'avait envoyé ici... Garand devait être au courant. Elle ragea contre ce personnage. Elle aurait voulu l'avoir en face pour l'étrangler...

En fait, elle était terrifiée !

Elle traversa rapidement le lotissement contigu au cimetière et s'élança au travers des rues pour rejoindre le chemin du donjon, et retrouver son père et sa mère chez Pierre Dagon...

Elle arriva sans encombre au cœur de la cité des étoiles. En chemin, elle avait réfléchi à la stratégie qu'elle allait utiliser pour convaincre ses parents du bien-fondé de son analyse suite à ses découvertes là-haut... Le nom d'Athanor remonta à sa mémoire : elle se souvint que Lovecraft lui en avait parlé avant son départ vers Éris... Howard avait-il pu contacter ce personnage ?

Elle prit l'escalier de secours et arriva au troisième étage. La porte n'était pas fermée à clé, elle la poussa donc et entra. Son père, Jean Calmet, veillait dans le couloir et la prit dans ses bras. Elle commença à lui raconter ce qu'elle avait vu, mais il lui fit « chut » en mettant son index devant sa bouche fermée...

Elle s'étonna de l'itinéraire utilisé par Jean pour aller dans la pièce où se tenait l'appareillage qui donnait vie à Lovecraft. Ils passèrent par une autre pièce qui donnait sur une terrasse commune et entrèrent chez Lovecraft par la porte-fenêtre qui donnait sur cette terrasse. Un homme les attendait. Il avait le teint basané et une noblesse dans le regard. Cette force qui émanait de lui, seule la jeune femme pouvait la détecter. Elle reconnut ainsi Athanor sans l'avoir jamais vu. Elle embrassa sa mère Véronique, qui attendait avec impatience son retour, avec angoisse aussi. Elle connaissait les stupéfiants pouvoirs de sa fille, mais elle était quand même toujours inquiète quand elle était en mission. Pierre Dagon était aussi dans la pièce. Il parla.

« Je te présente Athanor, dit-il en jetant un regard vers l'homme.

- Enchantée.

- Avant que nous entamions notre conversation, je dois t'expliquer les mesures de sécurité que nous avons prises. En effet, la police est venue perquisitionner ici, chez Pierre Dagon. Mais nous avions prévu cette éventualité. Nous avons déménagé Lovecraft et ses appareils dans une autre pièce qui donne sur un terrasse commune avec une autre pièce de l'appartement. Puis avons muré la porte d'entrée de ce local qui ne communique plus ainsi qu'avec la terrasse extérieure. Les volets de "l'appartement" de Lovecraft restent toujours fermés. Les policiers n'y ont vu que du feu. Étant donné la complexité de cette architecture, ce n'est pas étonnant. Ce qui m'a le plus étonné, c'est que les policiers étaient dirigés par le nouveau commissaire qui n'est autre que… Garand !

- Oh ! s'exclama Alice. Oui, je l'ai vu là-haut dans le cimetière. Je vous expliquerai.

- Bien ? Maintenant, donnons la parole à Athanor. »

Celui-ci expliqua comment il avait rencontré Garand au bord du Nil, 3000 ans auparavant. Garand s'était présenté à lui sous le nom d'Hermès Trismégiste. Ce dernier lui avait enseigné les bases de l'Alchimie. L'Alchimiste avait découvert la « pierre philosophale », enfin ce que les alchimistes auraient appelé ainsi, et avait trompé la mort. Garand était venu le voir régulièrement pour le guider dans ses travaux autour du four qui portait son nom... Mais il n'était plus réapparu depuis 1000 ans. Pour la simple raison que mes pouvoirs étaient devenus dangereux pour lui. Mais ce qui était fait était fait ! Comme Hermès le lui avait dit, Athanor et Hermès Trismégiste étaient "intriqués". Ils ne pouvaient défaire cette intrication. Ni l'un ni l'autre.

« Je vais tenter de comprendre quelles sont ses intentions. Si j'y parviens, je vous informerai. Je vais être aidé par Lovecraft qui est relié à la Toile et au reste de l'univers. » Déclara-t-il solennellement.

Alice lui expliqua ce qu'elle avait vu au monument aux morts du cimetière. Elle lui parla du personnage qu'elle avait vu aux côtés de Garand.

« C'est Joseph Curwen, le nécromancien, expliqua-t-il. Un « philosophe » qui fait renaître les morts à partir des restes de leur corps. Il est très doué pour cela. S'il est ici, c'est que quelqu'un ou quelque chose a réalisé les opérations nécessaires pour le ressusciter à partir de ses propres restes... Mais qui ? Seul quelqu'un connaissant la terrible formule peut la prononcer et ce quelqu'un doit être relié au terrible Nyarlathotep pour que son incantation ait de l'effet... D'après ce que vous m'avez expliqué, il semble que Curwen, aidé de Garand, a réussi à ouvrir une porte vers le monde de M. la présence de néozons l'indique clairement. Une seule créature a besoin d'un passage vers ce monde de M., c'est Alice, la vampire qui en a été banni et internée sur Yuggoth. Elle serait donc revenue ! Sans doute l'engin spatial qui est passé à proximité de Yuggoth lui a fourni le réseau électromagnétique pour lui tracer un chemin vers la Terre. Peut-être est-il trop tard, peut-être a-t-elle utilisé le passage... »

« Si c'était le cas : tant mieux, nous en serions débarrassés. Répondit Alice.

- Oui, mais Curwen est toujours là, et ce n'est pas très bon pour notre planète !

- Oui, il faut s'en débarrasser aussi.

- Lovecraft m'a rappelé qu'il y avait une formule

pour s'en débarrasser. Mais pour qu'elle soit efficace, il faut quelqu'un qui soit relié d'une manière comme une autre à Nyarlathotep...

- C'est le cas pour mon père puisque nous sommes allés sur Titan où siège cette abominable entité... Moi j'avais la pierre noire que j'ai ramenée de Federal Hill, un artefact qui, à la fois, me protège des influences de certaines de ces entités et me permet de prendre contact avec d'autres. On sait que c'est la guerre entre elles !

- Bravo. Nous voilà très bien armés pour affronter l'ennemi. Il ne reste plus que la stratégie à mettre au point... »

Alice Calmet aux trousses d'Alice la vampire

(...) de la pièce noire que nous avions quittée, se firent entendre les cris les plus démoniaques que nous eussions jamais entendus. Le chaos de l'enfer n'aurait pas été plus épouvantable s'il avait laissé échapper l'agonie des damnés, car dans cette cacophonie inconcevable étaient réunis toute la terreur surnaturelle et le désespoir suprême d'une créature animée. Ce n'était pas humain (...)
H.P. Lovecraft
Herbert West, réanimateur

Après une bonne nuit de sommeil, Alice s'était organisée pour mener à bien sa mission : savoir si l'autre Alice, la vampire, était bien passée dans le monde de M. avant de fermer la porte. Tout en réfléchissant, elle se rappela la scène qu'elle avait vue la veille au cimetière. Sans doute que le transfert de troupes de morts-vivants vers le monde de M. se poursuivait.

Elle a observé assez longtemps la place de la mairie sur laquelle donnait une terrasse de l'appartement de Pierre Dagon. Elle le fit très discrètement.

Une espèce de garde de jeunes habituellement désœuvrés se tenait devant le bâtiment dans une ligne impeccable, militaire. Les jeunes restaient immobiles sans aucun mouvement. Cette observation et d'autres éléments qu'elle décela lui firent comprendre qu'il s'agissait de jeunes vampires.

Elle devait attendre, tiraillée entre la nécessité de voir passer l'autre Alice quand elle se dirigerait vers le cimetière ou se rendre là-haut et tenter de passer pour aller voir dans le monde de M. si la vampire s'y était rendue... Pas facile... La tension montait en elle à chaque minute qui passait.

Après un long moment, elle décida de passer à la phase de secours : elle allait se faire passer pour la vampire auprès de sa garde toujours debout devant la mairie. Elle était le sosie de la vampire. Cela devait marcher. Elle alla informer ses parents et Athanor de sa décision et descendit au pied de l'immeuble en empruntant l'escalier. Jamais d'ascenseur.

Les vampires alignés au garde-à-vous aperçurent donc au loin, au fond de la place, leur « maîtresse ».

Alice Calmet fit un signe en désignant du doigt l'un d'eux et lui fit signe d'approcher. Elle restait à l'abri de regard des fenêtres du bâtiment public derrière les platanes.

Un des jeunes s'approcha et se planta devant elle attendant qu'elle prenne la parole.

« As-tu vu Joseph Curwen ? »

Le jeune vampire leva les sourcils d'étonnement : « Oui maîtresse. Je l'ai vu se rendre au cimetière avec vous-même il y a quelques heures...

- Ah ! Bien. J'ai été obligée de revenir pour quelque chose que j'avais oublié et je me demandais s'il était revenu. Tu ne l'as pas vu revenir ?

- Non, maîtresse.

- Bien ! Retourne à ton poste. »

Le jeune vampire rejoignit le rang. Et soudain, comme un seul homme toute la brigade se mit en mouvement et se dirigea vers la rue qui montait au cimetière.

Alice comprit immédiatement qu'ils montaient tous là-haut pour, sans doute, emprunter la porte. Elle se retourna et se dirigea vers le chemin du donjon pour se rendre au cimetière. Soit Alice la vampire s'y trouvait, soit elle était déjà passée dans le monde de M.

Le trajet fut bref, car elle marcha à grands pas. Elle ne détourna pas le regard vers le puits qu'elle avait tant pratiqué, qui trônait toujours dans les ruines du château que le sentier longeait à la base de ce qui restait de ses murailles.

Arrivée sur le plateau elle rencontra la brume noire qui protégeait les lieux. Mais cette muraille psychologique ne l'arrêta, pas cette fois encore. Elle était immunisée contre tous ces artefacts psychosomatiques de Curwen.

Elle pénétra avec précautions dans l'enceinte du cimetière et, cachée derrière une pierre tombale posée sur la tranche après la violation de sépulture réalisée par l'officiant Joseph Curwen, Alice assista à une scène qui lui apporta tous les éléments qu'elle espérait.

À proximité, une masse noire de néozons grognaient et parfois hurlaient de douleur, cette douleur que le paste qui les avait rendus immortels produisait régulièrement en eux, comme les rouleaux de l'océan qui grignotaient le rivage. Quelque temps plus tard, ces "soldats" furent rejoints par les jeunes vampires. Ils étaient alors rassemblés, très nombreux, deux sortes de morts-vivants : les néozons et les vampires.

Joseph Curwen, décidément infatigable, présidait une cérémonie funèbre en compagnie d'Alice la vampire.

Devant eux une petite estrade avait été réalisée sur laquelle le corps sans vie d'Anatole était allongé.

Cela fit sursauter Alice d'étonnement : Anatole était-il mort ?

Curwen finissait une espèce de lamentation ponctuée de formules inintelligibles aux sonorités sinistres.

Alice Calmet comprit qu'il tentait des incantations pour faire revenir Anatole à la « vie » de vampire. Mais, sans doute qu'il était très difficile de ressusciter un mort pour la troisième fois !

La jeune femme aux yeux verts aperçut la porte vers le monde de M., derrière les officiants. Elle était toujours ouverte. Garand était posté à proximité devant une espèce de grand tableau dont il manipulait la surface à pleine poignée comme s'il chiffonnait la robe d'une belle femme... C'était vraiment l'impression qu'il donnait. Les manipulations que réalisait Garand pour ouvrir et fermer les portes étaient toujours surprenantes.

Curwen échoua à réveiller le mort-vivant Anatole. C'en était fini pour lui. Il avait trop profité de la « vie » de vampires. Il avait abusé et était puni. On ne viole pas les lois de la Nature trop souvent sans le payer cher.

Curwen et Alice parlèrent à voix basse. Curwen faisait des signes de la main vers la porte.

Ils évoquaient la possibilité d'emmener le corps d'Anatole dans le monde de M. et il lui sembla que la vampire acquiesçait.

Effectivement, quatre jeunes vampires s'approchèrent et soulevèrent le corps d'Anatole. La vampire se retourna et se dirigea vers la porte, immédiatement suivie par le cortège funèbre. Alice la vampire et son compagnon Anatole retournaient dans le monde de M. !

Alice Calmet avait apporté un foulard noir comme la nuit et couvrit sa tête pour cacher ses cheveux. Elle ramassa de la terre et se barbouilla la figure pour ressembler le plus possible à un néozon. Elle s'infiltra dans un groupe au milieu d'hommes décomposés, dans une odeur de charogne insupportable. Elle suivit le mouvement de la section de ces soldats immortels vers la porte en baissant la tête pour ne pas être repérée par Curwen, qui ne la connaissait pas, mais une précaution valait mieux que pas de précaution... Le fait est que le sorcier ne remarqua pas sa présence bien qu'elle ne portât pas de tenue militaire. Mais plusieurs néozons étaient également dans ce cas. Cette armée était assez disparate. En passant devant Garand qui s'était retourné pour assister à la procession macabre, elle jura qu'elle l'avait vu lui faire un clin d'œil et un discret signe de main : il avait légèrement levé sa main droite jusqu'à la hauteur de son ventre avait serré le poing pour ne garder que le pouce levé, une manière de lui dire « Bravo » ! Alice en fut stupéfaite, mais elle avait tort de s'étonner, Garand n'était-il pas aussi son père ? Le cortège de soldats s'arrêta brusquement, elle se demanda pourquoi. Garand en profita pour lui faire un autre signe, car la masse des néozons le cachait du regard de Curwen. De la main droite, il indiqua le passage et de la main gauche il tourna son poignet pour lui dire qu'il fermerait la porte une fois qu'elle serait passée. Elle n'en espérait pas autant, car elle avait mis au point, avant de venir, le moyen pour revenir du monde de M., moyen qu'elle avait déjà utilisé.

Elle voulut, elle désira, elle aurait bien aimé faire un salut amical à Garand, pour le remercier, mais, c'était trop dangereux. Elle s'abstint.

Le cortège macabre redémarra et ils franchirent la porte. Elle était ici sous la forme d'un grand couloir dont les parois étaient recouvertes d'une substance verte comme un marbre vert d'eau. Il était très long, mais bougeait dans le sens inverse de leur marche, donnant ainsi l'illusion qu'ils avançaient à toute vitesse. Mais, désormais, ils étaient dans un monde qui n'était fait que d'illusions…

Petit à petit le nombre de ses « compagnons » diminuait. Brusquement elle se retrouva seule dans un couloir étroit, car elle n'avait pas remarqué qu'au fur et à mesure que les néozons disparaissaient, le couloir se rétrécissait. Finalement il fit noir, très noir, comme si les lumières s'étaient éteintes. Elle était seule, le silence était quasiment mortel. Elle ferma les yeux, se les massa à travers ses paupières et les ouvrit, ses merveilleux yeux verts, des yeux « menthe à l'eau » comme dans la chanson d'Eddy Mitchell. Ses merveilleuses émeraudes qu'étaient ses yeux lui permirent de voir une faible lueur blanchâtre un peu plus loin. Cela lui permit de prendre la décision de faire quelque pas sans crainte de tomber ou de heurter quelque chose. Cette lueur prit la forme d'une porte, une banale porte avec une poignée dans laquelle un œil s'ouvrit, un œil couleur menthe à l'eau qui lui fit un clin d'œil appuyé, alors que le refrain de deux premières phrases de la chanson résonnaient dans cet espace confiné comme si elle se trouvait dans une vaste grotte : « *Elle était maquillée hé – Comme une star de ciné hé, ho ho ho* » Elle sourit de son si beau sourire et s'exclama : « Merci Garand ! »

Elle tendit la main en souriant et ouvrit la porte. Mais ce n'était pas le paradis qui l'attendait de l'autre côté, encore moins un bar avec un juke-box comme dans la chanson.

Elle se retrouvait de nouveau dans l'église de Federal Hill !

Elle maudit Lovecraft d'avoir écrit cette histoire. Elle revenait toujours ici, là où Anatole avait accédé au monde de M., mais la dernière fois qu'elle était venue ce n'était pas vraiment dans ce monde qu'elle s'était trouvée. Elle n'avait pas le choix, pour repartir, elle devait *regarder* où se trouvait cette église. Un principe identique à celui de la mécanique quantique : observer un phénomène du monde de l'infiniment petit, c'est ramener ce micro monde dans le monde macroscopique. C'était la condition de son retour.

Elle s'éloigna de l'habituel confessionnal vermoulu et reprit le même circuit que celui de sa précédente venue pour sortir sur le parvis de l'église maudite et regarder ce monde de M. afin de s'assurer qu'il était bien celui où s'était rendue Alice.

Quand elle y parvint, elle regarda à en souffrir tant son regard était intense et stupéfait.

Elle était bien dans le monde de M., mais la ville n'était plus que ruines. Au loin, à la limite de l'horizon une bataille faisait rage. Elle voyait les éclairs rouge sang des explosions et ensuite entendait leur bruit sourd.

Elle se demandait comment elle allait procéder pour vérifier qu'Alice la vampire était bien revenue chez elle. Après avoir balayé tout le paysage plusieurs fois du regard, elle finit par apercevoir le château de la vampire. Curieusement, il semblait intact.

Soudain elle entendit un cri. La voix d'un homme. Elle crut rêver, car il lui sembla que ce cri, en fait, était son nom prononcé, comme si quelqu'un l'appelait...

Elle ne rêvait pas : elle vit s'approcher en montant la pente à grandes enjambées, deux hommes qui se ressemblaient comme deux gouttes d'eau. Des soldats en uniforme vert olive. Des officiers sans doute. Avec une arme lourde en bandoulière.

Ils s'approchèrent en souriant. Alice était sur ses gardes.

« Bonjour Alice, s'exclama joyeusement l'un d'eux.

- Bonjour... Comment me connaissez-vous ? Qui êtes-vous ?

- Je me nomme Marc Pim et voici mon frère jumeau Arthur.

- Ah ! Oui mon père m'a parlé de vous. Les jumeaux : l'un est un "monstre" et l'autre pas. Les "monstres" sont appelés ainsi, car leur sang infecte le vampire qui s'en nourrit. Ce sont eux les coupables de l'extinction de l'espèce...

- Oui, je vois que vous êtes bien au courant.

- Vous êtes toujours en guerre je vois : 17 ans que dure cette guerre ?

- Oui. Interminable. Les vampires ont disparu, mais leur société est restée et nous fait la guerre. Nous avons constaté l'arrivée de nombreux néozons de votre monde. Et nos espions nous ont dit qu'Alice, la reine des vampires était revenue ? Vous êtes au courant ?

- Oui, je confirme. C'est une longue histoire. Elle a été « mise en conserve » sur Yuggoth, mais a réussi à s'en échapper pour venir sur notre monde. Mais Nyarlathotep, qui gît sous la surface de Titan a fait renaître Joseph Curwen le nécromancien pour ouvrir un passage pour elle. Il a réussi. Elle est donc bien revenue ?

- Oui. Nous en sommes sûrs. Cela ne nous dérange guère. Sa présence ne va pas changer l'équilibre des forces ennemies. Ni les centaines de néozons venus avec elle et chargés de sa protection. Elle finira bien par se nourrir d'un "monstre" sous peine de mourir de faim... Elle était déjà très malade quand elle a tenté sa sortie avec Anatole, mais visiblement elle s'est remise lors de son séjour sur Yuggoth.

- Ah oui... Je comprends. Nous sommes contents de nous en être débarrassés en fait...

- Avec la complicité de Garand sans doute... »

Elle ne répondit pas. Les deux hommes riaient.

L'autre prit la parole : « Vous allez sans doute rentrer chez vous ?

- Je ne sais pas si je vais y parvenir...

- Ne vous inquiétez pas, nous ne vous suivrons pas. Notre place est ici. D'ailleurs même si nous le voulions, je suis persuadé que la Trame ne nous le permettrait pas.

- Sans doute.

- Si vous parvenez à rentrer chez vous ne manquez pas de faire passer notre salut affectueux à Jean votre père et à votre mère Véronique !

- Je n'y manquerai pas ! » Répondit-elle avec émotion.

Là-bas au loin, la bataille faisait toujours rage, le ciel était noir des nuages de fumée des explosions. Ce monde était devenu le monde de la guerre, jamais finie, toujours recommencée.

Les deux hommes prirent congé d'une ferme poignée de main. Avant qu'ils ne partent, elle eut encore une question à leur poser : « Mais comment saviez-vous que je serais ici ?

Nous ne le savions pas. Nous savions seulement deux choses : que si quelqu'un venait il viendrait par cette église et que quelqu'un viendrait, car nous avions appris que la porte avait été de nouveau ouverte. Adieu ! »

Elle regarda les hommes redescendre le talus sur lequel l'église avait été construite et sourit avec une certaine émotion.

Il lui fallait maintenant retrouver le chemin du

retour...

Pour cela, elle sortit de sa poche la pierre noire emballée dans un mouchoir.

Il ne fallait pas l'utiliser dans le clocher, mais ici elle pourrait le faire. Elle était assez confiante, elle pensait que jamais Garand ne l'aurait laissée passer s'il savait qu'elle ne pourrait pas revenir. Néanmoins, elle était anxieuse, car elle ne pouvait pas vraiment savoir quel effet cela produirait de regarder dans cette foutue pierre noire... Elle le fit quand même et l'approcha de ses yeux. La facette qu'elle regardait s'éclaira soudain comme si le jour y régnait alors qu'ici, dans ce monde les ténèbres régnaient. Et soudain elle vit simplement le reflet de son œil. Un très joli œil couleur menthe à l'eau ! La jeune femme fut contraire et pensa : « Zut ! Ce n'est que mon reflet. Mais le reflet, l'œil aux couleurs menthe à l'eau s'éloigna et ce fut un visage qui fut visible sur cette facette de matière noire. Et ce visage était le même que le sien ! Mais elle comprit vite que ce n'était pas le sien, c'était celui de l'autre Alice... Alice la vampire se retourna et marcha vers un sentier semblable au chemin du donjon d'Espérance, mais qui, ici, menait en son château.

Puis la forme humaine disparut et Alice Calmet se retrouva dans un autre décor, un autre monde en quelque sorte. Mais sa déception fut grande, car elle n'était pas à Espérance, elle en était sûre, elle se trouvait dans une cave voûtée et malodorante, dans laquelle il régnait une horrible odeur de charogne et dont les échos charriaient des grognements et des hurlements déments. Elle tenta stupidement de regarder de nouveau dans la pierre pensant qu'elle pourrait bifurquer ainsi vers un autre univers, mais ce fut peine perdue, la pierre resta obstinément noire.

Elle regarda autour d'elle et constata qu'elle était dans une espèce de crypte complètement vide où se rejoignaient plusieurs tunnels.

Il fallait plus que cela pour la terrifier. Mais elle se sentit piégée par la vampire. Elle devait trouver le moyen de sortir d'ici, sans doute les caves du château de l'autre Alice.

Un tunnel fut choisi au hasard; elle l'emprunta. Ce passage n'était qu'un goulet d'étranglement qui conduisait à un vaste couloir au plafond voûté. De chaque côté se trouvaient des grilles d'acier avec une porte qui donnait sur une espèce de cellule. Alice s'aventura prudemment dans ce couloir et lentement, sans faire de bruit, regarda dans la première cellule.

Un homme s'y trouvait et lui tournait le dos. Il poussait des grognements et il semblait qu'il dévorait quelque chose... Soudain, il se retourna vivement et poussa un hurlement en l'apercevant. Son visage putréfié montra à Alice sa véritable nature : un néozon. La jeune femme se trouvait dans une usine à fabriquer des néozons. Celui qu'elle voyait dévorait un bras, qui avait appartenu à un corps encore vêtu de son uniforme vert olive et qui gisait sans vie aux pieds du monstre. Ce dernier lâcha son dîner et s'élança vers la grille qui l'enfermait et sortit ses bras fébriles en direction d'Alice tout en hurlant très fort. Alice recula, mais elle devait garder la position centrale dans le couloir, car en face il y avait une autre cellule de laquelle d'autres hurlements se firent entendre, suivis immédiatement d'un tonnerre de hurlements qui se propagèrent tout au long de la galerie dont elle ne voyait pas le bout. Après le sursaut d'horreur, elle reprit son calme et se demanda par quels moyens ces lieux étaient éclairés. Le plafond et les murs étaient fluorescents. D'une luminosité particulière. La lumière ne semblait pas provenir de ces murs, mais de l'air lui-même. En fait, oui, c'était l'air qui était fluorescent. Des champignons microscopiques devaient illuminer l'air. Et elle respirait ces champignons !

Alice la vampire savait que son pouvoir était perdu. Elle préférait détruire ce monde de M. plutôt que le laisser lui échapper. Elle ne combattait plus, elle tentait de transformer tous les êtres humains de ce monde en néozons ! C'était cela sa victoire.

Elle prit ses jambes à son cou et courut en espérant atteindre le bout de ce couloir le plus rapidement possible, bien que ne sachant pas ce qu'elle allait y trouver.

Elle y trouva tout simplement une montée d'escalier en colimaçon qu'elle emprunta précipitamment. Il la conduisit à un premier palier qui comportait une ouverture vers l'extérieur. Elle se pencha sur l'épaisseur du mur pour regarder. Ce qu'elle vit la stupéfia : des hordes de néozons sortaient des ouvertures situées vraisemblablement au même niveau que les couloirs des cellules. Des vagues, des milliers de cadavres en mouvement, de zombies épouvantables fonçaient dans une démarche maladroite vers la ligne de front située non loin de là. Elle imagina là-bas, ses amis Marc et Arthur faisant face à cette terrible invasion. Des larmes perlèrent de ses yeux verts...

Elle ne savait plus quoi faire.

Elle finit par revenir à sa première idée : utiliser de nouveau la pierre noire. Elle réfléchit encore un peu. Puis elle pensa à Garand. Malgré tout le mystère qui entourait cette créature qui était peut-être son père, elle avait bien constaté qu'il l'avait aidée. Tout en étant perdu dans ses songes, elle sortit la pierre de sa poche la déballa et plaça une de ses facettes devant son œil alors qu'elle pensait toujours à Garand. Et c'est alors qu'elle le vit dans la pierre. Il lui fit un signe et un clin d'œil et elle se trouva à côté de lui !

« Ben ma petite Alice tu en as mis du temps à penser à moi ! » Il riait, autant de sa surprise à elle que du plaisir de l'avoir sortie de ce mauvais pas.

« Je t'avais fait signe que je fermerais la porte, mais je n'ai pas pu te dire comment faire pour revenir. J'ai bien pensé que tu trouverais toute seule ! »

Alice restait muette de stupeur et de bonheur d'être vivante.

« Tu ne sais plus quoi dire ? » Interrogea Garand. Je comprends ! Je te laisse. Athanor m'attend... »

« Attends, attendez... » Elle ne savait plus si elle le vouvoyait ou le tutoyait. Elle poursuivit : « Que fait la vampire dans le monde de M. ?

- Elle se suicide en transformant tout le monde en zombies, ce que tu appelles les néozons. Tous les prisonniers qu'elle fait, elle leur fait manger du paste. Ils sont invincibles, mais pas pour longtemps, car ils "migrent" assez vite en zombies... Puis elle les relâche dans la nature. Ça fait du dégât !

- De quoi se nourrit-elle.

- Eh bien, je comprends ta question... Elle a du mal, elle a peur de saigner un "monstre" et ainsi, d'aggraver sa maladie. Elle n'a aucun moyen de faire la sélection. Elle finira par tomber sur l'un d'eux.

- Mais pourquoi a-t-elle voulu revenir ?

- Elle ne pouvait pas rester dans ton monde, car elle s'y délitait littéralement. Elle allait partir en morceaux... Elle y a fait venir Joseph Curwen via l'entité de Titan pour qu'il trouve un remède à cette maladie qui l'aurait rongée dans ton monde, mais il n'y est pas parvenu... Ils ont donc décidé de la renvoyer dans le monde de M. bien escortée... En fait, elle était infectée par les "monstres" quand elle a été exilée sur Yuggoth. Là-haut elle n'avait pas besoin de son corps, conservé intact, mais malade par *Ceux du Dehors*. En partant de là-haut, elle l'a réintégré, et sa maladie avec. Je dois te le dire : elle est incurable.

- Et tu l'as aidée ?

- Bien sûr ! Tu voulais bien t'en débarrasser non ?

- Trop facile...

- Elle espérait, à tort, que dans le monde de M. sa maladie disparaîtrait... Bon, j'y vais alors ?

- Dommage que je n'avais pas cette information quand j'ai rencontré Marc et Arthur. Elle aurait pu leur être utile...

- Oui, mais il ne faut pas trop interférer dans les événements. C'est pas bon pour la Trame. Cette fois, j'y vais ! »

Il s'approcha de la jeune femme et lui fit un baiser sur le front... La jeune femme regarda autour d'elle. Elle se trouvait sur le chemin du donjon. Relativement en sécurité donc. Elle rejoignit la cité des étoiles où elle retrouva ses parents qui lui apprirent qu'Athanor était parti en mission...

Athanor et Garand

Ils s'étaient mis d'accord pour se partager le boulot : Alice se chargeait de son homonyme vampire, Athanor s'occuperait de Garand et Jean devait se préparer à prononcer l'incantation qui devait renvoyer Curwen d'où il venait, encore fallait-il pouvoir s'en approcher. Quant à Nyalarthotep, il était trop loin, là-haut sur Titan pour l'atteindre. Seules Alice et Véronique pouvaient y aller, mais sans pouvoir l'atteindre dans les profondeurs du grand satellite de la belle planète aux anneaux.

Athanor sortit donc du bâtiment en étoiles situé en face de la mairie, alors qu'Alice était dans le monde de M. : ils avaient convenu d'un délai raisonnable pour intervenir les uns après les autres.

Athanor s'étonna de l'absence de la garde rapprochée de la vampire. Il interpréta cela comme un signe positif : ces gardes devaient être partis avec elle de l'autre côté, dans ce monde impie...

Lui devait se rendre au commissariat pour rencontrer Garand. Mais il ne se doutait pas que Garand était là-haut, occupé à fermer la porte pour rendre le retour de la vampire impossible. Il demanda au planton de rencontrer M. le commissaire. Ce ne fut pas facile, car il aurait dû avoir un rendez-vous. Il décida de patienter dans le hall servant de salle d'attente.

Après un long temps d'attente, et constatant que les policiers le regardaient de travers, il sortit et se rendit derrière le commissariat pour attendre Garand devant le parking des policiers. Il se demandait s'il allait pouvoir rester longtemps vu la caméra qui filmait ce lieu par mesure de sécurité. À peine eut-il cette pensée qu'il vit approcher la voiture de Garand. Celui-ci s'arrêta à côté de lui et ouvrit sa fenêtre.

« Salut Athanor. Je savais que tu m'attendais. Je me gare et je te rejoins ici. Ce n'est pas prudent de se parler au commissariat... »

Une fois revenu, Garand accompagna Athanor et ils marchèrent le long de la voie de chemin de fer.

« J'ai ramené Alice du monde de M. saine et sauve.

- Très bien, je n'en attendais pas moins de toi !

- Maintenant reste à régler le problème de Curwen ; seul Jean a le pouvoir d'utiliser la formule qui va renvoyer le sorcier d'où il vient.

- Oui, mais comment faire ?

- Eh bien, je vais m'en occuper...

- Ah ? T'es sûr ? Et que feras-tu après ?

- Je m'en retournerai à mes affaires, comme d'habitude. Ici je n'aurais plus rien à faire, pour le moment.

- Promis juré ?

- Promis juré, croix de bois, croix de fer, si je meurs je vais en enfer ! Ah ah ah ! »

Jean et Curwen

Garand avait amené Curwen au bord du puits dans les ruines du château d'Espérance. On n'a jamais su comment il avait procédé pour atteindre ce but. Mais personne ne s'en souciait. L'important est qu'il avait réussi.

Jean s'était caché à proximité. Il observait la scène : le nécromancien accompagné de son rat au visage humain, Brown Jenkin, discutait avec Garand. Le sorcier tournait le dos à Jean qui sortit donc de sa cachette et s'approcha de l'homme noir. Le rat le repéra immédiatement et avertit Curwen qui se retourna et commença à psalmodier la terrible formule :

PER ADONAI ELOIM, ADONAI JEHOVA
ADONAI SABATOTH, METRATON...

Mais dès que le sorcier plongea son regard dans le sien, Jean psalmodia la seconde partie de la formule :

OGTHROD AI'F
GEB'L – EE'H
YOG-SOGOTH
'NGAH'NG AI'Y
ZHRO!

Dès le premier mot, Joseph Curwen cessa de parler comme si sa langue eût été paralysée.

Quand le mot *Yog-Sogoth* fut prononcé, une hideuse métamorphose eut lieu. Ce ne fut pas une simple *dissolution*, mais plutôt une *transformation* ou une *récapitulation* ; et Jean ferma les yeux de peur de s'évanouir avant d'avoir fini de prononcer la formule redoutable.

Et quand il ouvrit les yeux, Joseph Curwen n'était plus qu'une fine couche de poussière sur le sol caillouteux des ruines du château d'Espérance.

Seul le sale rat dénommé Brown Jenkin piaillait en montrant ses deux incisives proéminentes. Alice et Véronique qui s'étaient approchées une fois l'incantation terminée s'en emparèrent, Alice le tenant par la peau du dos et Véronique lui tenant le museau fermé avec ses deux mains. Elles s'approchèrent du puits et l'y jetèrent sans regret ; « Va rejoindre ta sorcière Keziah, elle va se venger que tu l'aies ainsi trahie ! » S'exclama Alice en riant.

Épilogue

Athanor était reparti vers son Égypte natale. Garand avait disparu comme d'habitude.

Véronique, Jean et Alice étaient montés en pleine nuit sur la terrasse supérieure de leur immeuble de la cité des étoiles.

Les ruines du vieux château, éclairées par la Lune, semblaient les contempler avec bienveillance.

Saturne était visible à l'est. Avec une simple lunette, ils auraient pu distinguer ses anneaux.

Ils regardèrent cette étoile qui était une planète et tous les trois pensaient à cette entité toujours présente là-haut sur Titan et se demandaient ce qui allait advenir de cette présence dans l'avenir...

La mairie avait retrouvé ses habitudes comme si de rien n'était. Personne ne se souvenait de rien. Sauf que des jeunes en nombre avaient disparu, que le cimetière avait été très gravement profané et le monument aux morts abîmé. Les autorités ont visiblement voulu étouffer toute cette affaire en attribuant au "djihad" la disparition de ces jeunes, et en leur mettant sur le dos les dégradations commises...

Chemin du donjon

Cité des étoiles

Notes de l'éditeur

Cycle Jean Calmet : *Ruines* et *Fleur de soufre* d'Alain Pelosato et ses autres suites de Pierre Dagon, *Les 12 filles de Lilith, Lovecraft à Espérance, Les Âges sombres, L'Alchimiste.*

Athanor apparaît dans la nouvelle *L'Alchimiste.*

L'exécution de *Dracula* sur Tchouri dans la nouvelle Les Âges sombres

Le retour de Lovecraft sur Terre, à Espérance, est relaté dans le court roman de Pierre Dagon *Lovecraft à Espérance*

Voir le site de la NASA sur le vaisseau spatial *New Horizons et son exploration de Jupiter et Pluton.*

Éris est un objet épars, situé au-delà de la ceinture de Kuiper, considéré comme une petite planète de la même famille que Pluton.

Ceux du dehors sont des créatures de la nouvelle de Lovecraft *Celui qui chuchotait dans les ténèbres,* (*The Whisperer in Darkness* - 1930) Traduction Jacques Papy.

L'église de Federal Hill, est tirée de *Celui qui hantait les ténèbres* (1935), traduction Claude Gilbert, nouvelle de Lovecraft en réponse à la nouvelle de Robert Bloch *Le visiteur venu des étoiles* (1935), traduction Claude Boland-Maskens.

La citation de *Borellus* et la nécromancie ainsi que les formule psalmodiées sont tirées de *L'affaire Charles Dexter Ward* de Lovecraft.

Le jardin découvert par Alice dans les ruelles de Providence est celui de *La fille de Rappaccini* (1844) de Nathaniel Hawthorne, traduction Henri Parisot.

Pierre Dagon

Lettre à Ralsa Marsh

(La Renarde)

La maison

Le puits

611

Lettre de Pierre Dagon à Ralsa Marsh,[4]
(La Renarde)

VIENNE (AFP) - Les investigations dans la "cave de l'horreur" où un père incestueux a retenu et violé durant 24 ans sa fille à Amstetten, en Autriche, sont "accablantes" pour les enquêteurs, a indiqué samedi le responsable de l'enquête, Franz Polzer.

"Les travaux dans la cave sont accablants et oppressants pour les enquêteurs. Chaque objet leur rappelle ce qui s'est passé ici", a-t-il déclaré à l'agence APA.

Mon cher Ralsa,

Voilà bien longtemps que nous n'avons pas chevauché ensemble les vagues de l'océan au large d'Innsmouth où nous sommes nés tous les deux. Des obligations m'ont éloigné de toi et de notre ville natale. Je suis retiré à Espérance, dans une ville qui lui ressemble à bien des égards, par sa décrépitude, son abandon et la dégénérescence de ses habitants. Que veux-tu, on ne se refait pas...

J'ai reçu, voilà quelque temps, un journal qui m'a été envoyé par quelqu'un qui a vécu une expérience à bien des égards identique à celle qu'a vécue Abner Watheley[5], ou plutôt, identique à celle vécue par le membre de notre famille rencontré par Abner dans des circonstances bien dramatiques au final.

Je t'insère ce texte ci-dessous après l'avoir

---

[4] Ralsa Marsh, cousin de Sarey Watheley, à qui il a fait un enfant monstrueux. Sarey Watheley est la fille de Luther Watheley. Voir :

L'Abomination de Dunwich de H.P. Lovecraft (1919)

Le Cauchemar d'Innsmouth de H.P. Lovecraft (1931)

La Chambre condamnée d'A. Derleth et H.P. Lovecraft. (1959)

Voir les films : La Malédiction des Watheley de David Greene (1967) - The Dunwich Horror de Daniel Haller (1969) – Castle Freak de Stuart Gordon (1995) – Dagon de Stuart Gordon (2002)

[5] Le petit fils de Luther Watheley.

numérisé grâce à ces magnifiques choses qu'ils appellent des "logiciels".

J'imagine à la lecture de cette histoire que le narrateur a rencontré quelqu'un de la famille. Car, enfin, même si on peut imaginer que quelqu'un ait réalisé un canular, même si c'était cela, ce quelqu'un en saurait bien trop sur notre famille. Pour vérifier tout cela, je me suis rendu en ce lieu, visiter cette maison sinistre... selon les indications données par celui des Profondeurs qui m'a envoyé ce document. Je t'en reparlerai à la fin de ce (long) courrier...

Mais prends donc connaissance d'abord du journal du narrateur qui n'a jamais écrit son nom...

Je me dois de laisser un témoignage écrit. Ce qui m'est arrivé est stupéfiant, terriblement hideux. La mort me sera douce, car jamais je ne pourrai vivre en sachant ce que je sais désormais sur la nature de l'univers et celle des êtres immondes qui le peuplent à notre insu.

Cette petite maison située sud-sud-est (la meilleure exposition pour une maison d'habitation), avait été construite sur le versant de la vallée au coeur des prairies, ce qui lui donnait cet air gai et bucolique.

Mais pourquoi avait-elle été abandonnée aussi longtemps ? Personne dans le village ne voulait en parler. Dès qu'on parlait de Saint-Joseph, les bouches se fermaient.

J'héritai de cette petite habitation d'un vieil oncle que je n'avais jamais connu et qui avait très mauvaise réputation dans la famille. Mais que voulez-vous ? Pouvais-je refuser ce petit héritage alors que je m'étais trouvé dans une situation dramatique sur le plan financier ? Il me permit de sortir de ma situation de sans domicile fixe que je venais juste de connaître ayant été expulsé de mon logement. Il me fallut faire du stop pour atteindre ce havre de paix.

La dernière voiture qui me prit me conduisit au pied de la colline qui dominait la vallée creusée par cette petite rivière charmante qui a donné une partie de son nom à plusieurs villages riverains. Une petite route goudronnée, mais en très mauvais état serpentait jusqu'à la maison. Il faisait frais, les oiseaux chantaient et l'herbe était verte en cette fin du mois d'avril. La petite route était bordée de grands chênes majestueux dont les feuilles d'un vert tendre commençaient à prendre forme.

La maison était un peu en retrait de la route. Elle était accompagnée de plusieurs dépendances : un grand appentis au toit en pente douce était adossé au nord, un petit appentis à l'est. Derrière la maison formant ainsi une petite cour à l'arrière se tenait une étable a trois portes dont l'une était suffisamment imposante pour permettre l'entrée de la charrette à foin. Un hangar à foin fermait la cour à l'ouest. Le pignon sud de ce hangar était effondré. Je me voyais déjà le réparer et refaire cette partie du toit. Toutes les charpentes étaient en chêne massif, les murs en briques rouges assemblées avec un mortier de chaux friable.

La maison présentait deux portes sur sa façade sud, et trois fenêtres une pour chacune de ses pièces. Un escalier en pierre descendait dans une cave voûtée. À l'arrière au nord, un autre montait au grenier dans lequel on entrait par une porte mansardée.

L'extérieur était envahi par les ronces et les pousses des divers arbres fruitiers qui composaient la propriété. Un mur mal assemblé de briques et de chaux prolongeait le côté ouest de la maison, sans fenêtre, juste un œil-de-bœuf d'aération pour le grenier et un petit accès pour les foins. Ce mur délimitait le jardin, partagé en deux par un autre mur dans son axe est-ouest contre lequel on avait construit une jolie petite tour servant de remise à outils au toit pointu avec deux petites fenêtres. La partie du jardin située au sud de ce mur avait été utilisée comme potager dans sa partie la plus proche de la maison et comme vigne à vin dans sa partie la plus éloignée. Au nord de ce mur, on avait laissé un pré, délimité par une haie de cerisiers et de prunelliers encore plus au nord. L'ensemble de la propriété occupait environ quatre mille mètres carrés entourés d'un bocage de prés. Elle n'était pas close. Seules les clôtures de fil de fer barbelé des prairies à bœufs qui l'entouraient délimitaient son espace. La vue était magnifique, au sud, sur la vallée au fond de laquelle on apercevait quelques méandres de la rivière, et au sud-ouest on apercevait un délicieux petit vallon dans un bocage au fond duquel on devinait un petit ruisseau grâce aux saules têtards et autres osiers qui en trahissaient le tracé. Mais l'ambiance n'y était pas. Étonnamment, en avant plan de cette vallée riante, le vallon que dominait la maison paraissait toujours sombre, quelle que soit l'heure de la journée. Il émanait de ce lieu une angoisse qui abîmait l'âme.

La propriété était parsemée d'arbres d'essences diverses qui émergeaient du taillis de ronces qui avaient fini par tout envahir. Trois pruniers menaient la garde devant la maison. Derrière, plusieurs cerisiers, un buisson de cognassiers, un noyer. Dans le pré un vieux poirier tordait ses branches noueuses dans une posture qui rappelait quelque souffrance inconnue et blasphématoire. Dans le jardin, un osier témoignait de son utilité pour fournir des liens pour attacher la vigne, mais aussi un saule marsault, divers arbrisseaux : aubépines, églantiers aux pointes acérées, bourdaines, cornouillers sanguins, et quelques vignes qui grimpaient encore aux trois grands frênes et s'agrippaient au petit chêne d'une dizaine d'années.

Après ce petit tour d'horizon, je me concentrais un peu plus sur les abords de la maison. C'est alors que j'aperçus le puits, dont la margelle surmontée d'un petit échafaudage en pierres rouges vineuses se montrait à peine dans les fourrés de symphorine qui avait poussé là contre le mur qui délimitait le jardin. Je m'approchai et réussis à jeter un coup d'œil dans ce tube de briques rouges à moitié désagrégées. À une profondeur de huit mètres j'aperçus la surface brillante de l'eau sur laquelle flottaient divers débris dont une boîte de conserve et quelques morceaux de bois. Un petit frisson me parcourut l'échine face à cette profondeur, mais surtout à cause de l'abandon manifeste de ces lieux. Une partie haute de la margelle du puits constituée de briques surmontées de pierres vineuses s'était effondrée dans l'eau. Malgré mon appréhension, je m'étais alors promis de nettoyer le fond. J'éprouvais la solidité de la chaîne enroulée au-dessus de la margelle et elle me parut assez solide pour transporter vers le fond un vieux seau en acier galvanisé tout rouillé que j'avais aperçu dans un appentis.. Mais ce serait pour plus tard.

Un mur de briques partait de biais depuis la margelle vers la maison. Je m'y appuyai pour maintenir mon équilibre alors que je tentais de progresser dans les ronces. Il s'effondra sous le poids de mon corps et je tombais avec la pluie de briques et de chaux désagrégée !

Le lendemain, je me levai à l'aube pour débroussailler un chemin à travers les ronces jusqu'au bout de la propriété. Ce fut un travail pénible, car je ne disposais que d'une espèce de machette rouillée que j'avais trouvée dans un vieil appentis. Néanmoins, en fin de journée j'atteignis mon but : la clôture ouest de ma propriété, ou plutôt la clôture du pré attenant côté ouest de ma propriété, car de clôture il n'en existait plus depuis longtemps ici... Je détectai une odeur de charogne, et je trouvais quelques ossements encore frais : une mâchoire inférieure de cochon, quelques vertèbres... Sans doute, des restes délaissés par un renard.

Je me reposais assez longtemps dans ce secteur, à l'abri des regards. La nuit allait tomber et j'appréciais ce moment de calme rempli des chants d'oiseaux. J'étais resté immobile depuis longtemps quand le soleil se coucha. Trois petits renardeaux sortirent alors de la haie de ronces... J'en étais sûr ! J'avais vu les terriers bien propres d'une ancienne garenne[6]. C'est la pratique des renards d'utiliser les terriers des autres pour leurs petits. J'admirais longtemps le spectacle des jeux des trois petits animaux. Lorsque je me levai pour rentrer dans la maison, ils s'enfuirent, l'un dans le pré aux herbes hautes et les deux autres dans la haie.

Je passai une nuit assez agitée. Un lieu nouveau, une fatigue physique inhabituelle sont des empêcheurs de dormir tranquille...

Le lendemain je reçus une visite. Le matin on frappa à ma porte.

Un type d'un certain âge assez aimable me parla avec un fort accent du coin :

- Bonjour ! Je vois que vous venez de vous installer. J'espère que je ne vous dérange pas ?
- Euh... non... Au contraire. J'ai plaisir à pouvoir parler avec quelqu'un. Je ne vous fais pas entrer, je viens juste d'arriver et la maison est absolument en désordre...
- Oui, merci, pas de problème...

Puis le type resta un moment silencieux. Il semblait réfléchir à ce qu'il allait dire...

- Ça va ? Vous allez vous en sortir ? Il y a beaucoup de travail !
- Oui, c'est pas ce qui manque, j'en ai pour un moment. Mais, ce qui est beau ici c'est la nature sauvage...
- La nature sauvage ?

Et son regard se fit fuyant...

- Oui... répondis-je. Hier soir j'ai vu trois renardeaux gambader au fond du jardin...

Et là son regard se fit insistant, perçant même quand il me déclara :

---

[6] En réalité, cette garenne, fut à l'origine un terrier de blaireau comme l'a montré ensuite la découverte de grosses entrées de tunnels cachés dans les ronces. Ce "nid" de blaireau a été occupé successivement par le blaireau, puis, par des lapins de garenne, puis par des renards. Les collets que l'ancien occupant posait étaient souvent cassés par le renard qui s'y prenait...

- Trois renardeaux ? Oui, j'ai vu leurs coulées[7] en passant sur le pré d'à côté. Vous voulez que je vous en débarrasse ?

Je ne sais pas ce qui m'a pris, mais soudain, j'ai répondu : « oui ! » Et le gars se réjouissant d'ajouter : « Ne bougez pas, j'arrive avec des copains et du matériel... » Il tourna les talons et monta dans son quatre-quatre garé sur le chemin sous les hauts chênes.

Environ une demi-heure plus tard, deux véhicules se garèrent sur le chemin et plusieurs personnes en descendirent avec moult claquements de portières et aboiements de chiens. Mon visiteur arrivait avec un chien noir qui le suivait en aboyant ("de peur" expliquerait plus tard son maître...) accompagné de deux autres hommes en tenue de chasseur et deux fox-terriers qui aboyaient également. La gent canine semblait très excitée. Les hommes portaient sur leur épaule tout un attirail : pelles, pioches, débroussailleuses à main et de grosses pinces métalliques très longues. Le plus âgé se contentait d'une tronçonneuse. Cette expédition me fit immédiatement penser à celle des tueurs de vampires dans le film *Vampires* de John Carpenter...[8]

- Bonjour monsieur ! C'est où ? Me demanda le vieux.
- Venez je vous conduis, leur répondis-je.

Je les dirigeai vers le fond du jardin, vers l'endroit où j'avais aperçu les renardeaux.

Cet espace, en bordure du pré qui entourait ma propriété et qui était en exploitation (le propriétaire y cultivait du fourrage, et l'herbe commençait à être haute...) comprenait une partie en herbes le long de la limite, partie assez étroite encore épargnée par les ronces et les aubépines qui exposaient leurs magnifiques fleurs blanches en grappes. On avait donc de la place

---

[7] Les animaux tassent l'herbe (ou écartent la végétation en général) en passant régulièrement au même endroit ce qui produit une trace de leur passage appelée "coulée".

[8] 1997

pour faire tenir tout ce beau monde. Immédiatement arrivé, le vieux se disputa avec le plus jeune. Je compris vite qu'il s'agissait du fils et de son père et que ce dernier n'acceptait pas de se voir voler son statut de chef de meute. Néanmoins, c'était bien lui le spécialiste et il repéra immédiatement les débouchés des terriers. Il s'appliqua immédiatement à abattre une aubépine arbustive alors que son fils débroussaillait les ronces pour dégager l'entrée du tunnel. Ils finirent par dégager l'entrée d'un tunnel. Le jeune me désigna du doigt une autre entrée et m'ordonna :

-   M'sieur ! Pouvez boucher c't'entrée ?
-   Oui, je vais utiliser un sac.

Mon visiteur, toujours préoccupé par l'état peureux de son chien, me tendit un sac. Je le posais sur le trou et le tins appliqué en posant le pied dessus.

-   C'est une entrée ? demandais-je pour me rendre intéressant.
-   Non. M'sieur. C'est une bouche d'aération...

Bon... Les deux fox-terriers aboyaient toujours. Enfin je suppose que c'était des fox-terriers, car je connais peu les races de chiens. De petits chiens courts sur patte, très musclé à la gueule longe et effilée et la queue très courte. Je verrai plus tard que cette queue servirait de "poignée" à son propriétaire !

Donc, après une demi-heure de prospection et de débroussaillage, le jeune commença à creuser avec une pioche et un autre évacuait la terre... Un moment passa et il s'exclama : « Voilà je crois que c'est là ! » Il appela son chien et le fit entrer dans le tunnel ainsi bien dégagé. Le chien entra tout excité et ne sortait plus. Il aboyait à l'intérieur. Plus tard je compris que la galerie emmenait à une chambre située sous le tronc d'une aubépine, ses racines faisant office de structure de soutien. Les trois petits renardeaux logeaient là !

Le chasseur ordonna au chien de sortir, mais le chien n'obéit pas. « Ils sont là, s'exclamait le jeune homme, ils sont là ! »

J'étais plein d'admiration pour l'habileté et la

connaissance des modes de vie des renards dont faisaient preuve ces hommes.

Il tira le chien par la queue et le sortit du terrier. Il saisit les grandes pinces métalliques, les introduisit jusqu'au fond, ses mains disparaissant quasiment sous terre. Il se tenait accroupi dans le trou qu'il avait creusé. Il farfouilla un moment et retira les pinces dont les mâchoires tenaient un petit renard les babines retroussées montrant ses dents pointues et qui émettait un chuintement mêlant terreur et colère. Le chasseur fut gêné dans ses mouvements et au moment où il se retournait pour poser sa pince tout en maintenant le renard emprisonné cruellement dans cet étau, il appela son père à la rescousse. Mais celui-ci était occupé dans la broussaille à côté en piochant à droite et à gauche tout en marmonnant : « Ça sent la charogne ! Y doit y en avoir un encore ici... » Du coup le renardeau lui échappa. Le pauvre petit tenta de fuir vers le pré contigu poursuivi par le chien noir. Le jeune homme gueulait : « Attention ! attention ! y s'tire ! Putain ! On va le rater. » Mais, hélas pour le renard, le vieux était réapparu et frappa la bestiole à la tête et la tua sur le coup.

Le fox tira les deux autres petits du terrier et leur mort fut cruelle, surtout pour l'un d'eux, que le vieux tenait d'une main et qu'il tentait de tuer en lui assénant un coup de pelle sur la tête, mais il le ratait et tapait sur le museau. Une horreur. À la fin trois petits cadavres qui saignaient, qui de la bouche, qui des oreilles ou du nez, étaient allongés dans l'herbe. Les chasseurs les fourrèrent dans un sac de jute, mon visiteur en demanda un au vieux « pour montrer à son neveu... » Le vieux enfouit une main dans le sac et en sortit le petit cadavre sans doute encore chaud. Ils remirent le terrain en état, enfin, en gros.

Ensuite j'ai eu une conversation avec ces gens. Ils n'aiment pas les renards. Les renards mangent les poules. Eux ils n'ont pas de poulailler, mais ils défendent les poules. Pire même, cette chasse par déterrage, c'est leur passion ! Et ça se voit : ils sont de véritables experts. Parfois, m'ont-ils dit, ils creusent plusieurs mètres de profondeur, pour des terriers profonds... Et ils ont l'outillage. Ils sont repartis assez satisfaits d'eux-mêmes et moi je suis resté là abasourdi. Pourquoi j'avais dit « oui ! » ??? Je croyais qu'ils allaient les prendre et les mettre ailleurs ces petits renards si mignons... Quel naïf !

Le lendemain je m'éveillai après une nuit agitée de cauchemars dans lesquels je nageai sous l'eau sans avoir besoin de respirer. Autour de moi, des centaines d'hommes poissons (comme moi ?) nageaient de concert.

Comme j'avais fait des rêves d'eau, je décidai de commencer ma journée par un nettoyage du puits. Je fis le tour de la maison pour rejoindre l'appentis situé à l'arrière et dont le toit à faible pente couvert de tuiles était effondré à un endroit. J'y retrouvai mon seau. L'anse semblait solide. Il était percé à plusieurs endroits, mais cela m'arrangeait, car je voulais l'utiliser pour recueillir les solides flottant dans le puits et non pas de l'eau. Je retournais devant la maison et m'approchais du puits. Je fixai le seau au crochet avec un ergot de sécurité ce qui rendait impossible la perte du seau et commençait mon travail de nettoyage. Je remontais des morceaux de bois, deux bidons vides, et une boîte en métal fermée solidement. Je rangeais ces objets au pied de la margelle. Une fois cette corvée terminée je décidai d'un endroit où stocker mes déchets et j'y emmenai tous ces débris. Une fois sur place, j'eus soudain l'idée d'ouvrir la boîte. C'était une boîte genre boîte à biscuits, mais liée avec du fort fil de fer afin qu'elle ne puisse pas s'ouvrir. Elle me résista un peu, car elle était rouillée, mais je réussis à l'ouvrir. Elle était quasiment vide. Seuls les restes d'un petit animal, genre grenouille ou plutôt un poisson avec pattes et bras, s'y trouvait allongé. Soudain envahi par une angoisse surprenante, je posais la boîte sur le sol et m'accroupis pour observer la "chose".

Elle semblait inerte et soudain je crus voir comme un mouvement, une espèce de tremblotement, comme quand l'image d'un film tressaute parce que la pellicule a sauté dans l'appareil de projection... Puis, le petit animal se redressa en une fraction de seconde, sauta hors de la boîte et disparut dans les ronces. Je restais là accroupi, rempli de sentiments contradictoires : heureux de voir disparaître cette "chose" qui semblait être restée enfermée depuis très longtemps, mais terrifié à l'idée de ce que pourrait être sa nature qui lui a permis de rester en vie dans de telles conditions... Moi qui me flatte d'être un naturaliste amateur éclairé, j'étais incapable de me prononcer sur la nature de cette "chose" qui resta répugnante à jamais dans mon souvenir.

○

○   ○

Le travail de défrichage fut harassant. D'autant plus que je n'avais pas les moyens d'acheter les outils nécessaires. Je ne disposais que d'une machette, d'une vieille bêche et d'un vieux râteau trouvés dans la vieille cabane à outils perdue au milieu des ronces. Plutôt que d'une cabane je devrais parler d'une petite bâtisse de quatre mètres carrés avec un toit en pointe couvert d'ardoises et une merveilleuse petite charpente en chêne dans laquelle j'entendais bourdonner un nid de frelons. Elle était agrémentée de deux petites fenêtres, l'une équipée d'une menuiserie en croisillon au rez-de-chaussée et l'autre, au premier étage, nue et arrondie sur le haut. Je voyais sortir les frelons par cette ouverture. Je me promis de détruire ce nid dès que les nuits deviendraient froides.

Il y avait aussi des travaux de maçonnerie à réaliser : destruction du mur vermoulu devant la maison et qui prolongeait le puits, reconstruction du pignon sud de la petite grange. Pour cela je dus me rendre au village pour commander les matériaux nécessaires. Je me procurais le minimum compatible avec mes très maigres ressources financières. J'achetais également des graines et des plants pour un potager.

Ces achats me permirent de prendre contact avec la

population du coin. Le commerçant me repéra immédiatement comme le nouvel habitant des lieux que j'avais investis. Je remarquais sa réticence à me servir et un client présent dans le magasin m'agressa verbalement. Puis, il s'entretint avec le commerçant en lui disant d'un air somme toute terrifié que « ça n'allait pas tarder à recommencer ! »

La nuit suivante je faisais un rêve sans doute influencé par la physionomie apeurée de ce personnage du magasin. J'étais terrifié moi-même en observant une espèce de réunion d'animaux au milieu de mon jardin à peine débroussaillé. Au centre de ce rassemblement se tenait un renard à la queue en large fuseau. Je pensais alors « c'est la renarde ! Elle vient à la recherche de ses petits... » Puis, j'entendis un bruit, peut-être un cri, un cri de gargouille qui provenait de la petite bâtisse qui servait de cabane à outils. Le nid de frelons ! Le monstrueux gargouillis venait du nid de frelons ! Comment un être de chair pouvait-il cohabiter dans un endroit si exigu occupé par un nid de frelons sans doute assez gros à voir la quantité d'insectes qui allaient et venaient ? Puis, un être chimérique, mélange de batracien, de poisson et d'homme, sauta de la petite fenêtre du premier et s'approcha du groupe qui s'écarta pour lui laisser le passage jusqu'à la renarde. Je pensais reconnaître le petit « animal » que je découvris dans la boîte qui flottait dans le puits. Mais cet être était devenu bien plus gros... Il s'accroupit devant la femelle renard et ils entamèrent une "conversation" gutturale. Ma pensée traduisait leurs propos et je compris que la renarde expliquait au monstre la mort atroce de ses trois petits. Puis mon rêve s'arrêta brutalement. Au petit matin frais, je me réveillais non pas sur ma paillasse dans la maison, mais dans mon jardin, adossé contre le mur ... J'imaginais alors en frémissant de terreur que tout cela ne fut pas un rêve, mais une réalité à laquelle j'avais été réellement confrontée.

Je pris mon courage à deux mains pour

m'approcher de la petite tour pointue sous le toit de laquelle grondait un nid de frelons. J'écoutais attentivement, mais plus aucun insecte ne sortait et n'entrait par l'ouverture. Je me rendis au grenier de la maison dans lequel traînait une petite échelle en bois et l'emportait pour la poser contre le mur de la petite bâtisse afin de pouvoir accéder à l'étage situé à environ deux mètres de hauteur. Ce que j'y vis me stupéfia : un énorme nid de frelons, une grosse sphère en papier mâché comme savent le faire ces insectes avec leur salive et du bois restait suspendu à la charpente. Une partie de cette enveloppe avait été arrachée et on voyait à l'intérieur les alvéoles dont les larves avaient été enlevées. Il ne restait plus rien de vivant sous ce toit. Il régnait dans ce lieu une odeur de marée, de cette odeur iodée que l'on sent à marée basse alors que l'océan a laissé derrière lui des monceaux d'algues pourrissantes...

Quelques jours plus tard, je reçus la visite de la gendarmerie. Les militaires m'ont longuement interrogé sur mon emploi du temps, ont demandé de visiter la propriété (ce que j'ai accepté). Ils m'ont ensuite fait comprendre qu'ils menaient une enquête sur de mystérieuses disparitions dans la région.

Je compris que ces personnes disparues étaient mes chasseurs qui étaient venus pour "enlever" les petits renardeaux, puisque les gendarmes m'ont posé de nombreuses questions sur leur visite.

Je crois que je vais être la prochaine victime... J'ai revu la nuit la créature. Elle a considérablement grandi et grossi... Elle m'a envoyé un avertissement : j'ai retrouvé au petit matin, sur le seuil de ma maison un des petits renardeaux empaillés... Si les gendarmes trouvent cette chose chez moi, je serai immédiatement arrêté. Je suis allé l'enterrer dans mon jardin...

Voilà mon cher Ralsa, c'est ainsi que se termine ce

"journal".

Comme je te l'écrivais, je me suis rendu sur les lieux. Le rédacteur de ce "journal" a été arrêté.

J'ai rencontré notre frère des Profondeurs. C'est lui qui a caché ce "journal" afin qu'il ne tombe pas aux mains de la police. Il va rejoindre l'océan en empruntant les chemins que nous connaissons tous, celui des rivières et des fleuves.

Nous avons eu de longues conversations à propos des "monstres" enfermés le plus souvent dans la cave, ou dans des chambres maudites, rendues la plupart du temps inaccessibles à autrui.

Un auteur[9] a écrit une nouvelle qu'il a intitulée "Journal d'un monstre", il montre très bien que son monstre est une victime. Qu'y peut-il, ce "monstre" s'il doit "consommer" ce que d'autres se sont interdit de consommer ?

Qui ne se souvient de la peur enfantine de la cave ? Quand le père envoie le fils chercher une bouteille dans la cave, ce dernier prend peur... En fait, le vin n'est-il pas aussi un "monstre" enfermé dans la cave pour son "bien", monstre qui peut engendrer une grave maladie, une espèce de punition du plaisir qu'il a procuré, la maladie alcoolique ?

Il y a pire ! On a vu cet Autrichien qui considérait sa fille comme "monstre" sexuel, qui produisait chez lui un désir qu'il ne savait pas maîtriser. Il a donc fait de sa fille un "monstre" enfermé dans sa cave, une "cave" particulièrement protégée puisqu'il s'agissait en réalité d'un abri antiatomique !

En fait qu'est-ce qu'un monstre ? Une créature qui n'est pas comme les autres créatures... Un jour, alors que ma mère rangeait les services à verres, elle s'écria : « ah ! voici le monstre ! » Je lui fis part de mon étonnement, elle m'expliqua alors qu'il s'agissait tout simplement d'un verre plus gros que les autres,

---

[9] Richard Matheson : "Journal d'un monstre" (Titre original : *Born of man and woman*) Éditions OPTA 1972 pour la traduction française

différent, donc...

Souvent les monstres sont "méchants". On leur donne parfois le nom de croquemitaine, pour faire peur aux enfants. La fille de l'Autrichien était sans doute "méchante" à ses yeux, tentatrice qu'elle était. Il a donc cru nécessaire de cacher à la fois le monstre et l'activité qu'il engendrait chez son tortionnaire...

Dans bien des films d'horreur, ce n'est pas le monstre que l'on cache dans la cave, mais la victime, qu'on emprisonne pour la torturer, tout le jeu de la fiction consistant à montrer comment elle finira par réussir à sortir de cette maudite cave. C'est ce qu'a réussi la fille de l'Autrichien.

C'est aussi ce que parviendront à faire tous les monstres enfermés dans la cave !

Cette fois, contrairement à ce qui a été relaté par August Derleth[10] qui avait écrit : « *la chose qui était née de l'union maudite de Sarey Watheley et de Ralsa Marsh, engendrée d'un sang impur et dégénéré (...) au lieu d'être relâchée dans la mer, libre d'aller rejoindre Ceux des Profondeurs, les serviteurs de Dagon et du grand Cthulhu !* » a péri dans les flammes.

Voici donc mon cher Ralsa, qu'une autre de tes progénitures était endormie dans ce beau pays de France, conservée, non pas dans une cave, mais au fond d'un puits, afin que quelqu'un la réveille pour qu'elle puisse rejoindre les serviteurs de Dagon et Cthulhu...

Bien à toi,

Pierre Dagon,

Espérance, le 17 juillet 2008

---

[10] La Chambre condamnée.

[i] Empi pour Empire : le Saint Empire Germanique : la rive gauche du fleuve.
[ii] Riaume pour Royaume : le Royaume de France, rive droite du fleuve.
[iii] Voir « L'abomination de Dunwich » de Lovecraft
[iv] Voir « Ruines » d'Alain Pelosato
[v] Voir « La couleur tombée du ciel » de Lovecraft
[vi] Film en noir et blanc de Mario Bava (1960)
[vii] Films de Sergio Leone (1969 et 1966)
[viii] « Le bon, la brute et le truand » de Sergio Leone (1967)
[ix] « Celui qui chuchotait dans les ténèbres » de Lovecraft
[x] C'est le narrateur de « Celui qui chuchotait dans les ténèbres » qui parle...
[xi] *C'est-à-dire l'étoile*
[xii] Bibliothèque du XXIe siècle de Stanislaw Lem éditions du Seuil mai 1989.